本书的出版得到国家社科基金项目资助
项目编号：04BWWW002

A COMPARATIVE STUDY
Chinese Theory of Poetic Meaning and Western Theory of Literary Meaning.

比较研究
诗意论与诗言意义论

吴兴明 等著

图书在版编目(CIP)数据

比较研究:诗意论与诗言意义论/吴兴明等著.—北京:北京大学出版社,2013.8
ISBN 978-7-301-22794-7

Ⅰ.①比… Ⅱ.①吴… Ⅲ.①文学研究-对比研究-中国、西方国家 Ⅳ.①I106.2

中国版本图书馆CIP数据核字(2013)第153019号

书　　　名：比较研究:诗意论与诗言意义论
著作责任者：吴兴明　等著
责 任 编 辑：闵艳芸
标 准 书 号：ISBN 978-7-301-22794-7/I·2653
出 版 发 行：北京大学出版社
地　　　址：北京市海淀区成府路205号　100871
网　　　址：http://www.pup.cn
新 浪 微 博：@北京大学出版社
电 子 信 箱：minyanyun@163.com
电　　　话：邮购部 62752015　发行部 62750672　编辑部 62750673
　　　　　　出版部 62754962
印　刷　者：三河市博文印刷厂
经　销　者：新华书店
　　　　　　965毫米×1300毫米　16开本　25.5印张　380千字
　　　　　　2013年8月第1版　2013年8月第1次印刷
定　　　价：56.00元

未经许可，不得以任何方式复制或抄袭本书之部分或全部内容。
版权所有，侵权必究
举报电话：010-62752024　电子信箱：fd@pup.pku.edu.cn

目 录

引言 ………………………………………………………… 1

上篇 以诗意论为重心的比较研究

第一章 中西比较为何要研究意义论 ……………………… 7
  第一节 中西比较的悖谬 ………………………………… 8
  第二节 于连的突破:"迂回"与"对视" ………………… 18
  第三节 "迂回"作为对中国示意方式的探索 …………… 25

第二章 以"意"论诗:中西意义论论域的草描与中国诗意论的开端 …………………………………………………… 39
  第一节 以"意"论诗 ……………………………………… 41
  第二节 "意"与意义 ……………………………………… 44
  第三节 意义论诸维度 …………………………………… 50
  第四节 诗意论的发生:中国传统诗意论的语用转换 … 55

第三章 诗意的独特性:从"不尽之意"到境象论 ………… 64
  第一节 诗意论的视角奠基 ……………………………… 64
  第二节 "不尽之意" ……………………………………… 78
  第三节 境象论 …………………………………………… 93

中篇 以诗言意义论为重心的比较研究

第四章 言路比较一:俄国形式主义、结构主义与中国诗意论 … 111
  第一节 研究思路:以西方为重心的比较研究 ………… 111

第二节	索绪尔的奠基和意义论的转向	115
第三节	形式主义的"形式"标签、陌生化与文学的意义问题	123
第四节	布拉格学派与文学语言的自指性	128
第五节	横纵合轴和隐喻、转喻	134
第六节	第二涵义系统和意义的多元性	136
第七节	文学叙事学和意义结构	141
第八节	视角差异:意义领受的视角与研究的视角	152
第九节	意义论视角指向的恒定、漂移与知识演进	159

第五章 言路比较二:新批评与中国诗意论　171

第一节	文学作品:新批评文学意义论的逻辑起点	173
第二节	新批评文学意义论的独特内涵	177
第三节	语义杂多:新批评文学意义论的理论核心	186
第四节	语义层面的比较:"情感功能"、"语义结构"与"诗言情"、"意象"、"境界"等等	192
第五节	文本意义论与作为写作术的文本形式论	199

第六章 言路比较三:现象学、接受美学与中国诗意论　208

第一节	胡塞尔:意识现象学的意义论	209
第二节	海德格尔存在现象学的意义论	216
第三节	阐释学和接受理论的文学意义论	255
第四节	向内还原的两条路向:晚期海德格尔与老庄的意义论	261
第五节	现象学意义论与中国诗学的品鉴论传统	275
第六节	解释学、接受理论与中国诗学理解论的差异	294

下篇　诗意论比较的延伸研究

第七章 "心"的分析:中西意义论的分类学背景与传统诗意论的知识质态　311

| 第一节 | "心"的知识品质 | 314 |

第二节　中国诗意论的意义质态 …………………………………… 327

第八章　"兴"作为一种言语行为:"兴"的意向结构及效力演变
　　　　　的语用学分析 ……………………………………………… 344
　　第一节　语用、语构:"兴"作为一种活动 ……………………… 345
　　第二节　原始的"兴":行为构成与含义意向的扭曲 …………… 348
　　第三节　语用转型:从"讽谏"到"兴趣" ……………………… 354

附录　海德格尔将我们引向何方?海德格尔热与国内文艺
　　　　研究后现代转向的思想进路 ………………………………… 361
　　第一节　历史契机:从主体论到存在论的转向 ………………… 363
　　第二节　再度发生的持续转变:从生存价值论到
　　　　　　现代性批判 ……………………………………………… 367
　　第三节　回返源始之域:海德格尔克服现代性危机
　　　　　　的思想进路 ……………………………………………… 373
　　第四节　跟随的错位:对海德格尔中国运用的几点反思 ……… 379

参考文献 ……………………………………………………………… 384

索引 …………………………………………………………………… 394

后记 …………………………………………………………………… 400

引 言

在语言学转向(linguist turn)之后,**现代西方文论对文学质性的研究**一直主要是由文学意义论即对文学语言之意义特殊性的研究来承担。这是一种规范性的研究,借用哈贝马斯的术语,它是一种告别了意识哲学(意识中心论)之后的**后形而上学式**的探讨。它不同于心理学、认识论或社会理论(意识形态批判)的研究。在这里,艺术本质的哲学思辨让位于文学性,对文学作为一种意识类型、精神活动内容的特殊性的研究让位于文学语言、文本之意义构成的特殊性的研究。这样的关切方向——从俄国形式主义的"文学性"、"陌生化"到结构主义的"第二含义系统"、文学叙事学,从新批评的"内部研究"、"张力"、"反讽"到接受理论的"空白"说、"效果历史"说等等,构成了西方现代文学理论关于文学规范性知识探究的主要内容。与此相比较,哲学领域的意义理论——分析哲学、逻辑实证主义、语言哲学等,却并没有将语言意义的一般理论有效地贯彻到文学领域并形成富有特色的文学现代知识传统。普拉特(M. L. Pratt)、哈贝马斯等人将文学语用学的研究推进到对文学文类特殊性的研讨,但是,有影响力的成果并没有从这种思想脉络中产生。其间,现象学或许是一个例外。作为一种哲学思潮,它既有对一般意义论的深入探讨,又通过海德格尔的存在现象学开启了现代哲学对语言诗性之维的精深思考。可以说,没有文学意义论在各个现代批评/思想流派中的丰富展开,就没有现代西学关于文学的庞大理论家族。

但是,国内的现代文学理论是几乎没有文学意义论的。对文学文本、语言的意义特殊性或文学性的研究一直没有成为中国现代文论的真正主题。长期以来我们主要侧重于对文学做认识论的研究(反映论)、心理学的研究(表现论)、主体论(审美论)和功能论/社会学的研究(意识形态分析)。支配文学理论的思想工具是意识哲学或实体论、社会理论的方法。这样的情况表明:在国内,文学理论领域要破除形而上学——尽管它只有非常短暂的历史——还有相当长的路要走。

然而,中国古代是有关于文学意义——准确地说是关于诗意的特殊性的丰富思考的。可以毫不夸张地说,虽然分析的深度、进路和知识传统各不相同,但是罗兰·巴特《S/Z》式的诗意或文学的意义分析向来就是中国古代各类诗话、词话的当然领地。那些诗话、词话的杰出与否常常取决于它们在诗意品鉴/分析上的高或低。甚至从《论语》开始,中国古代关于诗意的分析品鉴就已经拉开帷幕,断断续续地闪烁积聚迄今已蔓延了两千多年。这个巨大的传统宝库显然不是一句轻飘飘的"感受式批评"就可以打发掉的。只是由于20世纪以来我们长期用意识哲学/心理学的方式去分析,这份在人类历史上无疑是最丰富的,最复杂、壮观、独特的诗意探究的思想财富才被遮蔽了。我们将其纳入"表现"/"再现"之类的简陋逻辑去理解,将各色内容特异、含义丰富的诗意的分析归结为几条生硬的哲学标签,最后,当我们面对"意境"、"含蓄"、"韵外之致"等等,面对浩如烟海的对诗意状态之品鉴分析的时候,竟没有勇气断定那就是关于文学性或诗意特殊性的研究……

因此,本课题的展开首先是一种去蔽的工作:将中国古代的诗意论如其所是地恢复为对诗意之各个方面、各种层次和各种方式的领会与探究。就是说,以广义意义论的眼界去打量分析,并在与西方文学意义论的比较勾连中显明它自身。

意义论:探究意义的领会、聚集、切分、传达以及对此聚集/切分的阐释和描述。它包括两个层面:(1)对意义的研究;(2)对意义意识乃至意义理论的文化传统之研究。由于诗意论深切地关涉一种文化的意义发展方向或语言之意义聚集的原始之发生,因此,本课题的展开还有第二重意义:对中西不同文化意义发展取向的探询扣问。实际上,从"(1)"到"(2)"将对意义问题的探索推向文化史的研究,推向某种文化独特的意义构成和意义理论,这并不是一个新话题。列维-斯特劳斯半个世纪以前就曾经在《野性的思维》(1962)中从结构—逻辑分类的角度对印地安人等土著部落语意建构(切分)的特殊性作出过杰出的分析。但是,**对中国文化**,直到今天,除法国哲学家弗朗索瓦·于连(François Jullien)用散点描述的方式研究过它与西方不同的"意义走向"及"语意网络"(详后)的特殊性之外,正面触及它的意义论传统,尤其是它与西方意义论之比较研究的似乎很少。说中西文化具有不同的意义发展方向是一回事,说中西文化传统中具有不同的意义理论是另外一回事,而说中西文化具有不同的文学、诗学意义理论又是另外一回事。但是,没有人会否认,这三者之间是相互关联、相互作用的。也没有人能够否认,只要是谈论文化的特殊性、差异性,诸如思维方式、知识样态、价值精神、艺术形态之类,就总是和于连所说的不同文化的意义方向、语意网络乃至对意义的理论把握密切相关。

一直以来,我们所熟知的意义理论是一种普遍主义的意义论。分析哲学、逻辑实证主义、阐释学、结构主义、符号学、新批评……只要是谈论意义的理论,就总是一种"共时"的理论,因而就似乎是一种对于意义问题的"客观"的、"科学"的西学式把握。因此,虽然早在汤用彤《魏晋玄学论稿》的系列论文问世之际(写于1937—1947年,1957年结集出版),人们就已经知道中国古代有非常独特的意义理论,但是人们关心的却是这种意义理论的"科学性"——说白了,是它与西学意义理论乃至认识论背景下的**逻辑学意义理论**之间的吻合。研究者忽视了意义理解和生活世界、文化传统的相关性,忽视了**不同的意义理论是和不同文明的意义发展方向直接相关的,因而一种异质文明的生活世界完全可能发展出一种对本文明生活世界的意义有独特穿透力和解释张力的意义理论,甚至该文明传统中的某些独特的意义行为只有在这种理论的解说下才是"可以理解"和"富有意义"的**。比如在中国古代特别发达的"讽喻"和作为中国人行为习惯的"迂回"(详后)。不是说西方的理论不能解释中国传统的意义行为,而是说中国的意义理论可能会更有效地解释中国文化中有些在西方理论看来很"奇特"的地方。要强调的是,与具体的意义行为常常显得"怪异"和"难以理解"不同,意义理论作为一种理性的解释系统本身是普遍性的。只要是理论,它的语述性质就是普遍性的。在中与西之间,不是一普遍,一特殊,而是都为普遍或都是特殊。相对于意义行为,它们是普遍的,相对于不同的意义论,则它们都为特殊。西学的普遍主义意义论是西方文明背景下的产物,一如中国传统的意义理论是中国文明的产物。由此,任何意义理论本身都已经被历史化、相对化了,而意义论域则开放为具有无穷可能性的空间。在这里,我们可以有希望根据不同的意义理论对那些极不相同的、异质文明的"古怪行为"作出意义的阐释与重构。(其实所谓"古怪",常常就是指意义理解的陌生性而言)因此,我们也可以有希望根据某一种意义理论对不同文明的意义行为作出跨文明的解释与重构。

了然的是,对中西文明意义发展方向和意义论的比较——简言之,中西意义论的比较研究——是比对中西文化的观念内涵、制度信念、思维方式一类的比较更纵深、也更为基本的比较。我们认为,从显性的观念内容及其历史形态的研究向意义论、意义机制研究的突进,应该被看做是20世纪90年代以来的中西比较研究最重要的突破之一。这一突破最初是由法国哲学家于连作出的。在这一层面,本课题的想法是:将这一突破继续往前推进,将它坐实,将它引向诗学领域,将它置于与现代西学诸种文学意义论的"对视"之中相互阐发和映衬。

本课题在结构上从三个大的方面来展开:上篇,以中国古代诗意论为重心的比较研究;中篇,以西方现代诗言意义论为重心的比较研究;下篇,中西诗意论的延伸性研究:它的分类学和知识谱系背景,中国诗意论与政治行为的关系,当代西方诗言意义论在中国的影响研究。

上篇 以诗意论为重心的比较研究

第一章　中西比较为何要研究意义论

中西比较研究为何要研究意义论？对这一问题的回答可以有很多种陈述,比如前面所提到的为恢复中国古代诗意论的本来面目,或如通常所说的古为今用,当下借鉴之类,但是在我看来,最重要的理由还是中西比较学术推进的需要。在我看来,研究意义论是中西比较研究在一系列悖谬性试错之后的一个必然选择。

本章力图在中西比较的题域对我心目中的意义论研究及其进路作一简要陈说。

显然,对中国人来说中西比较是重要的。中国知识的现代构成决定了中西比较之于人文学科的背景性和母题性,在当代学术语境中,对我们有效的知识言述总是在现代西学和本土传统之间展开。这样,所谓"比较"就有了两重含义:其一,是作为专门学科的"比较研究"(comparative study),它是一些直接以"比较"命名的专门学科的题域,比如"中西比较诗学";其二,是涵蕴较为广阔的,几乎涵盖了所有人文学科的所谓"比较的思虑",它是整个现代中国的学术思想展开之得以可能的思想意识背景。在中西之间思考是现代思想的平台。在此意义上甚至可以说,中西比较构成了当代中国学术思想的基本语境。就学统而言之,所谓"三千年未有之大变局"应是说思想言述的学理根据变了,西学不只参与了中国知识的现代性构成,而且成了中国现代思想的主导性支撑。由于如此,中国现代思想的地基就不是"或中或西",而是在"中西之间",无论何种发有所据的创设性言说都总是在中西之间比较、甄辨和取舍。

问题是:在中西之间究竟该怎样取舍？这个问题长期以来几乎是未经反省的。这种未经反省的状态从各种"以西释中"/"以中释西"的思想样式一直贯彻到某些以"比较研究"命名的学科。问题更在于:所谓"比较的反

省"一经展开,竟会呈现出一系列悖谬,以致使人怀疑所谓"比较"是否真的可能。张志扬先生说:

> 在中西两大壁垒的夹缝里寻找现实的立足点,即个人的真实性及其限度,乃是一个几近生存悖论式的难题。①

张先生的感慨是许多真诚反省过中西比较研究的人的共同的感慨。还不敢说是在寻找"个人的真实性",只是严肃地追问和寻求中西比较的理据就足以让人望而却步。而中西比较研究从"观念"论向"意义"论②的推进,则似乎是在这令人却步处开出的另一条路径。

第一节 中西比较的悖谬

在对中西比较之理据的追问和反思中,余虹先生的《中国文论与西方诗学》(1996)是做得非常之好的。他对中西比较的一系列前设及其悖谬做了迄今为止就我们所知的最为深入的剖析。重要的是,作为一种指向,余虹先生的探索已显示出某种向意义论推进的端倪。

1. 同一性假设的谬误

余虹认为,20世纪对中国传统知识的研究(含比较研究),一个普遍的现象是对中与西不同知识体系的同一性假设。研究中国的××理论史、××学史或比较中西的××学,已经前提性地断言中国古代存在着作为学科

---

① 张志扬:《门:一个不得其门而入者的记录》,上海:上海人民出版社,1992年,勒口语。
② 一直以来,对知识/理论的中西比较主要是对知识历史中的观念内涵的比较,比如"物感"说与"模仿"说,"壮美"说与"崇高"论。着力于比较不同知识之观念内涵的同异及其理据,几乎是作为思想研究的中西比较的通例,但是我们后面的分析将表明,只要是这种比较,它就一定是悖谬性的。正如连所指出,这种比较的前提是分类。由于中西思想的"语意网络"并不相同,它们并不遵循共同的逻辑划分,甚至中国知识传统的相当部分并不看重对知识确定性内涵的明示。由于如此,比较就总是意味着一种切割。我们能够明确比较的地方常常并不是中国知识传统所注重的地方,我们津津乐道谈论的常常正是传统知识人心目中的糟粕,甚至只要我们这样去理解传统知识,我们就已经前提性地曲解了传统知识。因此,有意义的中西比较的前提是:绕行到那些"观念"的背后对中西文化中决定这些"观念"的不同"意义发展方向"的研究。由于连率先开启的中西比较的这一推进,我把它称之为从"观念"论向"意义"论的推进。

的××学或××理论,因而无论对中国传统的思想史料做何处理,都已经预设了中国传统知识与现代西学的同一性。以"中西比较诗学"为例:

> "中西比较诗学"的准确意指或确切表达是"中国诗学与西方诗学比较研究",因此,当这一称谓用于"中国古代文论与西方诗学比较研究"时,它便暗中断定中国古代"文论"是一种"诗学"样式了。
>
> 流行的推论是:"文论"即"文学理论"的简称,"中国古代文论"即"中国古代文学理论"的简称,由于"文学理论"即"诗学",因此,中国古代"文论"即中国古代"诗学"。①

但是,"文论"并不就是"诗学"。余虹指出:"在现代汉语语境中,'文学理论'和'诗学'这两大表达方式的书写样式和读音样式虽系汉语,但它们的概念语义则是经由对'theory of literature'和'poetics'的翻译解说而从西方译入的,它指述一套西方的思想系统和话语系统。"②事实是:"前全球化时代的中国古代'文论'与西方'诗学'都是自成一体的文化样式,它们的差别是结构系统上的,无法通约。"③(同上)具体地说,中国古代的广义"文论"是《文心雕龙》式的"弥纶群言",西方的"诗学"则是亚里士多德式的"专论诗艺",即专论一部分被名之为诗性的文本言述。现代汉语中的"文学理论"一语是完全对应于狭义的"theory of literature"的。这样,就"文学理论"而言,它既不同于中国古代广义的文论("弥纶群言"),也不同于中国古代狭义的文论(即基于"文笔之辩"的文韵文藻之论或基于诗文之分的散文论)。就"诗学"而言,它不同于中国古代的"诗论"。后者只是作为"群言"之一的"文类论",只论及狭义的诗体,前者则论及最一般的"诗性"言述,在体裁上可包括狭义的诗歌、戏剧、小说等文体。"文学理论"如是,"诗学"如是,"美学"、"阐释学"、"符号论"、"解构主义"乃至"现实主义"、"浪漫主义"、"表现论"、"再现论"、"文本理论"、"接受理论"等等都是这样。上述这些以汉译西学语词命名的学科和理论思潮是指称在西学历史状态中的某些学科与思想流派,它们有其独特的文化背景、经验内涵和知识质态,

---

① 余虹:《中国文论与西方诗学》,北京:三联书店,1999年,第1页。
② 同上书,第3页。
③ 同上。

不能用来指称与之根本异质的中国传统知识。

  问题在于,20世纪的中国传统思想的研究几乎大部分都是这种研究。在西学参照下的研究变成了以西学为参照标准的研究。以现代西学中的某学某说为思想标准和知识标准,前提性地对中国传统思想史材料作了选择、引申、阐释等"结构性整容",而后纵横捭阖,大加铺扬,写成"中国××学"、"中国××理论史"或"中西××学的比较研究"。这样阐释出来的意义"总是现代西学的意义"。我们据之为出发点的"××学"在绕一大圈之后仍然是作为原点的"××学","中国的××学研究"只是实现了西方的"××学"视角对中国传统的理解和穿越,"××学"自身并没有增加什么。我们很容易看到:1)这样的研究于西学的知识题域只增加了例证而不增加新知;2)它掩盖或抹杀了中西之间两种文化体系的结构性差异;3)它独断性地假定了作为历史形态的某些西方的"理论"(theory)和"学"(-logy)的知识样式为超历史超文化传统的普遍性知识样式。

  西学学科的普遍性预设,乃是出于一种"隐秘的西方中心主义逻辑"。由于现代汉语语境的特殊构成,"美学"、"诗学"、"阐释学"之类汉译西学学科的名称原本就是,也只能是指称现代西学的学科。说20世纪的中国传统思想研究普遍隐含着以西学为普遍知识或真理性话语的预设,一个更直接的表征是几乎没有人以中国传统知识的分类来命名中西比较研究,或者直接对西学展开中国式的研究。比如没有人写"中西兵法论","西方的心性学","中西道术论"、"西方的帝王学/王道论"之类。关键是,西方中心论的逻辑不只是"中西比较诗学"的逻辑,根本上讲,它是中国知识现代化的总体历史走向或者中国文化现代化进程的基本逻辑。由于20世纪的中国历史已在知识信念中将作为历史形态的现代西学认定为普遍知识或知识的真理之维,因此,所谓知识的现代化就是西化,就是现代西学对本土知识的透视、化归、消解和全面替换。所谓"中西比较"并不是在理论前设上以中西双方为本位的对位性比较,而是从属于西化逻辑之"解构—化归传统"工程的一部分。

  尤须提及的是,以现代汉语为基础的学术思想不能忽视这样一种语言处境:现代汉语语义空间的二元构成。此二元构成指的是:由汉译西方概念语义的基本语词所构成的语义空间和由承续古汉语概念语义的基本语词所构成的语义空间。这两大语义空间同时并存于现代汉语世界。①

这样的处境注定了:有效的知识言说须在中西之间展开。它既不是我们所熟知的"西方中心",也不是某些港台学者所张扬的"中国(传统)中心"。不管是思想创新还是中西比较,其间种种"西方中心"语式和"传统中心"语式应该说都起于对此处境的未经反省。除这两种语式而外的许多"主义"不明的研究,更在含混不清的中西套用、错位和比附之中毫不反省自身所据以展开研究的知识系统是什么,不反省这种在不同知识体系之间的随意性套用合法性何在。如果冷静地审视我们的处境,我们首先会意识到自身的学术使命:我们的确无法为古人传薪或为西学传教,我们应该做的仅仅是现代汉语思想界的学术创新;其次会意识到中西异质知识体系之间的界限、边界,由此反对"或中或西"和在中西之间的随意比附、曲解和套用,强调真正的知识创新要在中西边界处度量和取舍。余虹认为,在中西之间度量和取舍决定了:不管是狭义的比较研究还是新的学术取向,都应当诉诸寻求一个超越中西的"第三者"。

> 事实上,无论是中国文论还是西方诗学都不是比较研究的立足点与坐标。对两者进行比较研究意味着双方都是被比较研究的对象,其中任何一方都无权成为阐说对方的标准而独占这个"之间",因此,只有在"文论"和"诗学"之外去寻找一个"第三者"才能真正居于"之间"而成为比较研究的支点与坐标,这个"第三者"当然是更为基本的思想话语与知识框架。②

2. 现象学还原:作为"第三者"的通达之路

那么,何为"第三者"?或者说我们怎样能够找到"第三者"?余虹的方案是:走现象学的还原之路。他认为,这是比较研究在学理上是否可能的关键。

余虹的还原分两度展开。

---

① 余虹:《中国文论与西方诗学》,北京:三联书店,1999年,第6页。
② 同上书,第59页。

第一步是对中西文论诗学的言述对象作意向性构成的还原。此一还原是揭示中国文论和西方诗学不同的意指对象和论述空间。经此还原，可以确认中国文论和西方诗学作为两种知识形态之异。具体地说，中国文论之"文"和西方诗学之"诗"是中西两大思想话语的对象，这两个对象不同的意向性构成实际上规约着"文论"与"诗学"之间根本的结构性差异。西方诗学对其研究对象的设定是在一系列分类区别中进行的，由此它建构了多层次的论域空间：首先，诗学（Poetics）研究的"诗"是一门艺术，因而它与一般的艺术概念之间是一种从属性关系空间。在此，诗学是作为艺术学的一部分来加以设定的，对艺术的一般性思考制约着诗学的逻辑前提。其次，诗学研究的诗是一门特殊的艺术，因而它与别的艺术门类之间有一种并列性空间关系，诗是作为语言艺术来思考的，对艺术门类的差异性思考是诗学确立"诗"之艺术特征的基本方式。再次，作为语言艺术的诗又是一套艺术语言，因此，"诗"的问题又从属于一般语言学问题，它与一般语言现象之间是一种从属关系，与别的语言现象之间有一种并列性的种差关系。它不同于一般的语言学研究在于它必须借助艺术学的视野来区别诗性言述与非诗性言述。上述"这些关系的相互限制构成西方诗学（文学理论）可能的入思空间"①。

但是，中国古代文论对其研究对象的设定并非按如此方式进行，它主要是从两度区分的基础上确立自身的研究对象的。首先，它将自身的研究对象设定为道之文的一种——人文，从而与一般的"道之文"的概念之间有一种垂直的形而上学的从属性关系。在此，"文"被纳入无所不包的宇宙自然的总体文象中来加以思考，"文论"是自然道论的一部分，对"道之文"的思考规定着文论的思考前提，"人文与天文、地文、物文之间的自然比附成为理解人文的基本思想方法"。特别值得注意的是，"中国文论从来没有纳入过艺术论的视野"（同上）。其次，中国古代文论是从已然自在的诸文体的集合上来设定"文"（人文）之外延的，它没有像西方诗学那样将一部分艺术独立出来作为自己的研究对象，而是"弥纶群言"，以诸文体自然形成的差异性关系为另一基本论域。在此，"文"并不是"文学"（Literature），"文论"

---

① 余虹：《中国文论与西方诗学》，北京：三联书店，1999年，第97页。

也不是"文学理论"(The theory of literature)。由此得出的结论是:作所谓"中西诗学比较研究"或写作"中国文学理论史"均为不妥。

第二步是向中西双方文论、诗学言域的共属之域还原。此一还原即寻找"第三者"。

中西文论诗学的"共属之域"是什么?经过一系列还原性清理,余虹发现,"文论"(中国)与"诗学"(西方)"在语言论假设和生存论假设上有惊人的相似"。他认为,虽然中国文论之"文"与西方文学理论之"文学"在概念上有重大差异,"然而这并不妨碍'文'与'文学'都描述一种'语言事实'"。

> 不管文论(中国传统)与文学理论(西方诗学)的差异有多么大,从根本上看,它们表述的都是有关语言事实的经验和看法,因此,使文论和文学理论得以可能的乃是深藏其中的语言观。①

具体地说,中西文论诗学都是在语言的二维层面上展开,即从语言的工具性和审美性二维打量"文"与"诗"。工具论语言观的入思之路是"语词与实在",这一路向囊括了中国的"诗言志"、言意之辨和文道论,囊括了西方的古典主义诗学和浪漫主义诗学。审美论语言观的入思之路是"语词与语词",这一路向囊括了中国的"缘情"说、"滋味"说与形式诗论,囊括了西方的形式主义诗学和结构主义诗学。

这样,语言论假设成为余虹经由还原而找到的"第三者"。语言论实际上有三个逻辑维度,即除语言的工具论(语词与实在)和审美论(语词与语词)之外,还有语言的意义之维(语词与意义)。

> 在**"语词与意义"的关系域**中,意义的原发性和语词的建构性、意义的虚无性和语词解构性是一体相关的。在此一关系域中思考诗的问题,就是要在语词的能动性上思及意义、世界、现实、历史、真理的语言构造性问题,因为"诗"就是"语词与意义"的原初关系域,是意义事件展开自身的最为了然的语言样式。②

而"在此一维度的'诗'不再是诗学自设的对象和专有的对象,它开始向

---

① 余虹:《中国文论与西方诗学》,北京:三联书店,1999年,第70页。
② 同上书,第97页。

所有非诗学的问题敞开"①。在语言论的三维之关系中,不是工具论和审美论源始地开示了意义论的地基,而是"后者标划了前者的范域与限度"②。于是最终,**语言与意义的关系域成为考察中西诗思并开启未来诗学的先验背景和普遍性根据**。这"当然是一个更为基本的思想话语和知识框架"。

不管语言论是否真的是能超越中西的"第三者",有一点可以肯定:那能成为"第三者"的一定不是作为事实形态的理论,如中国文论和西方诗学,而是使中国文论和西方诗学得以可能的先验之域。这样,在西学的学理背景中,"比较"的逻辑已决定了:现象学还原几乎是能通达中西知识论比较之"第三者"的唯一的通途。比较的可能性不在表面的相似性之中,而在"共属之域"的合乎逻辑的通达。作为先验之域,该逻辑域位的显现须通过对作为事实形态的理论的"入思前提"作还原性清理来达到。由于共属之域是在入思前提中显明的,因此"第三者"既非事实形态的中西文论诗学,又不在中西之外,而在中西之中。现象学还原为"第三者"提供了这样一种视野:它让中国文论和西方诗学各显明自身,而避免了以西释中或以中释西。中西有关艺、文的理论不是不可以进行比较,而是要在相互显明自身论域或意义空间的前提下进行比较。能作为比较参照背景的当然是能显明双方的相关性而又能容纳双方的论域。如果在整体上没有这样的论域,就要通过还原性清理来显明双方"在结构性差异背后的局部相通交汇之处"。只有这样,"才能详细考辨中国文论和西方文论诗学最为内在的入思之路和言述空间"③。

进一步,如此找到的"第三者"又为未来诗学的创新提供了地基。它使汉语诗学的未来的开启具有这样一种可能性:从中西文论诗学的共属之域即先验背景的根处向前推进或反叛自新。

3. 本质主义和历史主义:"比较"的两难处境

但是,从更为广阔的语境上看,余虹的方案作为一个富有思想力度的设想似乎只走了一半。

余虹找到了"第三者"了吗?

---

① 余虹:《中国文论与西方诗学》,北京:三联书店,1999年,第97页。
② 同上书,第102页。
③ 同上书,第7页。

按他自己的陈述是找到了。他不仅找到了"语言论假设"作为中西文论诗学"背后交汇处"的"共属之域",且以"语言与意义"的先验维度为根据否定了"生存论假设"在中西诗思中的理论合法性;他不仅明确断言中西文论诗学共属的先验背景是"语言"之维,并且在此先验背景的光照之下对中西文论思想史的知识维度进行了系统的分类和逻辑归位(详见该书"下编"的"专题性比较研究")。破除同一性假设——现象学还原——知识史的逻辑归位,这是一个将现象学方法运用于思想史研究并且是中西思想史之比较研究的典型案例。如此的操作方法和规程,使余虹的书显得极有穿透力。这样的思想和逻辑的穿透力在笔者阅读所涉的汉语学界的中西文论的比较研究中是仅有的。

但是,语言论意识和语言论三维难道不是现代西学之语言学转向(linguistic turn)后才明晰凸现出来的逻辑论域和知识空间吗?现象学还原真的能够完全摆脱研究者的思想前见镜子般地呈现作为研究对象的知识自身的逻辑空间?"意识空间"云云难道不是知识在历史中形成并由该历史状态中的知识谱系来规定和凸现的?这样"寻求"到的"第三者"、"共属交汇处"难道不是落入了在另一种意义上的更加"隐秘"的"同一性假设"?

事情往往是这样:我们在破除某种偏执的时候,其实已经前提性地陷入了这种偏执的逻辑。我们已经无法不用一种本身就需要反抗的方式来破除这种方式在历史状态中的恶果,就正如反逻各斯中心主义必须借助于逻各斯的力量本身。但如此之"破除"与"陷入"有层次上的差异,因此,"陷入"的悖谬与"破除"的意义不容许等量齐观。

具体地说:

第一,在中西比较之域,现象学方法是针对中西之间的学科、知识的同一性预设而提出来的。正因为盲目的同一性预设掩盖了中国文论与西方诗学知识空间的差异性和知识体系的异质性,才有必要用现象学的还原来揭示各自固有的知识空间。因此,还原是为了显明研究对象本身。没有还原的比较研究是缺乏知识学根据的研究。但是还原的真正难题首先还不是能否找到一个"第三者",而是消除古今之差的时间"间距度"是否可能。对思想史而言,此一难题体现为另一个问题:有没有无观念预设背景的思想史阐释?思想史作为"观念的历史"对无思想的研究者而言呈现为"没有思想的历史"。因此,要研究作为观念历程的思想史,研究者的思想深度和广度必然是研究者能够"看见"思想的前提。这样,现象学的"悬置"、"向纯粹意识(意识本质)的还原"在思想史的研究中便成为无法实现的梦想。真实的思想史研究永远是历史状态中的研究者与历史文本之间相互渗入的"视界融合"。思想史中的"还原"云云不过是意义有限的研究者思想的历史渗入和自我回溯。而正因为这"渗入"与"回溯"历史本质上是自我性的,就不能避免研究者以自己的观念预设来修订和假冒历史观念的原生域。比如语言学之维显然是现代西方诗学的一个维度,它在经余虹通过与其他维度相比较而真理化之后便成了中西诗学共有的真理之域。但是,事实上不仅中国传统文论的知识维度不能向此所谓的"共属之域"归并,自古而来的西方诗学的众多维度也不能归并在这种经由语言学转向洗礼之后的"语言学"的维度中。比如,一直以来在意识哲学背景下的"模仿"说、"镜子"说之类显然不能归并在"语言学"的维度内,也不能简单地说属于"词与物"的维度。关键是,如此"强行归并"是通过"还原"而达到的,我们在理解上就会导致一种歧义:你无法判断他究竟是在陈述知识史的事实还是在伸张自己的"主义"。

第二,归根到底,还原是一种本质主义的走向。还原总是向着意识自身的逻辑归属域回返,还原之为"走向意识的深处",总是从历史知识的经验状态走向开启此种知识的先验域位:达到那个为历史知识奠基的"先验直观"。而对此"先验直观"的"明察"又是依赖研究者个体已有的知识坐标而对历史知识的领会。这样,还原所达到的领域便常常远离了研究者对历史知识的直接"直观",成为依赖研究者的坐标谱系而从局部溯向整体的逻辑归并。它预先设定了一个中西同一的整体。事实上只要是认定中西方有一个共同基础,那个同一整体的寻求就会成为中西比较的形而上学根基,因此就会把某种整体同一的观念(比如"语言")之意向性构成物当作是经验直观的原初给予性。问题是假如中国与西方真的存在着可为同一性论证的共同的普遍之域,此种还原尚情有可原;但是如果并不存在这样的事实性维度,所谓"二度还原"就丧失了自身的指向和目标。它将历史经验的依托或历史阅读的直观的凭借转化成了一种信念的凭借,相信只要是人的经验,就一定有可以贯通统合的"共属之域"。关键是,为什么非要还原,寻找那经验背后的先验域位呢？为什么一定要寻找那中与西"背后交汇"的"共属之域"（"第三者"）呢？只有一种解释：认为经验状态中的知识是从先验背景中开启出来的。破解了一种知识的先验背景就是破解了此种知识生成的奥秘。进一步，找到了"共属之域"的"第三者"，也就是找到了中国文论与西方诗学共同归属的先验背景，因此也就是找到了中西共同归属的逻辑根据。再进一步，对中西知识史的陈述就可以由此沿着共同背景—局部分疏—具体知识的逻辑程序自上而下、严密系统地讲述下去。最后，整个中西知识的比较研究都可被纳入一个包罗万象的宏伟系统之中。

此种叙述方案的确在整体上仍属于本质主义策略。

第三，面对知识史，为了摆脱本质主义的研究路数，福柯提供了另一种策略：局部研究。首先，他对历史研究中的任何先验倾向都极为警惕，将那些面对知识史，旨在"研究起源、形式的先验知识和奠基行为"的路数、方法"简言之"为"历史现象学"，他宣称自己的"知识考古学"（The Archaeology of Knowledge）目标是"将历史从现象学的控制下解放出来"①。福柯说：

> 我认为此刻重要的是：使思想史摆脱其先验的束缚。……要在没有一种目的论能预先限制的不连续性中分析思想史；要让思想史在无名之中展开，任何一个先验的结构都不能强加给它主体的形式；要让思想史向不预示任何黎明归返的时间性中开放。②

以任何目的论、连续性、普遍形式、先验结构等等预设来面对思想史，都将封闭思想史，限制思想史"在扩散中的测定"。因此，福柯选取了另一种策略，一种彻底的历史主义的策略，即斩断历史叙述之任何先验可能性的策略。他将此种策略命名为"知识谱系学"（genealogy）。知识谱系学的具体方法就是非系统化、非体系性的局部挖掘，此挖掘的基本原则是："无秩序和片断性。"③……

---

① 福柯：《知识考古学》，谢强、马月译，北京：三联书店，1998年，第262页。
② 同上书，第261页。
③ 福柯：《权力的眼睛》，严锋译，上海：上海人民出版社，1997年，第220页。关于福柯"知识谱系学"的"片段性"原则的分析请参见吴兴明：《中国传统文论的知识谱系》第一章第四节"知识谱系学"，巴蜀书社，2001年，第22—31页。

但是显然,按福柯的设想,又已经取消了"比较"的可能性,无论是中西知识的比较、比较文学的比较,还是各种名目繁多的文化的比较研究。因为"比较"总是意味着被比双方共同逻辑域或背景域的同一性设定。人们爱说"比较文学的消亡",在我看来,真正的危机并不在于所谓比较文学没有自己独特的学科领域之类,而是在于比较研究是背靠着普遍知识信念的。差异、划归、互证、互补等等作为比较研究的常见动机是背靠着寻找人类共同知识、普遍性知识的信念的,换言之,方兴未艾的比较研究是西学之本质主义、普遍主义时代的产物。当然,按福柯的设想,同时也抽掉了确证知识之普遍有效性即真理性的可能,抽掉了除效用外以逻辑或实证来确证现代知识之合法性的可能……

于是,我们看到思想在学理上陷入如下累进性的悖谬:1)要破除中西知识的同一性假设,需对中西知识的意义空间作现象学还原;2)还原只是揭示了中西知识之异,不能构成比较,因此要作二度还原,寻找"第三者";3)"共属之域"的寻找陷入历史现象学的本质主义,陷入更加隐秘的同一性预设,因此,要引入福柯的谱系学策略;4)但谱系学策略已陷入绝对的历史主义并取消了比较的可能;5)鉴于当代中国的学术语境必是中西之间比较之域开启,取消了比较的可能性就是取消了当代言述的学理之据……

这就是中西比较的重重悖谬在学理上的展开。

第二节 于连的突破:"迂回"与"对视"

实际上,余虹的探索已经抵达意义论的边缘。他从"'语言与意义'的原初关系域"来思考诗,已经包含着从思想史之观念内容的比较向意义呈现、集结方式的比较推进。他力图展开的是在共同论域之下不同观念内容、意识内容的显现方式的比较,而且他的"论域"是"原初"意义上的,即语言之"意义网络"的最初的结集。

余虹的问题在于:他过于相信现象学的方法,要在中西之间去做一种关于比较的刚性的逻辑陈述。在反复陈述显性的意识内容、观念内容"不可比较",有"结构性差异"之后,他仍然力图通过一种现象学的方法去寻找"共属之域"。在他看来,那个在"结构性差异"之上的最高的"共属之域"

是可以超越中西的。余虹的逻辑是:如果没有这种"共属之域"的存在,在中西之间就根本不可能"比较"(comparative)。但比较是显然可能的,因此"共属之域"一定存在。

但是,于连认为,要在中西之间做比较研究根本就**不可能**。因此,于连选择了一条与作为直接逻辑陈述的比较决然告别的路。

1. 刚性"比较"的失落

于连说:

> 我主张,或准确地说是我感到同中国做比较是一种"特殊的",但也是"根本的"不可能。至少,一上来就进行比较:必须要有剪辑。①

但是,中国思想无论在语言上还是历史上都**"不可归类"**,

> 因此是在原则上遇到了无法做任何直接比较的情况,因为我们只能在一种有共同组成的框架内进行比较。同中国比较,没有这样现成的框架,它需要制作。或是,中国特异性给我们的教训之一是不应该混淆"别处"和"不同":中国是在"别处",是在欧洲之外——它既不同于欧洲,也不与欧洲相像……②(169—170)

迄今为止,几乎所有的比较研究都是"在框架之中"的。要么是以西学的"分类"为根据,比如刘若愚的《中国的文学理论》,要么是在中西思想的某个局部的相似中增加无穷的排列,比如钱钟书的《谈艺录》。关键是,在现有知识/思想的逻辑上说,不以某种逻辑分类("分类"即"框架")为背景的"比较"是**不可能的**。比较总是在有种/属划分的"共属之域"背景下的比较。小说可以和诗歌相比较,但是小说不能与柴堆或茶叶相比较。问题是中国和欧洲是"不可归类"的,因为它们原本并不属于一个同质同根的逻辑系统,因而在中西之间并没有严格的"共属之域"存在。于连的"比较"(comparative)严守着"比较"一语的学术含义,它是指在"共属之域"背景下做同异分析的逻辑陈述。因此,"比较"在此的**论说维度是"同"与"不同"**:

---

① 弗朗索瓦·于连、狄爱里·马尔塞斯:《(经由中国)从外部反思欧洲——远西对话》,张放译,郑州:大象出版社,2005年,第169页。

② 同上书,第169—170页。

它们共同背靠着"种"之于"属"的同一归依。

必须强调,比较是逻辑陈述,不是简单的事实陈述。比较的语义意向总要指向超事实性之维。假设在被比较事物之间我们仅仅考索和陈述了已然发生的事实性关系,比如法国学派最为看重的"影响关系"研究,那么在这里实际上并没有发生所谓的"比较",而仅仅是陈述了一些事实。"比较"和事实陈述的差别在于:"比较"一定是非事实性关系的逻辑陈述,就是说比较是讲述对象之间在逻辑维度上的差异,而不是讲述它们发生关系的事实。由此决定了比较研究的旨趣一定是逻辑性的、理论性的。在比较状态中,我们无论是说对象之间的差异、特征、类型、风格、母题还是说它们之间的相似、共属,都一定是在事实之外的另一个参照系统中的逻辑陈述,它和实证性描述事实并不相同,并总是超逸在实证之上。因此,严格的比较一定是非实证性的"平行研究"。**在一个可为比较的系统中,"种"之于"属"的归依是所有差异性陈述的前提**。但是,中国与欧洲这种共同的归依并不存在,它们没有共同的分类背景,所以于连精确地指出:"中国"之与"欧洲"并不是"不同",而是"在'别处'"。

在"别处",决定了任何传统意义上的"比较"都是一种生硬的切割和整形。

> ……对我来说,最困难之点,我所碰到的问题,或者更准确地说是我所不断碰到的问题,就是这个"不可归类性"是困难之源和我的研究动力,我也经常捉摸不到,它本身是"不定位"的——弥漫性,扩延性,囊括性,这种情况一直扩展到最简短的汉语句子里。①

这样,任何以西学为基础的关于同与不同的现代逻辑陈述,尤其是理论陈述,本身都成了对这种弥漫性、扩延性的剪除和清洗。于连以在汉语文学理论界颇有名望的刘若愚(James J. Y. Liu)的《中国的文学理论》(1975)为例。刘援引 M. H. 艾布拉姆斯《镜与灯》(1953)的艺术批评的"坐标"图,将中国的文学理论纳入四个类型去分析:模仿说、表现说、实用说、客观说。

---

① 弗朗索瓦·于连、狄爱里·马尔塞斯:《(经由中国)从外部反思欧洲——远西对话》,张放译,郑州:大象出版社,2005年,第171页。

刘的雄心在于:借用这些概念(指西方的"模仿"、"表现"一类的概念——笔者注)一劳永逸地整理汉语文本实验,使其纳入真正"世界性"的庞大综合评论之中。也是由此产生了他的分类目录表:一、中国"形而上学"(或模拟)理论;二、"表现力"理论;等等。①

于连说,刘的分析"样式齐全,榫合完美,'合乎逻辑':易于罗列——'一目了然'"。由此,我们"可以很容易地使这种浩繁的中国文献条理井然"。"这样的图示使其超出储藏、分类,变得明白可读",直接显示其"理论内涵"②。于连说,"诚然,刘紧接着谦逊地补充说,他并非是想到将这个'令人赞叹的图示'应用于中国文学批评的第一位学者;诚然,他也同意在使用中对这个图示做某些改变,以使其适用自己的需要,因此他径直装备其他工具以补充他声称的万用工具箱"。③ 但是,"显然刘并非不知道",中国的文学理论是非常分散的,而且"不足以推论":"它常以评点,甚或是旁白、阅读笔记和谈话的形式出现;因此它不能提供概念(如人们所说,概念应是严谨而确定的),但是以影射,通过多少固定的格式表达,而且它们不断地被引用,改变和发挥"④。观念在这里处于欲定未定、欲显未显的状态⋯⋯

那么,中国就不存在关于文学的理论著作吗?当然有,比如《文心雕龙》。中国有丰富的历史学建构,有按作品、作者或时代类型划分的体系剪辑,有文笔类型学等等,但是"问题仍是概念本身缺乏概念骨架和欧洲理论组合的定义性"⑤。因此,当我们用欧洲式的"概念骨架"去框范它的时候,它就呈现为一种变形、增加或者删减;一种"根据欧洲人文科学分类"来"硬贴上去的分类"⑥。

⋯⋯当人们知道,在有关文学的中国思想里,更确切地说是不确定性(它超过多义性)和中国思想允许产生的分支及联系作用才可能有

---

① 弗朗索瓦·于连、狄爱里·马尔塞斯:《(经由中国)从外部反思欧洲——远西对话》,张放译,郑州:大象出版社,2005年,第131页。
② 同上书,第130页。
③ 同上。
④ 同上。
⑤ 同上。
⑥ 同上书,第128页。

效并且发人深思的时候,撒开这张网能逮住什么"有意思的东西"呢?①

什么也逮不住,而是"失去了与这种自省话语运作本身有关的最有意义的东西"……

因此,在现代语境中对"共属之域"的寻找**就变成了**对被比较双方的一种强行的"划归":同样是一种"根据欧洲人文科学分类"来"硬贴上去的分类"。在这里,中国思想的"不确定性"、形态的多样性,"中国思想允许产生的分支及联系作用才可能有效"的"发人深思"的效应仍然消失了。实际上,在**今天**,只要是直接比较的逻辑陈述,就一定是以西学式的"逻辑骨架"为背景,就总是"硬贴上去的分类",中国思想就总是会变成西方思想的中国摹本,"比较研究"就总是成了一种顽固消除文化"异质性"的力量。它与于连寻求文化突破的思想探索目标直接相冲突。基于此,于连断然地说:思想探索"要**摆脱**比较研究"②。一如他的对话者所言,"**普通含义的任何比较研究都不适用于中国**"③。

2. 从"比较"到"对视"

那么,怎么办? 或者说中西比较的意义何在呢?

首先,于连强调,对于寻求欧洲文明的参照—突破,中国具有**唯一性**。"这是唯一的可在可靠的文献中找到的文明,而且她的语言和历史谱系从根本上说是非欧洲的。"④她"有穿越三千年的历史而没有发生过欧洲式的重大语言变化"⑤,她一直独立发展,从未与欧洲文化有真正的相遇。这是一种"**根本性的差异**"⑥。只有这样的文化才能在思想上构成对欧洲文化的真正强有力的"**挑战性开放的状态**"⑦。中国的意义不在于又弄出一个欧洲知识的东方摹本,而在于它能让人"从外部参照"而获得"震惊":

---

① 弗朗索瓦·于连、狄爱里·马尔塞斯:《(经由中国)从外部反思欧洲——远西对话》,张放译,郑州:大象出版社,2005 年,第 131 页。
② 同上书,第 257 页。
③ 同上书,第 198 页。
④ 同上书,第 257 页。
⑤ 同上书,第 7 页。
⑥ 同上。
⑦ 同上。

对我而言,中国主要提供了一个理论契机(commoditè thèorique)。借助这个契机,我将欧洲思想拉向远方……①

首先是在那个与欧洲文明"不相干"(indifférence)的、具有"根本外在性"(extèriorité)的中国文明的映照之下产生惊奇或震惊。

我经历着无休止的迂回(我不停地阅读中文),以便体验思想在异域中漂流的感觉:当它……与所有建构欧洲思想可能性的基本因素分离的时候,它会发生哪些变化呢?②

先是"惊奇",是"不安",是"多如雨点的问题"③。在中国和欧洲之间,我们找不到共同的范围和框架,"它们两方面不是在'同一页纸'上写字"④。外部参照的经验造成了一种"震颤","一种思想的震颤"⑤。它涌现出种种无法归类的思想,种种**框架以外的丰富**。"它自立,从一切枷锁,也从一切迷恋中解脱出来。"⑥于是,**震颤进而成为一种"突破"**。"我从一开始就在等待着这种迂回的反作用:探究那些隐含的偏见和被隐藏的欧洲理性的选择,并借此从中国这一异域出发,确切地把握我们在思想上**未曾涉及的领域**。"⑦于连指出:这种突破的意义是根本性的,因为它使思想"回到哲学最初的阶段",看到新的可能性。"重新抓住**起始行为**"⑧。因此,这里的"突破"又是一种真正的"返回":通过中国参照,绕行到西方思想的原发处重新开启。

这是中国参照的根本意义。

---

① 弗朗索瓦·于连:《建议,或关于弗洛伊德与鲁迅的假想对话》,张晓明、方琳琳译,《跨文化对话》(7),上海:上海三联书店、华东师范大学出版社,2005年,第139页。
② 同上书,第199—140页。
③ 弗朗索瓦·于连、狄爱里·马尔塞斯:《(经由中国)从外部反思欧洲——远西对话》,张放译,郑州:大象出版社,2005年,第7页。
④ 同上书,第184页。
⑤ 同上。
⑥ 同上书,第367页。
⑦ 弗朗索瓦·于连:《建议,或关于弗洛伊德与鲁迅的假想对话》,张晓明、方琳琳译,《跨文化对话》(7),上海:上海三联书店、华东师范大学出版社,2005年,第140页。
⑧ 弗朗索瓦·于连、狄爱里·马尔塞斯:《(经由中国)从外部反思欧洲——远西对话》,张放译,郑州:大象出版社,2005年,第367页。

这样的意义决定了：研究的方法论原则上必须保有这种突破。而正是这一点，使传统的比较研究丧失了适用的根据。"更进一步地说，困难在于我必须开启一种当前没有框架的思想，理念，思考的可能性。"①要保持突破，就必须"打破分类"，"重新构架"②，于连说"这就是我赋予我的工作以及我经由中国的迂回战略的哲学含义"。如果"不首先放弃已有的分类或更明确地说放弃旧的分类构型"，真正的启示和创新就是不可能的。因此，只要想保持中国对欧洲思想的启示性，就不能将双方纳入"比较"。因为如前已言，"比较"总是要将被比较者纳入"种"之于"属"的逻辑归依。

既不是"比较"，而又要在中西之间重新"突破"和"构架"——这里是比较研究方法创新的根本点——，这种方法会是什么呢？于连说，是"对视"：

> 什么叫"比较"呢？在中国外在性的情况下，所谓比较，如果不是将不可比较的东西进行比较，以引起一种双方的相互对视，又会是什么呢？③

"比较"是严格限定在同一逻辑分类背景下的"同/异"分析之中的，而"对视"则是"**跨类**"的——它"将不可比较的东西进行比较"，**它是一种"分类"之外的启示和意义的重新集结**。于连说，这是一种"建构对比"④的策略。"比较"的逻辑是欧洲的逻辑分类，而"对视"则是承认中国也有自己的"逻辑"，并将两种"逻辑"平列而视之。不管是海德格尔对《老子》的解读，还是于连的"迂回的进入"——它们作为"思想探索"，其实都是与在**一种既定文化框架背景的限定之下进行的"探索"**迥然相异的。显然的是，不管"对比"还是"对视"，都决不仅仅是用中国的材料，而是用"中国自己的逻辑"与欧洲思想的逻辑相碰撞，只有这样，"震惊"和"突破"才能真正地产生。而这就意味着：**抽去欧洲逻辑的基础地位**。在这里，被引入的因素不只

---

① 弗朗索瓦·于连、狄爱里·马尔塞斯：《（经由中国）从外部反思欧洲——远西对话》，张放译，郑州：大象出版社，2005年，第185页。
② 同上书，第198页。
③ 同上书，第257页。
④ 同上书，第6页。

是中国材料和西学逻辑的适应性问题,或者简言之,材料和逻辑的关系问题,而是不同文明的意义建构之间或语言—逻辑系统之间的关系问题。不是在一个谱系明确的背景之下于某个"共属之域"的框范和界限之中去寻同求异,而是在两个异质系统之间"对视"和"敞开"。

这样,"共属之域"的强行"划归"就丧失了根据,让"比较研究"走向意义"封闭"的背景式牵引也丧失了根据。比较研究也就突破了自身的传统界限和"逻辑"。**这种情形下,"比较"就变成了"对视"。**

"对视"的**立场**意识是饶有兴味的。这或许也算是一种广义的比较?

第三节 "迂回"作为对中国示意方式的探索

1. 作为意义发展方向的示意方式

只要是硬性、强行的"比较研究",它就一定落入某个"共属之域"的"归属"之中,它就一定已经化解了两种文化系统的逻辑碰撞。于连的探索在于:如何在"没有框架"、"不可比较"的地方开启出一条有效的通达途径。在拆除了某一方逻辑的基础地位之后,中西的"对视"变成了一种"绕行":不直接进行中西思想、文化内容的比较,而是绕行到思想之成型、显现的背后。"即使当我骄傲地说'我想……'的时候,我想探知的是'我'的内涵及其可能的条件:举凡在阴影里所包括的事先的分类,事先概念化的,甚至是事先质疑过的一切。"[①]因此,于连之"迂回"的突破实际上是在拆除了欧洲思想逻辑的基础地位和优先性的前提下,深入到对决定中西观念、逻辑之显现和成型的**意义背景**的对比分析。"绕行"即摆脱观念内容的表面的同异分析,深入到各自文化之意义集结的底部。即研究在思想、观念、逻辑的背后决定这些思想、观念、逻辑之显现和成型的意义背景。这就是于连所谓的对在语言的深处与社会/历史交互影响的"语意网络"[②]不同的"意义发展方向"[③]的探讨。

---

① 弗朗索瓦·于连、狄爱里·马尔塞斯:《(经由中国)从外部反思欧洲——远西对话》,张放译,郑州:大象出版社,2005年,第122页。
② 同上书,第171页。
③ 弗朗索瓦·于连:《迂回与进入》,杜小真译,北京:三联书店,1998年,第3页。

在这个意义上,"意义"(sense,sens)是先于观念和逻辑的,它不是意识质料的含义统一性及其显现(conception,idea,现象学的"意义"),不是能指与所指的关系联结(结构主义、符号学的"意义"),不是事物的指称或者图像(分析哲学的"意义"),也不是语句中某个语言单位的"意义"(meaning,语言学的意义)。"如本维尼思特告诉我们的,'存在'、'本体论'的说法只是阐明了包含于希腊语的某些意根及某些语法类别里的东西。"①它只是一些原始的"意根"和"语法类别",它比任何经验状态的观念、思想更为根本,是意义方式的原始集结。将它们还原于人的活动的层面,则是指比知识、观念和思想更为源始的作为一种文化传统的日常生活的**示意和领会**。这是于连所最终确定的研究中国文化、中西比较的独特视角:

> 概言之,我由之出发的问题是意义的微妙性问题。……我希冀探寻意义之微妙会把我们导至何方,它特别擅长使用的方式是什么,又是什么把它升至为价值水平。……我并不宣称中国持有"间接"的专利……,而是要利用中国对间接表述的明显偏好——这使我们迷惘、着迷——寻问文化的独创性在意义的"创造"中可能达到何方……②

对于这种独特的关注角度,于连反复强调,如"绘制中国的意义图表"③,展示中国文化"意义或情感的微妙性"(同上),给人提供中国文化的"意义微妙性的旅行"④等等。于连独特的视角是:从**意义论**的角度切入对中国文化的考察。他力图揭示,在中国传统世界,人们如何示意、传达、领会、控制,以及与这种示意、传达、控制的特殊性内在相通的幽深关联。或者可以说,于连所要做的是对汉语世界意义传统的语用学研究。

这当然是一个独特而又一直未曾真正被展开的视角。学者们曾从各种角度去研究中国文化,如研究中国诗学的"文化模子"(叶维廉:《中国诗

---

① 弗朗索瓦·于连、狄爱里·马尔塞斯:《(经由中国)从外部反思欧洲——远西对话》,张放译,郑州:大象出版社,2005年,第185页。
② 弗朗索瓦·于连:《迂回与进入》,杜小真译,北京:三联书店,1998年,第1—2页。
③ 同上书,第3页。
④ 同上书,第4页。

学》,1983),研究中国知识的"关联思维"(葛兰言[Marcel Grant]:《中国人的思维》,1934),研究中国传统世界的"价值结构"(刘小枫:《拯救与逍遥》,1986),研究中国哲学的"内在超越"(牟宗三:《心体与性体》,1968),研究中国文化的"实用理性精神"(李泽厚:《中国古代思想史论》,1984)等等,但是实际上,所有这些被发掘清理出来的中国文化的"特殊性"原本都存在于一种独特的意义状态之中,依赖于那些独特的符码、表达式、话语等微妙构建的语义场而存在。所谓中国文化,其实是由这些微妙的意义构成搭建起来的,比如兵家计谋、书法、中医、黄老道术、传统戏曲、政治谋略乃至日常生活的表达习惯等等。丧失了这些微妙的意义搭建,就失去了中国性。因此,示意或意义构建方向的研究是探讨中国文化特殊性的十分重要的一环。于连研究的目标是:在两个方向——"在希腊传统中构筑我们的意义的方向"(3)与"另一个意义的方向"即"中国方向"(3)——之间"建构对比","在其他划分的影响下,砸烂我们的现实"①,以探讨一种更合理的意义发展方向的可能性。

对中国文化意义发展的特殊性,于连一言以蔽之:"迂回"(détour)。

什么是"迂回"?简言之,"迂回"就是不直说,即"借用外在因素或通过内部的差别"进行**"间接的表达"**②。于连说,整整一个世纪以前,美国传教士阿瑟·史密斯在他的《中国人的特性》一书中就曾经花费了一整章的篇幅来评论"中国人迂回表达的能力"。史密斯说:

> ……对亚裔人,无须认识他们太长时间,我们就能了解他们的天性与我们的有多么不同;这之间的差别就像地球的两极那样针锋相对。……(向他们)指出不要用委婉、迂回的说法、不要滥用同义词以表达其实很简单的思想,也是空话,没有人想简单地表达。因此,中国人能够以千百种不同的方式宣布一个人的死亡,而每一种方式都极其优雅地掩盖了事件的残酷。……无须深入了解中国人,就可以得出结论说:

---

① 弗朗索瓦·于连、狄爱里·马尔塞斯:《(经由中国)从外部反思欧洲——远西对话》,张放译,郑州:大象出版社,2005年,第22页。
② 弗朗索瓦·于连:《迂回与进入》,杜小真译,北京:三联书店,1998年,第13页。

仅仅听一位天子说话,是不可能明白他要说什么的。①

在西方人看来,"迂回"是中国人示意的一大偏好,以至"按字典的解释,被称作'中国人'者,转义是指'过分追求烦琐的人'"。②"中国人",此处当然是指代中国人的文化。比如,兵法里的虚实计谋、以奇用兵,政治上的隐晦、暗示、弦外之音,历史叙述中的曲笔、微言、春秋大义,诗歌里的讽喻、含蓄、言外之意,思想言论中的抑扬转调、以古喻今,拳法上的太极拳,围棋里的包抄迂回,乃至日常交流习惯中的委婉、曲折和"今天天气哈哈"——所有这些,都无不显示了这种文化之区别于西方文化的"迂回"。因此,在于连看来,"迂回"就是那种"在中国如此普遍运用而中国人(却)见而不怪的"早已成为习惯的"意义的运作"③。迂回是我们中国人习之惯之、习焉而不察的"意义运作"的巨大传统。

对这样一种传统,这样一种贯通古今、弥漫中国文化方方面面的几乎无所不在的独特的"意义运作",于连的分析虽然连篇累牍、源源不断,但是,他没有按传统汉学家或西方思想著作常有的方式,"把意义的效果归于**预先设定的范畴**"④,然后再去分门别类地展开分析。比如他没有按政治—诗歌—哲学等领域划分的方式来展开,或通过隐喻—引言—形象等手段分析的方式来展开,或者像语言学/符号学那样,诉诸语义、语构、交流诸要素、语言行为类型的分析等等来展开。于连所做的只是在一次又一次的例证和具体情景的分析中推进、循环:一种与中国思想自身的特质内在契合的显示、延伸和勾连。

2. "迂回"的三个层面

于连的"迂回"分析侧重从如下三个方面展开:

1)"迂回"作为一种策略。于连认为,中国人的"迂回"首先是一种智慧运作的范畴。就是说,"迂回"并不被看做是出于愚蠢、装腔作势或思想贫乏而故作高深,而是被看做一种有意为之的策略。"迂回",是一种"智慧

---

① 转引自弗朗索瓦·于连:《迂回与进入》,杜小真译,北京:三联书店,1998年,第2页。
② 弗朗索瓦·于连:《迂回与进入》,杜小真译,北京:三联书店,1998年,第1页。
③ 同上书,第20页。
④ 同上书,第1页。

运作"的结果,用我们习惯的话说,"迂回"是一种"控制意义的谋略"①。这一点首先鲜明地体现于中国古代的兵家智慧。"在中国存在一个所有古代兵书都坚持的基本原则,那就是避免与敌人直接发生冲突。"②假如两军面对面对峙,无论是进攻还是防守都是一种冒险。战争的艺术是:"在战斗发生之前从内部削弱对方","使敌人在两军对垒时自己就跨了下去"。此所谓"上兵伐谋"。"不战而曲人之兵,善之善者也"③。"伐谋"当然是要用智慧的,因此,在"心战"与"武战"的关系中,中国古人强调倚重"心战",不倚重"武战"。"心战"是以智取,非以力胜,它有一个调度的原则,迂回的原则。"心战"发而为谋,展开为一系列的"正"与"奇"、"直"与"迂"、"虚"与"实"等等的关系调度。"凡战者以正合,以奇胜。"④"奇"就是侧面,就是迂回,"正"就是正面。"实行某种部署以对付敌方的部署,这是正面的关系;而成功地在没有采用特别的部署的情况下控制了对手的行动部署,那就是迂回的关系。"⑤迂回的作用在于,它永远不把自己公开直面地亮相给敌人,而是在"侧击"中出奇制胜;它总是保持自己的主动性,让敌人不知所措,所以"胜利的总是最后仍与敌方保持'侧面'关系的人"(所谓"有余奇者")⑥。但是,迂回、侧面又并不是一味地逃跑、躲闪,而是要有所**示意**,在示意中引诱。在各种虚虚实实、真真假假的迷惑性部署中才能够完成作为战争艺术之"以奇为正"或"以正为奇"的"迂回"。这就是孙子所说的兵战之"诡道":"故能而示之不能,用而示之不用,近而示之远,远而示之近……"⑦因此,"迂回"示意的**意义运作**又是整个"迂回"战略的关键部分。它既是派生于整个战略的"迂回"原则,又是完成"迂回"作战方式("以奇为正")的重要的一环。

当然,作为策略,中国人的"迂回"并不只显现为一种粗糙的计谋状态,

---

① 弗朗索瓦·于连:《迂回与进入》,杜小真译,北京:三联书店,1998年,第4页。
② 同上书,第24页。
③ 《孙子兵法·谋攻篇》,曹操等注:《十一家注孙子》,北京:中华书局,1962年,第34页。
④ 《孙子兵法·势篇》,曹操等注:《十一家注孙子》,北京:中华书局,1962年,第68页。
⑤ 弗朗索瓦·于连:《迂回与进入》,杜小真译,北京:三联书店,1998年,第26页。
⑥ 同上书,第27页。
⑦ 《孙子兵法·计篇》,曹操等注:《十一家注孙子》,北京:中华书局,1962年,第12页。

而是扩张弥漫成了一种整体的文化习惯和文化氛围(详后)。于连认为,这种"迂回"的出现甚至与社会基本的组织形式密切相关,比如远古中国并没有剧场,没有行吟诗人的朗诵,没有体育竞技场,没有公民社会和元老院——那些需要直接面对面博弈的公共组织形式似乎在中国古代都没有大面积的发生。

2)"迂回"的效力。那么,这种迂回的策略有效吗?从纯粹信息交流之传达信息的意义上讲,**迂回**的示意是缺乏效力的,因为"迂回"意味着信道的曲折、信码负载信息的多意(不确定性)或传达方式的非常规性、非规范性等等——"迂回"与信息交流的有效性追求似乎是互相冲突的。但是,人际间的运作与交往显然并不是给出一个信息然后等待接收者去接收这么简单,实际上说话者和听话者无一不是各怀心思、在不同的语境和权力格局中相遇的人。于连说,中国古人在思考如何示意的时候一再强调,最有效的方式不是"公开、正面的陈述",而是情形如"风"的示意。

  风使大地上所有的洞穴轰鸣,它是悠悠乐曲的源泉(参见《庄子》第2章)。再者,风在自身中是不能感知的,人们不能直接感受它,但它在通过的所有地方留下明显的影响:风过之处,"草上之风,必偃。"(参见《论语》XII,19)唯有风在外部激起的震动能向我们揭示它的经过。最后,因为风不可触摸,它能深入到所有地方:它弥漫在我们周围,迂回穿行直至诸物的内部(参见《易经》:巽卦)。①

于连说:"隐藏着的影响——无休止的深入:中国人正是以'风'借以不断出没世界的方式设计了**诗的言语**。"②这是一种与"直接向受话者施加压力、同时向他描画出一种计划并给他规定秩序的政治言语"迥然相异的"言语"。"诗的言语根据'风'的信码含而不露地影响接受者,使之活跃起来,并且由于诗的言语在这方面是间接活动,故更加深入地浸透到接受者之中。"③

---

① 弗朗索瓦·于连:《迂回与进入》,杜小真译,北京:三联书店,1998年,第56页。
② 同上书,第57页。
③ 同上。

  诗的言语使思想的进程改变方向,而不是强压,它轻轻地蜿蜒而行。它并不提供确定、清晰的意义,它以弥漫的方式向它激励的情感显示,而不是以指令方式指名道姓自我表现。因为它并没有固定的内容(终止的、滞结的,但也表现任意什么锋芒的内容),它同样不可能遇到抵抗,依靠其灵活、散漫的无限的流程而侵入意识:这样它能够偷偷地左右意识的方向——但是以更加全面、连续因而也就更加有效的方法。①

通过对"风"之隐喻的解说,于连揭示了迂回何以会更加有效:迂回的示意是一种艺术。它"没有固定的内容",所以"不可能遇到抵抗",它"并不提供确定、清晰的意义",所以它没有政治上敌对的风险。它只是像风一样弥漫,悄悄"使思想的进程改变方向"——这是在一种独特的政治智慧中发展起来的智慧。"多亏诗歌允许迂回,说者避免冒险,听者所闻足以使他知道应坚持什么。"②"主文而谲谏,言之者无罪,闻之者足以戒,故曰'风'。"③——注意,在我们有限的阅读范围中,这是首次从意义论的角度谈到讽喻——诗表达的间接特性就这样提供了说话者"与他所敬言的政权之间的默契",甚至这种"愈推愈远"的深自迂回和委曲"由于曲折而产生的缓和变成为一种怨言"④。

中国古人并不着力于以规范的方式来传达意义和说服——于连说,这是"政治言语"的方式,是西方古希腊的讲演术和修辞术的方式。中国古人崇尚以"诗的言语方式"来示意:它回避冲突、矛盾,绕开戏剧性的论证、说服和辩驳——因为说到底,人是说不服的。你越是力图说服,就越是加强了对方抵抗的决心。服人的最高方式是无言、启示和感动。

3)"迂回"作为文化发展的视角及其展开。但是,难道中国古人的"迂回"示意就仅仅是一种谈话的艺术,或者最多像奥斯汀所言,是一种"以言

---

① 弗朗索瓦·于连:《迂回与进入》,杜小真译,北京:三联书店,1998年,第58页。
② 同上书,第59页。
③ 《毛诗正义》,《十三经注疏》,阮元刻,扬州:江苏广陵古籍刻印社,1995年,第271页。
④ 弗朗索瓦·于连:《迂回与进入》,杜小真译,北京:三联书店,1998年,第64页。

取效"①的言语行为吗? 我们知道,比如诗,如果仅仅止于政治影射或讽谏,很难说是好诗。同样,一种文化,如果其意义开启的方向仅仅止于发展影响他人的谋略,很难设想它会在文化发展的各个方面有辉煌的展开。中国的"迂回"是不是这样呢? 当然不是。于连指出:"当迂回表达的对象不再是**暗示**,这种迂回就不再着意于缓冲或伪装,而是相反,它意在**揭示**。"②"揭示"所显示的是"迂回"的另一面:不是迫于外力或斗争的需要而"迂回",而是出于"揭示"的需要而"迂回"。就是说,"迂回"之有必要,还因为它关系到对一些微妙事物的揭示;对这些微妙的事物,只有通过"迂回",揭示才能"深入",甚至"探幽而入微"。

是什么东西如此之玄妙,以至揭示它的方式也必须是"迂回"的? 于连认为,要理解这一点必须看到中国传统如何理解意识和世界之间的关系。这种关系首先体现于诗。"'诗'最容易说明,并在语言层面上使之突然出现的东西,就是意识与世界结成的关系;诗在我们的'经验'的源头上重建我们。"③中国诗歌经验的独特性在于:

> 按照在中国理解诗的现象的方法,诗人是"借"景以抒发内心感受;他受到外部世界的"刺激",又反过来引起读者的感动。在中国,诗就这样从激励的关系而非表象的活动中产生,世界并不对意识构成"对象",而是在相互作用过程中充当意识的对话者。④

就是说,中国人的"因景而生情"或"借景以抒情"并非是一种**表象现实**的活动,而是一种**情感激发**活动。在这里,意识和世界的关系不是一种认识反映关系,而是一种情感激励关系。因此,"世界并不对意识构成'对象'":"景"作为引发、激励情感的情景或意象不是一种目的在于获取认知信息的"表象"。

于连说,最明晰体现中国人对此的自觉意识的是对"兴"的思考。"兴"

---

① 奥斯汀把言语行为分为三种:"以言表意行为"(locutionary act)、"以言行事行为"(illocutionary act)和"以言取效行为"(perlocutionary act)。参见 J. L. Austin, *How to do things with words*, Oxford, 1962, p. 116.
② 弗朗索瓦·于连:《迂回与进入》,杜小真译,北京:三联书店,1998 年,第 137 页。
③ 同上书,第 141 页。
④ 同上。

的要害在于:1)它是一种诗思之情绪过程的前后联系,不是一种内容上的象征、暗示或比附。所谓"兴,起也"①,是要用"物"来带出情绪,发动"起兴"。在这种联系中,"物"只是"引起"所咏之词的一个引子,它并不是那个既在意识之外又总是要通过"被意识到"而"意向性地"构成意识之"内容"或"本质"的"物"。被引起的"所咏之词"作为"心情"或者"诗意",也并非西方的哲学家们一再定义的那个总是要"意识到某物"的"意识"。"心"与"物"的关系在此完全是一种非表象性的关系。2)它是一种意义非确定性的扩散,而不是一种在意义指向确定之下的表象推移或观念转换。此所谓"'比'意虽切而却浅,'兴'意虽阔而味长"②。和"比"不同,"兴"首先没有在内容上的规定性牵引和指向,它作为"诗兴"的触发点引致情绪的起兴、爆发和弥漫。"兴的价值系于诗的情与言的煽动能力"③。"比"总是要指向"自己"之外,"比只满足于'喻类'人们要说的东西";"兴则构成对作用于'刺激'世界的内在性的真正'震撼'"④。在"刺激"之后,"兴"所引发的情绪之流是不确定的——它不像"比",总要将在场显现的感性内容导向一个外在的观念性的归属。"兴"只是一种"意义的弥漫"。正由于这种弥漫,"兴"进而成为"产生丰富的宝库":它引发"不尽之意";指向情绪的反复潜沉、刺激和回环。所以,"兴"与作为认识活动的"表象"有着迥然不同的目标,它的目标是"言有尽而意无穷"。

> 诗的兴流并不因此把诗的主题引至普遍性的新领域,因为不存在它欲求的其他领域,诗的主题的不定性并不把诗带向更普遍更本质的意义,而是把它变成为因无尽而不定的情的向量。⑤

在这里,意义扩展的方向是一种渗透,由于"兴","这种渗透通过诗的领域与内心的不断交流得以进行"⑥。

何以"揭示"而必须"迂回"?因为诗必须涌动为"诗的兴流",使意

---

① 《论语·泰伯》,朱熹注:《四书五经》上,北京:中国书店,1984年,第33页。
② 弗朗索瓦·于连:《迂回与进入》,杜小真译,北京:三联书店,1998年,第148页。
③ 同上书,第147页。
④ 同上书,第152页。
⑤ 同上书,第187页。
⑥ 同上书,第195页。

扩展的方向处于渗透和弥漫之中。但更重要的是,在这里,显示了中西两种文明之间"异质"的关键:希腊人"从表象的观点出发设想诗的'创造'",中国人则"用'兴'来思考诗的'现象'"①。这是一个**根本的分野**,"表象"、"模仿"、"象征"、"典型"、"理念"是同一种逻辑下的产物,就正如"比"、"兴"、"境界"、"性灵"是同一种思路下的集结。这与文化发展的**视角**相关。"中国的诗是喻意的,因为中国诗的观察角度在于说与不说的关系,它的原则是看重隐意;而希腊文化所发展的视角则是表象性。"②这种"表象性"是我们从诗学理论中的"模仿"、诗歌经验中的"象征"一直到哲学家们的"形而上学"中所一再看到的。"表象性"的关系取定侧重于意识与世界关系的对应和对举,它是以意识与世界之间的差异、距离、对应和直接面对为前提的。但是,中国诗歌的角度是"迂回",是"隐意"、情绪的引入和扩散,其中,"象"并不是模仿和表象,而是情感激发和意味体验的场所,因此它不导向"本质的领域"和"真理"。一句话,"迂回"不是"表象",它的目标不是认识的真理性,它只是引发无尽的体验、领会和启示。这是一条中国智慧所独有的路。

在于连看来,在这条路上巨大的弥散性的**展开**远远超过了诗的范围。在这条路上,圣人"并没有致力于规定普遍性的概念"和建构系统的理论,而是着力于谈话中的启发与提示(孔子);在这条路上,知识没有发展出"理念系统"和"本质领域",而是像"工匠剖玉显示纹理"一样点化启示和指示路径(《易经》);在这条路上,道德思考没有引向"伦理学",而是引向"人心"和"人性"之自然向度的开启(孟子);最后,在这条路上,不可言说之物的思考没有走向本体论,而是在永远的间接和迂回中保持对无限与神秘的聆听(老、庄及道家)。

3."迂回"之为"取义"与中西文化的发展方向

进一步,不同的意义发展方向显示为不同的**观念文化形态**:它们如何取义、意义的文化形态以及对待意义的态度等等。就是说在绕行的深入之后,我们终于可以遵循中西文化自己的脉络而内在地清理它们之间的差异。

---

① 弗朗索瓦·于连:《迂回与进入》,杜小真译,北京:三联书店,1998年,第157页。
② 同上书,第196页。

于连指出,古希腊文化意义发展的基本方向是哲学。

> 自从苏格拉底以来,我们已经习惯了凡是从个别到一般时,都是在寻求抽象的定义(比如"诚","勇"等等)。我们习惯了从具体的例子出发,推导出普遍性(epagôgè),再追溯共同性的本质(en-soi commun)(也就是定义,逻各斯,从此以后适用于遇到的所有个别情况)。①

这是逻辑"定义"式的**取义**。这种取义的方式是在"表象性"的"视角"中被隐含着确定的。"表象性"视角将人和世界的关系取定为认识关系,而认识关系的取定已经先在地决定了古希腊文化把何者视为"意义":它所认定的"意义"是"观念"(idea,idée)。何以以观念为"意义"?因为观念作为意识之"含义的统一性"(概念)乃是表象的"本质直观"或"抽象",是认识之达到"本质"、"普遍性"在知识形态上的具体承载,是客观性和逻辑分类的基础。"观念之物是所有客观认识的可能性条件"②。甚至观念在构词上就是"理念"、"理式"(ideal)的基础。观念的"取义"进而决定了整个"意义发展方向"的哲学式的展开:

> 哲学的历史就是从提出一个观念开始的,就是在不断地提出观念。哲学把一开始提出的观念当成原则,其他的观念都是由此而产生的,思想由此而组织成了体系。这个首先提出的观念成了思想的突出点,有人为它辩护,也有人驳斥它。从提出的这一偏见开始,可以形成一种学说,可以组成一个学派,一场无休止的争论也就由此开始了。③

"观念"决定了哲学的意义指向是"真理",因为观念的理想样式就是"真理"。

> 哲学把目光"盯"在了真理上:公开地专注于真理,声称真理是哲学的价值所在……从此以后,哲学便不断地在这片领地上占据阵地,安

---

① 弗朗索瓦·于连:《圣人无意——或哲学的他者》,闫素伟译,北京:商务印书馆,2004年,第39页。
② 倪梁康:《胡塞尔现象学概念通释》,北京:三联书店,1998年,第234页。
③ 弗朗索瓦·于连:《圣人无意——或哲学的他者》,闫素伟译,北京:商务印书馆,2004年,第9页。

营扎寨。在这片"真理的平原"上,"原则"和"形式"尸横遍野……①

哲学的历史就是一部追求"真理"的历史。追求真理的意志产生了对观念的固执:立场、视角、论证、辩驳、分析,一种对"意义"之类似于神经官能症的刻意追求和执著。"……欧洲知识传统……对'意义'尤为关注:在神经官能症的影响下,一切都有待解释;换句话说,也就是要在症候中理解'冲动的信息'。简单的概括就是:意义—信息—阐释(sens-message-interprètation)。"②真理之意义指向的逻辑于是演变成对观念(意义)之繁复累累、永无止境的论证、反思、争论、捍卫……

但是中国不同,于连说,中国文化意义发展的方向"是智慧"③。智慧是哲学的母体,哲学是在智慧养育下产生的,但是作为意义发展的方向,智慧决然不同于哲学,因为它是一种没有任何意义指向或者说**不固守任何意义方向的方向**。

就智慧而言,它旨在使所有问题**解体**(而不是解决所有问题)。这就是为什么圣人说话时总是采用一种他可以确保其任意演变的含糊其辞的话语;他"若即若离"地言说,"旁敲侧击"地言说——这就是我所说的"隐喻的距离"(la distance allusive)……④

孔子说,"予欲无言","四时行焉,百物生焉,天何言哉?"⑤。孔子强调人言则不明,不言则明,强调"永远不要'明确地表露'言说的对象,而要通过迂回来让他人明白"⑥。圣人对置身于任何具体观点和问题的状态都是看轻的,这就是智慧:它决不陷入孤立地"取义",而只是让人明白。因此,

---

① 弗朗索瓦·于连:《圣人无意——或哲学的他者》,闫素伟译,北京:商务印书馆,2004年,第86页。
② 弗朗索瓦·于连:《建议,或关于弗洛伊德与鲁迅的假想对话》,张晓明、方琳琳译,《跨文化对话》(7),上海:上海三联书店、华东师范大学出版社,2005年,第140页。
③ 弗朗索瓦·于连:《迂回与进入》,杜小真译,北京:三联书店,1998年,第3页。
④ 弗朗索瓦·于连:《建议,或关于弗洛伊德与鲁迅的假想对话》,张晓明、方琳琳译,《跨文化对话》(7),上海:上海三联书店、华东师范大学出版社,2005年,第142页。
⑤ 《论语·阳货》,宋元人注:《四书五经》(上),北京:中国书店,1995年,第75页。
⑥ 弗朗索瓦·于连:《建议,或关于弗洛伊德与鲁迅的假想对话》,张晓明、方琳琳译,《跨文化对话》(7),上海:上海三联书店、华东师范大学出版社,2005年,第142页。

进一步,它也不以"观念"为"意义"。"圣人头脑中不会先有一个观念('意'),作为原则,作为基础,或者简单地说就是作为开始,然后再由此而演绎,或者至少是展开他的思想。"① "原则"或"始基"一经提出,其他的就会自然而然地演绎开来。"但是",于连指出,"**这恰恰是个陷阱**,圣人所担心的,正是这样一开始就定出方向,然后再由这一方向统霸一切的局面"②。因为你在提出某个观念的同时,已经把其他观念压了下去,"准确地说,提出的观念暗地里已经扼杀了其他的观念"③。所以,圣人把所有的观念"统统摆在同等的地位上","这正是他的智慧所在":他认为所有的观念都有同样的可能性,因此"其中的任何一个都不比其他的优先"④。

在这里,观点之争的意义被消解了,问题被解体了,观点背后的立场不再具有"原则性"和"基础地位"了,甚至文化或知识中"原则"与"始基"的结构性奠基根本就没有理由会出现了。正是在无所谓"原则"和"奠基"的意义上,于连说,中国意义发展方向的基本特征显示为"**三无**"⑤:**无存在、无上帝、无自由**。"**存在**"**没有成为认识的方法与认识的价值之源(逻各斯、本体论、真理、认识论),上帝没有成为信仰和超越之源,自由没有成为权利和政治合法性的逻辑之源**⑥。由于根本就不看重观念、知识的充分分化并进而去追思分化的依据,所以也就不会有本体论、价值论和认识论上的分野,不会有主客关系的明晰区分,不会有"先验的主体综合"以及在此基础上的知、情、意的划分,当然更没有需要固守和坚持的"真理"。一切都在一种有同等可能性的开放状态之中,因而一切都不是在一种需要坚守的明晰的逻辑界限之中展开:"意味"在确定与不确定之间,观念在隐喻和逻辑之间,思想在说与不说之间,思想史在断续重复和回环关联之间,"道"(路)在曲折隐显之间——"种种极端都有着平等的可能性",于连说,这"就是'中'",

---

① 弗朗索瓦·于连:《圣人无意——或哲学的他者》,闫素伟译,北京:商务印书馆,2004年,第7页。
② 同上。
③ 同上。
④ 同上书,第23页。
⑤ 弗朗索瓦·于连、狄爱里·马尔塞斯:《(经由中国)从外部反思欧洲——远西对话》,张放译,郑州:大象出版社,2005年,第184页。
⑥ 同上书,第184—198页。

就是中国圣人所追求的智慧境界："中庸"①。

从意义产生、分化的角度看，"中庸"实际坚守的是一种意义尚未分化而可以为各种意义的状态，是各种立场、观点可以在其中得到领会的状态，是"不偏不倚"、不陷入任何一种"立场"之片面性的状态，一句话，是哲学尚未从其中分化出去的意义的原始状态（"智慧"）。因此，这样的"意义发展方向"，第一，就它的整体指向而言，它不是指向观念或观念中的真理，而是指向返回。哲学是前倾、追逐，智慧是回返。用庄子的话说，就是指向意义之"未分"、"未封"、"未定"的"未始"/"本始"状态回返（《庄子·齐物论》）。第二，就对具体观点的态度而言，它指向"观点"与"本始"之间的联系、张力和循环。就是说，它始终强调观点的有限性、局部性、遮蔽性和暂时性，强调保持有"返回"之可能的方式和态度……

在世界已经高度同质化、"观念已经筋疲力尽"②的今天，从哲学向智慧返回是一条重新获得生命力和元气的路。"返回"不是不要逻辑，而是要将哲学与智慧纳入一种共生状态中，有如中国古人说的"阴"和"阳"；"返回"也不是要在时间的意义上回到过去，而是要在意义发展方向的意义上纳入差异，使文化的异质性不仅成为一种被融入或容忍之物，而且成为一种文化生长的机制（所谓"一种思维的时刻"）。而这样做，首先要反对局部硬性的直接比较，提倡在"迂回"的绕行之中深度进入，其次不只是要吸取在迂回的对比中所得到的启示，而且要将中国的意义发展方向纳入欧洲文明的内部。简言之，就是要在欧洲思想的深部输入"迂回"：既是一种思想方式的"迂回"，也是一种意义发展方向的"迂回"。

---

① 弗朗索瓦·于连：《圣人无意——或哲学的他者》，闫素伟译，北京：商务印书馆，2004年，第23页。

② 同上书，第5页。

第二章 以"意"论诗:中西意义论论域的草描与中国诗意论的开端

与结构主义或新批评关注文学性不同,中国传统文论的关注重心是诗意。

"照烛三才,晖丽万有,灵祇待之以致飨,幽微籍之以昭告"①,——这些话是讲诗意的。讲诗在意义之聚集和呈现上独特的建构和穿透("照烛"、"晖丽"、"昭告"),讲诗由此而来的"感天地,动鬼神",换言之,是讲诗在意义上的**建构性**、**揭示性**、**影响力**。显然的是,人生的诸多意义只有诗才能够"照烛",比如爱情、韵味、美感、神圣乃至存在的意义等等。这种独特的意义建构、揭示及其在传达效果上的"感天地,动鬼神",是诗所独有的。"凡斯种种,感荡心灵,非陈诗何以展其义?非长歌何以骋其情?"②——一直到今天,都很难有什么话对诗意之揭示性的描述比钟嵘的这些话更为有力。

实际上,关于诗意中国古人有极为深切的认识。诗意在人生中的重要,它的独特性,它的品相与质地、状态和功效,它对人生意义的照亮、凝聚和揭示等等,一直是中国传统文论源源不绝的探讨核心。这方面的讨论在传统文论中可以说浩如烟海。那些包容极为广阔的关于诗文的谈论绝大多数都直接或间接地与此相关:诗旨、诗教、诗义,风、雅、颂,气、味、韵,风骨、情采、隐秀、性灵说、滋味说、肌理说、神韵论、境界说,《春秋》笔法、微言大意,"尽而不汙"、"婉而成章",豪放、雄浑、自然、婉约、清丽、高古、飘逸,围绕各"品"的分析、品鉴,如何出诗意、上品级的修炼、养气和技法,围绕上述种种而来的故事、事例和典故……所有这些,都显示了中国文论对诗意的巨大关

---

① 钟嵘:《诗品》,何文焕辑:《历代诗话》上,北京:中华书局,1981年,第2页。
② 同上书,第3页。

注,甚至可以说,诗意论是中国文论的母题。

不过,古代的诗意论并非是西学式的在明晰分类学背景下的探讨,它没有现代西学语言论转向之下的符号学、语言意义论论域的背景性奠基,而是多维度、宽泛整体的经验聚集和累进性的谈论。这样的谈论不是建立在严格观念的逻辑分析之上的,甚至很少有对诗意内部结构的符号学分析。所以研究中国古代的诗意论,首先是要破除那种以西方结构主义或分析哲学为标准的意义理论观。要承认那些谈诗意之状态、品诗意之韵味、说诗意之含蕴、求诗意之境界的讨论仍然是、甚至是**更为本真**的诗意的研讨。要承认无论是现象学、分析哲学还是结构主义的意义理论,都只是探询意义的路径之一。要承认,即使在海德格尔、罗兰·巴特或德里达这样的大师笔下,对意义问题之深微复杂的讨论仍然只是人类意义之思的沧海之一粟……

也许持之以恒、绵延不绝地对诗意的讨论在中国文论的背景中太稀松平常了,以至20世纪以降,用现代人的研究眼光来看古人之论诗意竟一直没有成为一个值得研究的课题。就是说,在20世纪,中国古代的诗意论在整体理解上是被淹没的,它被表现与再现、形式或内容之类的"眼光"分解了。这些"眼光",一言以蔽之,即盛行近一个世纪之久的意识哲学/心理主义的解释模式。在这种模型之下,文学的内容变成了对内容来源的还原性理解,文学被阐释为作家对其时代的再现或表现。在20世纪,中国古代文论的"研究课题"要靠西学知识谱系为依托而后根据"现实需要"才能够"呈现",因此,中国古代那种多维度、宽泛整体地谈论诗意的传统,被从不同的角度肢解成意识哲学或心理主义的种种"理论"和"观点"。但是,有一点是毫无疑问的:作品文本的意义决不等于作品中所包含的意识内容和情感。这样,在中国传统文论的现代阐释史中,古代浩如烟海的诗意论竟一直没有从意义论的角度去打量。今天,我们要学理性地谈论古人的诗意论,如果没有西方语言学转向之文学意义论的意识背景,仍然是不可能的。因为这个缘故,时至今日,对古人建立在精细分辨力之上的许许多多诗意的"品鉴",诸如司空图品诗的"二十四品"、窦蒙品书的"二百四十品"、皎然"辨体"的"一十九字"、袁枚的《续诗品》、马荣祖的《文颂》、魏谦升的《赋品》等,我们已经丧失了细致的分辨能力,我们经常只能在具体的诗文品评中才能感受到古人诗意品鉴的深刻和精彩。

第二章 以"意"论诗：中西意义论论域的草描与中国诗意论的开端

为了进一步展开研究，我们首先需要对中西文学意义论的论域给予一个简单的草描。这部分我拟围绕中国传统的以"意"论诗来展开讨论。

同时，本章也力图描述中国传统诗意论**历史布局**的第一个环节：直接的以意论诗和中国诗意论的历史开端。

第一节 以"意"论诗

中国古代文论、诗论中，以"意"论诗（文）是最了然明白的"诗意"论。因为它直接就是以"意"为核心来谈诗论文。学界一般认为，以"意"论文在文论上的具体发端起于将哲学上的言意之辩推进至文论上的以意论文。①

陆机（晋）说："余每观才士之所作，窃有以得其用心。夫放言遣辞，良多变矣。妍蚩好恶，可得而言。每自属文，尤见其情。恒患意不称物，文不逮意。盖非知之难，能之难也。"②这可能是中国历史上第一个从正面明确地以言意论的视野来论文之创作。南朝范晔提出文"以意为主，则其旨必见；以文传意，则其词不流"③。曾祖荫先生认为，这"是文意论最早的雏形"④。因为在这里，"意"已成为文章创作和表达的核心，而前此（两汉）似乎是"文气"之论占主导。逮至齐梁，刘勰非常突出地将"意"在文中的地位推到极高："至于思表纤旨，文外曲致，言所不追，笔固知止。至精而后阐其妙，至变而后通其数，伊挚不能言鼎，轮扁不能语斤，其微矣乎！"⑤刘勰甚至提出了关于文之意义的特殊性、微妙性的"隐秀"之论："隐也者，文外之重旨者也；秀也者，篇中之独拔者也。隐以复意为工，秀以卓绝为巧，斯乃旧章之懿绩，才情之嘉会也。"⑥某种意义上，整个《文心雕龙》的内在逻辑都与以意论文的潜在思绪相关：正因为为文之"意"如此玄妙、深微，有如此重要的

---

① 参见曾祖荫：《"文以气为主"向"文以意为主"的转化——兼论中国古代艺术范畴及其体系的本性》，《华中师范大学学报》，2001年第6期。
② 陆机著，张少康集释：《文赋集释》，北京：人民文学出版社，2002年，第1页。
③ 范晔：《狱中与诸甥侄书》，《宋书》卷六十九，四部备要本，第571页。
④ 曾祖荫：《"文以气为主"向"文以意为主"的转化——兼论中国古代艺术范畴及其体系的本性》，《华中师范大学学报》，2001年第6期。
⑤ 刘勰：《文心雕龙·神思》，范文澜注，北京：人民文学出版社，1962年，第436页。
⑥ 刘勰：《文心雕龙·隐秀》，范文澜注，北京：人民文学出版社，1962年，第632页。

承担("原道"、"宗经"、"征圣"),所以才要有"养气"、"情采"、"神思"、"风骨"等等。紧接着,梁代钟嵘的《诗品》已经是一个以意论诗、追思诗意之特殊性的典型的中国式展开:先有《序》,以揭示诗意独特的"昭告"、揭示之功,将诗意的独特性追索至"味",阐述诗意之于人生的意义,并探索如何做才能到达"诗之至也":

> 夫四言文约意广,取效风骚,便可多得,每苦文繁而意少,故世罕习焉。……故诗有三义焉:一曰兴,二曰比,三曰赋。文已尽而意有余,兴也;因物喻志,比也;直书其事,寓言写物,赋也。宏斯三义,酌而用之,干之以风力,润之以丹彩,使味之者无极,闻之者动心,是诗之至也。若专用比兴,患在意深,意深则词踬。若但用赋体,患在意浮,意浮则文散,嬉成流移,文无止泊,有芜漫之累矣。①

这里的整个论述可以说都是在讲述诗意的特殊性,探讨如何达到这种特殊性的通达途径。在此基础上,钟嵘进而论述各种诗意的质态、品相,为这些品相提供相应的实例,然后,以此为根据,将诗意之论落实到史的具体研究——对前此的诗歌(人)进行分类(《诗品》)。钟嵘以意论诗的展开方式开了后世各种各样的诗品、文品、赋品、画品、字品乃至诗话、词话等融论、品、史为一体的文论文体之先河。自此以后,我们知道,从唐宋一直到清末(王国维的境界说),以意论文(诗)、论书、论画、论曲等等在中国文论中有极为广阔的展开,甚至几乎占据了中国文论的主流(详见下章)。

但是,长期以来我们主要是以意识哲学、心理主义的方式来解释古代文论。以意论诗的"意"被广泛解作思想、观念、意图、情志、意绪情思等等。这样的理解可以解释那些明显以意图、情志来论"意"的言论,诸如"意在笔先",文"以意为主,则其旨必见,以文传意,则其词不流"(范晔:《狱中与诸甥侄书》)之类,但是显然不能解释下面这些论"意"的语句:

> 静,非如松风不动,林狖未鸣,乃谓意中之静;
> 远,非谓淼淼望水,杳杳看山,乃谓意中之远。②

---

① 钟嵘:《诗品》,何文焕辑:《历代诗话》上,北京:中华书局,1981年,第3页。
② 皎然:《诗式》,何文焕辑:《历代诗话》上,北京:中华书局,1981年,第36页。

第二章 以"意"论诗:中西意义论论域的草描与中国诗意论的开端

……遇之匪深,即之愈稀,脱有形似,握手已违。①

噫,近而不浮,远而不尽,然后可以谈韵外之致耳!②

故其妙处透彻玲珑,不可凑泊,如空中之音,象中之色,水中之月,镜中之象,言有尽而意无穷。③

这些古代诗论中著名的论"意"的话,并不是简单地讲作为心理内容的情思意绪,而是讲诗意作为一种独特意义的内容——它的质地,它的状态,它的精微。换言之,是对诗意独特性的探讨,而不是说诗要表达主观的意和情。这里,隐含着表达方式的要求,意义类型的要求和传达之分寸、技巧的要求。就是说,它是对一种特殊的意义构建、意义类型和意义质态的探讨(古人所谓"诗意")。从创作动力上说,"诗意"的特殊建构当然可以说是起于"言志"或者"缘情",但是,仅就作诗的动力和所要表达的心理内容而言,言志、缘情并没有揭示出诗意及其语言表达的特殊性。显然的是,诗意的话语机制是不能够还原于"言志"、"缘情"的,"诗意"不能够还原为写诗者的意图或者动机。

这样,在阐释上就提出了一个不能回避的要求:我们在理解背景上必须将文学作品的心理内容和文学作为一种特殊文类之独特的意义建构区别开来,将古人对诗性话语的意义把捉与对写诗动机的心理描述区分开来。这里的情形大约类似于韦姆塞特对"意图"和"文学作品"的区分,茨维坦·托多诺夫对"文学作品"与"文学性"的区分④。而在意义哲学的意识背景上,则是要告别意向主义的意义论,而取"语构"或"语用"的立场。

那么,以意论文(诗)的"意"是什么?"意"就是意义吗?以意论文就是中国的诗意论吗?进一步,中国的诗意论就是中国的文学意义论或者文学语言的意义论吗?这些是我们首先要弄清楚的问题。

---

① 司空图:《二十四诗品》,何文焕辑:《历代诗话》上,北京:中华书局,1981年,第38页。

② 司空图:《与李生论诗书》,郭绍虞集解:《诗品集解》,北京:人民文学出版社,1963年,第47页。

③ 严羽:《沧浪诗话·诗辨》,郭绍虞校释:《沧浪诗话校释》,北京:人民文学出版社,1961年,第26页。

④ 参见茨维坦·托多诺夫:《诗学》,赵毅衡编选:《符号学论文集》,天津:百花文艺出版社,2004年,第185—258页。

第二节 "意"与意义

1. 什么是"意义"？

先看何为"意义"。

现代汉语中的"意义"大约对应于英语中的两个词：meaning 和 significance。前者是指语言的意谓，后者是指语言所揭示或表达的价值内涵（评价与情感）。在此意义上，meaning 长期以来被看做是语言的逻辑内容，比如罗素、穆勒的"指称"，休谟的"观念"，从早期维特根斯坦的"原子事实图像"、戴维森的"真理"、胡塞尔的"意向性内容"到海德格尔的世界诸环节的"因缘联络"等对"意义"的探讨，都大致相当于对英语中 meaning 的哲学考察。这里的 meaning，一言以蔽之，是指语言的认知性、再现性或者指称性、观念性内容。与此相应，significance 是指语言的价值性、情感性或者表现性内容。在现代西学传统中，不仅有逻辑与情感、认识与评价的二元区分（逻辑、认知意义的奠基性与情感、评价意义的衍生性），而且早期的逻辑实证主义者对 significance 是否具有揭示性是基本否定的。维特根斯坦有名言：意义总是关于……的意义，"世界的意义必定在世界之外。世界中的一切事情就如它们之所是而是，如它们之所发生而发生；世界中不存在价值——如果存在价值，那也会是无价值的"。[①] 因此，我们不可能回答世界的意义。这里的意义就是指价值性的意义。在早期的维氏看来，信仰、审美之类的意义是"不可说的"，"对于不可说的东西我们必须保持沉默"[②]。

但是，海德格尔视意义为"世界的因缘联络"[③]已包含着对逻辑论、认识论意义观的突破。因为在这里，意义不仅是一种"观念"，而且是语言和存在之关连，即世界诸环节通过语言而建构，而得到揭示、敞现的联系。因此，语言就不只是传达观念的工具了，它是存在的揭示者和看护者。"语言是存在之家"不是说存在"在"语言中，而是说世界的意义及其真相是由语言

[①] 维特根斯坦：《逻辑哲学论》，贺绍甲译，北京：商务印书馆，1996 年，第 102 页。

[②] 同上书，第 105 页。

[③] 参见海德格尔：《存在与时间》第 18 节，陈嘉映、王庆节译，北京：三联书店，1986 年，第 102—109 页。

来建构、揭示和看护的①。在现代西方的文学意义论中，海德格尔开启的是一条非常独特的突破之路：不是从一般语言哲学的角度去分析语言的逻辑意义(meaning)和评价性意义(significance)，而是从工具论语言观的突破入手去揭示认识论、逻辑论意义观的缺陷和文学语言之非逻辑的意义独特性。"在习常之见中，语言被当作一种交流工具。语言是为语词交流与求得一致服务的，并一般地用于交往。但是，语言不只是，并且最初不是对要被交流者的一种口头表达与书面表达。"②"作为让存在者之真理的事件发生的一切艺术，本质上都是诗。"③"语言不仅用语词和陈述提出那显明者或明显地需要交流的东西；而且，唯有语言才首次将存在者如其所是地带入敞开之中。"④作为艺术的语言的意义之维，由此不只是一种认知交流意义上的观念，而是一种揭示和敞开。

结构主义诗学的文学意义论同样是在工具论语言观的突破中打开缺口：语言的诗性功能在于它突破惯常的实用性交流而另有重心。

> 语言中涉及的六个要素，除信息本身之外，我们已经全部提到。指向信息本身和仅仅为了获得信息的倾向，乃是语言的诗的功能。……这样一种功能，通过提高符号的具体性和可触知性（形象性）而加深了符号同客观物体之间基本的分裂。⑤

雅可布森认为，日常的实用性交流在于突出"语境"——"用另一个较为模糊的术语说，就是'指称物'"。因为实用性交流的目的在于让信息接受者了解语言所传达的对象，所以，语言符号同所传达的事物之间的联系应该是规范的、简明的、通畅的，这种语言是"及物的"，它没有"符号同客观物体之间的分裂"。雅可布森说这种"趋向于语境的倾向"的功能可以"简称"

---

① 参见海德格尔：《语言的本质》，孙周兴编选：《海德格尔选集》下，上海：上海三联书店，1996年，第1061—1120页。
② 海德格尔：《艺术作品的本源》，成穷、余虹、作虹译：《海德格尔诗学文集》，武汉：华中师范大学出版社，1992年，第65页。
③ 同上书，第64页。
④ 同上书，第65页。
⑤ 罗曼·雅可布森：《语言学与诗学》，赵毅衡编选：《符号学论文集》，天津：百花文艺出版社，2004年，第180页。

为"'指称性'、'外延性'或'认知性'功能"。这是常规的实用性交流。但是,"假如我们从语言所承担的信息这一角度去分析它(语言),就不能把信息这一概念仅局限于语言的认知性方面"。① 他说,一个著名的俄罗斯导演曾指导他的演员从"今天晚上"这一短句中创造出 40 种不同的信息,表达 40 种不同的情感状态。当他们把这些相应的信息录在录音带上,然后放给俄国人听时,"多数信息都被正确而详实地译解出来",而且"所有这些情感密码都是经得起语言学分析的"②。诗性的功能在于突出信息本身:它让信息本身——它的具体性、可触知性、可潜沉性等等凸现出来,从而造成涵义的丰富、不定和直接感受的空间,造成信息接受者、阅读者在品味、潜沉中的延宕,造成阅读中符号和所指对象的"分裂"。正是从这里开始,结构主义诗学走向对诗性语言的组合与相当关系(纵组合关系)的规律的探讨(雅可布森),对"字面意义"和"内涵性讲述"(discours connotattif)的探讨(茨维坦·托多诺夫),对文学语言之隐喻系统和内涵意义的探讨(雅可布森、罗兰·巴特),对修辞意义与逻辑意义之关系的探讨(德里达、保罗·德曼)等等。也正是在这个意义上,**结构主义诗学仍然是一种特殊的文学语言意义论**。

显然,对 meaning 和 significance,我们不能仅仅从认知性和评价性的角度进行把握,无论是海德格尔关于意义揭示性的分析,还是结构主义关于诗性语言的意义构成的描述,都不能简单地还原成认知性或评价性的内涵,它比认知与评价的二元区分所能揭示的内容更为深微、复杂得多。甚至对意义作认知与评价的区分性诠释本身就是意识哲学、意识中心论在语言学转向之后的一种残留。

2. 汉语中世界的"意"和"义"

那么,"意"是否就是意义?

可以肯定,古人之所谓"意"是属于今天汉语所说的"意义"的范畴,但是今天汉语的"意义"在外延上要大于古人以意论诗的"意"。

---

① 罗曼·雅可布森:《语言学与诗学》,赵毅衡编选:《符号学论文集》,天津:百花文艺出版社,2004 年,第 176 页。

② 同上书,第 177 页。

先看"意"。

"意",在文字结构上属于"心部"。《说文》:"意,志也。从心。察言而知意也。"①段玉裁注:"志,即识,心所识也。""意"有两训:一训为"测度",二训为"记"。测度是指以己之意而测他人之心。此时的"意"就是"億"。孔子所谓"不億不信","億则屡中"②,孟子所谓"说诗者,不以文害辞,不以辞害志;以意逆志,是为得之"③,都是指测度而言。训为"记"是指心之识见。段玉裁注:"训'记',如今云记忆是也。俗字作'憶',《大学》曰'欲正其心者,先诚其意','诚'谓实其心之所识也。"④无论是"记"还是"億",都是"心音",都是从意向的角度确认话语的意义。在此意义上,"意"作为意义,是从意向的角度来显示的。此时,"意"的实际含义就是"旨",是主体所欲传达者。但是首先,被测度之意从测度者的角度看,就已经不是自己的意向,而是存在于话语或文本中的他人之意,因而它相对于测度者而言具有客观性。其次,古人论意,凡论及对世界的揭示性(即"道"之显现),从来都是强调"意"与"道"的通连。张怀瓘说:"夫翰墨及文章,至妙皆有深意,……玄妙之意,出于物类之表,幽深之理,伏于杳冥之间,岂常情之所能言,世智之所能测,非有独闻之听,独见之明,不可议无声之音,无形之象。"⑤庄子说:"意之所随,不可以言传也"⑥,唯高智者才能够领会。"冥冥之中,独见晓焉,无声之中,独闻和焉"⑦。——对玄妙之意,领会尚且需要高智,它又岂能是主观的"情"和"志",通常意义上的"意"和"旨"? 实际上,在古人对"意"的论述中,随着"意"的深度不同,它的含蕴就逐渐从主观的意向向"道"的领会、向客观的"意义"转变。前面所引的意向论不能解释的那些"意"已经极大地演变成了诗、文的客观含义,它所突出的"意"的重心已经

---

① 许慎著,段玉裁注:《说文解字注》,上海:上海古籍出版社,1988年,第502页。
② 《论语·先进》,宋元人注:《四书五经》,北京:中国书店,1984年,第46页。
③ 《孟子·万章章句上》,宋元人注:《四书五经》,北京:中国书店,1984年,第71页。
④ 段玉裁注语,许慎著,段玉裁注:《说文解字注》,上海:上海古籍出版社,1988年,第502页。
⑤ 张怀瓘:《张怀瓘议书》,张彦远编:《法书要录》卷四,北京:商务印书馆,1936年,第67页。
⑥ 《庄子·天道》,郭庆藩:《庄子集释》第二册,北京:中华书局,1961年,第488页。
⑦ 《庄子·天地》,郭庆藩:《庄子集释》第二册,北京:中华书局,1961年,第411页。

不是对传达者而言的"旨",而是针对阅读者而言的"意"(意蕴)。在此,意旨和意蕴区别开来。进一步,所谓"玄妙之意"更是针对**言与道**的关系而言的,**它对意的含义是从言语和世界的关系来显示的**:"意"是显示于领会之中的深微的"道"。

因此,在不同的语境中,作为心之所识,"意"有三义:1)在表达和被表达的关系中,"意"是被传达的"旨"("心音",意图、意向、思想情感等等);2)在解读和被解读的关系中,"意"是与符号的言、象、形相区别并笼罩和决定后者的"意"(意义、含蕴等等);3)在揭示和被揭示的关系中,"意"是通向并显示宇宙之内在性的精微之意(深意、玄意、道,不尽之意)。

在上述"意"的诸种含义之外,今天汉语中的"意义"一语还加入了古汉语"义"的语素。《说文》:"义,己之威仪也。"段玉裁注:"古者'威仪'字作'义',今'仁义'字用之。仪者,度也,今'威仪'字用之。谊者,人之所谊也,今'情谊'字用之。郑司农注《周礼·肆师》:'古者书"仪"但为"义"',今时所谓"义"为"谊"。是谓'义'字为古文'威仪'字,'谊'为古文'仁义'字。"①而按古训,"训'仪'为'度',凡'仪像'、'仪匹',引申于此"。"'义'之本训谓'礼容各得其宜也'。礼容得其宜则善矣。"因而,"义"者善也,"董子曰'仁者人也,义者我也',谓仁必及人,义必由中断制也。从羊者,与善、美同意"。②仔细分析,此所谓"义"仍有三义:1)相当于"价值",所谓"从羊者,与善美同意";2)"义"是社会性的、有人际负担的价值,即所谓"义"古训为"度","义"者宜也;3)"义"是活生生感受状态的直接承担,"义者我也","义必由中断制也"。概言之,"义"的基本含义是言语的价值性内涵。现代汉语的"意"、"义"连用,极大地加重了"意义"一语的价值含蕴,以至在今天的汉语的日常表达中仍然常常是"意"、"义"不分。

但是,传统以意论诗(文)之"意"在大部分情形下并没有包含前述"义"的内涵。不管是论隐秀、论滋味、论不尽之意、言外之意,还是论真意、论境界、以禅喻诗或以品论诗,都很少涉及"义"。"义"是道德性、价值性的,它是具体历史状态中的经验内容,表现于诗文则是关于内容的道德性要

---

① 许慎著,段玉裁注:《说文解字注》,上海:上海古籍出版社,1988年,第633页。
② 同上。

求。但以意论诗之所谓"意",不是对诗文具体内容的道德要求,甚至主要不是论诗的心理内容、社会内容,而是指**诗意之表达、建构及其品质**(审美状态)的特殊性。要说是内容的规定,它也是审美的或诗意的。这里的情形约莫类似于茨维坦·托多诺夫对结构主义诗学的确认:"结构主义者的研究对象并不在于文学作品本身。他们所探索的是文学作品这种特殊的话语的各种特性。"①儒家正统文论强调"诗言志"和"诗教"(温柔敦厚),但是只有当"诗言志"、"温柔敦厚"演变成了一种诗歌**意义品质**的要求(雄浑与含蓄等),它才成为传统以意论诗的有机组成部分。

实际上,"义"与"意"在古汉语中有相当密切的关联,二者的互文是经常出现的。皎然说:"取象曰'比',取义曰'兴',义即象下之意。"②刘知几论史强调"言近而旨远,词浅而义深,虽发语已殚,而含意未尽"③。司马迁说屈原《离骚》"其文约,其辞微,其志洁,其行廉,其称文小而其指极大,举类迩而见义远"④。在这些用例中,"意"与"义"都几乎可以通用。但是,汉语的发展在揭示"意义"的三个维度(意向、规则/结构、语用)中,有一种更细致的分化倾向逐渐显示出来:对意义,"意"偏重于从意向的角度去表述,"义"偏重于从语言结构的客观含义的角度去表述。因此在现代汉语中,我们讲"词义"、"含义"更多的是用"义",而讲文本的思想内容则更多的是用"意",诸如"思想意义"、"深刻意义"、"中心意义"等等。而对具体意义的准确领会则必须依赖于语境中的语用分析。

同时,现代汉语中的"意义"还摄入了西学、西语中相关语词和学术讨论的内涵,输入了 meaning、significance、value、sense 等语词的相关含义。今天汉语中的"意义"应该有 meaning、significance、value、sense 等义素。即有:意谓,价值,对意谓、价值的领受性(significance,意蕴)、感知性(sense,意味)内涵。西文 meaning、significance、value 的区别和语言学转向的学术思潮

---

① 茨维坦·托多诺夫:《诗学》,赵毅衡编选:《符号学论文集》,天津:百花文艺出版社,2004 年,第 190 页。
② 皎然:《诗式》,何文焕缉:《历代诗话》上,北京:中华书局,1981 年,第 30 页。
③ 刘知几:《史通·叙事》,浦起龙:《史通通释》上,上海:上海古籍出版社,1978 年,第 174 页。
④ 司马迁:《史记·屈原贾生列传》,《史记》卷八,北京:中华书局,1975 年,第 2482 页。

极大地加强了汉语学术界对汉语"意义"一语的分析性把握和纵深理解。

第三节 意义论诸维度

但是,意义论并不等于对"意义"内涵的研究,意义论并不等于语义学。

1. 意义理论的三个维度

在现代西学中,意义理论(the theory of meaning)有广义和狭义之分。狭义的意义理论就是指语言哲学中的语义学。在这个意义上,"意义理论的基本问题是:理解语言表达的意义究竟意味着什么?"①换言之,即从根本上回答什么是意义。狭义地看,语言表达的意义实际上与三个因素直接相关:1)语言表达的意图,2)语言表达的内容,3)语言表达的应用方式。用哈贝马斯的话说,语言表达的意义与这三个因素之间"存在着三重关系",而"一般说来,任何一种关系都无法穷尽语言的全部意义"②。与此相应,意义理论也主要是从这三个因素出发去揭示语言的意义。

首先是从格里斯、本内特到西福的意向主义语义学。这种观点认为:语言在本质上是交流的工具,说话者运用他所创造的语言符号或符号群向对方表明自己的立场和意图。说话者 S 在特定的语境中说出"x",以便在听者 H 那里产生效果"r"。关键是,这种观点认为,S 所表达的"x"的意义,只能用 S 在特定语境中说"x"的实际意图来解释。语言表达的实际意义和语言表达的内容显然是不相等的,否则我们就无法解释什么是"罔顾左右而言它",什么是"言在此而意在彼"。这里就有一个言说者向表达的内容**赋义**的问题。这里假设的前提是:言说的内容"x"的含义本身是不确定的,它并不具有客观的规范性内容。它的具体含义要由言说者来赋予或创造。而从根本上说,语言这种符号的意义都是由人来赋予或创造的,比如海德格尔

---

① 于尔根·哈贝马斯:《后形而上学思想》,曹卫东、付德根译,南京:译林出版社,2001年,第64页。

② 同上书,第91页。

所一再强调过的"命名"①，胡塞尔所说的意识作为直观的"赋义"②。语言的使用不过是对这种原始赋义的常规化运用。而即便是面对已经高度成熟发达了的语言系统，说话者的每一次使用仍然是一次赋义的选择和创造。我们很容易看到这种意义观的主体论和意识哲学背景。如果语言只是从言说者的意图中来获得意义，那么它就丧失了自身内在结构的自主性。

其次是从弗雷格、早期维特根斯坦到达米特的形式语义学。与意向主义语义学相反，这种观点关注的重心是语言表达的形式。它认为语言的语法形式远远不只是语言表达的形式这么简单，它是语言本身的**规则系统**。相对于该规则系统，说者或听者的动机、意图或领会都是次要的，重要的是由规则系统所支持的语言所表达的客观意义。因此，意义理论的研究对象是语言自身的形式特征和生成规则。意义理论的目标不是要研究运用语言的心理学，而是要对语言本身做严格的意义分析。"始终要把心里的东西和逻辑的东西、主观的东西和客观的东西明确区别开来。"③"涵义不像主观的表象那样，它是公共的、可交流的和确定的。表征（colouring）、涵义和所指是意义理论所处理的内容，而观念则不是。"④

严格的意义分析，就是要分析语言的逻辑语义学结构。逻辑语义学的意义分析主要有指称语义学和命题语义学。指称语义学分析语言最小的意义单位**指称**，力图由此确定意义、真值和传达有效性之间的关系。"现在，我们似乎有理由指出：和一个指号（名称，词组，表达式）相联系的，不仅有被命名的对象，它也可以称为指号的指称（nominatum），而且还有这个指号的涵义（sense）、内涵（connotation）、意义（meaning），在其涵义中包含了指号出现的方式和语境。因此，……暮星和晨星的指称虽然是同一个星辰，

---

① 参见海德格尔：《语言》，孙周兴选编：《海德格尔选集》下，上海：上海三联书店，1996年，第990—1004页。

② 参见胡塞尔：《含义意向行为的现象学统一》，《逻辑研究》第二卷第一部分，倪梁康译，上海：上海译文出版社，2006年，第47—50页。

③ 彼得·哈克：《语义整体论：弗雷格与维特根斯坦》，涂纪亮主编：《语言哲学名著选辑》（英美部分），北京：三联书店，1988年，第40页。

④ 同上书，第49页。

但这两个名称具有不同的涵义。"①弗雷格进一步指出,"指号,它的涵义和它的指称之间的正常联系是这样的:于某个指号相对应的是特定的涵义,与特定的涵义相对应的是特定的指称,而与一个(对象)相对应的可能不只有一个指号。同一种涵义在不同的语言,甚至在同一种语言中,是由不同的表达式来表述的。"②因此,关键是要研究各种不同的表达式。——显然,指称的涵义只是语言中的一个孤立的局部,它只涉及弗雷格所说的"专名表达式"的意义,所以要真正把握语言的意义,还必须把意义分析的单位扩大到语句。弗雷格进而创立了命题语义学。语句的涵义显然不只关涉作为一个句子成分的指称,而是关涉整个句子的陈述,即命题。一个没有指称的语句仍然可以有涵义,比如一个虚构的陈述,但是如果我们明知是一个虚构的陈述,就会将该陈述判定为假,而对假的陈述人们是不会信以为真的。由此可见,一个命题有效的关键是它的真值。早期维特根斯坦反复强调:"只有命题才有意义;只有在命题的联系关系中,名称才有指谓。"③与弗雷格将表达式的涵义看成是它对于确定语句真值条件所分担着的东西相仿,维特根斯坦认为,命题的意义在于它是世界原子事实的图像及其形式规则。分析一个命题的涵义就是分析命题所对应的"原子事实"及其语言图式的逻辑结构。这里,语言的意义摆脱了与意图、观念的联系,但是强化了语言与世界之间的关联。有意义的陈述被看做是与作为事实的世界直接相关,命题的意义被看做是它所复现的事态。只有在被表达事态存在的时候,命题才是正确的。换言之,我们理解这个命题的意义,就是理解这个命题为真的条件:"理解一个命题,意味着知道若命题为真的事情该是怎样的。……理解一个命题的组成部分也就理解这个命题。"④这样,意义理论的核心就变成了对命题真值的探讨,形式语义学因而变成了真值语义学。

再次,从晚期维特根斯坦开始的意义应用理论。根据形式语义学对真值与意义关系的探讨,语言的真值就是语言表达的有效性。反过来,我们很

---

① 戈特洛布·弗雷格:《论涵义和指称》,涂纪亮主编:《语言哲学名著选辑》(英美部分),北京:三联书店,1988年,第2页。
② 同上书,第3页。
③ 维特根斯坦:《逻辑哲学论》,贺绍甲译,北京:商务印书馆,2002年,第35页。
④ 同上书,第44页。

容易由此得出一个结论:没有真值的表达就是无意义的表达。这里,真值等于意义。对于从事文学研究的人来说,这样的结论显然是难以接受的。我们没有办法去确定一首诗或一句小说叙述的真值,但是显然,我们既不能说诗或小说的描述是无效的表达,也不能说它们没有意义。形式语义学孤立地关注了从名称到命题的真值问题,但是忽视了活生生的语言行为的广阔度和它的极端复杂性。

正是从这里出发,维特根斯坦揭示了语言表达的行为特征。

> 那么,一共有多少种语句呢?比如说,断言、问题和命令?——有无数种:我们称之为"符号"、"词"、"语句"的东西有无数种不同的用途。而这种多样性并不是什么固定的、一劳永逸地给定了的东西;可以说新的类型的语言,新的游戏,产生了,而另外一些则逐渐变得过时并被遗忘。①

生活中,语言主要不是用来表述或断定事实,而是用来命令、解谜、说笑、致谢、诅咒、问候、祈祷、推测、报告、提问等等。所有这些,都是一些行为,而不仅仅是命题或陈述。为了同前此语言哲学的孤立化、抽象化的倾向区别开来,维特根斯坦把所有这些无比丰富、无法归类的语言现象称之为"语言游戏"。"在这里,'语言游戏'一词的用意在于突出下列这个事实,即语言的述说乃是一种活动,或是一种生活形式的一个部分。"②对于这样一些无限丰富的活动,我们只有置身在其中才能明白其意义。因此他说,语言的意义就是它的使用。"在我们使用'意义'这个词的各种情况中有数量极大的一类——虽然不是全部——,对之我们可以这样来说明它:一个词的意义就是它在语言中的使用。"③那么,我们怎么能知道如何使用一个词、一个语句呢?维特根斯坦认为,孤立地理解一个词或一句话是不可能的。一句话的用法决定于该语言的规则系统,而语言的规则系统又和整个的生活世界、文化传统、社会惯习密切相关。因此,"理解一个语句意味着理解一种

---

① 维特根斯坦:《哲学研究》,李步楼译,北京:商务印书馆,2005 年,第 17 页。
② 同上。
③ 同上书,第 31 页。

语言。理解一种语言意味着掌握一门技术"。① 理解一种语言意味着掌握一种生活方式。

维特根斯坦的语用学理论导致了意义理论的语用学转型,导致了从奥斯汀、塞尔到哈贝马斯的语言行为理论的纵深发展。

2. 文学意义论的特殊性

但是如前已述,语言哲学中的意义理论没有实现向文学意义论的有效推进。

尽管后期维特根斯坦已经注意到语言使用的无限丰富性,但是**要实现从实用性语言行为的意义分析过渡到对文学行为或文学话语的意义分析,还有很长的路要走**。文学话语的复杂性在于:它既不能等同于语言的逻辑意义或本真性的规范意义,又不是任何一种语境性的实用语言行为。它的意义既不能通过单纯意向分析(意向语义学)、语言规则系统的规范分析(形式语义学)来解答,也不能通过向实用关系(实用语义学)的还原来解答,毋宁说,与各种各样生活中的语言游戏相比较,它是更本真、更纯粹的"语言游戏"。

关键是,迄今为止,关于语用的种种分析,包括行为主义的语言行为类型的描述,都并不能够强有力地确认:文学或者诗,究竟是一种什么样的语用?哈贝马斯的交往行为理论对社会语用学的推进、对在后形而上学时代用语言论来分析解决社会价值诸领域的推进是世界瞩目的,但是我们看到,恰恰是对如何解决文学意义问题的回答,成了他在诸种重大理论问题回应中较贫乏、较缺乏启示性的部分②。文学的语用难以确认,实际上表明:从语用的角度分析文学的意义与普通的意义分析呈现出效果迥然不同的差异,在普通的意义分析中以效果见长的语用视角对文学的意义分析却不得要领。这就是语言哲学的意义理论不能取代俄国形式主义、结构主义诗学、新批评和文学阐释学的地方,也是文学意义论成为一个不会被哲学语义学所取代的独特领域的理由。

---

① 维特根斯坦:《哲学研究》,李步楼译,北京:商务印书馆,2005 年,第 120 页。
② 参见哈贝马斯:《论哲学和文学的文类差别》,《现代性的哲学话语》,曹卫东等译,南京:译林出版社,2004 年,第 218—246 页。

显然，自海德格尔以来的文学阐释学、接受理论和自雅可布森以来的文学语言学、文学叙事学都绝不仅仅是谈论所谓的形式问题，而是对语言的诗性在各种层面上之体现、聚合和结构规则的探讨。这样所展开的当然是对文学的独特意义及其机制的研究，而不能看做仅仅是研究了形式或技巧。因此，这些研究可以看做是广义的意义论。这里涉及一个参照视野的转变。实际上，只有在意识哲学、主体中心论的**参照背景**之下，我们才会把从俄国形式主义、结构主义到新批评的"内部研究"归结为"形式主义"，因为意识哲学的框架已经先验地把"内容"指派给了文学作品中的"意识"以及该意识所"反映"的现实，即指派给了文学作品的心理内容。那些非心理内容的语言、结构、叙述之类当然就只能是"形式"。这里根本就不涉及文学的意义问题。**文学的意义机制在此是被"内容/形式"的区分所遮蔽的**。只要"内容"被确认为具体的心理内容，"形式"就变成了这些内容的"组织构造"和"表现方式"，"意义"因而就一定是"意向"、"情感"或者"反映"，而文学话语独特的意义类型和意义机制就前提性地被消解了——它顶多被看成是一种意义的呈现方式而已。这样，对诗性或文学性的意义类型及其机制的探讨就统统都被看成了与意义无关的"形式主义"。但是，按现代语言学的观点，对一个文学文本的诗性功能、意义实现而言，恰恰是那个似乎是与"意义"无关的符号机制才是根本性的，因为是它而不是"意图"/"反映"，决定了一个文本具体的意义实现及其效果历史。

本课题考察的重心是，在中西思想史上，关于文学的意义论究竟是如何展开的？

第四节　诗意论的发生：中国传统诗意论的语用转换

现在，我们可以比较集中地来看中国古代的情况。

与古希腊以意识为逻辑核心而关心诗、哲学和世界的关系（模仿论）不同，意义问题是中国古代自先秦就十分关注的问题，甚至可以说意义论辩是中国自先秦以降就一直保有的巨大思想传统。这与西方在现代语言学转向之后意义问题才成为一个众所关注的领域迥然不同。名实之辨（循名以责实）、言意之论（《周易·系辞上》）、微言大义（《左传·成公十四年》）、诗教之说(《礼记正义》卷五十)等等,所孜孜关注的核心就是一个"言"与"意"的关系问题。这种深厚的传统为中国传统诗意论的发展奠定了相当厚实的基础。但是要看到,这里的言意之论并不都是讲诗的,而是对所有成文之言和重要场合的人际言谈的共同要求。也就是说,它是一般的言意论。而前述以意论诗的"意"是讲"诗意",按西方的意义论传统,那是讲意义的一个特殊类型。一般的意义论显然并非都是讲诗意的,比如言意之辨的"意"就并不都是讲诗意,而是讲所有的语言、文本乃至天地万物之"意"。

这里有两个问题十分关键:第一,一般的言意论对言意关系如何理解?有什么特殊要求?第二,一般的言意论是如何向"诗意"论过渡的?要解答这两个问题都必须回到先秦、两汉讨论言意问题的具体语境。换言之,中国古代对言意问题的独特关注、特殊要求乃至从普通言意论向诗意论的推进转换,实际上都决定于**独特的语用**。

1. 语用规定:"讽喻"和"微言大义"

为了简便起见,不妨仍然以论诗为例。

如前已述,中国古代的以意论诗(文)直接起于魏晋之际的言意之辨向文论领域的贯彻运用。但是,古代的诗意论其实还有一个更重要的历史传承:儒家的讽喻之论和微言大义的史学传统。正如弗朗索瓦·于连所指出,中国古人的表达特别看重示意方式的迂回。他甚至据此而断言,古代希腊示意的经典方式是政治,中国古代的经典方式是艺术,仿佛迂回的就是艺术的、诗意的。于连没有强有力地揭示:为何中国古代的传统特别强调迂回?迂回的示意又如何转化成了艺术?

在我看来,这两个至关重要的环节都**与中国古代诗意之论的语用转换密切相关**。

先说最初的语用。我们知道,从先秦到两汉,古人论诗主要是讲用诗的经验。要么是讲《诗经》的政治用途,要么是讲写诗的"大义"(讽喻)。在这里,诗的语用实际上是实用性的,对诗的意义规定是一种语境性的规定。古人一再强调诗要有"大义":诗言志、美刺、观风,"上以风化下,下以风刺上"①。这里实际上规定了一种意义状态:以小言大,不尚直言。孔子说:

---

① 《毛诗正义》,《十三经注疏》,阮元校刻,扬州:江苏广陵古籍刻印社,1995年,第271页。

"温柔敦厚,诗教也。"①《毛诗序》说:"古时有六义焉:一曰风,二曰赋,三曰比,四曰兴,五曰雅,六曰颂。"②刘勰非常贴切地理解了"六义"要求的重点:"诗文弘奥,包韫六义,毛公述传,独标兴体,岂不以风通而赋同,比显而兴隐哉!……观夫兴之托谕,婉而成章,称名也小,取类也大。……炎汉虽盛,而辞人夸毗,诗刺道丧,故兴义销亡。"③司马迁评《离骚》说,"其文约,其辞微,其志洁,其行廉,其称文小而其指极大,举类迩而见义远"④。表达的仍然是一种以小言大,曲笔微言的意义要求。这种意义要求与史学的"微言大义"传统是完全一致的。《左传·成公十四年》说:"故君子曰:'《春秋》之称:微而显,志而晦,婉而成章,尽而不汙,惩恶而劝善。非圣人谁能修之?'"⑤后人称此为"春秋五例",视为中国正统史学基本的意义表达规范("微言大义")。显然,这里的意义论并不是抽空了语用环境的抽象的意义论,不是一般地、抽象地思考"言"和"意"各自是什么?关系若何?而是一种意义表达的规范性要求和修辞策略。

这种独特的意义要求是在一种特殊的语境之中被确定的。表达之所以要曲折迂回,是因为诗、史被用于一种独特的用途——它所面对的对象是君王。在这里,语境关系是非常明确的:君臣之间,或者君、臣、民之间。诗、文、赋所运用的语境不仅是政治的语境,尤其是**君臣对话**的语境。

> 风,言圣贤治道之遗化也。赋之言铺,直铺陈今之政教善恶;比,见今之失,不敢斥言,取比类以言之;兴,见今之美,嫌于媚谀,取善事以喻劝之。雅,正也,言今之正者,以为后世法。颂之言诵也,容也,诵今之德,广以美之。⑥

诗何以要兴寄讽喻,温柔敦厚?因为是臣下要有谏于君、美刺于君。因

---

① 《礼记正义》卷五十,《十三经注疏》,扬州:江苏广陵古籍刻印社,1995年,第1609页。
② 《毛诗正义》,《十三经注疏》,扬州:江苏广陵古籍刻印社,1995年,第271页。
③ 刘勰:《文心雕龙·比兴》,《文心雕龙注》,范文澜注,北京:人民文学出版社,1962年,第601—602页。
④ 司马迁:《史记·屈原贾生列传》,《史记》卷八,北京:中华书局,1975年,第2482页。
⑤ 《春秋左传正义》卷二十七,《十三经注疏》,扬州:江苏广陵古籍刻印社,1995年,第1913页。
⑥ 《毛诗正义》引郑玄注,《十三经注疏》,扬州:江苏广陵古籍刻印社,1995年,第271页。

此《毛诗序》说："上以风化下,下以讽刺上,主文而谲谏。言之者无罪,闻之者足以戒,故曰风。"①君臣之间（"上下"）的权力格局——君对臣的生杀大权和臣对君的敬畏,决定了这种话语意义构建的特殊性："谲谏"。这是一种在巨大压力下的策略性的迂回。这方面古人有极其入微的探讨,甚至"赋"这种文体在很多人的理解中就是专门为"劝"而产生的："赋之言辅"。

实际上,从先秦到两汉,中国思想展开的基本现实语境就是君臣对话的语境。我曾经指出:从先秦到两汉的中国文人智者,"确乎曾与各种人对话,但是所有智者关乎治道军国的严肃谈话都有一个或隐或显的恒久对象:君王。这就是本书前文一再强调过的'君'、'臣'对话结构,或者说先秦谋略智慧之思维展开的现实语境结构。这种语境结构注定了春秋战国时期的文化智慧主要是在君臣关系的夹缝之间展开。无论孔子、孟子、韩非子诸人事实上是否真的做了某一位'君'的'臣',在他们不管是不是对'君'者的谈话和文章中所频频出现的'王'、'王者'、'人君'一类的话语客体都表明:君臣对话的确是一个最重要、最具普遍意义的语境结构,它甚至内化为智者展开思想的基本语境"。② 中国的诗、文、史,一句话,中国传统的示意表达为什么具有明显的迂回、委婉的特征？这是同中国从先秦到两汉文人群体（"士"阶层）的社会关系、位置、理想（文化教义）、生存的依托和出路密切相关。③ 而这样一种对诗的意义的规定显然不是就诗而论诗,而是一种**语用/语境的规定**。这样来论诗,当然并不是讲诗本身的意义的特殊性,而是讲诗作为一种策略行为的独特的意义构建。在这里,诗的价值和意义是不在于诗意本身的。

在此,我们可以看到对诗文意义要求的四个层次:1)"意"之曲直、隐露、迂回——君臣对话的语境规定;2)"意"之大小,微言大义,辞约义丰——"言"与"意"的关系规定;3)"意"之指向,由近及远,由浅至深,兴寄、寄托、比兴——"大义"的内涵规定;4)"意"与言、道、文,文道关系,"大道""小道"——"意"之关联环节的关系。这里展开的以意论文是一个相当

---

① 《毛诗正义》,《十三经注疏》,扬州:江苏广陵古籍刻印社,1995年,第271页。

② 吴兴明:《谋智、圣智、知智——谋略与中国观念文化形态》,上海:上海三联书店,1994年,第99页。

③ 参见上书第一编。

完备的意义论系统。

与此同时,发端于《周易·系辞上》的言意之辨也同样是一种语用性的论断。这种独特的语用不是别的,就是占卜。

> 子曰:"书不尽言,言不尽意。"然则圣人之意其不可见乎?子曰:"圣人立象以尽意,设卦以尽情伪,系辞焉以尽其言,变而通之以尽利。……是故夫象,圣人有以见天下之赜而拟诸其形容,象其物谊,是故谓之象。圣人有以见天下之动而观其会通,以行其典礼。系辞焉以断其吉凶,是故谓之爻。"①

显然,这里的"象"是指卦象,"言"是指系辞,而"意"是指圣人所"观"到的天下之势的"汇通",最终是指通过系辞而判断出来的"吉凶"。由于"吉凶"是"天下之动"运行"会通"的结果,因此它已经不是简单的圣人的主观之意("旨"),而是与"天下之动"运行不息的"道"密切相关,是圣人领会了"天下之动"的运行会通而对吉凶祸福的具体判断。

在这里,带出了后世言意之辨纵深展开的四个环节:言、象、意、道。

这里的意义论视野一开始就是多重的:"言"与"意"似乎是意向论的视角、"象"与"道"似乎是语构论(语言和世界的关系)的视角,而整体的分析又似乎是语用论的视角。对这种**诸多视角的杂糅并合**,我们只有放在它的语用针对性(占卜)当中去才能够理解。

2. 视角转换

但是,在《庄子·天道》篇中,"言"、"意"关系却显然已经从具体的语用状态中抽离出来,变成了对语言与世界的关系的关注,其核心是**语言的揭示性及其局限**。

> 世之所贵道者书也,书不过语,语有贵也。语之所贵者意也。意有所随。意之所随者,不可以言传也,而世因贵言传书。世虽贵之,我犹不足贵也,为其贵非其贵也。故视而可见者,形与色也;听而可闻者,名与声也。悲夫,世人以行色名声为足以得彼之情!夫行色名声果不足

---

① 《周易正义·系辞上》,《十三经注疏》,阮元校刻,扬州:江苏广陵古籍刻印社,1995年,第82—83页。

以得彼之情,则知者不言,言者不知,而世岂识之哉!①

……轮扁曰:"臣也以臣之事观之。斫轮,徐则甘而不固,疾则苦而不入。不徐不疾,得之于手而应于心,口不能言,有数存焉其间。臣不能以喻臣之子,臣之子亦不能受之于臣,是以行年七十而老斲轮。古之人与其不可传也死矣,然则君之所读者,古人之糟粕已夫!"②

在此,关注的重心是言、意、道之间的关系。不是在特殊语用中的具体关系,而是抽离了具体语境的一般关系。言、象、意、道的关系模型变成了普通意义论:它已经从《易经》的占卜语用中抽绎出来。"言"不再是"系辞",而是泛指一切书与言,"象"也不再是"卦象",而是一切可见之"形与色"。

这里的语境抽离是非常重要的,它使中国古代思想首次有了一般的意义论模型。对文论而言,它不仅奠定了魏晋之际言意之辨的基础,而且为魏晋之际的言意之辨直接向以"意"论文过渡提供了可能。这里,值得注意的是庄子对"意"的特殊关切角度。在庄子,"意"当然仍然是言者所得之意,但是这个"意"的意义规定不是主观的情志("旨"),而是人所领会到的"道"之敞现。"意"的意义不在"意"本身,而在"意之所随",它"得之于手而应于心","口不能言","以神遇"而不"目视"("官知止而神欲行")。它是"物之精",可以"以意会而不以言传"。这样,言、象、意、道就变成了一个由外而内、由浅入深、由粗至精、关乎所有"言"的终极意义的符号学模型。"意"的意义在最终的意义上就不仅与"领会"相关、与"物象"(形色,具体之物)相关,而且与"道"相关,**"意"于是有识见、物色、玄意三重含义**。这是道家对意义问题特别强调的侧重点,也是道家对世界意义的哲学的独特贡献。

实际上,魏晋的以意论文(诗)当然不只是言意之辨在文论、诗论上的直接运用这么简单,它牵涉在魏晋时代整个意义理论的语用转型。言意之辨不过是一个巨大的社会思潮转型的先声。(它之所以能成为这个先声,就是因为它是来源于道家,有庄子的转换在先)

仍以文论为例。如前已言,《文心雕龙》的《比兴》篇对"兴"的阐释是完全遵从儒家诗教的,"原道"、"宗经"、"征圣",表明诗教之论是整个《文

---

① 《庄子·天道》,郭庆藩:《庄子集释》第二册,北京:中华书局,1961 年,第 488—489 页。
② 同上书,第 491 页。

第二章 以"意"论诗：中西意义论论域的草描与中国诗意论的开端

心雕龙》的基本立场，以小言大的意义规范主要是一种实用语境的策略要求。但是，我们马上就可以看到，就是在刘勰那里，"辞约义丰"、"言近旨远"的要求常常已经变成了**诗文本身的意趣**要求：

> 隐也者，文外之重旨者也；秀也者，篇中之独拔者也。隐以复意为工，秀以卓绝为巧，斯乃旧章之懿绩，才情之嘉会也。夫隐之为体，义主文外，秘响旁通，伏采潜发，譬爻象之变互体，川渎之韫珠玉也。故互体变爻，而化成四象；珠玉潜水，而澜表四方。①

刘勰说，"情在词外曰隐，状溢目前曰秀"②。"隐秀"的要求不仅是"辞浅"和"意深"，而是关乎整个阅读效果的意义趣味："深文隐蔚，余味曲包"，"动心惊耳，逸响笙匏"③。这里对整个"隐秀"的意义分析都不是出于诗文的外在功利性语用，而是出于诗意趣味本身。换言之，是一种超越了外在功利的审美性要求。这与论"兴"的探讨角度是迥然不同的。就语言行为的类型划分来看，儒家诗教的"言近旨远"、以小言大属于政治语用，是奥斯汀所说的"以言行事"行为，尤其是君臣应对的"策略行为"。这里，"言""意"之间的大、小、远、近，属于整个行为策略对意义的要求和限定。而"余味曲包"、"动心惊耳"所描述的，则是直接阅读的审美状态，属于哈贝马斯所说的"戏剧行为"或奥斯汀所说的"以言取效"行为，它的意义要求（"隐秀"）属于直接的审美要求。

在古代文论中，这种从政治语用向审美语用转变的一个根本标志是：用**"味"**来表述对诗文、绘画、音乐的意义分析。"味"是领受性的。"味"和普通认知性意义的接受、理解的根本区别在于：**"味"意味着理解本身构成了享受**。它因此也从直接的**理解享受**而非从这种**理解的策略功能**来评价诗文。这一点到钟嵘就表现得特别明显："……宏斯三义，酌而用之，干之以风力，润之以丹彩，使味之者无际，闻之者动心，是诗之至也。"④（《诗品

---

① 刘勰：《文心雕龙·隐秀》，《文心雕龙注》，范文澜注，北京：人民文学出版社，1962 年，第 632 页。
② 同上书注所引《岁寒堂诗话》逸文，第 633 页。
③ 同上书，第 633 页。
④ 钟嵘：《诗品》，何文焕辑：《历代诗话》上，北京：中华书局，1981 年，第 3 页。

序》)"味"是从接受者、读者的角度来讨论意义的。"若专用比兴,患在意深,意深则词踬。若但用赋体,患在意浮,意浮则文散,嬉成流移,文无止泊,有芜漫之累矣。"①如果要从心理内容来分析,可以说"味"比价值、评价更主观,它基本上可以归结为一种体验/情绪性内涵。但是在古代甚至一直到今天,"味"都是中国人评价诗文乐舞画是否具有"诗意"的一个重要标准。一个文本的意义效果如果"味同嚼蜡",就不能以"诗"视之。因为它缺乏"诗"的基本意义品质。在古文论中,类似的概念还有"韵"、"风"、"趣"等。在西方意识哲学的强大传统之下,"味"成为意义的一个部分或一种面相是不能想象的。实际上从古希腊一直到现代分析哲学早期、结构主义早期(索绪尔)、现象学(胡塞尔),意义的基本内涵都是"观念"(idea),不仅语言的体验性内涵不能构成意义,连评价性内涵也是"无意义的"。而"味"较之于"意",显然离观念更远(当然,"意"也不是"观念",详后)。

关键是,从直接审美享受的角度来论意义在魏晋是一种普遍的时代倾向。前此的"味"一直隐含在"品评"之中,而"品"在魏晋之时成了一种时尚。品评人物、品评文章与谈玄论辩、放任自然、书法、绘画等一起成为意趣追求的文化样式。清谈从避祸的手段转变为兴趣盎然、高谈阔论的聚会方式,玄学从功利之学转变成非功利的意义追思,自然从避祸的手段转变成"隐逸",绘画从画像转变为"畅神"(宗炳),诗歌从"言志"扩展到"缘情"(陆机),书法从文字书写发展到"意在笔先"(卫夫人)等等。在这种整体性的文化转型中,诗文的意义内涵于是从政治语用的意义要求向文学性、审美性的意义要求扩大。"味"与"韵"就是在这样的背景下凸现出来的:它们被逐渐确认为"诗意"的基本内容。

在这里,与西方意义理论一个令人惊异的差异是:中国古代没有以观念论为核心的对意义内容的认知性规定,认知内涵没有成为语言意义的基础。"微言大义"、"谲谏"之"意"("旨")当然也可以说是进言者力图表达的识见,但是,那仅仅是臣下或同僚的策略建言,绝对不能等同于"道"之显现的圣人之言。绝对不能说所有言语的基本意义都包含着圣人之言,或者说日常言谈的意义是奠基在"道"的意义规定之上的。在古代中国没有产生真

---

① 钟嵘:《诗品》,何文焕辑:《历代诗话》上,北京:中华书局,1981年,第3页。

第二章 以"意"论诗:中西意义论论域的草描与中国诗意论的开端

理的概念,也没有认知、情绪、意义的严格区分。因此,理论上从政治语用向一般意义论的提升,再向审美语用的过渡,都不需要回到对认知意义的分析作为视角转换的逻辑基础。比如,我们可以比较亚里士多德《诗学》为了从"模仿论"角度而论证艺术审美价值所作出的艰苦努力。在中国古代,不仅情、志、意向(旨)可以为"意","趣"、"味"、"韵"、"境"、"入神"等也都可以是"意",甚至对于诗而言,它们是比"知"、"识"、"见"等更为重要的"意",因而对道家文论或以禅喻诗而言,它们比"知"、"识"、"见"等更为接近"诗道",乃至为"诗道之极","至矣,尽矣,蔑以加矣"①!

在中国诗意论的发展历史中,魏晋时代的分析视角是一次极为关键的转变。它意味着中国的诗意论从策略性的政治意义论经过道家、魏晋玄学的普遍意义论的过渡扩展到以诗为本位的意义理论正式出场。自此之后,中国的诗意论开始了它极为丰富和复杂的历史展开。当然,也正因为这种时代性的巨大的语用转型,声韵论(沈约)等才成为一种合理的要求。

那么,以意论诗是否就是古人关于诗意论的全部呢?显然也不是。那些没有明确以"意"来谈论的内容,比如诗言志,比如性灵论,比如以气论文或者以禅喻诗等等,不仅并非无关乎诗文的意义,反倒常常是更精彩的意义言说。因此,实际上是不是意义论,并不在乎是否明确用了"意"这个词,而是看它实际上是否与诗的意义言说或理论探讨直接相关。

---

① 严羽著,郭绍虞校释:《沧浪诗话校释》,北京:人民文学出版社,2005年,第8页。

第三章　诗意的独特性:从"不尽之意"到境象论

那么,作为一种意义形态,诗意的特殊性究竟何在？或者问:究竟是什么原因使诗意的讲述同普通的实用性讲述区别开来？与此相关,诗意的意义形态有哪些可以描述的特征？

这些是我们在讨论中西方文学意义论的时候须得重点关注的问题。

中国传统文论对诗意独特性的正面讨论主要体现为相互关联的三大命题:诗味论、不尽之意、境象论(含以禅喻诗和意境论)。如前所言,要把捉到这些诗意的独特性需要一种眼光,就是说,在这些直接诗意论背后隐含着一种视角,是它使中国传统文论的诗意论成为可能。

为了更深入地讨论中国的诗意论并从中寻绎思想脉络,我们不妨再一次回返到中国传统诗意论的视角,然后再展开关于诗意论命题的讨论。

第一节　诗意论的视角奠基

如前已述,在魏晋时代中国传统文论的言、意论发生了从政治语用向审美语用的大面积转变,而为这一转变奠基的是庄子。——显然,前面对《庄子》言、意之论的讨论是不充分的。实际上,《庄子》的意义追思不仅开启了中国后世极为独特的诗意论思路,而且对当代西方文学文类的语用学研究也极富启示意义。可惜的是,无论是中国的文学理论界,还是西方普拉特(M. L. Pratt)等人的文学语用学理论,都没有在文学话语的语用学研究上发生与庄子的对话。

1. 奠基:"原域"作为言说的视界

如前已述,《周易·系辞上》关于言、象、意、道关系的论述由于是针对占卜的具体语用,没有能突破为一般的语言意义论,中国关于语言一般意义论模型的建立要等到《庄子》的《齐物论》。但是前文没有紧接着追问：这是一种什么样的模型？它的原创性建立对于人类关于语言意义的思考究竟意味着什么？在意义创造的价值目标上，这一模型的内在指向是什么？

《周易·系辞上》的言、象、意、道之论没有突破，是因为它拘于占卜的语用；儒家的讽喻之论、微言大义没有突破，是因为它拘于君臣对话、"王道"要求的政治语用；名辩家的"循名责实"没有突破，是因为它拘于为君者操"名"以责臣（政绩）之"实"的实用性追求①。但是，**所有这些作为目的行为的实用性语用**都不是庄子考虑的。庄子考虑的是：在所有实用性语用之先，作为**实际语用之根据**的语言和意义的**原始聚集**。注意，这是一种**视野**。对这一视野的特殊组建，我在另一篇论文中用了一个词："原域"。

原域文论的思路是就天道而论文，它将对文的思虑、打量置放在天人之间。此所谓天人之间又不是司马迁、董仲舒所谓察"天人相与之际"②。司、董着眼于在天人之际察由天道而确定的人世盛衰的规律，因此，司、董的出发点是建构性、人间性的。而原域的文论是要在天人之际察言、文意义的源始之发生，其命意所指是要不断地回返意义的本始。因此，原域文论中的所谓"天道"并不是儒学中被王道化、社会化了的礼仪、制度、规范、理气等等，而是永远无法道出的"意之所随"，即意义的根据。正因为它是抛开一切历史状态中的意义体系——思想、理论、体制、言辞、传统、是非等事实性的意义规定、意义状态而源始地思量意义之所从来，因此，我们将它命名为"原域"的文论。

现在，我们可以更明确地说，"原域"即是摆脱了一切实用性语境而单纯从**语言的揭示性和意义之原始发生**来论意义。这是一个独特的视野，一种眼界，一种摆脱了一切实用语用而关注纯粹言说的打量。在中国传统智慧中，"原域"就是从**天道**而论言、文、艺，即从从社会、日用**之外**来思量人世间。这里，"天"是自然之天，即作为人世间一切事物之基础、可能之根据的本源之天。它解脱了一切"用"的工具性规定——认知、道德、政治、实用，

---

① 参见吴兴明：《谋智、圣智、知智：谋略与中国观念文化形态》，上海：上海三联书店，1993年，第122—123页。

② 《汉书·董仲舒传·举贤良对策》，《汉书》，北京：中华书局，1962年，第2498页。

但又是一切"用"的基础和根据之所从来。实际上,它差不多就是西文中那个与此非常相近的概念:"存在"(Being)。只有"存在"本身才是超越了一切"用"之规定和"看"之角度的①。因此,在突破语言之工具性和追溯语言的敞现性、揭示性、意义的原始聚集的思路上,庄子和海德格尔的思路是一致的。或者可以这么说,"天道"作为中国"原域"论语言观的起点,就是中国的存在论和存在论的语言观。

从天道而论文,首先是要问:那先于人世间一切意义的意义是怎么来的。因此,庄子之论言,一开始就将思量的重心取定于意义的源始之发生:

> 夫言非吹也,言者有言。其所言者特未定也。果有言邪?其未尝有言邪?其以为异于鷇音,亦有辩乎?……道隐于小成,言隐于荣华。故有儒墨之是非,以是其所非而非其所是。欲是其所非而非其所是,则莫若以明。②

> 古之人,其知有所至矣。恶乎至?有以为未始有物者,至矣,尽矣,不可以加矣!其次以为有物矣,而未始有封矣。其次以为有封焉,而未始有是非也。是非之彰也,道之所以亏也。③

> 夫道未始有封,言未始有常,为是而有畛也。请言其畛:有左有右,有伦有义,有分有辩,有竞有争,此之谓八德。六合之外,圣人存而不论;六合之内,圣人论而不议;春秋经世先王之志,圣人议而不辩。④

"封",界限、区分;"常",在区分之中的确定性;"畛",在区分、确定之后的言语板结、观念板结、传统—社会的网络板结。成言,即区分,即确定。社会的意义系统由语言的区分、确定而建构。但是,庄子要追问的是:那一切"用"之区分的意义分割是根据什么?要分割,必有被分割者,而被分割者,必有分割之先和分割之后。那么,被分割者仅仅是分割之中的意义么?不是,因为同样的被分割者可以有无数次的被分割。那么,是什么来决定分

---

① 参见海德格尔:《物》,孙周兴选编:《海德格尔选集》下,上海:上海三联书店,1996年,第1165—1183页。
② 庄子著,郭庆藩集释:《庄子集释》一,北京:中华书局,1961年,第63页。
③ 同上书,第74页。
④ 同上书,第79页。

割到的意义呢？仅仅是分割本身吗？也不是，"夫言非吹也，言者有言"。只要成言，它就一定是有超越于分割本身的根据的。但是，那超越于分割本身的意义根据之**难言**在于："其所言者特未定也"。它不是进入分割之中的确定、"有封"之"意"。只要成言，它就一定已定、已封，只要已定、已封，它就一定是某种"观点"或者"识见"，只要是某种语用状态的"观点"和"见识"，它就一定把"存在"或"天"之显现固定在某种"观"和"用"之中。而我们能说出来的只有"言"。——因此，"道"是"意之所随"，它根本无法言，不可言。

> 世之所贵道者，书也。书不过语，语有贵也。语之所贵者，意也，意有所随。意之所随者，不可以言传也……①

言、意、道（天）在此呈现为显映中的悖反。

人为"道"之领会而得意，为"意"之表达而成言，但是所有成言都已经是成"意"，所有为"意"都一定是实际语用状态下的已封、已定的"识见"和"观点"，——那么，人还有办法走出实际语用的"偏见"而言说吗？人如何在这一悖反之中而成言呢？

因为不可言，人们会常常忘记它。因此要警示区分、确定，即意义之社会建构的危险：它会使人拘于某种确定的意义，将历史状态中的意义（成言、陈言）当作变动不居的"道"本身，它会使人在某种事实性意义系统中争论不休而忘记意义的本始。所以关于"言"，庄子有"大言"、"小言"的分辨。所谓"大言炎炎，小言詹詹"②。"小言"，是事实性状态中的"言"，"大言"是道、世界、宇宙的敞现性、可道说性，大言和小言的关系是：先有世界的可道说性，而后有小言之成言。关乎此，庄子不惜反复强调，惟有"天道"的敞现性、可道说性，才是"意之所随"，是意义之成为意义的根据和本始。

> 故分也者，有不分也；辩也者，有不辩也。……③
> 夫道未始有封，言未始有常，为是而有畛也。④
> 有以为未始有物者，至矣，尽矣，不可以加矣！其次以为有物矣，而

---

① 庄子著，郭庆藩集释：《庄子集释》一，北京：中华书局，1961年，第488页。
② 同上书，第51页。
③ 同上书，第83页。
④ 同上。

未始有封也。其次以为有封焉,而未始有是非也。

"分",必有"不分"在前,而后才有"分";"封",必先"未始有封",而后才有"封";言,必先有"未定"者,而后才有确定之言。意义的原始之发生、成言,是从"不分"到"分",从无"封"到有"封",从"未定"到有定。因此,关于走出实际语用的"偏见",我曾指出,按庄子的逻辑:

> 欲为"有封",须先回到"无封",要为"有分",须先回到"无分",欲成人言,须先回到无言。无言即道之领会,即"大言"境界,即聆听"天籁"而"看"到世界的敞现性。这就是听之而不闻其声,视之而不见其性的"真宰"、"真矣"状态。"有以为未始有物者,至矣,尽矣,不可以加矣!"①

一言以蔽之,走出实际语用"偏见"的方法是:在言说中回到意义的源发处,即回到悬置、解脱了各种"用"之取舍和观点之分割的存在的领会。

这就是"原域"。

原域所呼唤的实际是保持原域的向心力。作为"不尽之意"的源始根据,原域的保留是一种持存,一种回返不绝的生发。在我看来,这也就是"天道"之域。所谓"天"其实就是自然的,但是,这里的"自然"作为一种视野、一种意义呈现的根据,是解脱了社会、人世间一切目的行为的"用"之分割的"天地"本身,本然之天。人以亲近之心、自然态度而与天地万物相往来,其间,没有世俗眼界的"用"之取舍和利欲之心,没有道德高下,价值等差,意义分割,只有心随神遇,这就是"游"和"齐物"的境界。在这里,**"齐物"其实是讲意义论的**。讲意义源始的分割之据。"游"其实是讲意义领会的生动、原发、不拘的状态而言。这是一种在心神上不固守任何意义而可以为任何意义的状态,是意义的原发、聚集和超越了视角之拘束的状态,是言说摆脱了一切"用"之取舍而保持着纯粹揭示性的状态,或者干脆说,就是后世所不断追求的"无限之意"的源始状态。

在终极的意义上,这也就是诗意的本真状态。

2. "纯粹的所说"

关于诗与纯粹之说,海德格尔有一句名言:"纯粹的所说乃是诗歌。"

---

① 吴兴明:《中国传统文论的知识谱系》,成都:巴蜀书社,2001年,第103页。

第三章 诗意的独特性:从"不尽之意"到境象论

语言说。语言之说的情形如何?我们在何处找到这种说?当然,最可能是在所说(das Gesprochene)中。因为在所说中,说已经达乎完成了。在所说中,说并没有终止。在所说中,说总是蔽而不显。在所说中,所说聚集着它的持存方式和由之而持存的东西,即它的持存(Währen),它的本质。……

因此,如若我们一定要在所说中寻求语言之说,我们最好是去寻找一种纯粹所说,而不是无所选择地去摄取那种随意地被说出的东西。在纯粹所说中,所说独有的说之完成乃是一种开端性的完成。纯粹所说乃是诗歌。①

"所说(das Gesprochene)"也可译作"被说者"、"被说出的东西"。这种"纯粹所说"就是指意义的原始聚集和语言纯粹的揭示性。这就是海德格尔所说的"语言本身":"语言是语言(Die Sprache ist:Sprache)。语言说。"②海氏认为,一直以来,工具论的语言观笼罩着人们。首先,说被看成是一种表达,其次,说被看成是一种人的活动,最后,人的表达总是一种对现实和非现实的东西的表象和再现。"而当人们根据表达来解释语言之本质时,人们便给它以一个更为广大的规定;人们把表达看做是人类诸活动之一,并把它建构到人借以造就自身的那些功能的整个经济结构中去。"③于是,语言成为一种交流的工具,**意义成为向着这种工具之用的意向而对世界的指示与分割**。"二千五百年以来,逻辑语法的、语言哲学的和语言科学的语言观念始终如一","没有人胆敢宣称上述语言观——即认为语言是对内在心灵运动的有声表达,是人的活动,是一种形象的和概念的再现——是不正确的,甚或认为它是无用的而加以摈弃"。④"这种观念仿佛是不可动摇的。它们在对语言所作的不同的科学考察方式的领域中大获全胜。"⑤但是,海德格尔指出,这种语言观"全然忽视了语言最古老的本质特征":语言对意义的原始聚集和对世界的纯粹揭示性。唯有此,是不依赖于任何"用"的,

---

① 孙周兴选编:《海德格尔选集》下,上海:上海三联书店,1996年,第986页。
② 同上书,第984页。
③ 同上书,第985页。
④ 同上。
⑤ 同上。

在其内在的运行中也不是人说语言，而是言说自身在聚拢和揭示。

关乎此，海德格尔用了一个词："召唤"。

> 雪花在窗外轻轻拂扬，
> 晚祷的钟声悠悠鸣响。

海氏以乔治·特拉克尔的《冬夜》为例说，这两句诗之所说在命名冬夜时分，在命名雪花。在白天渐渐消失之际，雪花无声地落到窗上，而晚祷的钟声悠悠鸣响。"在这场落雪中，一切持存者更长久地持存。因此，那每天在严格限定的时间里敲响的晚祷钟声悠悠鸣响。"①诗之言说在命名冬夜时分。但是，此种命名是什么呢？它只是把某种语言的词语挂在那些可以想象的、熟悉的对象和事件——诸如雪花、钟声、窗户、降落、鸣响等等上吗？显然不是。"这种命名并不是分贴标签、运用词语，而是召唤入词语之中。命名在召唤（Das Nennen ruft）。"

> 这种召唤把它所召唤的东西带到近旁。……但召唤依然不是从远处夺取被召唤者，后者通过唤往（Hinrufen）保持在远处。召唤唤入自身，并因此总是往返不息——这边入于在场，那边入于不在场。落雪和晚钟的鸣响此时此际在诗中向我们说话了。它们在召唤中现身在场（anwesen）。②

于是，物出场，命名邀请物，使物之为物与人相关涉。落雪把人带入暮色苍茫的天空之下。晚祷钟声的鸣响把终有一死的人带到神面前。屋子和桌子把人和大地结合起来。

> 这些被命名的物，也即被召唤的物，把天、地、人、神四方聚集于自身。这四方是一种原始统一的并存。物让四方的四重整体（das Geviert der Vier）栖留于自身。这种聚集着的让栖留（versammelndes Verweilen-lassen）乃是物之物化（das Dingen der dinge）。我们把在物之物化中栖留的天、地、人、神的统一的四重整体称为世界（Welt）。③

---

① 孙周兴选编：《海德格尔选集》下，上海：上海三联书店，1996 年，第 990 页。
② 同上书，第 990—991 页。
③ 同上书，第 992 页。

第三章 诗意的独特性：从"不尽之意"到境象论

海德格尔说，在命名中，获得命名的物被召唤入它的物化中了。而在物化之际，物展开为世界。"原始的召唤令世界和物的亲密性到来，因而是本真的令。"① "这一本真的令乃说的本质。说在诗之所说中成其本质。它是语言之说。语言说。语言说，因为令被令者，即物—世界（Ding-Welt）和世界—物（Welt-Ding），进入区分的'之间'中。"② "语言之令（Heissen）命令着它所令的东西如此这般归于区分之指令（Geheiss）。区分让物之物化居于世界之世界化中。区分使物归隐于四重整体之宁静（die Ruhe）中。"③ 因此，语言的本质乃**作为寂静之音的言说**。

寂静之音并非是什么人的要素。倒是相反，人的要素在其本质上乃是语言性的。这里的"语言性的"意思是：从语言之说而来居有。这样被居有的东西，即人之本质，通过语言而被带入其本己，从而它始终被转让（übereignet）给语言之本质，转让给寂静之音了。……只是因为人归属于寂静之音，终有一死的人才能够以其方式作发声的言说。④

所以，人的言说乃是"命名着的召唤"，"亦即那种从区分之纯一性而来令物和世界到来"。人之言说的纯粹被令者"乃是诗歌之所说"。海德格尔说，本真的诗从来不只是日常语言的一种曲调，毋宁说，日常语言倒是一种被遗忘了的、因而被用滥了的诗歌，从那儿几乎不再发出某种召唤。终有一死的人说，是因为他听，他"从区分而来被召唤入区分中"，他们之所说乃是应合。

语言说。语言之说令区分到来。区分使世界和物归隐于它们的亲密性之纯一性之中。⑤

人说，是因为人应合于语言。应合乃是听。人听（hören），因为人归属于（gehören）寂静之音。⑥

这就是海德格尔关于诗，关于语言本质、纯粹所说，关于意义的源始之

---

① 孙周兴选编：《海德格尔选集》下，上海：上海三联书店，1996年，第999页。
② 同上书，第992页。
③ 同上。
④ 同上书，第1001页。
⑤ 同上书，第1003页。
⑥ 同上。

发生,关于人与语言之关系的论说。

3. 诗的意义论视角

其实在这里,关于诗意的视角,或者说诗的意义论视角已经摆显出来了:诗意不是从任何实际语用的角度而打量到的意义。这一点,在**文学语用学**的研究中得到了更为确凿的论证。

关于纯粹言说,布拉格学派曾经用过一个词:语言的诗性功能。雅可布森说:

> 指向信息本身和仅仅是获得信息的倾向,乃是语言的诗的功能。对这一功能的较彻透的研究,不能离开关于语言的一般问题。反过来,想把语言问题搞透,又需要彻底弄清它的诗的功能。任何把诗的功能领域归结为诗或是把诗归结为诗的功能的企图,都是虚幻的和过于简单化的。诗的功能并不是语言艺术的唯一功能,而是它的主要的和关键性的功能。而在其他的语言行为中,它只能作为一种附加性的和次要的成分而存在。①

语言的诗性功能在于它倾向于突出信息本身。在诗中,它是主要和关键的功能,而其他的功能,诸如表达言语者的意图、建立人际关系、表现事态、建立语言和客观事物的联系等等则居于次要位置。相反,在日常语言中,则是其他功能居于主要,诗性功能只作为一种附加性和次要的功能而存在。雅可布森所要突出的,是诗的言语与日常语言在语用上的差异:诗的语言有一种特定功能的优先性,虽然这种突出信息本身的功能——让人的注意力去关注讲述的信息本身,而不是这种信息的实际功用——在其他语言类型中也同样存在。这种语用上的差异进而决定诗的言语内部呈现出一种独特的功能结构:纵组合,即相当关系居于突出位置。

但是,在 R. 奥曼(R. Ohmann)看来,雅可布森对诗性功能的审视仍然是不明确的,因为诗性功能即语言的审美性本身是需要解释的现象。于是,奥曼借用奥斯汀的理论将文学语言引入言语行为理论的研究。

---

① 雅可布森:《语言学与诗学》,赵毅衡选编:《符号学文学论文集》,天津:百花文艺出版社,2004 年,第 180 页。

第三章 诗意的独特性:从"不尽之意"到境象论

> 文学作品是这样一种话语:它的句子缺乏正常情况下附着在它们身上的以言行事的力量(the illocutionary forces)。①

文学作品中有以言行事的叙述,但是奥曼指出,文学作品中的以言行事"是一种模仿"。"特别值得注意的是,文学作品有意模仿一系列实际上并不存在的言语行为,……它由此引导读者去想象一位说话者,一个情境,一系列相关事件等等。"②毫无疑问,文学作品的叙述决非**以言行事**,它描述、承诺、邀请、诅咒、发疯、坦白,但是我们知道这一切都是"假的",因此文学中的以言行事是一种模仿。它能使人们进入一种语境而无须承担责任。它"使互动参与者无需从理想化的立场出发就世界中的事物达成共识,并协调相互的行为计划,约束相互的行为后果"③。这就是奥曼所说的,"由于文学作品的准言语行为并不施行世俗之事(carrying on the world's business)——描述、敦促、立约等等——读者就正好用一种非语用的方式(in a non-pragmatic way)来关注它。"④由此,哈贝马斯指出:

> 约束力的中立化把失去效力的以言行事行为从日常交往实践的抉择压力下解脱了出来,并使之远离了日常话语领域,使它能够通过游戏的手法创造出新世界——甚至于,单纯来演示崭新的语言表达所发挥的阐释世界的力量。把语言的功能单纯明确为解释世界,也就揭示了雅可布森所指出的诗性语言所特有的自我关涉。⑤

哈贝马斯曾经较详细地分析过普拉特(M. L. Pratt)文学话语的行为理论。⑥ 普拉特认为,以虚构性、以言行事的悬隔、脱离日常语用等来确定诗

---

① 奥曼:《言语行为与文学的定义》,载《哲学与修辞学》(Philosophy and Rhetoric)1971 年第 4 期,第 14 页。
② 同上。
③ 于尔根·哈贝马斯:《现代性的哲学话语》,曹卫东译,南京:译林出版社,2004 年,第 236 页。
④ 奥曼:《言语行为与文学的定义》,载《哲学与修辞学》(Philosophy and Rhetoric)1971 年第 4 期,17 页。
⑤ 于尔根·哈贝马斯:《现代性的哲学话语》,曹卫东译,南京:译林出版社,2004 年,第 236 页。
⑥ 参见《现代性哲学话语》,曹卫东译,第 237—240 页。

性语言的特殊性仍然是值得推敲的,因为虚构的因素,诸如玩笑、讽刺、狂想、寓言等充满了我们的日常语言,但是它们并没有构成一个脱离"世界活动"的自主领域。相反,有些非虚构作品,比如回忆录、游记、历史传奇、影射小说等,都是以文献为根据,因此绝不会完全成为一个虚构的世界,但是我们仍然把它们看做是文学作品。所以,"作品的虚构性与其文学性之间的关系是间接的"。哈贝马斯认为,虽然规范语言中充满了虚构因素、叙事因素、隐喻因素等等,但是"这一事实尚不足以推翻这样一种观点,即通过悬隔以言行事力量来阐明语言艺术作品的自主性",因为雅可布森的观点是:只有当语言解释世界的功能压倒了其他功能而占据主导地位,并决定作品内部结构的时候,虚构性才可以用来区分文学与日常生活话语。相反,哈贝马斯认为,普拉特的分析实际上最终违背了自己的意志而把语言的诗性功能凸显出来了。普拉特认为,一个文本是否引人注目关键是看它是否具有讲述的价值,就内容而言,在于它能否超越言说情景所设定的局部语境而永远保持开放状态。就是说,有两样东西是构成文学的重要条件:"讲述语境的可分离性和敏感性(contextual detachability and susceptibility to elaboration)"①。这是文学文本必须满足的关键条件。简言之,对文学文本而言,**值得讲述**必须压倒其他功能,"最终可讲性才会优先于确定性"。只有在这种情况下,日常交往的实际要求和结构约束力才会失去意义,人们才会努力提供重要信息,说出重要内容,坦率直言等等。

哈贝马斯说:

> 最终,这种分析对它原本要想反驳的观点提供了确证。只要语言的诗性功能、揭示世界的功能(the poetic, world-disclosing function of language)获得了优先性和结构力量,语言就摆脱了日常生活的结构约束和交往功能。当语言的表达形式从以言行事的约束力量和理想化之中摆脱出来,虚构的空间就被打开了,正是以言行事的约束力量和理想化,才使得以沟通为取向的语言运用成为可能——因此,也使得这样一种行为规划的协调成为可能:主体间对可以批判检验的有效性要求的承认。②

---

① Jürgen Habermas, *The Philosophical Discourse of Modernity*, Polity Press, 1987, p.203.
② Ibid., p.204. 译文参照曹卫东译本,有改动。

4．"无用之用"：诗意论视野的特殊性

显然，关于诗性言语的特殊性，从雅可布森的诗性功能、海德格尔的纯粹的所说到奥曼以言行事功能的失效，直到普拉特关于讲述语境的可分离性，见解其实是高度一致的。他们都共同认为：诗意的言说是以揭示世界的功能为优先的，而非实际的语用。不管是语境的可分离性、文学语言的自指性、纯粹的所说，还是以言行事的失效，都无非是从不同的侧面来讲述同一个诗意的特殊性，即它的非实用性语用特征。还原到庄子之所论，则可以说，凡此种种无非出于一种独特的眼界：原域，或者是就天道而论言。

关键是，在庄子看来，这是最本真的"言"，在海德格尔看来，这是纯粹的说，即**语言本身**。更重要的是，根据前面诸人的种种分析我们知道：纯粹的言说就是诗。因此，实际上庄子言意之论所开辟的眼界同时就是为谈论诗意奠基的言域。

这是一个非常独特的意义论视野。实际上，在《庄子》一书中，对这一言域的纵深开掘比我们通常所看到和想象的要深广得多。某种意义上，整个《庄子》都是在描绘和揭示这一视野所看到或展现的独特世界。

首先是原域的特征。在庄子看来，这是一个常人所不能看到的世界，是整个《庄子》要重点予以揭示的世界之"观"。因此一开篇《庄子》即用了整整两篇（《逍遥游》和《其物论》）来描述。《逍遥游》是一系列眼界的对比，强调眼界差异的关键性和重要性，由此拈出原域眼界："大而无用"，据于"无何有之乡，广漠之野，彷徨乎无为其侧，逍遥乎寝卧其上"①。然后《齐物论》开始展开为对原域眼界的一系列具体分析。何者为"齐"？简言之，"齐"就是等而观之、等量齐观。在这里，"齐"不是建构性的，而是解构性的。"齐"正是要摧毁、解构一切区分和蕴涵在区分之中的等差。在庄子看来，区分（即人世意义的建构）不仅仅是语词性的，它包含实际眼光形成的方方面面：语词的分割（言与意）、价值的差异（美与丑、仁与不义）、制度的规定（礼）、认知的局限（小知与大知）、立场的偏见（是非）乃至身心、生死的局限等等。因此，要回返原域，就是要摧毁这些确立等差的眼光及其历史的板结化建构物。庄子的思考极为彻底：1）"齐物"——摧毁打量"物"的

---

① 庄子著，郭庆藩集释：《庄子集释》一，北京：中华书局，1961年，第40—41页。

眼光的分割,拆除观物之彼此、贵贱、大小、时空、成毁、是非、有用无用的眼界,超越"分别心"而"和以天倪",让物在自在显现之中成其为物。2)"齐是非"——摧毁分割世界的价值眼光,拆除对世界的是非、贵贱、好坏、美丑等等的意义区分。3)"齐生死"——拆除决定人的价值是非眼光的最大的根据——生与死的分别,从而在根本上排除意义固执,扫除让世界自行显现的根本障碍。4)"齐物我"——拆除一切区分的先天根据:主体客体的区分及其对象性打量世界的眼光。① "原域"是这样一个拆除了一切区分及其根据的世界:它是"天籁"而非"人籁"、"地籁";它独立于人的把捉而在"成心"、"成言"之先;它是一切是非彼此的"道枢",故能"以应无穷";它在"未封""未定"之初,故能为一切"定"与"封"的意义奠基;它"无成与毁",故"复通为一",一句话,它是"混沌"。

其分也,成也;其成也,毁也。凡物无成与毁,复通为一。唯达者知通为一,为是不用而寓诸庸。庸也者,用也;用也者,通也;通也者,得也;适得而几矣。因是已。已而不知其然,谓之道。②

在这里,"用"与"无用"的关系是至为深刻的:在意义本原、意义的源始根据——或者干脆说,在语言的本性上、在意义的创造即一切言说、语词、思想之成型和观点的发生上,唯有原域的"无用"才保证和开启了一切具体意义的"有用"。海德格尔论到纯粹的"物"曾说:"无用性的力量使它具有了不受侵犯和长存的能力。因此,以有用性的标准来衡量无用者是错误的。此无用者正是通过不让自己依从于人而获得了它自身之大用和决定性的力量。从这个角度说,无用乃是物的意义"③。这就是"纯粹的所说"的视野——它超越、先于一切"用"之分割并为这些"分到"的意义奠基("道枢"或"环中")。《庄子》里面的许多寓言都是要描绘这个原域视野所展现的世界。从内篇、外篇到杂篇,几乎整个内容都是从各种角度来谈原域世界的各个方面以及这个世界如何才能开启和通达。因为原域是非确定之意("混

---

① 参见钟华:《从逍遥游到林中路》,北京:中华书局,2004年,第296—302页。
② 庄子著,郭庆藩集释:《庄子集释》一,北京:中华书局,1961年,第70页。
③ 海德格尔:《流传的语言和技术的语言》,转引自张祥龙:《海德格尔思想与中国天道》,北京:三联书店,1997年,第448页。

沌"、"原始"、"道"等等),因此庄子通过大量的"重言"、"卮言"、"寓言"等无端涯之辞来反反复复地描述它。

其次,是通达原域的道路:眼界上的跳开("外")与精神上的修炼。人如何才能通达原域的世界?在视野组建上庄子用了一个词:"外"。庄子借女禹之口说:"以圣人之道告圣人之才,亦易矣。吾犹守而告之,三日而后能外天下;已外天下矣,吾又守之,七日而后能外物;已外物矣,吾又守之,九日而后能外生;已外生矣,而后能朝彻;朝彻而后能见独;见独,而后能无古今;无古今,而后能入于不生不死。"①这是一个在视野形成上逐渐显现、逐渐深化的过程:先"外天下"而后"外物",而后"外生",而后"朝彻"、"见独"、"入于不生不死"。"外"其实就是拆解、跳开、摆脱,用叶朗先生的话说,就是"排除":"排除对世事的思虑"、"抛弃贫富得失等各种计较"、"把生死置之度外"②。"外"是一种摆脱,一种顿悟式的跳出,它逐步脱落人世间的"世内"之见而使原域的视野得到呈现,因此它所展现的是就**天道**而看世界:

> 知天之所为[以]知人之所为者,至矣。知天之所为者,天而生也;知人之所为者,以其知之所知以养人之所不知,终其天年而不中道夭者,是知之盛也。③(标点有改动,[以]是引者所加。)

为了能有效地通达原域世界,还需要非常独特的精神能力,由此庄子展开了关于"心斋"、"坐忘"的一系列精神修炼的论述④。

简言之,原域的眼界就是"无用之用"。从前述我们已经知道,它同时也就是诗学意义论的独特视角。从诗言的语用学分析必然得出一个结论:诗、文学的语用就是摆脱了一切实用、一切成言的意义板结而追求纯粹揭示性的"语用"。这样的"语用",在具体知识的传达、以言行事的效力、语言用途的功利区分等实际生活中,是无用,但是,对世界的揭示和意义的原初创

---

① 庄子著,郭庆藩集释:《庄子集释》一,北京:中华书局,1961年,第252—253页。
② 叶朗:《中国美学史大纲》,上海:上海人民出版社,1985年,第113页。
③ 庄子著,郭庆藩集释:《庄子集释》一,北京:中华书局,1961年,第224页。
④ 关乎此,请参见吴兴明:《谋智、圣智、知智》第6章"黄老道术",上海:上海三联书店,1994年。

造来说，却是根本的有用。因为正是它才使一切实际语用的开启有了可能。

　　庄子的言意论是对中国诗学意义论视野的根本性奠基。就如同我们从上一章对中国文论意义论视野转型的考察中所看到的一样，在后面的考察中，我们还会一再地看到功利性的语言意义论是如何通过转向"原域"的视野而进入对诗的意义论言说。不过，这一视野在文论领域的贯通和实施经过了极为漫长的累进性发展，其中包括儒学视野对"无用"眼光的"纳入"和唐宋文论、诗论对佛学"世外"眼光的挪用。

　　值得注意的是："意"总是由"言"来带出的，无论是"畛"内之意还是意之本始，都必定聚合并承担于"成言"。现代语言学告诉我们，并没有一个形上的意义世界或纯粹原域的世界**存在于语言之外**，那不可言说者筑居于可言说者的背景之中，或者说可言说者同样也是不可言说者之据。可言说者与不可言说者、言之形（能指）与无形（意谓）、"意"的形上与形下、陈言与新言、"成言"之定与未定是一种逻辑区分，而不是有两个可以分离的事实性世界。因此，"原域"并不是一个外在于语言的世界，由此而有关于诗意的特殊意义论。

第二节　"不尽之意"

　　实际上，中国的诗意论发展到唐代（皎然、司空图），其入思取向的三个角度就已经大致确定下来。它们是：

　　1. 从言意关系论的角度分析诗言意义的特殊性，分析的重心是诗言意义构成的复杂性、多重性、微妙性。以言内言外、复意重旨、有限与无限、言与道、虚与实、直接与间接等等关系的探求为思路的具体展开。具体到诗言上，开此路分析先河的是《文心雕龙·隐秀》。关乎此，本文以"不尽之意"为核心来展开分析。

　　2. 从读诗主体的感受性特征来把握诗言意义的特殊性，思考的重心是"味"。以有味无味、味与理、与道德教化、与知识陈说的分野，味之浓淡、深浅、远近、高下，味的直接性与间接性，味的自然与雕琢等等关系的探求为思路的具体展开。开此路先河的是钟嵘的《诗品》。关乎此，在上章已有不少论述在前，此处从略。

3. 从意义的整体性特征来把握诗言意义的特殊性,思考的重心是意义境界。以境界之整体与局部、形上与形下、可说与不可说,心境与物境、情思与景物、意味与境界、意象与成境、大境与小境、虚与实、静与动、空与不空、远与近,雄浑、自然、豪放等各种境界之风神品位等等为思路具体展开。开此路先河的是皎然的《诗式》。关乎此,本文以境象论为核心来分析展开。

同时,这三种路向又是相互关联、相互转化并互为支撑的。与西方现代的文学意义论相比较,中国传统的诗意论不管在哪一个路向上的探讨都显示了一种独有的思想脉络和深度。

我们先讨论"不尽之意"。

实际上,只要是谈"不尽之意",就总是在"言"与"意"的对比之中讨论,就总是已经设定了"言"与"意"的非同一性和在一个话语运动的时间流程中"言"与"意"的不同步、差异性等等。关键是,在古人看来,诗意作为一种特殊的意义类型,是以追求某种独特差异的张力为特征的。所以,作为一个命题,"不尽之意"一开始就不是在讲常规语言的实用意义,而是讲一种特殊的意义类型。显而易见的是,日常的实用性交流并不需要、也不允许一味地追求"不尽之意"。

从思想的发生来看,"不尽之意"最早可以追溯到孟子的一句话:"言近而指远者,善言也;守约而博施者,善道也。君子之言也,不下带而道存焉。"[①]这是第一次将浅近之言含深远之意明确为对言说的意义要求。与此同时,我们知道,《周易·系辞上》已经提出了言、象、意、道的关系模型,但是它没有明确将"不尽之意"作为一种普遍的语言价值标准而提出来,因为它是讲占卜的。我们并不能说一切"言"都有言、象、意、道的关系。但是《系辞下》就言(辞)、象、意关系所说的话却几乎成为后世种种关于"言近而旨远"之论的直接发端:"其称名也小,其取类也大。其旨远,其辞文,其言曲而中,其事肆而隐"[②]。扬雄说:"圣人矢口而成言,肆笔而成书,言可闻而不可弹,书可观而不可尽。"[③]包含了以有限之言说不尽之意的要求。司马

---

① 《孟子·尽心章句下》,宋元人注:《四书五经》上,北京:中国书店,1984年,第115页。
② 《十三经注疏》,阮元校刻,扬州:江苏广陵古籍刻印社,1995年,第89页。
③ 扬雄:《法言·吾子》,《法言(及其他一种)》,上海:商务印书馆,1939年,第24页。

迁说《离骚》"其文约,其辞微,其志洁,其行廉,其称文小而其指极大,举类迩而见义远"①。言("文")与意的关系展开为一系列"约"与"丰"、"小"与"大"、"近(迩)"与"远"的关系。《文心雕龙·隐秀》的"文外重旨"、"深文隐蔚"、"余味曲包",钟嵘《诗品序》的"味之者无极"已分别涉及了"言"与"意"的远近、内外和诗意在感受上的独特性("味")。但是,首次明确提出"不尽之意"的却是欧阳修《六一诗话》里记载梅尧臣论诗的一句话:"必能状难写之景如在目前,含不尽之意见于言外,然后为至矣。"②这是一句富有概括性的话。我们认为中国古代诗意论从言意关系立论的丰富思想其实都已经被概括进了这句话之中。

仔细体会,所谓"不尽之意"的具体含义,也大致包括三个层次:1)言近旨远;2)作为意义结构的"兴";3)言外与余意。

1. "言近而旨远"

"言近而旨远"包括了诗意在"言"与"意"直接关系上的一系列张力状态:近与远、浅与深、约与丰、小与大、少与多("重旨"、"复意")、直接与间接等等。刘知几的史论干脆把这种意义状态的追求表述为"用晦之道":

> 然章句之言,有显有晦。显也者,繁词缛说,理尽于篇中;晦也者,省字约文,事溢句外。然则晦之将显,优劣不同,较可知矣。夫能略小存大,举重明轻,一言而巨细咸该,片语而洪纤靡漏,此皆用晦之道也。
> ……斯言皆言近而旨远,辞浅而义深,虽发语已殚,而含意未尽。使夫读者,望表而知里,扪毛而辨骨,睹一事于句中,反三隅于字外。晦之时义,不亦大哉!③

刘知几虽然在论史,但是正如前面所引于连的观点,中国传统的知识叙述在本性上是艺术的。在意义特征上可以说整个中国的传统史学都是象征史学。就是说,如果按现代知识的分类逻辑,在言意的张力关系上传统史学的叙述是含有诗的意义要求的。而且,刘知几的论史为我们如何理解诗意

---

① 司马迁:《史记·屈原贾生列传》,北京:中华书局,1975年,第2482页。
② 何文焕辑:《历代诗话》上,北京:中华书局,2004年,第267页。
③ 刘知几:《史通通释·叙事》,《史通通释》上,浦起龙校释,上海:上海古籍出版社,1978年,第174页。

论的"言近旨远"提供了一种参照:它使我们知道所谓"言近旨远"的"言"究竟指的是什么。

我们首先问:何者为"言"?"言"就是指说的话吗?"言近旨远"的意思是说的话在眼前而意义深远吗?那么什么叫话在眼前而意义深远呢?意义如果不关乎表面意义之后的意义、直接意义所隐含的象征,就无所谓"深远"。因此"远",不仅是不在眼前(迂回),而且是关乎大义;不仅是意义大小,而且是"复意"、"重旨"。在这里,言与意之间的关系不是说表层、直接的言意,而是说表面的言意与深层意指之间的关系。就表面的言、意而言,历史叙述是指直接的叙事,文学言语是指直接的所说(语句的表面含义),但"言近而旨远"是要求要有这些表面叙说背后的含义。因此,一开始"言近旨远"就不是讲日常性规范语言之能指、所指的关系——它不是日常语言的普通意义论,而是讲以日常语言为手段而建立起来的更深层次的言、意关系。或如雅可布森所说,是指将整个的表面叙述作为能指的"第二涵义系统"。因此,针对这种涵义的间接性,刘知几用了一个词:"晦"。"晦"者,间接、迂回也,即不明示,即非实用语言之必然说出的逻辑意义,而是叙事或直接言说所间接带出的意义。"晦"是隐喻的、暗示的、似有若无而又绵绵无尽的。

"言近而旨远":隐约地带入、开启,一种距离化的张力,一种情绪性的侵入、领会和弥漫……

毫无疑问,最初"言近旨远"的语用是政治性的,在讽喻论、比兴论中,在前面所引的孟子的话、司马迁的话、刘知几的话和从先秦到两汉的大部分"文"和"赋"的写作之中,深远、隐约的旨意都是出于直接政治的规范性、策略性要求。"讽喻"的直接目标是一说而动君王,因此它的言说意旨总是和君王的治事、治道相关。隐约、深远,是因为它是间接、迂回的言说,意义的内容关涉深远,是因为政治以及道德教化之利关系天下万家。这里的确是一种**以言行事的言说**:"上以风化下,下以风刺上"①。

但是如前所述,"言近而旨远"的意义追求之得以成为诗意之论,却是

---

① 《毛诗正义》,《十三经注疏》,阮元校刻,扬州:江苏广陵古籍刻印社,1995年,第271页。

因为这种意义状态本身变成了享受,它自身成为诗文创作的价值要求和意义目标。就是说,诗、文从"讽喻"的以言行事之中摆脱出来——"言近旨远"的张力从讽谏的手段成为直接的价值目的。上章我们曾以《文心雕龙》的《比兴》和《隐秀》的对比为例来说明两种意义视角打量的差异:对"兴"的阐释,刘勰遵从儒家诗教的立场,在那里以小言大的意义规范主要是一种实用语境的策略要求,但是,在《隐秀》篇中,"辞约义丰"、"言近旨远"的要求却已经变成了**诗文本身的意趣**要求。"情在词外曰隐,状溢目前曰秀"①。"隐秀"的要求不仅是"辞浅"和"意深",而是关乎整个阅读效果的意义趣味:"深文隐蔚,余味曲包","动心惊耳,逸响笙匏"。整个对"隐秀"的意义分析都不是出于诗文的外在功利性语用,而是出于诗意趣味本身。换言之,"讽喻"之以言行事的效力蜕变成了一种诗兴的趣味。按哈贝马斯对行为类型的分类,言语行为从以言行事的策略行为蜕变为以言取效的戏剧行为。

那么,从意义领会的内部来看,这种蜕变是如何发生的呢?这种视角转换有什么内在的机制吗?

答曰:转变发生在意义领会中激发、起兴而情绪弥漫的时候。可以肯定,最初导致这种转换的机制是一种内在的无意识力量,它直接导源于前面强调过的古人对政治言说的特殊要求:用迂回、委婉,即**艺术表达的方式来以言行事**。不管是史学要求的"微言大义"、诗学要求的"温柔敦厚",还是君子言谈的"隐恶扬善",中国古人一直认定日常生活中以言行事的交往必须"隐"、"敦厚"、婉言。这就是于连在《迂回与进入》中反复陈述过的,中国古人的日常交往尤其是政治交往所崇尚的方式是艺术。以诗意或艺术的方式来以言行事呈现出手段和目的之间错位与效果的辩证法:这是一种高度估量了交往对方的情绪反映及其关连效应之后才能设计的意义的谋略。② 因为目的、意图的隐晦(旨),交往双方都沉浸在一种情绪性的兴味之中,而随着情绪不自觉地沉入、弥漫,听话人逐渐从情绪到观点转变为说话者的立场,于是以言行事的意图得到从"言"到"事"的实施。对说话方式的

---

① 刘勰:《文心雕龙·隐秀》,范文澜注:《文心雕龙注》,北京:人民文学出版社,1962年,第633页。

② 参见吴兴明:"谋文化的定位",《谋智、圣智、知智——谋略与中国观念文化形态》,上海:上海三联书店,1993年,第77—127页。

高度关注一直是中国古人孜孜不倦研讨的主题。名辩家、纵横家、儒家、文章家、历代官场对言语方式的研究和对慎言、言祸的警惕构成了中国人对言、文意义领会和说话方式要求的巨大生活背景。对从政治、伦理、军事到日常生活中种种话语的意义及其效果的辨析、实践、总结由此一直是古人人生修养最重要的内容。但是显然,情绪性的弥漫、沉入并非只具有一种实用的功能,它同时本身就可以构成一种享受。蜕变就发生在这里:在对话双方沉浸在情绪之中而慨然忘记了对话的实用目的的时候。因此,以诗意的方式来以言行事面临着一种自反的悖论:诗意沉浸既深,它就可能摆脱以言行事的约束而自成目的。这种典型的悖反结构充分体现于古人所一再强调的"兴"。

2. 作为意义结构的"兴"

在诗学上,古人用艺术的方式以言行事之独特智慧集中体现为"兴"。"兴"一直被总结为写诗的手法,但是在魏晋之前,"兴"还不如说是以诗言而行事的技巧。就正如陈子昂所强调,六朝之前,"兴"是有"兴寄"的(《与东方左史虬修竹篇序》)。综观古人的论述,"兴"实际上有三义:

1) 兴寄。即以曲折隐言的方式来表达所欲表达的"旨"。此即所谓"兴,见今之美,嫌于媚谀,取善事以喻劝之"[①],班固所谓刘向见张猛被诬罗祸,伤之而作文,"依兴古事,悼己及同类也"[②],郑众所谓"兴者,托事于物"[③],王逸所谓"《离骚》之文,依诗取兴,引类譬喻"[④]等等。"兴"在此的含义特征是隐喻性。"兴"因此而有"兴寄"、"兴喻"、"兴志"、"劝兴"等等之说。对"兴"之意义结构的这种隐喻性特征,刘勰名之曰"环譬"、"托谕"。"比则畜愤以斥言,兴则环譬以记讽。""观夫兴之托谕,婉而成章,称名也小,取类也大。"[⑤]只要丧失了隐喻的意指,就丧失了用"兴"来达意行事

---

① 《毛诗正义》引郑玄语,《十三经注疏》,扬州:江苏广陵古籍刻印社,1995年,第271页。
② 班固:《汉书·楚元王传》,北京:中华书局,1975年,第1948页。
③ 《毛诗正义》引郑众语,《十三经注疏》,扬州:江苏广陵古籍刻印社,1995年,第271页。
④ 王逸:《离骚经序》,北京:中华书局;洪兴祖:《楚辞补注》,北京:中华书局,1983年,第2页。
⑤ 刘勰:《文心雕龙·比兴》,范文澜注:《文心雕龙注》,北京:人民文学出版社,1962年,第601页。

的根本意义。因此刘勰才说,"炎汉虽盛,而辞人夸毗,诗刺道丧,故兴义销亡"(同上),陈子昂才感叹"齐梁间诗,彩丽竟繁,而兴寄都绝"。没有隐喻的意指——潜在的以言行事,兴就丧失了它的根本价值。在此,"兴"的考察角度是实用性、政治性的。

2) 起兴、兴会。但是,"兴"的示意不仅仅是隐喻、曲折,它同时是情绪的激发和兴味的发动。就是说,它同时是起兴和兴会。孔子说,"小子何莫学夫诗?诗可以兴,可以观,可以群,可以怨"①。孔国安注:"兴,引譬连类"②,朱熹注:"感发志意"③。这里,"兴"是在讲用《诗》的经验,讲在实用性交流中引用《诗经》而让听者感发起兴。到《毛诗序》讲《诗》之"六义"("一曰风,二曰赋,三曰比,四曰兴,五曰雅,六曰颂"),"兴"就从引用《诗》的"起兴"变成了《诗》的普通社会功能,"兴"成了写诗必备的一般要求。孔颖达作疏说:"兴者起也,取譬引类,起发己心。诗文诸举草木鸟兽以见意者,皆兴辞也。"④《文心雕龙·比兴》也说:"兴者,起也。""起",就是感发,就是起兴,就是情绪顿然而生,兴致陡然而起。这里不是在讲引用《诗经》,而是在讲写诗、作诗,或一般论诗的意味。这里,"兴"就是"兴会"。

显然,隐喻是不必有兴味的。这里的关键在是否有情绪的自然发动。刘勰说:"起情故兴体以立,附理故比例以生。"⑤贾岛说:"取类曰比,感物曰兴。""兴者情也。谓感于外物,内动于情,情不可遏,故曰兴。"⑥因此,比兴之"兴"决不是一般的隐喻,而是在情感发动下的意义弥漫。所谓天机发动,兴来神会,"自然灵气,恍惚而来,不思而至"⑦。"兴"作为一种情绪触动,是在情绪引领、驱动下的意义关联。兴的意义显示不是一个逻辑陈述

---

① 《论语·阳货》,《四书五经》上,北京:中国书店,1984 年,第 74 页。
② 《论语·阳货》,何晏注引,《十三经注疏》,扬州:江苏广陵古籍刻印社,1995 年,第 2525 页。
③ 《论语·阳货》,朱熹注,《四书五经》上,北京:中国书店,1984 年,第 74 页。
④ 《毛诗正义》,《十三经注疏》,扬州:江苏广陵古籍刻印社,1995 年,第 271 页。
⑤ 刘勰:《文心雕龙·比兴》,范文澜注《文心雕龙注》,北京:人民文学出版社,1962 年,第 601 页。
⑥ 贾岛:《二南密旨》,北京:商务印书馆,1939 年,第 1 页。
⑦ 汤显祖:《合奇序》,《汤显祖集》诗文集卷三二,上海:上海人民出版社,1973 年,第 1078 页。

("理")和外在比附("比")的过程,而是一个内在自然的领会与过渡。领会者是在情绪触动下自动进入、领会的,由此就决定了**领会的过程本身**充满了兴致和体验。

3) 兴趣、享受。不言而喻,领会过程的兴致体验同时构成了"兴"的另一个品质:享受。享受使"兴"作为一种以言行事的行为具有手段和目的的双重性:以"兴"的方式来"寄言"同时是在一种享受之中的"寄寓"和以"寄寓"的迂回关涉而构成的意义享用。这就是"兴"作为意义结构的特殊性。这特殊性从"兴"的大量词语派生方式中得到了最为明晰、直观的体现:兴致、兴趣、兴味、意兴、兴意、兴会……,甚至败兴、趁兴、兴意阑珊、兴趣盎然等等仍从另一个层面显示了"兴"与享受之间的独特关系。在汉语语词家族中,"兴"未必都是言诗,但无论是不是诗意之"兴","兴"都是一种享受大抵可以确认无疑。**中国人的精神享受是以"兴"为标志的**,它所标度的是一种精神享受的情绪体验性。如上章所言,这种享受从价值品位角度的精确表示是"味",因此我们看到古代诗论中有大量关于"兴"与"味"之间关系的描述:"比但以物相比,兴则因物感触,言在此而义寄于彼……解此则言外有余味而不尽于句中。"① "文有尽而意有余,兴也"②。"所谓比与兴者,皆托物寓情而为之者也。盖正言直述,则易于穷尽而难于感发,惟有所寓托,形容摹写,反复讽咏,以俟人之自得,言有尽而意无穷……"③诗要有"味",就必须用"兴",这一点几乎是古代诗论的共识和定论。

但正因为是"定论",它就使古代诗歌的以言行事具有从**价值要求**到诗言**意义结构**的双重性。诗歌的以言行事因此必然带有"隐"和"显"的双重价值:在强调"兴寄"的时候,"兴"的激发不过是"寄"的手段,此时,"寄"显而"兴"隐。但是,"兴寄"的策略是:必须以"兴"的方式来达到"寄"(以言行事,"谲谏")。必须指出,作为一种以言行事的策略,"兴"的要求是高难度的,因为它相当于把以言行事的目的变成自然而然的情感,甚至是不期而然、恍惚而至的"天机"。仅此一点就使现代西学认定的某些规范——比如

---

① 方东树:《昭昧詹言》卷一八,汪绍楹校点,北京:人民文学出版社,1961年,第419页。
② 钟嵘:《诗品序》,何文焕辑《历代诗话》上,北京:中华书局,1981年,第3页。
③ 李东阳:《麓堂诗话》,丁福保辑《历代诗话续编》,北京:中华书局,1983年,第1374页。

哈贝马斯一再强调的情感表达的真诚性和非策略性规范失效。在古代"兴"的倡导者心目中,情感和诗意作为手段来使用似乎并无不妥。可是,我们同时要看到的是,正因为是以"兴"为手段,它就包含了一种摆脱目的性约束的内在意义指向,一种受到"兴"的情绪、情感性牵引的无意识力量。这种力量常常使沉浸在"兴流"之中的对话双方忘记了对话的功利目标和起始:他们沉浸在"兴流"之中让情绪像脱缰的野马——话语摆脱了以言行事目标的约束而成为一场以"兴味"的享受为目的的体验。这就是扬雄所说的"欲讽反劝"。"往时武帝好神仙,相如上《大人赋》欲以风,帝反缥缥有陵云之志。繇是言之,赋劝而不止,明矣。"①赋的铺排比兴使领会者脱离了"劝"的目的牵引而兴味盎然,"反缥缥有陵云之志"。此时,"寄"反过来成为建构"兴味"的手段:正因为有幽深而又不曾明言的"意"融化在"兴流"之中,"兴"才经得起反复的咀嚼和品玩。借用雅可布森的话说,此时,"兴味"即诗意的体验上升为言语的主导功能……

　　值得注意的是,这种以言行事的失效在中国诗歌史上并不是一个偶然的事件,而是诗歌理论本身的一种走向。如前已言,当到了魏晋时代的以"味"言诗,"味"的追求就从政治意义论中分化突显为审美意义论——自此之后,审美意义论和政治意义论就成为两种并行不悖、而且几乎一直没有得到正面澄清和分化的诗歌意义论视角。此时的"兴"之所"寄"甚至摆脱了政治意向的传统约束,它已经不只是政治的谏言,而是一切有揭示性意义的幽深关切("道")。但是不管怎么变,"兴"之"言近而旨远"的言意结构的特殊性是必不可少的。由此,"兴"就从一个极为独特的角度变成了中国诗意论中的一环。

　　此即五代徐铉所言:

　　　　诗之旨远矣,诗之用大矣。先王所以通政教,察风俗,故有采诗之言,陈诗之职。物情上达,王泽下流。及斯道之不行也,犹足以吟咏性情,黼藻其身……②

---

① 班固:《汉书·扬雄传》,北京:中华书局,1962 年,第 3575 页。
② 徐铉:《成氏诗集序》,《全唐文》卷八八二,北京:中华书局,1983 年,第 9215 页。

当诗以言行事的功效丧失之后,这种独特话语的诗意功能就突显、上升为主导功能("吟咏性情"),"言近而旨远"于是成为诗言意义的普遍要求。

3. 言外与余意

就纯粹字面而言之,"言外之意"主要是两个含义:

1) 在意义的层次结构上,指字面意义之外的隐喻意义,即雅可布森所说的第二涵义系统。"言内"(含"句中"、"篇中",姜夔:"句中有余味,篇中有余意,善之善者也。"①)指语言的字面意义,"言外"指字面之外的隐喻、象征含义。在此,"言外之意"的含义与"言近旨远"的含义大抵相当。所谓"重旨"、"复意"、"言外之意"大抵可以在这种意义上来确认。但是,循此而来,古人对"言"之内外的分别还进一步延伸到"味"之内外、"韵"之内外乃至"象"之内外的讨论,有所谓"韵外之致"、"味外之旨"和"象外之象"(司空图)等等。在这个意义上,"言外之意"就已经不能用结构主义的涵义系统理论来解释,因为在这里讨论命意的关键已经不再是话语意义的层次性,而是诗意特殊的质地、质态和类型。"韵外之致"是指诗歌审美所达到的余音韵致,"味外之旨"是指在直接情绪体验之后更深远的回响,"象外之象"则是指诗意融化无痕的空灵之境界(详后)——这三者显然都不能从意义结构的层次上去解释,而是必须在意义领会的时间化状态中去把捉。

2) 在意义的时间状态上,"言外之意"是指"余意",即在直接言说之后后继、延伸、持续性引发的意义。早在《论语·述而》对孔子"在齐闻《韶》,三月不知肉味"的记载中就已经暗含了对余味、余音的力量和效果的描述、感慨。此后,自陆机"一唱而三叹"之说开始,传统文论对"余意"的讨论极为丰富,源源不断:"余意"(钟嵘)、"余味"(刘勰)、"余蕴"(张戒)、"含蓄"(姜夔)、"机趣"(李渔)、"神韵"(袁枚)、"渊永"(冒春荣)、"韵致"(司空图),乃至"弦外之音,甘余之味"(黄周星)、"余音袅袅,不绝如缕"(陈廷焯)、"发语已殚而含义未尽"(刘知几)、"萦绕简编,十日不散"(厉志)等等。在结构特征上,"不尽之意"的核心是"声"断而"意"延。所谓"余音袅袅,不绝如缕","余音"是残断之音,"袅袅"是声"断"之后的余绪。有声之音已停而无声之意难息。因此在这里,"不尽之意"是时间性的——余绪者

---

① 姜夔:《白石道人诗说》,何文焕辑《历代诗话》下,北京:中华书局,1981年,第681页。

"不绝如缕",声断而意不断,绵绵无尽,"断"的终止并不能阻挡"意"的绵延,就正如树欲尽而风不止。

> 静,非如松风不动,林狖未鸣,乃谓意中之静;
> 远,非谓森森望水,杳杳看山,乃谓意中之远。①
> 语贵含蓄。东坡云:"言有尽而意无穷者,天下之至言也。"山谷尤谨记于此。清庙之瑟,一唱三叹,远矣哉!后之学者可不务乎?如句中无余字,篇中无长语,非善之善者也。句中有余味,篇中有余意,善之善者也。②

在这里,**时间**体现为意义领会的后继和分延,那是一个内在情绪、氛围、意味的持续性远远超过了有限的诗文阅读在时间上持续的过程。但是,在古人的表述中,那动态的后继性意味或情绪流仍然是诗文意义结构的一部分。"余意"之意并不是附加的意义,它就是诗意本身。在示意的方式上它是"外",是"虚",是"余",是"残",是"断",但决不是无。这样,"言外之意"的把握就从空间转化到了时间,此时的"言外"之意就是"余意"。实际上,"不尽之意"既是指在意义结构层次上的丰富难言,又指时间流程上的经久不息——我们知道,在意义的接受效果上,这二者是相互转化、互为支撑的,甚至常常就是一回事,只是表述的侧重点不同而已。

但是,前面已经提到,"不尽之意"更重要的是指在意义体验上的**持续性发生**。"言外"、"余意"作为"不尽之意"是指持续性挥发、弥漫着的意义。所谓"余蕴"、"含蓄"、"机趣"、"神韵"、"渊永"、"韵致"、"味之者无极"(钟嵘)、美"在咸酸之外"(司空图)等等,更多的是指意义的持续性发挥和弥漫而言。按古人的观念,"不尽之意"是"活"的,而不是"死意"。"袅袅"、"不绝如缕"、"远而不尽"是活泼泼、动态的,就正如"言外之意"和"韵外之致"是时空化的。

什么样的意义才是"活"的而不是"死"的?我认为,这是中国古代诗意论的关键。

---

① 皎然:《诗式》,何文焕辑《历代诗话》上,北京:中华书局,1981 年,第 36 页。
② 姜夔:《白石道人诗说》,何文焕辑《历代诗话》下,北京:中华书局,1981 年,第 681 页。

首先,按庄子的理论,已封、已定的陈言之意是"死意"。"其分也,成也;其成也,毁也。"①"意"总是由"言"来带出的,无论是"畛"内之意还是意之本始,都必定聚合并承担于"成言"。但是"成言"决不能是"陈言"。现代语言学告诉我们,并没有一个形上的意义世界存在于语言之外,那不可言说者筑居于可言说者的背景之中,或者说可言说者同样也是不可言说者之据。可言说者与不可言说者、言之形(能指)与无形(意谓)、"意"的形上与形下、陈言与新言、"成言"之定与未定是一种逻辑区分,而不是有两个可以分离的事实性世界。这样,"不尽之意"就必然走向对"成言"如何建构"不尽"之"意"的探讨:既然陈言之意是"死意",我们就需要另一种意,另一种言。关乎此种言—意之建构,它的思考向度在于:我们当如何做,它才不是"陈言"和"死意"。庄子的指向是"齐物"——不断摆脱"畛内"之意的意义板结,返回意义领会的本始,即直接面对天地原始的揭示与聆听。庄子的要求是去掉一切世俗凭借的直接领会——一种无凭借的新意之创生,一种天地之大道的直接给予性。原则上说,只有在创生状态的意义才是活的,生成着的,持续性发生着的。它尚是涌流状态,尚未定格,未对象化为逻辑意义。用海德格尔的表述,它尚是在生存领会状态中的意义。领会的主体尚未从领会的情绪状态中抽身出来,世界只是刚刚在情绪状态中现身。在此,领会就是新生,就是创造,就是兴会、感发与感兴。而感发、感兴的向度是:从"成言"向"原域"之永不停息的回返。这就是"空灵"——**意义不断向"成言"结集生成而又不断摆脱"成言"而趋向原域之无限与混沌**。这种返回的指向就是"言外",也即是"余意",即"不尽之意"。就"成"言而言之,是"言外",就成言之"意"而言之,是"余意",就成言的"畛内"之意而言之,是"不尽之意"。"畛内"之意是确定的,因此它显示为板结、有限和死意。

<blockquote>
杜牧之云:"多情却是总无情,惟觉尊前笑不成。"意非不佳,然而词意浅露,略无余韵。元、白、张籍,其病正在此,只知道得人心中事,而不知道尽则又浅露也。后来诗人能道得心中事少尔,尚何无余韵之责哉?大抵句中若无意味,譬之山无烟云,春无草树,岂复可观!②
</blockquote>

---

① 庄子著,郭庆藩集释:《庄子集释》一,北京:中华书局,1961年,第70页。
② 张戒:《岁寒堂诗话》,上海:商务印书馆,1939年,第4页。

予尝论书,以为钟、王之迹,萧散简远,妙在笔墨之外,……至于诗亦然。……唐末司空图……论诗曰:"梅止于酸,盐止于咸,饮食不可无盐梅,而其美常在咸酸之外。"盖自列其诗之有得于文字之表者二十四韵,恨当时不识其妙,予三复其言而悲之。①

显然,在此,"含蓄"、"言外"的含义是十分丰富的:就意义的不断涌出和集结而言,它是持续性发生着的意义;就不固守"成言"而返回"原域"的倾向而言,它是不板不滞和空灵;就意义的创生而言,它是神采、清新、鲜活之意;就意义来源于世界在情绪状态中现身而言,它是起兴、神会,"不知所以神而自神"……

其次,"活"意味着一种活泼泼的体验化状态。当"意"显示为板结、有限和死意,意味着主体已经从情绪领会状态之中抽身出来。存在的时间之流已经中断,主体凭借存在领会的"残断"来对世界进行选择性的命名、判断和陈述,被陈述者与存在世界之"因缘联络"凭借"残断"视野的延留被揭示出来,这所揭示者于是成为"成言"之意②。显然,"成言"是对象化、理智状态下的"意"。因此,诗意一定是超越"成言"和先于"成言"的。人在"成言"的日常性运用中将语言用作交流的工具或者以言行事,于是,言语所诉说者乃是"对象"。在此种活动中,人与所说呈现为一种对象性的关系。但诗意是一种直接置身的情绪状态,它是在情绪意味的流动之中持续发生的。按古人的表述,这种持续发生的特质就是"味"。"味"者何意?与理解相比,"味"是一种持续发生着的品尝。在意义的把捉中,唯有品尝是行进着的。这里,"不尽之意"是指品尝的行进状态。相对对逻辑意义的理解而言,品尝本身即意味着"不尽",因为它不是对某个意义的一次性理解,而是一个情绪体验的过程。显然的是,意义层次的丰富、复杂并不必然导致审美体验的持续性。那些庸常实用之言和沉闷繁复的论证从来就不意味着意味无穷。因此,"不尽之意"决不意味着意义层次的繁复累累或无限之

---

① 苏轼:《书黄子思诗集后》,《苏轼文集》卷六七,北京:中华书局,1986 年,第 2124—2125 页。
② 参见海德格尔:《存在与时间》第 31—33 节,陈嘉映、王庆节译,北京:三联书店,1987 年,第 174—195 页。

多,而是一种意味的品味不尽。"不尽之意"不仅包含"重旨"、"复意"和"隐秀",尤其包括单纯、澄明与自然。司空图论诗意境界的《诗品二十四则》中,就有"冲淡"、"典雅"、"洗练"、"自然"、"清奇"、"超诣"、"飘逸"等七品属于单纯与澄明的诗境。

再次,"活"还意味着一种意义类型的区分。诗意是一种鲜活独特的审美性意义,而不是政治、道德、玄理及其他实用性意义。这一点,古人看得特别清楚。因此,才有钟嵘的"滋味"说、严羽的"别材别趣"之论以及从宋代之后极为发达丰富的性灵趣味之论等等。用今天的理论话语来表述,钟嵘对诗歌本位乃"吟咏情性"之论所直接挑明的根本就不是一个写诗的技巧问题,而是一个诗的意义类型问题。钟嵘说:"永嘉时,贵黄、老,稍尚虚谈,于时篇什,理过其辞,淡乎寡味。爰及江表,微波尚传,孙绰、许询、桓、庾诸公诗,皆平典似《道德论》,建安风力尽矣。"①这些人的诗没有诗意,是因为他们误解了诗歌的意义类型,用诗来表达对玄理的意义探求("意深"、"词踬")。"若乃经国文符,应资博古,撰德驳奏,宜穷往烈;至乎吟咏情性,亦何贵于用事?"②你别跟我掉书袋,玩学问,诗歌的意义类型在于"吟咏情性":它是一种追求直接审美性的意义类型。它的基本特点是"味",而不在于其中的知识含量,它的首要价值在于精神审美的吟咏品尝,而不在以言行事。由此,中国的诗意论转入了诗意的独特品质、质态及其特殊建构方式的探讨。

值得注意的是,在中国传统文论的独特语境中,"情性"论对确认诗意的特殊品质具有重要的认证作用。而"情性"论作为诗意论基础的确立,又关涉中国传统知识谱系中的另一个背景性奠基——对"心"之言域的心性论分疏。在传统儒学中,"心"被区分为"心"(经验之"心")与"性"(先天之"性"),不同的"心性"又区分为"道心"与"人心",因而,"人心"又被区分为"情"与"理"。"情性"由此与"德性"、"理知"、"德性之知"等等相区别③。以"吟咏情性"而论诗,最早见于《毛诗序》。"国史明乎得失之迹,伤人伦之

---

① 钟嵘:《诗品序》,何文焕辑《历代诗话》上,北京:中华书局,1981 年,第 2 页。
② 同上书,第 3 页。
③ 参见吴兴明:《心、心学、心术——论"心"之言域在中国传统智慧中的作用》,《四川大学学报》2000 年第 6 期。

废,哀刑政之苛,吟咏情性,以风其上,达于事变而怀其旧俗者也。"①《毛诗序》所论完全是在王道教化论的背景中展开。此论就其论旨的所归而言,并未偏离"言志"说的诗教传统。第一次明确偏离此传统的是陆机的断说:"诗言缘情而绮靡。"如前已述,到钟嵘的"吟咏情性,亦何贵于用事",就将情性之论纳入了诗意论的范畴:诗所以不贵于用事,不似道德论之类"淡乎寡味",是因为它的本旨所在是"吟咏情性"。但是,真正系统地将情性论推向诗意论逻辑核心的是唐代的皎然。

曩者尝与诸公论康乐公为文。真于情性,尚于作用,不顾词彩,而风流自然。彼清景当中,天地秋色,诗之量也;庆云从风,舒卷万状,诗之变也。不然,何以得其格,高其气,正其体,贞其貌,古其词,深其才,婉其德,宏其调,其声谐哉?②

皎然将诗言意义特殊性的探求推进至境界。诗言不仅是有意义的丰富性,有"文外之旨",有体格气貌,深才丽词,关键是要有得天地之气色的境界之呈现。"评曰:两重意已上,皆文外之旨。若遇高手如康乐公,览而察之,但见情性,不睹文字,盖诗道之极也。向使此道尊之于儒,则冠六经之首;贵之于道,则居众妙之门;从之于释,则彻空王之奥……"③"情性"一语在此不仅意味着诗言之本旨非说理论道,而是"吟咏情性"(诗言意义之归宗),更重要的是意味着一种境界,一种"不顾词彩,而风流自然",超逸言意之对待区分,超越言内言外、词意对应、词彩景象之局部分疏的轰然朗现、澄澈的意义之境界。在皎然看来,古今文章,儒、佛、道诸家达于"诗道之极"处其实都是完全一致的:他们都是要追求一种整体境界的呈示,而非求局部的隐喻、大义、词彩、体貌、格调之类。"取境偏高,则一首举体便高;取境偏逸,则一首举体便逸。"④文章有境界,则"风律外彰,体德内蕴,如车之有毂,重美归焉"⑤。

---

① 《毛诗正义》,《十三经注疏》,扬州:江苏广陵古籍刻印社,1995年,第271—272页。
② 皎然:《诗式》,何文焕辑《历代诗话》上,北京:中华书局,1981年,第30页。
③ 同上书,第31页。
④ 同上书,第35页。
⑤ 同上。

情性之论至宋代已蔚为大观,欧阳修、苏轼、黄庭坚、张戒、姜夔、严羽等已普遍以"情性"和"兴趣"论文。"情性"偏重于心性类型、主体基础的确认,"趣味"则发之于"情性",偏重于对文本、言语活动之意义类型的划分。与德性、理知等实用智慧不同,"情性"之所发则为"趣味"。这一思想对中国后世的艺术论、诗意论发生了至为重要的奠基性影响。诗"吟咏情性"一直贯通到后来的"童心"说(李贽)、"性灵"说(袁枚)、"神韵"论(王士禛、翁方纲)等等,"趣味"论则一直贯通到清末的梁启超。关于诗意作为一种独特意义类型的特殊性,可以说中国古人的认识相当彻透而深邃:

> 诗之至处,妙在含蓄无垠,思致微渺,其寄托在可言不可言之间,其指归在可解不可解之会;言在此而意在彼,泯端倪而离形象,绝议论而穷思维,引人于冥漠恍惚之境,所以为至也。①
>
> 要之作诗者,实写理、事、情,可以言言,可以解解,即为俗儒之作。惟不可名言之理,不可施见之事,不可径达之情,则幽渺以为理,想象以为事,惝恍以为情,方为理至、事至、情至之语。②

正是在这个意义上,"不尽之意"是持续发生的——它具有体验性、感受性、置身情绪的流动等等。诗所表达的在根本上是一种特殊的意义类型:是"不可名言之理,不可施见之事,不可径达之情",是"幽渺以为理,想象以为事,惝恍以为情"的"理至、事至、情至之语"。因此,"不尽之意"所要揭示的不止是一个意义含量的特殊性问题,更重要的是一个诗歌意义的品质类型的问题。或者说,在这里根本就不简单是一个意义层次的问题,而是关涉诗歌意义结构整体的体验机制。这种机制的关键是:让诗意在品味状态中持续性地发生。

第三节　境　象　论

显然,在传统中国世界,"不尽之意"或"言外"、"余意"等思想的出现

---

① 叶燮:《原诗·内篇》,《原诗　一瓢诗话　说诗晬语》,北京:人民文学出版社,1979年,第30页。
② 同上书,第32页。

还与佛教的传播直接相关。佛教独特的意义论视野与中国传统道家、《周易》的言意论相结合,产生了极为独特的诗学意义论言路。在这一路向上,不仅产生了就言、意关系而论的"不尽之意"、"言外"、"余意"等,还产生了就意义整体特征、意/象关系而论的境界说、意象论、神韵论等等。尤需提及的是,这是一个极为独特的思想界面,它的意义论具有同欧洲思想迥然不同的取向和展开。

中国古人对诗意的追思很大程度上受到佛学、尤其是禅宗意义观的影响。在这种情况下,我们要把古代的一些诗意论概念翻译为现代西学观念十分困难。比如,古人所说的"境界"是一种意义的隐喻(metaphor)吗?"镜中花"、"象中色"是"意象"(image)吗?"言语断绝处"的"意"是"意向"(intention)吗?"神韵"是"张力"(tension)吗?"意境"是意义境遇(meaning and poetic state)吗?显然,所有这些都可以说是,也可以说都不是。虽然它们都是在谈各种意义状态,但是它们谈话的理路各不相同。

1."意象"之"意"

我们知道,在传统文献中"意象"一语直接起源于《易经》和《庄子》。值得注意的是,中国古人的"意象"论一开始就是讲意义论而非心理学。

> 子曰:"书不尽言,言不尽意。"然则圣人之意,其不可见乎?子曰:"圣人立象以尽意,设卦以尽情伪,系辞焉以尽其言。"①

何者为"易"?"易"就是"象"。"八卦以象告","易者,象也;象也者像也","爻也者,效此者也,象也者,像此者也"②。那么,什么又是"象"呢?《系辞上》说:"圣人有以见天下之赜,而拟诸其形容,象其物宜,是故谓之象。"③抽象地说,"象"犹如今天之所谓"气象",比如"败亡之象"或"兴旺气象",是包含着刚柔吉凶含义的"象"。具体地说,是包牺氏"仰则观象于天,俯则观法于地,观鸟兽之文,与地之宜,近取诸身,远取诸物"④,而拟订之图像。更具体地说,就是由阴、阳相错而成的爻象,由爻象叠加而成的八卦图

---

① 《周易·系辞上》,《十三经注疏》,扬州:江苏广陵古籍刻印社,1995年,第82页。
② 《周易·系辞下》,《十三经注疏》,扬州:江苏广陵古籍刻印社,1995年,第87页、86页。
③ 《周易·系辞上》,《十三经注疏》,扬州:江苏广陵古籍刻印社,1995年,第79页。
④ 《周易·系辞下》,《十三经注疏》,扬州:江苏广陵古籍刻印社,1995年,第86页。

像。(包牺氏)"于是始作八卦,以通神明之德,以类万物之情"(同上)。此所谓"八卦成列,象在其中矣"。① 显然,就制定者的意图而言,八卦图像是有"意"的。圣人既制定八卦,必有赋意焉。但是请注意,此处的"意"并不只是圣人的主观之意,而是圣人对天地万物内在运行之趋势(道)的领会,这是总体性的。此所谓"形而上者谓之道"②。但具体到每一个人每一次的卜问之事,则是关乎具体命运的祸福吉凶。这是要通过每一次的具体卦象来显示的。显示之卦象则为"器":"形而下者谓之器"(同上)。这里,"意"必然是不尽的。因为圣人制定八卦,是要解答所有人卜问的吉凶。这就涉及局部言说和无穷解答的关系问题。八卦是一个占卜模型,它要担负的是解答所有人的生生不息之命运。它必须沟通形上与形下、贯通天地整体的冥冥之道与每一次卜问之事的祸福之关连。用《易经》的话,就是形上与形下"化而裁之谓之变,推而行之谓之通,举而错之天下之民谓之事业"(同上)。正因为"易"是一个具有诸多变化的抽象模型(包含各种刚柔吉凶的事态类型),它才可以担负似乎是无穷多样的命运卜问之解答。所以,是为了无穷解答的目标,圣人才"立象以尽意,设卦以尽情伪,系辞焉以尽其言"。"意"的"无穷"首先是因为有无穷之"问"。"象"之有必要,决定于问的无限性与答的有限性之间的关系。圣人不可能亲临解答天下百姓的每一次问。其次是因为"意"与天地之内在趋势的显露相关。趋势本身是无限之"道"。因此,虽然在这里涉及了"象"与"意"的意义关系问题,但是不是通常人们所说的,表明了古人对"'象'比'言''意'具有更丰富的表现力"③的认识。因为这里所说的"象"和"意"并不是普通的象和普遍之意,它并非是对言语、意象之于意义表达的普通关系的论说,而是一种特殊语用下的象意关系论。

但是庄子所论"言"与"意",却地地道道是关系到语言的揭示性。"意"既不是指通常语言的"意旨",也有异于占卜所得的祸福吉凶。"筌者所以在鱼,得鱼而忘筌;蹄者所以在兔,得兔而忘蹄;言者所以在意,得意而忘言。"④这里的"意"不是讲占卜对命运吉凶的解答,而是讲极至玄意,讲可

---

① 《周易·系辞下》,《十三经注疏》,扬州:江苏广陵古籍刻印社,1995年,第85页。
② 《周易·系辞上》,《十三经注疏》,扬州:江苏广陵古籍刻印社,1995年,第83页。
③ 敏泽:《中国古典意象论》,《文艺研究》1983年第4期。
④ 庄子著,郭庆藩集释:《庄子集释》四,北京:中华书局,1961年,第944页。

以"意致"而不可以"言传"的"物之精"。痀偻承蜩、庖丁解牛、轮扁斲轮、梓庆削木为鐻等都是讲这种精微之意的超语言性。在庄子,达于物之精微是领会得意("知")的最高目标。这就是"意"。这种"意"是显露性、领会性的。正因为语言是通向这种"意"的工具,所以要"得意而忘言"。这里"意"的规定是非意向性、非表达性的,它着力于语言对世界的揭示。语言不是日常实用交流的工具,而是揭示世界之精微的通道。正是在这种意义涵韵的特殊定位上,言的有限性和意的无限性被显示出来。但是,庄子并未在言、象、意关系论的意义上言及"象"。在《周易》和《庄子》基础上,将"言"、"象"、"意"联系为一体并迈出向普通意义论推衍的关键的一步的,是王弼。

> 夫象者,出意者也。言者,明象者也。尽意莫若象,尽象莫若言。言生於象,故可寻言以观象;象生於意,故可寻象以观意。意以象尽,象以言著。故言者所以明象,得象而忘言;象者所以存意,得意而忘象。犹蹄者所以在兔,得兔而忘蹄;筌者所以在鱼,得鱼而忘筌也。然则言者,象之蹄也;象者,意之筌也。是故,存言者,非得象者也;存象者,非得意者也。象生於意而存象焉,则所存者乃非其象也;言生於象而存言焉,则所存者乃非其言也。然则,忘象者,乃得意者也;忘言者,乃得象者也。得意在忘象,得象在忘言。故立象以尽意,而象可忘也;重画以尽情,而画可忘也。是故触类可为其象,合义可为其徵。义苟在健,何必马乎?类苟在顺,何必牛乎?爻苟合顺,何必坤乃为牛?义苟应健,何必乾乃为马?而或者定马於乾,案文责卦;有马(无)乾,则伪说滋漫。难可纪矣。互体不足,遂及卦变;变又不足,推致五行。一失其原,巧愈弥甚。从复或值,而义(无)所取。盖存象忘意之由也。忘象以求其意,义斯见矣。①

这一段,王弼是在讲占卜吗?是又似乎不是。就言、象、意的生发和目的关系而言,是在讲占卜,但是就三者之间关系思辨之彻透而言,又似乎是在讲超越占卜语用之外的言、象、意之间的关系。这种讲述在逻辑上已经为

---

① 王弼著,楼宇烈校释:《王弼集校释·周易略例》,北京:中华书局,1980年,第609页。

更广阔的语境挪用奠定了基础,因为这里所说的言、象、意关系已经不是在问的无限性与答的有限性之间的关系上着眼,而是着眼于它们之间更一般的结构关系。很多人已经指出,作为一般的语言论或者符号论,王弼在"言"与"意"之间加入一个"象"是意味深长的。它至为明晰地表明在古人的心目中,言语的"意"并不是观念。在这个模型中,"象"比"言"更接近"意",所以"意"决不是感性直观材料在主观作用下的产物——比如现象学所说的"含义统一性"或康德所谓先验直观的"统摄",而是言语难以直陈的领会。如我们所知,观念的作用就在于含义统一性之下的直陈,它的基本作用就是弃象而抵达本质。按西学的理路,"象"与本质之域的抵达是相矛盾的。在意义的表达上,"象"本身就意味着多意、朦胧和含混,怎么可能"尽意莫若象"呢?但是按庄子和王弼的意见,之所以要"立象以尽意",是因为"言"不能"尽意"。那么,是什么样的"意"才会"言"不能"尽"而"象"反更能"尽"之呢?是通常意义上的观念或日常实用性语言的工具性含义吗?显然不是,无论是《周易》、庄子,还是王弼之"意",都决不是日常语言的意图、观念或板结化的实用性语意,而是关涉物之精微或冥冥天地之内在运行的极致之意。或者简言之,是摆脱语言工具性含义、观念之已封已定含义的揭示性、启示性的意义。一言以蔽之,是显露形上之"道"的意义。

这里,重要的是"意"趋于"道"的指向。从《周易》、《庄子》到王弼,"意"的指向都是高度一致的:指向世外,指向原域或者天地之大道。这种指向在佛学传入的影响下得到更为坚定的强化:立"象"以求或言谈寻思的意向不是要通向或执著于现实当下,而是在现实当下的一景一物或瞬息明灭中闪现"物外",通向"象外"的天地境界或者冥冥上苍。佛家的"象外"不是另外一个"象",而是就终极而言之的非有非无的永恒。那是一种从有限之"象"而通达无终无始意义状态的中介。就通达终极的解脱而言,庄子与佛学是一致的:最高的自由就是意义得以原始发生之前的"无"。此即范晔所说"所求在一体之内,所明在视听之表"[①],僧肇所谓"极象外之谈"[②],

---

① 《广弘明集》(一)卷一,《四部丛刊初编》子部册八二,上海:上海书店,1989年,第6页。
② 释僧肇:《般若无知论》,《全梁文》卷一六四,严可均辑《全上古三代秦汉三国六朝文》,北京:中华书局,1958年,第2413页。

僧卫所谓"执象则迷理",要"畅微言于象外"①。

"意象"一语首次在文论中出现,见于《文心雕龙》的《神思》篇。在论述了创作的各种准备之后刘勰说:"然后使玄解之宰,寻声律而定墨;独照之匠,窥意象而运斤;此盖驭文之首术,谋篇之大端。""意象"在此是作为一种思维的机制和艺术想象的材料出现的,还未被赋予意义论上的幽深内涵。首次赋予"意象"以意义论上的幽深内涵的是唐代的司空图。他在《诗品·缜密》中描述了一种艺术创造的神奇景象:"是有真迹,如不可知。意象欲生,造化已奇。水流花开,青露未晞。要路愈远,幽行愈迟。"②是指一种未曾成言而诗意已生的境界。这里,"意象"的思维机制不是指人力苦思的状态,而是指出人意料的奇异造化——那"意象"之中的"真迹"愈幽愈显,愈显愈幽,"是有真迹,如不可知"。这样的语句在《诗品》之中非常之多。"超以象外,得其环中。持之匪强,来之无穷。"(《雄浑》)"阅音修篁,美曰载归。遇之匪深,即之愈希。脱有形似,握手已违。"(《冲淡》)"采采流水,蓬蓬远春。窈窕深谷,时见美人。……乘之愈往,识之愈真。"(《纤秾》)要言之,这种愈幽愈显、愈显愈幽的"真迹"就是"象外之象":

> 戴容州云:"诗家之景,如蓝田日暖,良玉生烟,可望而不可置于眉睫之前也。"象外之象,景外之景,岂容易可谈哉?③

愈幽愈显,愈显愈幽的关键是无幽就无显,无显而不幽。这就是"诗意"离不开"象"的根本缘由。什么样的"景"才"如蓝田日暖,良玉生烟"呢?因为"景"中之"意"、"意象"之"意"不是"实意",而是"真意"。它之为景、为象,"可望而不可置于眉睫之前",它"持之匪强,来之无穷","遇之匪深,即之愈希","脱有形似,握手已违"。它是"象外"、"景外"、"味外",当然,更是"言外"、"韵外"的"意"。传统意象论整个视野的意义指向都是指向"世外",指向三界之外的"原域"或超越性世界的。传统意象论的独特

---

① 释僧卫:《十住经合注序》,《全晋文》卷一六五,严可均辑《全上古三代秦汉三国六朝文》,北京:中华书局,1958年,第2426页。
② 司空图:《诗品集解》,郭绍虞集解,北京:人民文学出版社,1963年,第26页。
③ 司空图:《与极浦谈诗书》,《诗品集解》,郭绍虞集解,北京:人民文学出版社,1963年,第52页。

性在于：它始终在人世与自然、世俗与出世的关联之间。也就是说，在无限与有限、有意和无意乃至"有"和"无"的纽结之点上。这使整个中国古代的意象论显示为一种恍惚幽邃的意义之思。这种意义论致思的独特指向，使中国古代的艺术有一种直通洪荒的力量和深入骨髓的虚无。

正是在这种意义指向之下，中国古代的意象论直接通向诗意论中的含蓄、意味和情景之论。王廷相说：

> 夫诗贵意象透莹，不喜事实黏著，古谓水中之月，镜中之影，可以目睹，难以实求是也。《三百篇》比兴杂出，意在辞表，《离骚》引喻借论，不露本情，……嗟呼！言征实则寡余味，情直致而难动物也。故示以意象，使人思而咀之，感而契之，邈哉深矣，此诗之大致也。①

这是论意象与含蓄、意味。王夫之说："言情则于往来动止缥缈有无之中，得灵□而执之有象，取景则于击目经心丝分缕合之际，貌固有而言之不欺，而且情不虚情，情皆可景，景非滞景，景总合情。神理流于两间，天地供其一目，大无外而细无垠……"②这是从意象而论"情"和"景"。要言之，如果不是因为"诗意"（即"意象"之"意"）的深微幽眇（如"水中之月"、"往来动止缥缈有无之中"），就无须一定要有含蓄、意味和情景交融。

显然的是，诗意的这种指向同时又通向"意境"。

2. 意境

意境论（境界说）的独特角度是从意义的整体性特征来把握诗言意义的特殊性。境界之整体与局部、形上与形下、可说与不可说、心境与物境、情思与景物、意味与境界、意象与成境、大境与小境、虚与实、静与动、空与不空、远与近、雄浑、自然、豪放等各种境界之风神品位等等为意境论思路的具体展开。

可以说，境界论是中国传统文论之诗意论在理论独创性上的集中体现。就我所知，西学中没有类似的意义论言说。就结构主义、新批评乃至解构主义等西方诗学对诗言意义的探索来看，西学各派主要精于对诗言意义的层

---

① 王廷相：《与郭价夫学士论诗书》，《王廷相集》（二），北京：中华书局，1989年，第502—503页。

② 王夫之著，张国星校点：《古诗评选》，北京：文化艺术出版社，1997年，第217页。

次、结构的探讨,如结构主义的"第二涵义系统"、文学语言的自指性,新批评的隐喻、反讽分析,德里达的符号隐喻论,J. 希利斯·米勒的解构主义修辞论等等。两相比较,中国传统文论在把握诗言意义特殊性的角度取向上显然更为丰富。按传统文论的理解,诗意的特殊性显然不能仅仅从隐喻、象征、修辞即意义层次结构的复杂性上去理解——诗意的特殊性不仅仅在于它较之一般的语言意义层次的构成更复杂而已,虽然这是把握诗言意义至关重要的一个方面。"味"和境界所标示的都决不只是一个意义层次、直接间接的问题,它还有一个意义质态的问题。为钟嵘和皎然所反复标榜的谢灵运的山水诗,意义层次都并不复杂,毋宁说,其诗意质态的特殊性正在于它的单纯、清新和澄明。传统诗家一再崇尚自然、清新的例子表明:对诗言意义的特殊性从隐喻、意义层次或张力等角度去把握是远远不够的。

  从背景上说,有两个来源在思想脉络上为意境论奠定了基础。

  其一,是佛教的境界说。据考证,"境界"一语最早见于东汉班昭的《东征赋》:"到长垣之境界,察农野之居民。"①此时的"境界"一词并未有文论中"意境"一语的含义。但是自魏晋时代开始,"境界"一语广泛出现于佛经典籍中。比如曹魏天竺三藏康僧铠译《无量寿经》:"比丘白佛,斯义宏深,非我境界。"②北魏菩提留支译《入楞伽经》:"妄觉非境界"③。北魏昙摩流支译有《如来庄严智慧光明入一切佛境界经》④,梁僧伽婆罗等译有《度一切诸佛境界智严经》(同上)等等。宋僧道原《景德传灯录》有载:"问:若为得证法身?师曰:越卢之境界。"⑤"境界"是佛教日常用语。"心"所游履攀缘者即为"境"。"境"有五种:色、声、臭、味、触。因此,"境界"是现象世界的具体呈现、呈界。按佛教所论,五种境界皆为虚幻,要破除对这五境的执著,才能入于法界真如。故而法界本体与声色世界是判然相分的。学佛的目标

---

① 费振刚等辑校:《全汉赋》,北京:北京大学出版社,1993 年,第 366 页。
② 天竺三藏康僧铠译注,慧远撰疏《无量寿经义疏》卷三,金陵刻经处,清光绪二十年,第 2 页。
③ 影印宋《碛砂藏经》第 148 册,上海:上海影印宋版藏经会,1936 年,第 87 页。
④ 影印宋《碛砂藏经》第 156 册,上海:上海影印宋版藏经会,1936 年。
⑤ 道原:《景德传灯录》,影印常熟瞿氏铁琴铜剑楼藏宋刻本,四部丛刊三编,上海涵芬楼,1935 年,第 22 页。

第三章 诗意的独特性:从"不尽之意"到境象论

就是要勘破声色而达至真如。这是整个佛学思量和修行的基本指向。——如前所提示,这种指向不仅是指向"三界之外",而且是指向真如法界,即指向消解一切意义,因而也是解决一切意义问题的永恒之境。佛教所追求的是一种彻底的、永恒的解决。因此,这种指向本身就是意义论的。是东方独特深邃的意义之思。显然,这一点十分重要,它表明了佛学思维的基本性质。这种指向对中国传统意境论的奠基性意义在于:它从根本上确定了意境论意义追思的方向。

但是,早期的佛学文献对"境"本身却是在否定的意义上去说的。色界五觉是要被破除和超越的"境界"。超越了色界五境才能达到法界真如。问题是,真的有一个离弃了五觉之境的纯粹真如的世界吗?禅宗的回答是没有。真如的世界仍然是一心境,它并不在现象之外。因此慧能说:"佛是自性作,莫向身外求。自性迷佛即众生,自性悟众生即是佛。"又说:"世人自身是城,眼、耳、鼻、舌、身即是城门,外有五门,内有意门。心即是地,性即是王,性在王在,性去王无,性在身心存,性去身心坏。"① 真如之觉悟、开悟即在具体五觉之中的明心见性,轰然朗现自性本心(净心,无分别心)。真实真如的本体并不与五觉的世界相分离,而是就在一山一水,一草一木的境界之中。境界不是别的,它同时就是自性轰然朗现之"心"境。此时,境界就成了"意境":以刹那寓终古,以瞬间寓永恒。也就是心之自性的本体显现之境。正如叶朗先生所言:

> 在禅宗那里,"境"这个概念不再意味着此岸世界与彼岸世界的分裂,不再意味着现象界与本体界的分裂。正相反,禅宗的"境",意味着在普通的日常生活和生命现象中可以直接呈现宇宙的本体,在形而下的东西中可以直接呈现形而上的东西。《五灯会元》记载了天柱崇慧禅师和门徒的对话。门徒问:"如何是禅人当下境界?"禅师回答:"万古长空,一朝风月。"禅宗认为只有通过"一朝风月",才能悟到"万古长空"。禅宗主张在日常生活中,在活泼泼的生命中,在大自然的一草一木中,去体验那无限的、永恒的、空寂的宇宙本体,所谓"青青翠竹,尽是法

---

① 见少林寺东约二里之法如塔题额:《唐中岳沙门释法如禅师行状》,第35节。

身,郁郁黄花,无非般若"。禅宗的这种思想(包括禅宗的"境"、"境界"的概念)进入美学、艺术领域,就启示和推动艺术家去追求对形而上的本体的体验。这就是"妙悟"、"禅悟"。"妙悟"、"禅悟"所"悟"到的不是一般的东西,不是一般的"意",而是永恒的宇宙本体,是形而上的"意"。①

佛教禅宗为境界论所奠定的意义追思方向是:对"禅悟"真如,即对人生意义的终极领会或驻守解脱的把捉。

其二,是前文已论述过的情性论。情性论对意境论的贡献在于:它从意义类型的角度将诗意的独特性推导至意境。如前已言,这种推导从唐代的皎然就已经开始了。他首次将诗言意义特殊性的探求推进至境界:诗言不仅是有意义的丰富性,关键是要有得天地之气色的境界之呈现。"情性"一语不仅意味着诗言之本旨非说理论道,而是"吟咏情性"(诗言意义之归宗),更重要的是意味着一种境界,一种"不顾词彩,而风流自然",超逸言意之对待区分、超越言内言外、言意对应、词彩景象之局部分疏的轰然朗现、澄澈如镜的意义之境界。但是皎然并未明确用"境界"二字,只用了"境"。相传由王昌龄所作的《诗格》中出现过"物境"、"情境"、"意境",这是"意境"一语首次出现在文论中。明确以"境界"二字为核心,将由皎然所开创的诗言意义论言路作系统的总结和分析性展开要等到晚清的王国维。但在王国维之前,以境界之意谓为重心,关于境、境界、心境、景物、情景、景象、意境、虚实之境、有我无我之境、动静远近之境等等的论述和探求实际上早已汇演为中国诗言意义论的滔滔洪流。皎然将"情性"与"文字"对举,着重凸现的是"情性"之为笼盖文章整体的意义境界与文字局部的关系。他强调:要从文章之整体浑成的意义境界来看为文要素的局部构成。所谓"但见情性,而见不文字",犹今之所言某人的文章但见一片襟怀人格、精神境界,都是指作品的意义境界而言。从整体的意义境界而言诗言意义所关涉的方方面面,是中国诗言意义论的最大贡献,也是皎然之后中国意境论成思成论的基本意识背景。由此承续的诗言的意义之思此后不再止于意义层次、言内言外、物象心象、词彩格调的寻求,而是以意义境界的整体建构为归宿。一言

---

① 叶朗:《再说意境》,《文艺研究》1999年第3期。

以蔽之,诗言意义的特殊性在此已不仅仅为"复意"、"重旨"和"言外之意"而已,更重要的是要达到那笼盖整体、轰然明澈的意义境界之呈现。此之后,"复意"、"重旨"、"言外之意"仍是要被探讨,但它已被纳入建构或通向整体意义境界的途径而被探讨。

我们会问:这样的探讨是意义论吗?当然。"意境"的汉语构词本身就表明了它是一种意义论的思考,"境界"者云是一种"意"(意)之"境"(situation),意义境遇。这里,意义不是一种能指/所指、符号系统的横向/纵向之关联,而是一种浑然呈现的世界状态。在这里,"意"不是指示性、切分性的,不是符号系统的编织,层次繁复的象征堆砌,而是境遇性、存在性、领会性的,或者说,是一种朗然呈现的居留状态。而按中国禅宗的思路,唯有此道,能通达永恒。因此显然的是,意境论不是对一般语言的意义论思考,而是对诗的意义论思考。按王国维的意见,凡有意境者即为诗(艺术),而且是好诗。所谓"词以境界为上。有境界则自成高格,自有名句"①。那么意境的解答其实就相当于对语言诗性的意义论解答。在这里,诗之为诗是由一种意义状态来规定的。

可以更明确地说,意义境界论至晚唐司空图已明显地提升为形上意义论。此后就诗意的形上境界而论诗者极大地发扬而为宋代严羽的以禅喻诗("妙语"说)、清代王士祯的"神韵"说乃至贯穿于袁枚的"性灵"说之中。"神韵"说影响清代诗坛上百年,以至倡言"肌理"说并以"格调、肌理、学问(考据)论诗的翁方纲都不得不以"肌理"而释"神韵"。

境界论上升为形上意义论的标志是司空图将论诗意之旨的重心归之于"味外":"文之难而诗尤难。古今之喻多矣,愚以为辨于味而后可以言诗也。江岭之南,凡足资于适口者,若醯,非不酸也,止于酸而已;若鹾,非不咸也,止于咸而已。华之人以充饥而遽辍者,知其咸酸之外,纯美有所乏耳。……噫!近而不浮,远而不尽,然后可以言韵外之致耳!"②"盖绝句之作,本于造诣,此外千变万状,不知所以神而自神也,岂容易哉?今足下之诗,时辈

---

① 王国维著:《人间词话》,《王国维文集》第一卷,北京:中国文史出版社,1997年,第141页。
② 司空图:《与李生论诗书》,《诗品集解》,郭绍虞集解,北京:人民文学出版社,1963年,第47页。

固有难色,倘复以全美为工,即知味外之乡旨矣。"①"戴容州云:'诗家之景,如蓝田日暖,良玉生烟,可望而不可置于眉睫之前也。'象外之象,景外之景,岂容易可谈哉?"②司空图论诗意之内外与皎然、刘勰有一个细微的差别,皎、刘二人论的是"文外"。也与庄子言意论有别,庄子所论是"言外"。而司氏所论是"韵外"、"味外"、"象外"、"景外"。言内言外可以"畛内"与"畛外"之意的区分来理解,"畛内"之意即成言在历史状态中既成的意义系统,即语言的常规性意义,实用性意义。因此,"文内"之意可理解为语言的"第一涵义系统"或曰直接的逻辑意义,而"文外"之意可理解为"第二涵义系统",即文本的深层意义、隐喻象征性意义,即结构主义所谓的"文学性意义"。那么,所谓"韵外之致"、"味外之旨"、"象外之象"、"景外之景"又是什么呢?须知所谓"韵、"所谓"味"本身就已是言内之意(第一涵义系统)所带出的"意",而"景"和"象"已经是言、文意义的"所指"。韵、味作为被带出者已不可"言筌",景、象作为视觉对象已需要读者的想象才能唤出。那么,"韵外之致"、"味外之旨"又是什么?谁见过视而能见的"象外之象"和"景外之景"?

对此,严羽要说得具体些:

> 夫诗有别材,非关书也;诗有别趣,非关理也。……所谓不涉理路、不落言筌者,上也。诗者,吟咏情性也。盛唐诗人惟在兴趣,羚羊挂角,无迹可求。故其妙处莹彻玲珑,不可凑泊,如空中之音,相中之色,水中之月,镜中之象,言有尽而意无穷。③

诗意之妙处、极致处在于它不是一种确定、实在的意,而是意之"无穷"。何谓"无穷"?"无穷"不是意义层次结构上的繁复和深邃,而是意义源源不绝地持存和发生。"无穷"当领会为动态意义上的不断持存生发。不断持存生发又不是指有各种具体的意义一层一层地不间断涌出,而是指:驻留于此种意义领会的持存状态,无论你作何解释,都不可穷尽,都仍然有

---

① 司空图:《与李生论诗书》,《诗品集解》,郭绍虞集解,北京:人民文学出版社,1963年,第48页。
② 司空图:《舆极浦书》,《诗品集解》,郭绍虞集解,北京:人民文学出版社,1963年,第52页。
③ 严羽著,郭绍虞校释:《沧浪诗话校释》,北京:人民文学出版社,1983年,第26页。

不尽之意的"余数"。这就是"味外之旨":味而不尽者,各种味由之发生而犹然不尽的那个"味"。司空图说:"辨于味,而后可以言诗也。"关于味,司空图区别出("辨")了两种:一种是在诗中直接领会到的具体的诗味,他将其喻之于口舌之味:咸酸。一种是味之而无极的味,他将其称之为"味外之旨"。前者之味,是具体的味,可以言酸甜苦辣;后者之味,是使源源不断的酸甜苦辣所从出而犹为不尽者,是极致之味,是味之成为味者也。在我看来,所谓"韵外之致"、"味外之旨"、"象外之象"、"景外之景"都是指的一个东西,是指那使诗意构成的各种因素(韵、味、旨、象、景、言)之成为诗意的意义的原生性,即意义的原始之发生。用海德格尔的话,即开辟一切意义的源始的"道说"(das Sagen)。("道说意味着:显示,让显现,既澄明着又遮蔽着把世界呈现出来。"①用今人习惯的话语,即意义的形上境界。此种境界,它"莹彻玲珑,不可凑泊","如蓝田日暖,良玉生烟,可望而不可置于眉睫之前"。作为意义的形上境界,它不同于任何具体的意、旨、韵,也不可领会为"象"之连缀成形的"景",它是直指洪荒的意义的原生性,但它又真真实实地蕴含在诗意的整体之中,不可指证而又依稀在焉,此为"象中之色,水中之月";似有领会又无法言明,此其为"速引若至,临之已非","诵之思之,其声愈希"②,"如不可执,如将有闻"③等等。类似的话在传统诗言意义论中非常普遍。

  关于诗言意义的形上境界,就笔者所见,在狭义的西方诗学中没有相应的概念来表达。海德格尔论诗言作为"真理"之发生有类似的意味,但海氏已不是从美学论的视野而是从存在意义论的视野来言诗④。"形上"一语,袁枚有所言及,所谓"古文之道形而上","考据之学形而下",正是要**区分诗言意义直奔意义发生的本源状态和考据之学分疏成言意义之间的根本区别**。

  尝谓古文家似水,非翻空不能见长。果有其本矣,则源泉混混,放

---

① 海德格尔:《语言的本质》,孙周兴编选:《海德格尔选集》下,上海:上海三联书店,1996年,第1118页。
② 司空图:《二十四诗品》,何文焕辑《历代诗话》上,北京:中华书局,1981年,第43页。
③ 同上书,第44页。
④ 参见海德格尔:《艺术作品的本原》,孙周兴编选《海德格尔选集》上,上海:上海三联书店,1996年,第237—308页。

为波澜,自与江海争奇。考据家似火,非附丽于物,不能有所表见。……以考据为古文,犹之以水为火,两物不相中也久矣。①

即便是以"肌理"解"神韵"的翁方纲,也对"神韵"是指意义的形上境界大有领会:"神韵者,非风致情韵之谓也。今人不知,妄谓渔洋诗近于风致情韵,此大误也。……诗有于高古浑朴见神韵者,亦有于风致见神致者,不能执一以论也。"②"神韵,是乃所以君形者也。"③严羽以禅喻诗、以"妙悟"论诗正是要揭示诗意形上境界的混成性。王士祯所谓"舍筏登岸,禅家以为悟境,诗家以为化境,诗禅一致,等无差别"④,显然是以意义的形上境界为诗禅一致的根本。

海德格尔在论"根据"之为"超越"的时候,对"超越"、"形上"(transcendens)的存在论含义曾有精深的分析:

> 在有待廓清的证实的术语含义上,我们以"超越"意指人之此在所特有的东西,而且并非作为一种在其他情形下也可能的、偶尔在实行中被设定的行为方式,而是作为先于一切行为而发生的这个存在者的基本机制。⑤

> 如若人们选用"主体"(Subjekt)这个名称来表示我们自身向来所是并且作为"此在"(Dasein)来理解的那个存在者,那么,这就是说:超越标志着主体的本质,乃是主体的基本结构。……主体之存在(Subjekttsein)意味着:这个存在者在超越中并且作为超越而存在。(同上)

作为"此在"的基本结构,"超越"、"形上"是人存在的一极。人的特殊性在于:他"在超越中并且作为超越而存在"。在意义论上,"超越"实现、显

---

① 袁枚:《与程蕺园书》,《中国历代文论选》(三),上海:上海古籍出版社,1980年,第483页。
② 翁方纲:《坳堂诗集序》,《中国历代文论选》(三),上海:上海古籍出版社,1980年,第372页。
③ 翁方纲:《神韵论上》,《中国历代文论选》(三),上海:上海古籍出版社,1980年,第373页。
④ 王士祯:《带经堂诗话》卷三《香祖笔记》,《中国历代文论选》(三),第371页。
⑤ 海德格尔:《论根据的本质》,孙周兴编选《海德格尔选集》上,上海:上海三联书店,1996年,第169页。

现于"先于一切行为"的意义的原生性。在《存在与时间》中,海德格尔将这种状态描述为情绪状态的"源始现身"和先行领会,而在《语言的本质》和《艺术作品的本原》中,海氏将其描述为"道说"的先行揭示和语言对世界的建构力量。由于它先于一切具体的意义并为后者奠基,我们称其为意义的形上性或形上境界。

关键是,此所谓"形上境界"不是指西学逻各斯中心论背景下的"形而上学"或在思辨极致处的"形上之思",它在中国诗论中的的确确是指一种诗意的极致之境。它在诗文中是确确实实存在的,并且是一种活泼泼的意义状态,而非意义思辨中一个纯粹的逻辑域位。意义的形上境界是难于用语言表达的,思到此处即已思到诗言意义论的极致难言处,语言意义的原初成言、直指洪荒处。而无论是司空图、严羽,还是王士禛对在此极致处的成言都是通过对诗意的潜沉领悟来达到,而不是通过逻辑论述来表达的。这为我们今天清理中国诗言意义论的知识史带来了理论定位上的困难。或许名之曰"意义上的形上境界"或"形上意义"论仍是"庶几乎近之"?

显然,诗意的形上境界中一种活泼泼、味之无穷而又不能归结为任何具体之味的"意",已不同于庄子那个作为"意之所随"的形上的"意"。庄子所谓的"物之精"是从纯粹思辨而推求到的理念(逻辑)域位,尽管他反复用寓言来提示。诗意的形上境界则是味之极致者,它是味的最高级境界或诗味之为诗味者。就区别于各种具体的韵、味、意而言,它与庄子的形上的"意"一致:都是指意义的原生性,指意义之为意义的意义性。因此,它是"韵外"、"味外"。就它是一种诗意的极致状态而言,它又是意义的成界、成境,是一种活泼泼能使人切实领会到的"意",是几乎所有好诗都有的那种直指洪荒的力量,而不是一种纯粹思辨状态的逻辑理念域。因此,它是"味外之旨"、"韵外之致"。庄子反复暗示、开启了"意之所随",但并没有可切实领会的境界存焉。套用宗教学爱用的一句术语,诗意的形上境界是意义之意义性的"言成肉身",是意义的原生性、形上性在诗言之中的感性组建和呈界出场。或许,意义的形上性、原生性唯有在诗言中、在艺术中才能真实地呈界与出场,或许为中西方哲人千百年来思之不尽、无法言说的意义之为意义者唯有在诗中、艺术中才能向此在现身。我们在庄子哲学、在柏拉图、在海德格尔和禅宗语录中反复被提醒、喻示的那个意义的形上性或关乎人生大者的意义的意义性的确是在诗意中才呈出为境界，真实可感的。在中国后期的诗言意义论中，这正是诗意之所本，或诗之为诗，诗能够感天地、动鬼神、昭幽微、响灵祇的价值之所在。也是为什么人类永远离不开诗的原因。我认为，在此意义思虑的极致之处，要对意义的形上性再作逻辑分疏或分析性表达是无力的，因为思在此已达到语言之成为语言或逻辑之成为逻辑的根本处、成界处，在"有"和"无"、人界和大荒的连接处、生成处。人类可能对它的思想把握已超逸在成言之外。正是因为这个原因，中西方哲学的意义之思最终都不得不向诗的言路返回。

所以关于意境的含义，我基本同意叶朗先生的见解。"所谓'意境'，就是超越具体的、有限的物象、事件、场景，进入无限的时间和空间，从而对整个人生、历史、宇宙获得一种哲理性的感受和领悟。这种带有哲理性的人生感、历史感、宇宙感，就是'意境'的意蕴。所以，'意境'是'意象'中最富有形而上意味的一种类型。"①关于意境的内部构成、审美特征、心境与物境、景物与情思、意象与境界、境界的各种类型，境界之大与小、虚与实、静与动、空与不空、远与近、有我与无我等等，探讨已非常之多，此不赘述。

中国诗言意义论从言意论的思想背景中领悟性思虑，并展开为思想空间极为广阔的诗言意义之论，其深度和广度超逸了狭义的西方现代诗学，并不逊于现代西方哲学中的诗性意义论。它推进至意义的形上境界论而达于巅峰。事实上，从思想的逻辑走向看，它之能于诗意领域不断地推进展开，是因为它不断向意义的本源状态，即意义的原生域回返。在此意义上，可以说，原域文论的思路就是一条不断向意义的源始发生，即意义原生域领悟性回返的路。反过来，诗言意义论将思想的触角探求至意义的形上境界，又生动地展示了原域的意义之思究竟如何才得以可能。言意之论在魏晋玄学之后几乎没有发展，禅宗的语录公案更反对言意之思的正面展开，唯有在诗言意义论中意义之思有极其波澜壮阔的展开，并且在诗歌创作、书、画、艺类之中建构出了极为丰富的意义境界。凡此种种是否提示了意义的形上之思、原域之"域"当如何才能真实地成思和把捉呢？

---

① 叶朗：《再说意境》，《文艺研究》1999 年第 3 期。

中篇　以诗言意义论为重心的比较研究

第四章　言路比较一：俄国形式主义、结构主义与中国诗意论

第一节　研究思路：以西方为重心的比较研究

从本章开始，我们将考察重心从中国古代诗意论转向西方现代诗言意义论，就是说，在前三章以西方文学意义论为参照而对中国古代诗意论的描述、分析的基础上，进一步展开以西方现代诗言意义论为讨论重心的中西比较研究。

何以要转向以西方为讨论重心？因为西方有现代文学意义论的系统展开，以之为重心，可以提供一个全景式比较研究的参照图景。如前所述，有效的比较研究总是在一个研究题域有着充分展开背景之下的研究，这意味着，文学意义论的正面的系统展开是我们可以进行总体性比较研究的前提——哪怕你的目标是反系统、解构系统，或者根本只是以系统为一个背景性的参照映衬。在一个有系统展开的背景性参照映衬之下，我们才能够有针对性地比较不同的观点、视野、理路，甚至比较那决定不同系统本身的不同的思想进路，依据于此，我们才能明白哪是所长，哪是所短，哪是差异，哪是类同等等。所以，与前述于连的叙述策略不同，中西比较作为**中国学术的一支**，是需要将**现代西学的系统内容本身**作为比较研究的重要参照的。这样做，不仅是因为中国古代诗意论缺少知识系统的规范性展开，在中国当代的知识构成中文学意义论知识系统的正面建构尚付阙如，更重要的是，即使要克服逻各斯中心主义或所谓科学主义的现代性危机，也必须要在一个充分展开的背景下才知道弱点在哪里，失误在哪里，哪些需要克服，如何克服等等。

事实上，只要我们将关注的目光**朝向**现代西方的诗言意义论——不是

仅为了寻找比较研究的证据，而是着眼于西方文论本身的思想脉络——我们立刻就会强烈感受到它与中国古代诗意论之间在谱系系统上的巨大差异。从俄国形式主义、结构主义到现象学，现代西方学术对文学的意义问题展开了人类迄今为止最直接、最系统的多维度研究，其语言表述的精确性、分析的系统性、理论叙述的完备性和准确性等等，无不使中国古代的诗意论相形见绌——两相比较，我们必须承认，中国古代的诗意论在整体上要单薄、粗糙得多。西方现代诗言意义论是在学术、科学高度现代化背景之下的文学意义论，它有举凡为现代西学的理论叙述所具有的一切特征。因此，以它为重心的比较研究不仅能从一个系统、独特的视野显示文学意义论知识构成的方方面面，同时还可以在规范性知识构成的诸多层面照见中国传统诗意论的缺陷。

　　在现代人文学科的各学术门类中，文学意义论可能是最为精深的一支。文学意义的特殊性问题是从结构主义、分析哲学到现象学的整个意义理论都必然面对的思想难题，这一难题的解决是从属于更基础的结构主义符号学、分析哲学或现象学问题的一部分，它在一个高难度的思想域位标明这些发动现代语言学转向（linguist turn）的诸种意义理论是否有效。因此，解决这个问题的水平也反过来成了检验这几种思想流派意义理论的试金石。这就决定了，真正意义上的中西文学意义论的比较研究是**在现代学术研究背景上**的一个前沿性、探索性的话题。中西比较，不仅是要依据现代西学的诗言意义论视野去对中国古代诗意论进行挖掘、对比，更重要的是，要通过对中国古代诗意论的参照，映照出西方现代诗言意义论的视野、成就和缺陷。而最终的目标则是要**志于**揭示：建立文学意义论或诗意论的理想路径究竟是什么？

　　这样的比较研究目标，决定了我们对西方现代诗言意义论考察的重心是对文学意义论**不同言路的比较研究**。我们将用三章来集中考察，每一章的考察都分解为两步：第一步，**清理、论证西方**被分析流派的文学意义论；第二步，将被分析流派的思想言路与中国古代诗意论进行比较。**由于普通的文学意义论本身还是一个新课题，许多人，尤其是国内相关研究领域的学者——比如哲学界、文艺学界的大部分学者——并不认为结构主义、现象学等思想流派的诗学理论是文学意义论，因此，我们的比较研究还面临着一个**

艰巨的任务：对各思想流派的文学意义论做出梳理和证明。这一点与我们前面对中国古代诗意论作为文学意义论的清理、证明大致相同。这就决定了，我们**每一个部分的展开都首先要用大部分篇幅来清理、叙述被分析流派的文学意义论的构成、思路和主要内容**。好在我们确定的研究重心是不同思想言路的比较研究，这部分内容的叙述正好和研究对象思想言路的论述可以合二为一。

西方现代的文学意义论主要在四个脉络上展开：1）符号论和结构主义；2）文本论（新批评）；3）现象学诗学；4）话语理论。其中，话语理论（福柯及批判理论的话语分析）已将对文学意义的探索从"语言"推进到"话语"。而话语分析是从意义的先验维度或意义的公共性、普遍性维度推进到意义的经验性、历史性维度。套用胡塞尔的话，可以说意义理论探讨的重心是语言的"纯粹意识内容"，是符号意义的普遍性构成，而话语分析所探讨的则是语言意义的经验内容及其效力。换言之，话语分析已将意义论探究延伸、推进到了历史之中，它超逸了对语言意义领域的规范性知识探究，变成了对具体历史状态中言语的语用、姿态、权力、操纵关系等等的微观政治学探讨。显然，这样的意义分析不再是本课题要着力研讨的、作为普遍知识研究的文学意义论了。因此，我们这里要展开的主要是前三种。

就视角或言路而言，我们看到，西人分析文学意义之卓有成效的理路主要是两个方向：第一，语言内部分析。这一切入点的典型展开是符号论和文本论的方式（俄国形式主义、结构主义、新批评）。甚至在现象学早期，比如胡塞尔，也是从符号论的角度来展开意义研究的。第二，现象学分析。这一分析的典型展开是海德格尔，然后延伸为阐释学和接受理论。现象学的意义论视野是从意义的主观呈现及其领会的角度去把握意义，此一角度开创了西方现代诗学对"诗性"的存在论思考和深度追踪。由于必须克服现象学视野背景上的"主体中心论"，由于将"诗"归结为人自身存在的本体论规定，在海德格尔，语言最终成了"存在之家"，语言的"诗意"成了存在之家的亮明或闪烁。在前面曾描绘过的意义把握的诸种维度——语言与世界、语言与意图、语言与理解中，虽然意图论在现代西方理论中仍然不乏其人，比如列奥·斯特劳斯，但是显然，有声势浩大的展开的仍然是语言与理解和语言内部研究两个方向。

我们先讨论语言的内部研究取向。在内部研究取向中,先讨论俄国形式主义和结构主义。

有一点需要先予以澄清:俄国形式主义和结构主义是否关心文学的意义?许多理论家一直诟病结构主义不关注文学作品的具体意义,不关注在具体的文学作品中意义怎样得以体现。照传统的文学研究者看来,一部伟大的文学经典,正在于它自身的那种唯一性,而结构主义文论妄图用系统或者结构涵盖丰富的文学意义,造成了文学批评的贫瘠。再加上结构主义者试图为文学找到某种可以概括一切文学作品的科学规范,有一种科学主义影响下的自大倾向,更难以为那种坚持文学的某种形而上气质或者坚持审美救赎的文学研究者所喜欢。对于上面那些指责,结构主义者其实是早就认识到的,事实上,他们认为他们这样做才是真正的文学研究。那些指责恰恰说明了结构主义者的特点。结构主义并不关注具体文本的具体意义,而是关注在文学这个系统中,意义是怎样形成的,确定意义需要哪些条件和手段。乔治·卡勒(Jonathan Culler)说过,结构主义"并不提供一种方法,当它应用于文学作品时,就能产生新的和迄今为止不可预料的意义。与其说它是一种发现或者指派意义的批评,不如说它是一种努力去确定意义的可能性的诗学"①。结构主义者的研究对象并不在于文学作品本身,他们所探索的是文学作品这种特殊的话语的各种特性。按照这种观点,任何一部作品都被看成是具有普遍意义的抽象结构的体现,而具体作品只是各种可能的体现中的一个而已,也就是说他们关心的"不再是现实的文学,而是可能的文学"②。索绪尔说过,语言结构存在于集体之中,而对个人来讲,结构是不完整的。同样,文学结构"在一部具体的作品中,只可能有一种基本上是'不纯'的体现"③。单部文学作品的意义本就不在他们的研究范围之内。对他们来说,最重要的是产生文学意义的可能性条件是什么,文学意义是怎样可以得以产生,不是**作品的经验意义**,而是作品的可能性,换句话说,他们关心的是意义的发生机制。"它着重强调了人赋予万事万物以意义这一仅

---

① Jonathan Culler, *Structuralism Poetry: structuralism, linguistics and the study of literature*. London and New York: Routledge, 2002. p. xiv.
② 赵毅衡编选:《符号学文学论文集》,天津:百花文艺出版社,2004 年,第 190 页。
③ 同上书,第 193 页。

为人类所有的过程,这个世界从来没有停止寻找赋予它的意义与它产生的意义;这一认识则在于它是一种新的思想(或'诗论')模式,其目的与其说是为它所发现的客体分派完满无缺的意义,毋宁说是了解意义怎么才可能形成,需要什么代价,通过什么方法。"①

　　俄国形式主义和结构主义的理论繁荣期离现在已有很长一段时间了,时至今日,俄国形式主义和结构主义已被许多人认为是两个古董名词了,只是某些理论史家了解中的思想史的一个进程。皮亚杰在《结构主义》中说过作为方法的结构主义已经普遍化,它已经渗透到数学、物理学、逻辑学、语言学等大科学体系中,"结构"一词像进化、能量、无意识等众多术语一样已经成为诸多学科的通用名词。罗兰·巴特在《结构主义活动》中说过一段经典的话,"结构已经是个陈旧的字眼(源于解剖学、语法学),时至今日,已经使用过度了:所有的社会科学都纷纷求助于它,结果,除了引起关于它的字义的论战,它什么也区辨不了。功能,形式,符号,以及意义等也未见好多少:它们今天也都已是常用词.人们可以向它们提出(并且得到)任何想要得到的东西。它们显然已成为陈旧的因果决定论定形式的伪装"②。罗兰·巴特认为要想"接近到结构主义之所以与其他思维模式相区别的根源",必须"追溯到诸如能指/所指、共时/历时这样一些对立"③。而这些对立,我们很清楚源于索绪尔的语言学,形式主义也是一样,形式主义思想的一个重要源头就是索绪尔的语言学,也就是说,我们要想真正清楚地认识到俄国形式主义和结构主义对意义问题探讨的创造性和重要性,我们必须从索绪尔的《普通语言学教程》谈起。

第二节　索绪尔的奠基和意义论的转向

　　詹姆逊在《语言的牢笼》中说过思想史是思维模式的历史,而结构主义的语言模式是对有机体模式的一种突破,是"一种新的、非常严密的思想

---

① 王逢振、盛宁、李自修编:《最新西方文论选》,桂林:漓江出版社,1991年,第108页。
② 同上书,第105页。
③ 同上。

史"①。索绪尔的语言学出现在历史的视野中,正是作为一种革新性的力量,他是对历史语言学作了一次极其有效的反动。历史语言学受语言有机论、实体论的影响很大,而且过于注重语音的个别研究及其历史变化。索绪尔的语言结构\言语的划分首先是一种分类原则,是现代语言学的独立:语言与言语,共时与历时,能指与所指,句段(组合)与联想(聚合)的四大对立在很大程度上使语言学摆脱了个别研究。詹姆逊认为索绪尔的共时研究"不止是一种反抗,它同时也是思想史上的大解放"②。正像索绪尔本人针对语言学所说的,"没有任何领域曾经孕育出这么多的荒谬观念、偏见、迷梦和虚构",语言学家的任务"首先就是要揭破这些错误,并尽可能全部加以消除"③。语言学的结构思想是索绪尔对自己的研究对象和语言学任务的一次革命。

　　对语言结构\言语划分的坚持是区分结构主义的一个最重要的特征,"语言学(稍后还有符号学)研究的要义正在于使语言结构与言语分开来,同时这也是确立意义的过程"④。语言结构是社会集团为了使个人有可能行使语言机能所采用的一整套必不可少的规约,而言语是个别的说话行为,是语言规约在个体中的部分实现,这也就是说作为社会规范系统的语言结构对个人的言语行为起着支配性的作用。言语活动是一个复杂的统一体,它是"多方面的、性质复杂的,同时跨着物理、生理和心理几个领域,它还属于个人的领域和社会的领域"⑤。而索绪尔认为自己所提出的语言结构概念"本身就是一个整体、一个分类法则","就在一个不容许作其他任何分类的整体中引入一种自然的秩序"⑥。索绪尔的结构主义语言学是在纷繁的言语活动中寻找一种秩序,这种秩序是语言内部的秩序,它无关于其他非语言的存在。这就一定程度上排除了非语言内容和非语言学科对语言学的介入。按皮亚杰为结构所做的定义之一,结构具有自身调节性,"这种自身调

---

① 詹姆逊:《语言的牢笼》,钱佼汝译,南昌:百花洲文艺出版社,1995年,序言第4页。
② 同上书,第4页。
③ 索绪尔:《普通语言学教程》,高名凯译,北京:商务印书馆,2002年,第27页。
④ 罗兰·巴特:《符号学原理》,李幼蒸译,上海人民出版社,1988年,第118页。
⑤ 索绪尔:《普通语言学教程》,高名凯译,北京:商务印书馆,2002年,第30页。
⑥ 同上。

节性质带来了结构的守恒性和某种封闭性"①。这对结构主义意义论的启示作用在于,要关注文本或语言结构本身,而不是文本或语言结构与世界的联系,更不是某种未经划定的世界客体。语言结构\言语划分对意义研究问题的启示不仅在于它确定了一个可供研究的对象,更在于它明确了语言系统是言语得以实现的前提。语言规则,是意义发生的前提和保证,一个言语事件之所以有意义,在于它是对语言结构的某种应用。这一点我们下面还会继续提到。

在索绪尔这里,语言结构是话语回路中"听觉形象和概念相联接的那确定的部分"②,因此索绪尔认为,语言是作为一种表达观念的符号系统而存在,它跟文字、交通信号、象征仪式、军用信号等等存在一致性,因此索绪尔把语言学纳入了符号学。索绪尔把语言符号划分为两部分:能指和所指,能指相当于音响形象,所指相当于概念。语言符号是能指与所指的联接,与所指脱离的能指或者无能指的所指都不是语言符号。在索绪尔以前,语言符号的意义是通过它与现实物的对应而得到保证的,语言的真实性受制于它所表象或反映的现实。索绪尔并没有否认语言符号对外部世界的指涉,但是在索绪尔这里,并不是某个语言符号反映某具体事物,而是整个符号系统、整个语言系统本身就和现实处于同等的地位。而这个对等地位便是能指/所指的划分所暗含的。索绪尔认为符号是音响形象和概念的结合,这里面漏掉了现实的对象物,"却有居于主体和名称之外的客体,但人们不知道它是发声的还是精神的",符号与对象物的关系"完全是不明晰的",③因此索绪尔把现实悬置了。按詹姆逊的说法,"在他的体系中运行路线都是两侧的,从一个符号到另一个符号;而不是正面的,不是从词到物,因为这一运动方向已经包含并内化在符号自身之中了,即从能指向所指的运动。因此,尽管没有明说,但符号这个术语有助于强调符号系统自身的内在联系,强调它能靠内部关系产生意义,强调它的自主性"④。

---

① 皮亚杰:《结构主义》,倪连生、王琳译,北京:商务印书馆,1987年,第8页。
② 索绪尔:《普通语言学教程》,高名凯译,北京:商务印书馆,2002年,第36页。
③ 索绪尔:《第三次普通语言学教程》,屠友祥译,上海:上海人民出版社,2002年,第84页。
④ 詹姆逊:《语言的牢笼》,钱佼汝译,南昌:百花洲文艺出版社,1995年,第27页。

语言符号由能指与所指组成，而语言结构是能指与所指的契约联接。语言结构作为社会之物，"它的唯一而根本的特征，是声音及听觉形象与某个概念的联接"①，也就是说语言结构是约定俗成的，但是语言结构作为一种社会形式与其他符号系统的最大差别在于语言结构是建立在任意性原则之上，也就是说语言符号的能指与所指之间的关系是任意的，并没有自然的联系。它区别于"象征"，象征是能指和所指之间有一点自然联系的根基。任意性"把语言同其他一切制度从根本上分开"，别的人文制度"在不同程度上都是以事物的自然关系为基础的"。② 卡勒在《结构主义诗学》(Structuralism Poetry)中总结过，语言学之所以是整个符号学的总监护人，语言学这个具体特殊的系统之所以能向其他系统提供研究方法，正在于"在非语言的符号中总存在着一种把它们的意义看做自然的危险；如果我们能用一种超然的目光看待这些符号，我们就能发现它们的意义事实上不过是文化的产物，是共同的认识前提和习俗的结果。而在语言学的符号中，习俗性或者任意性基础是明显的"③。语言符号的能指与所指之间的联系是任意性的、习俗性的，而非自然的，是社会约定俗成的。

索绪尔把任意性原则作为符号学头等重要的原则，"任意性原则支配着整个语言的语言学"④，正是符号的任意性原则，给了语言系统独立的可能。索绪尔通过语言符号排除了外部现实，奠定了语言自身的地位，但是这里仍然有个悬疑因素——所指。所指总是模糊的，不稳定的，它作为概念总是意味着对事物的指涉。排除这种干扰因素，索绪尔是通过语言系统的任意性保证的。由于能指和所指不存在必然的联系，所以能指可以按照跟它的表意功能无关的规律自由发生变化，"语言根本无力抵抗那些随时促使所指和能指的关系发生转移的因素，这就是符号任意性的后果之一"⑤。能

---

① 索绪尔：《第三次普通语言学教程》，屠友祥译，上海：上海人民出版社，2002年，第9页。
② 索绪尔：《普通语言学教程》，高名凯译，北京：商务印书馆，2002年，第113页。
③ Jonathan Culler, *Structuralism Poetry: structuralism, linguistics and the study of literature*. London and New York: Routledge, 2002. p. 6.
④ 索绪尔：《普通语言学教程》，高名凯译，北京：商务印书馆，2002年，第106页。
⑤ 同上书，第113页。

指与所指的关系并非必然的,也不是一对一的,连接两者的关系随时在滑动。正因为能指不被所指所决定,所以决定能指意义的不是概念,但也不是"它的物质,而是由它的音响形象和其他任何音响形象的差别构成的"①。在这里,索绪尔打破了语言形式的工具论色彩,打碎了概念的首要地位,使语言自身的形式获得了意义。语言不再是工具,某种指向概念的名称集,能指和所指在语言结构中都有特殊的地位,事实上,我们可以看到在整部《普通语言学教程》中,几乎看不到对所指的分析,这也是因为所指作为概念总有逸出语言符号的危险。

因为能指和所指本就无关,所以"语言符号的任意性在理论上又使人们在声音材料和观念之间有建立任何关系的自由"②。既然能指与所指之间的关系在理论上是如此的自由滑动着,那么决定能指的只有其他的能指,决定所指的也只是其他的所指。在这里他引入了一个关键概念:价值。"价值"本是一个经济学术语,五块钱货币的价值不在于它自身的实物性,不在于它可以购买到什么货物,而在于它与其他货币之间的关系。在索绪尔的语言学中,我们可以粗略地说,能指与所指的关系是意义关系;能指与能指,所指与所指,要素与要素之间的关系是价值关系,价值在索绪尔这里实际上是指的是一种特殊的"意义","价值确实是意义的一个因素,但要紧的是不把意义仅仅看做一种价值,明白意义如何取决于价值而又有别于价值,这也许是语言学中进行的最为微妙的活动"③。索绪尔不否认价值从它的概念方面看是意义的要素,但是"我们只看到词能跟某个概念'交换',即看到它具有某种意义,还不能确定它的价值"④。索绪尔认为:"把一项要素简单地看做一定声音和一定概念的结合将是很大的错觉。这样规定会使它脱离它所从属的系统,仿佛从各项要素着手,把它们加在一起就可以构成系统。实则与此相反,我们必须从有连带关系的整体出发,把它加以分析,得出它所包含的要素。"⑤而一个符号的价值是在于它在整个系统中的地位,

---

① 索绪尔:《普通语言学教程》,高名凯译,北京:商务印书馆,2002 年,第 165 页。
② 同上书,第 114 页。
③ 索绪尔:《第三次普通语言学教程》,屠友祥译,上海:上海人民出版社,2002 年,第 154 页。
④ 索绪尔:《普通语言学教程》,高名凯译,北京:商务印书馆,2002 年,第 161 页。
⑤ 同上书,第 159 页。

是在于它与其他符号的联系,"任何要素的价值都是围绕着它的要素决定的"①,而正是这些要素之间的联系构成了系统的某种规范。更关键的一点是,索绪尔认为能指与所指所确立的意义关系是由价值决定的,因为能指与所指的结合是要素内部的,而要素与要素的关系是系统的,只有从系统出发,才能得到要素的意义。索绪尔把能指链与所指链的关系比喻为一张纸的正反两面,而能指链和所指链的切分是同时的,能指的切分同时也意味着所指的切分,反之亦然,也就是说当语言链被切分时,当要素之间形成对立关系时,才有特殊的能指与所指的联系,"总之,若没有所指,同样,若没有能指,词都是不存在的。然而所指仅是语言价值的概括而已,必须以处在每一语言系统中的诸要素的交互作用为前提"②。因此决定符号链中一个符号的意义是"由它与其他类似的价值的关系决定的价值;没有这些价值,意义就不会存在"③,所以索绪尔才会说,"语言只能是一个纯粹价值的系统"④。罗兰·巴特在《符号学原理》总结过,"索绪尔实际上认为,在意义的(理论)根源处,观念和声音构成了两种流动的、易变的、连续的和平行的内质。当人们同时切分这两种内质时,意义就产生了,于是记号(它已是产品)就是分节项。因而意义是两种混乱状态之间的一种秩序,而这个秩序基本上又是一种区分:语言是声音与思想之间的中介物,它通过把二者同时分解的方式来把它们结合起来……天然语言结构是分节领域,而意义首先是切分"⑤。有了切分,有了价值项的存在,才有某个符号能指与所指的联接。

既然要素的价值在于要素与要素之间的关系,那么在一个系统中,要素的性质如何,要素之间的关系又是怎样一种性质的?首先,这种要素并不呈现为一种实体性质,这点其实我们上面已经提到过了。索绪尔把能指定义为音响形象而不是声音就是从这方面考虑的,"在词里,重要的不是声音本

---

① 索绪尔:《普通语言学教程》,高名凯译,北京:商务印书馆,2002年,第162页。
② 索绪尔:《第三次普通语言学教程》,屠友祥译,上海:上海人民出版社,2002年,第161页。
③ 索绪尔:《普通语言学教程》,高名凯译,北京:商务印书馆,2002年,第161页。
④ 同上书,第157页。
⑤ 罗兰·巴特:《符号学原理》,李幼蒸译,上海:上海人民出版社,1988年,第146页。

身,而是使这个词区别于其他一切词的声音上的差别,因为带有意义的正是这些差别"①,能指"在实质上不是声音的,而是无形的——不是由它的物质,而是由它的音响形象和其他任何音响形象的差别构成的"②。因为如果要素是物质的,那么它自身就有某种自然的基础,这跟符号的任意性原则是根本违背的。特伦斯·霍克斯(Terence Hawkes)在《结构主义与符号学》(*Structuralism and Semiotics*)中认为索绪尔对语言学的贡献,就在于"他拒绝那种主体的'实体'的观点,而赞成一种'关系'的观点"③。所以,索绪尔进一步认为,既然要素的价值在于它们在系统中的位置,那么这种系统中的位置是靠而且仅靠要素之间的差别,"语言中只有差别",④而且要素的特征与要素本身相合,"语言像任何符号系统一样,使一个符号区别于其他符号的一切,就构成该符号"⑤,因此索绪尔才会说出这句惊人的话语,"语言是形式而不是实质"⑥。

后来,深受索绪尔语言学影响的布拉格结构主义最著名的理论之一音位学原理在某种程度上深化了这个原理。音位学原理区别了语音学与音位学两个概念,布拉格学派认为作为自然发声的语音在各种语言中并不起区别作用,真正起作用的是音位,是语言法则,是每个民族对音素的选择,一种民族的语言是以区分一些因素,而不区别另一些因素而形成自己的区分原则。在汉语中,没有浊音/清音的区别,却区分送气/不送气,英语恰好相反,区分轻浊,而不区别送气或者不送气。语音学关注的是一种物理和生理的发音,而音位学关注的是社会性的语言现象,自然差别并不起关键性作用,真正起作用的是社会的差别。在一特定的语言中,发音时候出现的物质特征并不具区别价值。在法语中,"/a/音长些短些,靠前些靠后些,不引起意义变化","英语中的/t/在 tar,tea,two 中的物质特征不完全相同(如在发

---

① 索绪尔:《普通语言学教程》,高名凯译,北京:商务印书馆,2002 年,第 164 页。
② 同上书,第 165 页。
③ Terence Hawkes, *Structuralism and Semiotics*. London and Methuen: Routledge, 1997. p.19.
④ 索绪尔:《普通语言学教程》,高名凯译,北京:商务印书馆,第 167 页。
⑤ 同上书,第 168 页。
⑥ 同上书,第 169 页。

two时/t/是圆唇的)但人们还能听出是/t/,意义没有改变"①。音位学关注的是那些起作用的区别性特征,这些作为社会规范的区别性特征才是语言真正起作用的力量,而这种社会规范的形成是任意的,一个民族为什么区别这些音素,而不区别其他音素是不重要的。决定语言特征的,不是自然的物质的因素,而是作为整体性社会差别的原则。

索绪尔所导致的语言意义论的转向在于,他不认为存在孤立的一对一的意义关系,任何意义关系都是由系统决定的。也就是说,语言系统的意义在于自身的系统规则,语言"并不根据'现实'的模式去建构它的词语,而是根据它自身内部的、自足的规则"②。这里暗含了文学语言系统所确立的意义不在于它与现实世界的指涉关系,也不在于文学语言所创造的观念世界,而在于文学语言系统自身的规范。同样,某一具体文学作品的意义是由整个文学系统决定的,是它与其他文学作品的关系造成的。这个意义论转向是如此地深刻,我们几乎可以从结构主义的有关文学意义问题的大部分讨论中发现它的身影。卡勒在《结构主义诗学》中说过一句非常深刻的话,这句话也在一定程度上总结了有关结构主义开创的意义论转向:"结构主义首先基于这种认识,如果人类的行为或产品具有某种意义,那么必定存在使这种意义成为可能的具有区别性和程式的潜在系统"③。这里有个关键词组,具有区别性和程式的潜在系统(an underlying system of distinctions and conventions),实际上这正是结构主义意义问题的核心概念。语言是一个系统,一种体制,一套人际关系上的准则和规范,而言语则是这个系统在口语和笔语中实际的体现。言语之所以有意义,正因为它在语言系统中,离开了特定的语言系统和规则,我们可以描述它,但无法理解它,一个语言单位的意义在于它在整个系统中的位置。在系统中,实体是不存在的至少也是不重要的,重要的是单位与单位之间的关系,关系之间形成的规范。我们简单点说,一个语言单位之所以具有意义,因为它在语言系统中,并且它与其他

---

① 刘润清:《西方语言学流派》,北京:外语教学与研究出版社,1995年,第93页。
② Terence Hawkes, *Structuralism and Semiotics*. London and Methuen: Routledge, 1997. p. 16.
③ Jonathan Culler, *Structuralism Poetry: structuralism, linguistics and the study of literature*. London and New York: Routledge, 2002. p. 5.

语言单位具有某种差异,而且这种差异构成了这个语言单位。

第三节 形式主义的"形式"标签、陌生化与文学的意义问题

索绪尔只是一个先导者,他只是就语言学问题谈语言,并没有具体关注文学性的语言。事实上,真正代表现代文学理论语言学转向的是俄国形式主义文论。伊格尔顿把什克洛夫斯基《艺术作为手法》的发表作为现代文论的开端并不是无缘无故的,因为在文学理论领域中做出语言论转向的正是俄国形式主义。形式主义在某种程度上代表了文学研究从世界、从作家主体转向作品文本自身的开始,代表了拒斥文本以外世界,重视作品艺术手法、语言研究的开始。是俄国形式主义首先研究了文学语言自身的意义问题。

俄国形式主义观深受索绪尔语言学的影响,这并不仅仅是因为形式主义者所受的语言学训练中有着索绪尔的影子,更是因为形式主义者对文学语言的许多讨论是索绪尔语言学理论在文学中的拓展和应用。在形式主义者看来,文学材料是怎样表达的比文学的内容更加重要,他们突出了作品形式的地位,他们被批评者称为"形式主义"者也正是这个原因,而索绪尔同样认为语言是一种"形式",这绝对不是一种巧合。

形式主义最初的目的跟索绪尔有点相似,不过只是具体的对象不同而已。如果索绪尔想建立一门属于语言自身的语言学的话,形式主义所想寻找的也就是一门属于文学自身的文学学科。艾亨鲍姆在《"形式方法"的理论》中明确表明形式主义的特点是"希望根据文学材料的内在性质建立一种独立的文学科学,我们唯一的目标就是从理论和历史上认识属于文学艺术本身的各种现象"[1]。形式主义者认为文学科学研究的对象不是文学,而是"文学性","也就是说使一部作品成为文学作品的东西","应是研究区别于其他一切材料的文学作品的特殊性"[2],这种特殊性能使文学本身获得独立的学科价值。我们可以换句话说,形式主义者就是要找到某种具区别作

---

[1] 茨维坦·托多洛夫编选:《俄苏形式主义文论选》,蔡鸿滨译,北京:中国社会科学出版社,1989年,第21页。

[2] 同上书,第24页。

用的特征。不过,这里的区别特征并非实体的、永恒的特征,形式主义者从很早开始就放弃了文学有一种永恒的文学质的看法,他们一开始就或多或少坚持了索绪尔的观点,即这种区别特征并非实体的差异,而是"形式"的差异,是一种变动着的关系,这从他们最重要的概念——"陌生化"就可以看得出来。

维·什克洛夫斯基在《艺术作为手法》一文提出陌生化的概念有两个针对的观点,其中第一个观点是艺术即形象思维。什克洛夫斯基认为,艺术作品是材料和艺术手法的统一体,由于语言材料以及语言材料所表明的形象在历史中是没有多大变化的,"形象几乎是静止不动的;形象从一国一国的、世世代代的诗人依次传留下来,却没有什么改变"①,所以起艺术作用的是艺术手法,是作品的形式特征。"各种诗歌流派的全部活动不过是积累和发现新的手法,以便安排和设计语言材料,而且安排形象远远超过创造形象,形象都是现在的东西"②。任何艺术手法和形式必须诉诸于语言,而语言本身又不是文学所独有的东西,我们日常交际,公文写作同样需要它,这就产生了一种需要,关注文学语言的独特特征。象征主义者的错误就在于他们没有认识到这一点,即"没有把诗歌语言和散文语言加以区别"③。这就可以引入陌生化所针对的第二个观点,所谓的"节约力量的思想作为创作的规律和目的"④。按什克洛夫斯基引用斯宾塞的话,就是"通过最简便的途径,把思路引向所需要的概念,这往往是唯一的目的,并且永远是根本目的"⑤。什克洛夫斯基认为并不应把思路引向概念,而是应该引向对具体事物的感知。"为了恢复对生活的感觉,为了感觉到事物,为了使石头成为石头,存在着一种名为艺术的东西……艺术的手法就是使事物奇特化的手法"⑥。所以什克洛夫斯基要求诗歌语言是"一种困难、扭曲的话语",一种

---

① 茨维坦·托多洛夫编选:《俄苏形式主义文论选》,蔡鸿滨译,北京:中国社会科学出版社,1989年,第60页。
② 同上书,第60页,第61页。
③ 同上书,第61页。
④ 同上书,第63页。
⑤ 斯宾塞:《风格哲学》,转引自茨维坦·托多洛夫编选:《俄苏形式主义文论选》,第62页。
⑥ 茨维坦·托多洛夫编选:《俄苏形式主义文论选》,蔡鸿滨译,北京:中国社会科学出版社,1989年,第65页。

"经过加工的话语"①,以抵制语言的直接概念化,从而唤起人们对语言自身特征和语言与事物之间联系的重新认识。陌生化针对的是感觉的自动性,由于习惯化而失去对具体事物的感觉。什克洛夫斯基在谈到陌生化的时候似乎有个矛盾,因为他一方面认为艺术手法决定一切,但是同时认为艺术手法的目的却是唤起对外界事物的全新感觉。但是我们必须认识到感觉不是识别,什克洛夫斯基重视的是感觉过程本身,而非感觉的对象。"艺术中的感觉行为本身就是目的,应该延长;艺术是一种体验事物的制作的方法,而'制作'成功的东西对艺术来说是无关重要的"②。陌生化并没有明显地跨出作品,跨出诗歌语言的界限。通过对两个观点的反驳,陌生化确立了自己的位置,而陌生化手段的实现是通过诗歌语言实现的,我们从而可以得出诗歌语言的独特征的两种表现形式:首先它不以表象的形象区别于其他材料,所以倾向于关注文学作品自身;其次它必须具备区别于日常语言的特征。日常语言是指向概念,完全概念化的语言,而诗歌语言并不是观念的载体,诗歌语言自身有唤起意义世界的能力,"形式主义者认为所有的文学形式都具有与现实相等且必要的**意义**"③。

"陌生化"的成立实际上有个前提,就是人类的惰性,说得好听点,便是人类的习惯性。自动化是人无法抗拒的心理过程,"自动化囊括了一切物品、衣服、家具、女人和对战争的恐惧"④,诗歌也无法逃避自动化的过程,"诗歌(艺术)作品的生命即从视象到认知,从诗歌到散文,从具体到一般……从查理大帝到'国王'这一名称;作品和艺术随着自身的消亡而扩展"⑤,所以陌生化是个动态的过程,诗歌语言是一个相对的概念,不存在永恒的诗歌语言,只有不断陌生化的诗歌语言,只要诗歌语言由于自身的拓展汇入日常语言或者说文学手法由于不断的使用而惯常化,这就需要新一轮

---

① 茨维坦·托多洛夫编选:《俄苏形式主义文论选》,蔡鸿滨译,北京:中国社会科学出版社,1989年,第77页。
② 同上书,第65页。
③ Tony Bennett, *Formalism and Marxism*. London and New York: Routledge, 2003. p.21.
④ 茨维坦·托多洛夫编选:《俄苏形式主义文论选》,蔡鸿滨译,北京:中国社会科学出版社,1989年,第64页。
⑤ 什克洛夫斯基等著:《俄国形式主义文论选》,方珊等译,北京:三联书店,1989年,第7页。

的陌生化。没有一劳永逸的文学手法或者文学语言可以解释文学,文学的独特性显示在文学手法的更新上,所以形式主义后来放弃了要建立某种永恒的结构规范的想法,"形式主义者最初有个愿望,就是要指出某种结构性的手法,并根据广泛的材料建立起它的统一,后来这种愿望变成打算把手法的一般意象加以区别,理解在每一特定情况下手法的具体功能"①,所以形式主义必然要关注文学史的研究,因为手法的更新只有在文学史的变动中才有意义,艺术作品并不是孤立存在的,"是在和其他艺术作品的联系并借助与这些作品的组合而被感觉的……一切艺术作品都是和某种原型对照和对立而创造的"②,"文学史上的一切延续首先是一场斗争,也就是摧毁已经存在的一切,并且从旧的因素开始进行新的建设"③,必须有旧的因素的存在,才可能有所谓的"斗争",才有所谓的"建设"。

综合上面所说的,我们可以说陌生化给我们的启示在于,文学意义的产生在于文学自身的形式特征和对文学概念化的拒斥。

一是认为文学作品并不是对现实的模仿,"形式主义者的目的在于为文学不是现实的一种反映而仅仅是一种特殊的符号学性的意义组织形式辩护,并且削弱文学理论对模仿的关注"④,形式自身能产生文学意义,文学意义不是文学语言所导向的世界的特征。对节奏、韵律、结构的重视,是因为形式主义者认为现实主义的材料本身并不是一种艺术结构,并不能形成文学的独特意义,文学的独特意义只能诉诸于这些材料的安排和运用,"诗行的韵律序列是一个完整的条件系统,这些条件对意义的基本特征和次要特征以及波动特征的出现都发生独特的影响"⑤。文学意义并不是它所指向的外部现实,而是文学语言本身就有独特的意义,这种独特的意义可以由文学语言自身特殊的语音音响效果造成,"诗歌语言不单单是一种形象的语

---

① 茨维坦·托多洛夫编选:《俄苏形式主义文论选》,蔡鸿滨译,北京:中国社会科学出版社,1989年,第20页。
② 同上书,第35页。
③ 同上书,第51页。
④ Tony Bennett, *Formalism and Marxism*. London and New York: Routledge, 2003. p.17.
⑤ 什克洛夫斯基等著:《俄国形式主义文论选》,方珊等译,北京:三联书店,1989年,第55页。

言,诗句的声音甚至不是外部和谐的因素,声音甚至也不伴随着意义,而是它本身便有独立的意义"①,这种诗歌语言的特征甚至可以适用于小说,艾亨鲍姆对《果戈理的〈外套〉是怎样写成的》的分析就是最好的例子,"他(指果戈理——引者注)的叙述不是为了单纯的叙述,普通的言语表达,而是通过模仿和发音再现词句。选择和连接句子时不大考虑逻辑话语的原则,而更着重有表现力的话语的原则,在这种话语里发音、模仿、有声的动作起着特殊的作用"②。艾亨鲍姆认为果戈理小说中的情节只是次要的因素,他更重视的是语言的发音和声学效果,在果戈理的语言中,"一个词的声音外壳、声学特点都变成有含义的东西,不受具体的逻辑意义的束缚"③。通览艾亨鲍姆对《外套》的分析,我们可以见到"和词的意思无关"、"和原来意义毫无关系"、"这句话最后的形式不是现实主义的描写,而是模仿的和发音的再现"、"词是根据发音语义学原则而非根据指明原则选择安排的"④等等说法,这些话意在表明小说语言注重词的发音特征,而不注重语义效果和指称关系,小说世界是和现实世界隔离的。但是这种过度重视文学语言的语音特征,一再削弱文学语言的语义特征的倾向,会在另一种意义上失去文学的特征,文学并不是音乐,它并不是完全的声音艺术。因此,形式主义者奥·勃里克认为"诗句不过是无意义(完全的语音化——引者注)和日常语义学之间冲突的结果,这是一种特殊的语义学,它是独立存在的,并且是按照自身的规律发展的"⑤,也就是说,诗歌倾向于无意义化,但无意义化并不是诗歌语言的最终目的,诗歌语言的目的在于与日常语言形成对立,关键在于形成冲突。这就引向了我们下面所说的第二点。

二是重视文学语言对日常语言的对立而造成的特殊意义,也就是说在于"形成边缘的意义,而这些意义是和习惯的词语组合相违背的"⑥。这其

---

① 茨维坦·托多洛夫编选:《俄苏形式主义文论选》,蔡鸿滨译,北京:中国社会科学出版社,1989年,第27页。
② 同上书,第188页。
③ 同上书,第189页。
④ 同上书,第195页。
⑤ 同上书,第128页。
⑥ 同上书,第46页。

实是陌生化的一个主要影响,也就是对日常语言的暴力、扭曲式的使用。但这种陌生化必然会由于时间的关系重新自动化,这是因为诗歌语言所带来的新词新义由于被不断的接受和使用而重新平庸化而成为规范意义,所以它必然需要在文学史上的一系列展开。

结合索绪尔的意义转向来看形式主义的意义问题,我们可以发现某种相同的轨迹:他们都重视语言自身产生文学意义的能力,重视差异对意义产生的作用。任意性原则认为能指与所指的关系是任意的,即音响形象和概念之间不具自然的联系,而陌生化要摆脱的正是语言形式的概念化,赋予文学语言以及它的声响效果以独特的地位。雅可布森总结形式主义者的研究时说过一句非常切合刚才所分析的内容的话,"实际上,要探索的问题是在诗歌语言中,语音与词意之间以及符号与概念之间的关系的根本变化"[1],这种根本变化正在于语言获得了它在文学中的应有的地位。所谓"文学是对世界的模仿或者反映"、"文学是作家心灵的表现"、"文学的意义在于它对真理的表述"等等都在这场语言对立运动中渐次消解了,"言语中和诗歌中的'主人公'都是'词'"[2],"诗的材料不是形象,也不是激情,而是词。诗便是用词的艺术,诗歌史便是语文史"[3]。

第四节 布拉格学派与文学语言的自指性

作为俄国形式主义和法国结构主义之间承上启下的阶段,布拉格学派拓展了索绪尔的结构主义思想,继承了形式主义的许多观点,这不仅仅是布拉格学派的许多人比如雅可布森本就是形式主义的两大阵营之一莫斯科语言小组的创始人,更重要的是在对语言本体的关注、对文学语言等诸多问题的探讨上,他们思想的倾向并没有远离形式主义,托多洛夫就说过"形式主

---

[1] 茨维坦・托多洛夫编选:《俄苏形式主义文论选》,蔡鸿滨译,北京:中国社会科学出版社,1989年,第2页。
[2] 什克洛夫斯基等著:《俄国形式主义文论选》,方珊等译,北京:三联书店,1989年,第61页。
[3] 同上书,第217页。

义理论是结构语言学的起始,至少是布拉格语言学会所代表的潮流的起始"①。但是不同于形式主义的是,布拉格结构主义关注的重点是语言学,而诗学是作为语言学的一部分,他们对形式主义的发展在于他们用系统、用功能去理解文学性问题,因此对文学语言的意义特殊性他们的看法更具辩证性。

　　作为语言学者的雅可布森把诗学纳入他研究的重要一部分,一个很重要的原因是诗歌语言揭示了语言的本质原则:能指与所指并不具本质的联系,它们是任意的。在日常交际语言里,所指更受到重视,能指似乎是一道透明的玻璃,是所指的嫁衣裳。能指与所指紧密的结合显得两者似乎是一体的,而且在很大程度上,所指也是不重要的,重要的是对对象物的某种表达。语言是作为一种工具性的存在,它的使命只是指物。而作为与日常语言相对的诗歌语言不是指物的或者说它不是简单的作为指意性的语言而存在,它有更深层次的含义。对于结构主义者来说,日常语言在某种程度上遮蔽了语言的本质,通过诗歌语言可以使人们意识到日常语言是一种社会规范,从而意识到语言符号能指与所指之间的任意性。雅可布森在总结他早年在莫斯科语言小组的时候之所以转向诗歌语言的研究的原因时指出,在诗歌话语里,"语言结构的规律和语言的创造性,比在日常语言里更容易引起人们的注意"②。话语的意义本来由所指、由所指所指涉的对象物来承担,现在能指即诗歌本身的语言形式获得了独立产生意义的能力:诗歌话语的性质在于它排斥的是符号——物、符号——观念的意义搭建,它们所关注的是语词——语词的意义搭建。

　　这种诗歌语言的自指性事实上在形式主义者那里已经有过比较深入的阐述,我们在上面分析陌生化的时候其实已经部分点到了,虽然作为提出者的什克洛夫斯基本人并不是执行得非常彻底。对语言自身的形式,比如韵律、节奏、声响效果等的重视本就是语言自指性的最大体现,为什么他们被反对者称为形式主义?因为内容在他们那里"消失"了,陌生化的新形式代

---

①　茨维坦·托多洛夫编选:《俄苏形式主义文论选》,蔡鸿滨译,北京:中国社会科学出版社,1989年,第5页。

②　同上书,第1页。

替旧形式,根本不是由于有新材料的出现或者社会内容的变化,"新形式不是为了表达新内容,而是为了取代已经失去其艺术性的旧形式"①,根本无关于内容。内容是什么? 不是概念形成的形象世界,就是社会的对象物。"形式主义"的标签实际上就是文学语言自指性的最好的点明。再举一个形式主义者的例子,托马舍夫斯基在《艺术语与实用语》中分析过,"在日常生活中,词语通常是传递消息的手段,即具有交际功能……我们不甚计较句子结构的选择,只要能表达明白,我们乐于采用任何一种表达形式。表达本身是暂时的、偶然的,全部注意力集中于交流。话语是交流过程中偶然的伴侣",这跟我们分析的日常语言没有什么差别。而文学语言特别注重"词语的选择和配置。比起日常实用语来,它更加重视表现本身……当我们在听这类话语时,会不由自主地感觉到表达,即注意到表达所使用的词及其搭配。表达在一定程度上具有本体价值"②。文学语言不同于实用语的就是它不是指涉语言之外的对象,它只关注语言自身的表达。

差异是意义之源,布拉格学派对日常语言和诗歌语言在语言价值上的差别之于诗歌意义形成的重要意义,显然有深刻的体会。在他们看来,这种差别很大程度上体现在诗歌语言的自指性上和诗歌语义的偏离。布拉格结构主义比形式主义眼光更为宽广的地方是他们把这种差异尽量地纳入系统中考虑,从功能的角度去阐释这种差别。虽然形式主义已经意识到这个问题,"文学作品恰好不是作为一种孤立现象被感觉的,它的形式是在和其他作品的联系中而不是从它本身被感觉的"③,他们把文学作品纳入文学史中考虑正是从这个角度出发。差异只有被纳入系统之中,被系统承认才有意义,只有那些成为功能性的差异我们才能认识到,布拉格结构主义把系统提到了认识文学作品差异的学理角度,明确地提出了一种结构主义的角度去研究语言系统中的诗歌语言。就诗歌语言的自指性,雅可布森做了最独到

---

① 茨维坦·托多洛夫编选:《俄苏形式主义文论选》,蔡鸿滨译,北京:中国社会科学出版社,1989年,第35页。

② 什克洛夫斯基等著:《俄国形式主义文论选》,方珊等译,北京:三联书店,1989年,第83页。

③ 茨维坦·托多洛夫编选:《俄苏形式主义文论选》,蔡鸿滨译,北京:中国社会科学出版社,1989年,第36页。

的发挥。

雅可布森认为诗学研究的是文学语言的结构问题,是语言学不可分割的部分,因为语言学是一门关于语言结构的普遍性学科。在《语言学与诗学》中,他所关注的是"究竟是什么东西使一段语言表达成为艺术品?"[①]是什么东西使几个句子分行排列就成为一首诗?他研究的是诗学的区别性特征。为此他提出了语言六功能要素说:

语境(context)
信息(message)
发送者(addresser)　　接受者(addressee)
接触(contact)
信码(code)

一个完整的言语活动,至少需要一个发送者和一个接受者,需要言语活动的信息,需要"联系某种语境(用另一个较模糊的术语说,就是'指称物')"[②],需要有为发送者和接收者之间通用的信码,最后还需要某种接触,接触可以是口头的或者视觉的或者电子的。而这六个要素分别对应着语言的六种功能:

指称(referential)
诗的(poetic)
情绪的(emotive)　　意动的(conative)
交际的(phatic)
元语言的(metalingual)

语言的诗的功能就是指向信息本身。那什么是指向信息本身?所谓的指向信息本身就是把注意力集中到自己的本质、自己的音响格式、措词、句法等等上,而不是先指向外在的某种现实。诗的功能就在于增强符号的可触知性,按雅可布森的话讲就是"通过提高符号的具体性和可触知性(形象

[①] 赵毅衡编选:《符号学文学论文集》,天津:百花文艺出版社,2004年,第170页。
[②] 同上书,第174页。

性)而加深了符号同客观物体之间基本的分裂"①。这跟形式主义和他本人早期对语言的形式的关注是相似的,"诗歌的区别性特征在于,一个词是被作为一个词来感知的,而不仅仅是作为所指对象的代表或者一种感情的发泄,词及词的安排组织、词的意义、词的内在和外在形式都获得了自身的分量和价值"②。不过在这里,雅可布森把它纳入语言结构与功能的范畴中,诗歌就是诗的功能占主导地位的话语形态,但诗歌中的话语仍具有其他功能。按雅可布森的理解,任何语言系统都可以分为主导成分和非主导成分,主导成分决定系统的结构。他认为:"诗歌作品应被定义为一种其美学功能是它的主导的语言信息。"③因此,把一部诗作等同于一种美学功能的看法是错误的,因为"一部诗作不单限于美学功能,另外还具有许多其他的功能","正如一部诗作不是它的美学功能所能穷尽一样,美学功能也不局限于诗作"④。每个系统都有一种主导,这种主导要素主导其他要素并直接影响其他要素,并且决定系统的性质,"主导成分规定作品"⑤。雅可布森清醒地认识到作为话语行为的多重性,在日常话语或者科学话语中,语言的指称或者元语言等其他非诗功能占主导地位,而诗的功能潜入系统的暗流;而在诗歌语言中,语言的诗的功能战胜了语言的指称功能。诗的功能的特殊性正是对语言自身的关注。重视语言自身的形式、战胜指称功能在某种程度上代表了对外界对象物的否定。特伦斯·霍克斯在《结构主义与符号学》中认为雅可布森诗的功能就在于"系统地削弱了能指和所指、符号和对象之间任何'自然的'(natural)或'透明的'(transparent)联系",它的意义就在于指出"语言艺术在方式上不是指称的……它的方式是自我指称的;它是它自己的主体"⑥。

　　雅可布森认为就是诗歌话语本身也可以再分为主导成分和非主导成

---

① 赵毅衡编选:《符号学文学论文集》,天津:百花文艺出版社,2004年,第180页。
② Victor Erlich, "Russian Formalism", cit. Terence Hawkes, *Structuralism and Semiotics*. London and Methuen: Routledge, 1997. p.64.
③ 赵毅衡编选:《符号学文学论文集》,天津:百花文艺出版社,2004年,第11页。
④ 同上书,第10页。
⑤ 同上书,第8页。
⑥ Terence Hawkes, *Structuralism and Semiotics*. London and Methuen: Routledge, 1997. p.86.

分。"诗本身就是一个价值系统;正如任何价值系统一样,它也具有自身的高级价值和低级价值"①。联系形式主义的陌生化和文学史的研究,他举了捷克诗歌的例子,"在14世纪的捷克诗里,诗的不可分的特征不是音节安排而是押韵……在19世纪后期捷克的现实主义的诗里,押韵不是必需的手段,相反音节安排倒是一种强制性的不可分割的成分,没有它,诗就不成其为诗……在今天,诗体既不必非要押韵不可,也不必非要有音节安排形式不可;其必需成分变成了语调统一——语调成了诗体的主导成分"②。就是从诗歌语言的自指性来讲,这种自指性也可以分为好几个方面,每个时期、每个流派对这种自指性成分的理解可能都是不一样的。"不仅在个别艺术家的诗作中,不仅在诗的法则中,在某个诗派的一套标准中,我们可以找到一种主导,而且在某个时代的艺术(被看做特殊的整体)中,我们也可以找到一种主导成分。"③也就是说,每个时代的艺术的价值是按跟主导成分的接近来安排的,主导决定这个时代的艺术价值系统。雅可布森认为主导成分对于形式主义文学的演变观来说具有极大的重要性,"诗的形式的演变,与其说是某些因素消长的问题,不如说是系统内种种成分之间相互关系的转换问题,换句话说,是个主导成分转换的问题。通常在一整套诗的准则中,尤其在对某种诗的类型有效的一套诗的准则中,原来处于次要地位的诸因素成了基本的和主要的因素。另一方面,原来是主导因素的诸因素成了次要的和非强制性的因素"④。形式的演变变成了系统的主导成分之间的变换,也就是系统内部各要素之间关系调整的结果。按形式主义的术语来说,就是诗是一套艺术手法的有规则有秩序的等级系统,"诗的演变是在这个等级系统内的一种转换",是"艺术手法的等级在某种诗的类型的框架内变化"⑤。

---

① 赵毅衡编选:《符号学文学论文集》,天津:百花文艺出版社,第8页。
② 同上书,第9页。
③ 同上。
④ 同上书,第11页。
⑤ 同上书,第12页。

第五节　横纵合轴和隐喻、转喻

　　不同的语言主导成分决定了不同语言系统的价值,不同时代诗歌话语的主导成分决定了不同诗歌系统的价值。不同时代诗歌之间的差异,在雅可布森的分析中,是诗歌形式系统中不同成分的变化而已。我们从雅可布森所举的捷克诗歌的各个时段决定诗歌价值的成分——押韵、音节安排、语调统一中可以看出这三者语言的自指性最终要靠的是一种能指形式的相似性,通过这种相似性产生一种特别的意义联想功能,这跟诗歌词语所构建的语义层毫无关系。为了说明这一点,雅可布森把语言行为的两个最基本的结构模式——选择与组合应用于诗的功能的说明。"选择的标准是名词间的相当、相似、不同,同义和反义;组合(即次序的构造)则是根据'邻接性'原则进行的。诗的功能则进一步把'相当'性选择从那种以选择为轴心的构造活动,投射(或扩大)到以组合为轴心的构造活动中",①"使各种组合之间'相当',这种技巧除具有诗的功能的语言外,其他语言均不能用"②。通过强调声音、韵律、意象的相似处,诗歌强调了语言,强调了从关联意义向形式特征的转化。

　　在这里我们看到雅可布森对索绪尔所提出的句段(组合)与联想功能的某种拓展。索绪尔认为,语言的联想功能是根据类似的原则展开的,它是一种无尽的序列,有多少种相似,就有多少个联想系列。"任何一个词都可以在人们的记忆里唤起一切可能跟它有这种或那种联系的词",它"没有确定的顺序和没有一定的数目"③,"各词项是以不在的形式结合在一起的"④。至于句段功能,它却是跟自由相对,跟语法有关,它"可以使人立刻想起要素有连续的顺序和一定的书目"⑤,组合段平面具有延展性,"两个成分不能同时说出来,在此每一个词项都是从它及在它之前和之后的词项的

---

① 赵毅衡编选:《符号学文学论文集》,天津:百花文艺出版社,2004年,第182页。
② 同上书,第183页。
③ 索绪尔:《普通语言学教程》,高名凯译,北京:商务印书馆,2002年,第175页。
④ 罗兰·巴特:《符号学原理》,李幼蒸译,上海:上海人民出版社,1988年,第147页。
⑤ 索绪尔:《普通语言学教程》,高名凯译,北京:商务印书馆,2002年,第175页。

对立中取得其值的"①,在组合链条上的词项是在场的。而雅可布森对诗歌"选择"原则的强调,是从诗歌的形式主义特征节奏、韵律等出发,因为"只有在各个'相当'的单位做出有规则的重复的诗中,其语言表达中的时间流失才给人以一种'音乐时间'的感受"②。使相当性选择下的符号出现在组合为轴心的构造活动中,是一种符号相似性的重复,也就是说重复成了它的组织原则。这种对形式的关注是对语法的破坏,是对交际语言的功能的无视。本来"我"指向"他",现在"我"就是"我",这是诗歌语言自指性的极端形式。

后来,雅可布森在《语言的两个方面与失语症的两个类型》中,表明人的失语症的两种状况"相似性错乱"和"邻近性错乱"(又译为毗连性)对应于语言的两种基本结构模式"纵聚合"和"横组合"。患了"相似性错乱"的病人保留了句段的组织能力,处理一些联想、类似关系,按雅可布森的话讲就是处理隐喻的素材时却无能为力,而是用一些邻接性的词汇去替代同义、类似词汇。而患了"邻近性错乱"的病人失去了基本的语言组织能力,语句不合语法,无法处理一些转喻性(又译为换喻)的题材,但是却保留了纵聚合能力,能用一些相似性的词汇去代替邻接性,这两种症状是基本对立的,"相似性出现障碍的结果是使隐喻无法实现,毗连性出现障碍则使换喻无从进行"③。这种结论表明了人类思维的两种向度。雅可布森把这两轴区分用到文学艺术的分类上,"人们已经多次指出过隐喻手法在浪漫主义和象征主义流派当中所占据的优势地位,然而却尚未充分认识到,正是换喻手法支配了并且实际上决定着所谓'现实主义'的文学潮流"④。同时,雅可布森认为隐喻在诗歌中起着主要作用,相似性原则是其基础;转喻在散文中起主要作用,邻接性是其基础,"在诗歌当中支配一切的原则是相似性原则……散文则相反,它主要在毗连性关系方面做文章,结果使隐喻之对于诗

---

① 罗兰·巴特:《符号学原理》,李幼蒸译,上海:上海人民出版社,1988年,第147页。
② 赵毅衡编选:《符号学文学论文集》,天津:百花文艺出版社,2004年,第183页。
③ 张德兴主编:《世纪初的新声》(朱立元主编:《二十世纪西方美学经典文本》第一卷),上海:复旦大学出版社,2000年,第238页。
④ 同上书,第240页。

歌，换喻对于散文分别构成阻力最小的路线"①。这就与我们上面对《语言学与诗学》的分析得到了印证，诗歌重视相似性，"通过使用复杂的相互关系，通过强调相似性，语音、重音、意象、韵脚、诗歌类型、'变厚'了（thickens）语言的重复'等值'（equivalences）或'对应'（parallelism），诗歌'前推'（foregrounding）了它的形式特征，从而'后置'（backgrounding）了相继的、参考的、指示的意义"②。罗兰·巴特认为雅可布森有关隐喻和换喻主导地位的论述"使语言学研究开始向符号学研究过渡了"，"符号学分析的宗旨就是沿这两根轴的每一根来排布列举的有关事实"③。后来法国结构主义叙事学的研究实际上也主要是在这两条轴上展开，但是在那里，对诗歌的研究让位给叙事的研究，横组合和纵聚合的关系将更为复杂，这一点我们在讲到叙事学的时候会涉及。

第六节　第二涵义系统和意义的多元性

诗歌语言虽然重视语言形式的相似特征，但是这是以日常语言意在表意而忽视语言自身的形式为前提的，这种造成日常语言与诗歌语言差异的手段其实还可以表现为另一种形式，这在分析形式主义的时候也提到过了，就是通过意义的偏离和增生。对形式主义者来讲，"词没有一个确定的意义"④，任何词的意义的固定化只能是一种意义的僵化。在这点上，结构主义同样有着发展。

穆卡洛夫斯基在《标准语言和诗歌语言》中认为"从传达语言的观点来说，句子的意义似乎是逐渐积累的个别词的意义的总和，也就是说它不能独立存在。现象的真实性质为句子文字设计的自动化所覆盖。单词和句子好

---

① 张德兴编：《世纪初的新声》（朱立元主编：《二十世纪西方美学经典文本》第一卷），上海：复旦大学出版社，2000年，第243页。
② Terence Hawkes, *Structuralism and Semiotics*. London and Methuen: Routledge, 1997. p. 81.
③ 罗兰·巴特：《符号学原理》，李幼蒸译，上海：上海人民出版社，第149页。
④ 什克洛夫斯基等著：《俄国形式主义文论选》，方珊等译，北京：三联书店，1989年，第41页。

像仅为信息的性质决定而必须相互跟随……"。但诗歌语言"不为交际需要所决定,而是由语言本身提供的"。传达语言有时遮蔽了语言的本质,它固守于语言的基本意义,而诗歌语言对基本意义和修辞隐喻意义两个层面的交替运用,能更加说明"语言的重要因素"①。

诗歌语言不是一种标准语言,而是对标准语言的违背。"对诗歌而言,标准语言是一种背景,用以反映因审美关系对作品语言成分的有意扭曲,也就是对标准语言规范的有意违反"。"正是这种对标准语言准则的违反,这种系统的违反,使诗歌式地使用语言成为可能;没有这种可能性也就没有诗歌可言"②。他把对标准语言的违反称为前推,"诗歌语言的作用就在于为话语提供最大限度的前推。前推是与自动化相对的,也就是非自动化"③,诗歌语言在于前推,而标准语言却是避免前推。日常语言是以表达为主要目标,诗歌语言是对这个目的的背离。诗歌语言就是要产生语言的新的可能性,"诗歌新词新义的产生,目的就是形成以审美为目标的新用法,其基本特点是出人意料,不同寻常和独一无二",④这就使"传达作为表达目的的交流被后退,而前推则似乎以它本身为目的;它不服务于传达,而是为了把表达和语言行为本身置于前景"⑤。诗歌语言的意义就是对规范性语言的破坏,对以传达为目的的语言的违背,因为把传达作为主要目的的语言把符号的意义牢牢限制了,而且传达总是针对具体的物与事件,这就使诗歌服务于外在目的,使诗歌成了一种附属。在诗歌语言对日常语言的违反上,跟我们在上面所说的陌生化并没有什么大的差异。穆卡洛夫斯基的进步在于他认识到标准语言和诗歌语言在一首诗的成分中都是必不可少的。因为只有标准语言的存在,才可能存在前推的可能性,如果没有标准语言作为背景,那么"同时前推所有成分会把它们置于同一地位,从而形成新的自动化"⑥,而且只有一个特定语言的标准规范越固定,"对它的违反形式就越复杂,因

---

① 赵毅衡编选:《符号学文学论文集》,天津:百花文艺出版社,2004年,第29页。
② 同上书,第17页。
③ 同上书,第18页。
④ 同上书,第28页。
⑤ 同上书,第19页。
⑥ 同上。

而该语言中诗歌的可能性也就更多。反之,这个规范的意识越弱,违反的可能性就越少,诗歌的可能性也就越少"①。穆卡洛夫斯基是从一个整体结构的辩证角度看待诗歌语言的前推问题,前推成分与非前推成分的对立和差别才产生诗歌语言的意义。"结构是所有组成部分的总和,而它的动力恰恰来源于前推成分与非前推成分之间的张力。"②穆卡洛夫斯基跟雅可布森一样,认为语言中存在着各种成分及其成分之间的关系,"诗歌作品与传达言语一样,总是存在着语调与意义、句法、词序的潜在关系,或者作为意义单位的词的关系"③,各种关系的内在结构决定语言的性质,在日常言语中,"这些关系大都仅是潜在的,因为它们的存在和相互关系并不引人注意",而在诗歌语言中,这些潜在关系打破了这个系统的平衡,从而使这些关系的某些成分作为前推的关系呈现出来,而其他成分"被视为有意安排的背景的自动化而松弛下来"④。

"前推与非前推成分的张力"在诗歌语言中的意义在于,前推成分不能按它在标准语言中的规范去解释,前推成分的意义是对标准语义的偏离,这就迫使读者去挖掘前推成分的新义,从而完整地解释诗歌。而这样,这个前推成分在诗歌中就获得了它的新生,这就是一种意义的增生。雅可布森自己说过,在一首诗歌中,诗的指称功能并没有消失,只不过被"诗的自指功能"支配而已。那么在诗中,诗歌语言的指称语义仍然存在,只不过它获得了一种新的意义,这是诗歌语言的相似性造成的,可以说在诗歌中,诗歌语言具有双重意义。这也可以把造成差异的两种手段统一起来,重视诗歌语言的形式,本来就有意义偏离的效果,因为意义的结构被打散了,语言的涵义增加了;重视词义的偏离,由于所指是不在场的,我们只能借助诗歌的形式去达到这种效果,所以说两者之间只是侧重点的不同,而不是它们两者之间有着对立的关系。

既然诗歌语言存在着双重意义,这双重意义之间又布满张力,我们把这种造成特殊语义效果的诗歌形式扩展到文学文本中,可以称之为内涵或者

---

① 赵毅衡编选:《符号学文学论文集》,天津:百花文艺出版社,2004年,第17页。
② 同上书,第23页。
③ 同上书,第20页。
④ 同上。

含蓄意指。

这种内涵性讲述并不一定要存在于同一个文本空间中,也可以是两个文本空间的对应。托多洛夫在《诗学》中把"意义既取决于符号的指称性又取决于符号的字面性跟另一篇文字的关系"的语域(大叙述单位)称为内涵性讲述,内涵性讲述是"具有多种价值的讲述,因为它能够同时表现若干种指称关系,通常它具有双重价值"①。托多洛夫的诗学主要是指一种散文诗学,他所认为的内涵性讲述主要限于文本与文本之间的关系而产生的意义的复杂性上,也就是说不同文本之间的讲述由于一种有意安排存在着一定程度上的对应,但是我们可以发现这种不同文本在他那里主要是指实际存在的确定文本。也就是说,一个文本它自身有一意义层次,但是由于它跟其他文本某些特征的相似性而造成了意义的反讽、呼应等效果,从而使元文本获得了意义的增生。

但是托多洛夫把内涵性讲述限制在具体文本的对应上限制了含蓄意指的空间,含蓄意指的魅力绝对不仅仅在此。我们来看看含蓄意指的符号学图式:

第一层	能指	所指一	
第二层		符号/能指	所指二

也就是说,第一层的符号作为第二层的能指出现,这是叶姆斯列夫首先提出,罗兰·巴特发展拓广的多层次系统图式。我们在图上看到,实际出现的只有一个能指,但是产生了两个所指,在场的只有能指,所指是不在场的,我们可以说作为第一层的"所指一"它是日常语言的意义,也就是它的规范意义,但是"所指二"由于它处于更深层次的系统,它的意义一般是含混的,多元的,难以琢磨。含蓄意指不仅仅丰富了符号的意义,它更是把符号的意义引向无限,这正是诗歌语言的魅力。而且由于"所指二"的不在场,又加上没有被规范意义所束缚,它能表达一些个人的、非规范的、隐秘的意义,"'内涵'(connotation)是语言的'文学'或'美学'的使用的主要特征"②。

---

① 赵毅衡编选:《符号学文学论文集》,天津:百花文艺出版社,2004年,第200页。
② Terence Hawkes, *Structuralism and Semiotics*. London and Methuen: Routledge, 1997. p.133.

但是同时我们能看到唯一出现的能指是产生意义的基础,脱离它,我们根本无法去意会,所以意义是跟能指,跟符号本身紧密结合的。这跟日常的语言非常不同,日常的言语意义是被穷尽了的,而且如果是含混的,反而不能交流,它要求的就是清晰、透明,能指是引向意义的工具,符号是引向对象物的媒介,一当表达清楚,这些皮囊都可以扔掉。

含蓄意指的情形其实非常复杂,因为含蓄意指所产生的意义的"星云"由于时间和社会的传播,人们会把它所产生的意义再次固定化,就成了一种寓意或者说确定的隐喻。或者说,含蓄意指本就采用一种寓意,也就是上图所说的"所指二"是比较确定的意义,这种情形实际上是非常普遍的,而且最初符号学者也是大多从这个方面强调含蓄意指。任何人类文化现象都并不是简单的物质客体和事件,而是具有意义的客体和事件,因此这些客体和事件都是以一种符号的形态出现。罗兰·巴特把那种"不介入意指作用的表达内质","把这些是实用物品的符号学记号按其功能叫做功能记号"①,比如衣服用来御寒,食物用来果腹等等。接着,罗兰·巴特指出功能记号的社会意义化过程是无法避免的,"人类社会只生产标准化和规范化的物品,这些物品必然成为一种模式的'实行',一种语言结构的言语,一种意指形式的内质"②,功能记号一旦形成,"社会就可以使其重新具有功能,把它当成一种使用物",它失去了原本所谓的纯洁,"再度出现的功能本身与第二层(隐蔽的)语义学机制相符,后者属于含蓄意指层次"③,而对罗兰·巴特来讲,含蓄意指的所指是"意识形态的一部分","意识形态就是含蓄意指的所指的形式"④。这种意识形态的含蓄意指化是无孔不入的,"因此,在人类世界中,任何东西都不可能仅仅是实用的而已:即便最普通的建筑也会用各种方式来安排空间,以此来指示、发出一些关于社会特权以及与人的本性、政治、经济相关的信息"⑤,罗兰·巴特因此认为符号学家的任务就是要揭

---

① 罗兰·巴特:《符号学原理》,李幼蒸译,上海:上海人民出版社,1988年,第135页。
② 同上书,第136页。
③ 同上。
④ 同上书,第171页。
⑤ Terence Hawkes, *Structuralism and Semiotics*. London and Methuen: Routledge, 1997. p.134.

示出这种意义产生的机制。

　　文学作品本身作为社会符号也无法避免意识形态化的过程,而且文学作品意义产生的条件与意识形态的产生是如此的相近,在文学作品中和社会意识形态符号中都有一种意义的增生,意识形态寓意化的结果是把这种增生的意义固定化,文学作品意义星云的拓展的结果是反对意义的僵化,因此意识形态的寓意化只会限制文学文本。所以,文学语言必须坚持一种在意义增生的情况上坚持意义的多元性。

　　为此,罗兰·巴特提出了在文学写作中区别两种使用语言的态度,而这两种使用语言的态度代表了新旧两种不同的语言观。他在《批评与真实》里认为"古典——资产阶级社会长期以来把言语当作工具或装饰,我们现在把言语视为符号或真实"①,"语言并不是主体的谓项,具有不可表达性,或者用来表达别的事物,它就是主体本身"②。旧的语言观认为语言只是一种工具、表达手段,通过把语言作为一种等而下之的东西认为语言是单一的、清晰的、科学的。也只有如此,语言才能成为工具,因为它就最容易直接意指,最容易成为工具。如果工具本身对使用者来说都是不确定的、无法了解的,它就根本无法使用。而新的语言观认为语言非独木桥,而是四通八衢之路,通向未定、未知,语言就是象征(这里的象征跟索绪尔的象征意义不同,它指的是意义的多元性本身),言语本身就是真实的,而作品是象征性的,作品的语言是"象征"的语言,象征就是意义的多元性本身,所以作品展开的空间不是导向性的,而是向意义的银河系迸发。任何限制文本意义空间的话语特别是意识形态话语都应该尽量从文学作品中清理出去。通过强调文学语言的意义多元性,罗兰·巴特认为才可以抵制意识形态话语的一种意义僵化。

第七节　文学叙事学和意义结构

　　在法国结构主义者这里,叙事学研究的重要性要远远高于诗歌研究。

---

① 罗兰·巴特:《批评与真实》,温晋仪译,上海:上海人民出版社,1999年,第47页。
② 同上书,第68页。

诗歌研究难以形成一种结构性的视角,我们无法说诗歌是某一种结构的"言语"表现,这是因为诗歌语言总是要突破语言的规范,突破语言为它设置的界限,很难形成某种规范性特征,"诗歌也证实(至少迄今为止)比小说更不适合于结构主义批评"①。那些被结构主义者挑选作为研究重心的叙事作品,语言形式并不是关键性因素,情节是关键,情节是结构主义叙事学的重心。早期结构主义的叙事学分析主要是关注在一个叙事作品的框架上,研究的是那些支配故事发展的主要情节。从雅可布森的隐喻和转喻所代表的纵聚合和横组合的联系来看,至少是神话和民间故事代表的叙事作品是以转喻和横组合为代表,而诗歌恰好相反。列维·斯特劳斯针对神话和诗歌的不同说过这样一段话:"在语言表达的历程中,神话应该放在与诗歌相反的那一端,尽管种种论点都证明情况正好与此相反。诗歌是一种不能翻译的言语,除非严重地歪曲它的意义;可是神话的神话价值即使在最拙劣的翻译中也被保留下来。不管人们对一种语言以及产生这种语言的民族文化多么无知,世界任何地方的任何读者仍然会把神话看做是神话。神话的实质并不在于它的文体、它的叙事方式,或者它的句法,而在于它所讲述的故事。"②神话和诗歌代表了两极,就像横组合和纵聚合一样。罗伯特·休斯在《文学结构主义》中有过对神话和诗歌很独到的分析。"诗歌颂扬一种文化、一种语言、一个人使用其语言的方法中的独特东西。但是,在神话中,语言的结构和横向组合方面占主导地位,不同的语言在这个层次上拥有许多共同之处.语言结构和神话因此拥有一种普遍性,而语言单位则由于其任意性而没有。"③休斯是把结构和神话相结合,把语言单位和诗歌相结合。这也充分说明了神话和诗歌的性质,神话的版本虽多,但结构相差不大,诗歌却是根本不同的。结构语言学的始祖索绪尔自己就讲过,"词汇和任意性,语法和相对论证性好像是两股相对的潮流,分别推动着语言的运动:一方面是倾向于采用词汇的工具——不能论证的符号;另一方面是偏重

---

① 罗伯特·休斯:《文学结构主义》,刘豫译,北京:三联书店,1988 年,第 6 页。
② 列维·斯特劳斯:《结构人类学——巫术·宗教·艺术·神话》,陆晓禾、黄锡光等译,北京:文化艺术出版社,1989 年,第 46 页。
③ 罗伯特·休斯:《文学结构主义》,刘豫译,北京:三联书店,1988 年,第 96 页。

于采用语法的工具,即结构的规则"①,诗歌重视语言单位的独特性,因此难以纳入系统分析,而神话更偏重于语言单位是如何联接的。对早期的结构主义者来说,他们试图找到某一结构公式可以解释纷繁复杂的小说情节。一个系统可以产生各种各样的文学意义,关键的是找到形成这个系统的规范,从而可以解释文学作品意义运作的某种机制。可以说,结构主义叙事学的文学意义之路就是在这个方向上划定的。

这种对叙事性作品结构化的努力最早来自普洛普,他的《民间故事形态学》的意义是深远的,结构主义叙事学深受他的影响。普洛普在分析他收集到的众多的民间故事后得出了一个结论,即虽然一个故事中的人物可以变动,但他们在故事中所发挥的功能却是一定的。民间故事的特征在于把同一的行动分配给各式各样的人物,这就可以根据剧中人各种不同的功能来分析故事。他归纳得出了四条规律:

1. 人物的功能在故事中起着稳定、恒常的成分的作用,不管它们是由谁和怎样具体体现的。它们构成一个故事的基本成分。

2. 童话故事所使用的功能的数量是有限的。(普洛普列出了31种功能——引者注)

3. 功能的顺序永远是相同的。

4. 就其结构而言,所有的童话故事都属于一个种类。②

普洛普把他分析得到的31种功能纳入到7个"行动范围"和它们各自的人物角色相对应。1. 反角,2. 施主(捐献者),3. 帮手,4. 公主(被寻找的人)和她的父亲,5. 送信人,6. 英雄(寻求人或受害人),7. 假英雄。在某个具体的童话里,一个人物可能卷入数种行动范围,而若干人物又能卷入同一个行动范围。在普洛普那里,故事的因果顺序起着关键作用,是不允许作更改的。普洛普是试图找到一个原始故事的结构,从而能概括所有故事的可能性,他自己指出的第四条规律恰好是最好的证明。"他实际上是在为某种叙事体裁裁制定一部语法和句法"③,后来的结构主义者都是在这个句

---

① 索绪尔:《普通语言学教程》,高名凯译,北京:商务印书馆,2002年,第184页。
② 普洛普:《民间故事形态学》,转引自罗伯特·休斯《文学结构主义》,第98页。
③ 罗伯特·休斯:《文学结构主义》,刘豫译,北京:三联书店,1988年,第106页。

法的基础上进行或多或少的改写。普洛普把纷繁的故事化为了一种结构形式,加入了不同的内容,它就成了一个个故事,就像一组函数,把具体的数字代进去就可以得到具体的答案。

列维·斯特劳斯跟许多结构主义者一样都拥有一份雄心,试图找到某种叙事结构,"这些结构不仅对一切人来说、对这种功能所适应的一切领域来说都是相同的","语言的种类很多,但适用于一切语言的结构规律却非产之少。如果把已知的传说和神话汇编起来,将是卷帙浩繁,蔚为大观。但如果我们从各式各样的人物性格中抽象出若干个基本功能,就可将其归纳成为为数不多的简单类型"①,显然普洛普的 31 种功能对列维·斯特劳斯来说显得太多了,而且普洛普也没有采用一种结构主义思维去整理这些功能的关系。列维·斯特劳斯把目光从普洛普的民间故事转向了神话,这不是因为列维·斯特劳斯认为民间故事中就不存在一种叙事句法,而是因为他认为叙事句法在神话中显露得更加明显,神话的形式比民间故事的形式更为完备。"首先,故事在一些比发现于神话中的对立更弱的对立上构成。后者不是宇宙论的、形而上学的或自然的,而更经常地是地方的、社会的和道德的。其次,正因为故事是神话的弱变化,所以,前者不及后者那样严格服从逻辑一致、宗教正统和集体强制这三重关系。故事提供了更多的创造的可能性,它的置换相对自由些,它们逐渐获得某种任意的特征。"②列维·斯特劳斯的观点很明确,他认为故事把神话中的对立削弱了,故事中"微不足道的对立表明允许转入文学创造的不确定性"③。列维·斯特劳斯认为普洛普"把口述文学分为两部分:一部分是形式,它构成基本方面因为它导致形态学研究;一部分是任意的内容,因为它是任意的,我认为他只给予它以次要意义。请允许我们坚持这一点,它概括了形式主义与结构主义之间的全部区别"④。而列维·斯特劳斯认为内容与形式具有同样的重要性。而他所谓的故事把对立削弱了也是在这个层次上,也就是说列维·斯

---

① 列维·斯特劳斯:《结构人类学——巫术·宗教·艺术·神话》,陆晓禾、黄锡光等译,北京:文化艺术出版社,1989 年,第 40 页。
② 同上书,第 127 页。
③ 同上。
④ 同上书,第 130 页。

特劳斯认为内容也不是自由的。在他眼里,普洛普的意义在于他指出了在故事的形式层次上,具有严密的结构,而普洛普的缺陷却也正在这里。列维·斯特劳斯认为在内容层次上,也具有严密的结构对立,并不像普洛普认为的是不重要的,只是为故事的形式功能服务,"'国王'不仅仅是一个国王,'牧羊女'也不仅仅是一个牧羊女而是词和蕴含在其中的所指成为构造由理智形成的对立系统[阳/阴(从自然方面看)和尊贵/低贱(从文化方面看)以及在这六个术语中间的一切可能的置换]的不可忽视的手段"①。他做出神话比故事形式更完备的结论,也是在这个意义上,就是说故事的语义方面的对立削弱了,语义方面的结构并不是很完备,而神话在语义和语法方面是完全结构化了的。在神话中,结构在一切层次上起作用,"作为语言,它们自然使用语法规则和词,但是,除了普通的尺度之外又加上了另一个尺度,因为规则与词在叙事中用来塑造形象和描述行动,而形象与行动不但是与故事中所指有关的'常规能指',而且也是与处在另一个层次上具有附加意义的系统有关的意义成分"②。我们必须清楚,他这里所说的语义对立或者语义结构并不是我们一般意义上的"字典"式的普通意义,而是由于受语境影响下的意义,在神话学中,就是"由仪式、宗教信仰、迷信,也由实际知识提供"③并加上人种史的语境,这些语境影响下的意义可以纳入这些由对立特征组成的语境系统中。理解了这些,我们就很容易理解列维·斯特劳斯所分析的神话素概念以及他对神话所做出的分析。他认为神话的单位不像语言一样是一个要素,而是一束神话要素,之所以他这么认为,是因为他认为存在着语义变体,也就是语义自身的结构系统,神话素就是这个要素的语义系统,而神话就是这种系统的不断展开,神话素的组合,这种组合又要合乎神话的语法系统。所以他说神话的参照系是二维的,"同时具备历时性和共时性",而神话的不同讲法都是有意义的,所以神话就可以向三维甚至更多的维数拓展。

对于普洛普来说,每一个功能可能都构成一个独立的类型,但对列

---

① 列维·斯特劳斯:《结构人类学——巫术·宗教·艺术·神话》,陆晓禾、黄锡光等译,北京:文化艺术出版社,1989年,第141页。
② 同上。
③ 同上书,第134页。

维·斯特劳斯来讲,不存在孤立的功能,任何功能必须纳入系统中去考虑,功能之间都是联系在一起的,"他(指普洛普——引者注)通常断定,内容是任意的,这正是他遇上麻烦的原因,因为即使置换也服从规则"①。内容并不是任意的,置换也服从规则。列维·斯特劳斯把语言的各个层面都转入结构分析的范围之中,表明了结构主义者的雄心。首先,他试图把时间性的叙事作品完全结构化、规范化的努力。其次,他同时为小说诗学的发展提供了样板,因为神话也是语言的一部分,而列维·斯特劳斯在他的语境意义上找到了神话学区别于语言的特征,神话中的词仍然是言语语汇,在这个意义上它属于语言,但是它的词又被结合到另一个大系统中,这就是神话素系统,而神话素"不是处在词汇的层次上而是在音位的层次上"②。小说等文学叙事作品区别于普通语言的地方和独特性或许也就在其高于普通语言的层次上,文学语言的词汇也是不仅仅作为普通语言存在,它还被涵盖于一个更高的文学意义系统中,它与神话的区别在于神话的词汇已经被(至少在列维·斯特劳斯那里)特殊语境化了,也就是限制化了。

格雷马斯在他的《结构语义学》中同样发展了普洛普的"叙事句法"。作为结构主义者,格雷马斯首先所做的是对结构的一种清理。他坚持了索绪尔的任意性原则,即能指与所指无关,"意义通过能指表现,但它与所指的性质无关"③。对语义的研究不超出语言的界限,"必须接受这一事实:任何针对自然语言固有意义的研究不超出该语言的框架,结果只能是用一种自然语言来表达习语、程式或定义"。"承认语义世界的限界意味着放弃把意义定义为符号与事物之间的关系这样的语言观,尤其是拒绝接受参照对象这个附加维度。参照对象是作为一种折衷由'现实主义'语义引入索绪尔符号理论的,其本身也不可靠,因为它只是对索绪尔结构主义的一种可能的解释。因为参照现实事物以解释符号,此举无异于尝试把自然语言所含的意义转换成非语言表意集,这种转换难以实施,而我们已经看到它具有梦

---

① 列维·斯特劳斯:《结构人类学——巫术·宗教·艺术·神话》,陆晓禾、黄锡光等译,北京:文化艺术出版社,1989年,第134页。
② 同上书,第141页。
③ 格雷马斯:《结构语义学》,蒋梓骅译,天津:百花文艺出版社,2001年,第10页。

的特征。"①同样,"内容实体不应被视为一种语言外的心理或物理实在,而应被看做在一个非形式层面上的语言显现"②。这种清理工作的目的只有一个,阐述语言系统自身产生意义的能力。"单一的目的项没有意义;意义预设关系的存在,亦即项间关系的出现是意义的必要条件"③,而"结构概念的第一个、也是普遍使用的定义:两个项及两个项之间的关系显示"④,结构是意义产生的前提,"是意义的存在方式,其特征是两个义素之间的接合关系的显示"⑤。格雷马斯认为"话语的表达受制于一个先验的约束网络。正如叶姆斯列夫所言,它只能在时间、体、语式范畴的强制性框架内构思"⑥,结构主义的目的就是找出这个约束网络。跟普洛普一样,格雷马斯也在试图找到一个叙事句法,"句法规则在于每次复制无数个同样的短剧,该短剧包括一个过程、若干演员和一个多少有点详细的情景","分析者面临的问题是要知道如何建立其自己的语义句法,该句法应能以不变项的形式反映作为可变项在不同等级层次上起作用的全部句法规则"⑦,而"信息一方面包含一个功能,或一个品质;另一方面还应包含数量有限的施动者,而信息的总和构成了意义的句法显现"⑧。普洛普指出了 31 种功能和 7 种行动范围,格雷马斯跟列维·斯特劳斯一样认为普洛普忽略了功能之间和行动范围之间的关系。普洛普没有把信息清单转换成结构,没有揭示意义的关系组织规则,"用一份简单的清单介绍所有的施动者,而不考虑他们之间可能存在的关系,这是过早地放弃了分析,把定义的第二部分(7 个人物)及其专属特征留在了一个不够形式化的层次。根据它们的活动范畴建立的,也就是说普洛普只是对功能做了缩简,而没有考虑到必不可少的对应关系"⑨,只有揭示了这些对应关系,揭示出这种关系结构,"民间故事的真正意义才

---

① 格雷马斯:《结构语义学》,蒋梓骅译,天津:百花文艺出版社,2001 年,第 13 页。
② 同上书,第 34 页。
③ 同上书,第 22 页。
④ 同上书,第 21 页。
⑤ 同上书,第 36 页。
⑥ 同上书,第 48 页。
⑦ 同上书,第 172 页。
⑧ 同上书,第 179 页。
⑨ 同上书,第 258 页。

得以显示:民间故事如同神话,是各种矛盾,是各种同样是不可能的和无法令人满意的选择之对峙,而这也是列维斯特劳斯的预感和断言"①。但是格雷马斯的雄心并不在于指出民间故事的结构,而是想把他所揭示的意义结构推广到任何意义领域。"民间故事也只是以其特有的方式体现了某些意义结构,而这些意义结构可以先于民间故事,而且在社会话语中,它们多半是重复的。"②"我们在一些彼此相去甚远的领域里见到的非时间性内容组织模型应具有一种普遍的意义。由于它不受制于所投入的内容,这些内容可以通过功能分析(民间故事)和品质分析(贝尔纳诺的语义域)获得,所以我们不得不视其为元语言模型,后者在等级上高于我们为阐明义位和义素范畴层次上显现的内容而在诸归纳步骤中使用的品质模型或功能模型"③。那么,什么是格雷马斯的元语言模型呢?这种符号示义过程的基本结构其形式为一种四项对应关系(A:B = - A: - B),照格雷马斯的理解,它提供了一种符号学模式,以说明在一个语义世界中的意义最初是如何形成的。普洛普的七种行动范围就纳入这种基本结构去理解,在结构平庸的爱情故事中,"他:她 = 主体和受信者:客体和送信者"④,在复杂的叙述中,如在格雷马斯所举的"寻找圣杯"故事中,"主体:客体 = 英雄:圣杯,送信者:受信者 = 上帝:人"⑤。格雷马斯的叙事学分析的意义在于怎样把叙事转化为意义结构,"基本情节'范例'(paradigms)的建立,以及对它们之间组合的可能性的全面探索:结构,或者说结构主义者所谓的叙事组合,或故事的产生机制:一种叙事能力,从中产生了故事的展开;或者简单地说,一种文学的语言"⑥。

　　罗兰·巴特在他的著名的《叙述结构分析导言》中说过,"理解一个叙述不单纯是了解故事的展开,而且也是识别叙述结构中的'层次',要把叙

---

① 格雷马斯:《结构语义学》,蒋梓骅译,天津:百花文艺出版社,2001年,第311页。
② 同上书,第308页。
③ 同上书,第345页。
④ 同上书,第259页。
⑤ 同上书,第260页。
⑥ Terence Hawkes, *Structuralism and Semiotics*. London and Methuen: Routledge, 1997. p.95.

述线索中水平的互相关联的事物投影到一个暗含的垂直轴线上;读(或听)一个叙述不单纯是从一个词读到下一个词,而且是从一个层次深入到另一个层次"①。在这里,罗兰·巴特是把叙述从横向转向纵向,也就是叙述的基本单位不仅在功能层次上起作用,而且它们被结合到一个更高的层次中,"叙述是各种事情的多层次的结构.这是毫无疑问的"②。而且"任何层次自身都不能产生意义。属于某一特定层次的单位,只有当它可以在更高的层次中被结合时才具有意义;我们完全可以描述一个音素,但它本身没有任何含义:它只有与其他音素结合成词才具有了含义,而词又必须组合成句子"③。我们想发现一段叙述的真正意义,必须深入表层下面的深层的结构。在表层之内,我们只有描述,系统只有在更高的系统之内才能得到解释,"同层次的关系不足以具有含义"④。重视多层次的结构,重视深层结构对表层结构的作用表明了结构主义者对句法研究的深入,不过叙述研究的目的仍然没有什么改变,"言语是语言的产物。由语言产生,用描述语言来掌握言语的无限性是结构主义不变的宗旨","试图提炼出一种分类的原则,而且从信息的明显混乱中找出高度集中的秩序"⑤。

罗兰·巴特在《导言》中把叙述层次分为三层:"功能"层次,相当于普洛普所说的功能结构;"情节"的层次,在这个层次上,人物是情节的执行者;以及"叙述"的层次,"这三个层次依据一种进行性结合模式连在一起:一个功能只有当其在一个情节执行者的某一一般情节中占据一席地位时才有意义,而这一情节是由于它被叙述、被交托给一段具备自己信码的讲述而获得最终意义的"⑥。在叙述中,功能句法是按线形展开的,是按顺序的发展过程,"顺序在没有同类先例的一项上开始,在没有同类后续的一项上结束"⑦。而情节层是情节执行者之间的结构关系,这种关系是在时间之外

---

① 赵毅衡编选:《符号学文学论文集》,天津:百花文艺出版社,2004年,第409页。
② 同上。
③ 同上。
④ 同上。
⑤ 同上书,第405页。
⑥ 同上书,第410页。
⑦ 同上书,第420页。

的。"功能提供了叙述的组合的层次,因之必须被一更高层次所包容,即情节的层次,在情节层次上,功能的单位一步步获得意义"①,线性展开的功能句法必须在情节执行者的关系中得到说明,我们可以看到结构的纵深化。从罗兰·巴特所提出的功能和标志的两个概念中,我们可以清楚地发现功能层和情节层在叙事中的体现。功能是同层次上的,是指一个递补的和连续的行动,而标志是异层次的单位,是与人物有关,相当于他后来在《S/Z》中提到的意素符码。"在高层次上确定标志意义,有时简直是在所有明确横的组合体之外(例如作为叙述者的'人物'可能根本没有名字,却不断地被标志出来),这称为聚合式确定。相比之下,功能意义的确定总是在较远的地方,这称为横组合式确定","功能包含了互相关联的转喻的事物,而标志则包含了隐喻的事物,前者相当于动词的功能性,后者相当于名词或形容词的功能性"②,功能必须在叙事时间上拓展,而标志却可以超越叙事自身的限制,使叙事有可能纳入非时间性结构的可能。格雷马斯说过,"在意义显现中,一切都是历时的,唯意义本身除外,因为意义本身受制于我们的一种能力,即我们能像感知一些整体一样非时间性地感知一些很简单的意义结构"③,而罗兰·巴特叙事结构"分析的任务是对时间顺序的幻象做出成功的结构描述——要靠叙述的逻辑去解释叙述的时间"④恰恰也说明了这一点。

至少到情节层次,他的见解并没有超越列维·斯特劳斯太多,而且这一个层次仍然是一个危险的层次,语义的理解有超出叙述文本的危险。在列维·斯特劳斯那里,神话最终是成了原始社会制度无法调和的观念冲突的体现。这里就必须提到叙述话语的第三层次,他所谓的"叙述"层次的意义是什么?"叙述"层相关于叙述者和叙述环境,难道这一个层次仅仅限于结合前面两层吗?"叙述"层外又是什么?罗兰·巴特说,"叙述这一层次被叙述性的符号所占领,这套符号把由供给者和接受者进行的叙述交流中的

---

① 赵毅衡编选:《符号学文学论文集》,天津:百花文艺出版社,2004年,第423页。
② 同上书,第414页。
③ 格雷马斯:《结构语义学》,蒋梓骅译,天津:百花文艺出版社,2001年,第216页。
④ 赵毅衡编选:《符号学文学论文集》,天津:百花文艺出版社,2004年,第419页。

功能和情节结合起来"①。所谓的叙述性符号就是指作者参与方式的分类，叙述开始与结尾的方式，不同表现风格的定义（直接引述、间接引述、隐式引述），"视角"的研究，等等。并且他认为"叙述只有从利用叙述的世界得到自己的含义：在叙述的层次之外就是客观世界，其体系（社会的，经济的，思想的）之组成不是叙述而是另一种物质的成分（历史事实、决定、行为，等等）。正如语言学止于句子的研究，叙述分析则止于对讲述的研究，越过这条线就转入另一种符号学"②。这句话暗含着这种意思，"叙述层"的意义在于在叙述世界中展开自身，它不在叙述话语之外，叙述层等于叙述：同语反复。我说得明白点，叙述话语的最高层次的目的在于叙述本身，在于叙述所产生的叙述环境，它使功能和情节的层次获得意义，"恰恰是在展示叙述的过程中，较低层次的单位结合在一起，作为最终形式的叙述超越了其内容和严格的叙述形式（功能和情节）"③。就像托多洛夫论证像《一千零一夜》这种作品的基本主题是讲故事的行动，是叙述本身的行动，"每一部作品，每一部小说，通过它编造的事件来叙述它自己的创作故事，它自己的历史……一部作品的意义在于它讲述自身，讲论它自身的存在"④。叙述话语是一个多层次的系统，它的意义就在于指向自身。这跟雅可布森的指向信息本身相差也不大，一个指向符号本身，一个指向叙述行为本身。叙述行为是什么？说穿了，还不是符号的展开。雅可布森的指向信息本身还有个意义是话语的诗歌功能，那么叙述指向本身它的意义在哪呢？罗兰·巴特在《导言》中还把叙述话语分为可转移性层次和不可转移性层次，可转移性就是指通过其他方式的"翻译"而不造成根本性的伤害，是叙述话语中可以总结或者概要的部分，不可转移性意义相反，而"叙述层次中的最后一层，即写作，则抵制由一种语言向另一种的转移（或转移得极差）"⑤，因为叙述层决定了叙述话语的本质，所以叙述层是不可转移的，它不像功能层那样是可以

---

① 赵毅衡编选：《符号学文学论文集》，天津：百花文艺出版社，2004 年，第 431 页。
② 同上。
③ 同上。
④ Tzvetan Todorov, "Literature et signification", cit. Terence Hawkes, *Structuralism and Semiotics*. London and Methuen: Routledge, 1997. p.100.
⑤ 赵毅衡编选：《符号学文学论文集》，天津：百花文艺出版社，2004 年，第 435 页。

或多或少翻译的。罗兰·巴特最终把叙述作品限于叙述层次之内,叙述的信码是分析所可以达到的最后一个层次,所以叙述层起着监督外界现实向叙述侵入的角色。"叙述的功能不是'表现',而是构成一个对我们还是谜一样的场面,但在任何情况下都不是在模仿序列之中。顺序的'真实感'不在于构成该顺序的情节发生的'自然'顺序,而在于表现出来的、受到危险的和满足了的逻辑性"①,叙述中发生的只有语言,语言的历险,"叙述既不显示又不模仿,在叙述中'发生的事'是从指称的(现实的)观点来看的,实际上什么都没有。'发生的事'仅仅是语言,语言的奇遇,不断庆祝语言的来临"②。

叙述话语一方面把自己隔离于外界的现实之外,它是一个独立自存的文本系统,叙述话语的展开又不是一种受限于时间性的文本,它超出时间之外,叙述研究从语言出发再次回到语言,指向信息本身,指向叙述行为本身。这里的关键只有一点,叙事作品的意义受制于作品的多层次系统,而意义的派定者——系统本身却永远只在语言中冒险。

第八节 视角差异:意义领受的视角与研究的视角

通过前述六节的篇幅,我们已将俄国形式主义、结构主义文学意义论的层次、大要叙述于前。这些叙述同时显示了这一学术脉络的研究路向和思想演进历程。可以说,这是在现代语言学转向的背景下对文学意义论的**规范性系统研究**。如果说西方现代诗言意义论与中国古代诗意论最重要的区别就是言路上的"直接"和"面对面"——在我们看来,这是规范与不规范的一个重要标志——,那么,这种"直接"和"面对面"言路最典型的体现就是结构主义。迄今为止,可以说结构主义仍然是人类力图建立关于文学科学之规范性知识的最卓越的理论成果。正是由于这一成果的巨大成功,20世纪**文学研究领域的语言学转向**才得以强有力地形成,并迅速扩张到文化、政治、社会诸研究领域。

---

① 赵毅衡编选:《符号学文学论文集》,天津:百花文艺出版社,2004年,第437页。
② 同上书,第438页。

现在,我们从结构主义立场来展开对中国传统诗意论的分析和透视。

综合前述,我们可以看到,作为现代文学意义论的规范性言述,结构主义、俄国形式主义的基本特征主要体现在:1)视角定位的清晰性。a)对问题"直接对面",以理性、面对面的方式加以研讨,而不以闪烁、隐喻、体悟等等的方式曲言之,启示引发或含而不露等等;b)在探寻何为"意义"或意义组建的**思想路向上**,把目光转向语言的内部(语言、文本、叙事结构)。从俄国形式主义的文学性、前推到结构主义的文学语言的自指性、第二含义系统,到文本理论的上下文、互文性,到叙述理论的神话素、叙述结构,一直到解构主义(解构主义之不同于文化研究或历史批评,在于它把结构扩大化,扩大文本间性,扩大到在场与不在场,扩大到整个文明的内外构成),都一直把对文学意义论的研究限定于结构系统内部,力图从结构系统内部去寻找文学意义建构的特殊根源。2)逻辑层次的清晰性。在符号系统内部的结构分析程序中,它们又进而遵循了循序渐进的知识演进原则,建立了**从普通语言符号论到文学语言符号论**之意义分析的严格逻辑演进系统和程序,让文学语言、叙事、文本的探讨在与普通实用性交流的**联系—区分之中**得到系统的推进和展开。3)知识演进的延续性和积累的有效性。在视角定位和理论逻辑层次清晰的基础之上,俄国形式主义、结构主义的文学意义论经历了层层推进、不断丰富完善的**累进性**积累和展开。这一点,前面对从索绪尔语言学到结构主义叙事学的**发展史**的描述已体现得十分清楚。由于俄国形式主义、结构主义、新批评是有共同取向和相互关联的思想流派,这里关于结构主义言路特征的描述同样适用于新批评。

可以说,结构主义的诗言意义论是最应该用来与中国古代诗意论相比较的思想学术流派,或者说中国古代诗意论是最应该参照结构主义的诗言意义论来阐发、比较一番的,因为在学术理路上,它们恰好处在**规范和不规范的两极**,它们在言路、知识演进上的巨大差异将会在相互比较中体现得更加充分,由此,它们各自有资于对方的启示也将会更加有益和鲜明。

1. 含混或无视角:中国诗意论的视角取定

与结构主义诗言意义论在视角上始终锚定于语言内部不同,中国古代的诗意论作为一种意义理论,最大的特征是**无视角**。就是说,它没有特定视角的意识,或者说它的视角一直闪烁不定。视角的不确定性、含混性是中国古代诗意论的基本特征。这种含混性直接体现于两个层次:1)意义领受的视角与意义研究的视角混而不分;2)分析或叙述意义的逻辑线索在视角指向上漂移不定。

先看意义领受的视角和研究者的视角。中国古代的诗意论,从先秦的言意论、魏晋的以意论文到魏晋以降的以意论诗,思想视角上的一个基本特征是:意义研究的视角和意义领受的视角混而不分。由此决定了它**缺乏**对符号、语言、意义进行规范性理论研讨的**确定性**基础。

以庄子为例。当他说"可以言论者,物之粗也;可以意致者,物之精也;言之所不能论,意之所不能察致者,不期精粗焉"①的时候,他是从符号与世界关系的角度谈意义,是属于**研究者视角**下的意义论说。在"轮扁斫轮"的故事里,他借轮扁之口论意义。"轮扁……问桓公曰:'敢问,公之所读者何言耶?'公曰:'圣人之言也。'曰:'圣人在乎?'公曰:'已死矣。'曰:'然则君之所读者,古人之糟粕已夫!'……'古之人与其不可传也死矣。然则君之所读者,古人之糟粕已夫!'"②此时,庄子是从读者、符号接受者的角度谈意义。而在更多的情形下,比如庄子说"言者所以在意,得意而忘言"③,说"卮言日出,和以天倪,……不言则齐,齐与言不齐"④等等的时候,他则是从表达者、符号使用者的角度谈意义。由于多角度谈意义,谈论的视角闪烁不定,庄子始终没有从某一个确定的角度深入下去,比如从语言内部去追溯那决定意义的诸结构因素,或从阅读的角度去深入追溯理解背后的世界结构,从而在更深的基础上去确认、规定意义究竟是什么。他没有在某种恒定目光之下的持续性分析、推究、确认,由此使他自始至终不能**确定地**谈论意义,谈论**某一视角规定下的意义及其相关性**,并将探寻的目光引向纵深。显然,这种视角的闪烁不定不仅是意义论,而且也是整个中国古代的精确知识追求和抽象理论不发达的一个重要根源。

虽然没有在某种确定视角下对意义相关性的深入探究,可是,庄子的野心却又非常之大:他力图超越性地把握那涵盖所有视角的"意"。正是这种

---

① 《庄子·秋水》,郭庆藩撰《庄子集释》三册,北京:中华书局,1961年,第572页。
② 《庄子·天道》,郭庆藩撰《庄子集释》二册,北京:中华书局,1961年,第490—491页。
③ 《庄子·外物》,郭庆藩撰《庄子集释》四册,北京:中华书局,1961年,第944页。
④ 《庄子·寓言》,郭庆藩撰《庄子集释》四册,北京:中华书局,1961年,第949页。

企图超越所有视角的大全式把握使庄子的言意论走向了形而上学。庄子一直津津乐道的不是那诸种视角之下的"意",而是那超越一切视角局限的"意"本身。这种**非视角性的把握迫使**他把"意"归结为"非意":不是归结为语言内部诸相关因素的系统结构效应或世界结构诸要素的姻缘连络,而是归结为**某种符号系统之外的超符号实体**——"物之精"、"意之所随"、"未定""未分"之混沌等等。似乎"意"不是符号系统内部诸因素的特殊构成效应或世界诸因素间的关系值,而是冥冥中某一特殊实体的派生物。而作为这实体根源的最后回溯者,我们知道,就是那几乎抵挡了一切艰苦探索的"道"。在古人,包括许多今天对"天道"之论茫然无辨、盲目崇拜的人看来,论"意"而至于"道",就已经达到极致了。庄子的深刻在于,他深知这到达极致的言说之无力,所以出于无法言说而又不得不说的策略性考虑,他要**借环绕、曲言而论"意"**。这就是所谓"谬悠之说,荒唐之言,无端涯之辞"①,所谓"寓言十九,重言十七,卮言日出,和以天倪"②等等出笼的根源。而这样一来,庄子的言述就**严重地偏离了学术性、思想性探究的规范性要求**,而将意义论的学术探究变成了玄学——事实上,玄学之所以"玄",就是因为它企图用只可能是有限性言说的人言来讲述大全,以人言而僭越神意。或许,这就是中国古代学术性谈论诗意的诗话、词话、玄学论辩常常以描绘、曲言、隐喻、洞悟、玄思为高明、为得道的一个重要思想根源,也是中国传统诗意论在诗意的实践性把握上常常比现代的理论分析更具有切身性、体验性的一个重要原因。直言之,人言所能谈论的,尤其是知识性谈论,只能是局部,要抵达本体,就只有隐喻或曲言。

这里,最重要的是生活日用的诸语用性视角与意义论探讨的学理性视角混而不分。大量的诗话、词话、选本点评构成了中国古代诗意论说的主要内容,形成了极为发达的品诗论文传统,所谓诗的"二十四品"(司空图)、"辨体"的"一十九字"(皎然:《诗品》)、品书的"二百四十句"(窦蒙:《语例字格》)、画品的各种等级层次(李嗣真:《续画品录》)乃至萧统的《文选》和钟嵘《诗品》对不同诗文风格等级的编排,均无不体现出中国文论、艺论对

---

① 《庄子·天下》,郭庆藩撰《庄子集释》四册,北京:中华书局,1961年,第1098页。
② 《庄子·寓言》,郭庆藩撰《庄子集释》四册,北京:中华书局,1961年,第947页。

诗文意义品质之精细区分的擅长。那些著名的诗意、文意论者,刘勰、陆机、钟嵘、刘知几、司空图、皎然、欧阳修、梅尧臣、苏轼、黄庭坚、严羽等,直到清末的王国维,几乎都是在诗文的评点鉴赏中论及诗意的。古人的确有关于诗意的入微的区分,但是所有关乎诗意品质、风神、样貌的繁复的区分又都只是一种鉴赏式区分,一种运用性、语境性的区分,而非逻辑区分,以致操作性、实践性的写诗、品诗、评诗成为中国诗意论无法摆脱、无法超越的基本语境。这就决定了,在如此发达的诗意论背景中,一个超越生活日用的专题性意义论或符号论、语言论视野不会严格地分离出来,意义论论域与生活日用的实用性意义领会没有被明确地区别开来。我们知道,即使是从读者、理解者的角度去展开意义论辩,只要经过严格确定性视角下的反思性分析和研究,排除具体诗意之情绪体验的前向性牵引,牢牢把握住诗意重构的理论目标,一个超越具体诗意之经验性沉溺的现象学视野也多少会浮现出来,比如现象学的意义论。可是,中国古代诗意论的现象学程度只停留于粗浅层次,反思性现象学视野的理论组建几乎没有,且仍然以实践性的"用心"、操作为旨归(参见本书第六章)。这就决定了中国传统诗意论的深度始终在鉴赏论水平徘徊,缺乏纵深的理论展开。

2. "味":意义的客观内容与主观体验的混整性把握

实践性视角和学术性、理论性视角的混而不分,进而导致在中国古代的诗意论视野中,意义的公共性、**客观性**与对意义的**主观体验、情绪感受**混整为一,导致在理论的学术认知上,意义(meaning)概念未能从意义体验中分离出来,意义与意义体验的心理内容之间缺乏明晰分疏。

对此,有鲜明体现的是中国文论中的"味"。

如前已述,"味"是中国古代诗意论描述诗意品质的一个核心概念。从孔子"在齐闻《韶》,三月不知肉味"[①]到陆机的"一唱而三叹"[②],到刘勰的"玩之者无穷,味之者不厌"[③],钟嵘的"味之者无极,闻之者动心"[④],到司空

---

① 《论语·述而》,宋元人注:《四书五经》上,北京:中国书店,1984年,第28页。
② 陆机:《文赋》,张少康辑:《文赋集释》,北京:人民文学出版社,2002年,第183页。
③ 刘勰:《文心雕龙·隐秀》,黄叔琳注,李祥补注,杨明照校注拾遗:《增订文心雕龙校注》,北京:中华书局,2000年,第495页。
④ 钟嵘:《诗品序》,何文焕辑:《历代诗话》上,北京:中华书局,1981年,第3页。

图的"韵外之致"、"味外之旨"①,刘知几的"发语已殚而含义未尽"②,乃至张戒的"余蕴"、姜夔的"含蓄"、李渔的"机趣"、袁枚的"神韵"、冒春荣的"渊永"等等,所述的"意"在大部分情况下和"味"都可以通用,它们既是在讲"意",也是在讲"味"——准确地说,是讲"意"的体验性效果:"意味"。此即前文所说,中国的诗文评点、诗意论最根本的侧重是从感受的角度谈意义(参见本书第3章)。

从感受的角度切入,并始终受到来自品味状态的实践兴趣的牵引,使中国诗味论的探究意向沉溺于"味道"的反复品味、琢磨之中。于是,这种谈论总是将研究的关注重心胶着于对作品"意味"的**经验性体会**——它滞留于具体诗意的反复潜沉、品味,它由于滞留于作品文本与阅读感受之间效力、效果的反复潜沉、摩挲、讨论而忽视了文本自身的内部结构和对文本、理解与世界之意义关系的更纵深的探讨。不管是以倡导"滋味"闻名的《诗品序》,还是强调"不尽之意"的梅尧臣、苏轼,或强调"味外之旨"的司空图,强调"兴趣"的严羽,我们都始终未能看到他们从"滋味"的意义品质进而追溯到对文本符号内部意义机制的结构性探讨。这样,就使精确的意义概念始终未能从对意味之经验内容的混整体悟中分离出来。"味"是什么?是"meaning"?是"significanc"?是"feeling"?还是"sense of taste"?你很难翻译。在中国古代诗意论的概念谱系中,"味"是一个联通主体的情思、情绪(滋味、情兴)与文本客观意义结构(神韵、复意、含蓄等等)的居间环节。"味"似乎既是文学文本的客观意义品质(meaning),同时又显然属于对诗文主观情绪体验的范畴(significanc)。如果有诗评家说,"这首诗含蓄蕴藉,意味深长",你很难断定他究竟是在讲该诗有深微复杂的意义结构,还是讲该诗表达了幽婉动人的情思意绪。意义的公共性、客观性与对意义的主观体验、情绪感受混为一体,这就是"味"所以能成为中国古代诗意论的一个核心概念的学理根源。由于包含了意义的客观性、公共性含义,它似乎是一种关于诗意的知识;由于同时它又是一种直接的经验感受,它可以随时使论

---

① 司空图:《与李生论诗书》,郭绍虞集解:《诗品集解 续诗品集解》,北京:人民文学出版社,1963年,第47、48页。

② 刘知几:《史通·叙事》,刘知几撰,浦起龙通释,吕思勉评:《史通》卷六第二十二,上海:上海古籍出版社,2007年,第126页。

诗者进入直接的诗意体验之中。直接的体验态度与知识的理知性、客观性态度合而为一,理论探索的客观性谈论与诗意的直观品味融为一体,理论和审美兼于一身——如此"居间",使论诗者处于理论和诗意的兼有状态。他可以在两种态度之间左右逢源,相互转换而了无障碍。这就是"味"作为意义论概念在精神态度上的独特性。其他诗意概念,诸如含蓄、境界、韵味、神韵、风神、隐秀、兴味等等,虽然不像"味"那么典型,但仍然多少具有主客居间的特性。

正是这种居间、含混,使中国古代的诗意论常常混同于玩家、诗家、鉴赏家对诗意的品鉴把玩,致使一直到今天,国内的学术界、文学理论界都没有把传统文论中的鉴赏式**心理描述和意义论研究**区别开来。当然,也致使一直到今天,中国的文学创作界和读者界总是忍不住要把感受式批评抬出来,指责那些抽象、玄思的文学理论讨论不食人间烟火,没有面对作品。

3. 后形而上学立场:意义领受的视角与研究视角的区分

如前已示,意义领受的视角与研究视角的区分是结构主义意义论的理论前提。这一前提实际上表明:俄国形式主义、结构主义、新批评研究的重要学理基础就是对意义领受视角和创作者视角的排除。

事实上,这一学理基础事关整个语言论转向的基本思想取向。现代语言论被于尔根·哈贝马斯称之为"后形而上学的思想"①,其要害就在于:在作为**语言论视野**的社会人文研究中,**排除主体论的形而上学残余**。这一排除在思想的前逻辑背景上具体表现为:清除传统形而上学的**实体论残留**。在语言论转向之前,西人文学理论的研究重心一直在认识论的研究(反映论)、心理学的研究(表现论)和功能论/社会学的研究(工具论)之间徘徊。某种**"实体"——比如认识、情感、世界本源或意识形态承载**等等——一直是从外部支撑并直接构成文学意义的根本来源。如果进一步追溯,我们还可以看到,几乎所有这些"实体"都有一个更深的哲学意识背景:都在主体哲学之主客关系的框架下,把文学意义的来源追溯到反应、认识或表现。换言之,即**把文学的意义还原为人的表意行为,从而将语言、文本视为这种表意的媒介或手段**。语言论转向(linguist turn)阻断了这条思想道路,它的基

---

① 参见哈贝马斯:《后形而上学思想》,曹卫东等译,南京:译林出版社,2001年。

本指向就是在思想的前逻辑背景上对外部决定论之形而上学实体的删除。从发生论、功能论的角度看,语言与外部世界当然是相互影响、互为因果的,可是从符号论的角度看,文学或话语、文本的意义却无法归结于它反应、认识或表现了什么,而是决定于它作为符号系统诸要素的系统结构。不是那些文本之外的精神实体——诸如认识、观念、情感以及世界本源——在决定作品文本的意义,而是文本的独特结构、独特的话语或叙事(讲述)决定了文本的意义。就如雅可布森所言,"语境"或"指称物"只是语言交流的六要素之一,决定作品之为文学讲述的根本是在符号交流的诸功能组建中诗性功能占据了主导。因此,认识、观念、情感之类作为传统文论的所谓"内容"(讲述的及物性)只是文学意义的建构因素之一。而要解开诗言意义的难题,你就必须深入分析交流诸要素之间的**系统关系**。这意味着,在思想前提上就必须把意义领受的视角与研究的视角区分开来,不把意义等同于对意义的领会——比如味、情绪、情思及观念等等,而是将意义探究的目光转向文本或语言的内部。这就是罗兰·巴特所谓"作者之死"(The Death of The Author)和维姆萨特所谓"感受谬见"(Affective Fallacy)的意义论含蕴。

显然,如果按西学语言论转向之后形而上学的立场,中国传统诗意论的知识品质不是现代的,因为意义领受的视角与研究视角的含混同时意味着语言论的学术视野尚未从形而上学的思想统摄中分离出来。但是,如果要对意义产生的根源做一彻透理解,又只有进而追溯到语言在其中得以发生的世界结构,从人的活生生的言语行为中去研究意义问题——这意味着,结构主义和符号论最终必须向生活世界返回。关于这一点我们将在本文第六章作进一步讨论。

第九节 意义论视角指向的恒定、漂移与知识演进

意义论视角的选取进而决定了知识如何积累,知识演进将以何种方式展开。

先看结构主义。

1. 结构主义的视角选择及知识演进路向

在研究者视角与作者视角、阅读视角严格区分的基础上,结构主义的研

究路向选择是将意义探究的指向沿语言内部恒定推进。这就是前面反复谈及的:坚持将语言内部的探索路向一直贯彻到从俄国形式主义、结构主义到新批评的语言论、叙事学和文本论之中。这里所谓的视角选择包含两个含义:1)选定**语言内部**的探究视角,由此使结构主义区别于其他文学意义论——比如现象学、文学语用学或意向主义的意义论视角。2)恒定贯彻这一视角指向:将其贯彻到从俄国形式主义到结构主义学术思潮的始终,体现为这一思潮先后呈现的几大基本命题论域(语言论、叙事学、文本论)。

由于叙事学前文已专题叙述,我们这里就语言论和文本论再作一些补充论述。

先看语言论。如前所言,从俄国形式主义对文学形式的关注开始,这一探究路向就一直致力于从语言内部去寻求文学意义特殊性的根源。俄国形式主义认为文学性存在于诗歌语言与日常语言、散文语言的差别上,而不是某种社会反映的差别。布拉格学派把诗学纳入语言学的一部分,认为诗歌的价值由语言系统的主导功能成分决定,这同样是一种语言本位。前推、陌生化、文学语言的自指性、纵合轴、第二涵义系统等,是俄国形式主义到布拉格学派关于文学意义特殊性建构的经典论述。我们开头说俄国形式主义和结构主义是现代语言论转向的重镇,从某种程度上也是在这个意义上讲的。它们两者的源头索绪尔的语言学更是如此。索绪尔的语言学从本质上说是语言本位主义,他所不满的正是语言研究的非纯粹性,语言与言语的对立正是一种划分,一次坚壁清野,把非语言的东西从语言学中清理出去,从而确立一种合理的秩序。语言符号自身的构成,符号的任意性原则,能指地位的提高等等都在揭示一种语言自身的规范,只有符合这种规范的东西才能进入语言学的研究,经过这种规范排除后所剩下的只有语言本身。关乎此,前面已经分析过的这里不再赘述,只是对语言结构的性质再做几点简单补充。首先,在索绪尔看来,语言不是言语,它是非个人的,在任何个人那里都是不完整的,它具有集体性。其次,语言对于这个语言系统内的言说者而言,它是潜在的,语言使用者基本上是没有意识到系统的存在。言说受结构决定却没有意识到,言说的意义就成了文化的产物而不是个体的自觉行为。同样,文学文本意义的生产者在结构主义研究中也是不重要的。索绪尔在《普通语言学教程》中就指出过,语言结构作为音响形象和概念的契约联接在话语回路中,只存在于接受这一方。"语言不是说话者的一种功能,它是个人被动地记录下来的产物","执行的一方是没有关系的,因为执行永远不是由集体,而是由个人进行的"。① 作家自认为自己在言说,实际上文学作品的意义却必须受制于文学自身的结构,"虽然个体的人可以选择什么时候说和说什么(尽管这些可能性产生和决定于其他系统),但是这些行为是因为一系列不受该主体控制的系统才变得可能"②。系统是意义存在的前提,作家的言说只能进入文学系统中才能获得他的价值,作家不过是对文学规范的无意识运用。"有这样一种关于信息结构的解释:话语由一连串信息构成,而这是出于人之精神的陈述能力,换一种或许更为现代的表达,乃是说话人的意向性所致。但这一解释难以接受,这主要不是担心有心灵主义之嫌,而仅仅是因为该解释处在信息发送面,而不是处在信息接收或传递层面。从信息接收或传递层面看,话语虽说是线性的,但在展开过程中表现为一系列限定关系,并由此产生一种句法等级。"③

再看文本论。坚持意义研究指向的内部探究在语言论的层面是谈文学语言的特殊性,而在作品的层面,就是坚持**文本**自身产生意义的能力,一种**文本中心主义的意义观**。对此前面也已多有涉及。用罗兰·巴特的话说,文学作品是一个多元意义的存在,是多种声音的交织,而给文本派定一个作者,只能是限制文本的意义多元性。"给文本一个作者,是对文本横加限制,是给文本以最后的所指,是封闭了写作"④,文本之生只能以作者之死作为前提,写作"就是创始点的毁灭"⑤。罗兰·巴特还将文本中心论进一步贯彻到对文学批评的阐述。他在《批评与真实》中指出,文学批评并不是文学作品的从属,批评也不是作品简单的意义阐释。批评"不能企图'翻译'作品,尤其是不可能翻译得清晰,因为没有什么比作品本身更清晰。批评所

---

① 索绪尔:《普通语言学教程》,高名凯译,北京:商务印书馆,2002 年,第 35 页。
② Jonathan Culler, Structuralism Poetry: structuralism, linguistics and the study of literature. London and New York: Routledge, 2002. p.33.
③ 格雷马斯:《结构语义学》,蒋梓骅译,天津:百花文艺出版社,2001 年,第 99 页。
④ 赵毅衡编选:《符号学文学论文集》,天津:百花文艺出版社,2004 年,第 511 页。
⑤ 同上书,第 506 页。

能做的,是在通过形式——即作品,演绎意义时'孕育'出某种意义"①。正像我们上面所指出的,罗兰·巴特提出了两种文学语言观:工具语言与象征语言,对应这两种语言观,他提出了新批评(跟英美新批评无关)与旧批评的区别,而且对旧批评对新批评的无知否定做出了强有力的回击。他认为,旧批评只是批评的一种,而且是属于"语文学"的批评,把语言当作工具,只关注作品的字面道德意义。而新批评并不认定主体与语言的关系是内容与表达形式的关系,相反,对他们来讲,语言就是主体本身。就像文学语言是象征的,批评不能用单一指称性的语言去阐释文学作品,而应该**"用象征去寻找象征","用语言来充分表达另一种语言"**②。这里显出了罗兰·巴特把批评抬高到与文学并列的地位的用意。既然"批评家"与"作家"所使用的语言都是象征性的语言,那么批评家与作家就没有什么差别,而且主体在语言中没有位置,因为语言就是主体,"再无所谓诗人或小说家的存在。而只剩下书写本身"③。

从逻辑上说,要深入贯彻文本中心主义,同时就意味着对外界现实作用的删除。就如格雷马斯所言,"凡是属于语言领域的东西都是语言的"④。托多洛夫在《诗学》中说:"文学和现实的关系在任何时候都不能起到极其重要的作用,在最初阶段,把注意力集中在文学性语言作品的内部性质上是完全有益的。"⑤他认为作品中不存在什么真实性,只有逼真性。逼真性是一种属于体裁法则的逼真,也就是说,一部作品之所以被认为逼真是因为它符合"体裁法则"。"我们要毫不犹豫地给逼真争取一个真正的名字:约定俗成、体裁规则的逼真。"⑥而且就是这样的"逼真"托多洛夫都认为其在"现在"和"过去"的时间范畴中"没有一席之地"⑦。里法台尔在《描写性诗歌的诠释——读华兹华斯的〈紫杉〉》中认为把文学语言说成是语言与事物

---

① 罗兰·巴特:《批评与真实》,温晋仪译,上海:上海人民出版社,1999年,第62页。
② 同上书,第71页。
③ 同上书,第44页。
④ 格雷马斯:《结构语义学》,蒋梓骅译,天津:百花文艺出版社,2001年,第81页。
⑤ 赵毅衡编选:《符号学文学论文集》,天津:百花文艺出版社,2004年,第241页。
⑥ 同上书,第243页。
⑦ 同上书,第244页。

间的纽带,把诗与现实的和谐或失谐作为它们诠释和评价的准则这种说法是极其错误的。他说表现现实的手法不过是"词与词的搭配,对于含义的理解靠的是从字面到字面的推敲,而不是从字句到事物的联系"①。对应于文学序列的真实性的验证,"不在于序列里的每个成分是否对应一个联想对象,而在于序列本身是否结构严谨,即在于在建立字对字的相似或相异关系时,在复现带有一系列的语意联想的句法序列时的典型性。描述具有逼真性,因为它实际上以各种信码反复强化了同一个叙述。文学描述同其题材之间的关系,不是语言同其题材之间的关系,不是语言同其言外所指的内容之间的关系,而是那用来表示其他语言知识的语言同这一语言之间的关系"②。这里再次凸现了两种语言观,文学描述应是语言与语言之间的关系,而不是语言与现实的关系。里法台尔把华兹华斯的这首描写诗分析为词与词的关系,与外界现实无关。在结构主义看来,文学的真实不是外部的真实,即相称于一种现实,而是文学内部的真实。这种真实在托多洛夫那里成了体裁的逼真,在里法台尔这里是序列本身的严谨,真实事实上是一种结构的完整、结构的封闭。这种结构的封闭,却恰恰又是靠文学语言先锋因素造成的,在里法台尔那里,就是基本语义向象征语义的转换,语义的转换不是向外部,而是向文本的深层结构进发。

  学术探索的意向始终指向语言或文本的内部,这就是结构主义文学意义论学理演进的思路。需要顺便指出的是,这一指向也一直贯彻到了后结构主义和解构主义之中。后结构主义的"潜文本"概念和德里达的克服"在场中心论"并不是将语言内部之"词与词"的关系重新开放、转换成了"词与物(世界)",而是相反,将语言内部的维度进一步扩展到了那显现的和未显现的全部文本之效果历史的文化构成。换言之,不是词语向世界敞开,而是将由历史而形成的文化传统和生活世界转换到语言内部。

  2. 中国诗意论关于意义论域的分梳和求知道路

  可是如前已言,中国古代诗意论的视角是不确定的。就是说,它始终没有自觉的视角意识和对不同视角的学理分疏。因此,它不仅始终没有形成

---

① 赵毅衡编选:《符号学文学论文集》,天津:百花文艺出版社,2004年,第363页。
② 同上书,第373页。

对意义诸领域的精确论述,也不能严格遵循某种视角的学理逻辑生发、演绎成系统、严整的符号论。由此在知识发展的路向上,也没有在视角定位和理论逻辑层次清晰基础之上意义论论域知识的累进性积累和展开。

先看意义论域的分疏。虽然在先秦时代中国就有刑名之学,《墨经·小取》篇的逻辑学成就相当高,《尔雅》《说文解字》的文字学、语音学成就也非常突出,可是,关于语言意义诸论域的基本区分——比如逻辑意义、语词意义和审美意义等等的分类,它们之间的联系与差异等——在中国古代一直没有明确确立下来。这是缺乏意义论视角取定的直接结果:由于意义论视角含糊不清,对意义论域的严格区分失去了逻辑前提。

再以庄子为例。

前面说过,庄子对关乎语言诗意根本的揭示性有极为精深的论述,他把语言意义的根源追溯到语意分割与世界呈现之初的源始之域,强调意义的原创性和原初给予性,反对陈言、世俗、历史传统等等对意义原创的遮蔽(参见本书第三章)——这是极为深刻的意义哲学。正是在此层面上,我们认为庄子的意义哲学与海德格尔、结构主义、当代西方的文学语用学关于文学意义特殊性的揭示有相通之处。可是,值得注意的是,海德格尔、结构主义、当代西方的文学语用学关于文学意义特殊性的揭示,有一个至关重要的分类学前提:语言的实用意义与诗性意义的二元区分。换言之,现代西学是在审美意义/逻辑意义或实用意义/诗性意义之二元区分的基础上来谈论、探讨诗言意义论的。在现代西学中,语言的及物性与自指性、诗性功能与实用功能、意义创生与日常意义、隐喻意义与表层意义、邻近关系与联想关系、戏剧功能与交往功能等处于同一个语言系统之意义构成的两级,它们相互缠绕,共同转换和支撑,形成语言意义维度的双轴曲面,构成了语言意义的多重面相。于是,对此一系统之不同意义维度的分类、相异、联系及其内在机制和转换规则的研讨构成了结构主义诗学的逻辑展开。而庄子意义理论的分类学基础从一开始就是含糊不清的——他反对固守于任何意义考察的视角地基,因此,他也无意于正面讨论意义类型的逻辑分类,他甚至没有对语言的诗性意义、形上意义和普通的日常性实用意义之间的区别作一个起码的区分。前面已指出,对意义,他只有一个非常随意的分疏:"能言"的与"不能言"的,对应于"物之粗"和"物之精"。他所说的人不能言、"以神遇

第四章 言路比较一:俄国形式主义、结构主义与中国诗意论

而不以目视"的、"可以意至"的意义是"物之精"。不仅"精"和"粗"的区分只是一种感觉化区分——它并不是从某个角度、就某个逻辑层面而言的意义,我们因此无法据此推断它与其他意义的联系、区别、层次划分以及打量这种联系区别的分类学基础——更重要的是,所谓"物之粗"和"物之精"表明,庄子已经把意义看成了某种独立于语言、在语言之外的实体("物")。就是说,由于形而上学的意义观,庄子滑向了实体论的意义论立场。

由于这种实体论立场,在追问到言意关系连接的最终根据的时候,庄子被逼到了极端:

> 夫言非吹也,言者有言。其所言者特未定也。果有言邪?其未尝有言邪?其以为异于鷇音,亦有辩乎?①

这就是前文所说的,一当沿着"言"与"所言者"关系的实体论思路追问至原始之初的"所言者"何,我们就已经无法再用语言来为"所言者"下定义,因为语言所能言的只是"言内",而要追问的却是这"言内"之意从何而来。追问超出了"言"的范围。我们没法**用语言来说明"言不能论"**的意义是什么。既然如此,我们就必须要追问:你怎么知道**有**这种"意"呢?庄子说,是"意至"。即所谓"以神遇而不以目视",或者"不听之耳以而以心","非听之以心而以神"。这样,"意"就成了在**语言之外**的"玄意"了。而"达意",也就意味着可以抛开语言而进入**无言之领会**的神秘状态。浓厚的形而上学实体论倾向使庄子的意义论变成了玄学。而正是因为这种倾向,庄子的言意论告别了符号论而进入原始哲学(the philosophy of origins),对**前语言领域、不可言说者**展开了极为独特的深度论述和追踪。当然,也同样是因为这种倾向,庄子的意义论对诗家关于"言外之意"和"不尽之意"的启示之多,是现代的结构主义诗学所望尘莫及的。

只要我们把意义看成是"某物",我们就必须回答:这"某物"究竟是什么?它是如何进入语言的?这是实体论意义观无法超越的困境。这就是为什么道家、后来的佛家最终都把意义的追问之路引向了语言之外并进而延伸到"世外"的缘由。庄子这段话原本是从语言与世界的关系而论意义。

---

① 《庄子·齐物论》,郭庆藩撰:《庄子集释》(一),北京:中华书局,1961年,第63页。

如果有一个坚定的符号论立场和清晰的意义论视角意识,有对不同意义领域的清晰逻辑分类,庄子是可以沿此视角继续追思的:"言者有言",那么"所言"在符号交流内外的诸因素系统中是如何确立的? 就像罗素、维特根斯坦等现代语言哲学所做的那样,通过对**语言单位的意义分析**来精确规定语言的意义是什么,或者像结构主义那样,从语言交流系统诸要素的结构分析来确定不同的意义系统和类型,或者像奥斯汀那样,分析不同的言语行为类型以确定不同行为的意义等等。但庄子没有这样做,而是将语言和意义的关系引向了**语言乃至世界之外**,并最终理解为两种似乎是自然实体之间的关系连接:一者是无限的形上性实体,一者则是这一实体体现的有限之言。所以紧接着,他就不得不进而在"世内"与"世外"、**在远古洪荒的边界之处**去追寻这种连接的原始之发生。"夫道未始有封,言未始有常,为是而有畛也。请言其畛:有左有右,有伦有义,有分有辩,有竞有争……"①本来可能展开的符号与世界关系视野的分析性视角被换成了发生论的描述,发生论描述又进而**将致意之物上溯还原到那统揽一切的"道"**。"古之人,其知有所至矣。恶乎至? 有以为未始有物者,至矣,尽矣,不可以加矣! 其次以为有物矣,而未始有封矣。其次以为有封焉,而未始有是非也。是非之彰也,道之所以亏也。"②最终,不仅发生论的外在描述取代了对"言"、"意"关系的内在分析和规定,而且对"意"的分析始终不能从某一视角锚定到对语言内部或言语行为的精确分析上。在这个意义上可以说,是对意义领域逻辑分类和特定研究视角的放弃导致庄子走上了形而上学的意义论。

值得注意的是,在庄子,按照"道"的逻辑,意义论视角的含糊不清是**刻意为之**的。我们都知道在具体的是非之争中,庄子是观点主义者——他反对不同视角(观点)之间有真假之分,善恶之分,他认为以观点对观点,"此亦一是非,彼亦一是非"③,打量意义的诸种视角——语言与世界、语言与作者、语言与读者等等——他都涉及了,但是,在最终的意义哲学上,他却用形而上学的"道"(大全)来取代并消融了一切"观"(视角)。《天道篇》、《逍遥

---

① 《庄子·齐物论》,郭庆藩撰:《庄子集释》(一),北京:中华书局,1961年,第79页。
② 同上书,第74页。
③ 同上书,第66页。

游》、《齐物论》等反复揭示"分"、"观"、视角之见的片面性、局限性,正是为了论证"道"之为形上立场的本体性和本源性。站在"道"的立场,决定了他不惜一再用"大全"的形上整体性来摧毁、揭示视角之"观"的片面和虚假,由此也决定了他不可能坚持和纵深贯彻任何一种在具体视角之下的意义观。这正是庄子及后来中国传统诗意论非常独特的求知路向:一种形上性的领悟性、体验论立场取代了根据不同意义领域的分类逻辑而纵深推求知识的思想言路。这是庄子的意义论对中国后世诗意论的至深影响所在。

前面说过,庄子言意论路向的视角取舍实际上是对中国独特意义论言路的开启和奠基(参见本书第三章第一节)。在庄子之后,对言意关系的分析并不少。言意论经由魏晋的转换,开了中国传统诗意论的先河。此后,以意论文、以意论诗成为中国古代诗意论的主体内容。现代考察诗意的多种视角——语言与世界、语言与作者、语言与读者、语言与研究者的视角在中国古代都有不同程度的涌现,可是,在整个中国古代,诗意论之理论入思的视角始终没有强有力的**分析性**奠基,因而也始终没有不同意义领域的严整的逻辑分类。由于关于意义的谈论总是在某种视角下的谈论,我们曾在第三章把中国古代的诗意论归结为如下视角:1)"从言意关系论的角度分析诗言意义的特殊性"——分析诗言意义构成的复杂性、多重性、微妙性。以言内言外、复意重旨、有限与无限、言与道、虚与实、直接与间接等等关系的探求为思路的具体展开。2)"从读诗主体的感受性特征来把握诗言意义的特殊性"——分析"味"。有味无味,味与理、与道德教化、与知识陈说的分野,味之浓淡、深浅、远近、高下,味的直接性与间接性,味的自然与雕琢等等关系的探求为思路的具体展开。3)"从意义的整体性特征来把握诗言意义的特殊性"——把握意义境界。境界之整体与局部、形上与形下、可说与不可说,心境与物境、情思与景物、意味与境界、意象与成境、大境与小境、虚与实、静与动、空与不空、远与近、雄浑、自然、豪放等各种境界之风神品位等等为思路的具体展开(见本书第三章二节)。这里所有涉及的谈论点——言内言外、复意重旨、有限与无限、言与道、虚与实、直接与间接,有味无味、味与理、味与道德教化、味与知识陈说,味之浓淡、深浅、远近、高下,味的直接性与间接性,味的自然与雕琢以及心境与物境、情思与景物、意味与境界、大境与小境、虚与实、静与动、空与不空、远与近、雄浑、自然、豪放等等,都是对诗意品质的区分,而且如前已言,甚至是一些非常精细、入微的区分。可是很遗憾,正如前文所说,它们不是严整的逻辑分类,而只是一些品鉴式、语境性的区分。这些区分含混、随意、主观,常常分类标准不清晰,不统一。关键是,在这些区分背后,缺乏对研究视角的明确意识和反思。前文(第三章)所言的"角度"仅仅是我们今天的分析归纳,它并不是古人的自觉意识。

事实上在古人的实际言述中,"意"、"味"、"境界"等主要是从所言者意味的体验品味中拈出谈论的,我们几乎看不到有出于视角差异之逻辑蕴涵而分析性推求诗意论知识的案例。就像王国维的自述,"沧浪所谓兴趣,阮亭所谓神韵,犹不过道其面目,不若鄙人拈出境界二字,为探其本也"①。在王国维看来,他的"境界"二字作为谈论诗意某个面相的概念,不是出于特定诗意论视角的理论推导,而是出于诗意领会的直接给予——"拈出"。这与庄子的意义论立场如出一辙:一种形上倾向的领悟性、体验论立场要求诗意论知识的来源是:来自对读诗、品诗**原初感受的直接击中**,它并不依靠符号论逻辑的分析性探求。我们知道,这正是中国诗意论知识产生的独特途径和源泉(对此的详细论述请参见本书第六章)。而这同时也就决定了,中国传统诗意论的大部分概念——滋味、兴趣、含蓄、韵外之旨、境界、雄浑、高古、纤秾、气韵、不尽之意等等——的内涵外延大都重叠含混,难以明晰分析。

3. 诗意论和普通意义论之间的逻辑断层

至此,我们实际上已经涉及诗意论和普通意义论之间的关系问题。实际的情形是:由于分类基础的缺失,中国传统的诗意论和普通意义论之间的逻辑推演呈现为断层。

其实中国的以意论诗从一开始就是强调诗意的**特殊性**的,比如钟嵘的"滋味",陆机的"一唱三叹",刘勰的"复意"、"义生文外"②等等。毫无疑问,是因为看到了诗意之言在意义品质上与普通语言不同,人们才不断强调滋味、一唱三叹、馀味曲包等等。但是,同样毫无疑问的是,这种特殊性强调

---

① 王国维:《人间词话》,《王国维文集》第一卷,北京:中国文史出版社,1997年,第143页。

② 刘勰:《文心雕龙·隐秀》,黄叔琳注,李祥补注,杨明照校注拾遗:《增订文心雕龙校注》,北京:中华书局,2000年,第495页。

的理路并不是出于意义分类的逻辑,而是在诗意品味的反复潜沉和重复循环的状态之中积累展开。就是说,是出于一种直接体验的经验性累积描述,而不是分析性的理论建构和知识推演。这里的关键就在于:中国的诗意论不以普通意义论为基础、为地基来观察分析诗意的特殊性。它没有从普通意义论到诗意论的理论推进环节,没有一个正面建构的普通意义论作为自己知识演进的推论基础。这恰恰从反面显示了中国诗意论的直接求知之路:它从直接诗意的体验领悟中来获取知识灵感,求得知识的积累和发生,而不从与普通意义论的联系—差异逻辑中来获取知识演进的根据。这种知识生长的路向与如前所言结构主义诗学从索绪尔的普通语言学出发而建立文学意义论的理路恰好相反。就理论来源而言,庄子的言意论、先秦儒家的讽谏之论、微言大义是中国诗意论得以成论的重要基础——这些似乎是作为中国古代诗意论的普通意义论基础? 可是稍微一分辨我们就会知道:庄子的言意之论并不是普通的意义论,而是形而上学的原域论。庄子从不关心日常之言的普通意义问题,而是关心辨识精微的意义领会和意义的原始之发生。按海德格尔对语言与真理关系的理解,庄子所谓的得道之意、玄意、深意其实一开始就是祖露存在真相的"真意",是作为存在之真的原初性敞亮的那个"意",而非日常性言谈的"流俗之见"。所以,庄子对后来诗意论的奠基作用并不是为后者确定了一个可以据之以向前推进的普通意义论前提,而是一个从一开始就否定普通意义论参照作用的形上意义观。在这一点上,庄子与海德格尔大致相同。实用之言的日常性意义一开始就是以遮蔽、拥塞精微意义的"糟粕"、"物之粗"的面目出现的。"得意忘言"、"得鱼忘筌"、"登筏舍岸"一类说法从一开始就阻断了从普通意义论通向诗意论的路。与庄子不同,儒家的诗文意义观又完全是一种言语行为之局部实用功能的扩张:它把一种原本是臣下对君上言语的策略行为("讽谏")普泛化为"君子"言行的态度要求,又进而将这种态度要求转换为写诗论文的基本态度,并把由此而来的含蓄、暗示、隐喻、迂回等上升为诗文意义的基本规范。当经过漫长的历史分化,含蓄、不尽之意等等从君臣对话的策略行为结构中断裂、脱落成诗意韵味的时候,它们仿佛获得了一种纯粹诗意论的审美主义立场。不过我们要明白,这种断裂和脱落的指向恰恰是反儒家诗教的。(参见本书第八章"兴作为一种言语行为")。因此,在儒家,更没有一种普通意义论产生,而是一种独特语境下的言语行为类型的无原则扩张。实际上,恰恰是似乎与诗毫不相关的先秦刑名之论和墨子的刑名学才是最接近普通意义论的,可是它们却对后代的诗意论毫无影响。这样,中国传统诗意论之知识谱系的义理结构就完全丧失了从普遍到特殊的分析性理论演绎的根基。

借用顾颉刚论中国历史的一个说法,这种普通意义论的阙如,即从普遍到特殊的意义论推演的逻辑断层,决定了中国诗意论知识的演化、积累方式是经验累积的"层累"式展开。不断的经验积淀、重复累积、循环往复构成了中国传统诗意论知识增长的基本方式,后人知识的创新是在对前人言说的不断领会、重复中"带出"一点新意。于是,点评、品鉴、注疏、诗话、笔记、序跋、书信等成为中国传统诗意论知识承载的主要文体。即便有《文心雕龙》、《原诗》等少数几部有系统的诗文理论著作,在论及"诗意"的关键环节,也往往是体悟性、描述性的言说多,而分析性、系统性的理论论述少。

第五章　言路比较二：新批评与中国诗意论

在20世纪西方文学意义论的学术谱系上，"新批评"(The New Criticism)具有独特的学术个性。新批评的文学意义论重在分析文学文本语义的多重性及其所产生的朦胧之美。新批评的基本理论术语"隐喻"、"张力"、"悖论"、"反讽"、"复义"、"多层结构"等等都是为揭示文学作品意义结构的语义复杂性和多重性这一基本目标而服务的。是否具有语义叠加、语义冲突、语义交织、意义复杂等特征成为新批评区分文学文本和其他文本最根本的标准。

前面已经提到，西方文学意义论的规范化研究始于俄国形式主义和布拉格学派最早明确提出的"文学性"(literariness)概念。莫斯科语言学会代表人物罗曼·雅可布森(Roman Jalkobson)明确指出："文学科学的对象不是文学，而是'文学性'，也就是说使一部作品成为文学作品的东西。"[1]著名批评史家雷内·韦勒克(René Wellek)在一篇讨论"文学性"概念的文章中确认"文学性是俄国形式主义创造的一个术语"。[2] 此后，布拉格学派、新批评、法国结构主义、解构主义等在"文学性"概念下汇聚成一股西方文学意义论研究的理论大潮。

关于"新批评"这个文学理论流派，学者们众说纷纭。作为新批评的重

---

[1] 雅可布森：《现代俄国诗歌》，见《俄苏形式主义文论选》，北京：中国社会科学出版社，1989年，第24页。

[2] René Wellek: Literature, Fiction, and Literariness[A]. *The Attack on Literature and Other Essays*[C]. New Haven and London: Yale University Press, 1982, p.19.

要成员和著名批评史家，韦勒克甚至提出要废弃这一概念。① 但实际上，韦勒克本人并未真正废除这一概念，而是更加仔细、更加深入地分析了新批评内部各理论家之间的共同性与差异性。本节所述之"新批评"，主要根据韦勒克的相关论述并参照中国学界的基本理解来加以认定。中国学术界对"新批评"的看法在著名学者赵毅衡先生的《新批评——一种独特的形式主义文论》(中国社会科学出版社，1986年)及其主编之《新批评文集》(中国社会科学出版社，1988年)两书中得到了集中的表现②。书中将"新批评"分为三个发展阶段，主要代表人物有休姆(Hume)、艾略特(T. S. Eliot)、瑞恰兹(I. A. Richards)、兰色姆(John Crowe Ransom)、退特(Allen Tate)、布鲁克斯(Cleans Brooks)、R. P. 沃伦(Rober Penn Warren)、布拉克墨尔(R. P. Blackmur)、燕卜荪(Williams Empson)、维姆萨特(William K. Wimsatt)、韦勒克(René Wellek)、比尔兹利(M. Beardsley)等。

　　虽然新批评与俄国形式主义和结构主义等流派一样都侧重于从语言角度入手来思考文学意义论问题，但是它们的文学意义论只具有形式上的相同之处。从概念的厘定、内涵的界说等方面，新批评的文学意义论显然不同于俄国形式主义、布拉格学派和结构主义，更不要说解构主义了。与它们相比，新批评并不局限在符号的"能指"(signifier)层面来探讨文学的审美特征，也不试图跨越具体的文学文本而探究符号活动和表意行为的深层"结构"。新批评的文学意义论更注重于在语义学，即是说，它更侧重于在符号学所谓的"所指"(signified)层面来揭示文学文本意义的复杂状态及其形成机制。或者我们可以更准确地说，**在探讨文学意义论的思想进路上，新批评与俄国形式主义、结构主义都属于广义的语言文学意义论，它们的特点不是从语言与世界、语言与作者或读者，而是从语言内部去探索文学意义的特殊**

---

　　① 韦勒克在其论文"The New Criticism: Pro and Contra"中(见其论文集 *The Attack on Literature and Other Essays*. New Haven and London: Yale University Press, 1982)曾提出这一观点。在其巨著 *A History of Modern Criticism*. vol. 6: American Criticism, 1900—1950(New Haven and London: Yale University Press, 1986)中，韦勒克考虑到新批评成员之间的众多差异，干脆给每个新批评家们各写一章，对他们的功过逐一加以讨论。

　　② 2001年，上述两书合题为《新批评文集》由中国社会科学出版社再版，主体内容并无多大更改。迄今为止，这两部书仍是论述新批评最全面也最深入的中文文献。

构成,它们的差异点是:结构主义、俄国形式主义侧重从语言本身、语言作为叙述和语言作为文本三个层面去探索文学的意义特殊性,而新批评侧重从语义、从文本去探索文学意义的特殊性。就是说,在共同从语言内部去探索文学意义的大方向下,新批评是语义学和文本论的文学意义论,而结构主义则是语构论、叙述学和文本论的文学意义论。这样,就决定了新批评文学意义论可资于同中国古代文学意义论相比较的独特维度:**它可以构成对中国古代诗意论在文本论或语义学方面的对比参照物。**

我们先看新批评的文学意义论几个主要的具体环节和理论构成。

第一节 文学作品:新批评文学意义论的逻辑起点

按艾布拉姆斯(M. H. Abrams)的理论,文学研究主要有四个因素,即作品、作家、世界和读者。在此基础上派生出各种各样的文学理论。[①] 就此而言,在世界、作家、作品和读者这四个因素中,新批评无疑侧重于研究其中的作品这一要素。其实,对作品的分析、对作品地位的强调并不起始于新批评,也不起始于俄国形式主义。任何事物的存在必得依附于一种物质载体。文学作品同样如此,在口头文学中,它依赖于语言,在书面文学中,它依赖于文字。语言文字构成文学作品的基本存在形态,它也是历代文学研究首先面对的对象。在柏拉图那里,在亚里士多德那里,甚至在更早的理论家那里,文学作品本身一直是文学评论最基本的对象和材料。事实上,文学的符号性一直是全世界各文化体系理解文学基本特征的一个最基本的角度,这一理解视角甚至衍生出一条漫长的理论脉络。[②] 这样看来,新批评的作品本体论仿佛与前此的文学研究并无根本的区别。

其实不然。新批评与前此文学研究对作品的重视具有极为重大的区别。这主要表现在对文学作品这个客体的基本态度上。诚然,形式主义文论之前的文学批评也分析、研究和考察文学作品,但是,它们往往是通过对

---

① 艾布拉姆斯:《镜与灯》,郦稚牛、张照进译,北京:北京大学出版社,1989年,第6页。
② 参见曹顺庆、支宇:《重释文学性》,《湖南社会科学》2004年第1期或人大复印资料《文艺理论》2004年第4期。

文学作品的分析来回溯某种社会经济状况、印证某种伦理道德准则或作家个人生平与心态。文学作品并没有独特的本体论位置。也就是说，它们没有将文学作品本身当作一个独立的、完整的、自在的语言体系或结构来加以分析和研究。文学作品自身的价值完全依附于社会背景、个人意图和道德观念。它只是社会学、伦理学、心理学、传记研究等的工具，是外在的、材料性的研究对象，不具备独立的、目的性的本体论地位。当然，俄国形式主义和新批评之前的传统文论也要研究语言表现的技巧因素。但它们对语言技巧、修辞效果的研究仍然从属于工具论和意图论。语言修辞没有自身独立的审美价值，而被视作为传达某种理念、目的和意图服务的手段和途径。

为了将自己与传统文学研究区别开来，新批评使用了"文本"（text）这个术语来替代"作品"（work）。"文本"对"作品"的替代是意味深长的。在英文语境中，"作品"（work）一词来源于"工作"、"制作"（work），本身就具有强烈的工具性、主体性色彩。"作品"（work）无非是"工作、制作"（work）的必然结果。在文学理论上，"作品"（work）用于指示文学艺术依赖于语言的物质存在。这深刻地表明传统文论中"作品"（work）对作家的依附性质和附属位置。"文本"（text）则与此大有不同。"文本"（text）的本义与"交织"、"肌理"、"构成"有关。它强调的重点不是文学作品的制作人，而是文学作品自身由语言而形成的质地、结构和形态。与"作品"（work）概念相比，"文本"（text）具有明显的客观性和自足论色彩。"文本"（text）对"作品"（work）的替换不是能指无关紧要的变动。我们的分析表明，它是新批评"文学性"概念必然的逻辑结果。

由此，新批评将"文本"（text）当作文学研究的自足性对象。"新批评"概念创造者兰色姆（Johm Crowe Ransom）直接将自己所倡导的以"文本"（text）为研究对象的批评称呼为"本体论"批评。兰色姆在《新批评》一书中将理查兹、艾略特和温特斯称为"新批评家"。在三个专章讨论中，兰色姆对他们批评中的心理学性质、历史性内容和逻辑化含义颇为不满，并在第四章发出了对"本体论批评家"的"呼唤"，大力倡导批评将关注重心转移到

"文本"(text)自身上来。①为了在文学研究的诸因素中突显"文本"概念,新批评采取了将文本从文学研究诸因素中独立出来的策略。兰色姆将"个人印象"、"提要和意释"、"文学史研究"、"道德研究"等统统排斥在文学批评之外,提出:"批评家应当把诗视作十足的本体论的或形而上学的剧烈行动。"②这样文本就获得了一种独立、客观的性质。英国文学理论家塞尔登(Raman Selden)在概述俄国形式主义和新批评时说:"形式主义和新批评派都把文学文本作为自主的(或'目的存在于本身的')客体。"③这无疑是准确而精到的认识。

这种策略在新批评的后期代表人物维姆萨特(William K. Wimsatt)那里得到了最清晰的表述。为了对抗传统文论对作家的关注,维姆萨特提出了"意图谬见"(Intentional Fallacy)的概念。所谓"意图",就是指作家在进行艺术创造时内心的动机、构思和计划,它与作者对自己作品的态度,他的看法,他动笔的原因等有着明显的关联。维姆萨特明确指出:"就衡量一部文学作品成功与否来说,作者的构思或意图既不是一个适用的标准,也不是一个理想的标准。"④作家的情感、生平、体验一直是西方文学研究的一个重点。西方批评史家一般将新批评作为对浪漫主义批评的反拨加以理解。在这一点上,艾略特(T. S. Eliot)以他著名的"非个人化理论"开了新批评先声,成为新批评的重要理论依据。艾略特反对浪漫主义把文学看成是作家个性和情感的表现。他的非个人化理论认为,文学作品的价值不在是否有效地传达了作家的感情,相反,作家的任务是为自己的个人感情找到一种"客观的对应物",只有这样才能使寻常的感情得到艺术的表达。诗绝不是情感本身,它的价值也绝不是情感的强烈程度,它之所以有价值在于艺术创作的过程,在于作家是否成功地找到这种个人情感的"客观对应物"。艾略

---

① John Crowe Ransom. *The New Criticism*. New York: New Directions, 1941. 参见王腊宝、张哲中译本,兰色姆:《新批评》,南京:江苏教育出版社,2006年。
② 兰色姆:《批评公司》,戴维·洛奇:《二十世纪文学评论》,葛林等译,上海:上海译文出版社,1987年,第403页。
③ 拉曼·塞尔登:《文学批评理论——从柏拉图到现在》,刘象愚等译,北京:北京大学出版社,2000年,第285页。
④ 维姆萨特、比尔兹利:《意图谬见》,赵毅衡编:《新批评文集》,北京:中国社会科学出版社,1988年,第209页。

特在《哈姆雷特》一文中说:"以艺术形式表达情感的唯一方法是建筑一个'客观对应物';换言之,寻找一组物体,一种境遇,一连串事件,它们将成为那种特定情感的表示式;这样,那些一定会在感觉经验中终止的外部行为一经作出,就立即会引起情感。"①无论是艾略特的"非个人化"还是"寻找客观对应物",目的都是要切断文学作品与作家的联系。在艾略特看来,文学作品既不能表现作家的感情也不能表达艺术家的个性。他的一句名言即是:"诗歌不是感情的放纵,而是感情的脱离;诗歌不是个性的表现,而是个性的脱离。"②文学作品既然与作家的个人情感和个性无关,文学批评就应该把注意力放到文学作品本身中去。这样,新批评就提出了一种从文本出发进行内在研究的批评观与理论观。

维姆萨特不仅把作者排斥在文学批评之外,而且还将读者也排斥在文学批评之外。在维姆萨特看来,如果说意图谬见是将作品与其起因相混淆的话,感受谬见(Affective Fallacy)则在于将文本和文本的效果相混淆,也就是文学是什么和它所产生的效果相混淆。"这是认识论上怀疑主义的一种特例,虽然在提法上仿佛比各种形式的全面怀疑论有更充分的论据。其始是从诗的心理效果推衍出批评标准,其终则是印象主义和相对主义。"③在新批评家看来,作品在被读者阅读时可能产生各种各样的效果,如果依据读者的感受来评价作品的话,势必造成批评标准的混乱,从而无法正确看待文学作品本身。很明显,新批评通过对"意图谬见"和"感受谬见"的批判,成功地将文本从文学研究的诸多因素中突显出来。

在突显文本这个问题上,新批评后期代表性人物韦勒克与维姆萨特略有不同。韦勒克受现象学文论家英伽登的影响,以文学作品存在方式问题为起点来研究文本问题。理论渊源与起点虽有不同,但《文学理论》的理论核心仍然是突显作为文学本体而存在的"语言符号结构"。在此基础上形

---

① 韦勒克:《近代文学批评史》第5卷,章安祺、杨恒达译,北京:中国人民大学出版社,1988年,第227页。
② 艾略特:《传统与个人才能》,李赋宁译,《艾略特文学论文集》,天津:百花文艺出版社,1994年,第11页。
③ 维姆萨特、比尔兹利:《感受谬见》,赵毅衡:《新批评文集》,北京:中国社会科学出版社,1988年,第228页。

成的"内部研究"(intrinsic study)与"外部研究"(extrinsic study)仍然将文学作品的意识问题设置为文学理论与批评研究的焦点问题。①

毫无疑问,新批评文学意义论的思考对象就是这样一个独立自足的文学文本及其独特性质、形态和内部关系。沿着这条文本中心论的理论路线,新批评的批评家们进行了深入的探索,从而使新批评成为当代西方文学意义论的理论大本营之一。

第二节 新批评文学意义论的独特内涵

在20世纪西方文论史上,从文本中心论角度讨论文学意义论问题绝不只是新批评一家。俄国形式主义、布拉格学派、结构主义,甚至解构主义和符号学都将文学作品当作文学研究的主要据点,都从这个角度来分析和思考文学意义问题。我国西方文论教科书将它们一并纳入"作品系统"加以考察虽然也算合理,但也存在着一些不足。② 其主要表现就在于,这一观点以一个笼统的文本中心论或作品系统论来进行把握这些同中有异的文论流派,从而抹杀了它们之间的理论差别。与这些学派比较起来,新批评的文学意义论具有相当独特的理论内涵。

从结构主义思潮的演进史看,学者们一般将俄国形式主义、布拉格学派和结构主义当作结构主义发展的三个阶段。这三个理论流派构成西方文论史上广义的结构主义文论思潮。它们的共同特点表现在深受索绪尔结构主义语言学影响,将文学作品当作一种约定俗成、自成体系的符号系统,将文本与文本所反映的社会生活、作家精神区分开来。索绪尔是结构主义语言学的奠基者,他的学说对西方人文社会科学和文学研究都起到了爆炸性的影响。索绪尔在《普通语言学教程》中提出要建立一门"符号学",语言学从属于"符号学"。索绪尔语言学将语言理解为一种"符号",他明确指出:"语言符号连结的不是事物和名称,而是概念和音响形象。"③索绪尔还用"能

---

① 参阅支宇:《文学批评的批评——韦勒克文学理论研究》,北京:中国社会科学出版社,2004年。
② 胡经之、张首映:《二十世纪西方文论史》,北京:中国社会科学出版社,1988年。
③ 索绪尔:《普通语言学教程》,高名凯译,北京:商务印书馆,1985年,第101页。

指"(signifier)和"所指"(signified)两个术语来分别指称"概念"和"音响形象"。他将语言符号理解为"能指"与"所指"的统一体,符号的"所指"不是现实世界的任何一个具体物品,而是人所创造出来的主观"概念",这就将语言符号与其所反映的社会生活和现实世界割裂开来,从而将语言视作一个具有独立价值的符号系统和符号体系。这一符号学观念直接启发文学研究者们将文学作品同样看做与现实生活没有直接联系的符号结构和符号体系。在这一点上,结构主义文论各家各派的理论观念完全一致。它们都把文学作品看成是与现实世界无关的符号学事实,将文学的独特性质理解为文本作为符号的特殊性质。

新批评对文学性质的看法与结构主义语言学有所不同。从理论渊源看,新批评不是欧洲大陆索绪尔结构主义语言学的后代,而是盎格鲁—萨克森经验主义文化的产物。[①] 瑞恰兹(I. A. Richards)的语义学研究对新批评的影响远在索绪尔结构主义之上。从整体上,瑞恰兹的理论是一种"语义学文论",主要从语言出发来分析文学作品的意义和它的特征。瑞恰兹认为,语言有两种不同的功能,"符号功能"和"情感功能"。诗歌是对语言情感功能最典型的使用。瑞恰兹认为,科学语言与诗歌语言在陈述上是完全不同的。诗歌语言主要用来表达情感,它的许多陈述都是用来表达情感的,不能用经验事实加以核实,是一种"伪陈述"。瑞恰兹指出,在对语言进行情感的使用时,"重要的是态度而非指称","在这些情况中指称是真是假根本无关紧要"。[②] 瑞恰兹的语义学文论关注语言的基本性质,但更关注语言使用的方式和方法,关注语言在应用在产生的作用和意义。瑞恰兹不仅重视文学语言的情感性特征,而且还多次论述文学语言的多义性和含混性。他认为,科学语言与文学语言的差别除了表现为不同的用法外,还表现为它们自身所具有的不同特征。瑞恰兹认为,科学语言尽可能地做到表述准确,所以它们总是意义单一,没有歧义;而文学语言则具有多义性和含混性。从文本的语义结构来分析文学意义,瑞恰兹的这个理论立场对新批评家具有

---

① 关于索绪尔语言学模式与瑞恰兹语言学模式之间的差异及其对结构主义和新批评的不同影响问题,詹姆逊在其《语言的牢笼——结构主义及俄国形式主义述评》(钱佼汝译,南昌:百花洲文艺出版社,1995年)一书中有深入论述。参见该中译本,第1—33页。

② 瑞恰兹:《文学批评原理》,杨自伍译,南昌:百花洲文艺出版社,1992年,第243页。

重大影响。

如果说结构主义的文学意义论着重于探讨文本的能指方面的符号学特征的话,那么,新批评则将文学特质归结为文本语义构成的复杂性,着重于探讨文学作品"语义结构"的构成特征。在新批评看来,文本由词构成,每个词汇都有确定不移的字面义,同时会引发许多闪烁不定的联想义,文学作品的本质就是词汇多种含义相互交织而形成的"语义结构"。与此同时,词与词相互联结,形成一种非常复杂的语义关系,这就是"语境"(context)。由于"语境"的存在,词的含义会产生更为巨大的变化,语言的字面义会被扭曲、扩展、压缩和变形。这样,文学作品的"语义结构"就变得更加复杂、更加丰富。新批评认为文学意义就是文本"语义结构"所体现出来的这种多义性、丰富性既冲突又统一的独特性质。

与其他文本比较,文本"语义结构"的特征是非常鲜明的。科学性文本的"语义结构"是透明和清晰的。为了避免误解,科学文本要求语言的意思必须精确,语言与它所代表的事物之间具有确定不移的一一对应的关系,它所传达的信息与文本字面约定俗成的意义完全吻合。韦勒克有一句简短的话精彩地论述了这一点。他说:"语言的文学用法和科学用法之间的差别似乎都是显而易见的:文学语言深深的植根于语言的历史结构中,强调对符号本身的注意,并且具有表现情意和实用的一面,而科学语言总是尽可能地消除这两方面的影响。"[1]这里说的是"两方面",实际上科学语言与文学语言的差异从现代语言学看来最大的不同就在符号的"能指"与"所指"的关系上。科学语言趋向于使用类似数学或符号逻辑学那样的标志系统,其特征是符号的能指与所指高度合一,能指尽量直接地指向所指。文学语言则完全不同,它的能指与所指之间的关系不是如此的"透明",能指不必与所指完全合一。因此,科学文本和其他实用性文本的语义结构是单一的、清晰的和透明的。而文学文本的"语义结构"则与此截然不同,它是复杂的、多义的和朦胧的。为了进一步分析文学文本的"语义结构"的独特性质,新批评创造了一系列的术语和概念,并采用了"文本细读"的方法。布鲁克斯和沃伦合著的《理解诗歌》是新批评文学文本语义细读和分析最成功的范例。

---

[1] 韦勒克、沃伦:《文学理论》,刘象愚等译.北京:三联书店,1984年,第11页。

正如他们在分析艾略特的《阿尔弗瑞德·普鲁弗洛克的情歌》一诗时所说的："我们只有细细观察，才能掌握本诗许多细节的全部意义并理解全诗的含义。"①他们对文本语义的细腻分析表明，文学文本的意义主要就体现为文本语义的多重性和复义性。

由于将文本理解成一种"语义结构"，新批评的文学意义论就与俄国形式主义、结构主义等大有不同。从文本本身的性质来看，新批评所理解的"语义结构"决定了文本结构的语义多层次性。

尤其值得重视的是，韦勒克"语言结构"的后几个层面明显超越了结构主义局限于纯语言学层面的文学意义论。所谓"纯语言学层面"是指俄国形式主义、布拉格学派和法国结构主义文论单从符号学和句法学来考察文本的研究方式。纯语言学研究将文本当作一个封闭的符号体系，不理会文学文本的含义、价值和所传达的现实生活内容。纯语言学研究在什克洛夫斯基(Shklovsky)、穆卡洛夫斯基(Mukař ovský)、雅可布森(Roman Jakobson)、托多罗夫(T. Todorov)和格雷玛斯(A. J. Greimas)那里都有所表现。什克洛夫斯基认为文学语言的特征就在于它是日常语言的陌生化运用，"诗就是受阻的、扭曲的言语"②。穆卡洛夫斯基使用"结构"这一概念把押韵、节奏、语音模式等语言技巧视为一个统一的整体，由此探索艺术作品的独特性质。③ 其中，雅可布森的符号"自指性"理论尤其具有代表性。

以雅可布森为代表的语言自足论主要有两点理论主张：其一，诗学是语言学的一个分支，"诗性"和"文学性"（在雅可布森那里，二者是一回事）可以从对语言的特殊用法的分析中得到；其二，文学研究只限于语言的层面。在雅可布森那里，"诗性意味着词语作为词语而不是作为已经得名的物体的代表物或情感的渲泻物被读者感知"④。

---

① 布鲁克斯、沃伦：《〈阿尔弗瑞德·普鲁弗洛克的情歌〉分析》，史亮主编：《新批评》，成都：四川文艺出版社，1989年，第203页。
② 什克洛夫斯基：《作为手法的艺术》，方珊等译，《俄国形式主义文论选》，北京：三联书店，1989年，第9页。
③ René Wellek. "Theory and Aesthetics of the Prague School", *Discriminations*: *Further Concepts of Criticism*. New Haven and London: Yale University Press, 1970. p. 281.
④ René Wellek. *A History of Modern Criticism*. vol. 7: *German, Russian and Eastern European Criticism, 1900—1950*. New Haven and London: Yale University Press, 1992. p. 373.

第五章 言路比较二:新批评与中国诗意论

关于第一个问题,雅可布森是 20 世纪文论中走得最远的批评家之一。雅可布森把文学活动看做是一个通过语言符号而进行的信息传达的过程,只不过是其中一种特殊的过程。雅可布森认为,任何一个信息传达的符号过程都存在着六个因素,而对这六个因素的不同侧重也就形成六种不同的符号传达行为:①

<pre>
            语境
            信息
说话者……………………………受话者
            接触
            代码

            指称的
            诗歌的
情感的……………………………意动的
            交际的
            元语言的
</pre>

在上述图示中,雅可布森为我们揭示出符号行为的六个因素和分别与之相应的六种传达类型。由于雅可布森所使用的术语有点独特,我们可以根据赵毅衡先生的看法对上述第一个图示的某些术语作些修改。据雅可布森的解释,"信息"(message)就是说话者向受话者发出的东西,实质就是语言学的"能指"(signifier);"语境"(context)就是"指称物"(referent),也就是语言通用术语"所指"(signified);"接触"(contact)是为了保持传达渠道的畅通,也就是一般所说的"中介"或"媒介"(medium)。另外,我们把"说话人"(addresser)和"受话人"(addressee)改称为符号信息的"发送者"(sender)和"接收者"(receiver)。于是我们得到以下图示:②

---

① 特伦斯·霍克斯:《结构主义和符号学》,上海:上海译文出版社,1987 年,第 83 页。
② 赵毅衡:《文学符号学》,北京:中国文联出版公司,1990 年,第 47 页。

当符号行为侧重于"发送者"时,它表现出强烈的"情感性",最典型的例子是感叹语。当符号行为侧重于"接收者"时,它表现出强烈的"意动性",最极端的例子是祈使句。这种符号过程要求接收者做出某种反应。当符号过程侧重于"中介"时,符号出现"交际性",其目的是保持传达渠道的畅通,最典型的例子是打电话时说的"喂,喂?"。当符号过程侧重于"代码"本身时,符号行为变成"元语言的",即力图解释符号的编码规则。而当符号过程侧重于"所指"时,符号表现为强烈的"指称性"。这时的符指过程以传达某种意义为目的,大部分技术性、实用性的符号(如科学文本、公文文本等)都属于此类。

而当符指行为侧重于"能指"时,符号表现为"诗性"(peoticity),即"文学性"。在这种情况下,符号一方面指向所指,表达一种要表达的内容(现实世界、事物或内心情感、思想等)的所指关系,另一方面,更重要的是符号还强烈地指向它自身。这种"符号的自指性"(self-reflexity)就是语言所有的诗性用法,也正是文学文本不同于别的语言文本的特征。如果从符号内部结构来分析,此时,这种符号自指性又可以显示为:

这表明,雅可布森的"符号自指论"认为,文学语言是一种不指向"所指"的"能指"。也就是说,在符号由"能指"指向"所指"的过程中,文学语言的"能指"发生了逆转,它不再指向"所指",而是反过来指向它自身。在这里,"指称性"的科学性文本就与文学区分开来了。"指称性"的科学文本的能指直接指向所指,它的符号完全是透明的。

这样,文学作品就是由于"符号自指性"而使能指优势加强到一定程度的文本。文学批评和研究的主要任务也就成为对文学作品所体现出来的这样的"符号自指性"的揭示和分析。

应该说,雅可布森从语言学、符号学(尤其是其中的符形学)来分析文学的独特性质所得出的结论确实是别开生面的。从纯粹语言学的角度来分析"文学性"、文学语言的"符号自指性"的确达到了非常深入的程度。"符号自指性"使得文学理论的任务变成了对文学语言如何加强这种自指性的追寻,变成对比喻、节奏、反常组合、音韵等的纯语言分析。俄国形式主义、

第五章 言路比较二:新批评与中国诗意论

布拉格学派和法国结构主义为当代西方文论建立起了一个文学研究的"语言学神话",雅可布森所提出的"符号自指性"是其中最有代表性的论点。这确实是当代文论中的"语言学神话",好像只有这样才是文学的,才能真正提示文学的性质。在当代语言学、符号学进一步转向到符义学、符用学的背景下,雅可布森植根在符形学层面的"自指性"理论已经显示出比较大的局限性。关于这一点,佛克马、易布思在《二十世纪文学理论》一书中对俄国形式主义向语义学转向的评述是很有见地的。"对孤立的技巧的兴趣逐渐消失,从语音结构、诗歌问题转向语义、散文和文学史问题——随着这些因素的出现,在早期形式主义学派著作中明显存在的单方面的语言学影响逐渐衰落了。"①在文学批评领域,纯语言学研究拆除了文学作品的多个层面,使批评对文学作品所体现的世界,它的意蕴、情境等形而上学层面的研究成为不可能。韦勒克在一篇总结新批评的论文中坚决反对人们将新批评与俄国形式主义混淆起来。韦勒克认为,新批评家反对俄国形式主义和结构主义的"纯语言学"立场。他说:"如果把这种见解当作诗与现实不相关、只是自我指涉(self-reflexive)因此只是无关紧要的语言游戏的话,那就是对新批评的严重歪曲。"②

新批评关于文学文本"语义结构"的层次论突破了结构主义"纯语言学研究"的狭隘视野。"纯语言学研究"对文学研究只作符号学意义上的分析,把文学研究仅仅局限于语言层面或者把文学理论完全等同于语言学的一个分支,韦勒克把这种倾向叫作"语言学帝国主义"。韦勒克在《四大批评家》中评价英伽登的现象学层次论时说:"他对几种层次的分析,尤其强调被表现的客体在比较意义上的独立性,足以否定那些我称为'语言学帝国主义'的主张。"③这种所谓的"语言学帝国主义"指的就是那些把文学研究只局限于语言学层面的研究方法。就文学作品的现象学层次来看,语言学研究只能涉及作品的声音和意义单元层这前两个层面,而作品的后两个

---

① 佛克马、易布思:《二十世纪文学理论》,林书武等译,北京:三联书店,1988年,第24页。
② René Wellek. "The New Criticism: Pro and Contra". *The Attack on Literature and Other Essays*[C]. New Haven and London: Yale University Press,1982. p.94.
③ 韦勒克:《西方四大批评家》,林骧华译,上海:复旦大学出版社,1983年,第125页。

层面,即世界层和形而上学层则完全被排斥掉了。

在文学研究不能只局限于语言学层面的问题上,韦勒克有过明确的论述。他说:"虽然我曾向俄国形式主义和德国的文体学家学习过,但我并不想将文学研究限制在声音、韵文、写作技巧的范围内,或限制在语法成分和句法结构的范围内;我也不希望将文学与语言等同起来。我认为,这些语言成分可说是构成了两个底层:即声音层和意义单位层。但是,从这两个层次上产生出了一个由情景、人物和事件构成的'世界',这个'世界'并不等同于任何单独的语言因素,尤其是等同于外在修饰形式的任何成分。"①韦勒克的作品层次论就完全实现了不把文学研究与语言研究等同起来的目标。

韦勒克对结构主义文学意义论的纯语言研究直接提出了批评。他说:"人们可以对文学是语言学的一个分支,以及整个现实是语言的这种观点提出疑问,一个人可以怀疑文学是不是一个封闭性的体系。把整个现实看做是语言的结果,就是把意识和个性降低为第二现象。法国结构主义是在"宣告文学的死亡,或者把文学变成毫无意义的文字游戏",而"任何一个人道主义者都将会拒绝这些虚无主义的和无政府主义的结论"。② 实际上,文学研究必须走出这种语言学的迷宫,必须走向作品的世界层面,走向作品的形而上学性质,走向作品所指的生活和意义,这正是新批评文学意义论对20世纪文学理论的启示。

在文学文本与现实世界的关系上,结构主义与新批评的不同表现得尤其鲜明。结构主义诸流派将文本当作一种"能指自我指涉"的符号体系,将文本视为一个封闭的能指系统。詹姆逊将俄国形式主义与结构主义的这一基本理论立场称为"语言的牢笼"。"所有这一切的哲学含义就在于不是单个的词或句子'代表'或'反映'了现实世界中的具体事物,而是整个符号系统、整个语言系统本身就和现实处于同等的地位。"③新批评承认文本的语义存在,因此不仅不否认文本与现实世界的联系,而且还承认文学作品的认

---

① 韦勒克:《批评的诸种概念》,丁泓、余徵译,成都:四川文艺出版社,1988年,第277页。
② 雷纳·韦勒克:《20世纪西方文学批评》,刘让言译,广州:花城出版社,1989年,第118页。
③ 詹姆逊:《语言的牢笼——结构主义及俄国形式主义述评》,钱佼汝译,南昌:百花洲文艺出版社,1995年,第27页。

识功能。

在分析雅可布森的"符号自指论"时,韦勒克不赞同他的"能指"与"所指"的断裂说。韦勒克认为"文学不仅仅是语言,也不仅仅是自指性的……文学的确指向现实,讲到关于世界的某些事,并且使我们看到和了解外部世界、自己或他人的思想"。① 对韦勒克所持的文本观,赵毅衡先生称之为"半透明"派,他用下述图示加以表示②:

由上图可以看出,韦勒克一方面认为文学语言确有"自指"的特征,另一方面也承认它要"指向现实"、要"讲到关于世界的某些事"。从新批评语义层次论看,语言文本的意义不仅与能指有关,而且还与所指相关。这说明,许多文学问题必须超越纯语言学或符形学的范围,文学意义问题与现实世界存在着一些关联。韦勒克这个要点在其他新批评家那里甚至进一步变为文学"认知性的"(cognitive)功能。兰色姆、退特(Allen Tate)、布鲁克斯等都持有这一观点。在他们看来,文学比科学更能表现真理,更能使我们看到世界的真相。科学用逻辑概括和抽象思维的方法来认识世界,使世界呈现为一种抽象的逻辑架构,而文学则有血有肉,把具体性还给世界,使我们对世界的认识更加真切。兰色姆在《世界的肉体》一书中提出:"美在肉体"。③ 布鲁克斯说:"文学给我们的知识是具体的,它不是概括事物,而是一种对事实本身的特殊的关注。"④

通过上述与结构主义文学意义论的比较,我们发现,新批评所谓的"文学意义"主要是指文本语义结构所体现出来的多层次、多意义特征。为深入阐述语义结构的朦胧之美,新批评家们采用了"隐喻"(metaphor)、"复义"(ambiguity)、"反讽"(irony)、"张力"(tension)、"悖论"(paradox)和"多

---

① René Wellek. "Literature, Fiction, and Literariness". *The Attack on Literature and Other Essays*. New Haven and London: Yale University Press, 1982. p. 30.
② 赵毅衡:《文学符号学》,北京:中国文联出版公司,1990 年,第 108 页。
③ Ransom. *The World's Body*. 1938. p. 6.
④ Brooks. *The Hidden God: Studies in Hemingway, Faulkner, Yeats, Eliot and Warren*. 1971. p. 5.

层结构"等术语进一步揭示和描述了语义结构的复杂构成。

第三节　语义杂多:新批评文学意义论的理论核心

新批评的文学意义论重在揭示和描述的是文本语义结构的朦胧性和多重性。至于这个语义结构的内部构成、产生机制究竟如何认识,不同的新批评家有不同的看法。

新批评家们坚决维护文本语义结构的语义杂多性。瑞恰兹的"包容诗"的概念、罗伯特·潘·沃伦(Robert Pen Warren)关于"纯诗与非纯诗"的理论,都对文学文本语义结构的朦胧性和多重性进行了总体辩护。

新批评非常重视"隐喻"(metaphor)对文本语义朦胧所起的重要作用。布鲁克斯说:"我们可以用这样一句话来总结现代诗歌的技巧:重新发现隐喻并充分运用隐喻。"①新批评对隐喻的看法别具一格。有些学者喜欢从心理学角度研究隐喻,有的学者则从哲学角度研究隐喻,普通语言学则从修辞学角度研究隐喻。新批评则主要从语义结构这个独特的视角来讨论隐喻。在新批评看来,隐喻不是一种独特的心理状态,也不是某种巫术式的或"泛神论"的思维方式,而是将两个全然不同的语义概念强行焊结起来的语言现象。隐喻的结果是文本语义结构的多重性与朦胧性。语义的冲突、语义的矛盾统一于作家采用隐喻的独特行为,统一于此一文本本身。新批评将隐喻视为文学意义杂多的重要表征之一。

文本的语义朦胧产生于语言意义所形成的"张力"(tension),这是新批评对语义结构进行深入分析的又一重要论点。"张力"是新批评家退特说明文本语义结构特征而创造的一个理论术语。退特受逻辑学启发,认为诗歌语言都具有 extension(外延)和 intension(内涵)两重意义。赵毅衡先生指出:"在形式逻辑中外延指适合某词的一切对象,内涵指反映此词所包含对象属性的总和,但新批评派用这两个术语时意义有所不同,他们把外延理解为文词的'词典意义'或指称意义,而把内涵理解为暗示意义,或附属于文

---

① Cleanth Brooks. *The Well-Wrought Urn*: *Studies in the Structure of Poetry*. New York: Harcourt Brace & World Press,1947. p. 16.

词上的感情色彩。"①应该说,这一解释是非常准确的。退特将 extension(外延)和 intension(内涵)两个词的词干(tension)当作一个独立的概念,借以描述诗歌语言内涵与外延两种语义所形成的相互关系。退特在著名的《论诗的张力》一文中写道:"我所说的诗的意义就是指它的张力,即我们在诗中所能发现的全部外展和内包的有机整体。我所获得的最深远的比喻意义并无损于字面表述的处延作用,或者说我们可以从字面表态开始逐步发展比喻的复杂含意:在第一步上我们可以停下来说明已理解的意义,而每一步的含意都是贯通一气的。"②按退特的说法诗的文本意义是十分丰富的。每一个词(能指)都同时具有两种语义,即称为"外延"的字面义、指称义、字典义和称为"内涵"的暗示义、联想义、比喻义。退特在论文中举了大量的诗歌例子用以说明"外延"与"内涵"所形成的语义"张力"。"张力"这个概念十分形象地揭示出了诗歌语义结构的复杂多样。科学文本不存在"张力"。这是因为科学语言为了保证信息传达的顺利进行,讲究语言的准确和清晰,能指与所指一一对应,一个能指不会指向多个所指。也就是说,在科学文本中,一个语言符号的语义是固定的,它的意义就是其约定俗成的字典义。科学文本不允许符号在字面义之外产生自由的联想义、暗示义和比喻义。因此,科学语言不存在多种语义的并存情况,也就不存在这些语义之间相互影响、相互交织形成的"张力"。

"悖论"(paradox)是新批评用以概括语义杂多的又一理论术语。在汉语学界,这个英文词又译为"诡论"、"反论"、"自否"、"似是而非"等。从语义学角度看,"悖论"实际上是文本所存在的语义矛盾现象。一组相互矛盾的语义并列出现在文学作品当中,它们相互冲突、撞击,从而形成与科学文本完全不同的语义形式。新批评相信,诗的意义正是在这种语义的"悖论"中产生。布鲁克斯认为,诗的语言就是"悖论语言"。他说:"悖论正合诗歌的用途,并且是诗歌不可避免的语言。科学家的真理要求其语言清除悖论

---

① 赵毅衡:《新批评——一种独特的形式主义文论》,北京:中国社会科学出版社,1986年,第57页。

② 退特:《论诗的张力》,见赵毅衡:《新批评文集》,北京:中国社会科学出版社,1988年,第117页。此处译文中"外展"和"内包"的译法与上文不吻合。查原文,"外展"仍为 extension,"内包"仍为 intension。疑为译者笔误所致。建议分别改译为"外延"和"内涵"。

的一切痕迹;很明显,诗人要表达的真理只能用悖论语言。"① 由于"悖论"现象缘起于语义之间的复杂关系,新批评就把它扩展到整个文本范围,认为整个文本都存在着程度不同的"悖论",从而形成整个作品所呈现出的意义杂多性特征。

"反讽"(irony)这个概念与"悖论"密切相关。② 实际上,在布鲁克斯那里二者并无实质性区别。在整个新批评论著里,"反讽"这个术语的使用更多一些。新批评"反讽"理论的主要阐述者是布鲁克斯。用他的说法:"语境对一个陈述语的明显的歪曲,我们称之为反讽"。③ 显然,这是一个非常宽泛的定义。"反讽"概念的目的仍然是揭示语义在文学文本中的复杂变化。根据新批评文学意义论,文学文本的基本特征是语义朦胧和语义多重。"反讽"这一语言现象正好符合这一文学定义。正因为这个原因,"反讽"就成为新批评最常用的概念之一。

从语义学立场来看,"反讽"本是指一种"正话反说"或"所言非所指"的语言现象。在"反讽"中,符号的意义与它在字面上的意义有所不同甚至截然对立。根据语言学观念,任何一个符号都存在于一定的语境当中,符号的意义会因语境而产生变化。"反讽"产生的原理同样如此。在"反讽"现象当中,语言符号巧妙地使用某个特定的语境,从而让一个符号不再表达其本义,而是表达另一个完全相反的意义。这样,一个"反讽"就产生了。从符号学能指与所指构造角度看,"反讽"实际上是一个符号能指与所指的断裂情形。语言本是一种约定俗成的符号体系。能指与所指的关系是确定不移的、无可更改的。然而,"反讽"的出现却使一个符号的能指不再指向其约定俗成的固定所指,而指向另一个能指。科学文本对语言的使用就完全合乎语言的约定规则和编码原则,坚决避免出现能指与所指的断裂。文学

---

① 布鲁克斯:《悖论语言》,见赵毅衡:《新批评文集》,北京:中国社会科学出版社,1988年,第314页。

② 赵毅衡先生在《新批评——一种独特的形式主义文论》(中国社会科学出版社,1986年)一书中对"悖论"与"反讽"这对术语进行了十分精彩的区分与讨论。参见该书第八章第178页以下。

③ 布鲁克斯:《反讽——一种结构原则》,赵毅衡:《新批评文集》,北京:中国社会科学出版社,1988年,第335页。

文本则有意采用各种手法来违反语言的约定规则,从而使文学文本成为语义朦胧和复杂的符号系统。不难看出,"反讽"的实质仍然是语义的变形化和复杂化。在新批评看来,"反讽"是文学文本语义杂多的重要表现之一。

在西方文学批评史上,"反讽"一向被认为是一种偶然使用的语言技巧,或至多是一种修辞格。新批评则将"反讽"上升到文学意义论的高度,将它视为语义变化的典型现象,从而使之成为文学文本的根本属性。维姆萨特与布鲁克斯在其合著的批评史中坚持将新批评改名为"反讽诗学"(ironic poetics)。关于"反讽",他们明确指出:"我们可以把'反讽'看成一种认知的原理,'反讽'原理延伸而为矛盾的原理,进而扩张成为语象与语象结构的普遍原理——这便是文字作新颖而富于活力使用时必有的张力"。① 既然"反讽"是一种语义变化,尤其是字面义与真实义的矛盾状态,那么其语义结构一定会表现为多种不同的构成形态。赵毅衡先生在《新批评》一书中曾把"反讽"分为"克制叙述"、"夸大叙述"、"正话反说"、"疑问式反讽"、"复义反讽"、"悖论反讽"、"浪漫反讽"和人物主题与语言风格上的"宏观反讽"等多种类型。无论何种"反讽"类型,都呈现出语义叠加和语义多重的特征。它大大增加了文本的语义层次,有力地强化了文学意义的多重性。

中国学者对"复义"(ambiguity)这个词有多种译法。② 英国批评家燕卜荪(William Empson)用它来概括诗歌语言的基本性质。燕卜荪认为,"复义"是一种常见的语言现象,从一个相当宽泛的意义上讲,任何句子都可能有多重意义。他说:"我准备在这个词的引伸义上使用它,而且认为任何导

---

① 卫姆塞特、布鲁克斯:《西洋文学批评史》,颜元叔译,北京:人民出版社,1988年,第692页。

② 关于 Ambiguity 这个术语的汉译,大多数汉语学者译为"含混"(如葛林先生主持翻译、由上海译文出版社1987年出版的《二十世纪文学评论》等。赵毅衡先生最早也用此译),赵毅衡先生后来译为"复义"(见《新批评》第169—170页、《新批评文集》第304页"编者按"以及《文学符号学》第三章第四小节第117—120页的相关说明与讨论),周邦宪先生等则译为"朦胧"(见《朦胧的七种类型》全译本,中国美术学院出版社,1996年)。"含混"带有贬义,"朦胧"强调因某种视觉原因而导致看不清楚的效果,"复义"则直陈语言的语义复杂。今从赵毅衡译。

致对同一文字的不同解释及文字歧义,不管多么细微,都与我的论题有关。"①显然,"复义"现象仍然表现为文本语义结构的多重性和复杂性。燕卜荪的整整一本书就是专门分析语言的"复义"现象和类型。正如很多批评家所正确指出的,燕卜荪在分类上存在着界线不清的问题,但无论如何"复义"对揭示文本的语义杂多具有重要的理论价值。与文学文本比较起来,科学文本则尽量避免"复义"现象。科学文本严格使用语言符号,尊重符号能指与所指约定的一一对应关系,从而保证其语言的准确性和语义结构的"单一"性。科学语言由于语义"单一"故而文本清晰,而文学文本则因语言"复义"故而语义朦胧。

  前面所提到的几个概念,都是新批评用以分析文学意义杂多性的关键性术语。但是,无论是"悖论"、"张力"、"反讽"还是"复义",它们都在同一个语义层面上探讨问题。其实,文学文本语义的杂多不仅在同一个语义层面上有所体现,而且还表现在从语音层面到意义层面再到所表现的世界甚至是到主题或所谓"形而上学"层面。新批评后期代表人物韦勒克就对文本的语义结构进行了多层面的划分和勾勒,从而把文学意义的杂多性特征拓展到了文学文本的方方面面。

  韦勒克在其篇幅浩繁、享有盛誉的八卷本《现代批评史》中不仅回顾了自己与著名现象学美学家罗曼·英伽登(Roman Ingarden,1893—1970)的交往和自己对其著作的引述,而且还不无骄傲地宣称自己对传播英伽登现象学美学和文论的重要作用。他说:"我相信,我是英语世界中第一位参证罗曼·英伽登的人。"②受现象学家英伽登的影响,韦勒克把文本"语义结构"划分为一种多层次结构。用韦勒克自己的话说,"艺术品就被看成是一个为某种特别的审美目的服务的完整的符号体系或者符号结构"。③ 对于这个由语言构成的"符号结构",韦勒克在《文学理论》中从八个层面进行了讨论。后来,他又在著名的《比较文学的危机》一文中更加清晰而简洁地分析

---

① 燕卜荪:《朦胧的七种类型》,周邦宪、王作虹、邓鹏译,杭州:中国美术学院出版社,1996年,第1页。
② René Wellek. *A History of Modern Criticism. vol. 7: German, Russian and Eastern European Criticism*, 1900—1950. New Haven and London: Yale University Press,1992. p. 392.
③ 韦勒克、沃伦:《文学理论》,刘象愚等译,北京:三联书店,1984年,第147页。

了它的内部构成。韦勒克认为,它建立在语言基础之上,但又不局限于语言,可以分为三个层次,即"声音层面、意义单元和世界层面",是一个"符号与意义的多层结构"。我们认为,韦勒克所说的文本"语言结构"具有审美性、虚构性和想象性三重基本性质。①

无论具体表述如何,韦勒克的确对文本进行了现象学意义上的分层研究。声音层面,是任何一部文学作品得以建立的最底层。在声音层面,韦勒克提出三个概念来分析作品文学意义多重性的成因。这三个概念是"谐音"、"节奏"和"格律"。韦勒克认为,"谐音"、"节奏"和"格律"对文学的美感效果具有重要作用。它们可以引起人们对语言符号本身能指属性的关注,使符号不是"透明"地指向固定的所指"意义",而是指向符号物质属性自身。符号能指本身物质特性的呈现无疑增加了文本语义层次。在意义单元层面,韦勒克着重研究了"意象、隐喻、象征、神话"等四个概念,分别考察了它们在形成文本语义结构的丰富性上所起的作用。无疑,这是对其他新批评家们工作的总结和发展。在世界层面,韦勒克跨越了纯语言学研究领域,突破了20世纪西方文学理论与批评只研究语言符号学特征的局限。这一点我们前文已经提到了。在文学领域里,世界层面最鲜明地体现在小说体裁的作品当中。韦勒克的世界层面比较侧重于研究小说。小说作为一种文学体裁,必然也是建立在语言的各种因素之上的,但从现象学的层次看,小说在声音层面和意义单元层面的特征都不明显。它主要表现在为读者所展现出来的一个由人物、环境和故事组成的场境或世界。在叙述性的小说中,世界主要是由人物、情节和背景三种因素体现的。在考察小说的世界时,韦勒克特别要注意分析作品用以展现这一世界所采用的叙述性技巧。这主要包括小说情节的具体结构、叙述视点和叙述特征等。通过这些分析,韦勒克揭示出文学作品的意义存在于文学文本语义结构的各个层面。

总之,新批评的文学意义论重在分析文学文本语义结构的多重性及其所产生的朦胧之美。新批评的基本理论术语"隐喻"、"张力"、"悖论"、"反讽"、"复义"、"多层结构"等等都是为揭示语义结构的朦胧性和复杂性这一

---

① 支宇:《文学结构本体论——论韦勒克的文学本质观》,《四川大学学报》2002年第5期。

基本目标而服务的。是否具有语义叠加、语义冲突、语义交织、意义复杂等特征成为新批评区分文学文本和其他文本最根本的标准。在20世纪西方文论史上,新批评的文学意义论将我们对文学特征的认识推进了一大步。但是,新批评的文学意义论也存在着比较大的局限。这主要表现在它对语义问题的理解上。在新批评看来,语义具有客观属性。它虽然也承认文本语义是隐喻性的、多重的,能够引发联想的,但是,新批评坚决反对语义的主观任意性,反对读者对语义的任意引申和延展。其实,语义问题与语境问题和语用学问题等密不可分。同一语言符号在不同的语境中会有全然不同的含义;而语境又与作家的意图、读者的阐释和理解相通相连。虽然瑞恰兹等新批评家也较深入地讨论过"语境"对语义复杂性的积极影响,但是他们仍然将语境当作确定语义范围的限制性力量而将其理解为开放性、多元性的积极因素。从哲学基础看,新批评显然从属于传统的形而上学理性主义范畴。随着20世纪西方文论向阐释学、接受美学、解构主义等后形而上学思想的转型,新批评用以概括文学意义多重性的术语和概念逐渐黯然失色。后结构主义文学文本的零散化、非中心化和"延异性",以及整个社会生活全方位(商品、传媒、行为、言语等等各个方面)的文本化和符号化,这使得新批评的文学意义论愈来愈无力反映文学的巨大变化。这样,新批评文学意义论的影响就逐渐弱化并被新的文学意义论所取代。

第四节 语义层面的比较:"情感功能"、"语义结构"与"诗言情"、"意象"、"境界"等等

如果我们对中国传统诗意论稍有浸淫,我们就会知道,与新批评之语义学的文学意义论相比,中国古代在文学意义品质、层次、特殊性分析和领悟方面的内容要丰富博大得多,甚至可以说,在意义特殊性方面中国古代文论研究的巨大积累无论在深刻性、丰富度还是在领悟论说的切身性方面都是新批评难以望其项背的。

首先是诗意品质的研究。如前所言,新批评受到瑞恰兹情感功能说的影响,由此切入对文学的语义结构的特殊性研究。我们知道,情感功能说是西方现代艺术理论的传统观点,克罗齐、科林伍德,分析哲学的艾耶尔、史蒂

文森等都主此说。而中国古代的诗言志、缘情说却是从先秦时代即已经开始的文化传统。这一传统从先秦一直传承到清代,从《毛诗序》的"情动于中而形于言"、孔子的"《诗》可以怨"、刘勰的"情采"论、陆机的"诗缘情而绮靡"、钟嵘的"滋味"说、韩愈的"不平则鸣"、司空图的"味外之旨"、梅尧臣的"不尽之意"、严羽的"别材""别趣"一直到明清两代的"性灵"说(袁枚)、"童心"说(李贽)、"神韵"说(王士禛)、"境界"说(王国维)等等,其论述的深度、细致度、丰富度远远超过了瑞恰兹的情感功能论。这里的复杂性在于:文学的情感不是一种普通的情感,而是一种具有独特表现性品质的情感。一方面,文学表意与科学或实用表意的根本差别固然在于,后者是要将语言的指意贯彻到言语行为的实用性要求之中去,因此它要求意义陈述的明确性、及物性以及符合言语交流的普遍有效性要求(真实、正确),而文学的表意并不在以言行事,而是以言取效,故此是瑞恰兹说的"拟陈述";另一方面,又并不是任何情感的表达都可以入诗并形成文学表达的动人力量。按中国古人的说法,情感表达之所以具有诗意,有两个方面的规定:1)情感的品质特征,2)情感的表达方式。从品质上说,有诗意力量的情感是那些幽怨的情感、有距离的情感或有巨大引发力的情感——"幽眇"、"幽微"、"别趣"、"神韵"、"味外"、"童心"、"含蓄蕴藉"、"不尽"——或者说,是超越了日常世俗性、有精神境界、有人生整体性的情感感怀、愁思绪,是那种幽怨而迂缓、散漫而不尽、浓郁而轻灵的情感。我们看到,正是在这里体现了中国古代诗意论幽致深微的细腻和深度。瑞恰兹虽然有现代理性分析的准确与精致,可是却没有对文学表达之情感品质层面的精微论述。而新批评受此影响,仅把情感看成一个切入文学意义论的逻辑起点,对文学情感的质态本身没有进行研究,仅有如何表达的形式化语义论分析。在维姆萨特看来,无论是作者还是读者的情感都是与文学的意义结构完全不同之物,情感只是作者的"意图"或读者的感受,而文学的核心却是意义,是独立于作者或读者阅读之外的文本的内部意义结构。这样,虽说强调文学不同于实用性交流在于其情感表达功能,但是这一功能却是独立的、外在于人的主观情绪而存在的客观的情感或者说是情感效果、情感激发功能。由此,实际上在理论层面已经进入一种矛盾之中。因为强调情感表达的前提是对语言表达功能的一种分类:语言表达被分为情感表达和意义传达,两者的关系自分析哲学的牛津学派以来就一直被确定为意义(meaning)是语言表达的基础,情感表达只被看做是语言规范性功能的一种特殊使用或附加之物,表意功能被看成是表情功能的基础。现在既要强调文学的功能是情感,但又强调此一功能在语言本体上作为意义结构的特殊性,于是就只剩下一条路:在意义结构形式上去分析情感表达如何不同于实用性表达的特殊性。中国古代文论没有像西方分析哲学那样的现代理性主义的传统,因此,它既在语义品质上又在语义结构上强调情感表达的特殊性。在前文第三章我们曾反复论说过中国古代文论对诗意特殊性的深入研究,此处不再重复。仅此而言,我们就不能不说,两相比较,显示了新批评在文学意义论起点上的外在和粗糙。

其次,情感表达的独特要求。如前所言,出于情感表达特殊性的要求,新批评诸人对文学"语义结构"的特殊性倾注了大量的心血去研究,他们以"隐喻"、"张力"、"悖论"、"反讽"、"复义"、"多层结构"为论述点展开了丰富的论述。将中国古代诗意论与其相比较,其特征显示为:

第一,新批评在每一个论述点的深度、系统性上有与其他论述点相互关联的严格展开,其展开的系统性、完整性和推论的深入程度大都是中国古代诗意论难以比拟的。1."隐喻"论。"隐喻"在中国传统文论中是一个具有特殊重要性的范畴,因为中国有源远流长的讽喻传统,形成了与新批评迥然相异的内涵极为丰富、博大的"隐喻"论体系。中国古代"隐喻"论的思想维度有四:1)迂回的政治讽喻维度("谲谏"、"温柔敦厚"、"言近旨远");2)喻示性的形上揭示维度("以禅喻诗"、"言外之意"、《易经》至《庄子》的言、象、意、道的思维结构系统);3)精微深致的诗意维度("味"、"滋味"、"性灵"、"情性"之意);4)意义的结构之维("比兴"、"象下之意"、"以象达意")①。对中国传统诗意论中的"隐喻"理论,至今学术界仍缺乏深刻系统的研究整理。两相比较,新批评的隐喻论则主要是在语义结构性层面上展开。所以新批评隐喻论的视野要狭小得多。虽然如此,可是,新批评却由此深入到了语言能指与所指之间的独特关系的研究。比如,所谓韦勒克语义结构的"半透明"实际上已经揭示了在能指与所指之间楔入"隐喻"("象")

---

① 参见本文第三章对"不尽之意"、"兴"、"境象"论的比较分析。

之后的那种独特的结构关系。而经此在语言符号结构的内在分析之后,其所达到的分析的深入度和精确度就不是中国古代诗意论的感受式描述所能达到的了。两相比较,我们会觉得韦勒克的隐喻分析是对隐喻内部符号结构的规范性理论陈述,具有现代理性学术的精确性和直接性,而中国古代的隐喻论却总是通过形象、比拟甚至仍然是隐喻的方式来述说隐喻的多义、迂回和深致。2."张力"论。与新批评"张力"范畴相似的中国古文论范畴有"文气"(曹丕)、"风骨"(刘勰)、"肌理"(翁方纲)等。我们从这三个范畴的汉语构词就可以看到,它的陈述是比拟性的,其论说的基础是建立在将文章类比于人的自然身体的喻示上,所谓风神气貌、风致骨力和身体的肌理血肉等等。所以,虽然它可以给人丰富的联想和启发,却难于精确地表达其所指究竟是什么,以至于一直到今天,学者们对于何为"文气"、"风骨"、"肌理"仍然争执不休。可是退特的"内涵"和"外延"之间的张力关系却使"张力"一概念的表述非常准确,且其理论论述的层次非常严密、系统。此外,其他的语义结构范畴,比如"复义"、"多层结构"在中国古代诗意论中都有部分论述,比如刘勰的"隐以复意为工"(《隐秀》),司空图的"象外之象"、"味外之旨"、"韵外之致"(《与李生论诗书》)等,但论述大都并不系统,属于点到即止一类。而"悖论"、"反讽"之论却是中国古代诗意论中所没有的。前文曾说过,叶燮在《原诗》中有"幽渺以为理,想象以为事,惝恍以为情方为理至、事至、情至"①之论,可是叶燮显然不是在语言意义结构特征的意义上讨论,而是在诗意独特品质方面的论述。

第二,在论述视野上,新批评的视域结构狭小单薄,中国古代诗意论的视域广阔多维。实际上新批评的诗意结构论主要是在一个视角下讨论诗意的特殊性:意义结构的层次性。无论是"隐喻"、"张力"、"悖论"还是"反讽"、"复义"、"多层结构",讨论的都是意义结构的层次、内部构成要素的关系样式问题。它们是在与实用性语言之能指与所指的单一对应性结构关系的区别意义上构成了能指与所指的复杂、迂回、背反、断裂等等的特殊结构关系。新批评如此讨论的着眼点并不奇怪,因为新批评讨论文本意义结构

---

① 叶燮:《原诗·内篇》,《原诗 一瓢诗话 说诗晬语》,北京:人民文学出版社,1979年,第32页。

的前理论背景正是俄国形式主义和结构主义布拉格学派的语言论。从语言横纵合轴的二元性关系着眼是新批评能得以进入文本论内部关系结构的前提。但是正如本文第三章已经说过,仅就意义的特殊性而言,中国古代的诗意论之讨论诗意却是在一个极其丰厚、博大的视野内展开的。这个视野包括三个大的视角:"诗味"论、"不尽之意"和"境象"论(含以禅喻诗和意境论)。

1. "不尽之意"是从言意关系论的角度分析诗言意义的特殊性,分析的重心是诗言意义构成的复杂性、多重性、微妙性。以言内言外、复意重旨、有限与无限、言与道、虚与实、直接与间接等等关系的探求为思路的具体展开。具体到诗言上,开此路分析先河的是《文心雕龙·隐秀》。关乎此,本文第三章曾以"不尽之意"为核心来展开详细分析。这里要指出的是,新批评包含诸多美学范畴之探讨的意义层次论,实际上是与中国文论言意层面的讨论相当的视野维度。前面已言,在这一维度上,新批评的深入探讨是系统而深刻的。关键的问题在于:"言"与"意"的关系问题是否就等于"能指"和"所指"?进而,"不尽之意"是否就等于"内涵意义"或所谓"隐喻意义"、"第二含义系统"或语言的"联想意义"?宽泛地看似乎是可以这么说的,但仔细品量,中国传统的"不尽之意"实际上包括三个维度的意义:政治讽谏的隐意、诗意的原发性状态、形上之意的显露。这一点前面我们已经论及。在中国传统诗论中,这三者是相互融合、渗透、转化的。这样,中国传统的"不尽之意"就不只是一个意义的层次或能指与所指的特殊关系问题,还包括有更复杂的意义品质、诗意形态的探讨。

2. "诗味"论是从读诗主体的感受性特征来把握诗言意义的特殊性。这里思考的重心是"味":诗意体验的深度、持久与精神品受。有味无味,味与理、与道德教化、与知识陈说的分野,味之浓淡、深浅、远近、高下,味的直接性与间接性,味的自然与雕琢等等关系的探求为思路的具体展开。开此路先河的是钟嵘的《诗品》。由于维姆萨特等人根本排除从读者的角度讨论意义问题,因此,新批评完全没有研究在读者视野下的诗意特殊性问题。这里的关键问题是:意义论是否仅有语言内部研究一个维度?或者说在意义论层面排除读者之维是否合法?实际上,如前已言,从言语内部研究诗意特殊性就是语构论的意义观,这一理论视角在分析哲学中已被语用学(晚期维特根斯坦)和言语行为理论(奥斯汀)所取代,其原因不仅在于语构论意义观的封闭性,更重要的还在于:从逻辑上说,切断了与作者或读者的联系实际上就切断了文本与世界的联系。而从根本上说,切断了与世界的联系,无论是文本还是语言都立刻丧失了自己的符号本性而变得什么也不是。在这个意义上讲,一种有效的文学意义论,在其纵深的视野上一定是收摄了读者和作者之维的意义论。幸运的是,中国古代的诗意论一直有强大的读者论、品鉴论传统。我们很难想象中国的诗意论如果缺少了诗味、品鉴的维度,会有源源不断的创新和展开。当然,这里还有一个问题,当我们从品鉴、诗味的角度来言诗的时候,是否会把作为读者的感受体验与诗歌文本的客观意义混淆起来?这个问题其实是一个非常复杂的问题。我们说一首诗意味深长,决然不是说仅在我感受状态中意味悠长,而是说它总能使人产生意味悠长的感受,就是说,"味"是那首诗的意义品质——这与我在某种情绪状态下对某首诗情有独钟或特别敏感是两回事。可是,所有的"味"都是那诗的意义(meaning)作用于读者的感受(significance)。无论有什么理由,对诗的好坏评判都是无法离开读者的。这里,"味"是比意义的"含混"、"张力"、"复意"、"反讽"、"意义结构"等等更主观、也更带价值性的评判标准。事实上,有"张力"和繁复的意义层次结构并不能保证就是有文学性或是一首好诗,那些意象累累的玄言诗、意义结构极其复杂而毫不明澈的晦涩之作都不是诗,可是韵味悠长的作品却一定是好诗。与此相应,许许多多的好诗,比如陶潜和王维、谢灵运的那些经典诗作都是一些形象极为澄澈、鲜明甚至根本没有隐喻的诗!"池塘生春草,园柳变鸣禽"有什么隐喻?"采菊东篱下,悠然见南山"有什么隐喻?

3. "境象"论是从意义的整体性特征来把握诗言意义的特殊性,其思考的重心是意义境界。如前已言,境界之整体与局部、形上与形下、可说与不可说,心境与物境、情思与景物、意味与境界、意象与成境、大境与小境、虚与实、静与动、空与不空、远与近、雄浑、自然、豪放等各种境界之风神品位等等是这一思路的具体展开。中国文论史上开此路先河的是皎然的《诗式》。对此,本文曾以境象论为核心来展开分析。中国传统诗意论的这一视野必然涉及构成诗意表达的各个要素之间的功能和意义表达的统一性之间的关系问题。在构成要素的意义上,诗意整体论也必然会涉及意义结构的层次问题,所以中国传统诗意论的这个方面有相当部分与新批评的意义论重合。这些部分包括:隐喻中的意象功能、虚实关系、情思与景物、语言节奏韵律的前后对应等等。这里要特别强调的是关于意象、景、景物在诗意构成中的作用。与其他层次的诗意论偏重领会体悟而缺乏深入的结构性探讨不同,中国古代的意象论、境界论却是有相当深入的内部结构分析。1)关于言、象、意关系的分析。前文已述,《易经》的象意关系论已经涉及在言、意关系中嵌入一个"象"以后的意义表达的复杂性、深入性和揭示性问题。在《庄子》、王弼看来,那关乎天道终极的神秘的意义之维不是普通的语言直陈所能达到的,因此要通过"象"来揭示。这在司空图的《与李生论诗书》中表述为"象外之象",在《沧浪诗话》中表述为"以禅喻诗"。由于在能指(言)与所指(意)之间嵌入了"象",因而能指与所指在日常性语用中一一对应的关系遭到干扰或者延后;又由于"象"意味着更深一层的言意结构关系——它本身作为第二层的能指又包含着象中之"意",而且是不定性的、漫射性的多重之"意"——由此,使上一级的能指与所指关系发生推延和多向的间歇性对应,从而决定了语意领会的多义、朦胧、不定性弥漫。庄子、王弼等人认为,只有在这种意义领会的无限性弥漫中,那不可言之道才能被领悟。在庄子的描述中,这是一种整体领会的"入神"(即前文所言"以神遇而不以目视")状态。而到了唐代的皎然之后,这种由"象"而至的无限性领悟又转换成了对"兴"的描述和对诗意之情感效果的描述。此所谓"义即象下之意"①、"缘景不尽曰情"②。诗意所言非普通之意,而是能"起兴"之意,是与景、与象融为一体、令人体悟不尽的情思之意。2)由此,在景与情、景物与情思、物象和意谓之间的关系上,皎然的《诗式》已经体现出象意关系论与中国先秦以来的感物说相合流的倾向,从而发展为唐宋之后普遍展开的情景关系论和意象关系论。对此在本文第三章已有详细论说,此不赘述。这里要强调的是,如果说象意关系论还可以勉强在"隐喻"的意义上与新批评相同,那么,情景关系论就与新批评的诸美学范畴很不相同了。虽然按新批评的理论,诗是要突出情感功能的,由此才决定了诗语内在结构之不同于实

---

① 皎然:《诗式》,何文焕辑《历代诗话》上,北京:中华书局,1981年,第36页。
② 同上书,第30页。

用性语言的特殊性,可是情感表达一定要借助于景物或物象却不是一个意义传达的层次性问题,而是一个意义接受的体验性和认知性之间的差异问题。对中国古人而言,比如王夫之所一再强调的情景交融,融景物于情思,并不是因为诗意表达的复杂和迂回,而是因为情感只有通过景物或情景才能真切传达和有效体验。所谓"情景名为二,而实不可离。神于诗者,妙合无垠。巧者则有情中景,景中情"。① 这不是一个意义层次的复杂性问题,而是因为是要以情感人。所以他反复强调"情中景尤难曲写"(同上),要"情语"、"景语"合二为一。一首情意深婉动人的诗可能是意义内涵极为单纯的诗,但是它因为是要以情动人,故而要融情于景。关键是,文学、诗歌并不是一定要传达复杂的观念或科学认知,而是要表达情感,这就注定了我们面对诗歌的态度是一种情绪体验态度,而不是理性认知的态度。3)最重要的是,如前已述,情景关系论在中国传统诗意论中的最大成果是发展成了一种整体性的意义境界论。境象论、情景论、意象论、情性论、性灵论、意境论最终的成果都是通向中国传统的诗意境界论。这就决定了中国传统诗意论有一种整体论的宏观视野。在整体境界论的统纳之下,中国传统诗意论的各个方面的展开最后得到了统一。这使中国诗意论最终归依于一种宏阔的哲学视野和境界。这一点本文第三章已有反复论述。可是,我们看到,新批评是没有意义境界的整体性概念的。这一缺失使新批评的思想展开总是与诗意、人生、世界、存在关怀等等的终极探索渺不相关,从而使"细读"(closed reading)法无论怎样辩解,都总是摆脱不了批评匠人的狭小或只关心局部技术的诟病。

第五节　文本意义论与作为写作术的文本形式论

其实,新批评文学意义论与中国古代诗意论的最大区别还是在入思角度上。如前已述,如果说意义论视野主要有接受角度、读者角度、世界角度和文本角度几个入思视角,那么新批评则是从作品视角去展开的文学意义

---

① 王夫之:《薑斋诗话》卷二,舒芜、宛平点校《四溟诗话　薑斋诗话》,北京:人民文学出版社,1961年,第149—150页。

论,中国古代是侧重从品鉴(读者)和作者两个视角去展开。在中国文论中也有从世界与语言的关系视角展开的,比如《易经》、《庄子》、整个道家和佛家的意义论视角,但这两个视角一直缺乏在诗学领域的系统推进,常常止于点拨或领悟性的只言片语的陈说。关乎这两个视角与西方现代意义论的比较研究我们且放在与现象学比较时再行讨论。同时,关于新批评文本论视角的文学意义论与中国文论中的读者(品鉴)视角的比较研究在上一节已经展开,在此从略。现在我们且将新批评与中国文论作者论视角的意义论展开一个简略的比较分析。

如前已述,韦勒克是很反对从作者角度去理解文学意义的。这里有两个要点:1)像维姆萨特一样,韦勒克反对把文学作品的意义等同于作者的创作意图,因此,也反对凭借传记、社会历史背景、心理学材料和哲学认识论来推断文学作品的意义。如前已言,这是新批评提出以"文本"概念取代"作品"概念的关键用意之所在,也是兰色姆所谓"文学本体"的用意之所在。这里涉及一个根本的意义理论问题:文学的意义在哪里?在新批评看来,文学的意义就在文本独特的符号结构本身——如前已言,这就是语言论内部的意义论思路。而且,这个语言内部并不是像雅可布森的论断那样,属于抽象普遍的语言论范围,而是在已经组成作品的具体文本结构之中。这就决定了,新批评所倡导的文本细读既不是出于对作品的鉴赏,也不是出于为作家写作提供借鉴,而是为了独立的科学研究目的:揭示、把握文学文本的意义系统。新批评认为,只有这样,才能把文学研究提高到科学的水平。说白了,新批评的文学意义论是一种文学内在研究科学化的巨大努力,它是现代西方的意义论研究在文学文本之专业领域的推进。由此,决定了2)新批评的文学意义论也决不是写作术。他们研究的"意义结构"的诸多范畴和方面是要科学考察文学文本的意义系统,而不是为了给作家提供方便法门。韦勒克在他主编的《文学理论》中将这个意义系统称之为"决定性的结构":它是一个多层次的整体系统,包括:(1)"声音层",(2)"意义单元",(3)"意象和隐喻",(4)由上述所构成的"世界",(5)"有关形式与技巧的特殊问题",(6)"文学类型的性质的问题",(7)"文学作品的评价问题",(8)"文学史"问题。① 这些层面属于韦勒克所说的"内部研究"的范围。所以,关于写作当中的诸多技巧——诸如隐喻、反讽、复意、声韵之类——新批评都要研究,但是那是对文本意义结构系统研究的一个部分,研究这些并不是要讨论诗如何才写得好,而是要科学地把握文学文本的意义构成和意义品质。那些所谓的文本形式问题在新批评看来并不是什么单独的形式,而是文学文本意义结构的内在样式和要素。

可是,中国古代文论从未有一个科学把握文学文本意义系统的设想,意义对中国古人而言几乎从未从写作或阅读欣赏中分离出来。自《毛诗序》和郑众、郑玄父子注《诗》以来,历代讲《诗》、选诗、编诗的人都免不了要讨论诗的意义问题,而且很难说这些讨论不是为了研究,仅是为了鉴赏或供写诗借鉴,但如何客观、科学地理解诗的意义的系统研究目标一直没有明确地提出来。这就使中国古代的文学意义论研究处在一个很有趣的境地:1)诗意论的深远的意义阐释从不起于文本的内部结构自身,而是从政治(讽谏、观风、教化)、"道"(极致玄意)或终极状态(禅启、顿悟)中去确定,诗因为内在地通向这些大写的意义从而保证了自身的非凡价值。历代集诗、注诗者都要从这些意义归宿中去解诗注诗。2)在具体的研究中,诗、文学的意义处于一种谈终极则归于儒、佛、道,论篇章则凭借品鉴或作者意图表达的两分状态。这样,在文本论的层次上,中国传统诗论的意义考察就自然地划归于读者论或作者论去了。在这个意义上,对中国读书人而言,诗的研究、写作、鉴赏是融为一体的,从未有抛开读者或作者视野的文本意义论之说,更没有人要想到去研究独立存在的文学文本的意义系统。这就决定了,从读者论方面立论的意义探讨或者文本论在中国古代不是属于客观、系统的意义论的研究,而是属于"写作术"的一个部分。

现在我们来看中国古代文论中作为"写作术"的文本论。

首先看做为"写作术"的视角。如前已言,在求知意向上,中国诗学不刻意去追求"真理"(Truth)。中国诗学的关切重心是如何作诗(艺术),如何品诗,如何进行诗化活动,但不思考如何"研究"诗。此即人们常说的,关心"怎么样","如何做",而不关心它"是什么"。关心"怎么做"直接体现在

---

① 韦勒克、沃伦:《文学理论》,刘象愚等译,北京:三联书店,1984年,第165页。

一系列话题或文章标题上:"原道"、"宗经"、"征圣"、"神思"、"体性"、"通变"、"定势"、"比兴"、"夸饰"、"物色"、"知音"、"明诗"、"附会"、"总术"、"熔裁"(《文心雕龙》),"明势"、"明作用"、"明四声"、"诗有四不"、"诗有四深"、"诗有二要"、"诗有二废"、"诗有六迷"、"诗有五格"、"用事"、"取境"、"辩体有一十九字"(《诗式》),"结构第一"、"立主脑"、"密针线"、"减头绪"、"审虚实"、"戒浮泛"、"忌填塞"、"语求相似"、"少用方言"(《闲情偶寄》)等等。关注"怎么做"甚至可以说是整个中国传统文化最基本的求知意向,它构成中国哲学的独特视野,并具体化为一系列不同于西方哲学的二元划分:阴与阳、道与术、虚与实、动与静、本与末、言与意、形与神等等。将这些二元划分与西方的哲学范畴相比较,差别是明显的。诸如现象与本质、表象与真理、普遍与个别、经验与逻辑、感性与理性等等,划分的前提是现象界(经验界)与本体界(真理界)二元世界的明确区分和对垒。在此二元之间,主导性的关系模式是本体与现象——一种单向的决定和被决定的关系。这种关系模式作为确定整个知识演进方向的哲学范畴,决定了西方的"学"(研究)之求知意向是如何跨越主客鸿沟,实现从现象到本质、从表象到真理、从经验到理念乃至从此岸到彼岸的"认识的飞跃"。而中国传统哲学范畴划分的前提则是对事物功能性特征的意识,它没有在二元世界的意识背景下对本体、本质之类纯对象性的确认,而是从怎么做出发,关注事物之间的功能关系和互动转换。因此,二元之间的主导性关系模式是相生相克、互相转化。即使带有决定论之嫌的道与术、本与末等,也是从如何做的角度追求"握道与术"、"举本而振末"。由此决定了传统诗学中对范畴之关系模式的表述常带有浓厚的操作性特征:它不是在主客观分离的"研究"背景下对象地从现象求本质,从表象求真理,而是在直接的感受体悟中求"以象达意"、"澄怀观道"、"以形写神"、"虚实相生"。中国传统诗学没有"真理"的概念。将"怎么做"置换为"是什么",将意义追求置换为二元论背景下的"真理"追求或本质追求是 20 世传统诗学研究的根本性设置或混淆。

其次,再看在写作术意义上的文本论。这可以看做是地地道道的中国传统文论的形式论的范畴。严格意义上的中国古代形式文论是从"文"的修辞性意味、丽而可观、组织化文采取义而来,它不包括文章意象(画面层、内容的形象性）、意境、情感等文学作品艺术内容的把握。表达中国式"文本"概念的专门术语是"文章"。从研究范围来说，中国古代的文论在广义的范围上就是"文章"论，所以《文心雕龙》下半部篇幅全是以文章体裁为顺序展开的讨论。实际上因为中国古代没有产生严格的"文学"概念，所关涉的诸多文学问题都是被纳入文章的广义范围内展开的讨论。中国形式化文论主要是对文章作为语言文字的第一层面特征的把握，包括语音、文字、句法、章法四个方面的内容，它与新批评从符号意义结构系统而言文本有根本的不同。几乎所有的探讨者都强调，文之为文在于它的文采、修饰、结构的精巧等等。从曹丕的"诗赋欲丽"，陆机的"诗缘情而绮靡，赋体物而刘亮"①，刘勰的"圣贤书辞，总称文章，非采而何"、"文采所以饰言"②，钟嵘的"润之以丹采"，到唐代古文运动、宋代江西诗派、明代的前后七子，直到清代的肌理说、桐城派的义法论，大部分的诗论、文论、词论、曲论都是在此限度内探讨。意象、意境、情景、隐喻、比兴、象意关系等等在中国古代常常不属于"文"的形式论范围，而是属于情、意的表达问题，换言之，古人常常是从诗意论的内容角度去展开讨论，是属于诗意的情性、性灵、胸襟、境界、品味及其表现和传达的问题。它们与文章层面的形式论（"文章法度"）共同属于中国诗文理论的"内部研究"，但前者不属于文本层面的问题，只有后者才是严格意义上的"文章"（文本）论。问题的关键是，即使是文章层面的形式化要求，中国古人也几乎一致认为，这是写好文章或诗的关键，并且几乎一致认为它们深切地关涉到文学文本的审美品质。

1. 声韵论。这是中国形式文论最基础而实在的方面。与新批评建立在实验科学和现代语言学基础上的声韵论不同，中国古文论的声韵论关注的重心是诗歌声响韵脚的协调配搭，它主要关注的是两个层面：诗文的声之清浊（平、上、去、入四声和宫、商、角、徵、羽五音）和读音配搭（声之对应和韵脚搭配）。这是文本形式感最直接的层面。沈约说："夫五色相宜，八音协畅，由乎玄黄律吕，各适物宜，欲使宫羽相变，低昂互节。若前有浮声，则

---

① 陆机：《文赋》，张少康集释《文赋集释》，北京：人民文学出版社，第99页。
② 刘勰：《文心雕龙·情采》，黄叔琳注，李祥补注，杨明照校注拾遗：《增订文心雕龙校注》，北京：中华书局，2000年，第415页。

后须切响。一简之内,音韵尽殊,两句之中,轻重悉异。妙达此旨,始可言文。"①由是,有"四声八病"之说。《文镜秘府·文二十八种病》收录的关于声韵的"八病"有:平头、上尾、蜂腰、鹤膝、大韵、小韵、傍纽、正纽。在此基础上形成了中国古代诗词极为严格的以声韵为核心的格律体系:律诗、绝句、词、曲。与韦勒克等人以非格律诗的节奏、声韵研究为重心不同,中国古代诗论在音韵节奏方面的研究最后成就为极其严格的诗歌格律系统。而中国古诗的格律形式又在声韵的基础上进而包含了诗歌的句式结构、词性与意义的行间对应和展开。尽管对诗文语音层研究的重心和侧重点不同,但是新批评和中国古代诗歌音韵论的研究结论有一点是相同的:它们不仅共同承认音韵内在地关涉文学的审美品质,而且认为语言音韵的和谐是诗文意义品质不可分割的一个部分。韦勒克从施笃姆和奎勒的音响科学实验中看到语言声音"存在着感觉上的联合与联想的现象"②,坚信存在"声音与意义"的内在联系。而沈约则将通晓音韵看成是写诗的起码条件,认为只有"妙达此旨",才"始可言文"也。中国历代对诗歌格律的严格遵从和探讨在人类历史上都可算作是诗探索在语音层面的奇迹。

2. 词句论。词句之论在中国古代诗论中始于"言"与"文"的差异。刘知几说:"言之不文,行之不远。则知饰词专对,古之所重也。"③阮元说:"《说文》曰:'词,意内言外也'。盖词亦言也,非文也。……《说文》曰:'修,饰也'。词词之饰者乃得为文,不得以词即文也。"④不文之言曰"粗"、曰"野"、曰"鄙",言之转化为"文"是需要修饰的。首先,求词的精确,此一番功夫谓之"析词"。《文心雕龙·风骨》有言:"练于骨者,析词必精。"词的准确与否直接关涉文章意义表达的力度,即它的强劲、精确、深入。其次是求词之华彩、生动、整体气韵和在句中的表达力,此谓之"推敲"、炼词、炼句。黄庭坚强调作文在言辞上的"语意甚工"、"点铁成金",强调"无一字无

---

① 沈约:《宋书·谢灵运传论》,《宋书》,北京:中华书局,1974年,第1779页。
② 韦勒克、沃伦:《文学理论》,刘象愚等译,北京:三联书店,1984年,第172页。
③ 刘知几:《史通·言语》,刘知几撰、浦起龙通释、吕思勉评《史通》卷六第二十,上海:上海古籍出版社,2007年,第108页。
④ 阮元:《文言说》,阮元撰,邓经元点校《揅经室集》第三集卷二,北京:中华书局,1993年,第606页。

来处","不易其语而造其语"的"换骨法"①,叶梦得强调一语出气象,一语尽意之所求,天然工巧相得益彰,都是指炼词炼句而言。陆机说:"立片言以居要,乃一篇之警策。"②可以看做是后来"诗眼"说的滥觞。吕本中的"响"字论说在七言诗中"第五字要响",五言诗中"第三字要响",直接将"炼字"确定到诗中的第几字。王世贞则将词句之炼在曲中的要点系统总结为"作词十法"③。新批评关于文学文本的内部研究也有词句层面的讨论。韦勒克说:"诗歌的意义与上下文是紧密相关的:一个字不仅有字典上指出的含义,而且具有它的同义词和同音异义词的味道。词汇不仅本身有意义,而且会引发在声音上、感觉上或引申意义上与其有关联的其他词汇的意义,甚至引发那些与它意义相反或互相排斥的词汇的意义。"④在讨论到文体风格的时候,韦勒克举例说,"在圣经和编年史中并列的句子结构('和……和……和')有一种从容不迫的叙述效果;而在浪漫主义的诗歌里,一连串地使用连词'and'("和")会一步一步地把人引向上气不接下气的激动状态"。⑤ 两相比较,显然中国传统文论中的词句之论更偏重写作术而不是意义系统的研究。值得注意的是,关于诗文的话语理论,中国古代文论在句法研讨中有非常丰富的总结。古文运动中的所谓"古文笔法"、"杜甫句法",桐城派的唐宋八大家笔法等等都是在"句法"、"笔法"的研讨中总结具体的诗文话语及其表现力,至于诗中的"对偶",词曲的"参差句"、"长短句"自沈约的"比偶成文"之论以后已确定为诗、词、曲的基本格律。历经上千年中国古人对句法、用词和声韵的总结和研讨,使中国古代的散文、诗歌创作形成了大量的关于写景、状物、离别、怀古、伤春、送别、思友、怀乡、伤逝、悲秋、讽谏、书策、序跋、悼唁等等人生处境的书写套路和写作格式,每一种情境下的主题写作都有丰富、多样的写法积累,有大量的互文性意义积

---

① 黄庭坚:《答洪驹父书》,张元济主编《豫章黄先生文集》(《四部丛刊初编集部》),上海商务印书馆缩印嘉兴沈氏藏宋本,民国八年(1919年),第203页。
② 陆机:《文赋》,张少康《文赋集释》,北京:人民文学出版社,2002年,第145页。
③ 王世贞:《曲藻》,中国戏曲研究院编:《中国古典戏曲论著集》(四),北京:中国戏剧出版社,1959年,第28页。
④ 韦勒克、沃伦:《文学理论》,刘象愚等译,北京:三联书店,1984年,第188页。
⑤ 同上书,第191—192页。

淀,有在形式化、套路化上的意义传承。同时也形成了大量的关于文词、句子意义品质的审美风格和价值标准。一般说来,浅、直、露、浮、轻、薄、野、粗、俗为否定性标准;清、雅、润、俊、秀、丽、浑、朴、厚等为肯定性标准。

3. 章法论。章法所关注的是文章的布局。《文心雕龙》有"熔材"、"附会"两篇是专门论章法的。李渔《闲情偶寄》所谓"结构第一"之"立主脑"、"密针线"、"减头绪"、"戒浮泛"、"忌填塞"更是专门系统探讨戏曲结构的章法问题。章法研讨的主要内容有开阖、承接、转合、起伏、照应、煞尾、插笔。黄庭坚说:"凡作一文,皆须有宗有趣,始终关键,有开有阖,如四渎之虽纳百川,或汇而为广泽,汪洋千里,要自发源注海耳。"①翁方纲有所谓"穷形尽变"之法,要求仔细研究那"立乎其节目,立乎其肌理界缝者",要做到"大而始终条理,细而一字之虚实单双……其前后接榫、乘承转合、开阖正变,必求诸古人"②。章法的情形比词句的形式化研究更为复杂,因为它涉及文章整体与词句局部的关系,涉及谋篇布局与内容气势的关系。于是进而有关于文章动态整体效应的研究:文章整体"行云流水"、"当行当止"与文章词句的关系(苏轼),气之强弱盛衰与"言之短长与声之高下"的关系(韩愈),"词达"与文采雕琢的关系(方苞),整体的"合曲委顺"与文之开阖跌宕的关系(李东阳)等等。格调说、肌理说、义法论之不同于声韵说和性灵论,正在于它要从文章章法而求整体。值得注意的是,在新批评的文本理论中,我们没有发现与中国古文论的章法论相当的理论内容。新批评有文体学的研究(关于文体风格和类别),有不同类型的文类的结构、情节、叙述学的探讨,但是没有关于"文"(散文、小说、戏曲)的一般的章法之论,比如几乎所有的文章都须讲究的开阖、承接、转合、起伏、照应、煞尾之类。如前所言,中国的文体论特别发达,文体要求极其细微繁缛,人生能遇的各种环节、境遇和面对不同的对象都有不同的文体,有迥然相异的格式、用语、礼仪、氛围,这大概是作为礼仪之邦不得不详加讲究的,而中国文本论作为写作术又决定了理论上的探讨总是为着实用而非科研的目标——去甄别、

---

① 黄庭坚:《答洪驹父书》,张元济主编:《豫章黄先生文集》(《四部丛刊初编集部》),上海商务印书馆缩印嘉兴沈氏藏宋本,民国八年(1919 年),第 203 页。
② 翁方纲:《诗法论》,郭绍虞主编、王文生副主编:《中国历代文论选》(三),第 519 页。

总结。

　　声韵、词句和章法是中国文论作为写作术所总结的文本形式论层面的基本内容,它与新批评注重文本独立意义探讨的"意义结构"论大异其趣。或许在这个层面我们可以这样说:要客观系统地研究文学文本的独立构成与意义组织,我们要借鉴新批评,因为只有这样,关于文学文本意义结构的系统的客观知识才能建立起来。可是,如果要实用,我们还得借鉴中国古人的文本形式论,我们只有把文章的开阖、承接、转合、起伏、照应等等与文章整体的动态效应处理好,才能够有效地写出好文章。而这两个方面恰恰是新批评和中国古代文论的比较研究可以给我们的互补性启示之所在:研究当然不仅是为了写文章,它本身即是学术,具有学术探讨的独立价值,可是研究也决不能与读诗写作割裂开来,毕竟研究的重要目的之一还是为了写好诗文。

第六章　言路比较三：现象学、接受美学与中国诗意论

广义地看，现象学作为西方现代哲学思想的重镇，同时也是文学意义论的重镇。从胡塞尔、海德格尔到伽达默尔、姚斯、杜夫海纳、罗曼·英伽登，现象学的文学意义论经历了从哲学现象学到解释学、到接受理论的演变历程。可以毫不夸张地说，在现代思想语境中，惟有现象学的解释学是彻底从以意义领会为本位的思想立场来解读世界的。当世界不是指纯粹的自然事实，而是指人所领会、参与并与之相互构成的存在总体性的时候，现象学的解释学立场就有一种其他理论难以企及的彻底性。

鉴于现象学、解释学的极端广博与复杂，本文只能就其与文学意义论相关的重要之点作一个轮廓式的清理和阐述。将现象学、解释学与中国古代诗意论作比较研究的特殊困难在于：尽管解释学和海德格尔的诗学研究在汉语学界早已是显学，可是对其理论中的意义论内容却缺乏基本的介绍和阐述。而现象学、海德格尔的存在论和解释学本身又是极为宏伟的理论建构。这样，**作为比较研究的前提，我们对它们作为意义论内容的清理、介绍将要占用相当的篇幅，甚至超过正面的比较研究之展开**。事实上，清理介绍清楚了，比较也就基本上理出了眉目和头绪。按本文第三章对意义论思想视野的介绍，我们基本上可以把现象学、海德格尔的存在论、解释学文学理论在总体上归入从读者、领会者角度谈论意义的理论，可是，实际情形要比读者角度复杂得多，因为不管是现象学还是存在论和解释学，都不是仅仅就文学文本而谈意义论，而是从哲学认识论、世界存在论（本体论）的角度着眼考察意义的产生和领会，研究意义现象。它们的意义论实际上是哲学，而不是文学理论，其所言"诗"（poetry）或"诗学"（poetics）也基本不是作为文学文本的诗，而是存在的诗意性或存在的诗意维度。这样，现象学、解释学

的意义理论就同时也有了从世界(存在)的视角甚至文本的视角讨论意义的维度。这种三个维度的交融、结合使现象学、解释学的意义理论呈现出其他意义理论所不具有的复杂和深邃。

第一节 胡塞尔:意识现象学的意义论

作为胡塞尔现象学思想之规划与初步建立的《逻辑研究》,其预设的任务在于对逻辑的本质与基础进行研究。这一研究是由这样一种理论与知识的诉求——认识批判地理解逻辑学的前提——所奠定。换言之,对逻辑之前提的认识批判的理解,并非是就具体的逻辑问题的分析,并非是关于作为思维之法则的逻辑诸环节而展开,而是就作为认识主体的思维规范的逻辑作出其源始性基础的定位与分析。这一源始性基础,也就是指逻辑之为逻辑的逻辑性之所在。所以,在这样一种意义上,对逻辑之基础进行探讨,并非仅仅是就逻辑而论逻辑——这也就是说,胡塞尔的现象学分析的动机与那些产生于最普遍的认识论基本问题中的动机之间存在着一种本质的联系。

于是,在这个意义上,胡塞尔现象学的理论设计目的就昭然若揭了。现象学唯一所具有的东西,就是指最严格意义上的还原之中的直观和本质直观的方法。这种方法本质上属于认识批判,因而也属于所有的理性批判(即包括价值和实践的理性批判)。就这点而言,现象学是一种特殊的哲学方法。

这样一种设计,区别于心理学和一般逻辑学的地方在于,胡塞尔的意图是通过对逻辑经验的观念类型进行描述与分析,在与观念的逻辑法则相符合的情况下,揭示出思维的各种类型。而这样一种揭示,则由于对直观意识的形式与阶段的描述、由于对符号表达和表象之形式的分析而成为可能。

作为方法的现象学,其方法论的核心就在于通过悬搁先见,进行本质直观的还原。还原,是对纯粹现象的展露与显示。然而,对于胡塞尔来说,现象学意味着"一切近代哲学的隐秘的憧憬"①。这就意味着,胡塞尔的现象

---

① 胡塞尔:《纯粹现象学通论》,李幼蒸译,北京:商务印书馆,1996年,第160页。

学规划,实际上是基于一种对自明性原则的追求意志所实现的。这一哲学的意志,来自笛卡尔对于人的内在性原则的发动。当笛卡尔将对客观实在的宇宙秩序的认识归因于在我们自身内部中形成了一个关于外部实在的图景之际,这一图景的形成,实际上就是指我们对于它的建构过程。而这一过程,是意识自身的建构活动。在这个意义上,对自明性的追求就意味着,当柏拉图将知识定义为确证的真信念以后,西方近代哲学对意识作为最为根本的确证性的信念,就成了知识论的典型模式①。这就是意识哲学的基本原则。对于笛卡尔来说,理性就意味着按照某种内在性的规则与程序来思考问题。这样一种理路,也同样出现在了胡塞尔的身上。当胡塞尔把现象学的任务规定为重新为欧洲的科学知识奠基的时候,他所设想中的现象学的展开,总是以意识哲学的面目而出现的;而自明性则是他的现象学的主导动机。

对于胡塞尔,本质直观的还原所要达到的自明性,就是指在直观的看当中,一个意向地被意指之物对于一个直接把握的、在原初经验性意义上的或原本给予性的意识而言,其自身当下被给予。这样一种自身的当下被给予,就是精神于内在世界的直接给予性或直接给予状态。世界从来不是在纯粹的外在性当中被我们所知道、所把握的。当世界向我们遮蔽其自身的时候——当世界之诸物不出场、不在这种出场中与我们照面,那么,我们无法做出对其是否存在的判断。物的显现过程,对物之存在的判断过程,总是需要从外在性向着内在性的转化——这样一个中间环节——才得以可能。世界从来都是以其自身的出现样式而出场,我们理解和把握的世界也就总是在这种出现样式中出场的世界了。

胡塞尔的现象学,就是对于这个转化过程的进入,并力图达到作为反思主体与认识主体之内在性的原初给予。对于原初给予的直观之整体的领会,就是明察。换言之,任何认识论的研究就要被纳入到现象学所要求着的无前提性原则之下;而对于认识之意义的思考,所提供的是一种明澈的知

---

① 柏拉图在其后期对话录《泰阿泰德篇》中借苏格拉底之口将知识定义为"知识是经过论证的真实的信念",此后,西方自古希腊以来对思想的思路就体现为:通过对人类精神的反思、回溯,来确立思想的原初源泉、规则、分界。而这样一个源泉,是要回到作为命题的知识在逻辑上的展开。

识,是在被给予的思维体验和认识体验的规范性的基础上,作为纯粹的本质直观来进行。从这个意义上来说,现象给予了出场样式,也就给予了一切知识的逻辑奠基。因为从现象学的角度来看,所谓逻辑,是对被给予物及其显现要素、方式和内在联系的规范性本身;而对这些要素、方式和内在联系的清理与总结,就是一般意义上的逻辑学。

胡塞尔的现象学规划是以《逻辑研究》为起点的。该书的第一卷主要是对逻辑研究中的心理主义进行了批判;第二卷则是对逻辑之本质和奠基的六个研究。虽然在该书当中,胡塞尔并没有对意向性之构成机制展开完全的具体分析,但是,恰恰正是在这样一种开端的不完全中,蕴含着思想的可能性和必将经由的路向。富有意味的是,在作为胡塞尔现象学思想起点的《逻辑研究》中,六个研究是以对"表述与含义"的分析开始的。对表述和含义的分析,实质上是对符号、语言的分析——这样一种分析,是以意义分析为目的。

为什么胡塞尔一开始不从感觉的角度来展开思考?为什么语言与符号的意义问题从一开始就占据了胡塞尔现象学的开端位置?

这是因为认识论问题最终是意义如何可能的问题。康德为近代哲学改换了提问的方式——他提出"认识如何可能"的问题,但是,认识如何可能,指向的问题实际又是意义如何可能。胡塞尔说:"逻辑学家需要用分析的现象学来为他的逻辑学做准备工作和奠基工作,这种分析的现象学首先涉及到'表象',更确切地说,它首先涉及到表述的表象。"[1]但是,对于表述之表象的分析(意义分析),往往会受到语法分析的影响和左右——意义分析往往会在对表述的分析当中,被语法分析所取代。这样一来,这种对于表述与含义的分析,就将那些"连同'单纯表述'一同出现并行使着含义意向和含义充实之功能的体验"给漏过去了,也忽视了作为行为的感性语言方面与那些赋予它活力的意指之间的关联[2]。由于这样的考虑,对于逻辑研究来说,重要的就在于分析清楚表述与含义之间的关联,并从一种日常意义上的谈论、知道、了解——从这样一些模糊意指向明晰的具有规范性意义的直

---

[1] 胡塞尔:《逻辑研究》,倪梁康译,上海:上海译文出版社,1998年,第10页。
[2] 同上。

观的回复过程当中去认识、启动现象学的方法。所以,胡塞尔说,"只有彻底地澄清表述、含义、含义意向和含义充实之间的现象学的本质关系,我们才能获得一个可靠的中间位置,语法分析和含义分析之间的关系也才能得到必要的澄清"①。

从这个意义上来说,胡塞尔的意义论之展开,实际上是对观念本质和对认识思维之有效意义的一般阐述,其目的在于在解决逻辑的认识论基础的同时,解决认识论本身的问题——认识何以可能、科学的认识何以可能。意义问题,首先作为对认识的意义之思索而被划定为一种明晰知识的基础。这样一种对未来知识的奠基,意味着:当思维行为处于一种对象性的朝向当中之时,对处于现象学的"看"当中客体表象和意指性行为的描述,必须回到对意指意义的体验本身才可以得到澄清与确认——这样一种澄清与确认,划定的是知识与理性是否可能以及在何种程度上可能。从而,胡塞尔对意义问题的整体性筹划,其目的是要以思维与意识为中心环节,解决知识与思维之真正意义的准则和规范性问题。

只有在这样一种先行的对胡塞尔意义论问题的指向的视见当中,我们才可能有效地谈论作为语言学转向之一种的胡塞尔的意义论问题。这也就是说,当我们以语言学的转向这一漫延在西方20世纪的思想诸领域当中的潮流,来为胡塞尔的意义论问题之展开划定边界的时候,特别是将胡塞尔的意义论问题作为一个特殊的课题来进行分析的时候,我们涉及的问题的方方面面,实际上仍然是作为表述之符号和作为意义之展开的意识问题。

对于胡塞尔来说,表述(expression)与符号(sign)并不等同,因为并非每一个符号都具有一个借助其本身所表述出来的意义。胡塞尔将符号作出了严格地划分:作为具有指示功能但并不意指的信号(indication),和具有意指功能的具有含义的表述。表述是指有含义的符号;表述与信号的根本不同,就在于是否具有意识中的意指活动,是否具有一个表示者对其自身表示的东西的当场体验。胡塞尔将表述限定在话语意义上,表情和手势就被排除

---

① 胡塞尔:《逻辑研究》(第二卷第一部分),倪梁康译,上海:上海译文出版社,1998年,第12页。

出表述的范畴中了。

所以,胡塞尔说:"表述的交往功能,表述的原初的职责就在于完成这个功能。只有当言谈者怀着要'对某物做出自己的表示'这个目的而发出一组声音(或写下一些文字符号等等)的时候,换言之,只有当他在某些心理行为中赋予这组声音以一个他想告知于听者的意义时,被发出的这组声音才成为被说出的语句,成为告知的话语。但是,只有当听者也理解说者的意向时,这种告知才成为可能。"①这就意味着,精神和思想的交流之所以得以可能,意义的获得与共享之所以可能,是由于相互交流的人在以物理性的话语作为媒介的基础上,我们具有一种用表述来传达我们的思想的意向,而更为关键的就是,在这样一种表述的意向当中,我们同时在意识中体验着那个被表述出来的意义。这样一种表述行为,就是被意义所充实的表述;它同时是一种内在的当场体验。

如果将这样一种内在统一的体验划分为语词和意义,那么,"语词本身显现为自在不变的,而用语词所指向的那个意义则显现为是借助于这个符号所指的东西;表述似乎将兴趣从自身引开并将它引向意义,将它指向意义"②。于是,我们可以认为,话语的表述之所以能够把意义激活,事实上是这样被这二者所构建起来的:一个语音的物理现象和一个给予性的行为。这个行为给表述以意义,并给表述以直观的充盈。从而在表述中,我们可以区分出表述所意指的东西来。这些被意指的东西,就是意义、称谓表象的内容。

对于意向性行为而言,意指所达到的是被给予出来的东西;而意指与被给予之物的同一,就是意识的意义之获得。所谓直观的充盈,就是说,一个意识的意向性得以充实,并在这充实的过程中与直观达到一致。但是,这样一种对于意义的分析,只是作为意义分析的奠基而出现的。它所解决的问题是:意义"在"何处发生——意义作为一种事物,其内容和范围的划定。现在要问的是,意义是以何种形式得以可能的?其实对意指、意义给予行

---

① 胡塞尔:《逻辑研究》(第二卷第一部分),倪梁康译,上海:上海译文出版社,1998年,第35页。
② 同上书,第38页。

为、直观之充盈的分析,获得的不是别的,而是意识的最基本意向结构与形式的观察。胡塞尔将意识的这种意向结构称之为"立义"(auffassung/apprehension)——当我们把意指行为的意义给予某物,作为某物提交出来、陈述出来,这样一种提交和陈述的形式在于将某物立义为某物。

胡塞尔意义上的"立义",严格说起来,是指这样一个模式:立义内容—立义。在这一模式中,前者是指认知主体原初所具有的感觉材料——这样一些感觉材料,就是意识体验的实在内容;后者是指认知主体的意识活动功能——胡塞尔将其界定为意识体验的意向内容。"立义"是"统觉"这个拉丁词的德语同义词。在这个意义上,我们可以看到胡塞尔的立义概念与康德的统觉概念的一种亲缘性关系。立义意味着:杂乱而分散的感觉诸要素,通过意义的给予而被统一,它们被统摄为一个含义整体知觉,从而一个统一的对象得以成立并对认知主体显现出来。正是在这个意义上,"立义"被胡塞尔界定为超越的统觉,标志着意识的功效——赋予感性素材的纯内在内涵。所以,胡塞尔说,"在那些感性因素之上有一个似乎是'活跃化的'、给予意义的(或本质上涉及一种意义给予行为的)层次,具体的意向体验通过此层次从本身不具有任何意向性的感性材料中产生"①。"立义"被理解为超越的统觉,意味着在这样一种处于意向性结构当中的立义过程,实际上指涉了一种感觉材料所组成的实项内容与意向活动所组成的实项活动的结合,后者赋予了前者以灵魂,后者激活了前者——超越性的意向对象在此意义上得以发生。于是,这样一种超越成了意识内部的一种合理性的活动。而对于现象学来说,那个需要通过直观被还原的东西,其实就包含了这种意向的被构成的超越。

胡塞尔通过对于意向性结构中的立义或立义形式的分析,实际揭示的是一个意义如何发生的问题。通过一种意义的给予,而使一个仅仅作为感觉材料的实项内容被激活、被超越,并得以被显现给认知主体。

于是,在意义论的框架之内来探究胡塞尔现象学的意义问题——这样一种探究将我们指引到了如下位置:胡塞尔的意义问题,实际被包含在他的意识现象学筹划的系统当中。换言之,他对于意义问题的回答,实际仍然是

---

① 胡塞尔:《纯粹现象学通论》,李幼蒸译,北京:商务印书馆,1992年,第214页。

第六章　言路比较三:现象学、接受美学与中国诗意论

一种通过反思和直观所把握到的、一种意识功能上的意义之绝对原初性和无前提性。这样一来,胡塞尔对意义的把握,指向的其实就是他所划定的、并由纯粹直观所视见的意向性结构的构意机制本身。

就胡塞尔的现象学筹划来说,虽然胡塞尔并非一个极端的哲学家,但他总是强调他极端的品性:这种极端的品性并不是哲学存在的一种极端,而是体现在对某种特定问题的追求上——对先验哲学的追求。① 而对先验哲学的追求,势必会将其思路导引到对于所谓绝对无前提性和无先见性的意识构成分析当中去。这样一种意义论的进路,将会遭遇到来自于他的弟子的强力反驳。这一反驳,首先由海德格尔以存在论的问题境遇及其相应的现象学筹划所展开。② 海德格尔分析了此在之作为领会的在此之后,认为所有的"视"首先植根于领会(理解)。这样一来就取消了纯直观的优先地位。所以,海德格尔有所意指地说:

> 这种纯直观在认识论上的优先地位同现成事物在传统存在论上的优先地位相适应。"直观"和"思维"是领会的两种远离源头的衍生物。连现象学的"本质直观"也植根于存在论的领会。只有存在与存在结构才能够成为现象学意义上的现象,而只有当我们获得了存在与存在结构的鲜明概念之后,才可能决定本质直观是什么样的看的方式。③

如此一来,更为确切的情况似乎是:海德格尔对于胡塞尔所提出的反驳,其实是以存在问题的此在分析作为他的存在现象学的中心环节,并认为此环节可以作为胡塞尔现象学的基础。于是,海德格尔追溯到了一种更为原初的意义之始基。

---

① 恩伯莱(P. Emberley)、寇普(B. Cooper)编:《信仰与政治哲学:施特劳斯与沃林格通信集》,(《评胡塞尔的信》),谢华育、张新樟等译,上海:华东师范大学出版社,2007年,第31页。
② 随之而来的反驳,是海德格尔之后的解释学家们,他们不仅像海德格尔那样否认胡塞尔所把握到的那个先验层次是无前设的和无先见的,而且确信无前设性和无先见性根本就是一个不切实际的幻想。参阅倪梁康著:《现象学及其效应:胡塞尔与当代德国哲学》,北京:三联书店,2005年,第185页。
③ 马丁·海德格尔:《存在与时间》,陈嘉映、王庆节译,北京:三联书店,1999年,第172页。

第二节 海德格尔存在现象学的意义论

一、形式显示的现象学:存在现象学之题域规划

对于海德格尔来说,一种真正的哲思必须有能力进入到日常生活世界。这样一种进入就是要充分领会和把握实际生活中那些往往被人们所忽略掉的、实则构成了此在之此在性的事项。所以,海德格尔的思想对于胡塞尔的现象学取得真正突破的地方也正是在于这一点。那种关乎海德格尔存在现象学之题域的东西,实际是作为前理论的、世界性质的东西。被海德格尔理解为"现象学的原始领域"的"前世界的东西"指示着原始的"存在"领域,而所谓"世界性质的东西"则指示着生命"体验"领域,即"生命世界"或实际性的生命经验领域。① 这样一来,"理论的东西"就是以"前理论的东西"为奠基——前者包含了"对象性的形式逻辑的东西"和"客体性质的东西",此二者分别起因于原始的东西和真正的体验世界。

在胡塞尔的意识现象学的规划当中,存在着各个意向意识行为之间的层序关系。在向着源始的被给予性或绝对无前设之自明性的还原过程之中,意向分析是必须首先从最具有奠基性的感知行为出发的。当胡塞尔以为海德格尔将继续沿着他所开创并规划好的现象学道路走下去的时候,海德格尔却已经自觉地在思想上与他的老师区别开来。

按照海德格尔所筹划的现象学之题域的视角来看,胡塞尔对意识行为的分析工作完全处于那种被奠基的、并未完全走向源始境域的理论的、客体性质的东西的范围之内。那些前理论的、前世界的东西以及前世界性质的东西,在胡塞尔的现象学中都是被漏过去了的。所以,海德格尔才说:"就存在者现在只对一种意识而言才存在着而言,与这种存在学的划分相应的乃是一种合乎意识的划分,在其中所追问的是存在者借以'构成自己'的'意识方式'的联系。这个问题是由康德提出来的;而胡塞尔的现象学首先

---

① 参阅海德格尔:《形式显示的现象学:海德格尔早期弗莱堡文选》"前言",孙周兴译,上海:同济大学出版社,2004年。

有了具体地实施这种考察的手段。这就是说,从存在学方面来看,哲学是要与存在者打交道,而在意识方面,哲学是与意识的原始构成规则相关的。每一个对象之物都服从于这种构成的形式。"①

意义问题对于胡塞尔而言,仅仅意味着在以感知行为的基础之上、并被纳入意向性结构分析中展开对于意义的揭示,展开对于作为意向性结构之构意机制的立义形式的绽露。与胡塞尔的意义论问题之分析不同的是——如果我们就意义论的视角观入海德格尔的思想,那么我们将会看到,他首先是在一种存在问题的此在论分析当中逐步走向意义问题的。海德格尔对于意义问题的揭示是以对作为现象学基本实事的"世界"现象的分析作为牵引的。在某种程度上,对于世界现象的分析也构成了海德格尔早期存在现象学的中心环节。在这样一个环节的统摄下,世界才可能作为此在之理解与解释展开的境域而被得到把握。意义之在,才得以被显露。

这样一种分析,主要体现在标志着海德格尔前期思想之路标的著作《存在与时间》中。但是,任何一种较为成熟的思想,我们总可以寻觅到这种思想的路径是从何而来。思想的"从何而来",是这种思想的必然性前提,它昭示着思想的可能性结果。所以,在我们具体展开海德格尔存在论意义分析的评述之前,我们还需要首先对于这样一种分析的基础进行一番打量。

胡塞尔通过意识的意向性分析更新了欧洲知识学的传统:在针对普遍之物(本质)的本质直观中,胡塞尔确认了那种以观念或普遍之物为意向对象的意识行为。而普遍之物是通过普遍化而获得的②。胡塞尔对普遍化做出了"形式化"和"总体化"的区分与逻辑阐明。但是,在海德格尔看来,胡塞尔"主要是在形式存在学的方向上以及在纯粹对象逻辑(普遍数理)的论证中看到了这种区分的重要性"③。海德格尔对胡塞尔所做出的区分进行

---

① 海德格尔:《形式显示的现象学:海德格尔早期弗莱堡文选》,孙周兴译,上海:同济大学出版社,2004年,第66—67页。
② 参阅胡塞尔著:《逻辑研究》第二卷第二部分"第52节 在普遍直观中构造的普遍对象",倪梁康译,上海:上海译文出版社,1998年。
③ 海德格尔:《形式显示的现象学:海德格尔早期弗莱堡文选》,孙周兴译,上海:同济大学出版社,2004年,第67页。

了存在论意义上的深化。在海德格尔看来,"总体化"指的是依照种类的普遍化,但是"从'红'到'颜色'或者从'颜色'到'感性性质'的普遍化过渡,与从'感性性质'到'本质'的过渡以及从'本质'向'对象'的过渡"①,根本不是一回事。海德格尔看见了这个地方存在着一个断裂:从"红"向"颜色"的过渡和从"颜色"向"感性性质"的过渡是总体化,而从"感性性质"向"本质"的过渡则是形式化②。按照海德格尔的看法,总体化与形式化的不同在于③:1) 总体化是按照种类普遍化,受某个事质区域制约与指引方向;形式化与实事无关,并不受制于有待规定的对象的确定性内容。2) 从总体化获得的普遍性构成一个由实事决定的等级序列;而形式化是没有等级秩序的,形式化并不需要经过低级的普遍性逐步上升到最高的普遍性(一般对象)。3) 因为受到具体的事质区域的规定,所以总体化是以"种概念=属概念+种属差"的定义方式而现身的;而由于并不受到具体的事质区域的宰制,所以,形式化只是一种形式的规定,其谓词对象并无实指,而只是具有一种纯形式的规定性。

在海德格尔看来,形式对象或一般对象的意义只是理论性的姿态关联的"何所向"。这何所向,就是一种关联意义。关联意义并不是排序,并不是区域,它只是我们可以把它把握为一种在形式化当中的、被构型为具有某种区域和相应的形式对象范畴。因为在海德格尔眼中,在理论层面上,在形式存在学层面上,我们根本不可能源始地理解形式因素,因为这种形式因素只可能起源于前理论的东西。这样一来,当胡塞尔把形式对象的意义规定为一种新的对象性或对象区域的时候,他就根本没有原本地理解形式本身。在此意义上,胡塞尔的现象学始终是在形式存在学的层面上打转。

而海德格尔所要规划的现象学,就是首先要对胡塞尔的现象学进行深化与突破。对源始的、前理论的形式因素的考察使海德格尔认为,形式因素起源于关联意义,而关联意义又只能在其"实行"中与我们照面。于是,海

---

① 海德格尔:《形式显示的现象学:海德格尔早期弗莱堡文选》,孙周兴译,上海:同济大学出版社,2004年,第68页。

② 同上。

③ 参阅海德格尔著:《形式显示的现象学:海德格尔早期弗莱堡文选》之《前言·形式化与形式显示》,孙周兴译,上海:同济大学出版社,2004年。

德格尔提出了关于形式因素的现象学的筹划方案——对形式因素本身的原始考察,以及对在其实行范围内的关联意义的阐明①。

那么,海德格尔在对胡塞尔的继承与批判当中所要筹划的现象学又是什么呢?海德格尔说:"什么是现象学?什么是现象?现象本身就只能在形式上得到显示。——每一种经验——作为经验活动以及作为被经验者——都可能纳入现象之中。"②对于海德格尔的现象学的题域规划来说,现象是在如下三个方面被得到追问的:1)内容意义:在现象中被经验到的原始的"什么"(Was/内涵);2)关联意义:现象在其中得到经验的原始的"如何"(Wie/关联);3)实行意义:关联意义在其中得到实行的原始的"如何"(Wie/实行)③。

换言之,现象实际上是指由这三个意义方向所构成的意义整体,现象学就是要对于这样一种意义整体进行阐明和揭示。而对于这一意义整体所做出的现象学揭示的方法论环节,就是形式显示的现象学方法。形式化获得的仅仅是形式存在学的规定性,它掩盖了作为现象之核心的"实行意义"并片面地以内涵为指向——形式显示的现象学方法,正是防止这种支配了西方哲学的对对象的形式规定。

所以海德格尔说,在形式显示中,"形式的东西就是关联性的东西。显示是要先行显示出现象的关联——却是一种否定意义上,可以说是为了警告!一个现象必须这样被预先给出,以致它的关联意义被保持在悬而不定中。人们必须防止做出这样的假定:现象的关联意义原始地是一种理论化意义。……不存在一种对某个实事区域的插入,而是相反地:形式显示是一种防御,一种先行的保证,使得实行特征依然保持开放。这种预防措施的必然性是从实际生命经验的沉沦性趋向中得出来的,实际生命经验总是有滑入客观化因素之中的危险,而我们却必须从中把现象提取出来"④。海德格尔所想要避免和防御的,是传统哲学当中的客观化或对象化的思维模式;他

---

① 海德格尔:《形式显示的现象学:海德格尔早期弗莱堡文选》,孙周兴译,上海:同济大学出版社,2004年,第72页。
② 同上。
③ 同上。
④ 同上书,第73页。

所想要达到和把握的,是对于现象本身的"如何"——即关联意义和实行意义。这样一来,海德格尔的现象学题域规划,就可能走向前理论、非对象性的源始的经验构成方式,从而奠定真正的现象学的基础。而这就意味着,对于意义的提取,对于作为现象而显身的意义之整体的把握,就只可能从一种形式显示的运作活动当中被得到掌管,被得到实现和保持。这样一来,我们就可以理解在《存在与时间》以及其他著作中,海德格尔常常运用语词、短语的拆分、在语词之间加连接符等等语言游戏的缘由何在了。并且,我们也就可以理解为什么在对于此在的基本建构(在世界之中)的分析中,他要以指引和标志作为牵连,来勾勒出世界性本身了。这是因为在作为现象学方法论环节的形式显示的指示下,这种运思可以撇开确定的内容上的具体化,而指向实行方式的具体化——形式显示关注的是一种境域的发生、维系和指引——,这样一来,我们就可以通过思想去触发那种真正的"理解处境"。但是,"'理解处境'不仅依循于现象学的直观,而且也依循于对语言用法的倾听"①。

所以,这样一种形式显示的现象学方法,它所要求着的首先是一种在语言中被构型的形式显示的概念。这些概念包括了《存在与时间》当中的"死亡"、"决断"、"生存"、"在世界之中"等等。我们可以看到,海德格尔的这些形式显示的概念,实际上就是关于存在问题的此在的生存论分析的环节。海德格尔通过指明这些形式显示的概念,就有可能从语言或词语方面来激活那种前谓词状态的实际性生活本身。因为这些落实到语言中的形式显示概念,并不直接意指和言说它们所关涉的东西,而只是给出一种显示,给出一种指示——它们指示着只有在"向来我属性"中才能实现的源始可能性,即一种真正的缘发结构的境域本身及其相应的潜在性。这样一来,对这些形式显示的概念有所领会,就可能会造成领会者向着其自身的此在之在而转变。

在我们对于海德格尔存在现象学的题域规划有所了解之后,才能理解《存在与时间》的奠基何在,才能理解我们所要谈及的海德格尔的意义论分

---

① 海德格尔:《形式显示的现象学:海德格尔早期弗莱堡文选》,孙周兴译,上海:同济大学出版社,2004年,第16页。

析究竟是在一种什么样的设计蓝图当中得以可能的。

二、意义的背景及其实现

1. 以世界问题为中心环节的存在现象学的意义论分析

由于海德格尔把现象学所要处理的现象把握为作为意义整体的现象，"面对实事本身"这一召唤所要求的，就是那个真正的实事。在早期海德格尔的思想道路中，世界现象具有奠基性的位置。世界现象，就是海德格尔所要处理的实事本身。

对于海德格尔来说，世界现象意味着世界之为世界本身，意味着此在的"在世界之中"，以及此在的事实性生命经验的核心内容。只有在这个意义上，海德格尔下面的话才是可以理解的："世界所指的与其说是存在者本身，还不如说是存在者之存在的一种如何(Wie)。……这种如何规定着存在者整体。它根本上乃是作为界限和尺度的任何一种一般如何的可能性。……这一如何整体在一定程度上是先行的。……这一先行的如何整体本身相关于人之此在。因此，世界恰恰归属于人之此在，虽然世界涵括一切存在者，也一并整个涵括着此在。"①并因此，世界的含义的形而上学本质乃是"关于与存在者整体相关联的人之此在的解释"②。从而，源始性的世界现象之分析工作——作为存在论分析工作的准备性奠基——，在这个意义上依循着对实际生活的形式显示的解释现象学道路而展开。这一源始性的世界现象，实则是意义发生的源始场所和因缘关联。在这一基础上，形式显示的现象学之运作展开，被海德格尔赋予了不同于传统解释学和由胡塞尔开创的意识现象学的存在论纬度。

我们可以从海德格尔对传统的世界概念的清理③中得知：当世界现象作为他的此在基础分析之奠基出现的时候，他所要进行阐释的着眼点——世界之为世界的世界性本身、世界现象，由于缺少一个在世界之中的此在建构环节，所以在传统的对于世界的解释中就总是被跳过去不加理会了。而

---

① 马丁·海德格尔：《路标》，孙周兴译，北京：商务印书馆，2000年，第166页。
② 同上书，第182页。
③ 参阅海德格尔：《路标》、《论根据的本质》，孙周兴译，北京：商务印书馆，2000年。

海德格尔恰恰是要对这样一个标示着状态、条件、展开环节等因素的世界性本身进行把握。

在这里,真正的问题是世界之为世界的世界性,也就是构成那个源始意义上的世界,而非任何一个特殊世界,也非在现成存在者层面上得以领会的世界——虽然对世界之为世界的领会,并不能将后二者完全抛弃,但是,这里的关键是思考着眼点和目标的不同:将世界现象视为此在存在样式的一种结构因素,则意味着世界现象具有存在论与生存论上的含义;而对世界现象的解释所要达到的目标,则是对世界的本质性构成(世界性)有所领会,从而将其纳入到对此在的生存论分析当中,并为进一步的由此在之分析过渡到存在分析奠定基础。但是,如何小心地防止在研究中对世界现象本身的"跳过"呢?如果造成这种"跳过"的原因是由于在思想方法上有所欠缺,那么,在现象学方法的参与下,就势必要求着海德格尔找到现象上的正确出发点,踏上世界之为世界这一现象的道路。[①]

具体说来,这样一个程序,就是指:从平均的日常状态(作为此在的最切近的存在方式)着眼使在世从而也使世界一道成为分析的课题。而在海德格尔看来,日常此在的最切近的世界就是周围世界。于是,通过对周围世界内最切近地照面的存在者作出存在论的阐述,就可以看见周围世界的世界性质;在对周围世界的世界性质进行崭露的基础上,进一步对世界之为世界有所领会。[②]

海德格尔说,"在基础存在学的视域中,世界不被了解为本质上非此在的存在者和可以在世界之内照面的存在者,而是被了解为一个实际上的此在作为此在生存于其中的东西。如此这般的世界,具有一种前存在论的生存状态上的含义,它具有各种不同的可能性:或是指公众的我们世界,或是自己的而且最切近的家常的周围世界。如此这般得以把握的世界,作为世界现象显现于眼前,其实就是在世界之中"。[③] 海德格尔接着指出,世界作为术语,就是在上述含义上使用的。派生而来的"世界的"这一术语,则是

[①] 马丁·海德格尔:《存在与时间》,陈嘉映、王庆节译,北京:三联书店,1999年,第77页。
[②] 同上书,第77—78页。
[③] 同上书,第76页。

指此在的一种存在方式而绝不是指世界之内的现成存在者的存在方式。"属于世界的"或"世界之内的"是指非此在的、世界之内的现成存在者的存在方式①。

  世界被海德格尔界定为实际性的此在作为此在生存于其中的东西,这也就是说:1)世界首先被设想为具有一种存在者状态上的意义;但是它马上就被纳入到了与此在之实际生存的关系之中。由于世界实际上是在与生存着的此在发生关联,所以对作为现象显示的世界,对其意义的谈论、充实和把握,就要回到前存在论的、具体的生存状态层面上去。这样一种回到前存在论的、具体的生存状态层面的对世界的把握,势必会将思路的着眼点落于个人的世界或公众的共同世界——这样一种着眼,并非是对特殊世界的特殊性的专门关注,在这里,仅仅是由于它们对于此在而言最为切身。这种切身性的表达,就是此在的在世界之中存在。2)与此同时,我们考虑到此在作为生存着的存在者,必须在其生存中对其自身有所作为,必须以某种方式与自己的存在有所关涉。这种关涉就是作为此在之展开状态的领会,它一向涉及在世界之中的整体。当把"在世界之中"这一存在的建构环节作为此在存在的一种具体事实来加以把握的时候,此在对其自身的领会就需要获得对该事实诸环节的绽露。由于我们已经先期将"在世界之中"把握为超越性的此在之建构自身,而这个此在本身进行超越的何所往就是世界,所以,对世界的分析,就成为了海德格尔此在的生存论分析中需要解决的环节。3)在世界之中,实际是作为此在生存之得以展开的境域,而境域又是指引关联的集合,因此,世界作为此在自身进行超越的何所往,就并非是指现成存在者状态上的某个地方、某个具体场所,而只可能在前存在论的、存在状态上对其有所领会。这样一种建立在此在生存基础之上的、存在状态上的对世界的领会,并不仅仅是着眼于对人类日常生活称之为世界的那个东西的描绘,而是对世界的本质性结构有所发现。

  这样一种思路,就是海德格尔在《存在与时间》中谈论世界现象,具体展开为对世界之为世界的世界性分析的缘由。它不仅仅是由于其思想文本

---

① 马丁·海德格尔:《存在与时间》,陈嘉映、王庆节译,北京:三联书店,1999年,第77页。

的内在理路所要求的,更多的,它还可以被看待成是由于海德格尔对于思想或哲学本身的期望以及现象学的要求所决定的。海德格尔在其早期的一篇文献中对世界观哲学进行了批评之后,说,"哲学只有通过对生命本身的绝对的专心沉潜才能获得进步,因为现象学决不是封闭的,……它总是专心地沉潜于先行的东西",哲学或现象学"并不坑蒙拐骗,是绝对真诚的科学。在其中没有夸夸其谈,而只有明彻的进步;在其中没有什么理论在争吵,而只有真正的洞识与虚假的洞识的争执"。然而,对于海德格尔所自我期望的哲学或现象学而言,关键的是"真正的洞识只有通过对纯真的自在生命的真诚的、毫无保留的专心沉潜才能赢获,说到底只有通过个体性的生命本身的纯真性才能赢获"①。这样一种表述,与其说是严格的思想要求,不如说是在这种严格的思想要求之中所展露出来的、忠诚于思想本身的意志和立场。

2. 物、用具、上手性以及对指引关系的揭露

海德格尔对世界现象分析的出发点,是此在的平均日常状态,而日常状态意义上的此在的最切近的世界就是周围世界。于是,首先通过对周围世界内最切近地照面的存在者作出存在论的阐述,就可以看见周围世界的世界性;从而我们就可以在对周围世界的世界性质进行展现的基础上,进一步展开对世界之为世界的分析。换言之,海德格尔是通过对物的分析——物对人的此在而言,是如何作用器具(Zeug)而上手的(zuhanden)——而着手于世界性的展开的。

依照海德格尔,此在的日常生存被描述为操劳、烦忙(Besorgen、concern)。我们在操劳烦忙中与在世界之中的存在者打交道。在日常生存的境域中,我们与这些存在者(物)打交道的活动或过程、对它们的先行占有,与此在最为切近的,并非是理论知识,而是一种实践过程中的行动。这种行动,就是操作事物、使用事物。在对物的使用活动之中,物成为具有上手性的器具,而非仅仅是现成面对的手前之物。而理论知识,只是这个源始地烦忙地在世界之中的一种派生样式。需要注意的一点是,海德格尔对器具的

---

① 马丁·海德格尔:《形式显示的现象学:海德格尔早期弗莱堡文选》,孙周兴编译,上海:同济大学出版社,2004年,第20页。

分析,并非是要对存在者(物)进行存在者层面上的属性分析,而是要确定存在者的存在结构。具体而言,就是要解决物之为物的物性(thinghood)问题。

但是,物性存在于什么之中呢?对物的见解,不是早已经为人们所熟知了么?并且,这样一种对人之此在的最为切近的日常生活中的物的思索,难道不是在说一些大家都知道并习以为常的事情么?

海德格尔说:"把存在者说成是'物'(res),这种说法中就有一种未曾言明却先入为主的存在论描述。再进一步追问这个存在者的存在,这种分析就碰上了物性和实在。存在论解释可以一步步找到实在性、物质性、广延性、并存之类的存在性质。然而,在操劳活动中,照面的存在者就它的存在而言先于存在论就已经隐蔽起来了。"①而另外一种看法,则认为事物就是价值的客体,我们可以把事物描述为具有价值的物。但是,仔细想来,我们在日常生活的操劳烦忙中——在一种实际性的生存状态中——先行占有的那些事物,并非是首先作为物质客体或价值客体与我们照面的。将物作为物质客体与价值客体,根本上而言,还只是由于我们观看它们的视角,是由于一种认知上的设定。这两种对物的打量,都忽略掉了事物在源始意义上与我们照面的方式。

海德格尔认为,对于物之为物的物性之观察,古希腊人的思想比我们现代人的思想更为根本。因为古希腊人更接近源始地显现给人的那些东西。希腊人所理解的物,就是人们在操劳打交道之际对之有所作为的那种东西②——物,就是人们在其实践活动中与之打交道的东西。按照古希腊人的这种观点,海德格尔就把我们在日常操劳烦忙中所碰到的每一种存在者都称之为用具、器具。在打交道之际与我们照面的,无非就是书写用具、交通用具、通讯用具等等了。而如果要对这样一种被界定为用具的物进行存在结构上的分析,那么势必就是要对用具何以可能成为用具(用具性)进行界说。

---

① 马丁·海德格尔:《存在与时间》,陈嘉映、王庆节译,北京:三联书店,1999年,第80页。

② 同上。

无论是书写工具、交通工具、通讯工具等等,都是指为了书写、为了交通、为了通讯而使用的东西。所以,"用具本质上是一种'为了作……的东西'。有用、有益、合用、方便等等都是'为了作……之用'的方式。这各种各样的方式就组成了用具的整体性"。① 每一个用具都是"为了作……之用"的形式结构,因此,单单就这样一个形式而言,就"为了作"的结构中有着从某种东西指向某种东西的指引。一个用具根本上不是由于自身而被发现作为用具的,它与我们的照面总是在与其他的用具的关系网络中显示出来的。而这个关系网络之所以可能,就是因为各种不同的用具通过它们的"为了作"的形式互为指引:"为了作……之用",必然包含了对某用具自身的委任;与此同时,也包含了对另外的东西的介入和关联。在此意义上,海德格尔说,"用具的整体性一向先于个别用具就被揭示了"②。

但是,就用具本身而言,用具又是如何具体地、依照其用具性(为了作……之用)与我们照面的呢?海德格尔以一个锤子为例来阐明这一点。"用锤子来锤,并不把这个存在者当成摆在那里的物进行专题把握"——因为这种将某种用具当成现成存在者的物来把握的视点,仍然对用具性不知所谓——,作为一种行为动作的"锤不仅有着对锤子的用具特性的知,而且它还以最恰当的方式占有着这一用具"。因为在锤打行为发生之际,"在这种使用着打交道中,操劳使自己从属于那个对当下的用具起组建作用的'为了作'"。在不断的锤打行为中,"对锤子这物越少瞪目凝视,用它用的越起劲,对它的关系也就变得越源始,它也就越发昭然若揭地作为它所是的东西来照面,作为用具来照面"③。换言之,对锤子的正确使用,不必以清楚的理解了它的存在适当样式为前提——在最切近于我们的日常生活中,对于用具,往往并不是在理论上对这一用具的存在性质有所了解,而是我们知道如何使用它,在使用它的行动中我们沉入到这样一种使用之中去,并能够更好地改进我们对它的使用。我们是在对用具的使用中来当前占有了这个用具本身。而对锤子或者用具的使用,就是此在在日常的操劳烦忙中对它

---

① 马丁·海德格尔:《存在与时间》,陈嘉映、王庆节译,北京:三联书店,1999 年,第 80 页。
② 同上书,第 81 页。
③ 同上书,第 8 页。

们的先行占有。在此占有中,此在介入到用具的起组建作用的用具性(为了作……之用)之中去了。海德格尔通过这样一个锤子及其锤打的"称手"的例子,揭示了锤子的可操作性,由此来说明用具的存在方式为"上手状态"①。在上手状态中,用具以它自己的方式呈现自身。在上手状态中,每一用具都是在"为了作……之用"的样式中与此在照面——这一事实将用具自己的存在、特征以及其自身(in itself)给予了用具。

于是,我们操劳烦忙着的先行占有,就包含了这样一种"看":在对每一用具在其自身得以涌现的用具性的照面中,我们总是与用具的"为了作"的样式发生关联。海德格尔把此在关涉用具时所具有的这种看的方式,命名为"寻视"(Umsicht)。寻视是此在与用具打交道的活动中使此在自身顺应于"为了作"的指引②。这种方式的看,是对那些在我们生活中的事物之特性的存在样式所进行的全面的看。正因为具有了这样一种看的方式,作为用具的物的"为了作"才可能被崭露出来。对于寻视,海德格尔说,"行动源始地有它自己的视,考察也同样源始地是一种操劳。理论活动乃是非寻视式地单单观看"③。在这个意义上,上手之物从根本上而言,就不是从物质客体或价值客体的角度——理论的角度——得以把握的;上手之物,也首先不是在寻视的方式中形成为专题。"切近的上手事物的特性就在于:它在其上手状态中就仿佛抽身而去,为的恰恰是能本真地上手"。④ 这就意味

---

① 上手状态(zuhandenheit, zuhanden)通常译为"上手的"、"上到手头的"、"当下上手的"。海德格尔用 zuhanden 来标示事物原初来照面的方式。相对于"上手的"是"现成的",vorhanden。后者又可译为"摆在手头的"、"现成在手的"。在这里,zuhanden 里的 zu,其意义是"到……去、往",富有动态上的意味;而 vorhanden 中的 vor,其意义是"(表示空间位置的)在……之前"。海德格尔通过这样的区别,来描绘这两个概念所表示的现象显现上的差异。请参阅《存在与时间》,北京:三联书店,1999 年,第 81 页,中译注 2。

② 我们可以注意到,海德格尔对用具的分析,并提交出"为了作"这样一个表述方式来描述用具性的存在样式。这样一种表述方式,正如他在其他很多地方的分析中所运用的表述方式一样,具有一个动态的、纯形式显示意义上的样态。这样的表述方式还包括"为了……"、"在……之中"、"朝向……"、"何所往"、"从……"等等。这样一些表述方式的运用,并非是语言上的文字游戏,而是基于一种形式显示的解释现象学的指引。而这样一种指引,就是海德格尔对世界的分析之所以可能、以及之所以如此可能的原因。

③ 马丁·海德格尔:《存在与时间》,陈嘉映、王庆节译,北京:三联书店,1999 年,第 82 页。

④ 同上。

着,当下上手并非是指一种主观意义上的看法、认识,而是就存在者的"自在"而言所作出的存在论范畴上的规定。

"为了作……之用"的用具,同时又在这种有用性的组建性指引当中,指向了制作某用具的质料,例如锤子是由铁和木头制作的。那么这样一来,"在周围世界中,那些天生不用制造的总已经上手的存在者也变成了可通达的了",因为"在被使用的用具中,'自然'通过使用被共同揭示着,这是处在自然产品的光照中的'自然'"①。这里所谓的自然,并非是作为现成在手之物的、名词的自然,而是作为上手事物在指引总体中被共同揭示的、向此在涌现的自然。

对自然的揭示,是解释作为具有"为了作……之用"这一指引关系的用具,其质料从何而来。而这样一种从何而来的指引关系,也就包含于"为了作"这个具有组建作用的指引当中了。与此同时,被制作与使用的用具,还指向了承用者与消费者;此二者所标示着的,正是与我们有所照面的公众世界。于是,"周围世界的自然随着这个公众世界被揭示出来,成为所有人都可以通达的"②。

到目前为止我们所展示出来的海德格尔对于物的分析,都只是揭示了在世界内的存在者的存在方式、只是对源始发生意义上的上手状态的描述。海德格尔的思路是通过对这些东西的阐明,来为周围世界的存在样式的分析提供一个引导。海德格尔说,"我们在阐释这种世内存在者之际总已经'预先设定'了世界。世内存在者的拼合并不产生作为总和的'世界'这样的东西"③。而对世内存在者、对作为用具的物所进行的存在分析,其工作的关键在于,是否可以从这种分析中将世界现象给展示出来?

3. 标志与指引关系

世界本身并不是一种存在者。世界也不是一种存在者之总和。作为现象来与我们照面的世界,就其海德格尔的存在分析而言,是将其作为一种形式上的组建来阐明。一方面,这样的世界,是所有世内存在者本身得以可能

---

① 马丁·海德格尔:《存在与时间》,陈嘉映、王庆节译,北京:三联书店,1999年,第83页。
② 同上。
③ 同上书,第84页。

的前提：只有世界"有"、世界"存在"，存在者才可能得以来与我们照面。另一方面，此在之存在样式乃是"在世界之中存在"，并在这种生存中有对他自身的存在有所把握的领会，那么，此在也就必然具有对世界的某种把握。因此，通过对在世界之中的此在与世内存在者的关联进行分析，就可以触及那种于操劳烦忙之际于周围世界所发生的东西。现在的问题就是，世界的存在样式为何？

在操劳烦忙中，"为了作……之用"这样一种指引关联随着上手之物而有所呈报。但是，在操劳活动中，我们还可能会遭遇到一些不合用或不合适的切近上手之物。比如，坏了的工具、不适合的工件材料等等。海德格尔说，我们不是通过观看某些属性，而是靠使用交往的寻视来揭示出工件的不合用。这种在不上手的状态中给出上手之用具的样式，海德格尔称之为触目。① 这其实是"为了作……之用"——这一指引关联——的一种残缺样式，其残缺性来自于：一方面，不合用的用具显现为单纯的在手状态并摆置于眼前；另一方面，若第一点成立，那么不合用的用具，也就意味着，在具体的操劳中它并非全然不具有任何上手性，而只是具有在手状态而已——于是它需要重新将其用具性补充完整，而这也就意味着将"作……之用"的指引关联补充完整，从而返回到作为它自身的存在样式的、被操劳的上手状态之中去。

在操劳烦忙之际，我们可能还会发现某些用具的缺失。对于这种缺失的发现和注意，反过来揭示了当下上手之物的窘迫。海德格尔说，"我们愈紧迫地需要所缺失的东西，它就愈本真地在其不上手状态中来照面，那上手的东西就变得愈窘迫。而面对所短缺的东西束手无措，这是操劳的一种残缺样式，它揭示着上手东西的仅还现成在手的存在"②。但是，严格说起来，海德格尔对这一残缺样式的分析，与触目所显示的样式稍有不同：上手之物以窘迫的样式出现，实则是由于那缺失之物的不在场状态对于上手之物之上手状态或在场状态的剥夺。当然，也可能会出现这种情况，一个缺失的用具重新出现、到场；与此同时，此在已经在操劳于某种其他的事情，在此刻就

---

① 马丁·海德格尔：《存在与时间》，陈嘉映、王庆节译，北京：三联书店，1999 年，第 86 页。
② 同上。

不能将该用具有所用,那么,"这种操劳不肯趋就的东西,操劳无暇顾忌的东西,都是不上手之物,该物挑明了在其他事情之前先得操劳处理之事情的腻味之处"①。这就意味着,非操劳有所涉及之用具,其存在样式并未切入到此在与用具的实际联系之中;与此相应的就是,"那个操劳所涉及的上手用具,其在手状态是:它作为总是还被摆在眼前要求完成的东西而存在"②。

在我们的日常生活之操劳中,与之打交道的用具的存在样式是通过指引关系加以规定的。但是,似乎我们的操劳并非原初地就指向了这种指引的特性,似乎这种指引的特性恰恰是在触目、窘迫和腻味如此这般的特殊情况中才得以显现出来的。海德格尔通过对触目、窘迫和腻味等样式的分析,是想阐明,在这些样式中,上手之物的上手性之残缺、被剥夺以及丧失;而我们在与用具打交道的时候,却又对事物的上手状态有了一定程度上的把握。于是,在触目、窘迫和腻味诸样式之中,上手之物之上手性恰恰由于其残缺、被剥夺和丧失而重新被提交了出来。而上手之物则作为并思为纯粹给予之物与我们照面。这样一来,就是说:只有当一件没有用的用具开始显现为纯粹地被给予的东西之时,即当它被剥夺了其世界特性的时候,当它从与此在打交道的指引关联之中脱身而去的时候,用具的世界特性才清楚地显现出来。所以,海德格尔才会说,"在同上手事物打交道之际,上手状态已经得到了领会,尽管是非专题的领会。上手状态并非简单地消逝了,而仿佛是:它在不能用的东西触目之际揖手道别。上手状态再一次显现出来;恰恰是这样一来,上手事物的合世界性也显现出来了。"③这样一种形势清楚地呼应了前面海德格尔对于世界现象的规定:世界不是存在者状态上的事物之总和。

对用具一物的分析,显示为海德格尔切进世界现象之分析的起点。从这一起点出发,若要充分对世界现象有所崭露,那么对用具一物的分析,就势必要转移到对作为指引关系本身的考察。我们可以注意到,在海德格尔所进行的解释中,将作为用具的上手事物的存在结构之规定性描述为指引

---

① 马丁·海德格尔:《存在与时间》,陈嘉映、王庆节译,北京:三联书店,1999年,第87页。
② 同上。
③ 同上书,第86页。

关系(为了作……之用)。而对触目、窘迫和腻味等"不合……之用"之样式的分析,也始终是基于指引关系发生扰乱这一事态而展开的。海德格尔的这些分析,是基于如下的考虑:1) 世界在操劳烦忙之际之所以能够得以显现,则意味着它总是以这样或那样的方式在事前为此在所揭示,因为世界是此在与上手之物得以相遇得以照面的可能与基础。2) 如此这般的世界,显现为此在生存于其间的处所,并能够作为此在之领会往返运作的处所而向此在崭露。3) 以指引结构"为了作……之用"为其特性的用具,在与此在的打交道之中归属于此在的世界之结构;而寻视环顾着的、操劳烦忙之际的此在又在用具指引之总体中与上手之物及其扰乱样式发生关系,这种状态的操劳烦忙是以对世界之为世界的世界性一定程度上的把握为前提的。4) 如果"世界能以某种方式来亮相,那它就必须是开展了的。寻视操劳可以通达世内上手的东西。但凡在通达之际,世界总已经先行开展了。所以,世界就是此在作为存在者向来已曾在其中的'何所在',是此在无论怎样转身而去,但纵到海角天涯也还不过是向之归来的'何所向'"①。此外,正如我们在上面的阐述中已经看到的,具有"为了作……之用"这样一种指引关系的用具,只有在一个指引的总体内才能获得意义。那么,这也就意味着,指引关联及其整体性对于世界之为世界具有组建作用。所以,海德格尔的思路就势必要转移到这样一个方面,即首先要解释这种对世界之把握是如何可能的,解释世界性如何由于这种把握而得到理解。这样一来,现在的问题就是将指引关联之特性给显露出来。换言之,将作为现象的指引关联及其指引整体性给提交出来。那么,对于指引关联及其整体性,又该如何展示出来呢?

海德格尔的分析,首先是从对"标志"(sign)的揭示入手的——作为用具的标志,具有多重意义上的指引——,通过对其结构与样式的分析,他更为清楚地显示了用具所具有的指引特性。海德格尔说,"标志这个词称谓着形形色色的东西:不仅各个种类的标志,而且'是某某东西的标志'本身就可以被表述为一种普遍的关系方式,这样,标志结构本身就为一切存在者的一般'描述'提供了一条存在论的指导线索"②。

---

① 马丁·海德格尔:《存在与时间》,陈嘉映、王庆节译,北京:三联书店,1999年,第89页。
② 同上书,第90页。

作为用具存在的标志，其用具性是"显示"。例如我们所熟知的红绿灯、校徽、奥运会吉祥物、警告标识等等。我们可以清楚地看到，这些作为用具而显现的标志，其功用首先是由"显示……"这一指引关系来与我们照面的。就形式而言，指引是对一种关系的描述。但是，仅仅将指引标划为关系乃是一种正确然而空洞的解释，对我们需要探讨的问题无所助益。海德格尔说，"一切指引都是关系，但并非一切关系都是指引，一切显示都是指引，但并非一切指引都是显示"①。所谓关系，就是指：在我们的认知当中，将任何一种具体的事物联系作为出发点的一种形式过程所构成的、介乎于联系着的事物之间的某种形式的东西。这种对"关系"的形式上的普遍性质的说明，恰恰表明了"关系本身在存在论上还源于某种指引"②。所以，直接的就标志现象有所崭露，才是对标志揭示的关键。

海德格尔通过对作为标志物的汽车转向标的分析，充分显露了标志之性质③。转向标是汽车指示它所要行进方向的标志。作为一种用具，转向标对于操劳于驾驶的汽车司机来说是上手的，对于那些与该车不同向的行人而言，也是上手的——他们通过闪避到正确的方向或停下脚步的方式与转向标打交道、使用着转向标。所以，作为标志用具的转向标，在交通用具和交通管理的用具联络整体中都是世内上手的。这个标志是用来指示的用具，而前面我们已经提及，用具是由指引来组建的。所以，这个标志具有任何用具都具有的那种用具性——作为指引关系的"为了作……之用"——，该用具性使标志具有这样一种指引关系：作为效用的指引；另一方面，与其他用具有所区别的是，标志物具有它本身明确的效用：显示……，向……显示。于是，标志就还具有了另外一种指引关系：作为显示的指引。由于作为显示的指引，可以将周围世界向来上手的用具整体性及其合世界性的存在方式，清晰而明确地显露出来，所以"用来显示的用具（标志）在操劳交往活动中具有优越的用途"④。

然而，标志的显示究竟是一种什么状态呢？换言之，作为显示用具的标

---

① 马丁·海德格尔：《存在与时间》，陈嘉映、王庆节译，北京：三联书店，1999年，第91页。
② 同上。
③ 具体解释段落，请参阅《存在与时间》，第十七节第六段。
④ 同上书，第92页。

第六章　言路比较三：现象学、接受美学与中国诗意论

志,是如何与此在打交道的呢? 海德格尔认为,我们注视某个标志之时,把它当作摆在那里的显示物加以规定之时,恰恰不是我们本真地把握这个标志之时①。这也就是说,当此在与一个标志打交道的时候,其占有方式并非是对该标志的注视,也不是在认知中将其作为一个显示着的东西加以辨认。仔细考虑一下我们与诸种标志打交道的情形,就会很清楚地明白这一点。当我们把目光或注意力集中于标志所显示的方面时,我们所注意到的无非是在其所显示的领域中所蕴含的某种东西——标志在这样的时刻,将它自身赋予了周围世界,并将周围世界所包含的东西带入操劳交往的寻视。"而寻视并不把握上手的东西,毋宁说它获得了周围世界之内的一种定向"②。在这个意义上,标志让上手事物的某种联络关系成为可通达的了。操劳交往在此情势中获得并维持了一种方向。基于此,海德格尔才说,"标志不是一种同另一物具有显示关系的物。它是一种用具,这种用具把某种用具整体性明确地收入寻视,从而上手事物的合世界性便随之呈报出来了"③。

对标志及其作为显示的指引的描述,我们可以看到,1)显示是效用之"何所用"的可能的具体化,其根基在于用具之为用具的一般结构,即"为了作……之用"这一指引结构。2)作为上手事物类型之一的标志,其作为显示的指引关系属于用具整体,属于指引联络之整体。3)在标志与此在发生交道,并成为上到手头之用具时,在这个情势中,周围世界对于寻视而言成为可通达的了。简而言之,"标志是一种存在者层次上的上手事物,它既是这样一种确定的用具,同时又具有指点出上手状态、指引整体性与世界之为世界的存在论结构的功能"④。将标志现象崭露出来,是为了充分能对指引本身有所领会。既然标志通过一般的指引结构显示某种具体的东西时,将用具整体性收入了寻视当中,那么,这也就是说,以指引为存在论基础的标志也指向了由用具整体所表示着的指引整体,指向了世界。于是,海德格尔

---

① 马丁·海德格尔:《存在与时间》,陈嘉映、王庆节译,北京:三联书店,1999 年,第 93 页。
② 同上。
③ 同上。
④ 同上书,第 96 页。

需要回答的就是:既然指引在上手事物那里组建起了上手状态本身,那么,它是在何种意义上是上手事物在存在论上的前提?作为这种存在论基础,指引在何种程度上是世界之为世界的组建环节?①

4. 意蕴与因缘联络

上手之物是在世界之内与操劳烦忙的此在打交道、照面的。那么,那种决定上手之物之为上手之物,以及决定上手之物的上手状态的东西,就在一定程度上与世界以及世界之为世界具有关系了。需要注意的是,在这样一种对世界的领会当中,并非是把世界视为由于上手之物的存在而后设出现的专题性揭示;恰恰相反,在所有上手之物中,世界总是已经早已在此了的。海德格尔对世界现象的揭示所具有的朝向,总是不断地要回溯到那个源发意义状态去的。此在与上手之物有所照面,世界本身在这个局面之前就已经有所建基并为此在有所领会。世界,作为一种事先就被释放出来的状态,先于世内的个别存在者之存在状态的揭示。所以,就世界现象的分析而言,海德格尔需要说明的就是:世内照面之存在者就其存在向着操劳寻视释放出来、向着有所计较开放出来,在此状况下,这种先行释放意味着什么?对这一点的说明,也就是要回答,世界是如何能使上手之物作为上手之物来照面?

在此前的分析中,海德格尔已经解释了作为上手之物的用具状态是指引,而指引又具有两种模式:用具的有效性(效用)和材料的有用性(合用)。对于用具而言,其有效性和有用性的指引模式总是先行描绘出用具之具体指引。但是,对于指引本身而言,当我们说某种上手之物的存在具有指引结构时,实际上是在说:该物于其本身就具有受指引的性质,具有"关系到……"的特征。海德格尔说,"存在者作为它所是的存在者,被指引向某种东西;而存在者正是在这个方向上得以揭示的。这个存在者因己而与某种东西结缘了。上手的东西的存在性质就是因缘(Bewandtnis)。因缘中包含着:一事因其本性而缘某事了结。这种'因……缘……'的关联应该由指引来指明"②。进而言之,则存在者之为存在者,向来就有因缘。如此说来,因

---

① 马丁·海德格尔:《存在与时间》,陈嘉映、王庆节译,北京:三联书店,1999年,第97页。
② 同上书,第98页。

缘实为指引关系之联络整体;该因缘整体先行描绘出了上手之物的存在条件;而"因缘的何所缘,就是用具之效用与合用的何所用"①,因缘整体性构成了上手之物的上手状态。对于因缘整体性而言,其根子是"何所用"。海德格尔将此"何所用"界定为因缘整体性之回溯的最初态势,其首要特征是目的性的"为何之故"②。而"为何之故"样式,则又是此在存在之结构,因为此在总是为了存在本身而存在,总是在世界之中的存在。于是,我们可以说,因缘结构导向此在的存在本身,导向这唯一的源始意义上的"为何之故";在此存在状况中,也就同时导向了世界之为世界的世界性本身。

　　上手之物的先行开放,是由"让……"结构所组建的。此"让",乃是因缘结构本身所召唤着的"了却因缘"③之先天完成;此"让"之意涵在于:在某实际性的操劳烦忙活动中,让一个上手之物如其所是而存在。在这里,先行的"让……存在"不能被理解为存在着来自于此在之可能存在或实践性行为的主动因素。在这里,此在所实施的行为并非是以制作或产生用具为目的,而是以揭示出用具的存在样式与事实性为目的。所以,海德格尔才声明,先行让上手之物存在,"不等于说才刚把它带入存在或把它制作出来,而是说就其上手状态把向已'存在者'揭示出来,从而让它作为具有上手存在方式的存在者来照面"④。这也就是说,当此在操劳于与存在者打交道之际,上手之物之所以能以上手状态来与此在照面,其条件就是先天的了却因缘。这是一种让自身有所显示、让自己被显示的结构。海德格尔把这种向着因缘释放的"向来了却其因缘"界定为一种先天的完成,换言之,了却因缘就是先行把存在者向着其周围世界之内的上手状态而释放,因缘结构中的"'何所因'是从了却因缘的'何所缘'方面释放出来的"⑤。对因缘本身的揭示,对上手之物的存在的揭示,是以对因缘整体性的先行揭示为基础

---

① 马丁·海德格尔:《存在与时间》,陈嘉映、王庆节译,北京:三联书店,1999年,第98页。
② 同上书,第86页,第98—99页。
③ 了却因缘(bewenden lassen mit etwas bei etwas)。其意为:让一事了结在某事或某种状态中。这就是说,作为上手之物存在特性的因缘联络,在其中包含着了却因缘之结构;而了却因缘,则意味着让此因缘联络随某物而及于某物。
④ 马丁·海德格尔:《存在与时间》,陈嘉映、王庆节译,北京:三联书店,1999年,第99页。
⑤ 同上书,第100页。

的。在此基础上,此在由于揭示了某给定的因缘整体性之内的存在者之因缘,而使那存在者作为上手之物与此照面。正是这种对因缘整体的事先展开,才能使存在者之世界特性得以标明。

在前面的章节中,我们已经表明,此在必须通过存在之领会,来从本质上对其自身有所规定。另一方面,此在的存在方式是"在世界之中存在",那么对"在世界之中存在"这一存在方式的领会,也就是此在对存在的领会的意涵。海德格尔据此表明,那种世内照面之物所先行展开的东西,"是对世界之领会",而"这个世界就是此在作为存在者总已经对之有所作为的世界"①。这样一来,那种对因缘整体性的揭示,以及对向着因缘释放的了却因缘的揭示,就是基于对它们所凭借的东西的领会。这种领会,就是对先行展开的可理解性的把握,就是此在对世界的基本筹划。这样一种领会与筹划,是此在对自身在世界之中存在的有所作为——在此在领会因缘联络之际,此在"出于某种能存在而把自己指引到了某种'为了作'"②。"为了作"则有把"所用"先行标划出来。这个"所用"就是了却因缘所具有的"何所缘"。基于上面这样的分析,海德格尔说:

> 从结构上说,了却因缘总是让"何所因"去结缘。此在总已经出自某种"为何之故"把自己指引到一种因缘的"何所缘"那里……只要此在存在,它就总已经让存在者作为上到手头的东西来照面。此在以自我指引的样式先行领会自身;而此在在其中领会自身的"何所在",就是先行让存在者向之照面的"何所向"。作为让存在者以因缘存在方式来照面的"何所向",自我指引着的领会的"何所在",就是世界现象。而此在向之指引自身的"何所向"的结构,也就是构成世界之为世界的东西。

在这里,海德格尔所谓的"何所在"、"何所向",并非是一种空间意义上的揭示,而是始终要将其理解为一种形式显示的纯缘发境域之描述:它们所表达的,总是"与……一起"、"向着……敞开"这样的对纯态势或形势的把

---

① 马丁·海德格尔:《存在与时间》,陈嘉映、王庆节译,北京:三联书店,1999年,第100页。
② 同上书,第101页。

握,而这样的把握,首先又是由于对指引的思入为条件的。海德格尔在他的分析之中,恰是通过这样一种来回往复的语言运作,将那原初的生活世界与此在之生存本质给表达了出来。这种表达是随着海德格尔对此在之自我领会的分析所呈现出来的。换言之,"此在源始地熟悉它自我领会之所在"①,这一"熟悉"本身,正是海德格尔如此这般入思的根源。因为,在他看来,这种熟悉,其实是对世界的一种亲熟状态;这一状态不一定要求着对组建世界之为世界的诸关联进行一种理论上的透视,但却作为对世界之为世界诸关联的生存论阐释的可能性之基础而呈现;这一此在对世界的亲熟状态,对于此在而言具有源始性的组建作用,并参与到此在的存在领会当中去了。

此在处身于指引联络之中——这一指引联络被表达为"何所在"——,由于这样一种处身状态的存在,此在得以揭示出世内存在者的因缘,揭示出存在者的上手状态。当此在以自我指引的样式先行领会自身之际,也就意味着它通过对自身生存境域的先天条件与奠基的把握,从而开启出对其自身生存的领会②。在此在的这种领会当中,此在通过逗留在指引联络之内而将指引关联保持在一种先行展开的状态之中。"领会让自己在这些关联本身之中得到指引,并让自己由这些关联本身加以指引"③。因此之故,我们可以谈论作为指引之指引性质的那个东西——这就是海德格尔所谓的"关联性质",他将其把握为"赋予含义"(be-deuten)④。在此在与世界的亲熟状态中,此在通过"赋予含义"使得它展开对其自身之存在和能存在的领会,而这一领会运作的场所,正是"在世界之中"。

对此领会的形势或局面,海德格尔说:

"为何之故"赋予某种"为了作"以含义;"为了作"赋予某种"所

---

① 马丁·海德格尔:《存在与时间》,陈嘉映、王庆节译,北京:三联书店,1999年,第101页。
② 海德格尔在《存在与时间》的后面章节中,就着重就此在之展开状态中的领会现象作了详细的分析。请参阅《存在与时间》第三十二节"领会与解释"。
③ 马丁·海德格尔:《存在与时间》,陈嘉映、王庆节译,北京:三联书店,1999年,第102页。
④ 参阅《存在与时间》中译本第102页中译注:Bedeutung的动词bedeuten译作"意谓着、其含义是",海德格尔在这里将bedeuten写作be-deuten。他用加连接符的方式,突出强调这个词的及物性质或给予性质,以及这个词的词根中含有"解释、解说"的意思。

用"以含义;"所用"赋予了却因缘的"何所缘"以含义;而"何所缘"则赋予因缘的"何所因"以含义。那些关联在自身中勾缠联络而形成源始的整体,此在就在这种赋予含义中使自己先行对自己的在世有所领会。它们作为这种赋予含义恰是如其所是的存在。我们把这种含义的关联整体称为意蕴[Bedeutsamkeit]。(意蕴)它就是构成了世界的结构的东西,是构成了此在之为此在向来已在其中的所在的结构的东西。①

这一引述段落清楚地表明,至此,海德格尔将世界之为世界的世界性充分地揭示了出来。这一世界性本身,就是作为因缘联络之关联整体的意蕴。

对于此在而言,海德格尔接着说,"处于对意蕴的熟悉状态中的此在乃是存在者之所以能得到揭示的存在者层次上的条件——这种存在者以因缘(上手状态)的存在方式在一个世界中来照面,并从而能以其自在宣布出来。此在之为此在向来就是这样一种东西:上手东西的联络本质上已经随着它的存在揭示出来了。只要此在存在,它就已经把自己指派向一个来照面的'世界'了;此在的存在中本质地包含有受指派状态(Angewiesenheit)"②。这表明,由于那个指引之为指引的特性(赋予含义)的组建作用,作为由指引关联所构成的整体,就被把握为意蕴。此意蕴,正是构成世界性的东西。这一构成世界性的东西,作为源始意义发生之可能性基础与先天条件,将因缘的整体性在存在者层次上揭示出来:在通过赋予含义而让世界现象与此在有所照面的样式中,意蕴或世界性就意味着,由于它自身所蕴含的先天性建基,而把此在的"在世界之中存在"的世界作为受指引关联所指派的状态,通过因缘联络指引到与此在的照面当中去了。在此意义上,指引联络作为意蕴被理解为世界之世界的世界性组建。

我们在前面的章节中已经表明,此在的存在样式为"在世界之中存在";此在在展开其自身的存在时,向来对于世界已经在亲熟状态中有所领会。另一方面,由于世界性之组建被把握为意蕴,那么对于此在所在之中的

---

① 马丁·海德格尔:《存在与时间》,陈嘉映、王庆节译,北京:三联书店,1999年,第102页。

② 同上。

世界而言,海德格尔说,此在向来已经熟悉意蕴。意蕴就包含有此在有所领会并做出解释之际能够把"含义"这样的东西开展出来的存在论条件;而含义复又是言词与语言可能存在的基础。对于此在之生存论建构,以及对于此在"在世界之中"而言,展开了的意蕴就是因缘整体性之所以能够得到揭示的存在者层次上的先天条件①。这也就是说,对于生存着的此在而言,意蕴所派送的,并非是将其自身所组建的世界敞开为具体的特殊世界之上手状态或存在者层次上的在手状态——这两种状态,只是存在概念上的范畴,是非此在式的存在②。作为此在的生存论规定的世界之为世界,当它被把握为意蕴时,它所给予的就是对世界现象的一种保持——意蕴作为先天条件与生存论规定的组合,使得世界能够被理解与解释为一种具有关联系统的指引整体之先行展开状态③。

到目前为止,我们通过上面诸个环节的逐渐牵引与勾连,将海德格尔对于意义的揭示给初步展露了出来。

5. 意义域的实现:在此作为理解与解释

在上面的章节中,我们详细地解析了作为意蕴整体的世界现象。这样一种解析,是为了提供出一个意义实现的背景:世界作为理解与解释的展开之领域,意蕴整体或意义之关联整体作为真正现象学所面对的实事。我们对这一背景的廓清,是为了更好地把握理解与解释本身是如何可能的。换言之,作为此在之在此的领会(理解)和解释,就是那个我们以意义论的专题性方式所要解析的意义域之实现本身。那么,现在的问题就是:理解和解释的情况究竟如何?

---

① 马丁·海德格尔:《存在与时间》,陈嘉映、王庆节译,北京:三联书店,1999年,第86、102—103页。

② 海德格尔具体的阐述如下:……对存在论问题的结构与维度原则上可能做出三种区别。……1. 世界之内首先来照面的存在者的存在(上手状态/Zuhandenheit);2. 可以在对首先照面的存在者进行的独立揭示活动中加以发现规定的那种存在者的存在(现成在手状态/Vorhandenheit);3. 一般世内存在者之所以可能得到揭示的存在者层次上的条件的存在,即世界之为世界(die Weltlichkeit von Welt)。最后提到的这种存在是在世界之中的存在的、即此在的一种生存论规定。而前两种存在概念乃是范畴,它们所关涉的存在者不具有此在式的存在。请参阅马丁·海德格尔《存在与时间》,北京:三联书店,1999年,第103页。

③ 关于这一点,海德格尔在《存在与时间》对此在之展开的分析中进行了具体的阐述。请参阅《存在与时间》第五章。

海德格尔说①,领会同现身一样源始地构成此之在。现身向来有其领会。作为基本的生存论环节的、带有情绪的领会,是此在存在的基本样式。在此基础之上,那种作为某种具体的认识方式之领会,必须与解说一起被把握为基础性的、共同构成此在的源始意义上的领会在生存论上的衍生。在前面对于世界的解析中我们可以看到,世界的在此,是"在之中",相当于此在生存着(此在之此)。在"为其故"这样的指引关联中,"存在在世界之中"本身以领会的状态展开。在对"为其故"这样的指引关联的领会之中,植根于领会的意蕴一同展开;而意蕴本身就是世界向之展开的东西。所以,领会的展开状态作为"为其故"的展开状态以及意蕴的展开状态同样源始地涉及整个在世。②

  领会状态的展开,需要一种此在的脱时间状态的抽离和残断。此在随时随地都具有这种脱时间状态。在这一状态中,此在才得以可能抽身反观物的存在,才可能达到一种静观的认识。这种认识对象本身的脱时间状态,是作为一种存在方式的认识状态而现身的。基于此,此在之为此在。但此在之组建却同时需要另外一种时间的样式。这就是说,此在始终处于时间状态之中。这里所谓的时间状态,并非物理学意义上的时间,而是指世界现象的时间维度——此在之生存论意义上的在场与不在场的统摄体。这样一来,此在就处于脱时间状态与时间状态的交界面之上,并在这种生存论的时间统摄体当中获得了向着其自身组建的张力与可能。因为此在之展开具有残断抽身,才可能有时间的绽露;因为存在着闪脱,此在之领会才可能显现为向着未来的筹划。而这样一种在时间状态中闪脱,其实就是领会本身。此在作为能在,就意味着此在的不断闪开,不断向着其自身以及向着未来有所筹划地领会。

  据此,我们可以这样认为:1)作为因缘联络的意蕴整体,就是世界本身,就是世界之在场,就是世界之此;2)物在世界之此中——在作为指引与标志的关联结构当中得以获得其自身的意义涌现;3)于是,意蕴整体就是

---

① 参阅《存在与时间》第三十一节"在此—作为领会"。
② 马丁·海德格尔:《存在与时间》,陈嘉映、王庆节译,北京:三联书店,1999年,第167页。

存在者之存在,也就是存在者之意义本身;4) 此在之认识得以可能,乃是由于在意蕴整体当中并保留了这种关系形式的抽离和残断,抽离状态被描述为凝视和静观;5) 抽离本身仍然在场——作为此在之存在状态在场,涵纳了"在之中";6) 因为这种作为意蕴整体的世界现象之时间纬度上的抽离使得领会本身得以可能,从而此在现身为能在。

就此而言,领会对于此在之能在,就具有关键性的意义了①。海德格尔说,"领会是此在本身的本己能在的生存论意义上的存在,其情形是:这个于其本身的存在开展着随它本身一道存在的何所在"②。领会总是突入到诸种可能性当中去,突入到筹划活动当中去。这就是说,领会是对此在之可能性的前行进入,因其具有筹划的生存论结构。这是因为,领会包含着这样几种"视"的样式:作为操劳活动的寻视、作为操持的顾视、以及对于存在本身——此在一向为这个存在如其所是地存在——的视③。而那种整体性的关涉到生存的视,被海德格尔称之为透视。透视被用来标记领会中的自我认识,即对具有其所有内涵的自我,所做出的一种完全而丰富的认识。换言之,透视就是指对于此在之可能状态中的诸环节整体(作为在世界之中的意蕴整体的展开状态)的了悟、洞穿和透彻之视见。另一方面,此在向着为何之故筹划其存在,也就是说,此在向着意蕴整体的世界筹划其存在。而在对于可能性的筹划活动当中,却已经先行设定了此在的存在领会。那么,对于意义的掌握,就意味着,在此在的领会作为筹划之际,此在是它作为种种可能性的先行基础——使可能性成为可能的生存论结构上的组建。由于这样一种先行掌握,此在就比它在世界上的所是更多。换言之,对于意义的切入、划分、掌管,使得此在在生存论上成为一种能在。

只有在这样一种基础之上,我们才可以理解世界之所以能够被得到解释的基础何在。只有作为领会的此在,由于一种先行掌握的筹划,才可能给予存在者以世界结构,并确认物之所是(意义)。就此而言,领会在解释(释义)的过程中有所领会地获取被领会者。解释就是使领会得以成形的那种

---

① 参阅《存在与时间》第 167—168 页。
② 马丁·海德格尔:《存在与时间》,陈嘉映、王庆节译,北京:三联书店,1999 年,第 168 页。
③ 同上书,第 170 页。

活动。于是，领会与解释的关系就是，"领会在解释中有所领会地占有它所领会的东西。领会在解释中并不成为别的东西，而是成为它自身。在生存论上，解释植根于领会，而不是领会生自解释"①。解释因而就是在环视当中对已经被理解的世界的释义。换言之，我们构造出来的世界之意蕴整体，实际上是已经为我们有所了解、有所领会了的世界了。因此，"解释并非要对被领会的东西有所认知，而是把领会中所筹划的可能性整理出来"②。

所有的解释活动，都具有"作为……"结构，但这一结构区别于陈述所具有的"作为"结构。前者构成了一个被理解之物的明确性结构，即构造出了解释本身，因此是后者更为原初的基础。所以，"命题在存在论上来自于有所领会的解释"③。

需要注意的是，海德格尔这里所谓的已经有所领会、有所解释，并非是指首先对于某些纯粹现成的东西的经验，并非是把意义分派到具体的现成存在者的头上，也不是在一种价值哲学的基础上对于这些事物的价位确认。海德格尔说，解释无非是把这样一种因缘给解释出来而已，这种因缘就是：随世内照面的东西本身一向已有在世界之领会中展开出来的因缘④。

也就是说，作为因缘整体的意蕴本身，除了可以得到专题性的解释掌握之外，更为关键的是，它始终纠缠于那种日常的、不为我们所明白把握的、却又是本质性的领会状态。这样一来，解释其实就一向奠基在一种先行具有之中。所有的领会都具有这种"在先"的结构：在先的拥有、在先的看到、在先的把握。把某物作为某物来加以解释，这在本质上是通过这三种在先结构来起作用的。于是，海德格尔可以说：

> 解释从来不是对先行给定的东西所作的无前提的把握。准确的经典注疏可以拿来当作解释的一种特殊的具体化，它固然喜欢援引"有典可稽"的东西，然而最先的"有典可稽"的东西，原不过是解释者的不言而喻、无可争议的先入之见。任何解释工作之初都必然有这种先入

---

① 马丁·海德格尔：《存在与时间》，陈嘉映、王庆节译，北京：三联书店，1999年，第173页。
② 同上。
③ 同上书，第185页。
④ 同上书，第173页。

之见,它作为随着解释就已经设定了的东西是先行给定的……①

海德格尔对于理解与解释的分析,其实是对于源始意义上的理解和解释的揭露。换言之,这一揭露是以存在问题的此在分析为定向的。这样一来,就会导致海德格尔对于意义问题的分析,其实是构建出了意义在生存论立场上的实现环节——意义,是一个用于存在论规定的语词——它既非胡塞尔角度上的意识的意向性结构的构意机制本身,也非索绪尔角度上的编码体系的涵义系统本身的客观联系,它不是价值层级关系当中的价位之确定,更不是维特根斯坦的对于构成世界之图像的原子事实的模仿所带来的客观意义。

对于海德格尔,世内存在者都是向着世界被筹划,即向着一个意蕴整体被筹划。我们只有在这种情况下才能判断这些存在者是否具有意义:当它们随着此在之在被得以揭示,当它们随着此在之在被得以领会理解。所以海德格尔说:

> 意义是某某东西的可领会性的栖身之所。在领会着的展开活动中可以加以分环勾连的东西,我们称之为意义。……先行具有、先行视见、及先行掌握构成了筹划的何所向。意义就是这个筹划的何所向,从筹划的何所向方面出发,某某东西作为某某东西得到领会。只要领会和解释使此在的生存论结构成形,意义就必须被领会为属于领会的展开状态的生存论形式构架。意义是此在的一种生存论性质,而不是一种什么属性,依附于存在者,躲在存在者后面,或者作为中间领域飘游在什么地方。只要在世的展开状态可以被那种于在世展开之际可得到揭示的存在者所充满,那么,唯此在才有"意义"。②

因此,当进入到此在的领会当中,对于意义的追问,也就是对于存在本身的追问。

而对于意义追问之活动,海德格尔还做出了这样一种检测与预防。这

---

① 马丁·海德格尔:《存在与时间》,陈嘉映、王庆节译,北京:三联书店,1999年,第176页。
② 同上书,第177页。

就是海德格尔对于所谓解释学循环的澄清。所谓的解释学的循环就是指：由于作为此在展开状态的领会向来涉及在世之意蕴整体；而一切解释都在那种"在先"结构当中被指引；从而，"对领会有所助益的任何解释无不已经对有待解释的东西有所领会"①。传统解释学所关注到的解释学循环，只是海德格尔所界定的解释学循环的一种派生方式②。针对这种情况，海德格尔说，决定性的事情不是从循环中脱身，而是依照正确的方式进入这个循环③：

> 领会的循环不是一个由任意的认识方式活动于其间的圆圈，它所表达的乃是此在本身的生存论上的"先"结构。……在这一循环中包藏着最源始的认识的一种积极的可能性。……解释领会到它的首要的、不断的和最终的任务始终是不让向来就有的先行具有、先行视见与先行掌握以偶发奇想和流俗之见的方式出现，它的任务始终是从事情本身出来清理先行具有、先行视见与先行掌握，从而保障课题的科学性。

这就是说，领会中的循环结构，其实是属于意义发生的结构之一部分。对于这一循环结构的正确态度，是不能将其归属于任何现成状态的方式，而是要使它能在此在的生存论意义上得到展示和描述。这样一来，才可能更为科学地进入到意义之把握当中去。

一切对于文本的阐释或评价，都是源始的领会与解释的衍生样态。换言之，这些阐释、自我阐释、理解，从根本上说都是基于存在意义上的整理、亮明。通过对在世界之中的分析工作，意蕴整体诸环节的因缘联络得以清理，从而在世界之中的情绪状态得以现身。对于因缘联络的解说，就是对关联指引的形式显示，就是"把……作为……"来加以把握。因此之故，领会中的先行具有，就是前理解本身；而前理解本身也就是一切理解之基础。那

---

① 马丁·海德格尔：《存在与时间》，陈嘉映、王庆节译，北京：三联书店，1999年，第178页。

② 例如在施莱尔马赫的解释学中，解释意味着一项双重任务，即通过个别的部分去理解整体的统一，而通过整体的统一去理解个别部分的价值。

③ 马丁·海德格尔：《存在与时间》，陈嘉映、王庆节译，北京：三联书店，1999年，第179页。

么,在这个意义上,对于文本的阐释和理解而言,前理解就意味着一个人的世界状态,意味着一个人的意蕴整体之先行具有。经验状态的理解,是这种源始性的理解的衍生样式。海德格尔通过对"前理解"的揭示,阐明了解释学的循环之机制何在,并在这个基础上决定性地破除了传统哲学思想中的这一观念——哲学是对于普遍知识的追求。这就是说,海德格尔对在一切理解活动中起作用的解释学循环的论述是一种对"被给予的神话"的批判和对基础主义认识论的批判。并不是海德格尔否认知识有基础;而是他所发现的基础使各种基础主义的认识论的理想无效①。

因为理解就是在世界之中的现身,在情绪状态中的现身。而这种现身,是在寻视、烦忙之际的涌现。此在从来看不到与此在的存在无关的东西。于是,在寻视、烦忙中涌现,也就意味着那些涌现之物已经内在地构成了此在之为能在的筹划环节的组成部分。所以,一切理解,就只可能是当代的理解,是理解者自身的此时此地的理解——在这种理解的样态中,充盈着的是此在之在场性。而这就是说,在这样一种对于理解的把握的基础上,所有的阐释其实都是历史性的阐释:没有超历史的阐释;游离于历史,只是意味着游离于存在。由于这种对于阐释的历史性的认知,所以复又意味着文化的历史性,以及意义的历史性。而阐释的循环是因缘联络的世界之意蕴整体的出场与其部分的情绪状态的现身的关系。此在理解其自身的存在,对自身存在的理解构成了其存在本身。这也就标明了此在的自我关涉性:它是理解者的同时,也是理解对象。理解之所以得到发生,是由于理解者与被理解者的二元合一。这二者之见存在着一种生存论上的张力或间隙,因此之故,世界的存在才可能被打量;另一方面,因为是同一的,所以世界才能被领会。

6. 语言之逻格斯:话语

我们可以从前面章节的解析中看到,海德格尔充分揭示了何为源始处境的意义之发生背景和意义之实现结构。这样一来,他的这种存在论现象学意义上的理解领会、解释,以及对于意义域的清理工作,构成了专门的文

---

① 参见 M. 韦斯特法尔:《解释学、现象学与宗教哲学:世俗哲学与宗教信仰的对话》,郝长樨编译,北京:中国社会科学出版社,2005 年,第 112 页。

学研究领域中的理解问题、释义问题以及意义问题的基础。由于这样一种奠基,对于语言问题的分析就是海德格尔关于此在之在此的分析工作中不可缺失的一个环节。因为就其意义问题的展开而言,当把理解与解释作为意义之实现场域和此在展开状态来加以打量之际,那种对于这一场域的占有活动,就将势必成为意义分析或此在展开状态分析的下一项任务。这也就是海德格尔在《存在与时间》中对语言现象有所谈论的原因之一。

对于海德格尔,组建着此在之在场性的——在世界之中的展开状态的基本生存论诸环节——是现身与领会。而领会包藏有解释的可能性。解释就是对被理解之物的占有。在此意义上,语言现象可以在此在之在场性的构建当中找到其根源——语言现象的生存论存在论基础就是话语。这也就意味着,对于话语,海德格尔是将其作为语言的逻格斯来申述的——他对于语言以及话语的谈论,不是指某种具体的言语行为,也不是作为言说的语言,而是使言说的语言得以可能的此在存在的生存论环节的组成部分来加以打量的。在这种基础上——话语作为语言之逻格斯——下面的话才是可以得到理解的:

> 话语同现身、领会在生存论上同样源始。可理解性甚至在得到解释之前就已经是分成环节的。话语是可理解性的分环勾连。从而,话语已经是解释与命题(陈述)的根据。可在解释中分环勾连的,更源始地可在话语中分环勾连。……这种可加以分环勾连的东西称作意义。我们现在把话语的分环勾连中分成环节的东西本身称作含义整体。含义整体可以分解为种种含义;可分环勾连的东西得以分环勾连,就是含义。含义既自可分环勾连的东西,所以它总具有意义。话语是此的可理解性的分环勾连,展开状态则首先由在世来规定;所以,如果话语是展开状态的源始生存论环节,那么话语也就一定从本质上具有一种特殊的世界式的存在方式。现身在世的可理解性作为话语道出自身。可理解性的含义整体达乎言辞。言词吸取含义而生长,而非先有言词物,然后配上含义。
>
> 把话语道说出来即成为语言。因为在语言这一言词整体中话语自有它"世界的"存在,于是,言词整体就成为世内存在者,像上手事物那样摆在面前。语言可以拆碎成现成的言词物。因为话语按照含义来分

环勾连的是此在的展开状态,而这种存在者的存在方式是指向"世界"的被抛的在世,所以,话语在生存论上即是语言。①

这也就是在说,意义就是能够在话语中并且通过话语而能被表达的东西。在话语的言谈中有所表达,这种表达所表达出来的东西就是意义整体,即在各种不同的具体的特殊世界的意义中可以被揭示为一种整体和基础的东西。对于语言本身来说,它可以被看成是一切现成在手的言词之整体,也就是说,是可以被语法、逻辑加以规范并被纳入到辞书当中去的那种言词整体。但是,从生存论的角度上来看,语言只是话语的被陈述状态,即语言之逻格斯的展开状态。所以,话语是此在的展开状态的生存论建构,它通过听与沉默两种可能性而对此在的生存具有组建作用。海德格尔说,"话语是对在世的可理解性的'赋予含义的'分解"②。换言之,话语实质上就是指这样一种表达:以赋予意义的方式,对此在之在世,以及对那些包含在在世状态中各种事物的可领会、可把握、可通达性的表达。通过话语的逻格斯,在世的杂然共在就活动在话语的操劳共处当中,或者说,共在具有了如下一些形式:赞许、呵责、请求、警告、发言、协商、说清、陈述主张和讲演等等。但是,语言总是话语之逻格斯的相互之间就某事所进行的陈述。这种话语并不一定就是在进行一种规定的断言,换言之,一个指令或一个祈愿也可能是话语的主题。语言所交流的东西,只是在具体的言说样式中被谈及的东西。

话语和现身、领会一道组建了此在之在世。海德格尔认为,要真正对语言问题有所了解,就必须把语法从逻辑中解放出来。因为,在古希腊人那里,语言被理解为逻格斯,但是在后世的理解当中,却把逻格斯整理成了关于现成事物的逻辑规则了。所以,"倘若我们使话语这种现象从原则上具有某种生存论环节的源始性和广度,那么我们就必须把语言科学移置到存在论上更源始的基础之上。把语法从逻辑中解放出来这一任务先就要求我们积极领会一般话语这种生存论环节的先天基本结构⋯⋯"③

就《存在与时间》的整个运思路径而言,他对于语言问题所摆置出来的

---

① 马丁·海德格尔:《存在与时间》,陈嘉映、王庆节译,北京:三联书店,1999年,第188页。
② 同上书,第189页。
③ 同上书,第193页。

基本任务的提示,强烈的关涉到了作为他后期思想之核心环节的对于语言问题的思考,或者说,他后期的很多重要主张在这时已经具有了苗头。对于语言的关注,实则又是为了更好地进行意义的释放、让人看见和揭示。所以,海德格尔说,"广泛地比较尽多尽僻的种种语言,意义学说并不就自行出现。……意义学说植根于此在的存在论。它的荣枯系于这种存在论的命运"①。

三、语言、大道与诗

在意义论的题域之中把握海德格尔的思想,一个无法绕开的环节就是:以20世纪30年代为界关于所谓海德格尔的前后期思想的关系问题。一些研究者认为,海德格尔的思想存在着一个剧烈的"转向"——因为在海德格尔后来的作品中所处理的许多主题,似乎都没有在他前期的著作中出现。②然而,我们若是以意义论来观照海德格尔的前后期思想,就会发现:所谓的海德格尔后期思想进行"转向"的问题,其实并不意味着对之前的思想立场的更改或对思想路径的放弃;转向,仅仅意味着当原先的思之进路发生某种困难之际,所采取的延迟、迂回、重启。

《存在与时间》是一件未竟之作。虽然在海德格尔后来的一些文本中,也讨论了这部著作未完成的部分中所应该得到解决的问题,但是,我们却可以看到,海德格尔并没有完全按照原书的格局和思路来对这部作品加以完工。这就意味着,一种困难或阻隔在其运思的过程中显露出来了。

海德格尔在1926年前后的工作所取得的最为关键的理论突破在于,他"从胡塞尔的范畴直观,经过拉斯克的解释,达到了'人的实际生活体验'和'形式指引'的思路;从康德的'先验想象力'和胡塞尔的时间意识中的'边缘构成域',发展出有存在论意义的时间观和历史观"③。在《存在与时间》

---

① 马丁·海德格尔:《存在与时间》,陈嘉映、王庆节译,北京:三联书店,1999年,第193页。
② 这些主题包括:艺术的本源、诗与语言、当代世界的技术问题,以及与东方思想的交流与碰撞等等方面。而且在写作的风格上、在文本的篇幅长短上,都有了比较明显的变化。
③ 张祥龙:《海德格尔思想与中国天道:终极视域的开启与交融》,北京:三联书店,1996年,第153页。

当中,海德格尔其实已经表明,它只是自己哲学的一种准备性工作而已——此在之分析是作为存在问题的准备性分析而被定位的。在此基础之上,我们可以说,意义论问题是在这一准备性的此在基础分析中得以展开的。在此范围之内,语言在世界现象分析中被标记为话语,它揭示了意义之世界性。但是,《存在与时间》这部著作所使用的是形而上学的语言。这就是说当问题的实质性部分突出了形而上学的包围之后,语言却并未走向语言本身。

换言之,在《存在与时间》中,海德格尔的所有努力,是为了赢获一种超出传统主客观框架的探讨存在问题的路径;而语言作为它自身的凭借并未被把握为思想的事情之规定性本身。所以,在《存在与时间》中,讨论语言的一节恐怕是全书最不令人满意的一节①。

在1953年左右的时候,海德格尔与日本东京帝国大学手冢富雄教授进行了一次关于语言的对话②。当后者将海德格尔的思想探究描述为"围绕着语言问题和存在问题"③之后,海德格尔说:

> 早在1915年,我的授课资格论文《邓·司各特的范畴和含义学说》的标题中,就已经显露出两个前景:"范畴学说"是对存在者之存在的探讨工作的通常名称;"含义学说"是指思辨语法,即在语言与存在的联系中对语言作形而上学的思考。……对语言和存在的沉思老早就决定了我的思想道路,所以探讨工作是尽可能含而不露的。《存在与时间》这本书的基本缺陷也许就在于,我过早地先行冒险了,而且走得太远了。
>
> 在1934年夏季学期,我开过一个题为《逻辑学》的讲座,这个讲座实际上是对逻格斯的沉思,我力图在其中寻找语言的本质。但其后又隔了近十年,我才能去道说我所思考的东西——这在今天也还没有适当的词语来加以表达。那种致力于应合语言之本质的思想的前景,在

---

① 陈嘉映:《海德格尔哲学概论》,北京:三联书店,1995年,第299页。
② 参见海德格尔:《从一次关于语言的对话而来》,《在通向语言的途中》,孙周兴译,北京:商务印书馆,1997年。
③ 海德格尔:《从一次关于语言的对话而来》,《在通向语言的途中》,孙周兴译,北京:商务印书馆,1997年,第77页。

其整个广度上来看还是被掩蔽着的。①

这个关于语言的对话可以清晰地显示出：对于海德格尔来说，语言与存在的关系在解释学的触媒下，从一开始就作为思想的源头始终指引着他的思路之拓展。

如前已述，《存在与时间》中的海德格尔已经提示了语言问题所召唤着的基本任务，现在我们需要对他后期思想中由语言问题所牵引的意义之揭示展开进一步的说明。

在《形而上学导论》中，当海德格尔追问在的本质的时候，他说，假若"在"这个词连那种浮动的含义都根本不会有，那么就连任何一个唯一的词都不会有了，而且我们本身也根本不是现在正是的我们了。这是因为，"是人，这就是说：是一个说着话者。人是一个是与否的说话者，只因为人归根到底就是一个说话者，是唯一的说话者。这是人的荣誉同时又是人的需要。此一需要才把人和石头、植物、动物区别开来，而且也和诸神区别开来。假若我们长了千手千眼，千耳以至千数其他感官，假若我们的本质不是植根于语言的力量中的话，那么一切存在者都会和我们鸿沟永隔：我们本身就是的存在者就和我们鸿沟永隔，不亚于我们本身不是的存在者和我们鸿沟永隔"②。在此意义上，当人被把握为此在——在构成中获得其自身规定的此在——那么，语言对于此在而言，就恰恰是此在之所以实现其自身存在的"此"。这就意味着，如果追问存在问题务必要以对此在的追问作为牵引的话，那么将话语、语言与存在问题本身直接勾连起来就是顺理成章的事情了。这也就是说，把存在问题置入到对于语言的思考当中去，或语言就是在话语之中展开的存在本身。话语是语言的逻格斯，而逻格斯的源始含义是聚拢，在话语中被聚拢的就是存在者的存在本身。这样一来，意义之产生与获得，不是由于我们把一个约定俗成的指义符号加诸于某一个存在者或物之上，而是因为存在者或物通过命名而敞开了自身并在此敞开中成为其

---

① 海德格尔：《从一次关于语言的对话而来》，《在通向语言的途中》，孙周兴译，北京：商务印书馆，1997年，第78—79页。

② 海德格尔：《形而上学导论》，熊伟、王庆节译，北京：商务印书馆，1996年，第82—83页。

自身。

　　这就要求着言说着的此在能先行对于存在者之存在有所领会之后,才能展开本真的言说。而所谓在本真的言说中展开的本真性的语言,又是存在自身的言说之展开。于是,我们可以看到,对于海德格尔,当他发现"话语这种现象从原则上具有某种生存论环节的源始性和广度"之后,当他"把语言科学移置到存在论上更源始的基础之上",当他"把语法从逻辑中解放出来"并"积极领会一般话语这种生存论环节的先天基本结构"①之际,语言却不再意味着此在的生存论状态,而是首先归属于存在之真理了。语言将存在者作为一个存在者而带入到开启之域——这就是真理之揭蔽。

　　"只有在语言这个缘构成的域之中,存在者才作为存在者显现出来,人和世界才同样原初地成为其自身。这就是'缘'②或(存在论意义上的)'构成'的真切含义。它既不是实体论,又不是相对主义,而总是维持在最生动、最缘发、也因此是最极致的顶尖处和'居中处'"③。因此,语言之本质不可能是任何语言因素;而世界作为意蕴之整体成为其自身,就意味着意义的发生和构成,而这就是说,意义就是存在之真理本身。

　　海德格尔在对诗人格奥尔格的一首名为《词语》的诗的分析④中,从这首诗的最后一行⑤开始说起,切入进了对语言的本质之道说。事物之所以存在,是由于只有一个适当的词语把事物命名为存在者。在此意义上,语言是存在的家——这句话的含义其实就是指:所有的存在者之存在都居留于词语当中。在之前的章节,我们已经看到了在《存在与时间》中,海德格尔把解释的"作为……"结构与命名联系在一起。通过命名,某物被作为某种存在者而被加以领会。到了《语言的本质》一文中,他的意思表达得更为清

---

① 马丁·海德格尔:《存在与时间》,陈嘉映、王庆节译,北京:三联书店,1999年,第193页。
② 张祥龙将 Dasein 翻译为"缘在"。此处的"缘",就是此在之"此"。
③ 张祥龙:《海德格尔思想与中国天道:终极视域的开启与交融》,北京:三联书店,1996年,第165页。
④ 海德格尔:《语言的本质》,《在通向语言的途中》,孙周兴译,北京:商务印书馆,1997年。
⑤ 这首诗的最后一行,明白无误地提出了词语、物、存在的三者关系——"词语破碎处,无物存在。"

楚:没有词语或词语破碎之处,我们根本就不能把握住作为存在者的事物,甚至事物在这样的处境当中就根本不是存在者。"词语才把作为存在者的存在者的当下的物带入它的'是'(ist)之中,把物保持在其所是中,与物发生关系……词语不光处于一种与物的关系之中,而且词语本身就'是'那个保持物之为物并且与物之为物发生关系的东西;作为这样一个发生关系的东西,词语就是关系本身。"①

作为关系本身的词语,作为构成着此在之此并总是充盈着当场发生意义的词语②,事实上就是意义的别名。因为如果缺失掉了作为居间环节的词语——更确切地说,此居间乃是保持着构成之构成性的发生境域本身——如果缺失掉了这样一种关联作用,那么物之整体(存在者)、世界(意蕴整体)连同此在之此将无法得到展露。所以,根据这样一种思路,原初的、作为发生构成域的意义与消息,是被语言本身所承载、所保有、所开启。语言通过对意义的持存、触发、养育,从而持存、触发、养育着世界本身以及我们的在世界之中的生存本身。"语言的'让……显现或到场'的本性也与逻格斯的'让某物从它自身、即讲话所在处被看到'及'现象学'的含义毫无二致"。所以,"海德格尔后期的表达策略是将最本源的缘构成拉回到《存在与时间》中的'前时间性'的缘在生存境域中,并加以发挥"③。

在此意义上,海德格尔才会如此道说④:

> 诗与思乃是道说的方式。而那个把诗与思共同带入近邻关系中的切近,我们称之为道说。……语言之本质就在道说中。道说(sagen)……意思就是显示:让显现,既澄明着又遮蔽着之际开放亦即端呈出我们所谓的世界。澄明着和掩蔽着之际把世界端呈出来,这乃是道说的本质存在。那个有关在诗与思之近邻关系范围内的道路的引导词……就是:

---

① 海德格尔:《在通向语言的途中》,孙周兴译,北京:商务印书馆,1997 年,第 155 页。
② 或居于此在之构成之中的词语,就意味着发生事件本身。
③ 张祥龙:《海德格尔思想与中国天道:终极视域的开启与交融》,北京:三联书店,1996 年,第 167 页。
④ 海德格尔:《在通向语言的途中》,孙周兴译,北京:商务印书馆,1997 年,第 166—167 页。

语言的本质：
本质的语言。

语言的本质显示为道说（Sagen），或者说语言本质之整体为道说。道说就是指：显示、让显现、让看或听。"道说是大道（Ereignis）的显示运作，是无声的大音。"① 可以注意到，海德格尔所谓的道说，我们仍然可以在《存在与时间》中寻觅到它以指引形式而现身的影子。但是，正如之前所说，在《存在与时间》中海德格尔仍然处于对语言的形而上学的使用当中。道说则表明了他在非形而上学意义上的语言之思考。道说归属于语言本质的剖面作为显现的说，它所带来的是本质的语言。正是由于存在着这么一个显现的域，也正是由于语言具有这种显现的态势与潜力，符号或信号才得以可能被把握为符号或信号本身。

在道说中活动的，是居有事件：此事件把在场者与不在场者都带入到它们自身的当下本己状态之中。由于此二者被带入其自身的当下本己之中，从而它得以自行显示并依照它们自身的方式而居留。居有事件使道说在其显示中活动，于是，居有本身就可以被称之为成道（Ereignen）。成道所端呈出的是澄明的敞开之境：在场者能够进入此澄明状态而持存，不在场者能够出于澄明而逃逸并在隐匿中保持其存留。成道者乃是大道（Ereignis）本身，它只是在道说之显示中被经验为允诺者。② 对于语言之本质的思索，在海德格尔看来"能够唤起这样一种经验：一切凝神之思都是诗，而一切诗都是思。两者从那种道说而来相互归属，这种道说已经把自身允诺给被道说者，因为道说乃是作为谢恩的思想"③。

这样一种对于语言之运思的过程，其实也就是海德格尔的意义论问题之展开与延续：海德格尔从居于传统语言观之核心的"陈述"那里脱身而去，而将语言之道说的最本真的形态（作为缘构发生的语言）界定为"诗"。海德格尔所谓的"诗"，并非具体的、纯粹文学意义上的诗歌，而是指作为存

---

① 海德格尔:《在通向语言的途中》,孙周兴译,北京:商务印书馆,1997年,第215页注释1。
② 海德格尔:《走向语言之途》,《在通向语言的途中》,孙周兴译,北京:商务印书馆,1997年。
③ 海德格尔:《在通向语言的途中》,孙周兴译,北京:商务印书馆,1997年,第230页。

在之真理的促成与发生的原本意义上的语言——语言本身是原本意义上的诗。

我们可以注意到,在《艺术作品的本源》一文中,海德格尔从对艺术之本源的讨论入手,展开的仍然是对于存在与真理的思考。作品作为作品存在就意味着存在之真理置入作品并在其中起作用。作品之本真性在于世界(存在者整体)通过作品进入并保持在澄明的无遮蔽状态中。艺术作为存在真理之发生,乃是由于物之整体向着一个特定的敞开中心聚拢并居留于其间。艺术是存在者之存在的开敞。成为作品也就是说建立一个世界。而"世界并不是此处存在的可数或不可数、熟悉或不熟悉物的纯然聚合。……世界世界化了……只要世界作为诞生与死亡、祝福和诅咒从而使我们进入存在的道路,那么,世界便从来不是作为相对于我们主体的对象。在此,相关于我们根本存在的历史性决断才会发生"①。如果世界实际上是意义之整体性关联的话,那么,海德格尔的如此声言就既是规划意义的同时,又是对于政治世界的历史性决断的召唤了。而在这篇文章的最后部分,海德格尔说,一切艺术本质上都是诗。"真理,作为所是的澄明和遮蔽,在被创造中产生,如同诗人创造诗歌。所有艺术作为让所是的真理出现的产生,在本质上是诗意的。"②结合到之前海德格尔对于语言之本质的思考,我们就可以看到,他之所以把艺术的本质归之于诗,其实是由他的语言观和作为他的存在现象学之思想进路所决定的。

对于诗人而言,通过命名行为,词语与物之关系就是诗意的经验。当世界意味着大地之上的建筑,那么使人栖居于大地之上的就是诗;而本真的诗是天地神人、时间与空间的交互运作之光。当诗从作为语言之本质方面的道说那里而来,当诗作为艺术之本质而被得到规定,当意义在这种机缘之中被得以领会——在这样一种时机的出现之际,对于一个政治的民族共同体而言,或者对于必将被死亡所召唤的此在而言,他们自身的世界就被得以领会,而此世界赖以建基的大地则也被藏守于其中。

---

① 海德格尔:《诗·语言·思》,彭富春译,北京:文化艺术出版社,1991年,第44页。
② 同上书,第67页。

第三节　阐释学和接受理论的文学意义论

后期海德格尔通过对于艺术、艺术品以及大量的诗歌诗人的分析,表明只有在艺术那里,形式显示的解释现象学才能够充分地、真实地实现其自身。换言之,在后期海德格尔那里,语言及其运思的过程已经完全非形而上学化了——语言走向了语言本身。因为"艺术同语言一样,不能看做是表现某个个人主体。主体只是这个世界的真实性表达自己的场所或环境,而且正是这种真实性,诗的读者必须聚精会神地聆听"。① 但是,这并非就意味着伊格尔顿所理解的海德格尔将人在艺术和作品面前的主体性给完全剥除,并非意味着"在艺术面前的态度,必须有些海德格尔鼓吹的那种德国人民在元首面前的奴隶性"。② 海德格尔所做的工作,只是通过对于艺术、诗的分析而切进存在之真理的机制展现,而此展现则又是对意义的释放与端呈。因为从根本上来说,海德格尔关心的问题,根本不是文学方面或文学解释方面的问题:他只不过是以此二者为通道或场所,其目标是对存在本身的敞亮。

但是,海德格尔的这样一种解释现象学的思路,对于后来的解释学家来说是极其具有启发作用的。伽达默尔和尧斯作为海德格尔的学生、解释学理论的继承者与接受美学的开拓者,他们的工作与思考对于文学意义论历史性描述具有重要的地位。

如前已述,对于海德格尔来说,理解的结构是以理解的前结构为基础的。理解的本质是作为在世界之中存在的此在对存在的理解,或者说,理解就是此在的存在方式本身。

但是,这样一来,就会造成所谓解释学循环的困难。如何在解释学循环中发展出一种积极的可能性?如何在解释学的基地之上,走向世界与意义的存在之自身构成?如果对于这个循环的打破完全是背离意义本身的话,

---

① 伊格尔顿:《现象学,阐释学,接受理论:当代西方文艺理论》,王逢振译,南京:江苏教育出版社,2006年,第63页。

② 同上。

那么，如何在不打破这个循环的基础上，实现意义的合理敞明？伽达默尔基于对这些问题的克服之设想，展开了他的哲学解释学。《真理与方法》一书的诞生为伽达默尔的哲学解释学提供了一个引人注目的路标。对于伽达默尔，其理论的目的不在于要提供某种关于解释的一般性理论或者提供对于解释学方法的规划性说明，而是要揭示所有理解方式所共同具有的一些东西，并说明理解从来就不是对于某种给定对象的主观行为，而是对事物对象的效果历史的主体行为——理解属于被理解物的存在。所以，伽达默尔的哲学解释学，就不是方法论意义上的解释学理论了，而是本体论层面上的解释学哲学。

伽达默尔认为，一个文本的意义永远不可能被它的作者所穷尽，作品在流传过程当中会由于历史背景与文化背景的原因，而被读者从作品文本中读出新的意义来。所以，一切解释都是由情境、文化历史的相对标准所决定和影响的。对作品文本的解释总是处于过去与现在之间的对话当中。这就是说，理解总是被置于时间性当中的。伽达默尔依据海德格尔在《存在与时间》中对于时间性的阐发，认为时间性是人类生存的基本事实。理解的时间性包含前理解的社会历史因素、理解的对象构成以及由社会实践所决定着的价值观。由于有了这三个方面的内容，所以先行判断就从理解的时间性中脱胎出来了。就此而言，根本不存在着什么绝对客观的立场，也根本不存在着超越时间的实际处境去对文本加以客观的把握。

> 所有的理解最终都是自我理解。即使对某个表达式的理解，最终也不仅是对该表达式里所具有的东西的直接把握，而且也指对隐蔽在表达式内的东西的开启，以致我们现在也了解了这隐蔽的东西。但是这意味着，我们知道自己通晓它。这样，在任何情况下都是：谁理解，谁就知道按照他自身的可能性去筹划自身。①

理解之所以可能，乃是由于我们自身关于历史意义和我们自身所拥有的视野，与作品本身所拥有的视野相互融合了起来。这种视域融合的时刻，就是在进入到一个陌生的人造世界（意义）之际，我们同时也把此意义纳入

---

① 伽达默尔：《真理与方法》上卷，洪汉鼎译，上海：上海译文出版社，1999 年，第 335 页。

到我们自己的意义范围当中来了。理解者与解释者的任务,就是扩大自身的视域并与其他视域相交融。而这种视域融合所造成的,就是所谓效果历史。理解按照其本性而言,就是一种效果历史事件。"真正的历史对象根本就不是对象,而是按照自己和他者的统一体,或一种关系,在这种关系中同时存在着历史的实在以及历史理解的实在。一种名副其实的解释学必须在理解本身中显示历史的实在性。"①换言之,对于效果历史的揭示,是对于意义运作过程中的时间性的把握。这其实是将理解与文本之间的时间间距度给保留下来了。伽达默尔认为这种时间间距度不可能得到消除,所以也就不存在着传统观点里面的对于客观意义的正确理解。但是,可以注意到,他的这种看法,事实上是对于海德格尔之理解的退化。海德格尔把理解规划为充实文本意义、置入文本意义,并以此为契机,让文本意义在理解和解释者(思者)的寻视当中现身;而伽达默尔则将客观实在性放置于前理解和效果历史的阴影之后了②。

另一方面,伽达默尔眼中的意义之运作,与作为人类文化生活基本职能之一种的游戏有着暗相契合的地方。在伽达默尔看来,游戏的首要特征就是无目的性的运动;这一运动由于其无目的性,从而得以展示自我生命力。但是由于游戏又具有一定的自律规则,而规则又意味着游戏具有某种程度上的目的性。正因为有了规则的存在,所以人的理性也就被包含于其中,人的理性与主体性强有力的作用于游戏本身。而这就是说,游戏之规则的意义在于,它能让游戏超越规则所带来的目的性,并回归游戏本身。就此而言,游戏是绝对自身等同的重复现象,游戏活动的自身表现需要游戏参与者与旁观者的共同介入。于是,游戏所显示的仅仅只是游戏本身而已。③

游戏是一种意义的整体性的纯然运作。在每一个瞬间,在每一次来回往复的运动之时刻,意义得以变化与新生。这样一种意义的运作过程,与艺

---

① 伽达默尔:《真理与方法》上卷,洪汉鼎译,上海:上海译文出版社,1999年,第384—385页。
② 造成伽达默尔之理论欲求或思想冲动的,是否仍然是一种解释学化了的、先验哲学的内在性原则呢?
③ 参见伽达默尔:《美的现实性:作为游戏象征和节日的艺术》,张志扬等译,见《美的现实性》,北京:三联书店,1991年,第37—38页。

术具有相类似的特质。艺术品、文学作品,并非是一个固定不变的存在者。只有当它们进入到审美理解当中去之后,文本才能够实现它们自身的存在,才能够释放出意义。

我们可以注意到,海德格尔对于意义之端呈与释放,通过的是对于艺术、诗等意义发生场域的分析。这种分析的方式,是将具体的人类精神文化活动作为形式上的指引而加以运用的。伽达默尔对游戏的分析,事实上也是对其老师的这样一种分析方式的继承。伽达默尔从对游戏的分析中引导出解释学的基本原则。文本与解释者就解释学本身而言,是平等与相互渗透的,双方都在不断展开的对话和倾听中超出各方原初的视域而进入一个相生相融的历程。文本所提交出来的,是文本的基质与文本自身的同一性。文本的基质与同一性由于需要理解者的解释、亮明,所以造成了解释的同一性。理解者之理解,产生于他对文本的判断;而解释则又产生于理解者之理解。所以,文本的意义的运作,其实就是这种交互渗透所造成的同一性之如何。那么,这一"如何"究竟何如呢?

如果说游戏构造了意义运作的形式与结构,那么,象征就体现着意义本身。象征扬弃了内容,并把内容转化为形式之形式性。在此意义上,象征就是对形式化内容的重新理解与认识,是作为解释学的普遍性而加以把握的。

> 归根到底,歌德的论断"万物皆符号"(象征——笔者注)是对解释学思想最全面的概括。它表明,一切事物都指示出其他事物。这里所说的"万物"并不是对每一个存在的断定,并不是去指明这种存在如何,而是断定它如何同人的理解相遇。①

在伽达默尔看来,歌德的这种关于象征的思想(或符号概念),实际上传达了这样一个信息:我们对于整全性的关系之考察是不可能的;但与此同时,特殊事物所具有的意义能够起到代表整体性意义的功能。换言之,象征并非意味着用一个存在者或物来说明另一个存在者或物的比喻,也不是文学艺术意义上的象征手法的具体指涉——确切地说,象征是具体的文学艺术的象征手法的象征性之所在,或是以文学艺术的象征作为通道的、对于世

---

① 伽达默尔:《哲学解释学》,夏镇平、宋建平译,上海:上海译文出版社,1994年,第104页。

界整体与意义整体的接近。"因为,艺术语言的独特标志在于:个别艺术作品集聚于自身并表达了(用解释学的话说)属于一切存在物的象征特征。同所有其他语言的或非语言的传统相比,艺术品对于每个特定的当下都是绝对的当下,而且与此同时适用于所有的未来"。① 这就意味着,象征以及象征所集聚逗留于其中的艺术,实际指向了意义之希望、潜能和可能性。作为意义驻地的象征本身(象征性),能够为解释学提供来回运作的意义的巨大空间。此空间召唤着理解与解释者进入其中,从而重新认识文本、物、世界之意义以及意义的未来。

通过伽达默尔的解释学转化,通过对于前理解、效果历史以及游戏之分析,意义论问题的探讨转向到接受之维。由于另一个汉斯的努力,使得接受美学打开了文学意义论、文学研究的新局面。汉斯·罗伯特·姚斯在1967年就任康斯坦兹大学文学教授的时候,发表了他的就职演说《研究文学史的意图是什么、为什么?》。这篇文章的题目是对18世纪著名美学家席勒的耶拿大学就职演说《研究世界史的意图是什么、为什么?》的改写和继承。虽然仅仅是把席勒文本题目中的"世界"改为了"文学",但是,却显示出了姚斯的理论追求和对前辈所提出的思想任务召唤的回响。

传统的文学研究范式仅仅把文学局限于文学的创作(作家),局限于作品的表现等圈子之中。在传统的文学史家和理论家眼中,作家和作品就是整个文学进程的核心环节,就是需要得以认识与研究的客观对象。读者或接受方,在这样一种研究路数里面,始终是缺失的。但是这样一种研究的范式,在现象学和解释学的冲击下逐渐崩溃。事实上:

> 在作者、作品与读者的三角关系中,读者绝不仅仅是被动的部分,或者仅仅作出一种反应,相反,它自身就是历史的一个能动的构成。一部文学作品的历史生命如果没有接受者的积极参与是不可思议的。因为只有通过读者的传递过程,作品才进入一种连续性变化的经验视野。在阅读过程中,永远不停地发生着从简单接受到批评性的理解,从被动接受到主动接受,从认识的审美标准到超越以往的新的生产的转换。

---

① 伽达默尔:《哲学解释学》,夏镇平、宋建平译,上海:上海译文出版社,1994年,第104页。

文学的历史性及其传达特点预先假定了一种对话并随之假定在作品、读者和新作品间的过程性联系,以便从信息与接受者、疑问与回答、问题与解决之间的相互关系出发设想新的作品。①

所以,姚斯所进行的就是对文学研究旧范式的挑战或革命。需要注意的是,当席勒思考着"世界"的时候,他所要解决的关键性问题其实是人与物、人与世界的关联。对世界史的研究,实际又是对意义之可能性的把握。那么,姚斯的改写,就并不简单地只是局限于文学研究的方面了——更深一层的意涵是,他要通过对于文学史的重新定位并将其恢复到学科的核心地位,从而得以恢复艺术、物与人之间的意义链条——而这又可以看成是意义论问题的延续和发展。

作为姚斯的接受美学的方法论的顶梁柱,"期待视野"意味着一个超主体系统或期待结构。换言之,"期待视野"事实上是意义的所指系统和人们可能赋予文本的思维向度。任何一个读者在阅读任何一个文本之前,都已经先行拥有了一种前理解与前知识的意识状态。没有这种先行拥有,任何东西都不可能被经验所接受,也不可能产生出新的意义系统来。期待视野的形成,是在作品、作者与读者的历史关联之意义链条中实现的。而对于任何一个具体的文学艺术作品而言,即使它是以新面目出现,它也根本不可能在信息的真空的处境中以绝对的、无前提性的姿态出现。这是因为文学艺术作品总是要通过符号暗示等中介手段为读者提供一种特定的意义接受方向。于是,"文学艺术作品的接受过程也就成了一个不断建立、改变、修正、再建立期待视野的过程。新的本文唤起读者先前的期待视野,并在阅读过程中修正或改变它,以构成新的审美感觉的经验语境。……接受美学提出期待视野是历史形成的理解和阅读及其实现的条件,读者的主体性发挥逃不脱历史的规定性,还要以本文为前提条件,这就避免了心理主义的可怕陷阱"。②

在姚斯看来,所谓美学的意义,其实就包含在这样一种事实当中:读者

---

① 姚斯:《走向接受美学》,《接受美学与接受理论》,周宁、金元浦译,沈阳:辽宁人民出版社,1987年,第24页。
② 金元浦:《姚斯的接受美学理论》,见《西方文艺理论名著教程》下,北京:北京大学出版社,2003年,第408—409页。

对某一部文学作品的接受,必然会与他之前所阅读的作品进行对比。这种对比会造成审美价值的检验与判断。而作品的历史意义之所以得到确定,其审美价值之所以得到证明,就是因为读者的理解在历史的时间性之接受链条当中被保存和丰富。之所以一个作品的意义会呈现出多个方面的内容,是由于其意义的潜在可能性始终是在接受的历史性链条中逐渐展开的。姚斯的这种观点是对伽达默尔的"效果历史"的改造。如果说伽达默尔的哲学解释学注重的是个人的历史经验,是一种"体经用经"的话,那么姚斯的接受美学则是一种"体经用史":在包含了个人的审美经验的同时,又强调了文学的社会性特征——这二者都必须在文学形式和意义的历史演变中展开。

姚斯说:"一部文学作品,并不是一个自身独立,向每一时代的每一读者均提供同样观点的客体。它不是一尊纪念碑,形而上地展示其超时代的本质。它更多地像一部管弦乐谱,在其演奏中不断获得读者新的反响,使本文从词的物质形态中解放出来,成为一种当代的存在。"①换言之,因为期待视野的前理解、前知识系统的启动,因为视域融合的作用,意义的潜能才能得以被充实并孕育着意义的出现。

第四节　向内还原的两条路向:晚期海德格尔与老庄的意义论

不管我们对现象学、海德格尔和解释学的文学意义论作何评价,其论述的深刻性、彻底性都是我们在汉语传统中未曾见到的。当然,这也是我们要将其用于与中国传统诗意论相比较的特殊困难之所在。实际上,从现象学经海德格尔到解释学的文学意义论,几乎包含了我们探索意义问题的各种视角:胡塞尔的意识中心论是一种作者中心论或符号论的意义论视角,海德格尔早期(以《存在与时间》为代表)是世界(存在)论与读者(此在)论的视角,晚期海德格尔则是世界论和语言论的视角,以伽达默尔、姚斯为代表的解释学、接受美学是读者论和文本论相结合的视角。而这诸多视角的转换、渗透、联系又都是基于一个共同的方法论:现象学的直观—理解。中国古代

---

① 姚斯:《走向接受美学》,见《接受美学与接受理论》,周宁、金元浦译,沈阳:辽宁人民出版社,1987年,第26页。

的诗意论或者意义论有没有与之相当的视角融合呢？可以说有，也可以说没有。说中国古代有与现象学意义论相当的视角融合，是在总体上看。老庄与晚期海德格尔相近，儒家的"诗无达诂"和"以意逆志"、禅宗的"顿悟"之思与姚斯等人的解释学相近，诗学领域的品鉴、直观之论又与胡塞尔的意识现象学的直观赋意等仿佛相近，可是，我们没有看到与海德格尔早期的世界因缘联络论的意义观相近的中国意义理论。同时，即使是这些理论在把握意义的言路上有一定接近之处，其在具体论述的准确、用语的规范和论述的深入程度上也有极大的差异。在本文第四章我们已经讨论过中国传统诗意论在视角上的含混性，事实上除含混而外，中国传统意义论中也几乎找不到在论述的深入度、系统性上堪与现象学意义论相比较的理论。但是，这绝不意味着中国古代的意义理论就已经毫无参考价值，甚至已经被现象学完全说尽而不堪开掘了。由于中国古代的意义论对入思意义的言路没有系统化的理性反思和分化，其言路常常是相互渗透的，这反而决定了对它的研究言说无法穷尽，并且总是蕴涵着今天在现象学的意义之后仍然有资于借鉴的东西。

我们且按照意义论言路大体相近的题域来将中国传统的诗意论与现象学的意义论做一个具体比较。

我们先比较老庄的意义理论与海德格尔晚期的意义论。

老庄的意义论可以说是世界视角和作者、听者（接受者）视角的融合。在本文第三章我们已经分析指出，老庄的意义理论是在总体上最接近海德格尔晚期的意义论的。由于在理论视角上的接近以及最近20年中国哲学界、文艺学界的海德格尔热，老庄与海德格尔的比较已呈现出热点趋势。虽然如此，但是以张祥龙的《海德格尔思想与中国天道：终极视域的开启与交融》为代表的研究几乎众口一词都是从哲学认识—存在论的角度展开的，而不是从意义论的角度切入。

一、老庄与晚期海德格尔意义论的相近性分析

两相比较，老庄与晚期海德格尔的意义论有如下三个层面的相似之点：

1. 在思考意义的指向上，两者都把意义的探寻之路定位于对意义源起的还原性追溯

这是一条向主体内在性并经过主体内在的意义建构环节而走向意义—

主体—世界之间关系的内在反思的路向。这一意义探求的指向是现象学意义理论的共同特征:他们不从意义的外在建构——比如像分析哲学那样,从作为语言符号的结构性内容而直接进入指号与意指、与世界之关系的探讨——,而是走向从领会的源始现身(前理解)到存在之显现或意识的内在给予,再到意义的语言之创生、日常意义建构的这样一个反向回溯的清理进程。这一追问意义为何的路向是典型的现象学方式,它不是像结构主义那样片段性地仅从语言内部去对象性思考意义是什么,而是反思性描述意义是如何来的,通过对意义原始发生的内在还原来展示意义究竟为何。在这个意义上说,老庄的意义论确实是有某种现象学因素的。以本文第二章曾经引用过的庄子之言为例:

> 世之所贵道者书也,书不过语,语有贵也。语之所贵者意也。意有所随。意之所随者,不可以言传也,而世因贵言传书。世虽贵之,我犹不足贵也,为其贵非贵也。故视而可见者,形与色也;听而可闻者,名与声也。悲夫,世人以形色名声为足以得彼之情! 夫行色名声果不足以得彼之情,则知者不言,言者不知,而世岂识之哉!①
>
> ……轮扁曰:"臣以臣之事观之。斲轮,徐则甘而不固,疾则苦而不入。不徐不疾,得之于手而应于心,口不能言,有数存焉其间。臣不能以喻臣之子,臣之子亦不能受之于臣,是以行年七十而老斲轮。古之人与其不可传也死矣,然则君之所读者,古人之糟粕已夫!"②

两段引文是从两个相反的方向说明意义的创生从内而外、意义的理解自外而内的程序和过程。这里,文字(书)、语言、意义、言者、世界的源始显现呈现为一个意义产生的反向过程:读书,我们首先读到的是文字(言语),但言语是有意义的,于是我们从言语而进入意义的理解;可是活生生的意义只存在于写书人的心中,我们从语言中读到的意义只是写作者心中意义的有限传达,因此要充分理解意义,就必须进入作者的内心(意义状态);但即使作者就在眼前,他所说的话语也不能把他所领会到的意义完整、准确地表

---

① 《庄子·天道》,郭庆藩《庄子集释》第二册,北京:中华书局,1961年,第488—489页。
② 同上书,第491页。

达出来,这样,在严格的意义上讲,我们要充分地占有意义就只有一个方法:直接置身于活生生的内在领会状态。活生生的领会才是意义的原始源泉!庄子通过一系列寓言、反复强调的"得意忘言"、"得鱼忘筌"是在这个意义强调,儒家孟子的"以意逆志"也包含着此种含义。老庄、孟子都是要强调活生生的意义之原初领会才是根本,而不是主张要抛弃语言。至于究竟是言能尽意还是言不尽意其实是庄子所论的枝节。实际上,用现象学的术语来表达,活生生的意义状态就是胡塞尔、海德格尔所谓的"在场"、"敞亮",亦即胡塞尔所说的意识原初直观的直接给予、海德格尔所说的活生生的存在之境遇。这也包括早期海德格尔的存在在情绪状态中的"原始现身"。不管是作者还是读者,都只有回到活生生的意义状态,才回到了意义领会的源头。这种在场的意义论在西方现代思想史上后来遭到德里达称之为"在场形而上学"的强烈质疑,虽然如此,但说意义领会或产生的真正源头在活生生的意义状态这一点上其实是不可反驳的。关于这一点我们在下一节还要展开讨论。总之,这条路向就是现象学和老庄哲学共同具有的向内反思、追溯还原的意义研究之路。我们看到,这条路向在中国古代的意义理论中实际上是影响全局的,禅宗的顿悟,江西诗派的"点铁成金",历代经学大师所强调的"源头活水",都是坚信这一意义论原则的,都坚持意义的原发状态是一切意义创造的最终源泉。

2. 他们共同认定了一个意义之思的世界论或存在论基础

那么,这一活生生的意义状态是在哪里呢?是在文本之中还是在语言本身的结构之内呢?在老庄和海德格尔看来都不是,而是在人与世界一体的言语活动之中。由此,决定了他们为活生生的意义原发状态进而确定了一个超越于文本并为文本意义奠基的世界论或存在论基础。在意义的源始发生上,现象学和老庄的意义论都一直坚持文本、言辞不是意义本始,在文本或言辞之后还有一个更深的世界源始状态的意义论根基,这一基础在老庄是作为天地本始的"与道"之领会,大道之成言("意之所随"),在海德格尔则是世界在存在论遭遇上的敞亮或现身。所以,他们都决然否定意义只决定于文本内部的语言构造。在他们而言,文本如果离开了人的活生生领会状态,意义就无从现身。文本的意义最终是来源于人们对**天地大道之领会**:在庄子是领会先于言说,在海德格尔早期是前理解先于陈述,在海德格尔晚期则是语词聚集着领会，人的领会和语词一起创生——在晚期海德格尔看来，人唯有在语言中才可能领会。他们由此一直认为，意义理论是存在论即世界论的一个部分，这就是前文反复强调海德格尔关于意义的世界结构论的原因。进一步，这种意义基础论的世界结构论必然包含了一种综合论的意义观：语言的意义、对世界的领会以及这种领会在主体身上的源始发生呈现为一个相互连贯、内外结缘的转化结构，语言、意义、世界现身、主体领会三者相互融合，互为转换，从而勾连出一个容纳语言、主体（说者与听者）、世界三位一体的综合性视角。这一语言、主体、领会、世界的一体性意义缘发的结构关系同时也是老庄所看到的意义之发生的世界关系。

  必须强调指出，这里的世界结构基础论比本文第二章第三节"意义理论的三个维度"中所引哈贝马斯所说的意义理论的三种视角有着更精微的区分和更深入的挖掘。在哈贝马斯的论述中，现象学的意义理论没有被归入现代意义理论的范围，因此在那里关乎作者和世界的只有里斯本的意向语义学和早期维特根斯坦的形式语义学。维特根斯坦的《逻辑哲学论》被看做是从世界与语言关系的角度研究意义的代表，因为他把语言的真值性意义（命题）看成了世界结构的原子事实的图像。从哈贝马斯在《现代性的哲学话语》中对胡塞尔、海德格尔的评述我们可以看到，现象学仍然是作为传统形而上学的一种现代形式来看待的，因此，现象学关于意义的思考被哈贝马斯排除在意义论的考察之外。在哈贝马斯看来，意义理论是自分析哲学之后的语言论研究，它是从根本上排除形而上学的。所谓意义论、语言学的考察也由此被哈贝马斯称之为"后形而上学思想"[①]。可是，在我看来，这么急匆匆地排除现象学方法是有欠缺的。排除了现象学方法，排除了对意义的原始发生论的研究，我们就不可能真切地描述意义究竟是如何产生的。尤其是对于人文学、美学、文学理论的意义论建构，排除了现象学方法和对意义发生的还原性研究，我们几乎寸步难行。因为审美、艺术的意义显然不只是像结构主义和新批评所说的那样，仅仅和隐喻、反讽、叙述学相关，而且和人生、世界的内在领会密切相关。意义不仅仅是通向语言的实用性交流，意义也并不像早期维特根斯坦所看到的那样，仅仅是认知性意义，仅具有认

[①] 参见于尔根·哈贝马斯：《后形而上学思想》，曹卫东译，南京：译林出版社，2008年。

识的真值性、认知意义上的真理价值。意义还通向人生意义、世界意义的建构，通向社会、文化的价值认同，通向人生价值真相的揭示和生活的意义问题。就像马克斯·舍勒所研究的那样，意义不仅包含认知，还包含价值和情感①。显然，这些非认知性的意义、非认知领域，只能通过现象学的方式才能领会、描述和重构。所以，必须从更根本的意义上来看待与维特根斯坦的世界作为语言的原子事实图像迥然相异的现象学的世界意义论。

同时，意义的源始发生是不是一定有一个存在论的世界基础？这一点毫无疑问是可以肯定的。没有世界基础以及没有对世界的领会，意义就成了无源之水，我们对意义就不可能有纵深的理解和领会。这也同时就决定了，意义问题不能仅仅从语言内部的结构关系当中去打量。可是这里的困难在于，当我们从世界结构的角度去看待意义的时候，我们常常会把语言仅仅看做是表达意义的工具，由此我们就会持着一种工具论或逻各斯中心主义的意义观，把意义非语言化、形而上学实体化。前面已述，正是基于这一点，海德格尔晚期抛了早期的此在世界中心论的意义观，而取语言存在论的视角。就是说，那作为言说活动的语言本身就是世界本体的一个部分，世界的存在结构是意义论的基础，但是言说本身就是世界存在结构的一维甚至是起聚集和构成作用的始基，天地人神不是外在于言说，而是在言说中聚拢并显现。正因为如此，海德格尔才反复强调"人是一个是与否的说话者，只因为人归根到底就是一个说话者，是唯一的说话者"。②

3. 在意义之谜的解答上，他们都把意义的原初创生确定为世界真相的原始显露

何为活生生的意义领会状态？活生生的领会状态就是海德格尔所说的存在之敞亮、世界在情绪状态中现身或他晚期所说的世界真理之敞现，也是老庄哲学所说的道之显现，是恍兮惚兮之大道原始的被领会和把握，也就是人在活生生的领会状态中的得道之领悟。在这一点上，海德格尔与老庄进而又有三个共同点：

---

① 马克斯·舍勒:《形式与情感》，刘小枫编选《舍勒选集》上，倪梁康译，上海:上海三联书店，1999年，第7—47页。

② 海德格尔:《形而上学导论》，熊伟、王庆节译，北京:商务印书馆，1996年，第83页。

1）他们都共同认为,世界真相的原始显露就是在本来意义上的真、真理。海德格尔反复说,存在就是最原初的"去蔽",存在在世界中的"出场",这一出场正如前文所言,就是海德格尔所说的"真理"。老庄反复强调,道之显现即为"真知"、"知道"。真人、圣人之领会是那最原初的、唯有"以神遇而不以目视"才能达到的领会。是显露着的、在冥冥之中决定万物、人世、人生命运的宇宙内在运行的"道"。

2）在这个意义源始发生、起源的意义上,语词的最初的命名、陈述就是揭示、呈现,就是最原初的"意":诗意。在第三章我们曾反复指出,海德格尔所谓的语言的诗意就是最原初的真理之自行发送和达到,也就是老庄所谓的"真意"。正如陶渊明说,是那种难以言表的"此中有真意,欲辨已忘言"①中的"意"。当然,也是中国自魏晋之后反复强调的"天机启动"之真意或司空图所谓"韵外之旨",一种日常性语言难以表达和穷尽的"不尽之意"。是直接显现大道运行、道体流通的"意"。

3）这种"意"就是一切日常之意的最原初的起源。在海德格尔,这就是存在之在场在语言中的初始言说,一切流俗之见都是这种语言之原初创造的习惯化、日常化,也即陈旧化。在庄子,这就是"未封"、"未定"、"畛外"之意向"已分"、"已定"之人言的进入。由于话语、语词的原初意义之创生就是无定、无限的大道之意向"已分"、"已定"之人言的进入,因此,只要已进入了语言状态的"意"就已经是死意、定意和被伦常日用所磨损了的"意",因而它也是丧失了原初揭示性力量的"畛内"之陈言、俗语。由此也就决定了,在老庄看来,要保持语言的创造性就必须挣脱语言、俗意的牢笼,而进入未封未定的意义原生的创造性领会状态。当然,如前所言,从后世诗意论的发展来看,这也就是那带出了活泼泼意义境界的"不尽之意"。这一点在本文第二章已有充分描述,此不赘述。

二、老庄与晚期海德格尔意义论的差异性分析

老庄意义论与海德格尔意义论之间的不同之点在于:

---

① 陶渊明:《饮酒》,龚斌校笺:《陶渊明集校笺》,上海:上海古籍出版社,1996年,第220页。

1. 在原初领会中的世界真相究竟为何上，老庄和晚期海德格尔之间有根本的差异

在海德格尔早期是此在世界结构的因缘联络，晚期是"天地人神"四维一体的世界结构。大概是领悟到早期存在论还有浓厚的主体中心论偏向，海德格尔逐渐抛弃了以主体的寻视繁忙为中心的此在基本本体论，也抛弃了作为本体论解释学的此在筹划论的前理解结构，而代之以人对存在的看护和以"天地人神"为世界结构的存在论立场。在早期的世界结构中是没有神的，而在晚期的世界结构中则非常明确地有了神在世界中至高无上的超越性原发地位：

> 神性乃是人皆以度量他在大地之上、天空之下的栖居的"尺度"。唯当人以此方式测度他的栖居，它才能按其本质而存在。人之栖居基于对天空与大地所共属的那个维度的仰望着的测度。……人就他所归属的那个维度来测度他的本质。这种测度把栖居带入其轮廓中。对维度的测度乃是人的栖居赖以持续的保证要素。测度乃是栖居之诗意因素。作诗即是度量（Messen）。①

> 这里要聆听和牢记的是，神之为神对荷尔德林来说是不可知的，而且作为这种不可知，神恰恰是诗人的尺度。……不可知的神作为不可知的东西通过天空之显明而显现出来。这种显现（Erscheinen）乃是人借以度量自身的尺度。②

于是，所谓的"存在的真理"、"诗意"就变成了神通过天空在诗人心灵中的显现。"诗人召唤着天空景象的所有光辉及其运行轨道和气流的一切声响，把这一切召唤入歌唱词语之中，并且使其所召唤的东西在其中闪光和鸣响。"③神之一维的出现使海德格尔的意义本源论显示出基督教神学之深远的潜在影响。显然，这一维度完全不在中国道家的意义论视野之中。老庄的意义论本源是"道"。"道"显然不是神，而是鸿蒙之初、恍兮惚兮的天

---

① 海德格尔：《……人诗意地栖居……》，孙周兴选编《海德格尔选集》上，孙周兴译，上海：上海三联出版社，1997年，第471页。
② 同上书，第472页。
③ 同上书，第476页。

地万物的原始之混成。老子说:

> 有物混成,先天地生。寂兮寥兮,独立而不改,周行而不殆,可以为天地母。吾不知其名,字之曰道,强为之名曰大。大曰逝,逝曰远,远曰反。故道大,天大,地大,人亦大。域中有四大,而人居其一焉。人法地,地法天,天法道,道法自然。①

老子的世界结构是"道—天—地—人"。在海德格尔晚期,"天地人神"四维一体的结构没有分裂、没有先后,那就是存在的世界性,它们共同聚拢于、显现于人言,这就是"诗",就是"真理",也就是"意义",是一切陈言之意的原始源泉。所以他说,日常性的语言倒是一首被磨损了的诗。可是老子的"道—天—地—人"的世界结构是有先后、有本末的:"人法地,地法天,天法道,道法自然。"这样,在老子那里,一个本然的天地之境界就高于人的作为,高于人世间。进一步,天地之境界还不是最根本的,最根本的乃是"道"——"自然"。那里没有神,没有人可以向上升腾的彼岸,没有从自然之中升腾起来的价值之域,在终极的意义上那里所有的仍不过是自然而已!

2. 老庄和晚期海德格尔之间在原初领会中的世界真相究竟为何上的根本差异进而决定了在他们的世界结构中语言所分到的意义的不同

老庄笔下的"意"是人对鸿蒙大道、原始混沌的局部领会。关乎此,在本文第三章我们已详细论述过。对老庄而言,"道"被诉说于人言是"分",是"定",是局部眭内之意("观点"),而观点由于其局部性决定了是"彼亦一是非,此亦一是非"②。在海德格尔则是"天地人神"的凝结、略缩。凝结、略缩与"观点"不同,"观点"无法避免其片面和偏见,因此,老庄对一切人言,包括圣人之言都持否定态度。要得到真知就只能"得鱼而忘荃"、"得意而忘言"③,从言内之意进入活生生的领会状态。可是凝结、略缩却是人无法抛却的,因为那本身就是意义的原始构成,世界只能在此种构成之中现身。所以海德格尔反复说,"人诗意地栖居",与所有自然物、石头、花草不同,唯有人是诗意地栖居在大地上。就是说,诗意,即天地人神在言说、语词

---

① 《老子》第二十章,饶尚宽译注:《老子》,北京:中华书局,2006年,第63页。
② 《庄子·齐物论》,郭庆藩集释:《庄子集释》一,北京:中华书局,1961年,第66页。
③ 《庄子·外物》,郭庆藩集释:《庄子集释》四,北京:中华书局,1961年,第944页。

中的凝聚对人而言具有创世之功。人的世界原本是一个意义的世界,是在语言中并唯有在语言中才能开辟的世界。当然,这也就再次印证了海德格尔早年的著名论断:存在论不是讲述存在是什么,而是讨论存在的意义问题。如前已述,海德格尔晚期是鉴于早期的此在中心论而转向天地人神的世界结构论的,并且在其思想的展开中特别强调了语言的存在论意义,由此也就在一定程度上避免了本文在第四章指出的、作为意义论之世界基础论所常常具有的形而上学倾向。

3. 老庄与海德格尔的意义论学说具有迥然相异的潜在价值指向

实际上不管是老庄还是晚期海德格尔,他们研究意义论的最终目的都并不仅仅是追问意义为何本身,而是要提出文明取向的路向问题。看似极端抽象、虚玄的意义问题实际关涉的却是人类文明向何处去的价值取向。这是他们的意义论学说与结构主义、新批评和分析哲学的又一个重大差异。结构主义、新批评和分析哲学基本上是就意义而谈意义,他们都属于现代科学背景下的科学主义的意义论。虽然他们引发的实际影响同样有着重大的现实意义,对现代人文学术研究的语言学转向和遏制形而上学的传统哲学认识论有根本的推动作用,可是在具体的研究中,他们都力图排除主观价值导向,一心要展开对意义问题的规范性研究,力图达到对意义问题的中立、科学的认识。

我们知道,在老庄,研究意义问题的目标是要提出否定儒、墨、名、法及自西周以来的中国历史的文明取向。老子说:"大道废,有仁义;智慧出,有六伪;六亲不和,有孝慈;国家混乱,有忠臣。"①庄子说:"绝圣弃智,大盗乃止。"②在老庄看来,仁义、礼乐、慧辨、兵戈、文治武功、法律、权力、审美等等,都是导致人世间残暴混乱的直接根源,要到达天下太平,就必须从根本上去除这些舍本逐末的所谓文武教化。而去除的根本之道,就在于明白"圣有所生,王有所成,皆源于一"③。庄子说:

天下大乱,贤圣不明,道德不一,天下多得一察焉以自好。譬如耳

---

① 《老子》第十八章,饶尚宽译注:《老子》,北京:中华书局,2006 年,第 45 页。
② 《庄子·胠箧》,郭庆藩集释:《庄子集释》二,北京:中华书局,1961 年,第 342 页。
③ 《庄子·天下》,郭庆藩集释:《庄子集释》四,北京:中华书局,1961 年,第 1065 页。

目鼻口,皆有所明,不能相通,犹百家众技也,皆有所长,时有所用。……天下之人各为其所欲焉以自为方。悲夫,百家往而不返,必不合矣! 后世之学者,不幸不见天地之纯,古之大体,道术将为天下裂。①

这样,我们就明白了老庄意义论的深远用意。他们从"言"追溯到"意",追溯到活生生的意义状态,追溯到开辟鸿蒙的"意"之显现,思致幽微,殚精竭虑,其实都是在探寻一条根本的路径:如何回复"大体",返回混沌鸿蒙的原始状态(所谓未分、未定的"一")。在老庄,这一根本的指向就是走向源始的意义境遇:走出人世间,走向"世外"、"鸿蒙"、"荒野"。老庄的意义论是走向荒野的哲学。他们的意义论的价值指向非常鲜明:"天道"的指向就是"天"本身,就是自然。这是与"人世间"相对应、相区别的自然。因而作为意义追思,庄子的指向是不断从"人世间"退回到"天人",或者说是据"天人"交感的领会而不断地摧毁人世间的意义建构。这就决定了庄子最看重的意义是口不能言的意义,即在成言(世间之言)之前的"未封"、"未定"之意,因而他反复引导的方向是**走出人世间,走向荒野**。就是说,与各种各样世俗之"用"的视角不同,庄子给"原域"("天道")所确定的指向是**"世外"**。

那么,海德格尔呢? 与老庄一样,海德格尔的意义之思也有极其深远的现实和历史的针对性。海德格尔思索的直接指向是如何克服现代性危机。由于海德格尔近 30 年在中国的巨大影响,由于现代性危机是包括中国在内的现代人(我们)正在以生命、命运的时间化、历史化进程为代价所刻骨经历着的危机,对海德格尔在中国的深重影响及其引导中国思想界一部分人所走上的思想路向,本文将专设一章(参阅本文第八章)。此不多说。简单地说,海德格尔对存在意义论的思考是以现代性危机的反思为出发点的。在他看来,我们这个时代(现代)的根本标志是"技术"。现代可以简单概括为一个技术统治的时代。而技术统治的根源在于把在主客现代性分裂背景下的对象性之思(即所谓"在者之思")看成"真理"(所谓"科学真理观")。这就是他一再抨击的主体中心论或逻各斯中心主义的意义观。在这种意义

---

① 《庄子·天下》,郭庆藩集释:《庄子集释》四,北京:中华书局,1961 年,第 1068 页。

观的统率之下,语言成了一种工具,工具论的语言观成了一种占统治地位的观念。由此,语言的诗意被强大的对象性意识遮蔽了,我们丧失了回返意义本源的智慧。"天地人神"之存在境遇的原初开启状态关闭了,存在被遗忘了,世界进入了黑暗时代。人类抵达夜半,神之光不再闪烁,存在之光不再敞亮,虚无主义笼罩着人类。这就是海德格尔对我们这个时代的基本判断。据此,海德格尔意义追思所召唤的是向"天地人神"四维一体的现代性前分化状态回返。这里,我们可以看出,他呼唤的时代其实就是神仍然在天空大地之信仰笼罩着的前现代时代,甚至是理想化的、有诸神存在的古希腊时代。所以,海德格尔的价值指向有鲜明的欧洲性和时间性,他绝不是要回到鸿蒙之初,而是要回到有神之意义充盈的时代中去。那个时代不是荒野、鸿蒙,而是"人神"交融,是内聚在语言深处的"天地人神"四维一体的原始并存。当然,这一点也与在后现代状态下的罗尔斯顿的"走向荒野"的美学迥然不同。罗尔斯顿张扬的是一种在后现代状态下的"环境伦理学",而庄子则是意义论[①]。

　　前面已述(第四章),就把意义的本源追溯到原始鸿蒙而言,老庄的意义论最终走向了抛弃语言,回到前语言的混沌状态,带有浓厚的形而上学实体论倾向。当我们把意义看成是在语言之外进入语言的更原始之物的时候,我们就必须回答,这一先于语言的意义究竟是什么?这样,我们就不得不把意义归结于那个在逻辑上产生万事万物的"道"—"自然",从而消除了意义自身的原初规定性。这显然是老庄的意义论在理论上难以克服的缺陷。但是,这并不意味着它的历史效果是坏的或者始终是消极的。实际上,作为意义论术语,在汉语中还有一系列与"世外"相似、相近的表达:荒、洪荒、大荒、荒古、荒原、原始、荒野、混沌、恍惚、恍徜、混茫、茫茫、鸿蒙……在汉语世界,"世外"是一个自古有之且浩瀚广博的原始意义域,它不仅确指空间上的遥远极地和时间上的无限远古(如《山海经》),而且也指与世内一切已封已定之意义系统相对应的"混沌"、"鸿蒙"和"恍兮惚兮"。这是一个汉语世界特有的意义论的维度。这一维度之所以在中国文化中形成极大

[①] 参见霍尔姆斯·罗尔斯顿:《哲学走向荒野》,叶耳、李平译,长春:吉林人民出版社,2000年。

的传统力量,是直接来自《庄子》、《老子》的意义论开启的。由于中国文化的意义结构中缺少神的维度,那一茫茫世外的混沌实际上充当了一个世俗性极强的文化结构的形上之维。在老庄之后,在古人谈诗论文、论画、论人生、论生死中,一直有一种茫茫虚无和明丽人生、广漠荒野和有限世内的映衬、区分、缠绕和转化浸润。没有这个似乎是发自虚无而又最终归于虚无的广袤的意义域,世间日用的一切意义就丧失了根基、灵韵和自我更新的原动力。而在这之间,所确定的中国诗、文、艺的意义方向是返向原始的:它崇尚一种直通洪荒的创世性,一种粗朴原始的创造力指向。洪荒创世的力量以及对这种几乎无规则的淋漓原创的崇拜是贯穿中国传统的书、画、文、诗、曲、舞、武术、兵家、纵横、岐黄农工乃至方技术数之中的基本精神。这一指向同时又受到佛学引入的极大强化,从而构成了中国人生存世界之极其莽莽苍苍而又冷彻淋漓的意义之维。与基督教的温暖、人间性的拯救指向不同,"世外"、"鸿蒙"的意义指向有一种人间伦理无法温暖的怪异、冰冷和寒彻。中国人一直没有坚挺温暖的神圣信仰,缺少了老庄所开辟的这样一个意义维度,我们很难想象中国人的生存结构是一个什么样子。而在这一意义论维度中,我们如果稍微考察一下比如中国水墨画与西洋画(油画)、中国器乐与交响乐等等的差异,我们会一再领会到中国传统艺术当中的那种返向原始、伸入荒野的茫茫弥漫的"入神"之境界。我们会一再体验到中国文化在根底深处的虚无,体验到水墨在中国精神中的那种难以言说的冷色的灵性和作为意义原色调的本体性。

4. 两种通达世界意义境界的不同道路

老庄和海德格尔意义论的差异还体现在如何通向各自确定的意义境界的精神道路上。

海德格尔的重心是以诗为直接的拯救之途:"作诗就是采纳尺度,而且就是为人的居采纳尺度。"[①]当然,海德格尔的意思并不是要人人都去作诗,而是要思想者在诗意之思中去领会、聆听,从而摒弃对象性之思的认知方式。海德格尔认为,真正的运思与诗是同一的,它们都是对天地人神四维一体的源始意义境遇的思入和领悟。海氏所面对和思考的,是对整个现代世

---

① 海德格尔:《演讲与论文集》,孙周兴译,北京:三联书店,2005年,第198页。

界的工具理性统治的拯救之路。关于海德格尔的具体思想进路,我们在第七章再做详细讨论。

在老庄,这一"创世"(意义的原初创生)的方向是通过"心术"的训练来实现的。简言之,老庄的关注重心是具体的意义操作。有似于胡塞尔强调现象学态度的"艰苦训练",《老子》、《庄子》二书的真正重心其实都是"心术",即关于人如何回返天道原域的精神操练①。本文第三章已述,老庄尤其是庄子的独特贡献在于:提供了一条如何通达"原域"世界的回返之途。首先,是展示原域之"观"和摧毁日常性眼界。《逍遥游》通过一系列眼界的对比,强调眼界差异的关键性和重要性,从而拈出原域眼界:据于"无何有之乡,广漠之野,彷徨乎无为其侧,逍遥乎寝卧其上"②。然后,《齐物论》展开为对日常眼界的一系列摧毁。所谓"齐"就是等而观之、等量齐观。"齐"不是建构,而是摧毁、解构。区分(即人世意义的建构)不仅仅是语词性的,它包含实际眼光形成的方方面面:语词分割、价值差异、制度规定、认知局限、立场的偏见乃至身心、生死、物种的局限等等。因此,要回返原域,就是要摧毁这些确立等差的眼光及其历史的板结化建构物。"齐"包括了"齐物"、"齐是非"、"齐生死"、"齐物我"。通过这一系列拆除,人达于"天籁"、"道枢",进入原始状态的"神交"、"形开"和"混沌"。其次,是"心术"修炼。这是回返原域的具体操作。修炼有两个层面:眼界回收。先"外天下"而后"外物","外物"而后"外生","外生"而后"朝彻"、"见独","朝彻"、"见独"而后"入于不生不死"。就排除自然态度的经验牵引而言,"外"其实就是拆解、跳开、摆脱。在此意义上,"外"是一种摆脱。在长期的修炼之后,人逐步脱离人世间的"世内"之见而使原域的世界得以呈现,由此,它所展现的是就天道本身所现形的世界。其次,是入神与道。即有效地通达原域世界,进入一种非常独特的精神状态:"心斋"、"坐忘"而与道大化,洞彻世间一切、万物意义之本始,从而游心天地有无间,苞有一切创造的

---

① 参见吴兴明:《心、心学、心术——"心"之言域在中国传统智慧中的意义》,载《四川大学学报》2004年第6期。
② 《庄子·逍遥游》,郭庆藩集释:《庄子集释》一,北京:中华书局,1961年,第40页。

可能和意义的原始开创①。

　　老庄的心术极为深刻地影响了中国古人的创作论。从陆机《文赋》的"收视反听"、"精骛八极"到刘勰的"神与物游"、"澡雪精神",到宗炳的"应会感神","独应无人之野",到孙过庭的"意先笔后"、"翰逸神飞",到皎然的"意静神王,佳句纵横",中经唐宋的以禅论诗、以"自然"论诗、论艺、论文,一直延续到明清时代的童心说、性灵说、神韵论,形成了中国极为独特的尚灵主义的创作论传统。在这一论域之内,儒家的规范主义意义论几乎无法与道家的原域心术之论相抗衡。只要讲到诗、文、艺的奇异创造,儒家的王道理性就被尚灵的神秘向往乃至荒野气息所驱逐和笼罩,回返原域的创作冲动于是一再冲破王道规范的意义约束。由此,才有迥然区别于西方"神灵凭附"说和现代天才论背景的中国式的艺术创作论("入神"和"神境"论)。作为一个意义维度,"世外"当然不是指自然时空,而是指逼近洪荒的创意性:一种意义原创的边界状态。

第五节　现象学意义论与中国诗学的品鉴论传统

　　如前所言,现象学的意义论究竟是该归入从读者的角度谈论意义,还是归入从作品的角度谈论意义,或者甚而是归入从作者的角度谈论意义是一个悬而未解的问题。现象学美学、文学理论的研究似乎在三个层面上都有展开。受海德格尔早期本体论解释学的影响,伽达默尔、姚斯等人的接受美学、读者理论所遵循的现象学方法是从读者的角度谈论意义;但是前文所言的胡塞尔本人的现象学符号论却是从作者的角度谈意义,这一意义理论又直接启发了莫里斯·盖格尔的现象学美学;而罗曼·英伽登的现象学文学理论却是明白无误地从作品内部的意义结构而谈文学作品的审美构成。如果要往深处追踪,这一情形可以表明我们今天的意义理论在视角问题上还存在着巨大的缺陷。实际上,每一种切入意义研究的视角往深处看都必然包含着其他视角的汇通:语言内部的视角是基本性的,可是离开了读者或作

---

①　参见吴兴明:《谋智、圣智、知智——谋略与中国观念文化形态》第六章"黄老道术",上海:上海三联书店,1993年,第207—234页。

者的视角,我们就无法阐明意义是如何发生的;同时如前已言,如果没有世界的视角,我们更不能深入理解意义的源始发生。关键是,对现象学而言,意义研究所据以依赖的几种视角都内在地涉及了。当我们讲**现象学直观的原初给予性**的时候,涉及的是世界在作者或读者意识中的源始显现;当我们讲**意识的意向性构成**的时候,涉及的是作品在阅读或创作之中的内部意义世界的构成;而当我们讲**理解之于作品的效果历史**的时候,又涉及的是读者的阅读、理解、阐释及其时间化、历史化。理解的视角具有某种程度的主观性,对文本而言,它强调的是理解者在理解活动中的经验激活与意识填充,这是接受美学所谓"再创造"和"空白点"的理论来源。可是,从文化传承和历史化的角度看,作为公众的社会理解却又是文化的客观性积累——只有从这一角度,我们才能够解释社会理解的客观化过程,从而沟通个体的主观理解与客观社会历史之间的转换关系。因此,理解的视角同时又具有客观性。而文本的意义因此也具有了社会的公共性和客观性。所以,现象学意义论与中国诗意论之间的比较不应该胶柱鼓瑟,机械对应,因为中国古代的意义论不具有现象学的理论系统化和彻底性,找不到严格的对应性维度。基于上述,对现象学意义论与中国诗意论之间的比较研究我们只能就其大体相似的方面来立论——显然,这样的立论一定不是非此不可的比较。

上一节我们比较分析了晚期海德格尔与中国老庄的意义论,这一节我们不妨就现象学美学与中国古代的鉴赏论展开相应的比较分析。

现象学与中国古代鉴赏论诗学传统之根本的可比性在于:它们共同都把对意义的审美把握诉诸现象学直观,即将意义的审美掌握归之于意识的原初给予性。这种方法论的展开可以粗略归结为下属三个层面:1) 直观和直观中的直接给予,2) 直观的明察及直观体验,3) 以切中原初直观为目标的现象学反思。广义地看,这三个层面并不属于胡塞尔的现象学所专有,而是一切有现象学倾向的思想活动共同具有的思想方法。值得注意的是,中国古代诗学中的鉴赏论也有与这一方法相近的思想内涵。这是本节展开比较分析的前提。

1. 中国思想的直观传统与现象学直观

事实上,中国古代一直有非常突出的直观之学,可以毫不夸张地说,"观"(直观)在中国古代远远不止是审美,而是中国古人尤其是所谓"圣

人"获取知识的根本途径。《周易·系辞上》说:

> 《易》与天地準,故能弥纶天地之道。仰以观于天文,俯以察于地理,是故知幽明之故。①

"仰以观于天文,俯以察于地理"是圣人所知的根本来源。这就是"观"。圣人观天象,察地理,观人世盛衰,人生命运,乃至术士、医家观风水、察地形,看气色、运势,生老病死,兵家观天下形势、地貌生杀、风向水草与为兵胜负等等,都是"观"。从《易经》《尚书》到先秦诸子,从先秦以来的黄老术数一直到唐代的《阴符经》、宋儒的"格物致知"、民间的《麻衣相术》等等,都规定并积累了大量的观察之术,且相当深入地探讨过"以物观物"、"以天下观天下"和"以我观物"、"不为物役"之类的观察心术的修炼。由此之故,讨论各式各样的"观"法、"观看"的各个方面以及"观"与"践履"之间的关系、得道之"观"的心理条件等等,才成为中国古代本土认识论的基本内容。也因为如此,鲍海定先生才说,源始的"视角隐喻"是中国传统知识能得以发生的前提②。也许鲍海定先生并不理解现象学,若是理解,他会知道,"观"何尝只是一种隐喻?"观"(直观)其实是一切认识原初给予的唯一来源,其中包括西方近代以来的知识传统③。基于"观"的重要,《周易·系辞上》又说,"……参伍以变,错综其数。通其变,遂成天下之文;极其数,遂定天下之象。非天下之至变,其孰能与于此?"④这是讲圣人"观"天下而通天地之变,因领会天地大道而确立人世法度的源始根据:"定天下之象",成就"天下之文"。正是依据于此,作为中国智慧的源头,《易经》才敢说它的作用是要"弥纶天地之道"。从"天地之道"到"人道",从"人道"到天地人间、一切事物之美,《文心雕龙》将这一依据"观"而从认知到审美的

---

① 《周易·系辞上》,阮元校刻:《十三经注疏》,扬州:江苏广陵古籍刻印社,1995年,第77页。

② 参见鲍海定:《隐喻的要素:中国古代哲学的比较分析》,载《中国古代思维模式与阴阳五行说探源》,扬州:江苏古籍出版社,1998年,第74—100页。

③ 参见理查·罗蒂:《心的发明》,《哲学和自然之镜》,李幼蒸译,北京:三联书店,1987年,第13—60页。

④ 《周易·系辞上》,阮元校刻:《十三经注疏》,扬州:江苏广陵古籍刻印社,1995年,第81页。

思想进程概括为"文"之从"道"而"天"、而"地"、而"人文"的开展和演变:

> 文之为德也大矣,与天地并生者何哉?夫玄黄色杂,方圆体分,日月叠璧,以垂丽天之象;山川焕绮,以铺理地之形;此盖道之文也。……傍及万品,动植皆文;龙凤以藻绘呈瑞,虎豹以炳蔚凝姿;云霞雕色,有逾画工之妙;草木贲华,无待锦匠之奇;夫岂外饰,盖自然耳。至于林籁结响,调如竽瑟;泉石激韵,和若球锽;故形立则章成矣,声发则文生矣。①

实际上,在中国古代的学术用语中,与今天汉语中舶来的"美"(即美学界所谓"在分类学意义上的'美'")最相近的概念还并不是"美",而是"文"②。一直到现代汉语,"美"之一概念都仍然与"善"常常混而不分,可是从上述刘勰的引文中我们可以看到,"文"的确切含义就是"美",是诉诸直观方能得到的感性的"美"。

这里,有两个问题要进一步讨论:第一,中国古人之"观"在多大意义上接近于现象学的直观? 第二,现象学直观与文学理解是什么关系,或说现象学直观如何进入文学意义的审美理解?

先看第一个问题。

直观在胡塞尔现象学中的地位前面已反复强调,正如我国现象学家倪梁康所言,"本质直观的方法可以说是唯一一种贯穿在胡塞尔整个哲学生涯中的方法。从前现象学的《算数哲学》到描述现象学的《逻辑研究》,最后到先验现象学的《欧洲科学的危机与先验现象学》,本质直观的方法始终是胡塞尔哲学研究分析的坚实依据"③。但是要注意,这里说的是"本质直观",而不是经验直观。我们在日常生活中充满了直观,可是我们鲜有对这些直观的驻留性观照和反思,我们只关心那被直观的对象如何,却没有对直观本身进行反复叠加的变动观察和反思性分析。换言之,经验直观是感性

---

① 刘勰:《文心雕龙·原道》,黄叔琳注、李祥补注、杨明照校注拾遗:《增订文心雕龙校注》,北京:中华书局,2000年,第1页。
② 参见吴兴明:《中国传统文论的知识谱系》第二章对"文"的讨论,成都:巴蜀书社,2001年,第32—59页。
③ 倪梁康:《现象学及其效应》,北京:三联书店,1994年,第54页。

的,个别的,因为它常常止于直观的知觉状态,而没有进而发展到通过想象的"变更"来获得那在同一事物之不同的个别性直观中的同一性。一句话,本质直观之区别于经验直观,在于它通过对直观的反复持存和变动而达到了本质还原。它仍然是一种"直接地看",但"不只是感性的、经验的看,而是作为一种任何一种原初给予的意识的一般的看,是一切合理论断的最终合法根源"①。

那么,中国古人的"观"是本质直观吗？可以说是,也可以说不是。说不是,是因为中国古代的"观"有前述现象学本质直观的前两个环节:1）直观和直观中的直接给予,2）直观的明察及直观体验,但缺乏第三个环节:以切中原初直观为目标的现象学反思。中国一直没有反思哲学的传统,以致它虽然具有相当发达的心术之论,反复强调要虚、静、一、守,在"以物观物"②的绝对明澈之中才能够抓住事物的根本,可是仍然没有达到现象学反思的"本质还原"。老子说:"致虚极,守静笃,万物并作,吾以观复。夫物芸芸,各复归其根。归根曰静,是谓复命,复命曰常,知常曰明。"③可以说这段话已经包含了现象学的直观的明察("明")和想象的变动("复命"、"常")的含义,但是因为表述的非精确性,我们一直不能精确肯定它具有胡塞尔"本质直观"的准确内涵。老庄在总体上强调的并不是认识的真理性,而是天道运行与人世祸福的关联。这决定了他们更关心的是辨识天道轮转与祸福消长之间的联系,从而始终把培养心术之辨别祸福能力的心理条件放在首位。老子反复追问的是能否达到这样的心理状态,"载营魄抱一能无离乎？专气致柔能婴儿否？涤除玄览能无疵否？爱国治民能无知否？天门开阖能无雌否？明白四达能无为否？"④而不是对原初直观的本质还原或反思性分析。但是,直观中的明察、明见性不就是胡塞尔所说的"本质性"的内容吗？不就是胡塞尔所谓"决然的明见性"的根本来源吗？在这个意义上,我们又似乎可以说,中国古代思想的"观"包含着部分与胡塞尔"本质直观"相似的内容。

---

① 胡塞尔:《纯粹现象学通论》,李幼蒸译,北京:商务印书馆,1992年,第54页。
② 《老子》五四章,饶尚宽译注:《老子》,北京:中华书局,2006年,第130页。
③ 《老子》一六章,饶尚宽译注:《老子》,北京:中华书局,2006年,第40页。
④ 《老子》一〇章,饶尚宽译注:《老子》,北京:中华书局,2006年,第24页。

再看第二个问题。现象学直观如何进入文学意义的审美把握？前文已述,海德格尔的存在论解释学是拒斥现象学直观的。"连现象学的'本质直观'也植根于存在论的领会"。"只有存在与存在结构才能够成为现象学意义上的现象,而只有当我们获得了存在与存在结构的鲜明概念之后,才可能决定本质直观是什么样的看的方式"①。这些话表明在海德格尔看来,存在的理解是先于直观的,海氏的所谓"现象"、回到"事实本身"不是回到原初的直观上去,而是回到存在的原始境遇。这里其实涉及一个根本的问题：直观与意义理解的关系。在海德格尔看来,理解的根源在于此在操持烦忙中的前理解,即世界在情绪状态中的现身。而这恰恰就是世界结构的原初显现,因而也是对存在意义的前理解,语言的意义深刻地植根于前理解中,所以对世界真相的认识、诗意的聚集和对语言意义的深度理解是一体化融合的存在真理之显现或存在自身的敞亮。诗意如此,文学的深度理解也是如此。所以,海德格尔把人规定为在理解中的存在物,或人因理解而存在。存在论的解释学及其后的接受美学即从这里将文学阅读与意义理解、与人的存在之领会、与效果历史和历史化联系起来。不过,海德格尔可能忽视了语言的直观与非语言直观的差异。面对一个茶杯的直观不同于对一句俏皮话的意义直观,但无可否认,它们都是直观。直观并不等于狭义的"看",而是非中介的直接把握。由于语言早已成为人的无意识,我们对语言的听和说都不再仅仅是符号,而是符号和意义融合一体的直接感受物。语言早已成为人的生活感觉的一部分。从这个意义上讲,前理解是包含着语言的直观性领悟的。这恰恰是诗意的领会不同于抽象理性思维的关键之所在。或者说,存在的前理解就是原始语义的原初直观,语言的准确表达不过是对这种原初直观的击中,而这就是诗意。但是显然也并不是所有的直接直观都具有诗意,比如我随意转头一看,那也是直观,但直观中并没有击中我心灵的东西。

在胡塞尔,直观是先于理解的,或者说,对世界事物最原初的理解就是原初的直接直观。但是,文学的理解显然不能与直接直观等同,因为文学理

---

① 马丁·海德格尔：《存在与时间》,陈嘉映、王庆节译,北京：三联书店,1999年,第172页。

解是语言中的理解。在胡塞尔,语言、意义、直观三者之间的关系问题可能是最复杂的问题之一,迄今在现象学学术界仍然没有清晰的理解和大致统一的描述,而是处在清理和讨论阶段。这是因为胡塞尔本人即使是在《逻辑研究》的第二卷中,论述也歧义纷繁,自相矛盾。本文只能按最初浅的理解来讨论。在胡塞尔,语言符号的理解与直接的现象学直观是被区分开来的。语言所表达的意义来自现象学的原初直观,直接直观本身是一个完整的意识行为,其意义来源于前文所说的"立义"的统摄,来源于意识行为的"赋意"和"含义充实"。这里的关键在于:作为意识行为的直接直观究竟是在语言之中还是先于语言呢?按照胡塞尔现象学"回到事实本身"的原则,原初直观的"立义"似乎应该是先于语言的,而后才有要借助语言的表达、意指和传述。如果按这种理解,意义在直观阶段是属于意识行为,而不是属于语言的。在这种意义上,我们可以理解胡塞尔所说的对语言的"无直观的理解"[1](指在表达的接受行为中的理解),这里,不仅语言和直观是两码事,而且对语言意义的理解也不等于直观。而这就假设:存在着一种无直观而能理解的"意义"。想象一下胡塞尔所说的直观在语言理解中的情形,实际上将呈现出非常复杂的情况:表达意味着说话者在传诉某个单元的心理体验,而听者处在理解之中。听者对"说"产生直接的感觉直观,但这一直观不是自然状态下的对象性直观,而是对语言的直观理解,他直接理解的是语言的最初浅含义:他把听到的话理解为符号。胡塞尔说,这是"理解的立义"。"在这种理解的立义(verstehende Auffassung)中进行着对一个符号的意指,因为每一个立义在某种意义上都是一个理解或意指"[2]。这个立义与那些不是表达理解中的立义相似而又根本不同:"感觉始终被体验到,但却缺少一种(产生于"经验"之中的)客体化释义(Deutung)。"[3]就是说那是一种听到语言而产生的感觉,而不是一种实际生活中面对某一事项的直观感觉,不能够直接通过"客体化"的联系来把它坐实。他知道他听到的是一串话,但只有进而理解了这段话的含义他才能够将其"客体化"。这是理解中

---

[1] 胡塞尔:《逻辑研究》第二卷,倪梁康译,上海:上海译文出版社,1998年,第77页。
[2] 同上书,第84页。
[3] 同上书,第86页。

的"第一立义"。"通过这第一立义，单纯符号便显现为此时此地被给予的物理客体(例如,语音)。"(同上)进一步,这个立义奠定了"第二立义"的基础。"这个第二立义完全超越出被体验到的感觉材料,并且不再在这个材料中为现在被意指的和全新的对象性找到其建筑材料。这个新的对象性在一个新的意指行为中被意指,但并不在感觉中被体现。这个意指,这个表达性符号的特征恰恰是以符号为前提的。"(同上)此时听话人终于理解说话者所说的意义了,他在实实在在的意义上把听到的话当成了符号。由于说话是一个不断延续的时间过程,因而在听的过程中会不断发生从"第一立义"到"第二立义"的理解的推进。因此,胡塞尔又说,"在最复杂的情况中,表达与相应性的直观相互交织在一起"(同上)。

　　那么,如何理解文学阅读中所包含着的直观呢? 这一点我们没有在胡塞尔的直接论述中找到根据,但是,既然普通表达的理解都与相应性的直观交织在一起,那么,文学阅读的理解显然也包含着直观。那么,文学阅读中的直观是否仍然是仅仅在理解中的"第一立义"阶段的直观呢? 换句话来说,是否文学理解中的直观仅仅是对话语文本的物理客体的直观(这一直观的理解功能在于把阅读到的物理客体理解为符号)呢? 显然,如果答案是肯定的,将与我们在实际生活中语言理解的情形不相符。实际上,语言活动作为一种含义最复杂的意识行为,自身包含无穷丰富的直观。语言直观的精微、深邃及幽默、隐喻、反讽等等的隐微领会之复杂难言,常常是非语言的直观无法比拟的。既然胡塞尔承认人"生活在对语词的理解中"①,在最复杂的情况中,表达与相应性的直观始终交织在一起,那么,就应该说人对语言的理解也总是与直观融合在一起。在这一点上,本文同意海德格尔后期对语言与世界之相互构成的内在关系的探讨:我们生活在语言中,语言的边界就是世界的边界。就人类交流的主导方面而言,非语言符号的表达和交流只起着非常有限的作用,在这个意义上,我们不认为存在一种语言之外的普遍性意义系统。这里的关键在于,用哈贝马斯的话来说,胡塞尔具有强

---

① 胡塞尔:《逻辑研究》(第二卷第一部分),倪梁康译,上海:上海译文出版社,1998年,第43页。

大的意识中心论倾向①,他所设想的意义一直是意识的指意和含义,尤其是偏向观念统一性、本质性含义,而基本忽视语言整体的直观。他所说的语言理解中的"第一立义"仅仅是指与话语的"物理客体"(比如听到的声音或阅读到的文字)相联系的初步的意义理解,以这一步的直观(第一立义)为基础,再进一步发生的意义解读("第二立义")才指向更深的意义领会(语言表达的观念及更深层的意识内容),但这层次的意义理解由于缺乏直观而"并不在感觉中被体现"。这样,在理论上就会出现:1)审美的直观仅仅被看做"感性直观"而被归入非本质范围;2)与我们对文学作品的阅读经验相冲突。实际上,我们读一首诗,审美的直接感受常常是发生在直接的阅读直观中,甚至可以说,审美阅读之区别于知识阅读和哲学阅读,正在这种阅读理解的直接直观性。这是一种包含着符号物理层也包含丰富意义的直观的理解。这就提示我们,语言理解中有一种连同意义和声音为一体的直接直观。要强调的是:审美的直观也是本质,也是真相,也有作为审美的"本质直观",只不过它是与认知直观不同的本质和真相。这一点我们将在下一节展开论述。

罗曼·英伽登将文学作品存在的层次性作了现象学的分析,他认为文学作品存在的层次包括:1)声音单元层;2)意义单元层;3)再现客体层,4)图式化观相层②。图式化观相层是指作品呈现的等待读者阅读填充的不完全的现实面相,它相对于现实中可以完全呈现的现实面相。英伽登对文学作品存在层次的描述完全是现象学式的,似乎完全是从作品的客观存在乃至是从作者的角度而言的作品。但是我们一看就知道,所谓文学作品的存在层次,其实是作品在阅读理解中直观显现的层次。值得注意的是,作品在阅读中显现的程序并不是由浅入深在时间上逐步出现的,而是诸层面在阅读审美中直接呈现。尤其是对诗的阅读,常常并没有一个由浅入深、反复理解方能层层深入的时间过程。由于语言本身是在时间状态中呈现的,对语言的理解也必然呈现为一个时间过程,但是这一个过程并不是从声音

---

① 参见哈贝马斯:《现代性的哲学话语》,曹卫东等译,南京:译林出版社,第194—201页。
② 参见英伽登:《论文学作品》第三章"文学作品的基本结构",张振辉译,开封:河南大学出版社,2008年,第49页。

单元层到图式化观相层的逐步推进和显现,而是语言媒介的时间化展现过程。我们显然不能说,由于一首诗的阅读是在时间状态中展开的,我们读到诗的最后才理解了这首诗和这首诗的美。简言之,对语言意义的理解与语言的阅读具有时间上的同步性,与之相应,诗意的直接领会也与阅读在时间上几乎是同步的。

2. "品"与现象学直观对美学研究的意义

在西方美学史上,直观的重要性是一直得到强调的。从鲍姆嘉通的"感性学"(Aesthetics)、康德的"无概念的普遍性"、克罗齐的"直觉说",一直到法兰克福学派阿多诺等人的审美解放论,审美＝直观＝人的感性自由和解放,都是一个不言而喻的现代思想公式。但是,这只是针对审美活动,而不是美学研究。直观在审美中的关键地位是无法否认的,可是,这是否意味着直观也是**研究**审美活动的根本方法呢?

实际上,这就是问:现象学直观是否也是美学研究的根本方法?

从知识形态看,现代西学中的美学(Aesthetics)是一门反思性学科,其知识来源于对审美经验的反思性研究。"反思性"(reflection)提示出这门学科基本的现象学性质:它是对审美经验自身的描述、分析和把握。**如果说对审美特征人只有通过直观才能真切地把握,那么这就意味着,美学分析的唯一正确的方法就是牢牢保有直观并在直观中给出观念和陈述。**所以今道友信说,"美学的学科性质与现象学方法之间"有某种"本质上的密切关系"①。美学研究的思想完成有赖于如下两个环节:1)现象、显像在审美经验的原初直观中被给予(现象的原初给予性),2)将这种原初直观推距为直观考察的反思性对象并对之进行变动性直观(本质直观),从而给予对象以观念统摄的立义。一直以来,美学分析的力量都不是来自观念的推导,而是来自对原初直观的切中,尽管从康德到阿多诺的《美学原理》,主要的理论构成都是那些根据直观而阐发的思辨性分析。实际上无论中外,好的美学分析无不是牢牢把握住了审美的原初给予性并一再击中了原初性直观的分析。

这一点,莫里茨·盖格尔的分析尤为深刻。他说:"在历史过程中,所

---

① 今道友信:《美学的方法》,李心峰等译,北京:文化艺术出版社,1990年,第53页。

有在美学和艺术理论中提供过有关持久性价值的那些真知灼见的结论,都是通过沉浸在材料的本质之中的现象学过程得出来的,即使那些发现了这些真知灼见的人没有意识到这一点。"① 席勒对柔媚和威严、对崇高、对朴素和伤感的研究,司空图对二十四诗品的研究,莱辛对诗画界限的研究,柏格森对心理时间和内在绵延的研究——所有这些研究中的最精彩的部分,都"既不是通过自上而下,也不是通过自下而上的方法得出的,而是由人们通过对本质的东西的直观而得出的"(同上)。美学是天然属于现象学的,因为美学不研究事物的物理属性,而是研究事物的审美品质,后者"天然属于它们作为现象被给定的范围"②。盖格尔反复指出,对艺术的审美特质

> 人们既不能通过演绎,也不能通过归纳来领会这种本质,而只能通过直观来领会这种本质。……你观看一部艺术作品,并且在其中观察悲剧的本质;你拾起一幅素描,并且在那里了解到素描的本质。与需要研究相反,这里只需要直观;与需要信息相反,这里只需要直观;与需要证据相反,这里只需要直观。③

在美学考察中,经验直观通过反思分析的环节转化为知识,审美直观的内在规定在向知识的转化过程中形成有约束性内涵的"原理","原理"构成现代性分化中"审美自律"的具体内容。如此形成的美学是主体哲学的一部分。它依赖于主体性的知情意分野,并在一个大写主体的反思性结构中形成自我确证。自我确证意味着:美学的反思性重构与审美经验的原初性给予作为反思对象的统一。这就是审美领域现代性自我确证的循环结构。

值得注意的是,与普通认识领域的"观"相应,对诗文之"观",中国古人有更精确的富于现象学意味的说法:"品"。与"观"相比,"品"带有"品鉴"的性质:品味、体悟、直接在"观"之中的体验性承受。就是说,"品"不是一般的、漠然不动的认知("观"),而是更富于心灵性、情感情绪性的赏玩和消受(审美)。"品"意味着,其直接承受的对象是**价值和意义对象**,而非与人

---

① 莫里茨·盖格尔:《现象学美学》,倪梁康主编:《面对事实本身——现象学经典文选》,北京:东方出版社,2000年,第251页。
② 同上书,第240页。
③ 莫里茨·盖格尔:《艺术的意味》,艾彦译,北京:华夏出版社,1999年,第11页。

无关者。因此,"品"是中国人对**审美直观的独特称谓**。显而易见,这是比在西方的现象学中审美直观与认识直观、道德直观混而不分更为精确的一种方法论表述。

关于"品",我们读中国传统文论,最鲜明感受到的是古人对诗文从文字、声韵、篇章、结构到意象、境界、风神、格调、气势、神韵等几乎全方位的直观性、感觉化把握。表达此种把握内涵的文字几乎通篇皆是;作为一种把握方式,从先秦到清代贯穿始终。它和西方诗学以抽象的理论概念为知识体系的主要内容迥然不同。而这样把捉的方式显然来自中国知识以"文"为直接研究对象的原初设定。这是中国诗学之经验式现象学方法的巨大传统。如前已言,"文"之为"象"的外在性与"道"(意)的内在性区分,决定了中国极为独特的求知道路。因此,品鉴式的中国传统文论的知识聚集又实际上挑明了中国文论的极其独特的知识之路。这一道路是在中国传统文论的知识谱系中被直接设定的:"文"之内在性("道"、"意")与外在性("文"、"象")的区分决定了中国传统文论是从"品"中求知识,而不是从经验分析和逻辑实证中求知识。

从知识发生上看,"品"在中国的悠久传统可上溯到先秦。"《春秋》之称:微而显,志而晦,婉而成章,尽而不汙。"①这是品文。"美哉,渊乎!忧而不困者也。""美哉!泱泱乎,大风也哉!""美哉!沨沨乎!大而婉,险而易行。""至矣哉!直而不倨,曲而不屈,迩而不偪,远而不携,迁而不淫,复而不厌,哀而不愁,乐而不荒……"②这是品乐。"知者乐水,仁者乐山。知者动,仁者静。"③这是品人。"《关雎》乐而不淫,哀而不伤。"④这是品诗(乐)。其他如孔子观水叹逝,孟子观人以眸,庄子论天籁、地籁、人籁,老子论大象、大音、五色,《尚书·尧典》谓"直而温,宽而栗,刚而无虐,简而无傲",广义地看,乃至整个《周易》之论阴阳刚柔、变化之象,基本的运思方式

---

① 《左传·成公十四年》,阮元校刻:《十三经注疏》,扬州:江苏广陵古籍刻印社,1995年,第1913页。
② 《左传·襄公二十九年》,《十三经注疏》,扬州:江苏广陵古籍刻印社,1995年,第2006—2007页.。
③ 《论语·雍也》,《十三经注疏》,扬州:江苏广陵古籍刻印社,1995年,第2479页。
④ 《论语·八佾》,《十三经注疏》,扬州:江苏广陵古籍刻印社,1995年,第2468页。

第六章　言路比较三：现象学、接受美学与中国诗意论

都是"品"。前文所提到的"天文"、"地文"、"形法"、"相术"、"堪舆"之学仍然是"品"。魏晋之品评人物还是"品"。

就诗文品评的历史而言，从曹丕《典论·论文》开始，中国传统诗学就已是以"品"为根据来对诗文进行分类。所谓"夫文同而末异，盖奏议宜雅，书论宜理，铭诔尚实，诗赋欲丽。此四科不同，故能之者偏也；唯通才能备其体。"①用一个字来概括每一种文体的意义品质。这就是"品"。它所凸显的是诗文意义品质的审美特性，而不是一般的认知特性。刘勰《文心雕龙·体性》篇说：

> 若总归其途，则数穷八体：一曰典雅，二曰远奥，三曰精约，四曰显附，五曰繁缛，六月壮丽，七曰新奇，八曰轻靡。②

显然，所谓"典雅"、"远奥"、"精约"、"繁缛"、"壮丽"、"新奇"等等并不是指诗文所提供的认知性内容，而是诗文在审美直观之下所显现的价值品质，说得更中国化一点，就是我们在诗文中读出的"品味儿"。所以刘勰又解释道："典雅者，熔式经诰，方轨儒门者也；远奥者，馥采典文，经历玄宗者也……"（同上）而到了钟嵘的《诗品》，诗文"品评"的整体知识面貌已经开始显露雏形：从论评到按品评的等级将前此作者认为可以上榜的诗人122人分为上、中、下三品进行逐一品评。每一个品级都不仅表明该级诗人的特征，尤其表明诗人之诗的价值等级。至此，中国传统诗学开始逐步形成自己所独有的以直观品评为根据的知识传统。

值得注意的是品评的思想方式：几乎全是来自阅读中审美直观的直接"捻出"，点评中所含纳的分析几乎没有来自直观体悟之外的推导论证。一如诗评家们所说的"目击道存"、"顿悟"，或者用严羽的话说，"玲珑挂角，无迹可求"③。此即前文所说的"击中审美直观的原初给予性"：品评的深度、准确度、高明度依赖于评论语言**击中直观**的内在表达力，而非外在思辨性推导的逻辑力量。以司空图的《诗品》为例：

---

① 曹丕：《典论·论文》，萧统编，李善注，北京：中华书局，1977年，第720页。
② 刘勰：《文心雕龙·体性》，黄叔琳注、李祥补注、杨明照校注拾遗：《增订文心雕龙校注》，北京：中华书局，2000年，第380页。
③ 严羽著，郭绍虞校释：《沧浪诗话校释》，北京：人民文学出版社，1961年，第27页。

高古

畸人乘真,手把芙蓉,汎彼浩劫,窅然空踪。月出东斗,好风相从,太华夜碧,人闻清钟。虚伫神素,脱然畦封。黄唐在独,落落玄宗。

典雅

玉壶买春,赏雨茆屋。坐中佳士,左右修竹。白云初晴,幽鸟相逐。眠琴绿阴,上有飞瀑。落花无言,人淡如菊。书之岁华,其曰可读。①

不管是对"高古"还是对"典雅"的描述,作者都完全没有诉诸理论的思辨和知识性的推导分析,而是反复描摹、喻示"典雅"、"高古"的直观内涵,以实现读者对这两种意义品质的切身领会。品评所要传诉的仍然是诗意直观,是读诗者在读到这两首论诗之诗时所产生的诗意直观——显然,论者所期望的是,这里产生的直观体验与他在读相应品质的诗歌时油然产生的诗意直观响应和。品评不是要让读诗者从诗意直观状态中走出来,而是在此应和之中对所论品质的诗意在双重的同类性直观中产生反复的领会、品受、持存。读《诗品》者在直观变动的反复中切身地领受到到底什么是诗意的"高古",什么是"典雅"。论诗之诗的意义理解由此而具有了一种双重直观之内在意义结构的时间性延宕:一重是对论诗诗的诗意的直观,比如在读这两首诗时直接领受到的诗意;一重是在这种直观韵味的保持中联想到一些有论诗诗所言的品味的具体诗作,比如联想到光英炼朗的曹操的《步出夏门行》,两相应和,于是越发彻透地理解了什么是典雅,什么是高古。这是一种绝妙的现象学直观的双重意义结构。显然,对诗意直观而言,这种论诗诗的反复直观的强化描述所要实现的正是胡塞尔所说的"直观的变动":读《诗品》者的领会从感性直观而飞跃达到本质直观。

中国古人没有经历过胡塞尔所说之现象学还原的"艰苦训练",但是由于古人在反复品味、研讨的传统中一再强化、领会,实际上已经深刻地意识到对诗意的品质只能通过直观领会的方式而别无他途。这就是本文前面已经提到的王国维关于品诗要于反复品味中"捻出"方能"探其本也"的真正含义。

---

① 司空图:《诗品二十四》,何文焕辑:《历代诗话》上,北京:中华书局,1981年,第39页。

《严沧浪诗话》云:"盛唐诸公,唯在兴趣。羚羊挂角,无迹可求。故其妙处,透彻玲珑,不可凑泊。如空中之音、相中之色、水中之影、镜中之象,言有尽而意无穷。"余谓:北宋以前之词,亦复如是。然沧浪所谓兴趣,阮亭所谓神韵,犹不过道其面目;不若鄙人拈出"境界"二字,为探其本也。①

所谓"无迹可求"正是讲诗意追思的直观性、直呈性、非思辨性、非论证性而言,这方面中国古人的体会与描述一直源源不绝。"探其本"不仅是"探"中了中国传统诗意的状态之本,尤其是探中了领会诗意的**途径之本**。所谓"别材"、"别趣"、"性灵"、"神韵"、"境界"等等,实在不只是讲怎么创作诗,也关涉怎么把握、领会诗意。诗意领会的根本途径是直观,要谈诗,舍此而外别无他途。这一点可以说是中国古代诗论公认的定论。

显然,这样的理解同时从根本上决定了中国传统诗论的知识形态。

3. 现象学文论与"品"(诗话)的知识形态分析

　　一个十分有趣的现象是:在魏晋时期中国就出现了像《文心雕龙》那样"体大虑周"的文论著作,其思辨性、系统性与西方由亚里士多德的《诗学》、贺拉斯的《论诗艺》所开创的论述传统相比毫不逊色,可是,自此以后一直到晚清王国维之前,几乎再也没有出现过类似的文论、诗学著作。

　　这是什么原因呢? 是中国人不擅逻辑思维或者没有抽象思维传统吗? 毫无疑问,思维习惯和整体的知识谱系肯定是原因之一,可是,为什么又会有具有高度思辨性、逻辑性的《墨经》和极富体系性的《文心雕龙》呢? 关键是——我们仅就文论诗学而言——为什么会形成这种不重体系而重品评的传统呢? 为什么《文心雕龙》的思辨性、理论系统性传统就几乎没有仿效者,而《诗品》或欧阳修《六一诗话》一类会成为中国诗论的经典知识范式而一再被承袭和效仿呢? 比如以"品"而论艺的,除四品(《典论·论文》)、八品(《文心雕龙·体性》)之外,还有九品的(严羽的《沧浪诗话·诗辨》),十二品的(杨夔生的《续词品》),有二十四品的(司空图的《诗品》),有三十六品的(袁枚的《续诗品》),有一百零八品的(窦蒙的《语例字格》);还有两分

---

① 王国维:《人间词话》,徐调孚、周振甫注:《蕙风词话、人间词话》,北京:人民文学出版社,1960年,第194页。

的,如姚鼐的"阴柔"与"阳刚"。而各种各样的诗话、词话、点评、选本之多则一直源源不绝。仅以诗话为例,何文焕辑、丁福保辑的历代诗话汇编就有上百种之多①,而今人吴文治辑的《宋诗话全编》仅有宋一代就收录近600家,多达170余种②。由此可见,说"品"或诗话体是中国传统诗学知识形态的经典格式是有坚实依据的。

这难道仅仅是由于传统习惯的延续而没有其他方面的原因吗,比如论说效果方面的原因?换言之,是否可以说,之所以在中国古代诗学中品评—诗话传统大行其道,是因为在中国古人看来,只有这样的言说方式是最切近诗道、最有论说效果的呢?显然,这一点同样是毫无疑问的。所谓"《诗》无达诂"③,"诗有可解、不可解、不必解,若水月镜花,勿泥其迹可也"④,所谓"诗有别材,非关书也;诗有别趣,非关理也"⑤,前文所说"羚羊挂角,无迹可求","性灵"、"神韵"、"境界"等等,反复诉说、论证的都是强调诗意领会与审美直观之间的内在关联。在中国古人看来,理论思辨的方式对把握诗意的审美品质是基本无效的。此严羽所谓"诗者,吟咏情性也","不涉理路,不落言筌","其妙处透彻玲珑,不可凑泊"⑥。在中国古人看来,这是不同智慧类型的问题,既然诗意"非观理也",就不可能用辩理、论证的方式来把握。这一点与盖格尔"只需要直观"的反复强调何其相似!问题在于,诗学并不等于诗歌欣赏,更不是诗歌创造。那么,对诗的意义品质的理论把握也是直观的吗?直观性的把握能够是客观的、本质的吗?根据前文对现象学原理的分析,我们只能回答:确实如此。现象学的本质直观仍然是直观,不仅诗意品质的把握如此,一切关于事物的本质性认识都是如此。只是欣赏和创作中的诗意把握是实践的经验直观,而理论所抵达的是本质直观。按

---

① 何文焕辑的《历代诗话》有28种,丁福保辑的《历代诗话续编》29种,丁福保辑的《清诗话》有43种。

② 参见吴文治辑:《宋诗话全编》,南京:江苏古籍出版社,1999年。

③ 董仲舒《春秋繁露·精华》,苏舆撰,钟哲点校:《春秋繁露义证》,北京:中华书局,1992年,第95页。

④ 谢榛:《四溟诗话》卷一,谢榛、王夫之著,宛平、舒芜点校:《四溟诗话、姜斋诗话》,北京:人民文学出版社,1961年,第3页。

⑤ 严羽著,郭绍虞校释:《沧浪诗话校释》,北京:人民文学出版社,1961年,第27页。

⑥ 同上。

胡塞尔晚期的表述,本质直观与经验直观的差别在于:前者经过了直观的想象性变更。按照现象学的"回到事实本身"的原则,没有在直接直观中的切实的诗意领会,就没有现象显现的基础,而没有现象的直接给予和显现,就根本不存在以此为根据的本质直观。因此,如果说诗意只有在直观才能把握,那就意味着从欣赏到理论都必须始终保持直观的立义内容和观念统摄——前面已述,这一点正是胡塞尔、现象学给予我们研究美学和中国文论的最大启示。

但是,我们同时也必须看到,中国的"品"、"诗话"的方式毕竟与现象学的方式有巨大的差异。如果都是现象学的直观,那么,这个差异在哪里呢?以罗曼·英伽登对文学作品的现象学描述为例。他根据文学作品的意识呈现将文学作品的意义层次按照理解深度的显示分析为:1) 声音单元层;2) 意义单元层;3) 再现客体层;4) 图式化观相层。我们一望而知,这四个层次是每一部文学作品的意义显现都必然具有的,它所揭示的是文学作品普遍的意义结构。这一描述的根据在于英伽登对所有文学阅读经验的现象学反思,正如胡塞尔所要求的,其所揭示的正是文学阅读作为复杂意识现象的内部诸因素的结构图式。这里,现象学还原所持存保留的是直观之意识呈现的抽象结构,舍弃的是个别阅读经验的具体意识内涵。可是,读司空图的《诗品》,比如前面所举的"典雅",无论在阅读理解中联想到多少有典雅品质的诗,其所持存保留的都不是意识现象的内部结构,而是典雅的意义意味(特征)。就是说,同样都是现象学的直观和直观中的想象性变动,可是两者之间的持存性意向迥然不同:英伽登所达到的现象学还原是牢牢指向意义之意识结构层次的整体把握,司空图所达到的是对意义品质的审美把握。前者把握到的是普通的现象学认知性内容,后者把握到的是文本意义的价值性(审美)内容。一者是结构性品质,一者是价值品质。显然,就同为意义品质而言,我们绝不能说只有前者是客观的,而后者是主观的。但是,前者的适用范围显然更大,后者的适用范围更小。这是因为:首先,任何文学作品,或者任何有叙事性、描述性倾向的文本,都有英伽登所说的4个意义层次,可是,只有很少一部分文学作品才有典雅的意义特征。其次,对英伽登所说的四个层次,只要具有正常阅读能力的读者都可以读出来,可是对典雅却只有有一定欣赏能力的人才能辨识。最后,也是最重要的,有英伽登所说的四个层次意义结构的文本未必就一定是文学作品，比如几乎所有的叙事性文本，包括新闻、调查报告乃至法院的案件判决书都有这四个层次，可是有典雅审美品质的文本一定是文学作品，而且是好作品。换言之，英伽登所还原分析的意义论是普通意义结构的层次论，不是意义的审美品质论。按结构主义的标准，他所分析和把握的其实不是文本意义构成的文学性维度，而是它的普通的认知性构成——据此，我们可以推论：现象学方法是一种普遍的意识直观的反思性分析，但是要对审美品质进行研究，还需要根据**审美直观来进行为审美所特殊规定的现象学还原**，就是说是一种始终保留着审美态度而不仅仅是认知态度的现象学还原。直观是否有各种不同精神—智慧类型的直观，比如道德直观、情感直观、审美直观、认知直观的区别？对各种不同智慧类型的直观是否有不同的直观变动的态度要求？这一问题实际上在舍勒的情感现象学中已经得到了强有力的分析和强调。

这里，其实还涉及一个更为重要的话题：对文学作品进行**审美研究**的有效性问题。不管是读罗曼·英伽登，还是莫里茨·盖格尔对现象学美学的分析描述，与读中国古人的诗话、词话都存在一个重大的差异：读前者我们会感觉异常枯燥。在以晦涩出名的现代西学的哲学、美学或文学理论中，现象学可能是最抽象晦涩的，尽管他们几乎无不一再标榜现象学分析和本质直观的重要性，可是我们读他们的著作最难读出的就是活生生的审美直观。这一点尤其在胡塞尔的著作中最为显著。可是读中国传统的诗话、词话，最动人的地方就是有不断闪烁和跃出的直观、领悟、对诗意品质的活生生的领会。他们的分析并不精彩甚至很不精确，他们的推理充满了隐喻、描述和比附，他们的陈述经常在关键处戛然而止，甚至理论叙述常常断断续续，或者被讲经验、述趣闻、说逸事所取代，可是我们却能在他们的例证、点评、描述、比喻和举例之中不断地产生领悟和洞观，保持对各种诗意品相和意义境界的切身领会与持续性把握。这一点实际上一直到今天都并未在理论上得到澄清和说明。这难道仅仅是因为汉语是我们的母语吗？这一点实际上提示我们一个文学研究的关键问题：我们的文学研究究竟是以对文学审美品质的切实把握为目的，还是以创建纷繁复杂的理论体系为目的？究竟理论的系统对于文学的审美研究意义在哪里？

与现象学美学的文学文本论迥然不同，中国传统以"品"为根据的诗学体系不是以抽象系统的理论建构为目标,而是以对文学意义之审美品质的深度领会和精微把握为目标。由此我们可以看到中国传统诗学与现象学文论之间的重大差异。西方人全部是理论,现象学直观演变为以直观为核心的系统的反思性分析。他们的分析层层深入,他们的论断和陈述高度准确,因为他们意在追求精确系统的知识。可是,却在相当程度上丧失了保留直观体验的知识品质和丰富形态。总体上说,这一抽象理论形态的知识样态其实不只是现象学文论或美学,它实际上就是我们今天天天与之打交道的西方现代理论知识形态。其流弊所及甚至极大地影响了今天以微观政治学分析为目标的文化研究,比如齐泽克或德里达,可以把一个微观具体的生活现象——比如友谊——分析得那样抽象、复杂和晦涩! 可是,我们看到,中国传统的诗学形态是以"品"为中心,形成一个从品评(理论)到诗例(选诗)再到经验陈述(趣闻、史料和相关文史知识集结)的三部分相互循环、渗透的知识系统。其中,无论是诗例还是相关的趣闻轶事、文史资料叙述,都是要反复回到品评直观的状态中,反复地含英咀华以达于"悟透"。实际上,反复含咀英华、悟透就是中国诗论所特有的"直观变动":从经验直观实现向本质直观的升华、跃进。此即严羽所谓之"直接根源"、"单刀直入"或"顿门"①。

我们不妨再来分析一下"品"(品、评、味)。细而察之,"品"有三个环节:首先是"观"(直观)。它总是与作为视觉对象的"象"、作为听觉对象的"声"与作为意义呈现的"味儿"相连。"象"之形体色彩、虚实动静、明灭变化、大小远近、明丽晦隐、气韵风神等等构成"观"的不同向度,一如缓急清浊、静燥浮沉、粗历柔曼、和与不和等构成"听"的不同向度,一如含蓄、悠远、豪放、雄浑、飘逸、悲壮、凄婉、自然构成"味儿"的不同向度。直观的立义实现诗意审美之观的整体风貌。其次是"味"。与分析性思维的主客分离、间接性相比较,"品"又是"味"(感受),它之为"观"与普通的"观"不同,它不只是看,而是在直接的经验状态中去体验、领受、回味、辨识。因此,它不仅有"观"者的视角、立场和直感,尤其有"味"者整体身心的置入、沉迷和消受。"味"是内在的。"味"决定了"品"的历程从感觉直观走向内在的心

---

① 严羽著,郭绍虞校释:《沧浪诗话校释》,北京:人民文学出版社,1961年,第1页。

领神会,从而使品味者的领会能从形到神,以言味道,从言内到言外,从声象到神韵,从有形到精微。从外象到神髓,就已经完全把握了对象。这是现象学直观的立义之充实。显然,这是完全不同于纯粹外在知觉材料进入意义理解的充实,而是饱含着情绪质感的心灵之充实。审美直观的充实具有内在性和心灵性。因此,再次,作为主客相通的豁然开朗,"品"的高级境界又意味着"悟"。"悟"就是从"象"而把捉到那整体流荡、融贯象之内外的气韵、力量和精神,用中国古人并不精确的话,就是把捉到了那决定人世一切、命运沉浮的意义与"道"。用胡塞尔的现象学表述,就是达到了"本质直观"的纯粹真理性境界。"悟"是豁然开朗,是"顿门"之敞开,是海德格尔所谓"存在之敞亮",亦即前文我们反复讨论过的意义真相的揭示性。这里,"道"作为审美的本质直观,不是抽象的概念,不是一个抽去了所有具体内容的纯粹意识的理念域位,而是事物之活生生的内在的精灵。惟其是从局部之"象"而达于对整体内在力量的领会和把捉,才可以称之为"悟","悟"才不仅仅是理解,而是一种可驻留领受而难以言说的意义境界,才超越了"象"之有形世界的作为事实性维度的时间和空间……

第六节 解释学、接受理论与中国诗学理解论的差异

显然,诗话、品鉴既是中国诗学的创作论,同时也是欣赏论和阅读论。前面已述,由于中国古代诗学在意义论视角上未经反思和理论确认,在如何阅读理解的问题上几乎是散点透视,各种观点百花齐放。有强调原意权威的(圣人论、经学),有强调领会能动性的(诗无达诂、以意逆志),有强调深度理解、世界真相的(得意忘言、舍筏登岸),也有强调文本符号的(小学、考据),如此等等。其中经学和小学传统源远流长,形成了独具中国特色的深厚的知识传统,可以说是今天所谓"国学"的中流砥柱。

可是,虽然所有这些都是从事的关乎文化、文本意义传承的工作,但中国本土的知识传统中却罕有对意义究竟何为的问题进行深入探讨和辨析的讨论。对意义何为有深度追问的是老庄,尤其是庄子,对此本文前面已经有充分的比较分析。这里仅仅将海德格尔等人的解释学与中国古代诗学的理解理论作一比较。当然,仍然是紧扣理解中的意义问题,而且由于我们认为

中国古代关于诗的阅读理解与存在论阐释学大为不同,所着重讨论的方面偏重于它们之间的差异性内容。

1. 本源与领会:理解地位的根本差异

上世纪 80 年代,以海德格尔、伽达默尔为代表的存在论解释学和其后的接受理论传入中国,引起了国内研究解释学的热潮。受此潮流影响,也出现了大量研究"中国阐释学"的论文和中西阐释学比较研究的专著。这些所谓"中国阐释学"的论文论著的基本特点是一种比附性阐释:以海德格尔、伽达默尔的存在论阐释学为理论基础,对中国古代文论、思想材料中的相关论述的类似点作一种划归性理解与阐释。在这种浪潮的影响之下,中国古代于是似乎也出现了有存在论意味的阐释学和阅读理论[①]。可是正如前文已述,在现象学关于意义理论的三个倾向中,恰恰是海德格尔为代表的存在论阐释学与中国传统诗论最少相通之处。与老庄意义论接近的并不是早期海德格尔及其阐释学,而是晚期海德格尔的世界论意义观(即海氏存在论的空间维度,而非时间维度)。

"理解"是海德格尔早期阐释学的核心。海德格尔理解理论的独特标志是:他把"理解"(领会)看成是存在论得以展开的逻辑核心。其后伽达默尔的阐释学继承了这种作为存在论的理解观,创建了本体论的阐释学。伽达默尔在《真理与方法》一书中一再强调,他所说的阐释学关心的核心问题是存在的真理问题,而不是一种理解的方法。其所谓"真理"是一种海德格尔式的真理观:真理就是去蔽,就是存在自身的出场与显现。真理是实现在理解中的,理解是此在能够与闻真理的唯一场域,所以理解对人具有本体论的意义:理解是人存在的本体论规定,人是理解中的存在物。姚斯等人的接受理论将这一存在论的理解观推进到对文学阅读的理论建构,从而提出读者阅读在文学意义构成中的本体地位并据此发展出读者反映批评。关于"效果历史",关于"阐释的循环",关于阅读作为文学意义的本源性,关于"空白点"、"不定点"和"期待视野"等等,不过是存在论的理解观在文学阅读理论上的贯彻和延伸。

---

① 关于这种类型的"中国阐释学"研究的典型,可以参见李清良著:《中国阐释学》,长沙:湖南师范大学出版社,2001 年。

显然,没有本体论的理解观,就不可能有伽达默尔、姚斯等人的阐释学和接受理论。可是,在中国古代的思想中几乎从未出现过类似海德格尔的理解概念。在中国古人的论述中,阅读、理解几乎从来都是学习、领会和践行,而不是视界融合,不是文本意义的激活、照亮和意义的充实;理解的前提不是读者的前理解,而是穷尽一切材料、摒弃一切前见、前理解的"无我"或感同身受等等。这是中国古代理解理论的主导倾向。

我们先看海德格尔的理解在存在论中的地位。如前已述,海德格尔的"理解"(Verstehen)是指此在对存在的领会。不管是前理解(领会,存在在情绪状态中的现身),还是理解(存在的世界结构之因缘联络的理解),都是存在之真理显现的唯一所在,也是此在领会存在的唯一通途。因而,理解在此在在世状态中的展开是此在存在论的基础。这就是海德格尔所说的"基本本体论"。如所周知,基本本体论在海氏的存在论中具有"优先性"。从前理解、理解中的筹划、作为理解活动的寻视烦忙到在理解者抽身之后的世界状态的"残断"(回忆、陈述)——这一理解显现的全过程构成了海德格尔所述的存在的时间性,因而也是世界的时间结构之所从出。当然也是人之为此在的根据。在这个意义上,所谓的存在论,实质上就是作为本体论的理解论。除了本体论的"理解"而外,关于存在我们还能说出什么呢?在海德格尔看来,除此而外,就只有他人的"转述":"人云亦云"和"道听途说"。因此,基于直接理解的陈述和"理解"究竟如何展开的描述变成了海德格尔所说的"存在论的现象学"。由于如此,不仅决定了理解是存在论现象学的内容,是意义所从出的根源,而且决定了理解之于人的本体地位:人之为人,就在于人是在理解中的存在物。所以,海德格尔反复说:"**领会是此在本身的本己能在的生存论意义上的存在,其情形是:这个于其本身的存在开展着随它本身一道存在的何所在。**"①(原文下加有着重号)在海德格尔,作为理解的原始形态的领会是所有解释的基础,当然,也是所有阅读理解的基础。海德格尔有两个基本的理解概念,一个是前文所说的"Verstehen",是指对包含着存在性的对存在者的理解,这是本源性、存在论意义上的理解;一个是"Verstand",是通常意义上较为固定、明确的日常性理解,对他人、对文本

---

① 海德格尔:《存在与时间》,陈嘉映、王庆节译,北京:三联书店,1986年,第176页。

及日常生活中的理解属于这一类。我们据何以能够"读懂"一首诗？一个用汉语或英语写的文本呢？在我们的日常经验看来,是因为我们能够识文断句,知道那些话是什么意思,仿佛一个头脑一片空白的婴儿,只要教他认识字,他就可以直接从文字上读懂一切。这是日常性的理解观。可是海德格尔指出,我们能够读懂,不是因为意义被包含在文字里,我们读懂了那些文字——这只是读懂的前提,而是因为我们根据自己的生存领会领会了那些文字何所说。我们自己的生存领会才是我们读懂的真正根源,这是根本性的,存在的领会主要从这里现身,那是本体性的理解。换言之,所有的理解都是因为我们把被理解者唤入了我们自己的生存世界。这就是后来伽达默尔所说的"视界融合":文本的所显现的存在世界与我的世界视野的融合。这就决定了我们只有根据自己的生存世界的前理解,才能够"理解"那些未被理解的符号。这就是前文所引伽达默尔的话,"所有的理解最终都是自我理解。即使对某个表达式的理解,最终也不仅是对该表达式里所具有的东西的直接把握,而且也指对隐蔽在表达式内的东西的开启"①。"开启"意味着:"唤入"我的世界,以某种方式进入我世界中的"筹划"。

这就决定了:1) 在文本阅读之理解与被理解的关系上,并非文本符号是意义的本源,而是理解者的前理解及其在寻视烦忙中的筹划才是理解的意义本源。此在活生生的世界之领会才是文本理解中意义的本源。换言之,理解者对世界结构的自我领会是他理解文本意义的经验来源。文本所道出的东西是阅读者用自己的经验去激活的东西,虽然他的"激活"同时又受到符号意向的牵引,因而显示为"视界融合"。2) 因此,理解的"真理"不是要回复到文本的原意或作者意向,而是读者存在领会的敞开。按伽达默尔的描述,前此的阐释学经常宣布自己是一种客观的、唯一正确的理解——它们把回复作者的"原意"看做是理解的目的和标准。但是,如果说所有的理解都是以读者的前理解为根据的视界融合,那么,就意味着根本不可能发生那种完全不带读者"偏见"的理解。就像海德格尔说的,没有不带偏见的理解,因为消除理解的偏见意味着消除理解者与文本写作之间的时间间距度,意味着取消理解的可能性。关键不是要排除偏见,而是如何合理地进入

---

① 伽达默尔:《真理与方法》上卷,洪汉鼎译,上海:上海译文出版社,1999年,第335页。

偏见,即凸显进入的意义:让偏见进入视界融合的有效循环。将回复作者原意作为理解的目标使理解丧失了阅读的意义,因为从根本上讲,读者阅读文本是基于存在领会的需要。3)进而,这也就决定了一个作品、文本的价值不是在于那个封闭的文本一次性在历史的某个时刻说出了什么,而是在于它的"效果历史",在于它向读者的无穷敞开。文本的意义不是一个僵死的一次性的意义,而是其在阅读中的效果历史之总和。这一观点推进到姚斯的文学理论,就是文学作品在阅读中方能实现自身价值的"期待视野"。文本自身是一个等待意义实现的召唤结构,它只有在阅读中才实现为一个活生生的有意义的世界。4)上述理解观和阅读观,落实到伊瑟尔·沃尔夫冈的接受美学,就成了对读者在阅读中的意义充实和意义填充的重要性的强调,极大地影响了沃尔夫冈关于文学阅读的空白点、不确定性等读者意义填充的理论。

那么,中国古代文论或诗意论呢？前面已述,中国古代没有作为本体论(存在论)的理解概念。在古人心目中,不管对天地万物的理解还是对文学文本的理解,都从来就没有被提高到存在论的本体地位。中国古人的基本本体意识是道、天、地、人,即人世运行的规则是人法天,天法道,道法自然。中国古人其实是极其强调人的理解特征的,儒家从《周易》到《文心雕龙》、到宋明理学,道家从《老子》到《阴符经》,佛家从魏晋佛学到宋明禅宗,都一致强调人心的根本作用。在某种意义上可以说,中国古人的学问最突出的、能横贯各家各派的就是关于"心"的学问。身心修炼、心学心术是中国传统学问的正宗。这一点从根本上影响了中国传统知识谱系的构型,对此后文将有专文论述。而"心者,人之神明,所以具众理而应万事者也"①。在中国古人看来,人之所以"异于禽兽","是万物之灵长",根本的原因就在于人有"心"。在宋明理学中,"心"上升为本体,但是那是指心性或佛家所谓的"自性清洁心",而不是"理解"的活动。按中国古人的理解,心性是"体",而理解是"用"。心体之用要远远大于认知、理解或领悟。当然了,既然如此,理解也就至关重要了。它是人通天地,赞化育,弥纶天地之道,化成天下文明

---

① 朱熹:《孟子集注》卷十三,宋元人注《四书五经》上,北京:中国书店,1984年,第101页。

的通道。圣人据天道之领会而著言,士人聆听、理解、遵照圣人的教诲而为人、而立世和教化,老百姓则因听从教化而在世,而休养生息。关键在于,中国传统文论中的理解主要既不是讲普通老百姓的听从教化,更不是讲圣人最原初的大道之领会,而是讲士人(读书人)对圣人之言或文学文本的理解领会。这就决定了古人大量论说的理解是一种中层次意义上的理解:它既比普通百姓的"顺化"、学文知礼要高,又比圣人的"仰观天象",参悟幽微要低。就是说,中国古人的理解是有级别的。最高的理解非圣人不能为。圣人之言是"经",文人解读圣贤之书是学习圣人之道。在这样的结构中,对文本、诗文的理解注定了要么是对"经"的理解,要么是对杰出文本的理解。这两种文本的理解主要都是领会、学习。中国人极其强调学以致用,但是,这种"学"的态度的理解、实用性考虑极强的理解仍然是以把握文本自身的意义为主,所谓"用"是学到了然后加以运用,而不是把理解本身看成理解者自身前理解的激活。

比如,孟子的"知人论世"、"以意逆志"作为一种理解观经常被一些研究者比附为海德格尔的存在论的理解理论,认为强调读者阅读在理解中的能动性就是与海德格尔阐释学相近相似的理解观。可是,孟子何尝是在意义本源论的意义上强调理解的本体地位?孟子说:

> 我知言;我善养吾浩然之气。①
> 故说《诗》者,不以文害辞,不以辞害志;以意逆志,是为得之。②
> 颂其《诗》,读其《书》,不知其人,可乎?是以论其世也,是尚友也。③

这是孟子论理解被广泛引用的三段话。第一则说,"我"因为有浩然之气,所以有很高的思想境界,能够判断各种日常话语中的是非曲直。第二则说,解《诗》者要以自己的心胸从整体上去领会《诗》的精神实质,不要纠缠于文辞表面。第三则说,诵诗读书要了解作者,了解时代背景,才能得到原

---

① 《孟子·公孙丑上》,朱熹《孟子集注》卷三,宋元人注:《四书五经》上,北京:中国书店,1984年,第110页。
② 《孟子·万章上》,朱熹《孟子集注》卷九,宋元人注:《四书五经》上,北京:中国书店,1984年,第71页。
③ 《孟子·万章下》,朱熹《孟子集注》卷十,宋元人注:《四书五经》上,北京:中国书店,1984年,第82页。

作真意。显然，这里无论是"浩然之气"、"以意逆志"，还是"知人论世"都是讲理解的方法问题，即自始至终是说究竟该如何理解，才能更好地把握话语文本的原意，而不是说前理解或者偏见在理解中对文本意义的激活，理解作为充实、激活符号意义的本体功能。搞清原意，更好或更准确地理解原意是孟子所言的实质。其他的，诸如"诗无达诂"、"无私于轻重，不偏于憎爱"①等都仍然是讲如何才能更好地理解原意。一言以蔽之，中国古代没有理解的本体性概念，只有理解的方法论概念。在理解理论上的原意论可以说是中国理解论的基本思想。

由于如此，就决定了：

首先，中国的理解论没有理解的本体性论述为根据来推断阅读作为意义本源的基础，因此理解在理论上不成为意义的本源。中国的理解论一直有一个强大的意义本源：天地之大道。道、圣人、经、古文运动、遵古、学古一直是中国古代文学理解论的基石。这一基石具有极其强大的遵古倾向，并同时决定了中国古人所说的理解正确性就是回复原文意义。刘勰提出的"原道"、"宗经"、"徵圣"虽然是讲总体上文学创作的意义之本，但同时也系统表达了中国古代理解理论背后的意义论本源意识，甚至可以说是千百年来中国古代理解理论的总纲。"原道"、"宗经"、"徵圣"不仅是意义理解的系统逻辑，而且也概括了中国传统主流的意义规范。在意义理论上，这一规范的实质是道、经、圣三位一体："道"经过圣人的领会而成为"经"，因此，意义的本源要通过宗经、征圣而返回到"道"，这是中国传统所认定的真理之源、意义之本。由此，"道"的权威进而铸定了"经"和"圣"的权威。圣人之言、经文之言是中国人千百年来不可违背的意义准则，是学习、领会"道"的具体途径，它既包括意识意义的规范、道德约束，也包括理解万事万物的视角、分寸和尺度。这种原道、尊经、从圣、尚古的意义理论不仅决定了中国古代理解理论的意义走向，也进而决定了中国古人一代又一代轻视创新、维护传统的文化发展走向。"述而不作"不是作为缺点，而是作为智慧被一代又一代地反复学习、遵从和吸取。这种意义理解论实际上是决定中国传统

---

① 刘勰：《文心雕龙·知音》，黄叔琳注、李祥补注、杨明照校注拾遗：《增订文心雕龙校注》，北京：中华书局，2000年，第592页。

世界千百年来稳定、不变的最强大的思想力量。

其次,不强调理解中的筹划。虽然古人一直强调学以致用,但主导倾向是反对"六经注我",**意义传承**成为中国人极其强大的意义观、文化观。实质上中国古人是有不断的历史创新的,无论文学还是思想,但几乎所有的创新都要去寻找古代尤其是远古三代的依据。"托古改制"、"以古喻今"不只是康有为、章太炎等人思想特征,也是大部分古代文化、政治创造者的共同思想道路。这样,中国古人的文学理解论虽然实质上包含着海德格尔所说的"寻视繁忙"与"筹划",包含着意义的自我创新、自我阐释,即所谓的"六经注我",但是在总体上他们又几乎把每一次创新都表述为返古运动。几乎所有的创新都是效法古人尤其是圣人之言的结果。这样,理解中的"筹划"就成了一个在理论上缺乏正面认定和需要掩盖的环节。理解中的"我"即理解者的自我理解和前见变成了一个托古而成言的内容,不是"我"激活了古代文本的意义,而是古人的教诲、榜样或启发等等使我得到了灌养、哺育和文化生命。这样,充满中国历史中的各种文化创新运动都表现为托古、依古甚至泥古。厚古薄今是中国传统价值观的基本倾向。没有人在理解论述中强调"筹划",甚至理解中的"筹划"以及理解的意义本源成了一个晦暗不明、未经审慎思考的环节。

2. 文学理解:意义本源论与意义类型论

对于文学理解论而言,无论是本体论的理解观,还是作者中心论或世界中心论的理解观,都必须抵达一个关键环节:如何阐述文学理解的特殊性。在这一点上,存在论阐释学与中国古代的诗意论也有根本的差异。

首先,是产生差异的思想根源。中国诗意论与存在论理解观最重要的差异在于它们考察文学理解特殊性的思想基础不同。如前已述,存在论的理解理论是一种本体论的理解观,它从作为本体性活动的意义激活、存在敞亮、寻视繁忙、筹划等角度去阐释理解活动的特殊性,从而在两个意义上揭示了文学理解阅读的本体性:1)同其他一切活动一样,文学理解是人的存在性活动。理解是人之存在的特殊性,人之不同于自在之物在于人是在理解中存在。因而,文学理解不只是一种外在认知的手段,而是人存在的一种方式甚至是本真的方式或所谓存在真理之显现。这样,文学理解就有了直接的生存论意义,而不仅是外在的手段性意义。这就决定了文学理解同时是理解者的自我理解、自我实现,是存在的敞亮,是理解者自身的寻视繁忙。理解的体验性、情绪性、切身性等都由此具有了一种本体论价值,而不仅仅是欣赏和间接的情绪宣泄。2)理解是文学的意义本源。实际上,所谓"存在"就是"在场"(prsence),就是"显现"和"去蔽",因此,在存在论的意义上讲,文本的意义不是存在于文本的符号之中,而是存在于活生生的意义显现之中,用胡塞尔的术语,就是意义的充实和直接给予。一个文本只有当它在阅读理解之中才显现为灵气灌注的活生生的世界,成其为文学作品,文本的符号才被充实为意义世界。这就是阅读理解的意义激活。文学阅读之于作品的本体性意义在于:只有当符号被阅读激活的时候,它才真实存在。在这个意义上讲,永远不被阅读的符号就不是符号。上述两点进而决定了文学理解的一系列特殊性:视界融合、效果历史、期待视野、理解的意义填充和理解中的不定点、空白、再创造等等。在此,关于理解特征描述的大部分不是专门针对文学理解的,实际上,视界融合、效果历史、期待视野、理解的意义填充等理解特征并不是文学理解所专有,可以说对许多文本的理解,比如哲学、宗教、历史乃至政治文本等等的理解都有这些特征,只不过理解中的不定点、空白、再创造等在文学理解中更为突出。从这样的描述中我们可以看到,存在论的文学解释学、接受理论实际上是海德格尔的存在论理解观向审美文学领域直接推导的产物。

可是,中国古代的诗意论没有本体论的理解观。如前所言,理解、阅读在中国古代一直是学习、领会、自我陶冶的同义语。文学阅读没有本体性提升的理论根据。在此背景之下,突出文学理解的特殊性是从另一种途径来达到的:经过不断的体悟、品味渐渐发现文学意义与其他意义类型的差异,比如与玄学("理")的差异、与史的差异、与学问的差异、与仕途经济等"实学"的差异等等。其突出文学、诗意理解的特殊性,比如起兴、咏味、品鉴、共鸣、浮想、情绪弥漫、余味余音等等,是从意义类型的差异描述中来把握的。前者我们可以称之为本源论的文学理解观,后者可以称之为意义类型论的文学理解观。

其次,两种理解论抵达文学理解观的历史进程不同。不管是中国古代诗意论的理解观,还是西方存在论的理解观,在如何突出文学理解的特殊性上都经历了一个变化发展的历程。中国古代诗意理解论的展开发展是中国文化分化发展的产物：它从先秦诗、乐、史、政治、哲学等浑然一体的状态向魏晋文史教逐步分野中演化发展而来，对文学理解特殊性的思想认识是在诸文化门类的逐步分化中建立起来的；而存在论的解释学、文学理解论则是海德格尔存在论的理解本源论向海德格尔后期的诗言意义论和其学生伽达默尔、理论接受者英伽登、姚斯等人逐步影响发展的产物。

先看存在论的文学理解观。从前文的论述中我们可以看到，西方的存在论理解观从海德格尔早期出发呈现为两个迥然不同的发展走向：其一，从海德格尔早期的存在论到伽达默尔、英伽登、姚斯，是从存在论到阐释学、接受美学、接受批评的学科分野呈下降走向，即存在本体论逐一下降到阐释学、美学、文学理论、文学批评，其思想特点是仍然保持对理解活动的本体论观照，并将这种观照贯彻到文学批评、文学史的研究之中，从而最终提出了文学史研究的本体问题：在意义本源的含义上，文学史究竟是文本的写作史还是接受史？把效果历史、接受史提高到了历史的时间性构成来看待和打量，从而强有力地确定了文学接受在文学理论和文化历史传承中的根本地位。其二，是从早期海德格尔的此在筹划论到晚期的存在世界结构论，即从早期以此在的理解、筹划（时间性）为中心演变到晚期以"天地人神"四维一体的世界结构（空间性、世界性）为中心。其突出文学理解的特殊性是日益突出诗意的真理性、领会性与其他日常性、实用性理解的根本差异，从而强有力地突出了"诗"（文学理解）作为原始真理的揭示性，强调了这一原始揭示性对人的存在的根本性支撑作用（所谓"人诗意地栖居"[①]），突出了"诗"作为"原始语言"的奠基性（所谓"纯粹所说乃是诗歌"[②]）。

显然，在这两个发展走向中，有一点是一以贯之的：始终保持打量文学理解之思想立场的本体性，从存在论、解释学到接受批评，论述越来越具体，可是从理解的本体性来看待文学阅读的高度始终不曾降低。这样，才能够将文学理解的意义提高到人类历史发展的时间性高度来看待。而从原初真理性的角度强调诗意理解，更是把诗意理解提高到了人的生存论和存在世

[①] 参见海德格尔《……人诗意地栖居……》，孙周兴选编《海德格尔选集》上，上海：上海三联书店，1996年，第463—480页。

[②] 海德格尔：《语言》，孙周兴选编《海德格尔选集》上，上海：上海三联书店，1996年，第986页。

界性的高度。这一理解观的本体论高度不仅从一个全新的视角展现了文学、诗意领会之无法从知识论角度分析、穷尽的意蕴和特殊性（原始诗意作为存在境遇敞亮的混整性、生动性，敞亮和隐匿的一体两面），而且将诗意提高到了作为一切领会之本源的存在论高度①。

　　与存在论理解观从存在论到诗意论、文学理解论的发展过程相比，中国的文学理解论的发展要曲折得多。由于中国古代缺乏关于精神文化活动的严整分类，没有知、情、意的逻辑划分，甚至直到晚清都没有明确的分类学意义上的"文学"概念，从一般的理解论到文学理解论所经历的过程十分漫长而复杂。这一漫长的过程集中体现在对诗的理解中。一个可能在人类文明史上都具有突出意义的现象是，在漫长的古代，从先秦到清代，《诗经》一直被中国人遵崇为经典。先秦"六经"也罢，两汉经学也罢，宋儒的"四书五经"也罢，明、清时代的"十三经"也罢，《诗经》一直都是公认的"经"。中国人对《诗》的重视、受《诗》的熏陶，以及《诗》在政治、战争、经济、日常生活中的作用可以说举世无双。诵诗、唱诗、写诗、用诗乃至普通百姓对《诗经》、唐诗宋词的熟稔在世界各文明古国中绝无仅有。在某种意义上可以说，中国人的文化生活核心就是吟诗、用诗加书法的生活。自然，与诗的巨大作用相关联，对诗的理解阐释就成了中国人文化生活中举足轻重的大事。《左传》十三篇几乎每篇都有用《诗》经验的记载，先秦诸子引《诗》用诗、论如何理解《诗》随处可见，自汉代毛家父子注《诗》解《诗》之后，历代都有文人、诗家对如何理解诗的论述。从理解理论的角度看，这些论述归纳起来，大约有如下情形：

　　政治用诗：讽谏论。按朱自清的考证研究，从先秦到西汉的论诗之言或对诗的记载主要不是讲如何作诗，而是讲如何用《诗》，即是讲用《诗》的经验。所以先秦的诗学言论主要是关于用《诗》、说《诗》的言论。朱自清将其时的用《诗》归结为四种情形：1)"献诗言志"，即臣下向王上献诗，以美刺或观风②。此即《毛诗序》所说"上以风化下，下以风刺上，主文而谲谏"。2)"赋诗言志"，即在外交和政治场合借"诗"以表达邦交或政治意图。这

---

① 参见本书第二章。
② 参见朱自清：《诗言志辨》，桂林：广西师范大学出版社，2004年，第1—37页。

在《左传》中有广泛记载。3）教诗明志,即所谓乐教用诗,以"厚人伦,美教化,移风俗"①。4）"作诗言志",即失意怨悱或登高赋诗,以表达政治抱负或讽喻②。这里,"言志"并不是我们今天所谓的"抒情"或"表现",而是以或远或近之明确的政治功利为目标的言语行为。这里涉及中国古代诗学意义论极其复杂的转换机制和内在表意功能,对此,我们在后面将辟专章论述,此处从略。从上面的归纳中可见,先秦时代的用《诗》主要是功利之用,除了第三种乐教用《诗》属于教化论的意义观而外,几乎都是政治用《诗》。而政治用《诗》的最重要的**意义解释规范**是"讽谏":迂回曲折地以诵诗的方式向上提意见。郑玄在解释"六义"(赋、比、兴、风、雅、颂)的时候说:"风,言圣贤治道之遗也;赋之言铺,直铺陈今之政教善恶;比,见今之失,不敢斥言,比类以言之;兴,见今之美,嫌于媚谀,取善事以喻劝之。雅,正也,言今之正者以为后世法;颂之言诵也,容也,诵今之德,广以美之。"③"六义"的含义究竟为何一直到今天仍然争论不休,大部分的人都认为"风"、"雅"、"颂"是讲"诗体"(体裁风格),"赋"、"比"、"兴"是讲"诗法"(写诗的方法)。可是既然是讲用《诗》的经验,怎么会是讲写诗的方法呢?实际上郑玄之谓"六义"用我们今天的话来说,是讲**《诗经》的六种使用规范和意义效果**,这里面当然是包含着解《诗》、用《诗》的意义理解指向的。"六义"是说在君臣对话中臣下对君上针对不同的言说主题可以用六种借《诗》言说的技巧方式:哪种情况要"直言铺陈"(用"赋"),哪种情况要"喻劝之"(用"兴"),哪种情况用"雅正之言"(用"雅")等等。郑玄释"六义"可以说是中国经学论意义上的解释学,它不仅是强调《诗经》的用法及其意义,尤其是强调这些用法对意义理解的不同引导和在臣下对上言语当中的独特作用。或者说,"六义"之"义"是中国君臣对话、臣下向上进言的《诗经》理解论和解释学。雅颂、讽谏、铺陈、比类都是讲用《诗》对上言语的分寸、方法和效果的。这是中国经学解《诗》的基本理解观和意义观。这种意义观当然极大地影响了中国的人际表达乃至政治表达当中的曲折性和迂回性。而从意

---

① 《毛诗正义》卷一,《十三经注疏》,扬州:江苏广陵古籍刻印社,1995年,第271页。
② 同上。
③ 同上。

义理解的角度看,这里的政治语用关心的不是《诗经》的原意,而是使用者如何用诗,即引用原意以曲折表达**用者**的意向。这一类用诗经验的总结极大地强化了后世挪用诗歌或者写诗影射、曲言、隐喻的合法性,以致它最终成为中国人认定诗意理解的多元化、不确定性的理论根源之一。

教化用诗:陶冶论。孔子说"小子何莫学乎诗? 诗可以兴,可以观,可以群,可以怨。迩之事父,远之事君,多识于鸟兽草木之名"①就是陶冶论的理解观。《毛诗序》对此讲得非常具体:"经夫妇,成孝敬,厚人伦,美教化,移风俗"。陶冶论的理解观实际上是要用政治和道德的意义效果来规范诗的理解指向。这在孔子的话中叫做"思无邪"。这种规范意义指向、强调精神情感的熏陶作用的解释立场贯穿了中国古代整个经学的解诗注经传统,在历代经学、集传(注)、教育、科举考试规定中一再强化,变成了中国古代独特的《诗经》解释学传统。当然,这种诗歌理解论在极大的意义上将诗歌的审美意义手段化了,诸如《毛诗序》对《诗经》的解释,通篇都充满了对具体诗作所谓"微言大义"、比兴之论的穿凿附会之词。在这一点上,它之不重视诗作原意而强调它们的教化效果与讽谏论的政治用诗是一致的。但同时,这种牵强附会也深远地影响了中国诗歌在理解上对含蓄蕴藉和言外之意、余味曲包的意义效用的深度追求。这一点我们在第三章已有充分论述。

赏鉴用诗:情性论。鉴赏就是前文所说的品鉴。很显然,与讽谏、教化不同,鉴赏一开始就没有把诗看做是外在功利的手段,鉴赏就是仅仅因为情绪或心性之故而喜欢,所以中国人的鉴赏就是中国古人的审美论。既然不是把诗歌当成外在功利性目标的手段,那么对诗歌的扭曲、曲解也就失去了意义。所以鉴赏在理解理论上的态度是就诗本身而言诗。如果是诗不仅是为了政治和教化而创作的,那么诗还有什么用呢? 或者说为什么诗可以有那些普通的言说所无法达到的隐喻、曲言、陶冶的独特效力呢? 钟嵘说:"凡斯种种,感荡心灵,非陈诗何以展其义,非长歌何以骋其怀? 故曰:'诗可以群,可以怨。'使穷贱易安,幽居靡闷,莫尚于诗矣。故词人作者,罔不

---

① 《论语·阳货》,朱熹:《论语集注》卷九,宋元人注:《四书五经》上,北京:中国书店,1984年,第74页。

爱好。今之士俗,斯风炽矣!"①人们因为抒情展怀、性情喜好而爱诗,这就决定了鉴赏论的分析是一定要研究诗作为审美活动的特殊性的。诗究竟有什么东西令人如此喜欢,甚至"终朝点缀,分夜呻吟"(同上)呢?钟嵘的回答是诗有无尽之滋味:"使味之者无极,闻之者动心。"(同上)如前已言,这就是诗意的理解、领会特征。由此,鉴赏论走向了中国诗意之审美论的阐释学维度:在意义类型上区分诗意与其他实用性意义的差别,从而强调诗歌意义理解的审美性、趣味性和多意、朦胧、余意等特征。关于这一点我们在前面几章(第二章、第三章、第四章、第五章及本章前两节)已经论述得太多,在此不再重复。实际上,刘勰的《隐秀》、钟嵘的《诗品序》、司空图的《二十四诗品》、严羽的《沧浪诗话》等在中国诗学史上论述诗意特殊性的经典著作,几乎都是讲诗意论中的理解理论,讲该如何去理解诗意,讲诗意理解和理论("理")和历史("史"和"用典")、和学问("学")、和实用性理解之间的差异。性灵、情性、情致、兴趣、胸怀、别材、别趣等等成为中国诗意理解论对主观精神和主体特征的描述,以对应于神韵、滋味、含蓄、隐秀、余意、韵外之致、味外之旨、顿悟、入神等诗意的客观特性和理解特征的描述。

　　从政治用诗到教化用诗,再到鉴赏用诗的发展历程也是中国精神文化发展、分化的历史进程。先秦到两汉主要是政治用诗和教化用诗,鉴赏用诗从魏晋时代开始凸显出来,以钟嵘的《诗品》为标志,发展为中国独有的诗歌理解传统并与政治用诗、教化用诗相融合。从魏晋时代开始,中国的政治用诗产生了向鉴赏用诗的思想转化,对这一转换过程我们在第二章、第三章已有论述,此处不再赘述。

　　与海德格尔的存在论诗学不同,中国诗学一直到今天仍然没有本体论意义上的文学理解概念,可以说虽然20世纪中国文学理论是一个西学移植的世纪,但是,我们的文学理解论在精神实质上仍然是政治用诗和鉴赏用诗的传统。各种西方理论纷至沓来,尤其是解释学译介在上世纪八九十年代蔚然成风,可是似乎潮来潮去精神依旧。对中国人而言,诗被提高到原始真理的角度显然是不可思议的!这一点又与西方的现代性危机以及思考现代性危机的思想进路直接相关。海德格尔之极端看重诗意有一个巨大的对抗

---

① 钟嵘:《诗品序》,何文焕辑:《历代诗话》上,北京:中华书局,1981年,第3页。

启蒙理性的时代背景,但对于实际上并未真切体验到现代性危机甚至还在现代化的历史进程中艰难前行的中国人,要说诗意是原始的真理之维实在是相当勉强,虽然在庄子的精深论述中曾一再考虑到原初直观的揭示性、原创性和语言的深度意义论奠基。

对存在论的理解论和中国鉴赏论理解论之间的差异或许可以一言以蔽之:在海德格尔是以诗为真,在中国鉴赏论是以诗为趣。以诗为真和以诗为趣的差异进而决定了:1)通过取法海德格尔的思想进路来面对中国当代的历史性生存,是一种背景和理论的错位。此一节事关大体,我们在后面将辟专章讨论。2)用存在论解释学分析中国古代诗意理解论缺乏基本的可比性根据。3)中国当代效法西方理论掀起的审美主义热潮只是一种表面相似。在上世纪八九十年代的中国美学热、审美主义,实质是政治用诗,而今天的审美主义所真正贯穿的则是传统的鉴赏论精神。诗或者文学被有意无意地趣味化、边缘化了,它的昭示功能和对原初真理的揭示性就日益淡出甚或越来越不被人喜欢。

这种情形下,以诗为趣几乎成了中国今天一息尚存的仅有的诗学精神。

下篇　诗意论比较的延伸研究

第七章 "心"的分析:中西意义论的分类学背景与传统诗意论的知识质态

显然,中西诗意论的比较还有很多纵深的内容需要研究,正如前面所言,中西诗意论的差异更纵深地涉及中西文明不同的意义集结方向。它是许多方面综合作用的结果。比如,1)现实政治体制的权力结构及运行方式,2)比文学、宗教等具体文化活动更纵深、更隐秘的文化分类学背景,3)对今天而言,还涉及自19世纪以来现代西学的植入与引进的影响等等。

从本章开始,我们将展开对中国诗意论与现代西方诗言意义论的延伸性研究。在此,**所谓延伸性是指:表面上不是中西诗言意义论的直接内容,但是其纵深关涉却对中国诗意论的构成发生着持续性影响的那些重要因素**。鉴于相关题域的极其广大,这里只在上述三个方向中各选**一例**来展开讨论:在政治运行的影响方面,我们再以"兴"为例展开考察;在分类学背景方面,我们以"心"之言域为例来展开分析;在西学对现代中国的影响方面,我们以海德格尔为例展开讨论。

我们先以"心"为例,考察中国诗意论与西方学术迥然不同的分类学背景。

其实,读中国古代的诗意论和西方现代的诗言意义论,一个最重要的感受不只是它们思想内涵的差异,更重要的还在于它们在知识质感上的巨大差异。读中国诗意论,我们常常流连在诗意性的品鉴、描述和体验之中,而读西方现代诗论,却在缜密、精确的辨析思辨中一步步走向深入。这是两种迥然不同的深度:一者是意味领会的深度,一者是理性认知的深度;一者沉浸在诗意品鉴之中领悟何谓诗意,一者在分析把握中确认诗意为何及如何构成等等。一者使人常常领悟深邃、浮想联翩,却似乎并没有什么知识(观念);一者使人得到了精确的知识、系统的理论、观念,却仍然经常不能读诗、懂诗。关乎此,我们在前面各章的比较研究中已有不断的分析和描述,可是我们没有专门从知识质态的角度来讨论分析。

本章的延伸性研究力图从意义论推进到中西知识之间不同的分类学基础来展开讨论,因为不同的知识质态是取决于不同的分类学基础的。由于中西之间差异巨大的分类学基础在极大意义上决定于它们关于"心"之言域的不同取舍和规定,本章特以"心"为枢纽来展开研究。

心之言域于中国传统文论的知识质态有两个方面的重要性:首先,从知识建构分化的逻辑环节上看,"心"的未分化状态是形成中国传统知识的独特质态的直接原因。此所谓"未分化状态"当然是相对西学"心"之言域的充分逻辑化、分析性建构而言。换言之,"心"在西学历史状态中充分、繁复的分析性展开、反思性分化直接决定了现代西学在知识品质上的理念性特征,而中国传统知识由于未有此种心之言域的充分分化来为知识的理念化演进奠基,故而它不具备西学的质态品质。其次,从代表性上看,中国传统知识中的"心"之系列又是这种知识在品质特征上最显著的标本。相对于实用知识,心的知识中西差异更为显著。文化人类学家们曾相当精审地考辨过异质于西方文化的其他文化常具有与西学知识迥然相异的知识分类和意义空间,比如列维·斯特劳斯的《原始思维》、吉尔兹的《地方性知识》都分析过所谓"土著语言"与现代西学极不相同的语词谱系和意义系列。但是,他们的分析常常止于那些表述实用知识的语词。实际上,诸如数量词、动物植物的分类词、表示某种行为特征的词,乃至表示某些状态特征或独特仪式的词——一句话,凡是具有实物性对象的词在不同的文化之间常常是可以翻译的。只要有实物性对象,由于分类标准、语词谱系不同而产生的不同词义总是可以用不同文化中的语言来多层次多角度地描述,以逼近其含义,揭示其独特的语义空间。因此,中国古代的知识,大凡实用的知识,诸如名物记事、兵法农学、历史地理、礼仪典制乃至医术、堪舆、算学、天文之类大致能较好地翻译为现代汉语,并将其纳入西学谱系中去阐释、解说和理解。最困难、最难于"解说"的恰恰是我们似乎觉得最容易用心去理解的关于"心"的知识。

"心"不是有形之物。在心与物、身与心、灵魂与物体的区别和对待中,"心"乃生命之内在性的标志。凡可见者、有形者皆物与身,因而可为实指

第七章 "心"的分析:中西意义论的分类学背景与传统诗意论的知识质态

性区分,而心是看不见的。看不见的"心"的知识之确认和分类靠对经验的反思性分析。而对经验的反思是不断流动、变化的,它具有巨大的随意性、流动性和不确定性,反思意向的连续性贯彻更仰赖于知识传统,而不是现象。但是,看不见的心又是决定、支配看得见的形的内在的灵魂。这样,在不同文化的知识互释中便呈现出一种状态:释"形"容易释"心"难。例如,汉语中的"心"是甚么?是"心灵"(consciousness)?是"心智"(mind)?是"心情"、"心事"(heart)?还是"精神"(spirit)、"神性"或"超越性"、"形上性"(transcendentity)?已经有人指出,西学传统中的"心灵"(consciousness)主要被偏重于作"心智"(mind)方面的理解,从而将理性思维抬高到"立法者的地位"。在这样的理解中,最大的问题是"在完整的心灵中显然有一大片心田被忽视或轻视","正如我们能够意识到的,理论不太重视人的心事(heart)"。这位论者指出,把心灵简化为只关心知识的理性,同时把欲望简化为肉体,"这是双重的错误理解"①。因此,这位学者强调要重建适应于精神/情感生活作为"完整心灵"的"心事哲学"。甘阳在介绍美国史学家巴森(Jacques Barzun)的巨著《从黎明到衰落:西方文化生活五百年——从一五〇〇年到现在》时也指出:"浪漫主义的真精神即'心智与心灵的统一'在中国文字中用一个单字就可以表达,亦即中文的'心'字,而在西方语言中却只能别扭地用两个字即 mind—and—heart 拼在一起,才能表达出'知性'不能分离于内心世界的种种柔性细微感受,而反过来内心世界的精微感受并不必然是'反智'的这层意思。"甘阳说,巴森"不无遗憾地说,如果西方语言中存在一个相应于中文'心'意思的单字,许多无谓的争论或许都可以避免了"②。在"心"之言域,中西方的巨大差异在于:从最基础的概念"心"开始,两者的含义就不同,此不同进而延伸到心之言域的整个系列。由于心的知识是中西方知识的理论奠基,因此它还进一步影响到中西方整个知识谱系的分类、构型和质态特征。而事情的复杂性还在于,按今天我们接受的西学训练,我们几乎无法确认,中国传统的"心"之系列究竟属于哪种类型的知识。

---

① 赵汀阳:《心事哲学之一》,《读书》2001年第3期,第107页。
② 甘阳:《西方现代性的史诗与挽歌》,《读书》2001年第6期,第30页。

第一节 "心"的知识品质

"心"的言说是哪一种类型的知识？比如按西学关于知识类型的划分，我们可以问：中国传统的"心"的知识系列究竟是科学的知识还是形上的知识？是内省的知识还是经验的知识？是统治—事功型知识还是宗教—得救型知识？是实用性知识还是理论思辨型知识？是人文价值性知识还是经验实证性知识？或者我们还可以进一步追问这种知识的精神基础何在，比如它是本着何种精神能力来开启的？是纯粹理性还是实践理性？是自由意志还是感性冲动？是神性超越还是功利需求？或者按西学传统知、情、意的划分，"心"的归宿是理性、情感还是意志？

显然，按上述类型划分中的任何一种来描述中国传统的心的知识都是不得要领的。它似乎每一种要素都有，但任何一种区分都不能涵盖"心"之言域的复杂性和广阔性。甚至按西学最粗糙的划分，我们不能断定中国传统的"心"的知识究竟是哲学的本体论、认识论，还是某一个具体的学科，比如心理学、伦理学、政治学等等。

其实，西学学科群的系统展开也未必能全面涵盖在该传统中"心"之言域的复杂性和广阔性。但是，在西学的发展进程中首先有**对知识在"心"之言域究竟何所属的明确取定**，进而确定了知识分类的精神基础，由此"确立"的逻辑演进，最终使西学在知识品质上与中国传统知识区别开来。

1. 西学在"心"之言域的逻辑取定

在世间万事万物的最基础级区分中，西学将知识（knowledge）归并入精神现象。说它是一种精神现象，意味着它被纳入了"心"的范围。就是说，它是"心"的一种活动，一种"心"之活动的品质类型。

这种品质类型的根本质性是什么？答曰：意识（consciousness）。知识是那种能普遍传达的、具有认知有效性的意识，或者干脆说：知识就是真理性认识。

意识总是对某物的意识。在此心物关系被带出来。不管将意识的本质确定为"反映、摄影和复写"，还是确定为洛克的白板上的影印，或者是胡塞尔的"纯粹的被给予性"，不管将意识区分为理性的真理性认识和混沌的感性材料,还是向黑格尔学习,区分为理性、知性、感性,抑或是现象学的意向性指涉和构成,意识总是派生的,影映式的,认知性的。在英语中,心灵和意识是一个东西:consciousness。这意味着"心"已经被前提性地作了知性的理解。

将知识确定为意识,意味着知识的基本性质是心灵的显象(现象、再现性表象)。于是,一系列关乎"知识纯化"的关系维度得以展现:按知识和知识的来源区分,有意识和意识对象的关系;按意识与意识对象的切近程度,有真和假的区别;按意识的真理性程度,有感性和理性的区别;按意识的内容质态,有经验/先验、质料/形式、观念/材料等等的区别。而如此的一系列区别同时就是对意识作为知识内容的纯化和清洗。上述"二元划分"并不仅仅是确立了诸如感性/理性、本质/现象等等之间的等级秩序,更重要的是,它在知识信念和具体的知识探求中实现了二元划分中从 A 项到 B 项的划归与舍弃:意识并非都是知识探求所需要的,有合格的、能成为知识的意识,有不够格的、必须被知识建构的需要所摒弃的意识。这样所确定的知识论信念便是:1) 情感不是知识,假象不是知识,意志、无意识内容等无所谓知识(舍弃);2) 真理的知识是本质的知识、普遍的知识而非个别的、具体的现象性知识(舍弃化归);3) 知识的真理之维即合法性之维(化归);4) 因此,关乎人类知识的真理性维度就是理性(化归)。这样的"舍弃—化归"当然依赖于上述所言及的区分。事实上所谓"区分",就是解析,就是对"心"作为意识的解析。而解析,就是对意识的反思性解剖。在西学中,意识的反思性解剖是精确知识产生的前提。它的具体操作程序是:任何门类、学科的重要知识概念首先要清洗掉其情感价值因素、感性直观内容,纯化意识内容的纯粹逻辑规定,此所谓对基础概念的逻辑定义。在严格的逻辑定义中,隐喻判断、直觉判断或描述性判断都是被排除的。诚如我们所一再看到的,所谓概念的精确内涵和外延事实上仰赖于一张巨大划分的逻辑分类纲。这样,西学的整个知识质态便不能不是典型的**分析性质态的知识**。

关于西学在"心"之言域的逻辑取定,理查·罗蒂有很好的描述,他指出,一直以来人们相信:

> 有些问题关乎人类存在物和其他存在物的区别,并被综括为那些考虑身与心的关系问题。另一些问题则关乎认知要求的合法性,并被

综括为有关知识"基础"的问题。去发现这些基础,就是去发现有关心的甚么东西,反之亦然。因此,作为一门学科的哲学,把自己看成是对由科学、道德、艺术或宗教所提出的知识主张加以认可或揭穿的企图。它企图根据它对知识和心灵的性质的特征理解来完成这一工作。哲学相对于文化的其他领域而言能够是基本性的……它能够这样做,因为它理解知识的各种基础,而且它在对作为认知者的人、"精神过程"或使知识成为可能的"再现活动"的研究中发现了这些基础。去认知,就是去准确地再现心以外的事物;因而去理解知识的可能性和性质,就是去理解心灵在其中得以构成这些再现表象的方式。哲学的主要关切对象是一门有关再现表象的一般理论……①

罗蒂指出,在现代西学中,以"心的过程"为基础的"知识论"概念出于17世纪,其代表人物是洛克;而作为"过程"发生的、作为分离实体的"心"的概念出于同一时期,其代表人物是笛卡尔。本此对"心"之言域的"化归—舍弃"的程序,作为纯粹理性法庭的哲学概念则出自18世纪的康德。20世纪,这一主张被罗素和胡塞尔重新肯定。虽然在现代哲学家中,维特根斯坦、海德格尔等人一直同意:1. 放弃作为准确再现结果的知识观;2. 放弃"知识基础"的观念;3. 放弃笛卡尔、康德、洛克共有的"心"的观念,"即把心当作一种专门的研究课题,当作存在于内在的领域,包含着使知识得以成立的一些成分或过程的这种观念"②。但是,20世纪的一些主要流派,诸如分析哲学、语言哲学、胡塞尔的现象学等等所致力的仍然是传统知识论的"接替课题",只不过再现关系被看成了语言的,而非心理的,或用现象学分析取代了康德的"先验批判"。而在此源源不绝的认识论传统之中,在巨大的理性现象的掩盖之下,罗蒂发现了一个巨大的隐喻:

> 决定着我们大部分哲学信念的是图画而非命题,是隐喻而非陈述。俘获住传统哲学的图画是作为一面巨镜的心的图画,它包含着各种各样的表象(其中有些准确,有些不准确),并可借助纯粹的、非经验的方

---

① 理查·罗蒂:《哲学和自然之镜》,李幼蒸译,北京:三联书店,1987年,第1页。
② 同上。

法加以研究。如果没有类似于镜子的心的观念,作为准确再现的知识观念就不会出现。没有后一种观念,笛卡尔和康德共同采用的研究策略——即通过审视、修理和磨光这面镜子以获得更准确的表象——就不会讲得通了。如果心灵中不怀有这种研究策略,认为哲学可由"概念分析"、"现象学分析"、"意义阐释"(以)检验"我们语言的逻辑"或检验"意识构成活动的结构"等晚近的主张就不可理解了。①

我们感兴趣的是,当在知识论中"心"被取定为"镜子"的时候,"取掉"的东西是什么?当此面"镜子"被不断的反思性推求、纯化、解剖、分析所磨光、磨透的时候,它"磨掉"的是什么?而如此"打磨"的结果,剩下的又是什么?达致精确知识一直是西学的梦想,从苏格拉底时代开始,对"美"的含义的分析、"正义"概念的分析乃至对一切重要哲学概念、范畴、理论陈述之逻辑论证环节的分析就已经走在了这条"打磨透视镜"的知识道路上。如此巨大的打磨工程的从业者远不只是 17、18 世纪的哲学家,它应该包括对现代西学知识体系有重大贡献的所有知识人。当在知识合法性的信念中通过一系列的逻辑演进环节,剔除了梦想、情感、感性、意志、价值、歧义、隐喻、修辞乃至描述、美感等等的时候,它就已经逼近了"精确的知识",即那种内涵清楚、外延确定的知识,那种一词一义的知识,那种只有逻辑陈述而无心情表达的知识,那种只有工具性语言之维即人工语言、只有"第一涵义系统"而无"第二涵义系统"的知识,那种纯粹逻辑化的知识——一言以蔽之,即**理念质态**的知识。

"心"的反思性解析是此种知识论产生的前提,就此而言,可以说西学中"心"的知识的分析性展开是整个西学理念知识质态的逻辑奠基。在此不妨摹仿罗蒂的语调说,**如果没有对知识作为意识、认知的逻辑取定,如果没有此取定中再现性关系的巨大的镜式隐喻,如果没有在此取定之前先行区分的知、情、意,没有在取定之后对真相/假象、感性/理性、现象/本质的进一步区分,如果没有从感觉、知觉、表象到概念、判断、推理之认识论系列的从心理到逻辑到语言的精确分析和步步贯通,理念知识形态的产生是不可**

---

① 理查·罗蒂:《哲学和自然之镜》,李幼蒸译,北京:三联书店,1987 年,第 9 页。

想象的,精确知识的纯化和清洗也是不可想象的。因为如果没有上述所言及的各个逻辑环节,具体学科知识的"精确化"并不知道如何做才是精确的,即并不知道所谓"精确知识"的标准:比如它不知道哪些是需要清除的,哪些是需要保留的,不知道哪种陈述的逻辑形式或哪种语言表达的语体才能最大程度地接近"真理",不知道哪些是经验描述,哪些是客观陈述、认知真相,甚至不能确定哪些是现象,哪些是本质,等等。因此,如果说西学知识是一种理念形态的知识,那么,为此种知识奠基立法的西学中的心的知识就更是一种典型的理念形态,甚至是一种纯思辨形态的知识。事实上,"心"之言域一直是西学中思辨理论的大本营,就为整个知识立法的逻辑关涉而言,所谓本体论、存在论或逻辑学之类,其实都是"心"的思辨即认识论思辨的延续、推导和变种。

2. 中国传统知识中的"心"

但是,中国传统知识中的"心"却是"心"之整体。站在西学立场上看,传统的"心"是未经分化的。"心"是含知、情、意、理的一统的"心",或者说,心就是与身相对并内转相联、可互为转化的自然之心。"心"有形上之维,所谓良心、良知、良能、"最初一念之本心";有人心和道心,有情和理,有知、情、志、欲、意,有德性之知和闻见之知;心之根据有性、有命;心之安放处有心胸、心宅和灵台;心的性灵化有魂、有灵、有神;心与身之贯通、与天地之贯通有气、有道,有身心物我、人我宇宙的呼应、相通和交感。汉语中凡带"心"字旁的文字都与"心"相关联,此种文字有对人生在世的种种心态、意绪、心情、情调的最为丰富、细致、入微的表述。但是,所有这些对"心"的描述和分疏都不是一种**反思性的认识分疏**,更不是一种心理学的确认与描述。

你可以说中国传统的"心"未经严格精确的分析、反思即逻辑分割。"心"作为一个极其广阔的领域,人们谈论它不得不取"心"之数端或数维,这一点中国古人仍不能例外。但是,所有这些被取定了的"心之端",比如良知、良心、心情、性灵、情理等等所谈论的仍是一颗活生生的人心。以中国人的心学观看西方,可以说西学中的"心"已经死了,它在逻各斯中心主义的对象化分割中已"不复见全牛"。

在此,有几个重要的环节需要论及。

首先,是关于"心"之内涵的分析性确认。说传统的"心"是未经分化

第七章 "心"的分析：中西意义论的分类学背景与传统诗意论的知识质态

的,并不是说古人对"心之端"即今人所谓的"心理内容"或"心性品质"没有区别和分疏,而是说它不是一种分析性、反思性的逻辑划分,更没有以此为整个文化的知识论基础。

以关于"心"的几个重要概念为例。

心。《说文》:"人心,土臧,在身之中。"①"心,象形,小篆为♥"。《说文》的解释完全是描述"心"在身体上的位置以及它作为"五脏"之一的质性归属。这与西学史上繁复、累进性地确认、分析"意识"究竟是什么迥然不同。朱熹说:"心者,人之神明,所以具众理而应万事者也。"②"神明"何谓?可意会而难言,以"神明"释"心"算是哲学上的解释,而非身体(生理)上的解释,但是它决不是一种分析性的解释。事实上,中国古人从未试图逻辑地、分析性地说明"心"究竟是什么。

知。《墨子·墨经》有关于"知"的较集中的论述。1)《墨经上》:"知,材也。"《经说上》:"知材:知也者,所以知也,而必知,若明。"意思是说:智力,是人的一种本能,这种本能是专门用来知晓事物的,有了它人就能知晓,一如有了眼睛就能看见万物。在此,"知"同于"智"。2)《墨经上》:"知,接也。"《经说上》:"知:知也者,以其知物而能貌之。若见。"意思是说:所谓"知"实质上就是"接","知"之所以能够知晓事物是因为它遭遇了事物而能晓其形貌,其情形就如用眼睛看见一样。这是对"知"之为"知"的本性的探讨。3)《墨经上》:"恕,明也。"《经说上》:"恕:恕也者,以其知论物,而其知之也著。若明。"意思是说:智慧,就是明察事物。人之所以能够明察事物是因为他懂得推论,而经由推论,他对事物的了解会更明白彻透。"恕"即智慧,会意字,其意为用心运知。4)《墨经上》:"知,闻、说、亲、名、实、合、为。"《经说上》:"知:传授之,闻也;方不㢓(障),说也;身观焉,亲也;所以谓,名也;所谓,实也;名实耦,合也;志行,为也。"是说"知"的方式有七种:有间见之知,推论之知,亲验之知,有名实之别,有对名实是否相合的考察和对"知"的践行。这是讲知的方式。《墨经》对"知"的考察在传统典籍中是最富于分析性和逻辑性的,但是较之西学中的意识分析仍只能

---

① 《说文解字注》,上海:上海古籍出版社,1981年,第501页。
② 《孟子集注》卷十三,《四书五经》上,北京:中国书店,1984年,第101页。

算是极其粗朴的描述,而且它没有上升为中国后世思想史源源不绝的认识论传统。

《墨经》之后,对"知"的分疏有重大贡献的是张载。"诚明所知,乃天德良知,非闻见小知而已。""形而后有气质之性,善反之,则天地之性存焉。故气质之性,君子有弗性者焉。"①"见闻之知,乃物交而知,非德性所知。德性所知,不萌于见闻。"②"天之明莫大于日,故有目接之,不知其几万里之高也。天之声莫大于雷霆,固有耳目属之,莫知其几万里之远也。……人病以其耳目见闻累其心,而不务尽其心,故思尽其心者,必知心所从来而后罢。"③张载分疏了"闻见之知"即经验之知与内省自觉的道德良知的重大差别,并将此差别上溯到天地之性与气质之性的秉性上的分疏,可以说在"知"的内在分疏上极具洞察力。但是,此分疏仍然是内省的洞穿,而非对"知"的要素、质性、精确含义的分析性确认和反思。

思。《说文》:"思,容也。"④段注:"谓之思者,以其能深通也。思之不容,是谓不圣。"思谓"自囟至心,如丝相贯不绝也"⑤。"容"即深通,是灌顶而至心田的通达和熟虑,"容"是思的尺度,正如"聪"是听的尺度。按《说文》的解释,思有几种分别:虑,谋思也;念,常思也;惟,凡思(即浮泛之思)也;怀,念思也;想,觊觎(希冀之思)也;𩂺,同和之思也。思有切与不切之分,但没有真和假的区别,思是包括一切思念、怀想、梦想、浮泛之思、深谋远虑、同思共振等等在内的心理活动的称谓,不是thinking之谓的思想、思维、思辨和反思,更不是单指那种与感性认识相对的、对象性的逻辑运思过程。荀子有言:心之官则思,将心的独特功能取定于"思",但此"思"绝非今天的"思维"和"研究"。

情。《说文》:"情,人之阴气有欲者。"⑥情有七种,所谓喜怒哀惧爱恶

---

① 《正蒙诚明篇第六》,《中国哲学史资料选辑·宋元明之部上》,北京:中华书局,1980年,第132—133页。
② 《正蒙大心篇第七》,《中国哲学史资料选辑·宋元明之部上》,北京:中华书局,1980年,第137页。
③ 同上。
④ 《说文解字注》,上海:上海古籍出版社,1981年,第501页。
⑤ 同上。
⑥ 同上书,第502页。

欲。七者不学而能,所谓"人秉七情莫非自然"。《孝经援神契》:"性生于阳以理执,情生于阴以系念。"①《说文》:"性,人之易气;性,善者也。"董仲舒:"性者,生之质也,质朴之谓性。"②性是理的先天根苗,理是性的外化,由理而能"执性",一如从人的思欲念想而能"执情"。情和性共为"心"之本有,二者的分辨不是西学中"感情"(emotion)与"认识"(realization)的分辨,更不是"感性"和"理性"的分辨,而是更内在的、难以割裂的区分,即"心"之阴阳的区分。在中国传统知识中,并非只有"理念"、形式、逻辑或康德所谓认知、判断(含道德批判)的"先天直观"才是先验的,良知、良能、"最初一念之本心"、性灵、情性、伦理亲情等等仍具有形上性、先验性或所谓先天给予性,因此,经验之知的"理"(认知理性?)并不在真理性程度上高于亲情、性灵和良知。

意、志。《说文》:"意,志也。"志即识,即心之所识。"识"不是经验的知识,而是心灵的领会和洞穿。意有两训:一训为测度。所谓"不逆诈,不亿不信","亿则屡中"③。训为"测度",是用新的经验来比测心之所识,"屡中"是指外在经验事实、言行内合于心。二训为记。记就是标示。段注:"诚其意,诚谓实其心之所识也。"④记是通过反省,使之内外一致贯通,使心之所识变得充实,使身心言行变得自如。"记"因此是标志,是心灵成长成熟的标志。测度、记识所言,是一个心灵之领会、反省、自觉、自如的成长过程,它之谓"标记"是一个心灵生命历程中的驿站。因此,"意"的原初含义不是西文的"意向"(intention)。同样,"志"的含义也不是"意志"(will)。《说文》:"志者,识也。"仍然是心路历程的一个标志,是心灵标记的外化。它自然含有丰富的含义,比如心之目标,心之向往,心之向上升华的一次记录和烙印、印痕等等。所谓"诗言志",并不仅仅是"言"所谓的"志向",作为内在心灵生命印痕的标记,诗,是心灵的历史,是人内在的生命记录;诗凝之于言,即人内在生命、心灵历程的文化表达。合而言之,中国传统知识中的"意"与"志",不是西文中的 will power,不是单指那种由内在欲念

---

① 段玉裁注引:《说文解字注》,上海:上海古籍出版社,1981年,第502页。
② 同上。
③ 《论语·先进》,宋元人注:《四书五经》,北京:中国书店,1984年,第46页
④ 《说文解字注》,上海:上海古籍出版社,1981年,第502页。

驱动而持续性践行的心理趋向和能量。

　　传统的"心"之分野中,意、志没有成为一个知识建构的逻辑论域——它没有成为所谓"伦理学"学科建构的逻辑基础,一如在传统知识中情感、感性没有成为美学、艺术论、诗学的逻辑基础,认识、认知没有成为逻辑学、认识论的逻辑基础。我们知道,西学学科的逻辑建构是以知、情、意的明晰区分为根据的,而知、情、意的明晰区分又以对三者精神内涵的分析性确认为前提。但前面所列的一系列"心"的关键性概念表明:中国传统的"心"的分疏、系列知识几乎都不是分析性确认的,因此,在"心"的知识域没有形成西学式严整的逻辑分类传统。而无此传统又意味着:它缺乏或者说被抽掉了分析性建构学科知识体系的逻辑根基。不是说作为实质性的知识,中国没有伦理思想,没有审美和逻辑知识,而是说它不是在一种逻辑地基明晰前提下的分析性组建,而是一种经验状态下的实质性累积。

　　中国传统的伦理学、道德哲学云云其实从未就所谓"意志自由"而谈道德性和社会的合法性问题,而是谈人际间身心秩序的合理建构。其"应然"即合法性所从出并不是从意志自由伸延而来,而是从"天下"的人心秩序和社会秩序的整体设计中去获得与分享。

　　中国诗论曾有"诗言志"和"诗缘情"的分别,长期以来深受现代西学熏染的学者们曾为"言志"更合法还是"缘情"更恰当争论不休,但是在情、志、意、识、思等"心"之概念没有严格清晰的逻辑区分且更没有由此形成严整学科分类的知识背景中,"情"与"志"的含义的含混、交叉和混杂其实往往大于它们之间的区分。古汉语常有所谓"通用"的情况,在通用状态中,"志"其实就是"情"。而普遍的通用之所以可能,正是因为它们的意义边界不确定。"志"既不是"意志"(will),也不单单是"志向",它经常的情形是指"胸怀"和"心胸",而"胸怀"和"心胸"又都可以说是"情怀"。同样,"缘情"之"情"也不单单是指现代心理学意义上的与认知、想象、联想、直觉等严格区别的"情感","情"又可以说是"情状"、"境况"、"情思",是各种人生能遇的生存状态的体验、情调、念想和精神承受的称谓,其文化含义比心理学、认识论意义上的"情感"要丰富宽泛得多。

　　关键是,长期以来我们不仅是用西方传统认识论的反思性分析概念来理解中国"心"的知识的概念系列,更重要的是,我们甚至已经习惯于用近

第七章 "心"的分析:中西意义论的分类学背景与传统诗意论的知识质态

代心理学的科学概念来确认和解释中国传统的"心"的知识。这样的确认和解释极大地掩盖了两种知识间的品质差异。上面关于"心"、"知"、"思"、"情"、"意"、"志"的描述表明:按西学认识论和心理学的概念来分析,传统"心"的知识中的大部分概念都是不明晰、不确定的,因为它们的内涵并未经由分析性反思的确认和厘定;它自身不仅没有心理学所要求的明确清晰的内涵和外延,而且其模糊笼统、意义边界不确定的整个概念系统均难以和心理学的概念系统名实对应。而在西学认识论中处于核心位置的、作为整个认识论研究的主要对象的"意识"(consciousness)概念在中国传统的"心"的知识系列中根本就没有产生。

因此,必须明确地指出:从知识质态上看,中国传统的"心"的知识既非反思认识论的分析性知识,更非作为经验科学的心理学知识。

其次,是关于"心"的知识对整个知识品质的奠基和开启。但是显然,"心"的知识对整个中西知识谱系均具有不可忽视的奠基作用。由于"心"的知识谱系不同,它在根本上确定了中西知识不同的知识信念、标准、探寻建构取向和不同的精神向度与意义方维。就知识质态而言之,"心"的知识的奠基作用在于:一、它确定了整个知识建构的取舍和探究路向。比如,西学对精神方维的知、情、意划分和意识之从感性、知性到理性的反思性分析确定了这种知识的理念性质态和分析性演进的路数;而中国传统的"心"的知识由于无此分析性奠基,一直走在经验性累积的路上。二、它确定了中西知识体系产生的逻辑前提,即一种知识凭借何种概念系统能得以产生的可能性。对此不妨稍详谈论。

一种知识凭何以产生?按康德的解释,所有的知识系列从逻辑维度上溯源,都可以追溯到作为自明前提的"先验直观",知识的源头归根到底是在"先验直观"方维上的经验呈现,由此,所谓"知识"的缘起在于经验在"先验直观"视野下的呈现,此谓之"先天综合判断"[1]。抽象的情形诚如康德所言,但是这是在抽掉了不同文化知识史前提下的普遍性言说。它不能解释,何以同在先验直观背景下的经验呈现,中西方知识的演进取向会如此之不

---

[1] 康德:"通过前者(感性),对象被给予我们;通过后者(知性形式),它们被思维。"《纯粹理性批判》,蓝公武译,北京:商务印书馆,1960年,第44页。

同。事实上在具体的知识史中,中西方背靠着极不相同的先验背景,诸如康德的"理念"/"实在"、"物自体"/"现象"、"时空直观"、"有限"/"无限"、"质量关系模态"、"自我意识"/"先验自我"等等的所谓逻辑区分几乎从未真实地成为中国知识的"先验背景",倒是阴阳、虚实、体用、道器、心身等等一再成为中国人思考的逻辑范畴。

真实地成为中西方知识的"先验背景"或曰逻辑基础的是它们关于"心"的系统知识。西方关于"精确知识"的追求基础已如前所说,而中国传统知识,由于它没有对情感与认识、感性与理性、知情意等等作精确的确认和区分,它其实并没有根据来分析和确定西学式的所谓"精确知识"究竟是甚么,就是说,作为知识之逻辑基础的中国的"心"的知识没有提供产生西学式精确知识的可能性,它无法也无由知道那种西学式精确知识的标准、尺度和实质。比如,按前述所列举的中国"心"的知识中的一些重要概念,西学认识论中的许多关键性的逻辑分野在此根本无法区分——比如无法精确区别再现性表象与情绪性感受和感知的直接给予性,无法精确区别直观知识和理性知识、区别先验形式与经验质料、区别内省知识与逻辑给予、区别逻辑理念与经验归纳、区别先验自我与个体意识、区别想象再造与实证观察,乃至区别知、情、意的不同质性等等。在这种状况下,要期望中国传统知识对语词、概念、知识的"意义"(meaning)作精确的哲学分析是不可能的,意义分析、意识分析、知识解剖等西学中纯化知识的常见主题在中国传统知识中根本不可能提出来。关键是,没有"心"的分析为基础,就不会有对具体知识的反思性分析,因为反思性分析不是一般的"分析事理",而是**分析和澄清知识所赖以凭靠的主观形式,即它在纯思领域的逻辑规定**。这样,所谓的"穷究天人","分析事理"便只剩下一条路:对"知识"的经验内涵作现象上的因果联系的无穷追踪。此追踪在现象上的丰富性反过来掩盖了它在分析性建构和开掘上的短缺与贫乏。与此密切相关的是,没有前述所言的反思性区分,它就无法以此区分为据进行西学式"纯化知识"所要求的对知识的化归和清洗。例如它无法精确地洗去感性而蒸馏理性,去除隐喻而保留逻辑,剔除情绪而存留再现,摒弃经验而演化理念,去掉想象而精确观察,抛弃直觉而精究推理,摒除玄想而追求确证等等——一言以蔽之,它无法开启一条分析性或实证性追求知识的路。这样,站在现代西学的知识立场上,我们举目望见的中国传统知识便是许多人所谈到的,是"整体的知识"、"直觉的知识"、"经验形态的知识",或者干脆极端地说,是所谓"没有逻辑分类"的知识、"概念不清晰"的知识等等。

　　再次,关于求知的态度。西学之所以能够对"心"之言域作精确的逻辑区分,从根本上说决定于该知识传统对"心"的态度。这种态度是:把"心"看做是一事实对象,对之作距离化的观察、剖析和描述。事实上,"心"是最不容易被推拒为对象的,因为"心"就在我们胸中,"心"是最内在于自我的,我们所有的精神活动——思、想象、体验、领会、感知、情绪等等是本己自我的存在性活动,要将"心"推拒为对象,就等于说要将自我推拒为他者,要使"我"不成其为"我",即实现主观自我的二元分裂。中国没有这种作为"科学"、"理性法庭"产生前提的"我"的二元分化。面对"心",中国人强调的是"以心会心"。应该承认,面对"心",西学之漠然不动的非我化立场是人类理性的奇迹。将"心"之言域作如此精确的确认和区分——分为感觉、知觉、表象、欲念、情感、意志、想象、联想、判断、推理、意识、直觉、灵感直至无意识中的本我、自我、超我、欲望、情结等等,没有强大的理性推拒和坚绵不息的冷静观察与分析传统是根本不可能的。没有长时间一代接着一代的将研究者之"心"与作为研究对象的"心"的既成传统的二元分离是根本不可能的。西学的"心"之研究一如解剖学家面对着血肉之躯的生命活体。可是,解剖刀下的生命活体毕竟是一个无法与研究者混淆的物质实体,而哲学家和心理学家面对的"心"却是根本上只能以自我的精神感受、经验实在为基础才能"研究"的"心",并且"研究"之作为对普遍知识的追求,其前提又是:将所有的经验内容从心理形式中剥离出来,将所有的心理内容从心灵血肉中剥离出来……

　　中国传统知识对"心"的态度是含混的,"心"之言域并没有将"心"作为与主体相分离的对象,因此对"心"不可能作定量定性的分析与解剖。"心"的知识从不来自对"心"作为客观对象的分析、解剖与扫描,而是来自自我之"心"的启发、领会与内省。中国"心学"①的知识论假设是,对"心"

---

① 此所谓"心学"不是指宋明时代的"理学"、"心学",而是指中国传统的整个关于"心"的知识系统。

必须用心才能领会。因此,中国心学从不关心外在僵死的心理学知识的发现、探究和积累,而是关心如何"用心"。中国的"心"的知识,主要部分是所谓的"心术",而不是心理学和认识论。中国"用心"的态度主要有两个取向:一是面对他人之心强调要"以心会心",包括要用心去体认他人的苦衷,用心去领会一切"心"之表达——语言、符号、文本、表情、行为、策略、举止等等,并通过人际的"心心对应"去领会心性之理和人世间的交接之道。此态度取向的核心是儒家。二是面对万事万物要用"心"去领会而非止于"官知",要超越"官知"而"用心"才能把握事物的内在性而达至"神会"与"幽玄"。在此的用心之道恰恰是"无心"和"忘我"。"心"而至于"无",是摒弃一切"我执"、"前见"、情绪而保持心的澄彻和清明,"忘我"则是彻底的沉迷与投入。"忘我"决不是物我分离状态下理性的间距化,而是自我之心凝神静虑的彻底植入而至于物我同一。此态度取向的核心是道家。要言之,无论哪种取向都没有"心"之言域的对象化和客观化,因此,那种在对象化状态下以"心"之研究、解剖、分析为主要内容的定量、定性的精确知识在中国不能产生。

关键是,"心"的知识态度进而决定了整个文化的求知态度。由于西学中"心"的研究摒除了研究者自我之心的介入,因此,对"心"的知识的主观领会如何无关乎知识的真理性。真理不是在心灵朗照的洞明之中,而是在活生生的心灵之外。在此,知识的合法性是外在于人的:它是那种客观的真理,普遍的真理,逻辑之域、理念世界的真理,它是那种不管知识人主体的感受如何、心情如何乃至感悟如何都依然不变其性的具有逻辑硬度的真理,是我们常说的不以人的主观意志为转移的"客观真理"。这样的真理显然不能以体验、领会、心情而求之,只能以客观、精确的研究、分析或逻辑实证而求之。但是,中国的"心学"是知识人主体如何"用心"的学问,它并没有从"心"之研究中明晰区分和确定一个"绝对理念"域,因此,知识的合法性不能由"人心"之上的逻辑域位来承担。实在说来,中国的心学连"真理"的概念都并没有产生。因此,它不可能把知识合法性的标准确立在"心外"。中国知识的合法性所从出不是绝对理念域或真确知识在"心外"的逻辑实证,而是知识人个体的"体证"。

"体证"是意味深长的。"体证"不是平常所说的"实践的检验",不是被实践论哲学的阐释所高度歪曲了的"知行合一"。体证是说,确证"知"的方式、途径是在"心"之全体、身心一体的在世状态的领会、践行中朗示、自明。体证就是"感而遂通",就是"心得",是对"知"之所言有得于心,是知识在心灵中的敞亮、豁然和承受,是"了然于心",是知识的活化、意义化和人心、会心、生根。按中国的知识传统,了然自明于心的知识才是最真切的知识、可靠的知识。所谓"纸上得来终觉浅",所谓"真知",所谓"融化于心"——这种知识当然是内在的、心灵化的。所谓"践履"、"体悟"、"开悟"、"格物致知"等等,都是因为这种知识的可靠性、真切性只有在"心"之雪亮、亮明中去找寻。因此,所谓"隔与不隔"、"冷暖自知"、"知道"之类就不只是诗和禅宗的追求,而是中国传统知识真切性的基本要求。按传统的知识信念,体证于心的知识才是真切的知识,而真切的知识即为合法。

此即决定了:领会知识要以人心,而陈述知识就是灵魂的流露。

显然,按此种对"心"的态度以及传统心学所确定的知识信念是不可能开启出西学式的理念知识质态和科学的精确知识的。

第二节 中国诗意论的意义质态

西学的"心"的知识系统内在决定了西方诗学的知识方维:一、就知识论述的逻辑指向而言,诗学知识总是在背靠着"认知——理性"的"心"域背景中展开的。就是说,诗学知识的系列内容总是在与共属"心"之言域的"认知——理性"部分的区别、比较之中展开的。其理论运思的基本程序首先是区别,即诗性、审美活动与理性认知活动的区别。作为感性活动,它与理性活动的区别;作为情感活动,它与认知活动的区别;作为心理运思,它与理性思维的区别;作为文学叙事,它与历史叙事的区别等等;而直觉、想象、天才、灵感、审美态度、移情、心理距离、白日梦理论、心理时间等等只有在与理性认识活动之系列心理形式的区别之中才能得到论域的确定和自身作为心理运动形式的特殊性的描述。这样,诗性活动的每一种心理形式几乎都是在与另一种或几种理性认识活动的心理形式的比较中展开的。区别之后,便是联系与转换:或者它无法归化为理性认识的真理性尺度,由此展开的是审美感性价值的自律合法论;或者它是叙述"应然"、"或然",比事实

（历史叙事）更具普遍性，是"无概念的普遍性"等等。二、诗学知识自身作为知识，它是理性的。所以诗学研究必须按"认知——理性"的方式来展开。由此，诗学是西方理性知识体系的一个部分，它与其他理性知识样式是同质的。但是，诗学研究的对象又是感性—情感活动。这样，诗学在西学"心"之言域所分得的理论方维便是：用理性的方式来通达审美，即用逻辑的方式去通达审美艺术活动的本质性和真理性。由此所内在确定的是西方诗学在研究方式和研究对象之间的理性与感性的鸿沟。

但是，由于中国的心学系统没有明晰确定的逻辑划分，中国传统文论的知识方维是不确定的，知识的性质无法确定。由此决定了中国传统文论独特的意义质态。

1. 传统文论的"概念质地"

> 中国形而上学的问题与西洋、印度全然不同……你可曾听见中国哲学家一方主一元，一方主二元或多元；一方主唯心，一方主唯物的辩论吗？像这样呆板的、静体的问题，中国人并不讨论，中国自极古的时候传下来的形而上学，作一切大小高低学术之根本思想的是一套完全讲变化的。——绝非静体的。他们只讲些变化上抽象的道理，很没有去过问具体的问题。
>
> 中国形而上学所讲，既为变化的问题，则其所用之方法，也当然与西洋、印度不同。因为讲具体的问题所用的都是一些静的、呆板的概念，在讲变化时绝不能适用，他所用的名词只是抽象的、虚的意味。不但阴阳乾坤只表示意味而非实物，就是具体的东西，如"潜龙"、"牝马"之类，到他手里也都成了抽象的意味，若呆板的认为是一条龙、一匹马，这便大大错了。我们认识这种抽象的意味或倾向，是用甚么呢？这就是直觉。我们要认识这种抽象的意味或倾向，完全要用直觉去体会玩味，才能得到所谓。"阴"、"阳"、"乾"、"坤"固为感觉所得不到，亦非有理智作用之运施而后得的抽象概念。理智所制成之概念皆明确固定的，而此则活动浑融的也。①

---

① 梁漱溟：《东西文化及其哲学》，上海：上海人民出版社，2006年，第70—71页。

这是梁漱溟讲的话,见于梁1920年在北大的讲演《东西文化及其哲学》第四章:"西洋中国印度三方哲学之比观",后由商务印书馆出版。这是我们所看到的最早从知识质态之"概念质地"上看传统知识与现代西学的差异。对中国文论的异质性,即它在知识质态上的特殊性,最鲜明的感受就是"质地感"。试比较以下两组概念:a."结构"、"典型"、"表现"、"媒介",b."风骨"、"神韵"、"肌理"、"形神"、"滋味"。我们一望而知,这是两组"质地"迥然不同的概念。a组的概念质地是逻辑直陈,其意义质态是直接、确定的,b组的概念质地则是意象隐喻的,其意义质态间接迂回,具不确定性。读a组,我们只需直接理解,而读b组我们要感受、品味、联想。"风骨"是什么?我们不可循逻辑的定义来推导与确认,而需联想到骨与肉的联系、风与实体的联系来领会与品玩。质地感浓厚地存在于感受中,它常常难以作精确的逻辑分析,但是,在感受中鲜明的质地感会顽强地、不可磨灭地告诉你:它们是迥然不同的知识。

按梁漱溟的意见,中西知识概念质地上的差别在于:中国是活动浑融的,西方是明确固定的;中国是讲变化的,西方是讲静体的;中国的"名词"因把捉变化而具有意义的流动性,从而带"抽象的、虚的意味",西方的名词"因为讲具体的问题所用的都是一些静的、呆板的概念";中国概念形成的路数和领会方式"需用直觉去领会玩味",西方的概念则是"由理智作用之运施而后得的"。站在今天的立场上看,梁漱溟的论述可能并不精确,但是,你不能不承认他对中西知识之概念质地总体洞见的深刻性。

首先,我们看到,中国传统文论中的大部分重要概念在基本质态上是喻示性的。它不是纯粹逻辑的抽象概括,而是不离弃经验状态的直观直感。五官感觉之象、形、色、气、味、声与精神直感之神、韵、态、情、趣、境等构成这些概念内涵的直接所指。这就是所谓的"观"。表面上看,它们是非常具体乃至具象的,语词的意味要从"象"之中去各自领会。语词的"第一涵义系统"是"象",而不是概念涵义直接的逻辑所指,它的知识涵义没有被直陈,而是要在"象"的品味中去理解和领会。这样,象的意态直感而不是抽象的理念似乎构成了中国文论的主要内容。不仅形神虚实、气韵意境等文论概念是直感的,整个中国传统义论、艺论知识陈述的基本方式都可以说主要是一种感受状态的形象描绘。"故寂然凝虑,思接千载;悄焉动容,视通万里;

吟咏之间,吐纳珠玉之声;眉睫之前,卷舒风云之色;其思理之致乎?"(《文心雕龙·神思》)"写乐毅则情多佛郁,书画赞则意涉瑰奇,黄庭经则怡怿虚无,太师箴则纵横争折。暨乎兰亭兴集,思亦神超,私门诫誓,情拘志惨。……岂知情动形言,取会风骚之意,阳舒阴惨,本乎天地之心!"(孙过庭:《书谱》)"琴声切,琴声切,天阔风停初霁雪。孤鹤唳破楚天云,悲猿号落关山月。琴声娇,琴声娇,玉人回梦愁无聊。弄竹扣窗风飒飒,催花滴砌雨潇潇。琴声雄,琴声雄,轰雷掣电吼狂风。挞碎玉笼飞彩凤,震开金锁走蛟龙。……"①这些不离弃直感的形象描绘与西方诗学以分析性论证为主体内容在意义质态上显然大不相同。形象描绘在中国传统文论、艺论中占据的地位是如此显著,以致有研究者认为中国文论的主要论证方式不是逻辑论证,而是自然形象的比附性推论。

不仅如此,作为整个传统知识谱系根本的基础性哲学概念,比如"道"、"阴阳"、"五行"等等也都是具象的。"道"就是"路",老子说:"惚兮恍兮,其中有象。"②"象"而至于恍惚,是因为它要以象来提示幽玄。就幽玄的意义启示而言之,"路"的涵蕴真是可以言说不尽。"阴阳"在先秦有《易经》的八卦象数,在宋代周敦颐之后普遍以太极图示阴阳,阴阳二字本身就是具象的。同样,"五行"之金、木、水、火、土也是具象的直观。正如梁漱溟所指出,这些象不是"死象",若将"潜龙"、"牝马"理解为一条龙、一匹马就"大大错了";象、直感、直观、形象描绘的意义指向是"虚的"、"抽象的意味"。它是一种形象的喻示,即直观开启,它以"象"喻意义,以直观来启示义理和幽玄。无限之意的提引、扭结、圆融,呈示为有形之象的直观,而且此"直观"的意义聚集非康德之谓"知性"的运施而得,而是直接直观的凝聚和给予。因此,它的意义呈现本身就具有诗性的气质。这便是中国传统诗意论言诗、言艺,哲学谈论"意义之发生"的知识质态。梁漱溟说的"不过问具体的问题"、非静态的"活动浑融",是说对此类概念的理解断不可将喻示之意、所开启者("所谓")"坐实"为"象",乃至确定为某种确定的"意"。"喻示"是引领性、开启性的,它没有分析性概念所明确规定的意义边界,它可

---

① 杨抡:《听琴赋》,录自《太古遗音》,据明刊刻本。
② 《老子》第二十一章,《王弼集校释》上,北京:中华书局,1980年,第82页。

以多层次多角度地潜沉、领会和推延。"喻示"按中国传统的哲学术语,是讲言、象、意的关系,按西学术语,是讲语词的能指和所指。但既以象而喻意,就已经超越了语言直陈的第一涵义系统,所谓"讲变化"、"活动浑融",是讲此种知识的意义特征:它必须保持意义状态的流动性、开放性和动态生成。

进一步,"喻示性"的知识质态实际上意味着在传统知识的内在结构中逻辑理念和经验质料之间具有不同于西学的另一种关系,一种作为知识质性的独特关系。这是对知识质态更精确而内在的把捉。我们一般习惯于将知识的经验内容和理念形式表述为"感性"和"知性"(理性),康德就是据此区分去论证普遍、必然的知识如何可能的。按康德的信念,亦即按西学从柏拉图、亚里斯多德以来的传统信念,普遍、必然的知识不能由经验质料的归纳、总结来保证,从所谓"认知的统觉"开始它就仰赖于"先天的本质直观",亦即"普遍的主观形式"——不是经验质料,而是先验的普遍形式及其相互涵盖和纯粹逻辑的演绎决定了真理(理性知识)的普遍必然性。因此,知识的真理性最终是由理念的逻辑形式来保证的。经验质料如果不能在先验形式中获得"构型"(Schema),它就不可能成为一种普遍的知识,甚至,作为观念,它连含义的统一性都不会产生。经验质料在此种情形之下完全是纯粹感性状态的"混沌之物"。它没有意义,或者说,它尚未达到语言表述的意义状态和意义水平。但是,所谓"构型",实际上是逻辑的明晰划分和意义划归,"构型"就是对"混沌之物"的清理和"立义",立义同时就是对感觉材料的意义规定和对歧义、"混沌"的排除。因此,按西学之理念知识传统,一种保持意义状态的流动性、开放性和动态生成的知识概念是不可想象的,知识的理念性特征即它的普遍必然性决定了这种知识的不可能①。

实际上,任何可普遍传达的知识都有经验的一面和逻辑、普遍的一面。中国传统知识作为一种可普遍传达的知识仍然以概念、判断、描述为基本的言述单位。喻示性概念作为概念,仍具有普遍的公共意义,就是说,它仍有知识在理念之域的普遍性逻辑内容。象、道、文、气、味、韵、景、虚、实、形、神

---

① 在西学中,对此种知识传统所涵蕴的知识观最有力的分析和抨击当数舍勒。参见舍勒:《先验与形式》,刘小枫编选:《舍勒选集》(上),上海:上海三联书店,1999年。

等作为传统文论的基本概念,并不只是对个别经验的具象性陈述,它同时是对"类象"之普遍意味的表达。关键是,在经验质料与理念之含义统一的关系之中,它的"取义"状态不是用直接的纯逻辑形式,而是用"象"的直观,因此,它没有透明单一的取定,而是喻示性的支撑。意义的把捉尚在欲显未显、闪烁不定之中,它永远不能彻底地化归为某一种含义的统一,它带出的意义总是多义和多层。这样,在中国传统文论知识之内在的意义结构中,理念与经验质料之间便具有一种不同于现代诗学的关系:一种理念内在隐含于经验质料的关系。在此,理念潜伏、隐含于"象",它不向外显发、化归感觉质料而升腾为"理论",而是隐含于"象"中对之作意义的聚集和凸显。理念从不作弃象的直陈,而是在持续地启示、意味和开启。皎然说:"缘境不尽曰情"(《诗式》)。这是在说什么是"情"。这样一句在传统文论中稀松平常的话,仔细品味充满了独断式的感悟和启迪。要说在诗中什么是"情",很难有什么话比这句话更有启示性。它并没有明确地逻辑直陈"情"是什么,但是它又极深刻地告诉你在诗中何种状态才是"情"。同类质态的话我们在现代诗学中也能读到。萨特说:"阅读是一场自由的梦。"[①]海德格尔说:"人诗意地栖居在大地上。"[②]但他们都几乎用了整篇文章或整本书来对之作繁复的逻辑分析和论证。这意味着现代诗学中喻示性概念和言述已深深地被淹没、归化在分析性论述中,而在中国传统文论中它是概念乃至言述的主要组成部分。

2. 意义的关联、关涉和组建

事实上,概念的喻示性意味着一种独特的意义关联方式。就知识的陈述而言,概念的喻示性含义是不可能在孤立的单词阅读中被理解的。中国文论保留了最为丰富的单词隐喻的直觉性表达,但是,对喻意的领会总是意味着将喻者和被喻联系起来。风骨、肌理、味、咸酸、力气、气势之类的字面意思并不是在说文论诗,但是,它们在传统文论中已几乎成了论文的专业术语。这种情况与西方思想家总是热衷于独创隐喻,前人的隐喻一般不再使

---

① 《为什么写作?》,柳鸣九选编:《萨特研究》,北京:中国社会科学出版社,1981年,第12页。

② 《……人诗意地栖居……》,成穷等译:《海德格尔诗学文集》,武汉:华中师大出版社,1992年,第194页。

用很不相同。西学传统代代相承的基本概念是那些已经被洗去了隐喻的逻辑概念,诸如本质／现象、感性／理性、普遍／个别、审美／功利、悲剧／喜剧、壮美(崇高)／优美等等。而中国文论的许多隐喻性概念一当被拈出、定型,它就在后来的文论中一再被使用,并成为文论的基本概念和传统。此即是说,喻示性概念已经成了中国传统文论的"思想织体":它是知识本身,而不是"思想的饰物"。喻示性意义是在比单词更大的语言的意义网络或意义关涉域中被理解的。风骨、形神之类之所以能够被直接理解为论"文",是因为在此种知识传统的语言织网中它已被内在地整合为意义建构的一部分:喻示的意义关联已是知识自身和知识之意义建构的一部分,而不仅仅是知识传达的一种手段和思想的装饰。这样,对理解传统知识意义质态至关重要的一个环节是:我们要知道这种知识的意义域是如何关联、关涉和组建的。

按现代西学的分类观念,知识并不是诗。如果说诗意可以是隐喻的,那么知识的陈述则必须清楚明白,就是说,知识必须逻辑地陈述。我们知道,亚里士多德就是据此要求在真理的陈述中清除隐喻的。萨特也据此坦言:哲学(散文)只须直陈,文学(诗)则需精巧[1]。按字面含义和隐喻性含义的语言涵义系统的二分法,隐喻的含义系统只有在诗、艺术性语言中才有使用的合法性。一直到 20 世纪,结构主义和新批评依然是在此二分的背景中谈论语言的文学性。知识陈述仍要求逻辑地直陈,"隐喻的启示"仍然不是知识,至少不是"科学知识"的组成部分。德里达解构主义的最大颠覆,就是要颠覆这种诗与哲学等级二分的意义归属传统。

为什么会这样? 弗朗索瓦·于连说:

> 在西方哲学中,有关苏格拉底功绩之所在,人们早已达成共识。第一位唯物主义历史学家亚里士多德不止一次指出,苏格拉底功绩有二:"归纳法"和"普遍定义"。归纳被理解为从特殊到普遍的渐进过程;从对最多样的例证观察出发,精神从把这些例证聚集成为唯一类型的普

---

[1] "我确实不想说,哲学和科学报告一样是单义的。文学始终以某种方式与亲历打交道,在文学上,我说的任何东西都没有被我说的话完全表达出来:"萨特:《七十岁自画像》,柳鸣九选编:《萨特研究》,北京:中国社会科学出版社,1981 年,第 55 页。

遍性质上升起；而作为真正逻各斯的定义则是说出物的本质（Qusia）的这些普遍性质的集合。①

作为真理的知识是普遍的逻辑之域（理念域），通达它的基本方式是归纳中的抽象。相反，最有效的知识论证则是普遍与个别之间的演绎。严格的知识陈述要么是归纳的，要么是演绎的，要么是可以观察实证的因果陈述；对比、联想限于在可观察描述的范围，它主要是提供"理论的例证"——这就是知识陈述的合法的逻辑形式。它起源于本质之域的假设。正如亚里士多德的信念，如此本质之域的真理须排除隐喻才能够抵达。这是西学知识的意义组建。

显然，中国传统诗学的意义域不是按如此的方式组建的。逻辑陈述的确是传统文论知识组建的重要部分。《文心雕龙》的许多篇章，诸如《原道》《宗经》《徵圣》《情采》《辨骚》《镕裁》《定势》《通变》《物色》《事类》《章句》《夸饰》等等的基本陈述方式仍是逻辑的，历代的声律论、体裁论、结构论、写作术的探讨和陈述也大体是逻辑的。在逻辑陈述的部分同样也有划分、定义、演绎、归纳、对比、因果描述等基本的逻辑方式。但是，除此而外，传统文论还有极为丰富、多样、大量的非逻辑陈述，甚至传统文论中的许多核心命题直接就是由非逻辑陈述来承担和组成的。比如，关于象意关系、言外之意，关于韵外之致、象外之象，关于神境、入神与神思，关于以禅喻诗、兴趣、性灵，关于兴、起兴、兴味，关于境、境界，关于风力、气势、神韵，关于味、味内与味外，乃至关于典雅、雄浑、自然、阴柔、阳刚等等——一言以蔽之，关于诗意之陈说却大部分不是以逻辑思辨的方式来言及。说这些知识点的陈述是非逻辑的，首先是因为它作为命题没有逻辑的"普遍定义"。进一步，其论证展开的主要方式也不是演绎或归纳，而是形象的比附、描述或启示。甚至它作为命题的含义都主要是从"喻示"而来的。这些非逻辑陈述的知识与逻辑陈述中隐喻手法的运用很不相同。比如：

若能凭轼以倚雅颂，悬辔以驭楚篇，酌奇而不失其真，玩华而不坠

---

① 弗朗索瓦·于连：《迂回与进入》，杜小真译，北京：三联书店，1998年，第231页。

第七章 "心"的分析:中西意义论的分类学背景与传统诗意论的知识质态

其实,则顾盼可以驱辞力,咳唾可以穷致文……①

我们一看就知道这是在用骑马喻作文,是在说谋篇驭辞,所隐喻者可以还原为逻辑陈述。但是:

具备万物,横绝太空。荒荒油云,寥寥长风。……②
采采流水,蓬蓬远春。窈窕深谷,时见美人。……③

这是在说什么?作者明确告诉我们:是在说"雄浑"和"纤秾"。说两种诗意品质。但是,如此隐喻性陈述的"雄浑"和"纤秾"的含义是否可以还原为逻辑陈述呢?显然不能。当它被还原为逻辑陈述的时候,它的含义就消失了。

关于传统文论中的非逻辑陈述,我想可以从三个层面来看。

1. 就前后文语言单位的意义关联来看,它是一种"关联思维";2. 就知识的意义构成来看,它有"隐喻关涉"的维度;3. 就直接陈述的知识和间接启示的知识而言,它的整个知识构建的方式为"虚实相生"。

关联思维。关于中国传统知识中普遍存在的"关联思维"(corrlative thinking)不是我的发现。早在1934年,葛兰言(Marcel Granet)出版的《中国思维》一书就对中国知识中的关联思维作了充分的描述。所谓"关联思维"是指在知识的陈述中前后语言单位的意义联系——它的推移、转换、递进、延展等等,不是按照内在必然的因果联系来展开,而是按照事物之间的相似、相近、相联等关涉性内涵来推论。比如五行,它最初的来源是"天有五星"④,即辰星(水星)、太白(金星)、荧惑(火星)、岁星(木星)、填星(土星);据天之五星,而后有星行之序,有行星的方位,即"五方":东、南、西、北、中。然后有推论、定识于地上的"五材":金、木、水、火、土。"五行"的观念既成,它进而推论至万事万物、人世的规则和盛衰:人伦有"五伦",王道盛衰有"五德终始",身体有"五脏",颜色有"五色",声音有"五音",山川有

---

① 《文心雕龙·辨骚》,范文澜注:《文心雕龙注》,北京:人民文学出版社,1978年,第48页。
② 司空图:《二十四诗品》,何文焕辑:《历代诗话》上,北京:中华书局,1981年,第38页。
③ 同上。
④ 《史记·天官书》:"天有五星,地有五行。"北京:中华书局,1959年,第1342页。

"五岳"等等。从"天有五星,地有五行",进而论证人道有"五伦",王道有"五德终始",其间的意义关联显然是比附性的,而非必然的因果联系。不仅如此,整个中国传统知识思维展开的范示框架,从《易经》的阴阳分设、八卦象数到五行,到推及人事万物的所谓"人道法天"、"天人相副"、"近取诸身,远取诸物",基本的意义关联方式其实都是比附性的,都是"关联思维"。文论中,《文心雕龙·原道》从天文、地文推及人文,姚鼐《复鲁絜非书》从自然的阴阳万状推及文章的阴柔、阳刚之美,金圣叹从云与月的视角关系推及写作中的"烘云托月"之法以及普遍存在的以自然有机体来比附论证文章的体质和语言的美感也都是关联思维。本质上说,关联思维的意义转换方式就是隐喻,只不过它既包括作为知识之意义建构的隐喻,也包括仅作为修辞手段的隐喻。由于探讨传统知识中关联思维的文章已非常之多,此不赘述。

隐喻关涉。此所谓的"隐喻关涉",不是指在知识的陈述中仅作为修辞手段的隐喻,而是指前文所说的以喻示的方式来命题和展开基本论述的那种隐喻。就是说,是作为中国诗意论知识建构方式之一的隐喻。传统文论中有许多这样的隐喻:作为隐喻,它没有"隐喻"(喻体)背后的明确的本体。它所隐所喻的"意"不可作逻辑的直陈和还原性论说。例如,按知识陈述必须清楚明白的要求,神韵、风骨、神境、象外之象、空中之音、水中之月、大象、希声、天籁等等,就是典型的喻意不明、没有清晰确指的内涵和外延的概念。神韵是什么?风骨是什么?谁见过无形之象,无声之声?谁能把风神、骨力的精确含义说个清楚?谁又能清晰地阐释"形神"之"神"和"见于言外"的"不尽之意"?如前所述,这些概念的意指所以要"隐",要"喻",要喻示而言之,不是出于语言生动一类的修辞性考虑,并不是先有了一个明白确定的"意",然后再用形象或借代来说明,而是那样的"意"根本不可陈述,无法直言。即是说,作为知识,它是那样一种意义质态的知识:它只能以"隐"、以"喻"的方式而存在。孟子说:"充实之谓美,充实而有光辉之谓大,大而化之之谓圣,圣而不可知之之谓神。"① "神"的境界"知之"已不可能,它更不可能用常人之言来讲述,一讲述就已非"神",因此只能用"神"之一语来暗

---

① 《孟子·尽心章句下》,宋元人注:《四书五经》,北京:中国书店,1984年,第113页。

第七章 "心"的分析:中西意义论的分类学背景与传统诗意论的知识质态

示。同样,庄子所谓"未封"、"未定"、"未分"的极致之"意"仍不可能用"有形"之言来说出,因此他要用轮扁、庖丁之类"无端涯之辞"来喻示。文论中,从曹丕论"气之清浊",陆机论文思的"开塞之纪",刘勰论"神思"、"风骨',钟嵘论"滋味"、"直寻",沈约论"音韵天成",到皎然、王昌龄论"诗品"、取境,司空图论"韵外之致",苏轼论"随物赋形",严羽论"妙悟"、兴趣,王士禛论"神韵",袁枚论"性灵",王夫之论境界,叶燮论"幽渺以为理,恍惚以为情"等等,从命题到论述的展开都基本属于形象比附和喻示,也都基本属于一当还原为逻辑直陈,就几乎无法言述的那一类。

这样多文论的命题和内容以"喻"、"隐"的方式而存在说明:隐喻的意义关涉是中国诗意论知识之当然构成的一部分。中国诗意论知识的意义维度不只是逻辑陈述,还有至关重要的隐喻之维。这二维连贯一体的纵深揭示和理解才是完整的中国诗学。很难想象我们把这些隐喻的命题和陈说抽去了,中国诗学会是什么样子。也正因为传统文论有至关重要的隐喻之维,我们单纯用西方文论的逻辑陈述来阐释古文论或将隐喻转换成逻辑陈述,才常常不得要领。事实上,中国传统知识观一向认为,确实有那样的知识,它不能被明确地断言和陈说,而只能存在于"喻"中。——注意,不是关于"怪力乱神"的知识。说到底,中国知识观从未在逻辑陈说和隐喻揭示之间作明确的区分并断言其高下。由于这种知识是事关幽玄和精微的(庄子名言:"可以言者物之粗,可以意致者物之精也。"),它比那种"能言"的知识更为深邃、关键和重要。简言之,这就是揭示"道"的知识,或者依"道"而言的知识,是老子、庄子反复喻示的不能言传只能启示的知识。

西方诗学的知识构建中有没有隐喻之维?当然有。柏拉图的《斐德若》篇就以"神灵凭附"来喻示灵感,在西方思想深部背景中的镜式隐喻和"三位一体"的隐喻共同构建了西学意识中的"白色神话",具体的诗学理论也有不断创新的隐喻。只不过这些隐喻要么被理性的逻辑陈述驱逐为遥远的精神背景,要么被充分的分析性展开阐释得略无余蕴。于是在现代哲学中,自海德格尔以下的阐释学和德里达的隐喻修辞论着力于巨大的思想努力从正面来扭转这一传统。必须指出,此处所说的隐喻维度不是在谈诗,而是在谈知识。它不是今人用西方诗学一再阐说和篡改了的所谓"诗意",而是古人认为一当领会了就能通晓天地万物、引导现实人生并能洞观天下、握道与术的最高知识域。一句话,它是传统文论知识中的一个维度,而不是poetry 的"诗意",是人生智慧的最高的有用之域,而不仅仅是关乎心情的"精神享受"和所谓"灵魂的安居"。

虚实相生。隐喻关涉进入传统文论的知识组建,意味着传统文论的知识质态呈现出另外一种样态:它并不都是由可以论证的实有内涵来组成。或者用传统知识的术语,中国文论的构成方式是虚实相生。"实",指传统文论中直接逻辑陈述的那部分:它的逻辑命题,分类性论述和展开,它对理论命题的归纳、演绎和分析,它对艺、文源流史实的记载与描述,以及它在诗话、词话中讲述的各种掌故和故事等等。"虚"的那部分则是非直接的陈述:它通过隐喻、喻示、形象描绘、体验性感悟和直觉、联想、宗教公案、诗文点评等所间接启示的幽玄、玄机和意味等等。本书前面各章所描述的中国诗意论为此种"间接揭示"所能达到的深度和广度提供了充分的例证。事实上,如果不含纳中国文论的间接启示部分,它最精彩的东西就将被遗漏。深通中国诗学的人都知道,只有掌握了那些间接的暗示所启示的部分,无法明言、直言的部分,才得到了中国诗学的精髓。

由于有不断闪现的暗示、启示和文论的诗意陈述,中国诗意论才在板滞、硬性的知识的逻辑陈述中有了神韵与灵魂,有了内在意味的启示与流动。一方面,它有硬的,可以指证、分析、直陈的知识集结,另一方面它又有需要反复品味、领悟才能明白的隐喻之维。如此两方面的熔铸统一使之既有实在知识的硬度,又有意蕴深长的弹性;既有逻辑层次的推进,又有诗意直陈的跳跃、感悟和灵动;既能循理探求推进,又言之不尽品味无穷。在实的一面,它可推求名实、确知和义理;在虚的一面,它可启示深微和幽玄。正如弗朗索瓦·于连所说,隐喻的迂回,是为了更幽微、"更深远地进入"①。而实的一面的知识,可以以学力而达致,虚的一面启示则需靠天性的敏感和领会。如此虚实相生、能实言而又言之不尽的品质结构,显然是中国古代诗意论的知识质态之区别于现代诗学的最显眼和触目处。

3. 质性杂糅

今天,关于中国美学史、中国文学理论史的研究著作已出了多种,但是,

---

① 弗朗索瓦·于连:《迂回与进入》,北京:三联书店,1998年,第44—45页。

在传统文论中能够称之为有"系统理论"的书却十分稀少。《文心雕龙》之后,大概除叶燮的《原诗》、李渔的《闲情偶寄·词曲部》、胡应麟的《诗薮》、刘熙载的《艺概》、王骥德的《方诸馆曲律》等少数几部尚能够勉强称作"有体系的理论"外,就很难再找出有严整理论系统的文论专著了。《文心雕龙》之体大虑精、系统整严的确可算是中国文论文本样态的特例,以致有人认为中国文论之系统理论的思维方式在刘勰之后就已经断裂了。自钟嵘《诗品》之后,中国文论的主要文本样态是层出不穷的诗品、词品、诗话、点评、书信体、短论、札记、史记等等。丁福保辑的《清诗话》、郭绍虞辑的《清诗话续编》,何文焕辑的《历代诗话》、丁福保辑的《历代诗话续编》都极成规模,蔚为大观。据郭绍虞《宋诗话考》所述,仅有宋一代流传至今的诗话就有 42 部,部分传世或由后人辑录成书的有 46 部,内容已佚但书名尚传的有 51 部。就连羊春秋等人选注的《历代论诗绝句选》①也选入 57 家,收诗数百首。两相比较,系统理论专著所占的比重可以说极不相称。

在西学中,美学、文学理论的基本性质是"理论"(theory)。这一点大概是不用怀疑的。自亚里士多德的《诗学》开始,其理论系统就已经相当完备谨严,尽管柏拉图是用"对话"体论文艺,贺拉斯的《论诗艺》(*Ars Poetica*)是写给皮索父子的信,但是,其理论叙述的展开仍相当富于逻辑性和理论的思辨系统性。

那么,中国古人是否认识到文论的基本性质是"理论"? 或者说,中国古人是否在理论陈述和非理论陈述之间有明晰的区分? 或者再换句话来说,在中国古代的知识传统中,是否关于诗和艺的知识一定要是理论性的?

这就是本节要论及的问题:传统文论知识的质性杂糅。

首先,按今人的学科建构,所谓"文艺学"明确地被划分为文学理论、文学史、文学评论三大二级学科,其中每一个学科都建立了自身的学术规范。这意味着理论、史述和评论在学术形态、知识质地和论述形态上有明确的区分。一篇论文在基本性质、论述重心上可归属于什么大致不会发生混淆。但是,传统文论中的许多篇章若按理论、史述、评论的三分法划分就会有相当的难度。魏晋南北朝时代的划分似乎尚可谓明晰,例如《典论·论文》是

---

① 《历代论诗绝句选》,长沙:湖南人民出版社,1981 年。

评论,《文章流别论》是史述,《文赋》是理论,《文心雕龙》是理论,但是,《宋书·谢灵运传论》是什么?作为《宋书》的篇章之一,当然是在述史,但是文章的论述主题又是在论声律,似乎又该是理论。钟嵘的《诗品序》应该是理论,该文提出了中国诗意论中至关重要的"滋味"说,但是,文中的大部分篇章又是在述史之流变,甚至大部分段落都是史、评不分,论、史融合的。此种情形在后代的诗品、词品、诗话、评点之中更是洋洋大观,极为触目。我们很难说某一部诗话,比如严羽的《沧浪诗话》、张戒的《岁寒堂诗话》或王夫之的《渔洋诗话》是理论、述史还是评论,同样也很难说司空图的《诗品》、郭麐的《词品》、杨夔生的《续词品》或许奉恩的《文品》就是评论而非理论。乃至金圣叹、毛宗岗的《水浒》、《三国》之评点,历代诗选、文选的"评选"、"点评"、序言一类都不能以单纯的评论而非理论而视之。历代"正史"中的文学家传记或"文苑传"、"文学传"一类也不能看做是单纯的史述。

就文类而言,关于中国文论知识质态的杂糅有两个现象值得特别注意:一是史述部分没有建立起关于文学史或文论史的严格学术规范和所谓"史论"的哲学框架。在中国学术的现代化转型之前,单独的文学史或文论史都并未产生。史述在传统文论中主要有三种情形:1. 散见于各种文论体裁中对文章、风格、文类源流的大而化之的概括性叙述;2. 对史实细节的整理、记载和考证;3. 于正史记载中的"文苑传"、"文学传"、"儒林传"等。换言之,以文学或文论为独特的研究对象,要求详尽地掌握史料,并以史实的实证性研究和连贯、翔实的历史叙述为主体的文学史或文论史没有出现在中国古代的学术建构中。"历史"一词的进化论观念和连续性演进的线性时间观没有成为中国古代学术思想中的"历史哲学"。在史述中,普通关于"文"的论述亦可入史,而非仅仅是关于历史的事实性陈述。二是有大量的论诗诗进入文论。不仅像杜甫的《戏为六绝句》、刘禹锡的《杨柳枝词九首》、元好问的《论诗三十首》之类是以绝句体而论诗,陆机的《文赋》(赋)、司空图的《二十四诗品》(四言)、欧阳修的《赠无为君李道士二首》(七律)、邵雍的《谈诗吟》(五言)、苏轼的《送参寥师》(五言古体)等等也都是以诗而论艺、论文,论诗。以诗而论艺、论文在中国古代应该是一个重要的文类,数量并不少。其特殊性在于:它的形式是"诗",而内容却是"论"。

如果说史、论不分,论、评不分体现出中国文论在理论、史述和评论之间未经严格的分化,那么论诗诗进入文论则体现出中国文论在理论叙事和文学叙事,即知识的陈述和艺术创作之间并未有严格的界线。这是一种在文本的意义质性上更为巨大的跨界和杂糅。事实上,中国文论的知识陈述在大部分的情形下都是要追求文体的境界和诗意的。不仅论诗诗可以艺术而观之,庄子的寓言、《文心雕龙》的《神思》、韩愈的《送孟东野序》、李贽的《焚书》等都是"论"中的艺术珍品。若将其还原为知识的逻辑直陈,其所达至的意义境界和诗意就将荡然无存。正如前文已述,它的诗意荡然无存,其所揭示的"理论"的启示性维度和思想深处的幽微关涉亦将不存在。知识质性的杂糅使中国诗学的思想表达并不定尊于某一种文体:在文体的选用上它是开放的。而这样的情况又意味着中国文论的知识形态并非仅只是"理论"。

其次,就内在的逻辑关联而言,中国诗学知识质性的杂糅不过是"心"之言域未经分化的外在表征。外在的知识质性是内在"心"之言域分化程度的意义表达。理论之所以是纯粹理论性的,是因为它在逻辑思维的"蒸发"过程中有对非逻辑内容(即所谓"感性质料")的剥离和驱除。"意义"当然并非都是理性的、逻辑的乃至认知性的,直觉、隐喻、联想、反讽、诗意的起兴和营构、感觉状态的直接给予、无意识的暗示勾连乃至情感、情绪、氛围等等都可以是不同质性的意义。同样,"知识"也并非都是纯粹的逻辑陈述或所谓因果联系的精确描述,感受中的可操作状态、直觉判断的内在穿透和身之所历的经验之谈常常是更精彩、更有效、更切中要害的知识。尤其是诗意论,因为它直接关注的领域是诗意,是活生生最精微的意义状态和意义类型,这样的领域是否可以仅通过理论的方式来把捉与通达的确是大可怀疑的事。然而,如果没有在西学的思想传统中认定:惟理性的知识(理念形态的知识)才是真正的知识(真理性认识),就没有理由要求知识陈述的意义质态必须是逻辑的直陈或"因果联系"的精确描述(定量定性的描述),就没有理由把对知识陈述中非逻辑的意义因素、内容的如此这般的清洗说成是"去粗取精,去伪存真"。换言之,就不会把理性的逻辑直陈看做是知识陈述唯一的法定样式。

文类的开放性、不确定性不只关涉意义质性之理论、史述、评论的杂糅,它进而关涉"心"之言域的未明晰区分,并且不将心灵中的某一领域,比如理性之域看做是承载知识探求的唯一的智慧之域。因而所谓"杂糅"复又是说心理运动形式的杂糅:在知识陈述中,理性、感性、情感、直觉、感受、联想、想象等等均浑然一体,共同参与了知识的探求、揭示和表达。此即是说,**中国诗意论的知识探求是用了整颗心的智慧,而不仅仅是认知、理性和思辨。**

以《沧浪诗话·诗辨》为例。

该文一共五节,主要的陈述方式是:

一、方法叙述,叙如何做。第一节,提出要"入门须正,立志须高"①。第四节,叙述学诗参悟的程序,先"参"什么,后"参"什么。

二、独断,直觉穿透,比拟,隐喻。第二节,述"诗之法有五":体制、格力、气象、兴趣、音节。陶明睿《诗说杂记》卷七释:"严羽曰:'诗之法有五:……'此盖以诗章与人身体相为比拟,一有所缺,则倚魁不全。体制如人之体干,必须佼壮;格力如人之筋骨,必须劲健;气象如人之仪容,必须庄重;兴趣如人之精神,必须活泼;音节如人之言语,必须清朗。五者既备,然可以为人。亦惟备五者之长,然后可以为诗。"严羽述"诗之法"是隐含比拟的直觉独断,原文没有对何谓"诗之法"、为什么诗之法"有五"作任何逻辑论证和分析说明。第三节,述"诗之品有九","其用工有三","其大概有二",仍然是没有任何论证说明的直觉独断。然后紧接着:"诗之极致有一,曰入神。诗而入神,至矣,尽矣蔑以加矣!惟李杜得之。他人得之盖寡也。"述"诗之极致"更是独断,因为非常重要,故接一句感叹,有一个关于"李杜"的引例。第四节,以禅家禅道之"正法眼"喻"妙悟"。关于何谓"妙悟"同样没有论证,只是隐喻。此外便是"透彻之悟"、"第一义"之悟的同义反复和如何"妙悟"的"熟参"之法的叙述。第五节,是全文的重点,开首便是学诗如何要用妙悟的推进性论述:"诗有别材,非关书也;诗有别趣,非关理也。……所谓不涉理路,不落言筌者,上也。诗者,吟咏情性也。盛唐之人,惟在兴趣……"此节可看做是学诗如何要用"妙悟"的逻辑推进,然而何谓"兴趣"?同样没有逻辑论证,而是一系列的隐喻铺陈:"羚羊挂角,无迹可求","故其

---

① 郭绍虞:《沧浪诗话校释》,北京:人民文学出版社,1983年,第7页。本节后面引严羽的话均出自该书,不再注明出处。

第七章 "心"的分析:中西意义论的分类学背景与传统诗意论的知识质态

妙处透彻玲珑,不可凑泊,如空中之音,相中之色,水中之月,镜中之象,言有尽而意无穷。"

三、对比论述。集中见于第五节。所谓"以文字为诗,以才学为诗,以议论为诗"与"吟咏情性"的对比,江西诗派之"用工尤为深刻"与"盛唐诸公大乘正法眼"的对比。通过对比,使所谓"吟咏情性"、"惟在兴趣"的意谓得以显著。对比之后,又是一连数句的感叹:"岂盛唐诸公大乘正法眼哉!嗟乎!正法眼之无传久矣。""……得非诗道之重不幸邪!"

《沧浪诗话·诗辨》是中国古代诗意论中极重要的经典文献,然而综观全篇,几乎很难找到多少正面理论的逻辑陈述。隐喻、比拟、引例、情绪性感叹构成陈述内容的主体,但是,全篇的结构和叙述内容的推进仍然是有逻辑性的。关键是,如此陈述对于告诉我们当如何以"妙悟"学诗比正面理论的逻辑直陈所给予的并不更少。更重要的是,对"惟在兴趣"的"一味妙悟",实难用逻辑直陈的方式来言述,我们确实想不出关乎此论述主题有什么方式比严羽的言述方式更好!西方诗学也有大量的隐喻、比拟、直觉独断、感受描述乃至抒情性议论,但是,它言述的主体自始至终是思辨、分析的理论,知性的逻辑论证从来是知识言述的正宗。

中国诗学言述的"整体用心",表明隐喻、直觉、感受描述和情感意蕴的起兴抒发等也加入了诗意论知识的陈述和知识之意义质态的构成。这种情况与西方诗学主要将隐喻、形象描绘等视为逻辑陈述的手段(即"思想的佐料")显然不同。当然,这样的"整体用心",缺陷也是显而易见的:它没有在"心"之言域充分分化基础上的对某些"心"域的纵深探求和展开。由此也无法形成理论思辨和科学研究的严谨的学术规范和传统。实际上,在一次目的明确的精神活动中,要真正无所偏重地整体用心也是不可能的,它要么总是倚重于知性、认知、思辨、逻辑,要么总是倚重于感受、直觉、隐喻、情感、想象、灵感等等。因此,所谓"心"之言域的浑然、杂糅并非是对中西两种诗意论的优劣评断,而只是谈论它知识质态的构成特点。而且,真要陈述知识,无逻辑、理论也是不行的。理论、逻辑在传统诗论中仍占有很大的比重,只是与西方现代诗言意义论相比较,它具有更丰富、更大量得多的非逻辑因素,并且逻辑陈述没有在中国诗论传统中定于一尊而已。

第八章 "兴"作为一种言语行为："兴"的意向结构及效力演变的语用学分析

中国传统社会的政治结构如何深刻影响了中国古代的诗意论？本章力图再次以"兴"为例来展开讨论。为了讨论集中并加深印象，这里的讨论仍然主要使用前面第二、第三章已经使用过的材料。同时，本章的讨论也是对西方最新的语言意义论即**言语行为理论**的一种检验和运用。在第二章中我们已经介绍，西方的语言意义论从维特根斯坦的《哲学研究》以后，逐步从语义学、语构论进而发展为语用学。在语用学的研究中，奥斯汀的言语行为理论独树一帜，其研究语言意义之社会功能的深度、综合度和与社会理论的转换连接效应均大大超越了前此的语言论模式。哈贝马斯的巨著《交往行为理论》将奥斯汀的言语行为理论加以改造、深化，创立了他影响巨深的社会交往论，从而把语言的交往、意义问题推进到了现代社会哲学的理论高度。本文的研究就是对哈贝马斯的交往行为理论运用于中国传统社会"兴"的行为研究的一个尝试。

一直以来，对"兴"的研究主要在两个方向上展开。第一，还原论的研究：或沿远古来源，将"兴"考索为一种"诗体"（"六诗皆体"、"乐教项目"[①]），或沿"兴"—"喻"联系的历史积淀，解码"兴体"效力的文化根源[②]。

[①] "六诗皆体"说最早见于贾公彦对《周礼·春官》"大师"条的义疏，见《周礼注疏》卷十，《十三经注疏》，扬州：江苏广陵古籍刻印社，1995年，第796页。后章太炎、郭绍虞主此说，见章著《检论·六诗说》，《章太炎全集（三）》，上海：上海人民出版社，1984年，第390页；郭绍虞：《六义说考辨》，《中华文史论丛》第七辑（1978），第207—239页。对"兴"作为"乐教项目"最有力的论证见于王昆吾《诗六义原始》一文，载王昆吾：《中国早期艺术与宗教》，上海：东方出版中心，1998年，第213—309页。

[②] 参见赵沛霖：《兴的源起——历史积淀与诗歌艺术》，北京：中国社会科学出版社，1987年。

第二,创作论的研究:或承接传统主流,将"兴"视为一种写诗手法,或从审美论出发,把"兴"视为审美创造的思维机制①,或者干脆将"兴"论看做是"中国抒情论"的系统展开②……

两个方向都不可缺少,但两个方向的一再重复也形成了一种掩盖:由于一味强调其诗学意义,"兴"在传统文化中的纵深关涉被简单化了。我们忘记了"兴"原本是一种君臣间的说话方式。论者往往大力张扬"兴"作为诗性活动的含义,但忽视了"兴义"的规范是从"讽谏"的独特政治语用规定而来的,其中,意义表达的扭曲、趣味演变的强制性以及诗之内外极为复杂的纠缠转化等,都无法从诗或审美的视野来获得解答。比如,本文第一章指出一个含义深长的挖掘——弗朗索瓦·于连认为,"兴"是中国文化"迂回示意"之"意义发展方向"的标志③——就几乎没有在这两个方向上得到合乎逻辑的显示。

考虑到"兴"在传统世界的重要性及内外关联诸环节,本文尝试走另外一个方向:把"兴"作为一个言语行为的类型来分析。不单纯从诗歌文本、写作或思维的方面来看"兴",而是把"兴"看做是古代**世界特有的一种言语行为——把"兴"还原为"兴"的行为**,从简单到复杂,分析它作为一种言语行为的内部结构,分析在这种结构中意义表达的规范性约束与自然意向的系列扭曲,分析"兴"在历史状态中的效力演变及其所凝聚的文化意义。本文希望通过这种分析,弥补现有的"兴"之研究在视野上的一个缺陷,打破笼罩在"兴"之现代阐释史上的审美主义的天真,凸现"兴"贯通文本内外、勾连人际互动之复杂语用的深层含义。

第一节 语用、语构:"兴"作为一种活动

在传统用法中,"兴"一直有语构和语用两个层面的含义。

---

① 参见袁济喜:《论"兴"的组合界面》,《中国人民大学学报》2001 年第 4 期。
② 余虹:《抒情论:兴与表现》,《中国文论与西方诗学》,北京:三联书店,1999 年,第 158—200 页。
③ 参见弗朗索瓦·于连:《迂回与进入》,杜小真译,北京:三联书店,1998 年,第 3、147—152 页。

语构层面的"兴",是指诗歌文本话语样式的规定。就像朱自清所说,它有两义,"一是发端,一是譬喻,这两个意义合在一块儿才是'兴'"①。《诗经》中有 116 篇被《毛传》标注为"兴",其中《风》72 篇,《小雅》38 篇,《大雅》4 篇,《颂》2 篇(39)。在 116 篇中有 113 篇都发"兴"于首章。例如"关关雎鸠,在河之洲;窈窕淑女,君子好逑",《毛传》在首章之后注:"兴也。"这里的"兴"是指"关关雎鸠,在河之洲"与"窈窕淑女,君子好逑"之间的话语联系。此种联系的特殊性在于:它们之间没有语意上的逻辑联系,只有一种似乎是隐喻的或者情绪意象上说不清道不明的关联。这就是语构层面上的"兴",它被后世的许多人概括为诗在话语上先"咏物"而后"表情"、"述意"的**结构关系**。

可是,郑玄却说,"兴"是一种活动。

> 风,言圣贤治道之遗也;赋之言辅,直铺陈今之政教善恶;比,见今之失,不敢斥言,比类以言之;兴,见今之美,嫌于媚谀,取善事以喻劝之;雅,正也,言今之正者以为后世法;颂之言诵也。②

这里所谓"兴",是指臣下以曲折之言有谏、美刺于君。此即《毛诗序》所说"上以风化下,下以风刺上,主文而谲谏"(同上),郑玄所谓"兴者,托事于物"③(同上引郑玄语)。《周礼·春官》"大司乐"条记:"以乐德教国子,中、和、祗、庸、孝、友;以乐语教国子,兴、道、风、诵、言、语;以乐舞教国子,舞云门、大卷、大咸、大磬、大夏、大濩、大武。"④按《周礼》,"兴"属于乐教中"乐语"的训练项目,是训练"国子"如何以诗乐的方式讽喻上言。所以郑玄注:"兴者,以善物喻善事。"⑤可见在语用的层面,"兴"原是指一种言语行为。

语用之"兴"的核心,是"诗"被派作了什么用场。在魏晋之前,几乎所有对"兴"的论说都不是讲审美,而是讲比审美复杂得多的政治语用。按前

---

① 朱自清:《诗言志辨》,桂林:广西师范大学出版社,2004 年,第 42 页。
② 《毛诗正义》卷一,《十三经注疏》,扬州:江苏广陵古籍刻印社,1995 年,第 271 页。
③ 同上。
④ 《周礼注疏》卷二三,《十三经注疏》,扬州:江苏广陵古籍刻印社,1995 年,第 787 页。
⑤ 《毛诗正义》卷一,《十三经注疏》,扬州:江苏广陵古籍刻印社,1995 年,第 271 页。

引郑玄和《毛诗序》的解释标准,《诗》的这种用法几乎适合于所有朱自清详细考辨过的"诗言志"的诸种情形:1)"献诗言志"——臣下向王上献诗,以美刺或观风;2)"赋诗言志"——外交和政治场合借"诗"以表达邦交或政治意图;3)教诗明志——乐教用诗,以"厚人伦,美教化,移风俗"(《毛诗序》);4)"作诗言志"——失意怨悱或登高赋诗,以表达政治抱负或讽喻①。这里,"言志"并非等于今人所谓的"抒情",更不是现代西方人用以实现主观自由的"表现",而是以或远或近之明确的政治功利为目标的言语行为。例如《左传·襄公十九年》:

> 季武子如晋拜师,晋侯享之。范宣子为政,赋《黍苗》。季武子兴,再拜稽首曰:"小国之仰大国也,如百谷之仰膏雨焉。若常能膏之,其天下缉睦,岂唯敝邑。"②

这里的"兴"是指情绪启发、对答迎合而乘机进言。它包括身体行为(起身)、情绪激发(起兴)和趁机进言(兴言)三重含义。按 J. L. 奥斯汀的标准,这是典型的"以言行事"(to do thing with words)的行为。而按《毛传》,《黍苗》一诗原本就是"兴",是讽刺幽王"不能膏润天下卿士,不能行召伯之职焉"(《毛传·黍苗序》)。对此种赋诗而趁机进言的情形,《左传》、《国语》、《战国策》、《晏子春秋》等多有记载。《左传》12 篇,篇篇都有赋《诗》示意的记载。

将"兴"还原到作为一个言语行为的结构流程,我们看到,"诗"其实是整个行为的策略性开端:

> 言者发言(诗)——激发 ‖ 听者(起兴)——激动(共鸣)——理解、接受、转变

概言之,在语用的层面,"兴"是一种独特的"以言行事"行为:它是以"诗"为中介的社会活动。这就是为什么要将语构层面的"兴"和语用层面的"兴"区别开来:完整的"兴"是一个整体的社会言语行为过程,而语构之"兴"不过是这个言语行为的话语部分——显然,两者的关系并非是等同的。

---

① 参见《诗言志辨》,桂林:广西师范大学出版社,2004 年,第 1—37 页。
② 《春秋左传正义》,《十三经注疏》,扬州:江苏广陵古籍刻印社,1995 年,第 1968 页

第二节　原始的"兴"：行为构成与含义意向的扭曲

现在我们来看"兴"的结构。

前述"兴"作为言语行为的结构流程，实际上是发"兴"者的言语意向在整个言语行为中的传达—理解过程。这是一个语意曲折穿行的过程。在此过程中，涉及了比普通的表达示意复杂得多的意向缠绕和行为关联因素。奥斯汀将言语行为分为三类：以言表意（locutionary acts）、以言行事（illocutionary acts）、以言取效（perlocutionary acts）①。按奥斯汀的分类，"兴"属于"以言行事"（使听者接受、转变、做事）一类。可是，普通的"以言行事"并不包含行为结构的策略性含义。比如我说"您把笔拿过来"，您于是把笔拿过来——这只是一个单纯的以言行事行为。而"兴"却包含着非常复杂的策略性环节。所以奥斯汀的理论无法将"兴"同普通的"以言行事"区别开来。为了弥补奥斯汀分类的简单化缺陷，尤根·哈贝马斯将言语行为分为四类：目的行为（策略行为）、规范行为、戏剧行为、交往行为②。按哈贝马斯的分类，"兴"属于"策略行为"：1）它有明确的以言行事的目的，2）有对通过以言取效而影响他人的明确手段意识和环节设计，3）它的完成不是在单一主客关系的范围之内，而是要涉及他人，涉及不同主体的人际互动。这是一个相当完整的策略行为结构。

按哈贝马斯的理论，策略行为是目的行为的复杂化。是一种包含着他人的行为选择并把他人的行为选择纳入了目的性计算的更大的目的行为。"如果把其他至少一位同样具有目的行为倾向的行为者对决定的期待列入对自己行为效果的计算范围，那么，目的行为模式也就发展成了策略行为（strategisches handnln）模式。"③但是显然，"兴"也不是普通的策略行为。它不是在自然状态下普通策略行为的发生或展开，而是对自然行为类型的**某种人为扭曲或改变**。本来发兴者的目的是谏言或游说，但是他不直截了

---

① Austin, J. L., *How to Do Things with Words*, Oxford University Press, 1962. pp.99—112.

② 参见于尔根·哈贝马斯：《交往行为理论》第一卷，曹卫东译，上海：世纪出版集团、上海人民出版社，2004年，第83—95页。

③ 同上书，第83页。

当地说,而是通过表演、隐言来曲折地说。"说"由于承受了巨大的现实关系压力和独特的言语规范约束而变成一种人为的设计。这里,行为结构的复杂性在于:它是诸种言语行为因素的内聚式糅合。"兴"在策略行为中同时包含了规范行为(隐言、谲谏)和戏剧行为(表演、激发)的因素。文化的独特性就体现在这里:它不仅扭曲了自然行为的类型区分,而且使这种扭曲的方式本身自然化、惯习化。

1. 语境压力。这是"兴"作为一种独特言语行为设计的源头。在先秦,"兴"是有外在目的的人际交流,但它不是普通人的交流,而是关系独特的君臣对话:臣下向具有生杀予夺大权的君上进言。这是中国上古时期"兴"在主流文化中被高标成一种显赫行为方式的根本缘由。用《白虎通》里的话说,"兴"是"谏诤"的一种类型。"谏有五:其一曰讽谏,二曰顺谏,三曰窥谏,四曰指谏,五曰陷谏。讽谏者,……知祸之萌,深睹其事未彰而讽告焉。……顺谏者……出词言逊,不逆君心。……窥谏者……视君颜色不悦,且却;悦则复前,以礼进退。"[①]这里,"讽谏"其实就是"诗谏",就是以"诗"发"兴"而行谏。《毛诗序》说:"上以风化下,下以风刺上,主文而谲谏,言之者无罪,闻之者足以戒,故曰风。"[②]孔颖达疏:"人臣用此六义以讽喻箴刺君上,……依违谲谏不直言君之过失……君不怒其作主而罪戮之,……言出而过改,犹风行而草偃"[③],故"风"者"讽也"——"风行而草偃","风谏"就是"诗谏"。《汉书·艺文志》说:"凡三百五篇,遭秦而全者,以其讽诵,不独在竹帛故也。"[④]因为讽诵的需要,《诗经》在历经暴秦焚书之后居然能全部保留下来。直到汉代,王式还说:"臣以三百五篇谏,是以亡谏书。"(同上)《诗》就是谏书。可见以《诗》讽诵的传统之强大。其实,种种记载都表明,在先秦,"兴"作为一种言语行为,是指一种特殊情形的君臣对话。这就是"兴"的语境特殊性。进言何以要用"诗"?因为君臣间权力格局的巨大压力使言语交流的自然状态发生改变,它迫使进言者不得不乔装改扮,将美刺

---

① 班固:《白虎通·谏诤》,陈立疏证:《白虎通疏证》,北京:中华书局,1994年,第235页。
② 《毛诗正义》卷一,《十三经注疏》,扬州:江苏广陵古籍印社,1995年,第271页。
③ 同上书,第271页。
④ 《汉书》,北京:中华书局,1999年,第1708页。

进言改为唱《诗》。此即前引《毛诗序》所说的,正因为"下以风刺上",所以要"主文而谲谏"。"上"、"下"之间的关系压力迫使进言者的言说向自然行为偏离。郑玄疏:"风刺,……谓譬谕不斥言。……谲谏,咏歌依违不直谏。……主文,《诗》辞美刺讽谕。"① 郑玄的话很好地解释了讽谕如何使说话**变形**。而这一切,又都是为了君王威权的身位感之维护:他的心情、自尊、理解力及其可接受的言语分寸。沟通意见本是交往行为,臣下进言亦非无理要求,但因为对方是君王,因为君臣间权力的巨大差异,因为在这种巨大差异下臣下一当不慎即有灭顶之灾,同时,臣下所要进上的意见又往往利害关系深远——这些都决定了,在"兴"的言语行为中,臣下进言被强行扭曲成了策略行为。

既然是策略行为,当然就不只是一种消极反应。从另一个角度看,"兴"的行为同时又是一种对君王智力的谋算。这是一种高度估量了谈话对方的情绪反应及其关联效应之后的"**意义的谋略**"②。因为目的、意图的隐晦,交往双方都沉浸在情绪的兴味之中,可是随着情绪不自觉地沉入、弥漫,听话人逐渐转变到说话者的立场——结果,是君王被算了一把,而说话者的意图得到从"言"到"事"的实施。

2. 规范性约束。作为言语策略,"兴"的核心是一种态度:在言语方式上向对话双方权力关系格局的刻意维护。这是以"诗"发兴策略的关键。以《诗》发兴不仅是意见表达的隐晦而已,它同时有这种"隐晦"所要维护的用意。隐晦,是因为意见表达的纯粹性受到另一种需求的压制:维护君王权威的身位感。维护的意向压制了表达意向,于是言语行为呈现出表达意向的弯曲:它同时显示为三种意向——表达、维护、兴趣,是三者间相互胶着的张力。而兴趣意向是完全派生于维护意向的——为了更好更彻底地维护,就必须使进言的暗示听起来完全是自然天成。这样,《诗》就出场了。君臣间的意见表达于是远离了自然表达的单纯性,成为多种意向扭曲、杂糅的"讽谏"行为。

---

① 《毛诗正义》卷一,《十三经注疏》,扬州:江苏广陵古籍刻印社,1995年,第271页。

② 参见吴兴明:"谋文化的定位",《谋智、圣智、知智——谋略与中国观念文化形态》,上海:上海三联书店,1993年,第77—127页。

可是长久以来,我们看到的讨论不是对此一态度的质疑,而是认同。孔子说:"小子何莫学乎诗?诗可以兴,可以观,可以群,可以怨。迩之事父,远之事君。"①又说:"谏有五,吾从讽之谏!"②班固说:"事君……去而不讪,谏而不露。故《曲礼》曰'为人臣,不显谏。'"③这些话并非只是表明一种行为方式的选择,还包含了对此选择**所蕴涵之态度的首肯和赞扬**。这样,"兴"就从一种刻意设计的言语策略变成自觉认同的行为了。而认同是道德的前提,因此此认同就进一步变成了培育子弟"升降进退之容"的"德教"。这就是"兴"作为**乐教项目**的含义。前引《周礼·春官》记"大司乐"的职责是:"以乐德教国子,中、和、祗、庸、孝、友;以乐语教国子,兴、道、风、诵、言、语;以乐舞教国子,舞云门、大卷、大咸、大磬、大夏、大濩、大武。""大师"的职责是:"掌六律六同……教六诗:曰风,曰赋,曰比,曰兴,曰雅,曰颂。"④据《尚书》记载,以"诗"来训练贵族子弟对上的言语行止甚至可以追溯到尧舜时代:"夔!命女典乐,教胄子:直而温,宽而栗,刚而无虐,简而无傲。诗言志,歌永言,声依永……"⑤根据此一乐教传统,孔子又进而提出了"诗教"之说。"入其国,其教可知也。其为人也温柔敦厚,《诗》教也。疏通知远,《书》教也。"⑥对"温柔敦厚",孔颖达疏:"'温'谓颜色温润,'柔'谓性情柔和。《诗》依违风谏,不指切事情,故云'温柔敦厚'是《诗》教也。"⑦这实在是对"兴"之言语态度相当准确的概括!此时,"兴"不仅成了一种约束言语行为的价值规范,且成为由对此价值的认同、教化而养育出来的德性。**原本是策略性的行为设计此时已变成了一种精神**,"兴"不再是急迫于君权压力的窘迫扭曲之态,而是有舒缓悠游的温润之气象了。"兴"被惯习化了,它变成了一种弥漫开来的道德精神,原来的被迫扭曲变成一种积极追求乃至求之而不得的语态了。

---

① 《论语·阳货》,宋元人编:《四书五经》(上),北京:中国书店,1984年,第74页。
② 班固引孔子语,《白虎通·谏诤》,《白虎通疏证》,北京:中华书局,1994年,第236页。
③ 同上。
④ 《周礼注疏》卷二十三,《十三经注疏》,扬州:江苏广陵古籍刻印社,1995年,第795—796页。
⑤ 《尚书正义》卷三,《十三经注疏》,扬州:江苏广陵古籍刻印社,1995年,第131页。
⑥ 《礼记正义》卷五十,《十三经注疏》,扬州:江苏广陵古籍刻印社,1995年,第1609页。
⑦ 同上。

要注意的是，一当"兴"成为一种德性，它的语用范围、价值含蕴同时也就发生了扩展。1）它从一种独特的言语行为——臣下进言——的特殊态度要求变成了泛化的品德修养（"文质彬彬"，"其为人也温柔敦厚而不愚，则深于《诗》者也"①。2）它进而成为治者礼教治国的重要内容和标准（移风易俗，"君子知在位者不能以恶服人也，是故简六艺以赡养之"②）。3）它成为考得失观民风的一个重要指标（"入其国，其教可知也"）。4）由是，它的约束力从一种独特语境下政治对话的约束扩张为对所有诗文、言语表达的约束，扩张为对《诗》、对史、对君子言语行为的普遍性约束（"微言大义"，"言近而指远者，善言也；守约而博施者，善道也。君子之言也，不下带而道存焉。"③）。5）这样，"诗教"的含义就远不止是臣下对君上说话的言语分寸了，它同时是**对所有臣民个人情感表达的要求**。我们由此看到了各种各样对表达"过分"的训斥："放郑声，……郑声淫。"④"诗三百一言以蔽之，思无邪。"⑤"恶紫之夺朱也，恶郑声之乱雅乐也，恶利口之覆邦家者！"⑥"诗人之赋丽以则，辞人之赋丽以淫。"⑦"今若屈原，露才扬己，竞于危国群小之间，以离谗贼。然数责怀王，怨恶椒兰，愁神苦思，强非其人……"⑧——显然，这是中国文化传统对言语行为规范的一个非常重要的认定。"诗教"既是以原始之"兴"（讽谏）为根据而对《诗经》政治语用的规范性提升和理解，又是以此规范为标准而对所有诗文乃至君子言说方式的划界。而这一划界的实质是：把臣下对君王言说的恭敬扩展为普通人生活世界的基本言语规范。

3. 质性杂糅与意向扭结。最后，上述语境压力和言语规范一并收摄、

---

① 《礼记正义》卷五十，《十三经注疏》，扬州：江苏广陵古籍刻印社，1995年，第1609页。
② 董仲舒：《春秋繁露·玉杯》，苏舆义证：《春秋繁露义证》，北京：中华书局，1992年，第35页。
③ 《孟子·尽心章句下》，宋元人注：《四书五经》上，北京：中国书店，1984年，第115页。
④ 《论语·卫灵公》，同上书，第66页。
⑤ 《论语·为政》，同上书，第4页。
⑥ 《论语·阳货》，同上书，第75页。
⑦ 扬雄：《法言·吾子》，汪荣宝义疏：《法言义疏》，北京：中华书局，1987年，第49页。
⑧ 班固：《离骚序》，黄灵庚疏证：《楚辞章句疏证》第一册，北京：中华书局，2007年，第561页。

体现为"兴"作为一种言语行为之策略性设计的独特内部结构。首先,是言语行为类型的质性杂糅、扭曲。这是就整个言语行为的总体结构而言。以《诗经》发"兴"固然是以《诗经》为手段,可是《诗经》之能够被利用也表明了一种对《诗经》的更源始的理解:在自然状态中,《诗经》原本不是用来"讽谏",而是用来发情的。这是《诗经》可以被利用的前提。"兴"区别于普通策略行为的特殊性在于,其策略设计的核心是对在自然状态中本无关乎功利的"诗"的利用。言者有意识地以《诗经》发情,在情绪激发的瞬间,《诗经》仍然是诗,是率性而为之,是审美性的言语行为,可是在整个以言行事的更大的行为结构中,《诗经》只是达到"行事"目的的手段。这样,"兴"的行为质性便呈现出明显的隐显二重性:一方面,是以言行事的功利性要求,这是"隐";另一方面,是诗意诱导的手段性价值,这是"显"。对"兴"这种质性结构的二重性特征,刘勰名之曰"环譬"、"托谕"。"比则畜愤以斥言,兴则环譬以记讽。""观夫兴之托谕,婉而成章,称名也小,取类也大。"①"兴"之整个策略行为的行进、效果都有赖于这种隐显结构的发动、影响和转化。政治与诗歌,功利与非功利,语言的实用功能和诗性功能,从言语、意义到行为的推移转换,诗言的示意、交流与行事等等所依赖者,都扭结在这种显隐二重的张力结构之中。而隐与显所牵动的意义流动是手段向目标的自然过渡。在一个从意向表达到听者起兴、理解再到立场转变的时间流程中,行为重心逐步实现从"显"到"隐",从情绪体验到意义领会、态度转变的转换推移。在起始阶段,"显"者是诗,"隐"者是政治,在结束阶段,则政治成了"显",诗只是引子。而在行为引入、发"兴"开始之际,双方不言而喻的"共识"是:诗是趣味的,无用的,非功利的,因而即使实际的利害关系剑拔弩张,仍不影响双方可以谈一谈趣味的、无用的诗。

其次,是交流意向的扭曲。"兴"的目标能够达成,关键在于它所选中的"诗"的语意结构的特殊性:诗的语言乃是二重、多重乃至不确定的语意结构体。"兴"的行为构成的特殊性在于:它把这一不确定的语意结构体强行镶嵌、压缩在一个策略行为的整体结构中,使之承受功利行事意向和审美体验引导的双重引力。一方面,诗不是实用性交流,它的语意灵活、含混、多

---

① 刘勰:《文心雕龙·比兴》,范文澜注,北京:人民文学出版社,1962年,第601页。

义、不确定。另一方面,隐喻诗意的多重性又是可以被暗中引导、挪用乃至定向影射的。在接触语境的挪移、时代主题的变迁乃至不同利害、情绪关注点的连结之下,那些未定向的意义就会明晰起来,显示出某种说不清、道不明的引向关联——我们看到,就是在这里,埋下了诗被利用的种子:要让诗有味,就必须是隐喻的,而只要是隐喻,言者就可以不动声色地利用、牵引隐喻的方向。"诗"在整个策略行为中的镶嵌就是实现其规约和导引的结构性连接。因为开头只是"诗",在听者没有意识到的时候,这种暗中的伎俩并不造成对双方关系的危害;而听者一当意识到说者的目的,他又往往已经转变了自己的立场或者原谅了说者的苦心……这种意义结构的独特效力即所谓"言近而旨远,辞浅而义深"①。"旨远",是因为有关乎天下的兴寄——它的意向之穿行从"诗"的世界穿越了听说者之间的功利世界,并进而作用于王政。它不仅涉及诗言内外单向度的意义世界,还涉及了听说者之间社会世界的互动以及政治选择的深远影响,并且唯有在触及听说者双方实际事物的时候,"兴"所隐含的意义指向才算真正达到了,那扭曲穿行、隐伏闪烁的含义意向此时才被凸显出来,被理解充实并发挥了效力……

这就是在"兴"的言语行为中结构性扭曲的独特功效:打破言语行为普遍有效性的自然规范,非常规地利用原本非功利的审美效力来催化、实现"以言行事"。

第三节 语用转型:从"讽谏"到"兴趣"

当然,如上所述主要是指原始的"兴",即先秦时代的"兴"。在漫长的历史发展中,"兴"所发生的一个重要变迁是:从两汉到魏晋,经历了一个从政治语用到审美语用的巨大转型。正是这一转型,使"兴"从"讽谏"的言语行为整体中断裂出来,逐渐演变成中国文人精神生活的一种独立言语行为,谈"兴"也逐渐成为论诗者的专利。

---

① 刘知几:《史通通释·叙事》,浦起龙校释:《史通通释》上,上海:上海古籍出版社,1978年,第174页。

一方面,从两汉到魏晋,以引《诗》、写诗为讽喻进言的"兴"越来越少见于政治生活和文人的写作实践。此即刘勰所说的"兴义销亡"。

> 观夫兴之托谕,婉而成章,称名也小,取类也大。关雎有别,故后妃方德……炎汉虽盛,而辞人夸毗,诗刺道丧,故兴义销亡。于是赋颂先鸣,故比体云构……若斯之类,辞赋所先,日用乎比,月忘乎兴,习小而弃大,所以文谢于周人也……①

刘勰在描述这一变化过程的时候,所谓"兴"仍是取先秦之"兴"的传统含义,他站在狭义政治语用、儒家诗教的立场拥护"兴体",贬斥"辞赋所先,日用乎比"。另一方面,此时开始出现以"味"言"兴","兴"的语用发生从政治语用向审美语用的重大转移。就在刘勰的另一篇文章中,我们看到了一个打量"兴"的视角的新呈现:

> 将欲征隐,聊可指篇:古诗之《离》《别》,乐府之《长城》,词怨旨深,而复兼乎比兴。陈思之《黄雀》,公幹之《青松》,格刚才劲,而并长于讽谕。叔夜之《赠行》,嗣宗之《咏怀》,境玄思澹,而独得乎优闲。士衡之疏放,彭泽之豪逸,心密语澄,而俱适乎壮采。②

"兼乎比兴"、"长于讽谕"、"得乎优闲"、"适乎壮采"——这些话是从另一个角度来打量的,在这个视角里,它们共同归属于一个范畴:"隐"。"隐"固然与"词怨旨深"的表达性诉求密切相关,可是这里刘勰强调的却是它另外一面的相关性:直接的审美性或体验性愉悦。"隐秀"之谓"兴"是就诗歌意义的审美品质而言,这是笼罩《隐秀》全篇的审美品鉴的视野("味")。刘勰说:"夫隐之为体,义生文外,秘响旁通,伏采潜发,……始正而末奇,内明而外润,使玩之者无穷,味之者不厌矣。"又说:"赞曰:文隐深蔚,馀味曲包。辞生互体,有似变爻。""兴"而以"味"言之,表明所关注的重心已经是诗文直接的审美效应,而不再是政治寄托了。这里,"兴"取"兴味"的含义,不再是先秦之"兴"的整体含义,"兴"发生了语用含义的偏转。

---

① 范文澜注:《文心雕龙·比兴》,北京:人民文学出版社,1962年,第601页。
② 黄霖编:《文心雕龙汇评》,上海:上海古籍出版社,2005年,第133页。该段文字作者是否为刘勰有争议,本文取刘勰说。

同样是"辞约义丰"、"言近旨远",甚至同样是比兴、讽喻、复意、含蓄等,《比兴》篇关注的是隐喻的内容意向所要达到的外在功利目标(讽喻行事),《隐秀》篇关注的则是隐喻本身的审美体验性效应("味"、"余味")。到了钟嵘的《诗品序》,"兴"就已经完全是从"滋味"的角度来打量了:

> 五言居文词之要,是众作之有滋味者也,故云会于流俗。岂不以指事造形,穷情写物,最为详切者耶? 故诗有三义焉:一曰兴,二曰比,三曰赋。文已尽而意有余,兴也;因物喻志,比也;直书其事,寓言写物,赋也。宏斯三义,酌而用之,干之以风力,润之以丹彩,使味之者无极,闻之者动心,是诗之至也。①

"兴"仍然是一种言语行为,但钟嵘所孜孜关切者已远离了讽谏之以言行事的要求,而只关心写诗读诗者的味道体验了。就如徐铉说,"诗之旨远矣,诗之用大矣。先王所以通政教,察风俗……及斯道之不行也,犹足以吟咏性情,黼藻其身……"②在"讽谏"一类的王道效应淡化、消亡之后,"吟咏性情"的价值上升为主流。这就是发生于魏晋时代的"兴"的语用转型。可以顺带一提的是,其实这一转型并不仅发生在"兴"及与"兴"连为一体的"诗"身上,在魏晋时代,诗、文、乐、舞、绘画、书法乃至哲学等都发生了普遍的从狭义、具体的政治语用向更广阔的审美、求真、人生意趣乃至追问终极等等的文化语用的大转型。

这一转型从根本上导致了"兴"在后来不断扩散发展的一系列变化。

第一,从"讽谏"之"兴"到纯诗之"兴"。"兴义销亡"带来"兴"的语义偏移和含义范围的扩大:"兴"不再是指以《诗》讽谏的行为,而是偏移转变到泛指所有开首起兴而含蓄蕴藉的诗。比如"文已尽而意有余,兴也"。③"兴者起也,取譬引类,起发己心。诗文诸举草木鸟兽以见意者,皆兴辞也。"④"取类曰比,感物曰兴。""兴者情也。谓感于外物,内动于情,情不可

---

① 钟嵘:《诗品序》,何文焕辑:《历代诗话》上,北京:中华书局,1981年,第3页。
② 徐铉:《成氏诗集序》,《全唐文》卷八八二,北京:中华书局,1983年,第9215页。
③ 钟嵘:《诗品序》,何文焕辑:《历代诗话》上,北京:中华书局,1981年,第3页。
④ 《毛诗正义》,《十三经注疏》,扬州:江苏广陵古籍刻印社,1995年,第271页。

第八章 "兴"作为一种言语行为:"兴"的意向结构及效力演变的语用学分析

遏,故曰兴。"①等等。此时的"兴"就确实只是指以诗言性情的行为了——它从原始之"兴"以言行事的结构整体中断裂出来,仅仅保留了以诗起兴的部分,而无"行事"的含义了。换言之,讽谏之兴此时已裂变为纯诗之兴了。

第二,"兴"成为一种"兴趣"。纯诗之兴仿佛又回到了率性而为的自然状态②,不过请注意,它和没有经过"兴义"历史积淀的状态已经不同。这里的关键在于:经过规范认同、长时期审美习性的培养,"兴"已经内化成了一种"兴趣"。

首先,发"兴"的情感体验从进言的依附性情绪变成一种独立的享受。实际上以"兴"(诗)为手段本然就包含了一种摆脱目的性约束的内在指向:一种在"兴"的情绪引导下无意识涌动的潜能。这种涌动使沉浸在"兴流"之中的说话双方常常忘记了对话的目标:他们沉溺在"兴流"之中让情绪像脱缰的野马——说话摆脱了以言行事的目标约束而变成一场享受。这就是扬雄所说的"欲讽反劝"。"往时武帝好神仙,相如上《大人赋》欲以风,帝反缥缥有陵云之志。系是而言之,赋劝而不止明矣。"③赋的铺排比兴使领会者脱离了"劝"的目的性而兴味盎然,"反缥缥有陵云之志"。魏晋之后,"兴"所本然具有的审美性、享受性由于"兴义销亡"而凸显出来。"文有尽而意有余,兴也"④。"比但以物相比,兴则因物感触,言在此而义寄于彼,……解此则言外有余味而不尽于句中。"⑤"所谓比与兴者,皆托物寓情而为之者也。盖正言直述,则易于穷尽而难于感发,惟有所寓托,形容摹写,反复

---

① 贾岛:《二南密旨》,北京:商务印书馆,1939 年,第 1 页。
② 从人类学的角度看,字源学意义上的"兴"可能是指一种古老的聚会方式或祭祀聚会中的一个节目。《诗经》中一共有 16 次出现"兴":"兴言"、"兴师"、"兴力"、"侯兴"、"兴岁"、"兴迷乱"、"夙兴夜寐"等等,全部是动词,表示一种开端的发动。所以《说文》说:"兴,起也。"《广韵》:"盛也,举也,善也。"(《说文解字》,上海:上海古籍出版社,1988 年,第 105 页)"兴"的古义不仅是指事物的发生、开端,而且是特指作为言语行为的人事之"兴"。《说文》:"兴","古无平去之别,从舁同"(同上),是"舁"和"同"的会意字。而"舁,共举也。"段玉裁注:"谓有叉手者,有竦手者,皆共举之人也。"(同上)《说文》:"从同,同力也。"段注:"说从同之意。"(同上)
③ 班固:《汉书·扬雄传》,北京:中华书局,1962 年,第 3575 页。
④ 钟嵘:《诗品序》,何文焕辑:《历代诗话》上,北京:中华书局,1981 年,第 3 页。
⑤ 方东树:《昭昧詹言》卷一八,汪绍楹校点,北京:人民文学出版社,1961 年,第 419 页

讽咏,以俟人之自得,言有尽而意无穷。"①这种凸显甚至明晰、直观地体现在后来大量的"兴"的衍生性词语之中:"兴致"、"兴趣"、"兴味"、"意兴"、"兴意"、"兴会"等等,以至败兴、趁兴、兴意阑珊、兴趣盎然一类也都从反面显示了"兴"与享受之间的独特关系。从词源上看,汉语中的"兴趣"显然不只是英文"interesting"的同义语,它确切的含义应该是"兴之趣也":"兴"作为一种享受的惯习化、心性化、趣味化。极端的发展一如严羽所说,"盛唐诗人惟在兴趣"②——"兴趣"颠覆了以道德言诗、功利言诗、义理言诗和学问言诗,竟成为诗歌价值的最高标准。

其次,含蓄蕴藉从迫于外在压力不敢直言的说话方式变成诗意内在性的核心要求。"含蓄"、"不尽之意"、"韵外之致"随着"兴义销亡"的变迁经历了一个手段和目的关系的颠倒:两汉之前,"兴寄"是"兴味"的目标,魏晋之后,"兴寄"反过来成为建构"兴味"的手段。此时的"含蓄"再也不是出于外在语境压力的被迫之举,而是出于诗意本身的内在需要了。朱熹说:"'比'意虽切而却浅,'兴'意虽阔而味长。"③从"味长"言"兴"将"兴"的价值从根本上归结为诗本身的"诗味"建构——前面已言,这是从魏晋时代即已开辟的诗论言路。"味长"考量的是:"兴"作为"诗兴"的触发点引致情绪的起兴、爆发和弥漫。这就是古人一再谈到的"触物以起情,谓之兴"④。就像于连所说,"兴的价值系于诗的情与言的煽动能力","比"总是要指向"自己"之外,"比只满足于'喻类'人们要说的东西","兴则构成对作用于'刺激'世界的内在性的真正'震撼'"⑤,它不将在场显现的感性内容导向一个外在的观念性的归属,而是引致一种"意义的弥漫",引发"不尽之意",指向情绪的反复潜沉、刺激、回环。由此,含蓄作为"兴"的意义效果成为人们一再强调的诗意建构手段。"语贵含蓄。东坡云:'言有尽而意无穷者,

---

① 李东阳:《麓堂诗话》,丁福宝辑:《历代诗话续编》,北京:中华书局,1983年,第1374页。
② 严羽著,郭绍虞校释:《沧浪诗话校释》,北京:人民文学出版社,1983年,第26页。
③ 朱熹:《朱子语类》卷八十,北京:中华书局,1986年,第2069—2070页。
④ 胡寅:《与李叔易书》,《斐然集》卷十八引李仲蒙语,《〈崇正辩〉〈斐然集〉》下,北京:中华书局,1993年,第386页。
⑤ 弗朗索瓦·于连:《迂回与进入》,杜小真译,北京:三联书店,1998年,第152页。

天下之至言也。'山谷尤谨记于此。清庙之瑟,一唱三叹,远矣哉!后之学者可不务乎?如句中无余字,篇中无长语,非善之善者也。句中有余味,篇中有余意,善之善者也。"①这同时又决定了:"兴"作为含蓄诗意的来源直接通向情性、性灵和灵感,通向写诗、读诗的审美状态和思维机制。落实到诗歌文本上,此时含蓄作为"兴"的意义品质,其内涵也变了:它不再是某个具体目标的喻指,比如孟子的"言近而指远"②,而是难以言喻的诗意本身。就像叶燮所言:"诗之至处,妙在含蓄无垠,思致微渺,其寄托在可言不可言之间,其指归在可解不可解之会;言在此而意在彼,泯端倪而离形象,绝议论而穷思维,引人于冥漠恍惚之境,所以为至也。"③

第三,"兴"的语用产生广泛的意义扩散。它的核心仍然是一种诗言行为,但具有了多方面的含义,并面对不同的针对性而具体有不同含义。在面对无味的时候,"兴"成为"滋味"(钟嵘),在缺乏担负的时候,"兴"成为"兴寄"(陈子昂),在面对浅俗或技巧沉溺的时候,兴成为"含蓄",成为"不尽之意"(皎然、司空图、苏轼),在诗风走向浮浅、走向模仿的时候,兴成为"情性"、"兴趣"、胸怀(严羽),在诗走向义理、学识的时候,兴成为"性灵"(袁枚),成为"起兴"、激发(叶燮)等等。种种含义的扩散使"兴"无法仅仅从诗的语构、手法或思维机制等单一的方面去理解,它从原始之"兴"裂变、聚集为意指文人诗意性审美活动的整个言语行为,包含了多重含义和多维度的价值指向。

向纯诗之"兴"的转型固然使"兴"的意义机制和行为关联在诗的领域有波澜壮阔的展开,但是显然,这丝毫也不意味着原始之"兴"在生活领域的销声匿迹。**一方面,作为一种说话方式,"兴"的迂回、曲折、隐喻,对言说戏剧性效果的功利性利用,对对话双方权力关系格局的刻意维护,以及所有诸如此类言说姿态的惯习化等等,从古至今一直是中国人孜孜不倦研讨的母题**。名辩家、纵横家、儒家、文章家、历代官场对言语方式的研究和对慎

---

① 姜夔:《白石道人诗说》,何文焕辑:《历代诗话》下,北京:中华书局,1981年,第681页。
② 《孟子·尽心章句下》,宋元人注:《四书五经》上,北京:中国书店,1984年,第115页。
③ 叶燮:《原诗·内篇》,《原诗 一瓢诗话 说诗晬语》,北京:人民文学出版社,1979年,第30页。

言、言祸的警惕构成了中国人对言、文意义领会和说话方式要求的巨大生活背景,对从政治、伦理、军事到日常生活中种种策略性话语的意义及其效果的辨析、实践、总结一直是中国人人生修养最重要的内容。另一方面,君臣之间进言对话的独特张力一直是中国文人行事思考的基本引力场。这一场界的巨大力量所导致的扭曲、禁忌、言语策略、说话规范以及士人在如此这般的**参与分享中所得到的权力、意义感等等**,一直是中国文人行事思考最真实的历史语境。甚至可以说,此语境是一个笼罩并扭曲了整个中国文化历史展开的黑洞,它旋涡般的巨大吸附力和引力延伸的持久扩张从根本上影响了中国文化表达的隐喻性、象征性、影射性,影响到了詹姆逊所谓中国现代文学表达的"寓言性"①特征——某种意义上,这种言说的姿态及历史效应一直保留到了今天。而如此之文化思维和表达机制的特殊性,又可以看做是一个扩大了、大写了的"兴"!

更重要的是,如此言说姿态、言语行为方式的惯习化实际上**扭曲了蕴涵在不同言语行为类型深处之自然生成的有效性要求**,它使需要坦诚的地方变成谋略,让过多的暗示、诡计、弦外之音、防不胜防充满了日常交流,**使社会规范系统的建构在言语行为的自然基础中就遭到损坏**。这是社会规范系统在根系深处、基础部位上的毁坏——它的偶然性的成功一直鼓励着中国人过于发达的取巧之心、投机之心。与对"兴"作为审美机制之繁复累累的颂歌式研究相比,我不得不说,对作为一种以言行事的"兴"的研究还几乎没有开始。

---

① 弗雷德里克·詹姆逊认为:"所有第三世界的本文均带有寓言性和特殊性:我们应该把这些本文当作民族寓言来阅读。"参见詹姆逊《处于跨国资本主义时代中的第三世界文学》,张京媛主编:《新历史主义与文学批评》,北京:北京大学出版社,1993年,第234—235页。

附录　海德格尔将我们引向何方？海德格尔热与国内文艺研究后现代转向的思想进路

中国现代的文学理论深受现代西学的影响，诗意论也不例外。关于中国现当代文论知识谱系的整体变迁学界已讨论非常之多，此不赘述。这里关心的问题是：那些在入思角度上与中国传统诗意论有相近之处的西学理论我们该如何去取舍和评价？甚至当我们抱着整理传统文化的心态，以西学为工具而将中国文化传统"发扬光大"的时候，我们引进的西方理论该放在一个什么样的位置？问题的复杂性在于：我们的研究、所思实际上是在当代中国的历史状态中展开的，我们有自己独特的现实语境，因此，在我们引进西方思想的时候，就有一个理论旅行的效果和中国人现实需要的关系问题。显然，这个问题不能只从某一学科的角度去裁取。由于西方现代的诗言意义论有自己的历史针对性，整个西学的现代语言之思、存在之思几乎都是他们为应对西方的现代性危机而提出的学说。表面上看来十分狭窄的诗言意义论实际上有着极为纵深的现实关涉，语言、话语的意义追思与西方人力图重建他们的知识、文化价值乃至现实结构密切相关。因此，区分学术上的吸取与更纵深的文化、政治价值观，避免把学术吸取演变成某种价值倾向，或者将政治与学术混而不分，就成了我们在讨论西方诗言意义论时不可忽视的问题。

为了更有针对性地讨论西方现代诗言意义论在中国当代的效果历史问题，本章以最近30年在中国影响最大的海德格尔为例来展开讨论。

毫无疑问，海德格尔热是中国当代文艺研究的诸种时代风潮中持续时间最长、影响最深远的一次①。它从20世纪80年代初开始酝酿、预热,然后一直持续到今天。它上承人道主义、主体性讨论,后启90年代至今天的后现代主义。在思想倾向上,它是80、90年代两个思想史时代分野的标志:主体性热以马克思为桥梁切入康德,直指启蒙现代性的主流立场;海德格尔热从对主体中心论的质疑转向存在论——它从现代性分化反向突进,演变成当前思想界蔚为大观的审美主义、原始哲学。在20世纪80年代的语境中,海德格尔热既使思想界找到了另一种依托,告别了传统意识形态的精神依恋,又以比启蒙现代性更先进、更深刻为号召,引导思想界迅速走向后现代主义。在思想分岔的路径选择中,海德格尔热是一次松绑,一次解构,一次意义背景的置换和多元思想契机的植入,以此为背景,解构主义、后现代主义、批判理论、后殖民主义、文化保守主义等各种后继思潮,都很快找到了在中国登陆的义理根据,在反思现代性、反工具理性的巨大旋涡中纷纷出笼……

　　海德格尔热是一个节点。如果进一步联系此前此后的变化,我们大致可以用"工具论—主体论—存在论—后现代主义及多元论"来描述近30年来中国文艺研究在思想主题上所经历的变迁。眼下的情形是:工具论、主体论作为僵化思想的来源遭到了抛弃,海德格尔、后现代主义作为时代思想大行其道。

　　那么,在中国当代的历史语境中,海德格尔热究竟意味着什么?它将我们引向了何方?本文认为,今天已经到了需要追问这个问题的时候。为了更清晰地切入问题并对由海德格尔热所导致的主要思想倾向提出质疑,下面的讨论拟从四个层面展开:1)分析从主体性热到海德格尔热所隐含的思想视野变迁;2)分析在现代性反省的诸种思路中,海德格尔热引导我们走上的思想道路;3)追问面对现代性危机,海氏本人的思想进路是什么?4)分析这条路放在中国当代的历史语境中意味着什么?由于内容过于庞大,本文尽可能在美学、文艺学的范围内做一简明讨论。

---

　　① 从1978年到2008年4月,国内一共出版海德格尔著作中文译著35版次,国外海德格尔研究著作中文译著35部,海德格尔研究专著44版次,发表研究论文725篇,共有147篇以海德格尔为题的硕士论文和39篇博士论文。数据来源见李强:《"文革"以后的中国大陆海德格尔研究状况》,《中国现象学与哲学评论》第10辑,上海:上海译文出版社,2008年,第253页。

第一节 历史契机:从主体论到存在论的转向

从理论基础上看,于20世纪80年代逐步兴起的海德格尔热不只是意味着一种思想兴趣的转移,更重要的是,它引领了一次中国思想界在基础性哲学视野上的转变。这一转变是:从反映论、实践论转向存在论。

最初,这种转变是从属于80年代中国存在主义热的一部分,然后,关注重心逐步从萨特挪移到海德格尔(1978—1987)。这可以看做是中国海德格尔热的预热阶段。据统计,从1978年到1984年发表的与海德格尔相关的10篇论文中,有8篇都是从存在主义的角度论及海德格尔的,比如王克千、樊森林的《存在主义"辩证法"批判》(1979),刘放桐的《存在主义的伦理学和社会学说述评》(1980),焦树安的《略论存在主义》(1981),唐有伯的《"此在":存在主义的"人学"评述》(1982),欧同力的《存在主义人学剖析》(1981)[1]等。甚至在存在论视野显现之初,人们尚无法分清"存在"与"实存"(生存)的区别而仅仅是取"存在"一语作为"本体存在"的含义,然后就开始急匆匆在"存在论"上大做文章:

> 黑格尔把整个哲学等同于认识论或理念的自我意识的历史行程,……这种唯智主义在现代受到了严重挑战,例如像存在主义即使没有提出什么重大认识问题,却仍然无害其为哲学。人为什么活着?人生的价值和意义?存在的内容、深度和丰富性?生存、死亡、烦闷、孤独、恐惧等等,并不一定是认识论问题,却是深刻的哲学问题。它们具有的现实性比认识论在特定的条件下更深刻,它们更直接地接触了人的现实存在。人在这些问题面前更深刻地感受到自己的存在及其意义和价值。[2]

---

[1] 王克千、樊森林:《存在主义"辩证法"批判》,《北方论丛》1979年第5期;刘放桐:《存在主义的伦理学和社会学说述评》,《山东师院学报》1980年第3期;焦树安:《略论存在主义》,《求索》1981年第2期;唐有伯:《"此在":存在主义的"人学"评述》,《中国社会科学》1982年第5期;欧同力:《存在主义人学剖析》,《社会科学》1981年第3期。

[2] 李泽厚:《批判哲学的批判——康德述评》(修订版),北京:人民出版社,1984年,第430页。

如前引唐有伯等文的标题所示，80年代，存在主义的思想视野在中国显示为"人学"，它是当年中国的人道主义思潮力图在思想视野上突破的表现。在这一时期，"存在"普遍被坐实为"生存"，"存在"一语的价值意向十分明确："……海德格尔就在这个基本本体论上要去揭黑格尔的覆盖性。存在首先存在于作为整体的人的此在中。此在的命运是：被死夺去了依托的被抛，……所以，此在是有限的、暂时的、非确定的可能在。"①"筹划中的此在虽然也把将来看做先于当下，但将来的大限是死亡，……因而此在的此时性便获得了存在的绝对意义，也就是突出了此在作为非确定的可能性本身就是瞬间生存着，即是领悟着、去蔽着、筹划着的创造个体，所以，它是用终有一死的将来抗拒、敞开过去的绵延与遮蔽，为的是实现此在当下瞬时的生命活力，使人成为一个自主自决的真实存在，而不是将来即过去即传统理性决定的模本或影子——沉沦。"②"把一切予以逻辑化、认识论化，像黑格尔那样，个体的存在的深刻的现实性经常被忽视或抹杀了。人成了认识的历史行程或逻辑机器中无足道的被动的一环，人的存在及其创造的主体性质被掩盖和阉割掉了。"③海德格尔关于此在存在的两大特征——"生存性"和"向来我属性"——成为人们论证个体独立价值的依据。其时，存在论视野要证明的是，人"自主自决"的根据就在"存在"本身。人的价值、尊严不在于未来、历史和一切手段性根据，而在于"个体的存在的深刻的现实性"：人是被抛的偶然的存在。这就是"此在的此时性"作为"存在"的"绝对意义"。每一个个体都是不可再生、不可取代的独立存在，因而没有任何价值能高于个体之上。为什么基础性哲学视野要转移到存在论？因为作为思想视野，前此的方法论无法为个体之人的"本体价值"——即在权利论意义上的价值自足性——正名。

这一点正是80年代人道主义热、主体性讨论的症结之所在。长期以来，我们的哲学视野是反映论、实践论。尽管存在论视野80年代初即在李

---

① 张志扬：《论无蔽的瞬间——兼论诗人哲学家的命运》，该文写于1987年，载《门·一个不得其门而入者的记录》，上海：上海人民出版社，1992年，第100页。
② 同上。
③ 李泽厚：《批判哲学的批判——康德述评》（修订版），北京：人民出版社，1984年，第430页。

泽厚等人的文章中有所显现,但是这一视野的建构、表述是不清晰的。不管是人道主义热所呼唤的人的价值、"公民的人身自由和尊严"①,还是李泽厚、刘再复所呼唤的"人的主体性",主要论设框架都仍然是在反映论、实践论的关系视野中展开。而在文艺学、美学领域,从1978年到1986年,在思想视野上都是反映论(蔡仪)和实践论(李泽厚)之间的战斗。可问题是,只要把启蒙现代性的主体性原则放到反映论、实践论的逻辑框架上,落实到"反映"、"实践"的主客关系之中去,无论你怎么论证,主体性、人自我立法就都只能要么是"唯心史观"②(陆梅林等),要么是反映或实践的"能动性"(李泽厚、刘再复)。我们能够证明的永远是作为手段性活动——劳动或认识——的主体性。这里,思想目标和论证手段之间的错位是显而易见的。这一错位基于更深的基础性哲学视野的错位:1)在微观上,论者要么试图把作为认知领域的逻辑基础(反映论)推进到价值领域去为审美、价值立法(蔡仪等),要么把实践领域的逻辑(劳动实践论)扩张为理解社会世界诸领域的总体性逻辑(李泽厚等)。2)在宏观上,人们企图以人与世界的**主客关系逻辑**来证明自然法、证明作为价值立场的主体性原则或社会正义的法理根据(李泽厚、王若水、高尔泰等)。这样,人道主义、主体性原则的伸张者就和反对者处在了同一个扭曲理解法理性的视野背景之中。根据同一个主客关系的逻辑,正统派将作为主体性原则价值表述的自然法、人道主义从社会世界的合法性根据、规范性基础扭曲表述为一种"伦理原则和道德规范",一种在认识论("唯物史观")透视之下的"社会意识形态"③,进而,又通过意识形态批判之凌厉的社会学还原,将现代约法基础(自然法)的规范性维度还原成一种历史性——经此,自然法的"唯心主义本性"和"阶级属性"就如同半个世纪以来我们一直看到的那样,"被批驳得体无完肤"。平心而论,这样的阐释其实不仅符合建立在认识论基础上的"唯物史观"的基本逻辑,而且其表述的简洁度和清晰度要比人道主义、主体性原则伸张者的

---

① 王若水:《为人道主义辩护》,《文汇报》,1983年1月17日。
② 陆梅林:《马克思主义与人道主义》,中国社会科学院哲学研究所《国内哲学动态》编辑部编:《人性、人道主义问题讨论集》,北京:人民出版社,1983年,第102页。
③ 胡乔木:《关于人道主义和异化问题》,《胡乔木文集》第二卷,北京:人民出版社,1993年,第582页。

表述更高。这就表明,人道主义、主体性讨论在方法论基础上无法和前此已高度僵化了的主流意识形态相抗衡。在存在论的思想视野没有引入之前,人们没有根据来说反映论、实践论的视野片面或有错。不管在情绪感受和观念理解上如何认同主体性、人道主义原则的合理性,都找不到一种基础性的哲学视野去为这种合理性做出证明。在长达半个多世纪的公共理性建构中,这种错置一直是当代中国诸多社会扭曲的学理根源。

80年代,中国思想解放的时代需要是:创建一种新视野,从根本上抛弃以**工具活动的主客体关系**为根据,而从**本体论**的角度来论证人的权利、价值和尊严。这是当时带有浓厚形而上学倾向的"三分"论思想框架(本体论—实践论—认识论)的唯一选择。这就是**存在论视野出场的意义**。虽然由于种种原因,该视野在大部分论者笔下的显现还不清晰,但我们仍然可以从那个时代的各种思想动态中窥见这一新视野显现的雏形:首先,建立在对海德格尔的局部理解、对萨特解读之上的"存在—本体论"思潮。如李泽厚的"人类学本体论"①,高尔泰的"自由"本体论②,文学理论界与弗洛伊德、叔本华、柏格森等译介接受连为一体的生命本体论等等。由于"存在论"与"本体论"(Ontology)在西文中的同一性,由于当时学术界深信本体论在思想逻辑上的基础性和优先性,"存在本体论"被看做是比认识论、实践论更基础、更广阔的思想视野。在这一视野中,感性生命、个体作为无可置疑的"存在"被直接证成为"存在本体",从而具有无法剥夺的独立价值和尊严。这是中国80年代存在论探究的真实所指。这一"所指"是启蒙现代性主体性原则的曲折表达——它是中国的权利论哲学在一个独特时代的形而上学的回声。其次,强大的存在主义人文艺术思潮的时代共振。80年代的存在主义思潮实际上是中国从"文革"晚期即开始积聚,而后在朦胧诗、新潮美术、现代主义热、西方现代哲学热中爆发的怀疑、反思、反叛的人文思潮在理论上的集中表达。它聚集了一系列具有亲缘性的相关热点群的社会情绪和思想能量,是中国新时代产生的迥然不同于传统党政意识形态的另类现代

---

① 李泽厚:《关于主体性的补充说明》,《李泽厚哲学美学文选》,长沙:湖南人民出版社,1985年,第164—178页。

② 高尔泰:《美是自由的象征》,载《美是自由的象征》,北京:人民文学出版社,1986年,第38—60页。

性思潮。也可以说它是新一代独立思想的标志。存在论视野的巨大解释张力使一代人怀疑、反叛的思想情绪得到富有哲学质感的理论表达。在文艺学领域,它直接表现为:1)理论上对生命存在的本体性肯定,对个体、感性、自然生命、欲望、无意识等连为一体的生命哲学潮流的肯定;2)对现代情绪、现代主义文艺的肯定(现代主义、先锋艺术热);3)对艺术之生存论意义的本体性肯定(以"审美论"对抗艺术工具论);4)对精神生活及作家艺术家自身生存活动的本体性证明①等等。再次,以感性个体为核心,对国人存在状态和生存意义的凌厉反省和追问。这是这一时代思潮的批判性指向:从追问感性个体的现实生存状况与价值开始②,延伸到揭示生存意义的荒诞与虚无③,追溯批判中国传统价值系统的悖谬④,并最终延续至 90 年代对创伤记忆与个体生存真实性关系的深度哲学考量⑤……

存在论视野的出场是中国新时期思想解放的实质性成果。它是比某些具体观点的变化更根本的变化,它意味着思想的根据、立场和义理基础已经变了。

第二节 再度发生的持续转变:从生存价值论到现代性批判

可是,前述探索意向随着思想界的关注重心从萨特向海德格尔转移,很快就发生了两次意味深长的变化。

第一次,关注焦点从现实的批判性考察和权利论的思想建构转移到对人生意义的普遍追思(1988—1992)。这一时期,存在论的价值指向发生了

---

① 参见彭富春、扬子江:《文艺本体与人类本体》,《当代文艺思潮》1987 年第 1 期,吴兴明:《精神价值论——文艺研究的逻辑起点》,《文学评论》1987 年第 2 期。

② 参见高尔泰:《愿将忧国泪,来演丽人行》,《读书》1985 年第 5 期,戴厚英:《人啊人》,广州:广东人民出版社,1980 年。

③ 参见徐星:《无主题变奏》,《人民文学》1985 年第 7 期,刘索拉:《你别无选择》,《人民文学》1985 年第 3 期。

④ 参见刘小枫:《拯救与逍遥》,上海:上海人民出版社,1988 年。甘阳:《八十年代文化讨论的几个问题》,载《文化:世界与中国》第 1 辑,北京:三联书店,1987 年。这一指向即 80 年代对中国传统文化价值系统的批判反思潮流。

⑤ 参见张志扬:《渎神的节日》,上海:上海三联书店,1992 年;《缺席的权利》,上海:上海人民出版社,1996 年;《创伤记忆——中国现代哲学的门槛》,上海:上海三联书店,1999 年。

新的转变:它演变成了为新潮学人尤其是年轻一代思想者提供另一种价值信念和意义依托的本体论根据。存在论变成了一种新的人生哲学,思想重心从人际建构的深度关切转移到了内在的精神领域。这是一个关键性的转变。这一转变以刘小枫《诗化哲学》(山东文艺出版社,1986年)的出版为标志。在这一时期,围绕海德格尔集中译介、讨论的话题是诗意、人生、存在的意义等等,早期的现代性人本论价值观此时沿海德格尔的诗性之思迅速升腾为弥赛亚状态的审美主义。比如,在《诗人哲学家》(1987)中,王庆节所写"海德格尔"一章各节的标题分别是:"步入哲学之门";"'是'抑或'是什么':哲学的魔圈";"'我'与'世界'";"人啊,人";"本真的与非本真的";"过去,现在,未来";"真理和敞亮:转向";"语言的本质;召唤诗人"①。几乎全是关于人生意义的冥思性存在论追思。《诗化哲学》各章的标题是:"绪论 德国浪漫哲学的气质、禀赋和缘起";"一、诗的本体论";"二、走向本体论的诗";"三、人生之谜的诗化解答";"四、新浪漫诗群的崛起、冥想和呼唤";"五、从诗化的思到诗意的栖居";"六、人和现实社会的审美解放"。全书都笼罩在一种浓厚的海氏审美主义的思绪和情调之中。《诗与思的对话》(余虹著,1991)是国内第一本讨论海德格尔诗学的专著,各章的标题是:"导言:返回诗的存在之思";"一、人:存在之思";"二、美学的终结与诗之思的开端";"三、艺术:真的事件";"四、诗:存在之歌吟";"五、艺术:在现代之命运";"六、解释:思与诗的对话";"七、美:存在之光";"八、海德格尔哲学与现代缪斯";"九、中西艺术:世界、大地、之间"。② 叶秀山的《思、史、诗——现象学和存在哲学研究》(1988)专题探讨现象学视野对传统认识论的超越,但整个思想的落脚处却是"存在之诗"——一种"活生生存在着"的"本源性"的生存、集结对现代哲学的启示③,书名"思、史、诗"就体现出它这种价值意向。这些书,包括当时阐释海德格尔的大部分文章,都深度浸染了海氏的存在论审美主义信念。可以说,这是中国新

---

① 周国平主编:《诗人哲学家》,上海:上海人民出版社,1987年,第246—279页。
② 余虹:《思与诗的对话——海德格尔诗学引论》,北京:中国社会科学出版社,1991年,第1—292页。
③ 叶秀山:《思·史·诗——现象学和存在哲学研究》,北京:人民出版社,1988年,第302页。

锐思想界最浪漫的一段时期。读这些书,你甚至会以为海德格尔是张扬、肯定现代性的,认为他突出研究的乃是一种普遍意义上的存在哲学,这种哲学可以普遍化,可以从其时代针对性中抽离出来,广泛运用于古今中外。随着汉译本《存在与时间》(三联书店,1987年)的出版,"存在论"很快成为中国人文学界使用频率最高的词。到1992年左右,"存在"、"遮蔽"、"敞亮"、"情绪现身"、"此在"、"能在"、"在者"、"思"、"向死而在"等等已成为文艺学界无须解释的通用词汇。海氏关于艺术的思想尤其是他的部分晚期著作被迅速翻译出版:《诗·语言·思》(彭富春译,1990年),《海德格尔论尼采:作为艺术的强力意志》(秦伟、余虹译,1990年),《海德格尔诗学文集》(成穷、余虹等译,1992年),《走向语言之途》(孙周兴译,1993年)①。汉译式的海氏语体——从用语、入思到遣词造句方式等——甚至成了中国文艺学界引人注目的一种语体类型。"诗人哲学家"、"人诗意地栖居"、"存在的敞亮"、"归家"等成为新价值信念的标志性用语。而以此指向为归宿,新锐思想界在不知不觉之中深陷、沉溺于人生意义的诗性体验和追思,逐渐偏离了人道主义、主体性讨论所开启的启蒙航向。审美现代性取代启蒙现代性而成为一种时代哲学。在这一时期,几乎所有国内海德格尔的介绍者、宣扬者、拿海德格尔浇自己块垒者都没有区分启蒙现代性与审美现代性之间的差异,而是将主体性原则的个体指向进一步落实到海德格尔关于存在的诗性分析之中。阐释者在不知不觉中以转向为深化——越来越远离社会世界的权利论诉求,而指向精神的内在超越性;远离个体之间的"边际约束",而指向个体内心的依持与安顿。一句话,新锐思想界的兴奋点不再是启蒙现代性的主流诉求。

这一次转变对中国美学、文艺学的影响十分深刻。说到底,美学、文艺学毕竟是以人生意义的揭示、追思为核心的学科。经此转变,中国的文艺研究从此告别了那种仅凭浅俗的方法论引证而千篇一律从事意识形态批评的时代,而将探索伸入到对现实生存真相的揭示和生存意义的阐释。

---

① 《诗·语言·思》,彭富春译,北京:文化艺术出版社,1990年;《海德格尔论尼采:作为艺术的强力意志》,秦伟、余虹译,石家庄:河北人民出版社,1990年;《海德格尔诗学文集》,成穷、余虹等译,武汉:华中师范大学出版社,1992年;《走向语言之途》,孙周兴译,台北:台湾时报文化出版企业有限公司,1993年。

可是令人困惑的是,就在发生了上一次转变之后,到了90年代中期,海德格尔热的思想指向竟又一次变了!它从人生哲学的沉溺转向了后现代立场的现代性批判(1993—2007)。如果说80年代存在主义时期的思想指向是启蒙现代性立场的推进与深化,一种中国式肯认启蒙现代性的主流立场,那么,到了此时,海德格尔热的重心就从主体性原则的深度推进转移到了对现代性危机的反省与批判。1993年,宋祖良出版《拯救地球和人类未来——海德格尔的后期思想研究》,他在该书和一系列文章中鲜明指出:海德格尔的思想主题乃是对人类中心论(Humanismus)的批判。宋祖良认为,海德格尔分为海德格尔Ⅰ(早期)和海德格尔Ⅱ(晚期),如果说海氏早期的思想还没有摆脱主体哲学的框架,那么,他晚期思想的针对性就已经彻底转变到了对人类中心论所导致的现代性危机的沉思与批判。

> 在《存在与时间》和在一切以后的文章中,论证的出发点是完全不同的:在前者中,论证的出发点是此在的"本真的"存在,而在后者中,论证的出发点是完全不同的"存在",它决定着人类的生存。①

在早期,人(此在)是自己的主宰,"唯有死亡似乎是一种自由生存的最高权威",但在晚期,"随着超出人的此在的'存在',神圣的东西、上帝、神灵又成为可能";在早期,从此在来理解真理,"此在不在,真理就不在",但在晚期,由于"存在"超出此在,他又"准备去接受一种永恒的存在的真理";在早期,他"把语言理解为勾联(Artikulation)对我们的存在于世的理解",在晚期,语言被理解为"存在的家";在早期,"生存是出发点和目标,它意味着在筹划中超越自身",在晚期,生存则"意味着生存出去(Ek-sistenz),即站到存在的真理中",生存"被根据存在和从存在入手重新加以考虑"②……关键是,整个海德格尔晚期的思想指向乃是对人类中心论的彻底破除:非人类中心,而是天地人神四维一体;非主客体关系的座架统治,而是人与神圣、大地、万物的自由嬉戏;非人说语言(语言工具论),而是人在语言中栖居、安家;非人是存在的开启、决断、筹划者,而是人看护存在并在存在的看护中临

---

① 宋祖良:《拯救地球和人类未来——海德格尔的后期思想研究》,北京:中国社会科学出版社,1993年,第31页。

② 同上书,第34—35页。

近真理;非人通过技术来统治、主宰自然,而是人在存在的看护中守护、拯救地球和人类的未来。显然,在这里,**主体性原则及其现代构架**已成为海德格尔阐释所要批判、解构的主要对象。存在论视野的思想意向从存在(个体)意义的深度开掘转变到依据此在—存在—诗意——"天地人神"四维一体的存在整体性——而对现代性分裂的抗拒与拯救。与 80 年代相比,海德格尔的理解走向了它前期的反面。对海德格尔后期思想的宣扬是这一时期海德格尔中国阐释的重心。诸如研究海德格尔破除形而上学对后现代思想的开启①,研究海德格尔对现代科学之近代形而上学根源的批判②,对比海德格尔"自然为人立法"与康德"人为自然立法"的差异③,研究海德格尔对西方现代环保主义的影响和对现代理性的批判④,研究海德格尔对西方后现代主义美学的影响⑤,研究海德格尔在语言学转向中的意义⑥等等。在这一时期,"主体中心论"、"逻各斯中心主义"、"理性统治霸权"、"工具理性"、"现代性危机"、"欧洲中心主义"、"技术座架"、"促逼"等等成为中国理论界普遍使用并反复出现的否定用词。与此相应,解构主义、后现代主义在现代性批判中掀起新一轮理论热潮。

与上一次转变相比,这次转变同样是带有根本性的。这一转变可以表述为中国本土思想从走向现代性向现代性批判的转型。统计表明,正是在这一时期,海德格尔热达到高潮。从 1978 年到 2007 年 30 年间,通过人大复印资料及其目录索引,可以检索到的海德格尔的研究论文一共 725 篇,其中 1978 年到 1992 年的前 15 年间发表 58 篇,从 1993 年到 2007 年的后 15 年间发表 667 篇⑦。后 15 年是前 15 年的 11.5 倍。同时,从引用率看,海德

---

① 参见毛怡红:《海德格尔与形而上学》,《哲学研究》1994 年第 9 期。
② 参见张汝伦:《近代科学与近代形而上学——海德格尔的观察与批判》,《复旦学报》1994 年第 1 期。
③ 参见刘敬鲁:《自然为人立法与人为自然立法——海德格尔与康德的一个对比》,《社会科学战线》1996 年第 4 期。
④ 参见宋祖良《拯救地球和人类未来》及他在同时期发表的多篇论文。
⑤ 参见徐良:《海德格尔与西方美学的后现代主义走向》,《西北师范大学学报》1994 年第 11 期。
⑥ 参见张志扬:《语义生成:维特根斯坦与海德格尔》,《门·一个不得其门而入者的记录》,第 29—62 页。
⑦ 毛怡红:《海德格尔与形而上学》,《哲学研究》1994 年第 9 期。

格尔在各种论文中的被引用篇次从1996年到2005年10年间一直持续上升,至2005年达到高潮,这一年,引用篇次达271篇。从研究领域看,10年总计的2272篇次的引用中,排前三位的是哲学(1304篇),文学(515篇),艺术(103篇)①。对海德格尔思想立场的大面积认同,极大地促进了中国思想界基于现代性批判的后现代主义转航——一系列基于否定主体哲学、启蒙理性的后现代思潮相继跟进:解构主义热、现代性讨论热、中国文论失语症、古代文论的现代转换、后现代主义热、环境伦理批评,一直到今天仍方兴未艾的消费社会批判。对海德格尔现代性批判的理解阐释几乎为当前国内所有有后现代倾向的思潮提供了支持:海氏的原始哲学及其对理性的形而上学批判为传统儒学的复兴提供了支持②;海氏的存在论现象学对对象性之思的破除为道家、禅宗思想的当代复兴提供了支持③;海氏对主体中心论的破除以及依据此破除而对在主客二分背景下的"自我"、"现实"、"历史"、"真实"、"内容"与"形式"、"表现"与"再现"等等的拆解、解构为中国的解构主义、后现代主义热提供了支持④;海氏关于世界图像时代及技术统治的批判对中国的消费社会批判潮提供了支持⑤;海氏对现代性危机、对工具论语言观的批判甚至对中国的后殖民主义、中国文论失语症⑥和民族主义思想复兴、国学热提供了支持;海德格尔的存在论、归家主题为众多论者

---

① 见刘益:《从十年期刊文献数据看海德格尔对中国学术界的影响》,《西华师范大学学报》2008年第4期。

② 参见黄玉顺:《爱与思》,成都:四川大学出版社,2006年;张祥龙:《从现象学到孔夫子》,北京:商务印书馆,2001年;王庆节:《解释学、海德格尔与儒道今释》,北京:中国人民大学出版社,2004年。

③ 参见张祥龙:《海德格尔思想与中国天道——终极视域的开启与交融》,北京:三联书店,1996年;钟华:《从逍遥游到林中路——海德格尔与庄子诗学比较》,北京:华龄出版社,2004年;那薇:《道家与海德格尔相互诠释——在心物一体中物成其为物》,北京:商务印书馆,2004年。

④ 参见陈晓明:《剩余的想象》,北京:华艺出版社,1997年,第332—335页;余虹:《艺术与精神》,北京:社会科学文献出版社,2000年,第88—129页;张颐武:《从现代性到后现代性》,南宁:广西教育出版社,1997年。

⑤ 参见周宪:《视觉文化的转向》,《学术研究》2004年第2期。

⑥ 参见曹顺庆、吴兴明:《替换中的失落——古代文论现代转换的学理背景》,《文学评论》1999年第4期。

将现代社会整个诊断为虚无主义提供了长期的、持之以恒的支持①……此外,海德格尔对中国文艺思想之后现代转向的影响还集中体现在两个方面:1. 他对艺术、语言和真理关系的探讨强化了国内学界视艺术为克服理性霸权的拯救之路的认定,从而掀起了一场以艺术对抗哲学(理性)的思潮。2. 他对主体中心论的"座架"统治及其形而上学本性的摧毁性分析为国内承接德里达、福柯而将启蒙理性、主体性等同于独断、等同于本质主义、等同于统治规训和权力等等扫清了道路。同时,海氏的技术批判和深度审美主义与批判理论、法兰克福学派、消费社会批判(弗雷德里克·詹姆逊、布尔迪厄、鲍德里亚)热潮在新世纪前后发生强烈共振。正是在此后现代走向的总体背景之下,中国半个世纪以来社会问题的学理根源被一些人诊断为启蒙理性——所谓宏大叙事、本质主义、主体中心论、欧洲中心主义、工具理性统治等等——于是,新锐思想界逐渐演化成了一场"告别启蒙主义"的后现代主义闹剧……

在这两次转变之间,思想演变的内在联系在于:第二次转向是依据第一次的价值信念而反向批判现实的结果。这种批判的实质是一种*心性价值的扩张*,它的要害在于:把满足心灵渴求的原始诗性上升为本真性,上升为存在的尺度本身,并以此为根据去要求存在总体,摧毁理性和生活世界诸领域的现代性分化。不管这种思想的表述多么曲折、幽深,它都是一种深入骨髓的审美主义和非理性主义的形而上学。

不幸的是,中国90年代在海德格尔引导下的后现代转向就走在这条路上。

第三节 回返源始之域:海德格尔克服现代性危机的思想进路

由此,有两大质疑不能避免:1. 海德格尔指向本身的合理性;2. 这种指向的中国针对性。

---

① 参见余虹:《虚无主义——我们的深渊与命运?》,《学术月刊》2006年第7期;刘敬鲁:《现代人的无家可归——析海德格尔对现代人类历史的思考》,《中国人民大学学报》1997年第4期;范玉刚:《精神的沉沦与诗意地栖居——海德格尔思与诗对话的真理之路解读》,《中国人民大学学报》2009年第2期。

先看第一个问题：海德格尔指向本身的合理性。

海德格尔的指向是什么？首先，众所周知，海德格尔同众多现代思想家一样，其思想乃是针对启蒙现代性而展开。不同的是，他对此时代病理的诊断极其深刻而尖锐。在他看来，我们这个时代的特征是技术，而技术统治的至深根源在于主体面对世界的方式：将一切切割、分解成仅为功用而存在的对象，然后在功利需求的强大意志中去认知、分析、利用——一句话，算计一切对象，由此形成人和物、人与世界之纯粹工具主义的主客关系座架（Gestell）。座架"促逼"现代人日益陷入利益追逐的疯狂，"技术的无蔽领域甚至不再作为对象，而是唯一地作为持存物与人相关涉"①。在此座架的统治下，人自身、人与人、人与大地、人与神圣之间发生持续性的分裂。人"一味地去追逐、推动那种在订造中被解蔽的东西，并且从那里采取一切尺度"。②"它驱除任何另一种解蔽的可能性"③。由此，座架统治变成了现代人的命运。它同时意味着我们这个时代的另一个特征：虚无主义或神圣的隐遁。"真正的威胁已经在人类的本质处触动了人类，座架之统治地位咄咄逼人"，④"如果命运以座架的方式运作，那么命运就是最高危险了……"⑤

关键在于，座架之面对世界的方式，乃是人类中心论之主体性原则的直接产物。它是启蒙理性的直接结果。"现在……决定性的事情乃是，……人把他必须如何对作为对象的存在者采取立场的方式归结到自身那里。"⑥上帝死了，人为自己立法，"人成了第一性的和真正的一般主体"⑦。这就是"人义论"—"人类中心论"：

> 于是，开始了那种人的存在方式，这种方式占据着人类能力的领域，把这个领域当做一个尺度区域和实行区域，目的是为对存在者获取

---

① 海德格尔：《技术的追问》，孙周兴选编：《海德格尔选集》(下)，上海：上海三联书店，1996年，第945页。
② 同上书，第944页。
③ 同上书，第945页。
④ 同上书，第946页。
⑤ 同上书，第945页。
⑥ 海德格尔：《林中路》，孙周兴译，上海：上海译文出版社，1997年，第88页。
⑦ 同上书，第86页。

整体的支配。……由这种事件所决定的时代不仅仅是一个区别于以往时代的新时代,而毋宁说,这个时代设立它自身,特别地把自己设立为新的时代。①

尽管海德格尔把"座架"建造的根源一直追溯到了古希腊,但是,他的目标是现代性危机。他整个思想的出发点是**克服人类中心论背景下的主体哲学**,因为这是造成整个现代技术统治的形而上学根源。

当然,仅出发点还没有构成海德格尔的指向。用海德格尔的话说,他的指向的核心在于克服现代性危机的"何所向":与黑格尔、霍克海默等人的启蒙辩证法、马克思的劳动实践论、尼采的感性审美主义不同,海德格尔的选择是**从主体论到存在论**。何为存在论?直言之,海氏的存在论是思想眼界的指向沿主体性的现代分化、分裂趋势反向回溯,一直回复到生活世界中人寓于世界的源始关系状态:源始的"世界性"(Weltlicheit)。这既是一种视野,也是一种入思领悟的方向。作为视野,它是包罗万象、无限丰富并包含了一切分化之根据的原初生活世界的眼界。对此一世界之结构性组建的现象学考察,海德格尔称为生存论。去掉生存论的实体性向内在的先验之域反向领悟(transzendenz),生存论就变成了海德格尔的存在论。"此在由于以生存为其规定性,故就本身而言就是'存在论的'。而作为生存之领域的受托者,此在却又同样源始地包含有对一切非此在式的存在者的存在的领会。""它是使一切存在论在存在者暨存在论(ontisch-ontoiogisch)上都得以可能的条件。"②**作为思的方向**,与所有对象性之思的前向性不同,它的指向是**回返**,"回到开端中去(das Anfangende)"③,一直回返到人的存在归属于其中的"临界区域"之"深渊状态"(Abgründdikeit)。此回返有三个特征:1. 它是超越。由于所有的规定、分化、在者之是都"源始地建基"于此深渊状态,因此,此状态中的领悟同时是存在深渊中的自由敞开("敞亮"、"去蔽"、"澄明")。一切都显明它自身的存在之根,领悟摆脱了"对象"的粘滞和固定主客关系的约束,而能看到一切关系视野组建的存在论根苗。这是

---

① 海德格尔:《林中路》,孙周兴译,上海:上海译文出版社,1997年,第88页。
② 海德格尔:《存在与时间》,陈嘉映、王庆节译,北京:三联书店,1987年,第17—18页。
③ 海德格尔:《从一次关于语言的对话而来》,《海德格尔选集》(下),第1016页。

"一切在场者和不在场者"的"自由敞开之境"①。基于此,存在的领悟是超越。"在所有建基的超越中的深渊之开启,毋宁说是一种原始运动(Urbewegung),这种原始运动与我们本身一道是实行着自由,并且因而'给予我们领悟',亦即作为源始世界的内容呈端给我们,这种内容它愈是源始地被建基,此在之心灵便愈是简单在行动中切中它的自身性。"② 2. 它是对一切在者之存在的根本性理解。超越同时是一种有所领悟的状态:"源始世界的内容"在这里"呈端",直接指引我们达到对所有存在者之存在的本质性理解("建基"),看到一切根据之所从来。以此来看技术,它不过是存在之源始境域中某个局部或片段的片面展开。正因为如此,它的独大就向来已经是脱落或遗忘了其在存在境域中的"源始之据",并遮蔽了其他解蔽之可能。基于此,海德格尔说我们时代的病根是存在的总体性遗忘。3. 它是一种指向。超越的领悟中有一种内在的方向,它始终指向最原初性并听从其召唤。它的趋向是回返性的。它所得到的是最源始的开启:"即思想在对存在的打叉涂划中根据更原初的指令所要求得到的那个东西"③。它永不固化为某一个具体启示的存在者,而是持续不断的启示之敞开:开启一种永恒回返的指向,召唤人从分化状态的遮蔽中向存在的源始世界性回返。由于只有不间断、持之以恒地听从此召唤,现代人才可能把自己从"命定"的"最高危险"中拯救出来,所以,克服现代性危机的根本道路是**返回**。

这就是海德格尔克服现代性危机的独特进路。

这条路意味着什么呢?意味着整个现代性基础的连根拔除。"返回"意味着:海氏所勘定的危机不是现代性的某些缺陷的危机,而是现代性规划本身的危机,是整个现代性事业连同其得以可能的思想前提的危机。海氏所要破除的,正是作为现代性基础的人义论、主体性原则本身。因此,这是一种总体性批判。与黑格尔、马克思、马克斯·韦伯等在肯认现代性前提下的局部批判不同,他否定的是整个以主体为中心的理性。所以他不像黑格尔、法兰克福学派,要在各种理性类型之间做出区分,以达到一种肯定现代

---

① 海德格尔:《哲学的终结和思的任务》,《海德格尔选集》(下),第 1253 页。
② 海德格尔:《论根据的本质》,《路标》,孙周兴译,北京:商务印书馆,2000 年,第 202—203 页。
③ 海德格尔:《面向存在问题》,《路标》,第 484 页。

性立场的局部理性批判,而是彻底否定现代性的前提及信念。"依据他的假定,理性的事业不可能从内部得到拯救,而是相反,必须抛弃这个事业……无论人们是否考虑到海德格尔对座架(das Gestell)的批判,德里达对逻各斯中心论的批判,最终的结果都是同样的:不可能在一个修正过的理性概念中找到拯救,只能在这个概念之外。于是,一切理性类型——理论—科学的,道德—实践的,和审美的——都被贬低到同样有害的逻各斯中心论的根据上去了。"①显然,这是一种极端的批判立场。它不是否定某一种理性的霸权,而是理性本身甚至理性的前提——分化。由于理性以及种种不同理性类型的分化是整个现代社会建制的基础,所以海德格尔的批判立场就"不是要批判和重新调整当代民主实践种种特别的经验性失误的问题",相反,"它偏激地所质疑的正是民主所予以特权的那一整套规范价值——公正、正义、平等等等"②。他抽掉的是整个现代社会得以确立的根基。这是从其否定方面看。

从肯定方面看,这条路意味着一种原始哲学(the philosophy of origins)诉求。海德格尔力图通过**返回分化的存在论根苗**而寻找"另一个开端"。"起源"一直是海德格尔孜孜以求的,他的时间哲学由此而展开。而这"另一个开端"必然是扬弃分化的。前向是分化,返回是反分化、解分化。由此,他陷入一个悖论:既要摆脱主客关系、克服分化,又要让思想保持分化的丰富性。他把这种返回领悟的思想道路表述为以思想取代哲学:"放弃以往关于思的事情的规定的思"③。一方面,要在思中思及所思之物,另一方面,又必须避免把所思之物在思中变成一个"对象"。因为只要变成"对象",就又坠入了主客关系的座架而成了"在者之思"——这正是他要破除的危机之源,也是他断然否定克服现代性危机的反思哲学之路(启蒙辩证法)的缘由。于是,海氏取现象学的道路(早期)。"存在论只有作为现象学才是可能的"④。这里的现象学不是胡塞尔的纯粹意识的还原,而是按此在

---

① 理查德·沃林:《海德格尔与后现代》,福柯、哈贝马斯等著:《激进的美学锋芒》,周宪译,北京:中国人民大学出版社,2003年,第91页。
② 理查德·沃林:《海德格尔与后现代》,福柯、哈贝马斯等著:《激进的美学锋芒》,第89页。
③ 海德格尔:《哲学的终结和思的任务》,《海德格尔选集》(下),第1261页。
④ 海德格尔:《存在与时间》,第45页。

在存在境域中的源始敞开如其所是地显明自身。由于只显示"怎么样",不回答"是什么",故而是一种非对象性、非概念性之思。在早期,海德格尔还认为,理性的判断、陈述是此在跳出源始存在境遇之后的一种回忆(存在之"因缘联络"在视野上的"残断"),到了后期,海德格尔干脆说,有两种思:"计算性思维(das rechnende Denken)和沉思之思(das besinnliche Nachdenken)"①。与"计算性思维"一味追逐事物的有用性("前向")不同,"沉思之思"是向存在源始境遇的反向回返("领会"、"倾听","深渊状态")。而由此,海德格尔的存在论就变成了本体论的阐释学(早期),或者先知者的神秘领会与独断(晚期)——最终,一切都成了对存在源始境域的回忆性言说。存在论终于显示出了它作为原始哲学的本义:一种敞开着的无规定性的思。

其实,原始哲学是一种比主体哲学更根深蒂固的基础主义。"由于海德格尔并不反对建立在自我论证基础上的哲学的等级秩序,所以,他只能通过挖掘更深的基础——因而也就不稳定了——来反对基础主义。"②他的存在论视野从两个方面显示出其始基主义本性:第一,在人面对世界的诸种关系中,它排除交互主体性视野,只取孤立主体对世界的关系视域。海德格尔把"此在为谁"的问题还原成一个孤立面对存在深渊的本真性主体。日常交往、与他人共在只是一种"常人"的"统治"和"沉沦"。"人本身属于他人之列,并巩固着他人的权力。……这个'谁'不是这个人,不是那个人,不是一些人,不是一切人的总数。这个'谁'是个中性的东西:常人。"③自始至终,海德格尔对"他人"、"常人"、人与人之间的交往共识都保持着高度的警惕,"杂然共处"和"流俗之见"一直被视为一种自我异化的统治力量:"公众状态的专政"④。"常人"的"沉沦"不过是一种非本真的衍生状态。"除了只是给共在[Mitsein]一个派生的位置之外,他同样忽视了社会化和主体间性的维度。通过把真理阐释为去蔽,海德格尔进一步忽视了加在有效性要

---

① 海德格尔:《泰然任之》,《海德格尔选集》(下),第1233页。
② 于尔根·哈贝马斯:《现代性的哲学话语》,曹卫东等译,南京:译林出版社,2004年,第161页。
③ 海德格尔:《存在与时间》,第155页。
④ 海德格尔:《关于人道主义的书信》,《路标》,第372页。

求之上的无条件性——作为一个要求,它超越所有只是局部的标准。"①这一视野的先行排除不仅使他完全忽视了启蒙现代性的民主源泉和社会合法性的义理之据,而且使他完全忽视了交往领域在克服独断论、促进现代理性自我矫正上的建设机制和功能。他由此不得不把所有理性强制的压力及其解除归结到主客体之间("座架"之"促逼")。第二,在主客之间,他又进一步据守源始而排除分化(理性),把存在的源始之域视为一切发展、分化的基始与本源。他由此赢得的尺度是源始无规定性的自由敞开:不仅一切规范被作为主客关系的座架产物而加以排除,而且所有可能形成规范的思维乃至思想领域的分化本身都被归结为"对象性之思"和"形而上学",进而被诊断为现代性危机的根源。于是,一切主客关系的活动领域本身都丧失了自我矫正的源泉和根据,真理只是"去蔽",解救的途径被完全归结到由那为一切"源始奠基"的存在的领会来承担。由于该领域是先于一切分化和规定的,按海德格尔的说法,它在这个存在被遗忘的时代甚至300年之内都仍然是无法明言的"存在的天命"和某些先知个体的神秘领会②。这样,就不仅意味着迄今为止几乎所有人类理性文明的成果全部失效,同时意味着一种比技术更可怕的独断的危险……

第四节 跟随的错位:对海德格尔中国运用的几点反思

现在,我们来看海德格尔在中国运用中的错位。

作为一个在当代中国影响深远的思想风潮,海德格尔热远远超过了学术研究的范围。我们这么热衷于谈论海德格尔,是因为把他当成了我们思想的引路人——我们把海德格尔的思想指向看做是中国的现代性进程可以取效的方向,看做是可以诊断、调校我们自己现代性缺陷的一种理论参照,

---

① Jürgen Habermas, "Work and Weltanschauung: The Heidegger Controversy from a German Perspective", translated by John McCumber, in *Critical Inquiry*, Vol. 15, No. 2. (Winter, 1989), p.439.

② 海德格尔:"也有可能是,一种思想的途径今天引向:无言,以求防止这种思想在一年之内被贬价卖掉。也有可能是,这种思想需要300年,以求实现。"《只还有一个上帝能救渡我们》,《海德格尔选集》(下),第1310页。

并以此为根据,将中国的思想风潮推向后现代。可是,如果海德格尔的取向是对整个现代性基础连根拔除的话,那么,对这种跟随的质疑就很难说是杞人忧天了。

限于篇幅,在此仅将海德格尔在中国运用中的错位简要概述如下:

1. 针对性的错置。如前所述,海德格尔的指向系针对启蒙现代性的主体哲学而来。如果说海氏的存在论对抵抗西方高度发达的现代性分化和技术统治还有某种反向的警醒、启示作用的话,那么,他的思想进路对于解决中国问题就地地道道是南辕北辙。因为中国的根本问题不是现代性分化的系统统治过渡,而是相反,根本就没有真正实现在诸多领域的现代性制度奠基和强有力的现代化规范系统的建立。中国从来就没有经历过西方人那种从"神义论"的整体统合向现代性分化转变的全面分裂,而是另一种文明的现代性转化和生成。这里真实发生的是从一个建立在高度世俗化和宗法礼制基础上的皇权社会向现代社会的转型,不管是主体性原则、科学理性还是公共理性,对中国而言都有迥然不同于西方的历史针对性。由于中国文明的长期世俗性,目前中国的现代化程度根本就不可能造成许多人文学者所忧心忡忡的那种"工具理性"压制的痛苦和危机。相反,我们的危机是严重的制度建制缺失、分化扭曲和生活世界混乱无度的危机。在这里,海德格尔取向的误导是一副消解剂,它可能弱化乃至消解掉对在中国推进原本就很薄弱的现代性建制的信念与决心。

2. 克服的错位。即使放在一个正常展开的现代性背景之下,由于海德格尔取向之始基主义的先行取舍,他对一系列现代性危机的诊断—克服取向也存在严重的误诊和错位。他先将由交互主体性缺失而导致的独断、权力操控归结为主客之间的座架统治,又进而将座架统治的解救之路归结为向存在的源始之域返回。将这一路向运用于国内,可以说是对中国现代性推进的釜底抽薪。它首先抽去了民主的交往协商对于社会、审美、实践、认识诸领域的解放意义和建制—生产功能,进而否认了现代性分化诸领域自我持守的内在尺度的合理性。返回的解分化实质是将分化领域的独立尺度向源始之域划归、减缩。按此理路,比如认识的谬误就不可能通过理性的讨论和证明来纠正,异化劳动的解除也不可能通过劳动的解放来实现。以此为根据,产生了国内文艺学界一系列似是而非的信念,比如以普遍论断(大叙事)为假,个别陈述(小叙事)为真;以逻辑判断为假,诗意感受为真;以理念分析为假,经验叙事为真等等——叙述的真实性或所谓"表征危机"因此竟也成了中国目前的症结之所在。由于"知识"已经被理解为"操控"、"权力"、"资本",工具理性被看做是包括中国在内的现代性危机的病理之源,而"真"的获得只能仰赖于"诗",于是,虽然中国社会的扭曲显而易见是出于交互主体性结构的残破,但是它的诊断和解救之道却被转移到了主客之间——似乎只要达到诗意状态的"敞亮"、"去蔽",通过"非对象性之思"的诗与思的调谐,就可以重建中国的社会建制和精神秩序……

3. 生态—环境保护的神秘主义。自宋祖良之后,国内的生态美学和生态批评一直把海德格尔视为思想教父,据此,存在论而不是科学理性几乎成了生态—环保主义的学理基础。在此背景之下,有众多的人类学生态—环保主义者。海德格尔关于存在家园的看护和中国古人的天人合一成了生态—环保原则的最高表达。由于在海德格尔,无论科学还是技术都属主客间"表象关系活动"的算计之列,因此克服生态危机的根本道路就不是科学理性,而是听从存在之域的源始召唤。可问题是,没有众多科技门类的检测、实验、观察、分析,我们甚至连是否存在危机都不知道! 抛弃科技而向存在之域返回不仅否定了科学技术的中立性和理性的自我矫正功能,而且根本抽去了人类赖以监测、诊断、克服生态危机的智慧之根。它的结果是将生态环保思潮导向神秘主义。就像汶川"5·12"大地震之后一些人类学家的思考——不是从科学而是从远古先民的智慧中去寻找如何救灾。

4. 另类现代性取向的悖谬。在海德格尔的中国式跟随中,一种与民族自豪感内在关联的姿态是将海德格尔的进路误认为是指向一种另类现代性(Alternative Modernities)。由于海德格尔向源始之域的回返与中国的道家思想有方向上的共通性,许多学者认为中国古代智慧是可以有效矫正西方现代性危机的思想文化取向。不少学者据此认为,中国已经发生了一种特殊的现代性,甚至昭示着某种人类的方向。这种原始哲学思潮近年在国学热的笼罩之下愈演愈烈,且与民族主义、后殖民主义相合流。可是,海德格尔是否定任何现代性取向的——他只是在反主体哲学、反现代性分化的意义上肯定东方智慧。关键在于:向存在之域返回只是一个解构的方向,无法成为一个建设、规划的方向,因为它是一种敞开着的无规定性的思。这就是为什么海德格尔在"返回"之后迟迟无法拿出"另一个开端"的原因。海德格尔的困境是:"回返"本身无法开出一个"前向"的方向——只要是"前向"的关系取定或发展,就必定走向分化,否定返回。而一切社会、知识、生产、实践的运行都必须依靠分化和关系尺度来建制立规,更不用说是高度复杂、高度分化的现代性了。由此决定了,对现代性危机的有效克服不是回返,而是超越,即诸领域在高度分化背景下的协调、统合与解分化。将中国式老庄的原始主义看做是另类现代性的基础不是一种现代性取向,而是现代性的取消。

5. 酒神弥赛亚主义的终极价值化。最后,上述一切论调其实都共同指向一个总体性的价值立场:将一种实质上是生命哲学立场的酒神弥赛亚状态形而上学化、终极价值化,并进而要求把一切价值都归结到这里来甄别、取舍和审判。哈贝马斯说,海德格尔"在《启示录》的意义上把尼采的酒神弥赛亚主义投射到存在当中"①。海氏的"投射"出于三个目标:1)借酒神弥赛亚来弥合现代性的压抑、分裂——它使"返回"具有和解之功效,2)以弥赛亚来昭示在众神隐退的黑夜时分上帝即将莅临的启示——它使返回的方向启示具有神圣性,3)将弥赛亚置于形而上学历史的内部,"为哲学提供基础"②——它使"思"具有高于形而上学的源始逻各斯的力量。这样,尼采的酒神弥赛亚主义就被形而上学化了,它变成了存在的敞亮、神圣的出场、诗意之澄明或此在的本真性等等。由此,返回源始之域的存在领会或存在之诗意状态就具有了"第一原则"的权威性,成了可以评判一切价值的终极价值,一种基础主义的思想视域转变成了价值上的等级主义。所以雅斯贝尔斯断然指出:海德格尔的思维方式"在本质上是非自由的,独裁的,非交往性的(uncommunicative)"③。基于这种等级秩序,海德格尔的中国传人严厉批判了现代艺术、消费社会、时尚、流行音乐、大众文化等等,中国公众稍许自由的文化生活景观被贬斥为身体性、无根性、虚无主义等等。这种价值

---

① 于尔根·哈贝马斯:《现代性的哲学话语》,第 178 页。
② 海德格尔:《关于人道主义的书信》,《路标》,第 363 页。
③ Jürgen Habermas, "Work and Weltanschauung: The Heidegger Controversy from a German Perspective", translated by John McCumber, in *Critical Inquiry*, Vol. 15, No. 2. (Winter, 1989), p. 433.

等级主义、精英主义的批判广泛弥漫在当代中国的社会、文化、传媒、艺术乃至时事评论的方方面面。几乎所有信奉海德格尔的中国运用者都内在地秉承了这种立场,具有某种居高临下、类似精神审判的嗜好与氛围。可问题是:海德格尔的存在论始终是以孤立主体面对世界的视野来展开的——他终究仍未能摆脱主体哲学。惟其如此,他才可能将分化与未分化、流俗之见与真理、此在个体的领会与与他人交流、神圣出场与日常消费、计算性思维与沉思之思等置于非此即彼的关系之中。以此为根据,才可能出现价值的等级秩序和终极性。比如日常消费,对食不果腹的人,神圣或诗意的价值未必高于穿衣吃饭,而一个现代消费者未必不能同时持有操守和信仰。生活领域的高度分化是:各种价值领域彼此开放和自由展开,不仅各种价值之间可以并存拥有,相互开放,而且其间并没有一个可以统纳一切的终极价值和非此不可、由低而高的价值系列。各种价值如果不是在自身所属的区域尺度内获取根据,那么,存在、诗意、神圣之类就将以拯救之名划归、取消一切价值,否定诸价值领域的转化、开放、协调,从而取消公众价值选择的自由——不幸的是,这正是价值终极化、形而上学化的必然结果,也是中国海德格尔热精神走向的必然结果。

那么,海德格尔的存在之思,或者更广阔地说,存在论视野就无意义了吗?当然不是,我认为它恰当的领域是美学冥思的本体论解释。这是揭示人生、艺术、审美的真正意义论维度,具有不可替代的心性价值。可是,要让它成为高于一切的基础价值就毫无根据。

参考文献

J. L. Austin, *How to do things with words*, Oxford, 1962.

Tony Bennett, *Formalism and Marxism*. London and New York: Routledge, 2003.

Brooks. *The Hidden God: Studies in Hemingway, Faulkner, Yeats, Eliot and Warren*. 1971.

Cleanth Brooks. *The Well-Wrought Urn: Studies in the Structure of Poetry*[M]. New York: Harcourt Brace & World Press, 1947.

Jonathan Culler, *Structuralism Poetry: structuralism, linguistics and the study of literature*. London and New York: Routledge, 2002.

Victor Erlich, "Russian Formalism", cit. Terence Hawkes, *Structuralism and Semiotics*. London and Methuen: Routledge, 1997.

Jürgen Habermas, *The Philosophical Discourse of Modernity*, Polity Press 1987.

Jürgen Habermas, "Work and Weltanschauung: The Heidegger Controversy from a German Perspective", translated by John McCumber, in *Critical Inquiry*, Vol. 15, No. 2. (Winter, 1989).

Terence Hawkes, *Structuralism and Semiotics*. London and Methuen: Routledge, 1997.

John Crowe Ransom. *The New Criticism*. New York: New Directions, 1941.

Tzvetan Todorov, "Literature et signification", cit. Terence Hawkes, *Structuralism and Semiotics*. London and Methuen: Routledge, 1997.

Ransom. *The World's Body*. 1938.

René Wellek. *A History of Modern Criticism. vol. 7: German, Russian and Eastern European Criticism, 1900—1950*. New Haven and London: Yale University Press, 1992.

René Wellek: "Literature, Fiction, and Literariness". *The Attack on Literature and Other Essays*. New Haven and London: Yale University Press, 1982.

René Wellek: *The New Criticism: Pro and Contra, The Attack on Literature and Other Essays*. New Haven and London: Yale University Press, 1982。

René Wellek. "Theory and Aesthetics of the Prague School". *Discriminations: Further Concepts of Criticism*. New Haven and London: Yale University Press, 1970.

艾布拉姆斯:《镜与灯》,郦稚牛、张照进译,北京:北京大学出版社,1989年。

奥曼:《言语行为与文学的定义》,《哲学与修辞学》1971年4期。

艾略特:《传统与个人才能》,李赋宁译,《艾略特文学论文集》,天津:百花文艺出版社,1994年。

罗兰·巴特:《符号学原理》,李幼蒸译,上海:上海人民出版社,1988年。

罗兰·巴特:《批评与真实》,温晋仪译,上海:上海人民出版社,1999年。

班固:《白虎通·谏诤》,《白虎通疏证》,陈立疏证,北京:中华书局,1994年。

班固:《汉书》,北京:中华书局,1962年。

班固:《汉书》,北京:中华书局,1975年。

班固:《离骚序》,《楚辞章句疏证》第一册,黄灵庚疏证,北京:中华书局,2007年。

鲍海定:《隐喻的要素:中国古代哲学的比较分析》,《中国古代思维模式与阴阳五行说探源》,南京:江苏古籍出版社,1998年。

北京大学哲学系中国哲学史教研室:《中国哲学史资料选辑·宋元明之部 上》,北京:中华书局,1980年。

布鲁克斯、沃伦:《〈阿尔弗瑞德·普鲁弗洛克的情歌〉分析》,史亮:《新批评》,成都:四川文艺出版社,1989年。

曹操等注:《十一家注孙子》,北京:中华书局,1962年。

曹丕:《典论·论文》,萧统编、李善注,北京:中华书局,1977年。

陈国庆编:《汉书艺文志注释汇编》,北京:中华书局,2006年。

陈嘉映:《海德格尔哲学概论》,北京:三联书店,1995年。

道原:《景德传灯录》,影印常熟瞿氏铁琴铜剑楼藏宋刻本,四部丛刊三编,上海涵芬楼,1935年。

董仲舒:《春秋繁露·玉杯》,《春秋繁露义证》,苏舆义证,北京:中华书局,1992年。

恩伯莱、寇普编:《信仰与政治哲学:施特劳斯与沃林格通信集》,谢华育、张新樟等译,附《评胡塞尔的信》,上海:华东师范大学出版社,2007年。

范晔:《后汉书·郊祀志》,《广弘明集》(一)卷一,《四部丛刊初编》子部八二册,上海:上海书店,1989年。

范晔:《狱中与诸甥侄书》,《宋书》卷六九,四部备要本。

方东树:《昭昧詹言》卷一八,汪绍楹校点,北京:人民文学出版社,1961年。

费振刚等辑校:《全汉赋》,北京:北京大学出版社,1993年。

福柯:《权力的眼睛》,严锋译,上海:上海人民出版社,1997年。

福柯:《知识考古学》,谢强、马月译,北京:三联书店,1998年。

福柯、哈贝马斯等:《激进的美学锋芒》,周宪译,北京:中国人民大学出版社,2003年。

佛克马、易布思:《二十世纪文学理论》,林书武等译,北京:三联书店,1988年。

戈特洛布·弗雷格:《论涵义和指称》,涂纪亮主编:《语言哲学名著选辑》(英美部分),北京:三联书店,1988年。

莫里茨·盖格尔:《艺术的意味》,艾彦译,北京:华夏出版社,1999年。

莫里茨·盖格尔:《现象学美学》,倪良康主编:《面对事实本身——现象学经典文选》,北京:东方出版社,2000年。

甘阳:《八十年代文化讨论的几个问题》,《文化:世界与中国》第1辑,北京:三联书店,1987年。

甘阳:《西方现代性的史诗与挽歌》,《读书》2001年6期。

高尔泰:《美是自由的象征》,北京:人民文学出版社,1986年。

高尔泰:《愿将忧国泪,来演丽人行》,《读书》1985年5期。

格雷马斯:《结构语义学》,蒋梓骅译,天津:百花文艺出版社,2001年。

郭绍虞:《六义说考辨》,《中华文史论丛》第七辑,1978年。

郭绍虞、王文生:《中国历代文论选》,上海:上海古籍出版社,1980年。

于尔根·哈贝马斯:《后形而上学思想》,曹卫东、付德根译,南京:译林出版社,2001年。

于尔根·哈贝马斯:《交往行为理论》第一卷,曹卫东译,上海:世纪出版集团、上海人民出版社,2004年。

于尔根·哈贝马斯:《现代性的哲学话语》,曹卫东译,南京:译林出版社,2004年。

彼得·哈克:《语义整体论:弗雷格与维特根斯坦》,涂纪亮主编:《语言哲学名著选辑》(英美部分),北京:三联书店,1988年。

海德格尔:《从一次关于语言的对话而来》,《在通向语言的途中》,孙周兴译,北京:商务印书馆,1997年。

海德格尔:《存在与时间》,陈嘉映、王庆节译,北京:三联书店,1986年。
海德格尔:《海德格尔选集》,孙周兴选编,上海:上海三联书店,1996年。
海德格尔:《路标》,《论根据的本质》,孙周兴译,北京:商务印书馆,2000年。
海德格尔:《诗·语言·思》,彭富春译,北京:文化艺术出版社,1991年。
海德格尔:《形而上学导论》,熊伟、王庆节译,北京:商务印书馆,1996年。
海德格尔:《形式显示的现象学:海德格尔早期弗莱堡文选》,孙周兴译,上海:同济大学出版社,2004年。
海德格尔:《演讲与论文集》,孙周兴译,北京:三联书店,2005年。
海德格尔:《艺术作品的本源》,《海德格尔诗学文集》,成穷、余虹、作虹译,武汉:华中师范大学出版社,1992年。
海德格尔:《语言的本质》,《在通向语言的途中》,孙周兴译,北京:商务印书馆,1997年。
海德格尔:《在通向语言的途中》,孙周兴译,北京:商务印书馆,1997年。
何文焕辑:《历代诗话》,北京:中华书局,2004年。
胡经之、张首映:《二十世纪西方文论史》,北京:中国社会科学出版社,1988年。
胡乔木:《关于人道主义和异化问题》,《胡乔木文集》第二卷,北京:人民出版社,1993年。
胡塞尔:《纯粹现象学通论》,李幼蒸译,北京:商务印书馆,1996年。
胡塞尔:《含义意向行为的现象学统一》,《逻辑研究》第二卷第一部分,倪梁康译,上海:上海译文出版社,2006年。
胡塞尔:《逻辑研究》,倪梁康译,上海:上海译文出版社,1998年。
胡寅:《与李叔易书》,《斐然集》卷十八引李仲蒙语,《〈崇正辩〉〈斐然集〉》下,北京:中华书局,1993年。
黄庭坚:《答洪驹父书》,张元济主编《豫章黄先生文集》(《四部丛刊初编集部》),上海商务印书馆缩印嘉兴沈氏藏宋本,民国八年(1919年)。
特伦斯·霍克斯:《结构主义和符号学》,上海:上海译文出版社,1987.
伽达默尔:《真理与方法》上卷,洪汉鼎译,上海:上海译文出版社,1999年。
伽达默尔:《美的现实性:作为游戏象征和节日的艺术》,张志扬等译,《美的现实性》,北京:三联书店,1991年。
伽达默尔:《哲学解释学》,夏镇平、宋建平译,上海:上海译文出版社,1994年。
贾岛:《二南密旨》,上海:商务印书馆,1939年。
.今道友信:《美学的方法》,李心峰等译,北京:文化艺术出版社,1990年。

康德:《纯粹理性批判》,蓝公武译,北京:商务印书馆,1960年。
兰色姆:《批评公司》,戴维·洛奇:《二十世纪文学评论》,葛林等译,上海:上海译文出版社,1987年。
李东阳:《麓堂诗话》,丁福宝辑:《历代诗话续编》,北京:中华书局1983年。
李强:《"文革"以后的中国大陆海德格尔研究状况》,《中国现象学与哲学评论》第10辑,上海:上海译文出版社,2008年。
李泽厚:《关于主体性的补充说明》,《李泽厚哲学美学文选》,长沙:湖南人民出版社,1985年。
李泽厚:《批判哲学的批判——康德述评》(修订版),北京:人民出版社,1984年。
梁漱溟:《东西文化及其哲学》,上海:上海人民出版社,2006年。
刘润清:《西方语言学流派》,北京:外语教学与研究出版社,1995年。
刘晓波:《与李泽厚对话——感性、个人、我的选择》,《中国》1986年10期。
刘小枫:《拯救与逍遥》,上海:上海人民出版社,1988年。
刘勰:《文心雕龙注》,范文澜注,北京:人民文学出版社,1962年。
刘勰:《文心雕龙》,范文澜注,北京:人民文学出版社,1962年。
刘勰:《增订文心雕龙校注》,黄叔琳注、李祥补注、杨明照校注拾遗,北京:中华书局,2000年。
刘知几:《史通·叙事》,浦起龙:《史通通释》,上海:上海古籍出版社,1978年。
刘知几:《史通》,浦起龙通释、吕思勉评,上海:上海古籍出版社,2007年。
柳鸣九选编:《萨特研究》,北京:中国社会科学出版社,1981年。
陆机著,张少康集释:《文赋集释》,北京:人民文学出版社,2002年。
陆梅林:《马克思主义与人道主义》,中国社会科学院哲学研究所《国内哲学动态》编辑部编:《人性、人道主义问题讨论集》,北京:人民出版社,1983年。
理查·罗蒂:《哲学与自然之镜》,李幼蒸译,北京:三联书店,1987年。
霍尔姆斯·罗尔斯顿:《哲学走向荒野》,叶耳、李平译,长春:吉林人民出版社,2000年。
毛怡红:《海德格尔与形而上学》,《哲学研究》1994年9期。
敏泽:《中国古典意象论》,《文艺研究》1983年4期。
倪梁康:《胡塞尔现象学概念通释》,北京:三联书店,1998年。
倪梁康:《现象学及其效应:胡塞尔与当代德国哲学》,北京:三联书店,2005年。
彭富春、扬子江:《文艺本体与人类本体》,《当代文艺思潮》1987年1期。

皮亚杰:《结构主义》,倪连生、王琳译,北京:商务印书馆,1987年。

饶尚宽译注:《老子》,北京:中华书局,2006年。

阮元校刻:《十三经注疏》,扬州:江苏广陵古籍刻印社,1995年。

阮元:《文言说》,《揅经室集》第三集卷二,邓经元点校,北京:中华书局,1993年。

瑞恰兹:《文学批评原理》,杨自伍译,南昌:百花洲文艺出版社,1992年。

拉曼·塞尔登:《文学批评理论——从柏拉图到现在》,刘象愚等译,北京:北京大学出版社,2000年。

上海影印宋版藏经会:影印宋《碛砂藏经》,方册本未标出版社,原版梵夹装影印,1936年。

马克斯·舍勒:《舍勒选集》,刘小枫编选,倪梁康译,上海:上海三联书店,1999年。

沈约:《宋书·谢灵运传论》,《宋书》,北京:中华书局,1974年。

什克洛夫斯基等:《俄国形式主义文论选》,方珊等译,北京:三联书店,1989年。

释僧卫:《十住经合注序》,《全晋文》卷一六五,严可均辑:《全上古三代秦汉三国六朝文》,北京:中华书局,1958年。

释僧肇:《般若无知论》,《全梁文》卷一六四,严可均辑:《全上古三代秦汉三国六朝文》,北京:中华书局,1958年

司马迁:《史记》,北京:中华书局,1959年。

司马迁:《史记》,北京:中华书局,1975年。

司空图:《诗品集解》,郭绍虞集解,北京:人民文学出版社,1963年。

列维·斯特劳斯:《结构人类学——巫术·宗教·艺术·神话》,陆晓禾、黄锡光等译,北京:文化艺术出版社,1989年。

宋祖良:《拯救地球和人类未来——海德格尔的后期思想研究》,北京:中国社会科学出版社,1993年。

苏轼:《书黄子思诗集后》,《苏轼文集》卷六七,北京:中华书局,1986年。

索绪尔:《第三次普通语言学教程》,屠友祥译,上海:上海人民出版社,2002年。

索绪尔:《普通语言学教程》,高名凯译,北京:商务印书馆,2002年。

汤显祖:《合奇序》,《汤显祖集》诗文集卷三二,上海:上海人民出版社,1973年。

天竺三藏康僧铠译注、惠远撰疏:《无量寿经义疏》卷三,金陵刻经处,清光绪二十年。

茨维坦·托多洛夫编选:《俄苏形式主义文论选》,蔡鸿滨译,北京:中国社会科学出版社,1989年。

王安石:《诗义钩沉》,邱汉生辑校,北京:中华书局,1982年。

王弼:《王弼集校释》,北京:中华书局,1980年。

王逢振、盛宁、李自修编:《最新西方文论选》,桂林:漓江出版社,1991年。

王夫之:《薑斋诗话》卷二,《四溟诗话、薑斋诗话》,舒芜、宛平点校,北京:人民文学出版社,1961年。

王国维:《王国维文集》,北京:中国文史出版社,1997年。

王国维:《人间词话》,《蕙风词话、人间词话》,徐调孚、周振甫注,北京:人民文学出版社,1960年。

王昆吾:《诗六义原始》,《中国早期艺术与宗教》,上海:东方出版中心,1998年。

王若水:《为人道主义辩护》,《文汇报》1983年1月17日。

王世贞:《曲藻》,中国戏曲研究院编:《中国古典戏曲论著集》(四),北京:中国戏剧出版社,1959年。

王廷相:《与郭价夫学士论诗书》,《王廷相集》(二),北京:中华书局,1989年。

王逸:《离骚经序》,洪兴祖:《楚辞补注》,北京:中华书局,1983年。

王一川:《意义的瞬间生成》,济南:山东文艺出版社,1988年。

韦勒克:《近代文学批评史·第5卷》,章安祺、杨恒达译,北京:中国人民大学出版社,1988年。

韦勒克:《四大批评家》,林骧华译,上海:复旦大学出版社。

韦勒克:《批评的诸种概念》,丁泓、余徵译,成都:四川文艺出版社,1988年。

韦勒克:《20世纪西方文学批评》,刘让言译,广州:花城出版社,1989年。

韦勒克、沃伦:《文学理论》,刘象愚等译,北京:三联书店,1984年。

维姆萨特、比尔兹利:《感受谬见》,支宇:《文学批评的批评——韦勒克文学理论研究》,北京:中国社会科学出版社,2004年。

卫姆塞特、布鲁克斯:《西洋文学批评史》,颜元叔译,北京:人民出版社,1988年。

维特根斯坦:《逻辑哲学论》,贺绍甲译,北京:商务印书馆,1996年。

理查德·沃林:《海德格尔与后现代》,周宪译,北京:中国人民大学出版社,2003年。

吴兴明:《精神价值论——文艺研究的逻辑起点》,《文学评论》1987年2期。

吴兴明：《谋智、圣智、知智：谋略与中国观念文化形态》，上海：上海三联书店，1993年。

吴兴明：《中国传统文论的知识谱系》，成都：巴蜀书社，2001年。

吴兴明：《心、心学、心术——"心"之言域在中国传统智慧中的意义》，《四川大学学报》2004年6期。

谢榛：《四溟诗话》卷一，谢榛、王夫之：《四溟诗话、薑斋诗话》，宛平、舒芜点校，北京：人民文学出版社，1961年。

罗伯特·休斯《文学结构主义》，刘豫译，北京：三联书店，1988年。

徐良：《海德格尔与西方美学的后现代主义走向》，《西北师范大学学报》1994年11期。

徐铉：《成氏诗集序》，《全唐文》卷八八二，北京：中华书局，1983年。

许慎著、段玉裁校：《说文解字》，上海：上海古籍出版社，1988年。

燕卜荪：《朦胧的七种类型》，周邦宪、王作虹、邓鹏译，杭州：中国美术学院出版社，1996年。

严羽：《沧浪诗话·诗辨》，郭绍虞校释：《沧浪诗话校释》，北京：人民文学出版社，1961年。

严羽著，郭绍虞校释：《沧浪诗话校释》，北京：人民文学出版社，1983年。

严羽著、郭绍虞校释：《沧浪诗话校释》，北京：人民文学出版社，2005年。

羊春秋等：《历代论诗绝句选》，长沙：湖南人民出版社，1981年。

杨抡：《听琴赋》，录自《太古遗音》，据明刊刻本。

扬雄：《法言·吾子》，《法言（及其他一种）》，上海：商务印书馆，1939年。

姚斯：《接受美学与接受理论》，周宁、金元浦译，沈阳：辽宁人民出版社，1987年。

叶朗：《中国美学史大纲》，上海：上海人民出版社，1985年。

叶朗：《再说意境》，《文艺研究》1999年3期。

叶燮：《原诗·内篇》，北京：人民文学出版社，1979年。

叶秀山：《思·史·诗——现象学和存在哲学研究》，北京：人民出版社，1988年。

伊格尔顿：《现象学，阐释学，接收理论：当代西方文艺理论》，王逢振译，南京：江苏教育出版社，2006年。

罗曼·英加登：《论文学作品》第三章"文学作品的基本结构"，张振辉译，开封：河南大学出版社，2008年。

余虹:《中国文论与西方诗学》,北京:三联书店,1999年。

余虹:《思与诗的对话——海德格尔诗学引论》,北京:中国社会科学出版社,1991年。

弗朗索瓦·于连:《建议,或关于弗洛伊德与鲁迅的假想对话》,张晓明、方琳琳译,《跨文化对话》(7),上海:上海三联书店、华东师范大学出版社,2005年。

弗朗索瓦·于连:《圣人无意——或哲学的他者》,闫素伟译,北京:商务印书馆,2004年。

弗朗索瓦·于连:《迂回与进入》,杜小真译,北京:三联书店,1998年。

弗朗索瓦·于连、狄爱里·马尔塞斯:《(经由中国)从外部反思欧洲——远西对话》,张放译,郑州:大象出版社,2005年。

袁济喜:《论"兴"的组合界面》,《中国人民大学学报》2001年4期。

弗雷德里克·詹姆逊:《处于跨国资本主义时代中的第三世界文学》,张京媛主编:《新历史主义与文学批评》,北京:北京大学出版社,1993年。

詹姆逊:《语言的牢笼——结构主义及俄国形式主义述评》,钱佼汝译,南昌:百花洲文艺出版社,1995年。

张怀瓘:《张怀瓘议书》,张彦远编:《法书要录》卷四,上海:商务印书馆,1936年。

张戒:《岁寒堂诗话》,上海:商务印书馆,1939年。

章太炎:《检论·六诗说》,《章太炎全集(三)》,上海:上海人民出版社,1984年。

张祥龙:《海德格尔思想与中国天道:终极视域的开启与交融》,北京:三联书店,1996年。

张志扬:《渎神的节日》,上海:上海三联书店,1992年。

张志扬:《论无蔽的瞬间——兼论诗人哲学家的命运》,《门·一个不得其门而入者的记录》,上海:上海人民出版社,1992年。

张志扬:《缺席的权利》,上海:上海人民出版社,1996年。

张志扬:《创伤记忆——中国现代哲学的门槛》,上海:上海三联书店,1999年。

赵霈林:《兴的源起———历史积淀与诗歌艺术》,北京:中国社会科学出版社,1987年。

赵汀阳:《心事哲学之一》,《读书》2001年3期。

赵毅衡编选:《符号学文学论文集》,天津:百花文艺出版社,2004年。

赵毅衡:《文学符号学》,北京:中国文联出版公司,1990年。

赵毅衡:《新批评——一种独特的形式主义文论》,北京:中国社会科学出版社,1986年。

赵毅衡:《新批评文集》,北京:中国社会科学出版社,1988年。

曾祖荫:《"文以气为主"向"文以意为主"的转化——兼论中国古代艺术范畴及其体系的本性》,《华中师范大学学报》2001年6期。

庄子著、郭庆藩集释:《庄子集释》,北京:中华书局,1961年。

钟华:《从逍遥游到林中路》,北京:中华书局,2004年。

周国平主编:《诗人哲学家》,上海:上海人民出版社,1987年。

张德兴编:《世纪初的新声》(朱立元主编:《二十世纪西方美学经典文本》第一卷),上海:复旦大学出版社,2000年。

朱熹:《孟子集注》,《四书五经》上,宋元人注,北京:中国书店,1984年。

朱熹:《朱子语类》卷八〇,北京:中华书局,1986年。

朱自清:《诗言志辨》,桂林:广西师范大学出版社,2004年。

索 引

艾布拉姆斯　20,173
艾亨鲍姆　123,127
艾略特　172,174—176,180
奥·勃里克　127
奥曼　72,73,75
悖论　8,83,171,185,187—191,194,195,377
本质直观　35,209—211,215,217,278—280,283,284,288,290—294,331
本质主义　14,16—18,373
比较研究　1,3—5,7—11,13,15,17—20,22,24,25,109,111—113,200,207,208,276,295,311,312
不尽之意　33,48,64,68,78—80,87—91,93,94,105,157,165,168,169,193,194,196,267,336,358,359
布拉格学派　72,121,128,130,160,171,172,177,180,183,196
《沧浪诗话》　198,307,340
阐释学　3,9,10,54,55,113,192,254,255,295—297,299,301,303,307,337,378
词句论　204

茨维坦·托多诺夫　43,49
存在论　66,106,113,208,215,217,218,221—225,228,231—234,239,242,243,245—248,251,262,264—266,268,270,280,295,296,298,299,301—304,307,308,318,362—364,366—369,371,372,375,377,378,380,381,383
德里达　40,46,100,163,264,293,333,337,373,377
第二涵义系统　81,87,100,104,136,160,317
第一涵义系统　104,317,329,331
对视　4,18,22,24,25
俄国形式主义　1,54,55,111—115,123,125,126,128,130,136,152,153,158,160,171—175,177,178,180,182—184,196
反讽　1,100,139,171,185,188—191,194,195,197,201,265,282,341
讽谏　32,82,169,196,201,205,304—306,345,349,350,352—354,356,357
弗雷格　51,52
符号论　9,97,113,153,156,159,164—

166,168,261,275

福柯　17,18,113,373,377

复义　171,180,185,189—191,194,195

伽达默尔　208,255—259,261,275,295—297,303

甘阳　313,367

感受谬见　159,176

格雷马斯　146—148,150,161,162

葛兰言　27,335

共属之域　13—19,22,25

关系域　13,14,18

哈贝马斯　1,50,54,61,73,74,82,86,158,265,282,344,348,377,378,382

海德格尔　1,24,40,44—46,50,55,66,68—71,75,76,89,90,105—107,113,164,169,208,215—258,261,262,264—276,280,282,294—297,299,301—303,307,308,311,316,332,337,361—364,366—383

含蓄意指　139,140

浩然之气　299,300

后现代主义　362,371—373

后形而上学　1,50,54,158,159,192,265

胡塞尔　35,44,50,62,113,208—219,221,243,248,261,262,264,265,274—276,278—282,288,291,292,294,302,314,316,377

话语分析　113

交往行为理论　54,344,348

接受理论　1,9,55,113,208,254,255,260,261,294—296,302

接受美学　192,208,255,259—261,275,276,280,298,303

结构主义　1,3,13,26,39,40,45,46,49,54,55,62,87,99,100,104,111—118,121,122,128—130,132,136,141—144,146—149,152,153,158—160,163—166,169,171—173,177—181,183—185,192,196,263,265,270,292,333

解构主义　9,99,100,153,163,171,172,177,192,333,362,371,372

解释学　208,209,215,221,244,245,250,255—259,261,262,268,275,280,294,295,302,303,305—308,372

境界　34,37,40,48,68,79,87,91,92,94,97—103,105—108,158,167,168,192,193,197—199,203,267,269,273,286,289,290,292,294,299,334,336,337,341

境界说　39,42,94,99,100

"境象"论　194,196,197

《镜与灯》　20,173

康德　97,211,214,216,248,284,316,317,321,323,324,330,331,362—364,371

兰色姆　172,174,175,185,200

李泽厚　27,363—366

里法台尔　162,163

梁漱溟　328—330

列维·斯特劳斯　142,144—147,150,312

刘若愚　19,20

刘勰　41,57,61,82—84,87,98,104,
　　156,168,193,195,203,275,278,287,
　　300,307,337,339,353,355
六义　57,84,305,344,349
陆机　41,62,87,92,156,168,193,203,
　　205,275,337,340
罗伯特·休斯　142,143
罗兰·巴特　2,40,46,115,116,120,
　　134,136,139—141,148—152,159,
　　161,162
《逻辑研究》　50,209,211—213,217,
　　278,281,282
《毛诗序》　57,58,84,91,92,193,201,
　　304,306,346,347,349,350
美学　9,10,77,102,105,132,135,139,
　　190,196,198,208,259,260,265,272,
　　275,276,278,284,285,291—293,
　　303,308,322,338,339,362,365,366,
　　368,369,371,377,381,383
孟子　34,47,58,79,81,264,286,298—
　　300,319,336,352,359
陌生化　1,123—126,128,129,133,
　　137,160,180
莫里茨·盖格尔　284,285,292
穆卡洛夫斯基　136—138,180
皮亚杰　115,116
普洛普　143—149
《普通语言学教程》　115—121,134,
　　142,160,161,177
齐物　38,65,68,75,76,89,165—167,
　　269,274
钱锺书　19

"情性"论　91
情性论　92,102,199,306
瑞恰兹　172,178,186,192,193
社会语用学　54
审美直观　285—287,290,292,294
声韵论　63,203
失语症　135,372
《诗品》　39,42,61,62,78,98,155,
　　196,287—289,291,307,339,340
"诗味"论　196
诗言意义论　1,4,7,102,105,107—
　　109,111,112,152,153,164,303,311,
　　343,361
诗意论　1,2,4,5,7,39—41,43,55,56,
　　63,64,75,78—80,86,88,91—94,99,
　　111—113,152—159,163,167—171,
　　173,192—199,201,203,208,261,
　　262,267,276,298,301,302,304,307,
　　309,311,327,330,336—338,340—
　　344,361
什克洛夫斯基　123—126,128—130,
　　136,180
视界融合　16,296—298,302
司空图　40,42,43,78,87,88,90,91,
　　98,103—105,107,155—157,193,
　　195,198,267,285,287—289,291,
　　307,335,337,340,359
司马迁　49,57,65,79—81
索绪尔　62,114—124,128,134,141,
　　142,146,153,160,161,169,177,178,
　　243
陶冶论　306

特伦斯·霍克斯 121,132,181

天道 47,59,65—68,75—77,154,155,166,198,248,251,252,262,263,271,274,279,299,372

退特 172,185—187,195

托多洛夫 123—128,130,139,151,162,163

托马舍夫斯基 130

王弼 96,97,198,330

王士禛 103,106,107,193,337

韦勒克 171,172,176,177,179,180,183—185,190,191,194,195,200,201,204,205

维姆萨特 159,172,175,176,189,193,196,200

维特根斯坦 44,51—54,166,197,243,265,266,316,344,371

文本细读 179,200

文本意义论 199,201

文本中心主义 161,162

《文心雕龙》 9,21,41,60,61,82,98,170,202,203,206,277,289,298,334,339—341

文学性 1,2,39,43,55,62,74,104,123,129,153,160,162,171,173,174,178,180,182,197,292,333

文学意义论 1,2,4,40,41,43,45,54,64,79,111—113,152,153,160,163,169,171—173,177,179,180,184—186,188,189,191—194,197,199—201,208,254,255,259,261

文学语用学 1,64,72,160,164

西方中心主义 10

先验直观 16,97,323

现代性 7,54,73,111,265,271,272,282,285,307,308,313,361,362,365—382

现象学 1,11,14—18,26,35,40,50,62,97,112,113,156,160,176,183,190,191,200,208—212,214—222,224,227,239,245,252,254,255,259,261—266,274—281,283—286,288—296,315—317,361,368,372,375,377

心理主义 40,42,211,260

新批评 1,3,39,54,55,99,100,113,153,158,160,162,171—180,183—196,198—201,203—207,265,270,333

刑名之学 164

形式主义 13,55,115,123—130,132,133,135,136,144,171—173,175,183,186,188

叙事学 1,55,136,141—143,148,153,160

雅可布森 45,46,55,72—75,81,86,87,128—136,138,142,151,159,171,180—183,185,200

严羽 43,63,91,93,103,104,106,107,156,157,193,287,289,290,293,307,337,340,342,343,358,359

言外之意 28,48,87,88,103,165,194,306,334

言意论 41,56,78,94,104,108,154,155,165,167,169

言语行为理论　72,197,344
燕卜荪　172,189,190
姚斯　208,259—262,275,295,296,298,303
叶朗　77,101,102,108
伊格尔顿　123,255
伊瑟尔·沃尔夫冈　298
以意逆志　47,262,264,294,299,300
异质性　15,22,38,329
易经　30,34,60,94,95,194,198,200,277,330,336
意境论　64,99—103,196,199
意识形态化　141
意识哲学　1,2,16,40,42,46,51,55,62,210
意图谬见　175,176
意象论　94,95,98,99,198,199
意义论　1—4,7,8,14,18,26,31,39,40,43,46,50,55—57,59,60,63,64,68,72,75,77,78,81,86,94,96,98,99,101,103,105,106,108,113,115,117,122,154—156,158—160,163—170,196—201,208,209,212,214,215,217,220,221,239,248,249,253,259—268,270—273,275,276,292,294,295,300,305,308,311,312,344,383
因缘　44,90,221,234—240,242,244,245,262,268,296,378
隐喻　28,31,36,37,46,74,81,83,84,87,92,94,100,104,133,135—137,140,142,150,153,155,164,169,171,

185,186,191,192,194—198,200,201,203,265,277,282,292,306,315—317,324,329,332—338,341—343,346,354,356,359,360
英伽登　176,183,190,208,275,283,291,292,303
迂回　3,18,23—34,36,38,56—58,81,82,85,169,194,195,199,248,305,329,334,338,345,358,359
于连　2—4,8,18—37,56,80,82,111,333,334,338,345,358
余虹　8,9,11—16,18,19,45,345,368,369,372
语构论　59,173,196,197,344
语言六功能要素说　131
语言论　13—15,40,54,97,123,156,158—161,196,200,261,265,344
语言学　12,16,26,28,45,46,55,72,78,89,115—121,123,128,129,131,136,142,151,153,160,169,171,177—186,188,191,203,212,265
语言学转向　1,15,16,40,46,49,55,112,123,152,212,270,371
语义学　50—54,127,140,146,148,150,161,162,172,173,178,183,187,188,192,265,344
语用学　26,54,64,77,192,196,344
原初直观　264,276,279—281,284,308
原域　64—66,68,75—78,89,90,97,98,108,169,271,274,275
"缘情"说　13
詹姆逊　115—117,178,184,360,373

张力　1,3,38,79—82,94,100,138,
　　171,185—187,189—191,194,195,
　　197,240,245,350,353,360,367
知人论世　299,300
知识谱系学　17
中西比较诗学　7,9,10
钟嵘　39,42,61,62,78,80,85,87,88,
　　91,92,100,155,156,168,193,196,
　　203,287,306,307,337,339,340,356,
　　357,359
周易　55,59,64,65,79,94—97,277,
286,298
主体性　174,255,257,260,285,362,
　　364—366,369—371,373—376,378,
　　380,381
庄子　30,38,47,59,60,64—68,75—
　　78,89,94—97,104,107,154,155,
　　164—169,194,198,200,263,264,
　　267,269—274,286,294,308,337,
　　341,372
"滋味"说　13,91,193,340

后　　记

本文是 2004 年国家社科基金课题"比较研究：诗意论与诗言意义论"的研究成果。由于结题时被要求修改，于是进入了漫长的修改阶段。在修改中，因为我重病在身，反复住院、调养，延误了近两年时间，完稿时已经到了 2011 年夏天。课题从申报、批准到展开研究，自始至终受到四川大学社科处、四川大学文学与新闻学院、四川省社科联有关领导和同志们的帮助与关切，受到业师曹顺庆教授的关怀和帮助。我谨在此向他们表示感谢！同时，我要向初次审阅本课题的那些匿名的评委们表示诚挚的谢意，他们中肯、有益的修改意见使得我有充分修改文稿、完善研究构想的根据和条件。没有那些无名同行的老师们充满智慧的教诲，摆在这里的成果不可能达到目前的规模和品质。谢谢他们，谢谢！在此，也请允许我向国家社科基金办公室的老师们的辛劳表达谢意。我还要向我的学生赵良杰、冯高创、李云峰等表示感谢，他们为我查找资料、补查校注也付出了劳动。

课题撰写的分工如下：吴兴明负责设计本课题主题、章节内容设计和编写提纲，郑一舟写第四章第二到第七节和该章第一、八节的部分内容，支宇写作第五章第一、二、三节，匡宇写作第六章第一节至第三节。其余为我本人撰写并统稿全书。修改由我本人完成。

由于文学意义论是一个大话题，本书只能说是开了一个头。真正的纵深展开还有待来者和今后。在此期间的某天和赵毅衡先生聊天，我告诉他自己在做中西文学意义论的讨论梳理，赵先生听后极为惊讶，"啊，文学意义论！好大的话题啊。"说完之后还感慨连连，"很大的话题，很大的话题……"本研究题域的巨大从赵先生的惊讶中可见一斑。当然,这也就表明,在赵先生的心目中,文学意义论是**无法**以**一个**课题的方式来研究的。

那么,本书就算是一个引言罢。

吴兴明谨记

2011 年 8 月 20 日于川大